Erasmus Schöfer
Zwielicht

Erasmus Schöfer

Zwielicht

Die Kinder des Sisyfos

Zeitroman

Dittrich Verlag

Dieses Buch entstand mit finanzieller Unterstützung der
KUNSTSTIFTUNG ➡ NRW

In diesem Buch folgt der Autor im Zweifel lieber seinem Sprachgefühl als dem kommisarischen Rechtschreibkanon.
E. S.

Bibliographische Information Der Deutschen Bibliothek
Die Deutsche Bibliothek verzeichnet diese Publikation in der Deutschen Nationalbibliographie; detaillierte bibliographische Daten sind im Internet über <http://dnb.ddb.de> abrufbar.

ISBN 3-920862-58-9

Umschlaggestaltung: Guido Klütsch
Illustration: Barbara Manns
Druck und Bindung:
Elbe Druckerei Wittenberg GmbH

www.dittrich-verlag.de

Inhalt

An epic is a poem including history

Ezra Pound, ABC of Reading

Sysifos Lust

Unten wartet die Schwester

In den sanften Mulden
im Schatten des Bergs
wo der Fels zur Ruhe findet
leckt sie ihm den Schweiß aus den Achseln
tanzt durch seine Augen die Mondin
singt ihr opalenes Lied
versteckt sein Geschlecht
in ihrem Schoß
vor dem Neid der Göttinnen

Der Anstieg
ist heiter beschwingt
kommt mit dem springenden
Absturz
vom Gipfel
zum Anfang.

Ewige Wanderung Lust

Buch Eins

Machen wir heute
was morgen erst schön wird

Annäherungen

Eigentlich hat der Tag eine klare Botschaft: Sommer. Reifende Landschaften. Auf den Halmen im leichten Wind lebende Getreidefelder, fahlgelb, manchmal blaurot durchsetzt, Zentaurien und Papaveren, erinnerungsschwanger. Säume gewunden gewellter Straßen. Wem aber jetzt einen Blumenstrauß pflücken aus diesem altdeutschen Angebot? In den Dörfern entdeckten sich Menschen die Fachwerkgesichter ihrer Häuser aus den Blechkleidern der armen Jahre zurück. Flammrote Geranien, dunkelviolette Petunien, üppig hängend vor weißen Fensterkreuzen, schöne friedliche Vorhänge vor den Dunkelheiten dahinter. Auch lichte Laubwälder, auch blaubraune Fichten auf Farnteppichen und herrschaftlichem Digitalisschmuck, nichts Schroffes. Die Straßengräben noch sattgrün bepelzt unter verknorzten Apfelbäumen, unter Ahorn, unter beerigen Ebereschen. Selten verwehte Plastiktüten in Weiß und Reklame, Zitate.

Entspanntes Fahren, mit aufgekrempelten Ärmeln. Bilderflocken außenher innenher, die vollendete Vergangenheit München stöberte schmerzlos in die unvollendete Gegenwart Malina, Dutschkes hinterlassene Schuhe auf dem Kudamm-Pflaster und Manfreds vor Springer vergossenes Bruderblut als Kriegsbemalung im Spiegelgesicht, die ewige eine Osternacht in der Zelle, Beton um die Freiheit der aufrührerischen Gedanken, Peter Stein der segnende Heiland vor dem Aufstand in den Kammerspielen und der Krach mit Everding wegen der Geldsammlung für die Befreiungsfront im *Vietnam-Diskurs,* Steins Flucht nach Berlin in den Ruhm. Lenas entgleistes Gesicht nach dem Rausschmiss. Der Filmriss am Chiemsee. Das EheExil auf Scheringers Dürrnhof. Lenas Besuch, das herzzerreißende Gespräch in der Bauernküche, mit Marianne und Richard als Terapeuten, männliche und weibliche Tränen genug, und die erschöpfte glückliche Wiedervereinigung im Zimmer über dem Kuhstall.

Unvergessbar abgelegt bei den Gefühlsschätzen aber auch die Ikone Malina im Sonnengold auf dem Balkon, unter Aufsicht der strengen Freunde, so nah wie jetzt, das schwarze Flaumhaar auf dem da dem selben Arm, das AuraFlimmern um die benachbarten Körper zwischen ihm und ihr, die kleine Idylle im Heldenroman des großen Aufbruchs, des hoffnungsbeflügelten Frühlings. Der ganze achtundsechziger Film wieder im Kopfkino durch den Besuch dieser halbvergessnen Frau.

Bei der Rast im Apfelbaumschatten kaum ein Fahrzeug durch das schwebende Rauschen in Ähren und Baumlaub als Stille. Aus einem Märchenbuch im hochgewölbten Blassblau der flatternde tirilierende Punkt mit der Frage an Malina: Gehört denn die noch dazu? Frage die aber eher doch heißen sollte: Wie kommst du Löweneckerchen mir zurück in die handnahe Nähe geflogen in diese nämlich sinnverwirrende ZweiEinsamkeit, und was ist die Hinterbedeutung davon im Sommer einundsiebzig zwischen Marburg und Kassel und dem Dorf Richtung Hofgeismar? Drei Jahre nach Lenas Vertreibung aus München und Johanns Abordnung in den Parteidienst nach Frankfurt?

Hast du noch dieses Bild im Kasten, wie wir da saßen auf dem eisernen Boden in der Sonne, unser Küchenbalkon, Ostern achtundsechzig, Ferri und Johann haben gestritten mit Manfred, über die ÇSSR, im Frühling unsrer Einigkeit? Und wir zwei auf dem Balkon –

Der Kölner Betriebsrat. Anklam hieß der, habich mir gemerkt, die Stadt inner DDR. Lenas Schinkenbrot schmeckt wie vonner Mutter. Das Gras hier ist weicher als damals die Gitterstangen im Kreuz, sann Malina. Warum habt ihr eigentlich kein Kind?

Ich hab eine Tochter, in Amerika. Bin seit zwei Jahren Großvater, verhinderter. Ein viertelindianisches Mädchen.

Nein wirklich! Malina lachte, verblüfft. Das sind ja Abgründe! Eine Jugendsünde, wie?

Von mir oder von meiner Tochter?

Ja von beiden wohl, wenn ich rechnen kann.

Die frühreifen Lieben. Die halten keinen Sturm aus. Und erzählte von Johannas Besuch im letzten Sommer, in Gießen, mit dem Baby. Da war sie wirklich wie ne Mutter, meine Teaterhexe Lena. Hätte Talent dafür. Vielleicht kriegen wir noch ein Kind, als Enkel. Ann heißt sie. Drüben sagen sie Änn. Johanna lebt in Kanada, Manitoba, im Urwald. Innem Blockhaus, musstu dir vorstelln. Wild romantisch. Aber die Winter – einfach nur grausam! Der Vater arbeitet als Holzfäller, kann nicht zurück in die USA, VietnamVerweigerer.

Und, fragte Malina fasziniert – wann fliegst du hin?

Na spätestens mit meinem ersten Beamtengehalt. Wenns bis dahin nicht Frieden gibt in Vietnam, und ne Amnestie für die Verweigerer. Dann würden sie zurückgehn in die USA. Ich glaub ehrlich gesagt nicht, dassie das Abenteuer durchhält. Hab ihr geschrieben, dass wir sie jederzeit zurücknehmen, egal wie gerupft. Aber sie hat einen Dickkopf.

Von dir, wie?

Mangels eines Gebüschs hockte sie sich in den Straßengraben, ungeniert. Bliss schaute nach der Lerche. Fliegst du eben nach Amerika, rief sie herüber.

Er fragte nach ihrem Bruder, den andern Münchner Freunden, hatte den ganzen Verein aus den Augen verloren, über den Marburger Händeln.

Die Genossen hats gewaltig durchgeschüttelt, die Panzer auf dem Wenzelsplatz. Die KürbiskernRedaktion ist geplatzt deshalb, Karsunke und Geißler sind raus. Die wollten nicht glauben, dass die Russen die Konterrevolution verhindert haben. Und das Wahlbündnis neunundsechzig, mit der Riemeck und Werner Hofmann, ist auch dran gescheitert, dass sie den Einmarsch nicht verurteilt haben. Das hat die Linke gespalten.

Ich dachte, die ADF ist baden gegangen, weil die Sowjets die Tschechoslowaken gehindert haben, ihren Sozialismus aufzufrischen. Das hat der APO und allen Sozialisten bei uns den Teppich weggezogen. Siehstu das anders?

Bisschen schon Vik. Wir haben genügend Informationen, dass die CIA und der BND die Entwicklung gesteuert haben. Die ČSSR wär heut nicht mehr sozialistisch ohne die Hilfe des Warschauer Pakts. Ganz Europa wär destabilisiert.

Ach Malina. Bliss schüttelte resigniert den Kopf. Der Tag ist zu schön für das hässliche Tema. Ich hab damals einen Brief an den Parteivorstand der DKP geschickt, zu Händen von Kurt Bachmann, hab erklärt, warum, im historischen Zusammenhang gesehn, die Sowjetunion nicht nur diesen Fehler gemacht hat, und welche Auswirkungen das hat auf die Situation der Linken in Westeuropa, ne stichhaltige politische Argumentation, kann dir den Durchschlag zeigen in Marburg. Solche Briefe hat der garantiert Dutzende oder Hunderte bekommen. Die Antwort war ein hektografiertes Schreiben des Sekretariats über die Hintergründe des konterrevolutionären Umsturzversuchs der westlichen Geheimdienste. Für mich wars eine sozialistische Tragödie. Komm, lass uns weiterfahren.

Malina, aufstehend, fragte ohne Schärfe – es klang besorgt: Willst du vergessen, wer der wirkliche Gegner ist?

Wer spricht von Wollen? Können ist die Frage. Mein Verstand ist ziemlich rücksichtslos. Ich weiß wer die Vietnamesen bombardiert und wer ihnen SAM-Raketen liefert.

Er packte Aludose und Wasserflasche in den Beutel, legte ihn auf die Rückbank, benutzte den Apfelbaum als Pissoir, setzte sich ans Steuer, zu Malina.

Das Vernünftige zu wissen kommt mir manchmal vor wie ne Zwangsjacke ums Leben, sagte er. Und startete den Motor.

Lena hatte Viktor ihr ehefrauliches Okay gegeben für die soziologische Expedition mit Malina Stotz – treuherzig oder großzügig? Oder vergesslich? Fragte sich Bliss, da sie seine Empfindlichkeit für Malinas weibliche Ausstrahlungen in München geahnt hatte. Klar beruflich veranlasst, der Forschungsausflug ins nordhessische Aufstandsgebiet, Titel: Erkundung der GenossenschaftsRecken für eine zukünftige Geschichte der Arbeiterkämpfe in Hessen. Die Frauen mochten sich schon in München, und gestern gleich wieder ganz unschwierig freundlich beim Trip zu dritt von Frankfurt nach Gießen, abends in Lenas Teater, Pavel Kohouts *August August, August*, das Clownsstück, das Lena verstanden hatte als Allegorie auf den ewigen Streit zwischen Fantasie und Ordnung, er aber als Teil der Auseinandersetzung zwischen den Künstlern und der kommunistischen Staatsmacht. Aus der Diskussion hatte Malina sich wie verstummt rausgehalten, wollte den Abend wohl nicht vermiesen mit Politik, hat nach Lenas Teatersorgen gefragt, unerschöpfliches Tema, und russische Anekdoten aus ihren Slawistiksemestern in Moskau, die heitere RotweinNacht bis eins halbzwei wie am Münchner Küchentisch – ein Mensch, bei dem nachrichtenlose Jahre verlebt waren wie Tage, ohne Entfremdung. Wer konnte Malinas herzlichem Charme widerstehn. Nicht ein Viktor Bliss. Ihre existenzielle Fröhlichkeit verklärte selbst ihre politische Strenge.

Auf der Fahrt im bollrigen Wagen mehr große Augen ringsum als Worte, gegen den Motor und Fahrwind bei offnen Fenstern, schnell heiser von wenigen Sätzen. Malina Schauinsland, unvertraut mit dieser wohlwollenden, zufriedenen Landschaft am östlichen Schnittrand des westdeutschen Staates. Deren Kleinstädte hat Bliss ärmlich bereist bis zum Erbrechen mit Kochbüchern und Lexika im Koffer für Hausfrauen Lehrer Schüler, notdürftige verkorkste Zeiten, mein Gott welch Abstand welche Entfernung von damals bis jetzt. Zehn Jahre. Der zweite LebensAnfang in Marburg an der AbendrothUniversität. So hieß die nicht, nur für ihn und für ihn nur insgeheim, trotz Professores Maus und Hofmann auf den benachbarten Katedern. Der Aufbruch von der Lahn in die blauweiße IsarMetropole als KarriereBruch. Morgengabe für Lenas Engagement an den Kammerspielen. Und drei Jahre seit der Flucht zurück aus München nach Marburg in die Arbeitsmansarde, in das aufgescheuchte Provinznest. Wo nach der großen Revolte auch nichts mehr sicher war. Weder der weißmähnige Professor noch die Zukunft. Vertraut aber inzwischen und lebbar die ZweinesterEhe mit Lena in Gießen, die Schaukelverbindung lahnauf lahnab in verbundener Freiheit.

Bliss spuckte die Grashalmreste in den Wind. War froh dass er für seine Rechte das Steuer hatte. Der Rock war zu kurz für die braunen Sommerbeine.

*

A 44 heißt die Saite, Armin Kolenda spielt darauf souverän, lenkt das SpielZeug über die Kilometer, ein Zeigefinger lässig am Rad, die Melodie der Gedanken in DeKaWe moll, gleichwohl andante, flüssige hundertzwanzig, kaum Mitspieler, der Blick schwingt windgleich ins westfälische Land, Soest, Erwitte, Geseke, weithin leuchtend im Grün die weißen Zementbrennereien, lassen die kalkigen Fahnen wehn vorm Westhimmel klar: Lieferanten dieser frisch gegossnen noch makellosen Rollbahn zwischen Ruhr und Fulda.

Köln reist kreist mit, die zickzack schwirrende Fliege im Kopf, wirbelnde Neuronen im Dickicht der Sinapsen, das Wimmelbild der Gesichter Azis Hummel Pepsi Bogdan Tatze und Billa hell dazwischen und Biene rot und Aische schwarz, die jungen Bäume auf der Suche nach ihren Wurzeln im JugendZentrum, bodenlos elternlos heimatlos, Luftwurzeln schlangen sie um einen der war nicht gegen sie nie, Armin Kolenda, hat nur eine Spur mehr Massel gehabt beim Leben – erst die Werbung: kommt ich helf euch mir könnt ihr vertraun, aha, willst du einer wie wir sein, dann spiel mit uns sauf mit uns kiff mit uns, schau mal unsre geilen Pornos, die Umarmung des Vertrauens ohne Gewalt ist doch Gewalt, wo sind deine Lehrstellen mit Meistern die uns was Spannendes beibringen, statt Bierholen Werkstattkehren Autoputzen, Arbeitsplätze wo mal die Kohle stimmt nicht bloß Schufterei für dem Boß sein Mercedes, ein Auto ist viel leichter geknackt als acht Stunden Krücken fürn Chef, das ist kein Bruch Armin, die Reichen sind alle versichert, so seht ihr aus Boys, dafür wandert ihr hopp in den Knast, wem sag ich das, wisst ihr selbst: einmal Bewährung, zweimal Sozialdienst oder gleich ab in die Kiste je nach Richter. Da gibts auch im Jugendgericht noch genug, die sind unkündbar braun gegerbt unter den schwarzen Talaren, ungebrochne Verteidiger von Pflicht und Ordnung im deutschen Abendland, Flaschen abstauben im Supermarkt oder Beförderungserschleichung bei der KVB reicht schon so lang die Bewährung läuft, weiß euch Armin als angestellter staatlich geprüfter Sorger für überflüssige Teenis, der Beichtvater ohne Ölung von Gnaden der Ausgesetzten im kostenpflichtigen Garten der Lüste. Euch sind seine Früchte vergiftet verboten umstellt, bringt erstmal Leistung gefälligst.

Geheimnisträger der Zukunftslosen – Mitwisser ihrer kleinen NotSünden oder LustSünden auch. Das war die Falle. Entweder betreust du die Gebote des Schweinesystems oder du betreust die armen Schweine. Gespaltene Treue gibt es nicht, darf es nicht geben. Herr Kolenda Sie haben sich einer schweren Dienstpflichtverletzung schuldig gemacht indem Sie Ihr Wissen um Straftaten der Ihnen anvertrauten Jugendlichen der Heimleitung verhehlt haben. Im Interesse unserer Fürsorgeeinrichtung muss das zu unserer Trennung führen. Das bedeutet Ihre fristlose Kündigung zum 1. März. Amen. So wahr mir Gott helfe. Sie dürfen unser JugendZentrum ab sofort nicht mehr betreten. Tut mir leid hater nicht gesagt, der gesalbte Pater Eusebius. War plötzlich der Erzengel mitem Flammenschwert, Stellvertreter des Papstes in Köln. Zuwiderhandlungen müssten wir als Hausfriedensbruch werten Herr Kolenda. Gott befohlen. Kein Händedruck, kein Dank für zwei Jahre Arbeit zum Kirchenlohn. Lief dem aber so glatt doch nicht, die Abtreibung Austreibung der achtundsechziger Teufelchen, die hecken müpfige Kinder in vielen Ritzen der Domstadt. Meine haben Schreiben gelernt bei mir für die eigene Zeitung, Schreiben und Drucken, gute Investition inne öffentliche Intressenvertretung, Betonhammer Eins bis Vier, sogar der *Stadtanzeiger* hat drüber berichtet: Die Antizeitung aus der Betonburg, und WDR Zwei, klar war das Futter für die *Radiothek* zwei asoziale Teenager namens Billa und Tatze als Chefredakteure einer selbstgebastelten Zeitung die den Skandal im Jugendzentrum heimlich öffentlich macht. Damit haben die Rausschmeißer nicht gerechnet dass die Mündel ihrer Fürsorge undankbar sind, Rabatz machen gegen die Leitung und den ganzen sozialen Brennpunkt aufwiegeln zum Protest mit einem Flugblatt ohne jemand zu fragen. Ganz clever die Überschrift mit dem KanzlerZitat Mehr Demokratie wagen – auch im JuZe Herr Pater! Haben nicht einfach dumpf die Möbel zerschlagen wie früher, fordern Mitsprache über ihr Leben. Haben sie von den Studenten gelernt, nicht nur von mir, Anarchie is nich mehr angesagt. Hat die Schwarzen zwar auch nicht gerührt, aber wird mir helfen vorm Arbeitsgericht, das ist sicher. Vielleicht können Billa und Tatze selbst zur Verhandlung, aussagen über meine Arbeit. Heh – nicht nur die beiden, die ganze Kohorte das wär was – SitIn der Schmuddelkinder im Arbeitsgericht, kennen die bestimmt noch nicht! Und dazu die Leute vom Werkkreis mit gespitzten Stiften. Müssen die umziehn innen größren Raum, Licht der Öffentlichkeit heißt das Herr Richter, weiter nichts Herr Pater, das werden Sie doch nicht scheun, wenn Sie aus dem Fürsorger der runtergewirtschafteten Jugend den Versorger der Kripo – Kolenda als Polizeispitzel das würde euch schmecken, wird Zeit dass ich euch mal die Meinung sag, quatsch die Meinung – die Wahrheit! Die Wahrheit über eure Abstellschuppen für die Ausgegrenzten und Krüppel eurer schnieken Gesellschaft meine Herren vom Landschaftsverband, es wechseln die Zeiten, eure Suppe wird nicht mehr widerspruchslos gelöffelt meine Damen vom Paritätischen Wohlfahrtsverband, da hilft kein Gewalt ihr gebügelten Typen vom Jugend und Schulamt, das Große bleibt groß nicht und klein nicht das Kleine, die Nacht hat zwölf Stunden dann kommt schon der Tag dann kommt schon der Tag –

sang Kolenda an die Hügel und Hüften des Eggegebirges durch seine brausenden Fenster aus dem fliegenden Wagen, dem wachsen wohl Flügel dem alten Eisen, der klappert und scheppert und bebt hebt gleich ab hundertvierzig zu Tal, die Moldau heißt heute Diemel, am Grunde der Diemel wandern die Steine die blutigen Pläne der Mächtigen kommen am Ende zum Halt –

*

Die offenen Fenster brachten die Hitze nicht von den Köpfen und Füßen. Jenseits einer Kuhweide lockte ein Talbach hinter

Erlengesträuch Erfrischung. Klar Vik, gute Idee, wir haben doch Zeit.

Über den dünnen Elektrozaun hob er sie ohne den Draht zu berühren, ihr nackter Arm um seinen Nacken, er hielt sie nicht fest. Strolchte leichtfüßig vor ihm durchs krautige Grün. Die schwarzweißen Tiere wiederkäuend schläfrig gebettet aufs Gras, mit zuckenden Ohren, triefenden Nasen, fliegenumschwärmt. Kein Mensch, Arkadien in Hessen.

Ob das gesund ist Malina, in einen frischen Fladen zu treten, barfuß?

Aber für welche Krankheit?

Kneipp wüsste das. Für die Pflasterkrankheit der Städter vielleicht.

Die hab ich kronisch, sagte Malina, nahm ihre Slipper in die Hände, quatschte patsch patsch in zwei Kilo verdaute Wiese.

Bliss sah schaudernd den SpinatBrei um ihre Füße durch die Zehen quellen: Bist du verrückt Malina! Das sollte ein Witz sein!

Wie Eierpampe, versuchs mal. Unheimlich!

Die Frau tickt nicht normal. Er krempelte seine Hosenbeine hoch, zog die Sandalen aus. Angenehm die kühlen kurzgefressenen Halme an den Fußsohlen, leichter Kitzel. Völlig ausreichend als Naturerlebnis. Er suchte nach einem Stock, einem zweiten frischgeschissnen Haufen, stocherte darin herum, verscheuchte blauschwarze Schillerfliegen, probierte das feuchtwarme Gefühl mit der großen Zehe.

Na? Wie isses?

Ja doch. Ungewöhnlich eklig. Total neue Erfahrung Malina. Wolln wir uns reinsetzen?

So weit würdich für heut nicht gehn Vik. Man muß die Angst vor der Scheiße allmählich abbaun.

(Meint sie das politisch?) Diogenes soll sich als Rentner seine Tonne mit Pferdemist gepolstert haben. Aber der hatte Reuma, vermutlich.

Malina lachte rüber: Vielleicht kehren im Alter die natürlichen Instinkte zurück?

Mit grünen Socken stapften sie an den glotzenden Kühen vorbei, fanden die Viehschneise durch das Gesträuch in das knietiefe langsam strömende Wasser. Eine sandige Kuhle, die Hufmale, jeder Kiesel am Grund erkennbar. Malina musste ihren Rock nicht schürzen, zog die Luft durch die Zähne, doch verdammt frisch! Aber toll. Komm rein!

In grünlichen Schlieren floss das verdaute Gras von ihren Waden bachabwärts. Gänseliesl. Er wusch seine Füße am Ufer sitzend, zog die engen Jeans aus, stieg in Unterhose ins Wasser.

Obs hier Forellen gibt?

Jetzt bestimmt nicht mehr.

Weißtu was Vik? Ich muß hier einmal richtig untertauchen! Das ist ein Jungbrunnen, dies Wasser.

Wartete nicht, zwei Schritt zurück auf den Bachrand und hoppla die Bluse aus, den Rock, den Slip, ließ die kleinen Brüste frei, Denk dir nichts bei Vik! Oder denk wir sind in den IsarAuen.

An ihm vorbei, der ans Ufer stieg zwecks restlicher Entkleidung: Bin einfach ne Nixe! platschte ins Wasser, tauchte unter, Augenblicke lang bewegungslos am Grund der zierliche helle Körper im aufgewirbelten Sand, und prustend wieder hoch ins schüttere Sonnenlicht, schüttelte funkelnde Tropfen aus ihrem Haar, schaute den hosenfreien Bliss spöttisch an: Na du Nöck? Komm rein! Dass du abgekühlt wirst. Ist Platz genug in der Wanne.

Sakrische Lust sie jetzt zu umarmen, ihre nassen Brüste an sich zu drücken, aber die von ihr bestimmten Regeln des paradiesischen Spiels, ihr unbefangenes Vertrauen, verboten ihm das. Er legte sich auf den Bauch in die eisige Kuhle mit angehaltenem Atem bis der spitz gewordne Verräter zurückgeschrumpft war zum fühllosen Anhängsel und sein Körper bibberte. Grönland!

Da schießts heiß aus der Erde.

Stimmt auch wieder. Und wer wärmt mich jetzt?

Komm her – hier steht sie! Die Himmelslady. Leckt uns trocken mit ihrer großen Zunge.

Ein Bauer von seinem Trecker schaute zu den beiden Nackten in der Sonne herüber, fuhr hörbar langsamer, stoppte aber nicht.

Man wird wohl in Gottes freier Natur mal baden dürfen! rief sie über die Wiese. Doch hielt sie einen unmissdeutbaren Abstand zu Bliss bis sie trocken und in den Kleidern war.

Im Wagen die gestockte Hitze, erträglich jetzt. Malina prüfte ihr Gesicht im Spiegel der Sonnenblende, strähalte das kurze Haar mit den Fingern.

Siehst fröhlich aus. Keck irgendwie.

Soll ich nicht?

Er stieß die Luft durch die Nase. Doch, klar. Gefällt mir sehr.

Sie strich ihm flüchtig über die Stirn. Kein Grund für Sorgenfalten, mein Lieber. Nicht jeder rote Apfel ist reif. Hast übrigens schöne Füße, Vik.

Woher weißt du das denn?

Auf der Wiese hab ichs gesehn.

Da gabs noch viel andres zu sehn

Soso. Malina lachte. Dann fahr man jetzt los Vik. Sonst wirds doch noch zu spät für unsre Glasbläser.

Schöne Füße Immerhin Was fang ich an mit Füßen Außer laufen

Vielleicht stellvertretend die Füße Pars pro toto

Was erwartet eine Frau von meinen Füßen Die meint was andres Aber was

Nöck Ein Nöck ist ein Wassermann Meistens wild Nöck und Nixe da gehts ab mein Lieber da wirbelt der Schlamm Oder wer weiß

Nicht jeder rote Apfel ist reif Was will uns der Herr Jesus mit diesem Gleichnis sagen Nur jeder zweite oder dritte Sie nicht Oder vielleicht noch nicht Aber demnächst? Kann auch sein.

Was kann überhaupt nicht sein alles kann sein Muss aber nicht Sein kann immer nur eins Wenn eins ist bleiben die andern Sein könnenden Nichtse Unter den Nichtsen muß es eine Art Verdrängungswettbewerb geben welches sein darf Oder muss Vielleicht genieren sie sich wollen lieber nicht Oder wollen woanders Oder später Fühlen sich noch nicht reif Stuss

Aber zum Beispiel diese Straßenkreuzung Ich kann gradaus fahren rechts links sogar wenden und zurück Vier Möglichkeiten Vier mögliche Schicksale drei bleiben übrig als Nichtse Tut mir leid Wir fahren nach Juhu Das heißt Immenhausen Wo die Brimmen brausen Die Schlimmen mausen Malina ist meine kecke Begleitbrimme

Ist es noch weit Vik?

Im Vergleich zu Grönland oder Buxtehude überhaupt nicht.

Doower Witz. Ich hab langsam Hunger.

Tschuldige. Wollt glaubich sagen, mit dir ist mir keine Straße lang.

Mhmh

Was heißt nun wieder Mhmh. Aha, mit Ausrufezeichen? Oder Soso, mit Punkt? Oder Mir auch, mit Gedankenstrich? Also jetzt ganz sachlich: Am letzten Ort stand Wolfhagen dran. Vielleicht schaust du mal im Straßenatlas. Seite siemunsiebzich. Zierenberg ist der nächste.

Das fand sie schnell: Sind wir ganz nah Vik – Meimbressen – Calden – Burguffeln – Namen haben die hier! Kopfschütteln. Wie kommt man an solche Namen? Immenhausen macht ja noch einen Sinn, Stadt der Bienen.

Vereinte Verwunderung. Gibts Namensammler?

*

Sang noch an Warburg der hochgebauten Stadt vorbei auf die Landstraße kurvenreich von den Masters of War den wechselnden Zeiten, Dylan und Degenhardt und Beatles und Bläälk Föös den Potpourri der heitren Rebellen der lockenhaarigen Friedensapostel, auch hatte die Sonne sich mächtig hochgearbeitet zwischen den häufigen Wolken, die Grüns der Wälder und Felder, der Vorgärten labten artenreich die stadtverstaubten Augen, von allein fand der Wagen den mehrfach erfahrenen Weg, Breuna, Listingen, Kopilot die braune Aktentasche, auf der ruhte die Hand des Eigentümers, lag auf dem darin verborgenen unveröffentlichten Schriftstück, dem Dossier, dem Volksepos, das drängte vorwärts zur Uraufführung vor denen, die seine eigentlichen Urheber und Anlasser waren, zu deren Verstärkung und Ruhm der Sozialarbeiter Kolenda seine Grenzen übertreten hat: Wochen der Neugier im unübersichtlichen Gelände der Glashütte mit Sony und Notizblock, Wochen der Schinderei vor dem Papier mit der Wut im Herzen und dem Wust im Kopf.

Die langwierig wiederzukäuende Bitterkeit über den Rausschmiss, die sich geklärt hatte erst allmählich in die Aufgabe als Kundschafter in der richtigen Klasse, weg von der Hoffnungslosigkeit der jungen Verdammten, hin zu denen die kämpfend sich ihren Weg in die Zukunft freischlugen, ihn mitzogen in die eigne Klärung beim Schreiben und in die eigne Befreiung vielleicht.

Viel zu schnell, mit dem Tempo der Autobahn und dem starken Magneten Glashütte, Grebenstein der letzte Ort vor dem Ziel, aus Gartenstaketen EIN SCHWARZER SPRUNG AUF DIE STRASSE und entgegen DER ANDERE WAGEN , er trat volle Kraft auf die Bremse, das kreischende Radieren der Räder, im Schlingern spürte er den doppelten Schlag unterm Boden und den Schreck in der Brust. Brachte das Fahrzeug zum Halt. Stieg aus, schwammige Beine. Schaute zurück. Die wieder leere Straße, flankiert von Bauernhäusern. Das schwarze Bündel, regungslos, zwischen der Bremsspur.

Er schob sich hin, gegen seinen Widerstand. Zwei Fenster wurden geöffnet, er blickte nicht hoch. Das Fell: eine Katze. Die weißen Pfoten zuckten. Er bückte sich hinab, strich über den ausgestreckten warmen Körper. Steh doch auf – Katzen haben sieben Leben!

Das Maul aufgesperrt, über die rosa Zunge lief Blut auf den Asfalt, das Rinnsal sickerte mäandernd zum Bordstein. Unterm Schwanz Angstpisse. Der kleine Kopf irgendwie aus den Fugen, zerschmettert. Die glasigen Augen blicklos.

Es muss ihr Siebtes gewesen sein.

Wer hupte ihn an, grell, unverschämt laut, stoppte kurz vor ihm. Stoßstange Kühlergrill aus den Augenwinkeln, der Fahrer schnauzte los: He lebensmüde oder was!?

Er richtete sich hoch, das leblos erschlaffte Tier auf den Händen, leise: Die hab ich überfahren, eben.

Das ist kein Huhn – sind Sie froh! Bauernkatzen gibts jedes Jahr neu für nix.

Stieg ein, hieb den Schlag zu, kurvte an ihm vorbei. Landarbeiter, die dreckigen Stiefel.

Hinter dem Holzzaun des Fachwerkhauses ein Blumengarten, die Fenster geschlossen.

Im Nebenhaus die Frau nickte ihm zu, sagte nichts. Was meint die. Vom Kopf des Tieres tropfte das Blut noch. Ins Haus bringen? Zwischen die Blumen? Das Hoftor offen, nichts niemand bewegt sich. Paar Hühner. Mauersegler. Auf dem Feld, die Leute. Mittagsfrieden. Tödlicher Frieden.

Er trug die Katze zum Wagen, legte sie auf dem Kofferraum ab, zog den Schlüssel aus dem Zündschloß, öffnete die Heckklappe, lagerte den Körper vorsichtig auf den Boden, drückte die Klappe leise in die Verriegelung.

Vor dem Lenkrad sitzend wischte er sich mit einem Papiertuch die Rechte ab, mit Spucke das schon antrocknende Blut.

Katzentöter.

LebeWesenKiller.

Heftiges Kopfschütteln. Mach halblang Kolenda. Zehntausend gekillte Kinder Frauen Männer sind die Strecke, rund gerechnet. Jährlich! Ruhig gestellt. Demobilisiert für immer. Wer zählt Katzen und Hunde und Igel und Rehe – das sorglose Halali täglich auf den Straßen. Wir sitzen alle flott in den eisernen Menschenfressern und treten aufs Gaspedal. Die Sonne scheint weiter. Heiter weiter. Opfer des Straßenverkehrs heißt das korrekt.

Er startete, fuhr langsam, im Zweiten, der Leichenwagen DeKaWe, aus dem Dorf Grebenstein, Immenhausen 5 km. Wie er die Hand am Steuer ausstreckte zitterten vier Finger sichtbar. Tod ist Tod oder wie. In der Brust das Herz flimmerte noch nach mit der ablaufenden Welle des Schrecks.

Er bog in einen Feldweg, ließ den Wagen ausholpern an einem Birkenhain. Setzte sich auf einen Baumstumpf, bettete den schwarzhaarigen Körper neben sich ins Gras. Löwenzahn Klee Sauerampfer Hirtentäschel, Wegwarten blau. Schwankende Halme namenlos. Wildhafer. Sonja weiß die alle. Bäume und Blumen. Stempel Griffel Narbe. Verhinderte Lehrerin auf jedem Sonntagsausflug.

DER SOMMERFILM AUS DER EIFEL PLATZTE IN SEINEN

KOPF. Die erbarmungslose Erinnerung an die sonnige Straße steil runter vom Dorfausgang, der tödliche Zweikampf KAIN ABEL; Martin auf dem Jungenrad bergab und Klaus auf dem Bambirad hinterher, ungebremst beide wie verrückt und losgelassen, unten an der Kurve die Friedhofsmauer, er sprang noch auf rannte ihnen nach schrie HALT! HALTET AN! sie hörten nichts mehr preschten zu auf die Mauer unbremsbar, das Kinderrad unter Klaus flattert schlingert kippt den kleinen Körper auf die Straße, meterweit rutscht es mit dem Kind auf dem Asfalt ogott! Aber hat ihm, ja doch! das Leben gerettet vor dem Zerschellen an dem steinernen Hindernis, starr lautlos in Panik der Junge als er neben ihm kniete, auch Martin stumm entsetzt beim Anblick des hervordringenden Bluts aus der abgelederten Haut an Bein und Brust des wimmernden Bruders. Sonja der leibhaftige Vorwurf, riss ihm fast das Kind aus den Armen. Deine Idee, Fahrradtour mit einem Fünfjährigen! Der Anfang vom Ende.

Immer wieder in den Jahren die graue Friedhofsmauer aus Felsbrocken als Alb im Gedächtnis, unheilbares Trauma, Zeitzünder hinterrücks.

Kolenda sammelte ein paar Steine vom Feldrand, bedeckte damit den Katzenkörper. Er pflückte zwei Löwenzahnkugeln, blies hinein. Die Flugsamen segelten sinkend über den Steinhaufen. Statt Blumen.

In Immenhausen parkte er vor dem Glashüttenhotel, überlegte ob gleich in die Hütte oder erst offiziell anmelden bei Berner.

*

Das Objekt leicht auszufinden, neben dem Bahnhof. Überragend der weithin sichtbare Schornstein, ohne Fahne. Das Zeitungsfoto zeigte den Vorplatz verschneit, menschenvoll, schwarz verkleidete Männer mit einem Sarg. Unverkennbar die verglaste Pförtnerkabine.

Der drin saß wies ihnen mit fünf Fingern das Glashüttenhotel, gegenüber der Fabrik.

Malina vorweg, an die Teke, resolut: Ein Zimmer bitte. Und auf den fragenden Blick die lächelnde Korrektur: also zwei. Auf dem Anmeldeblock, freiwillig wahrheitsgemäß: Malina Stotz, Frankfurt, und er, gehorsamst: Dr. Bliss, Viktor, Gießen. Ein klares Verhältnis. Eben keins, Herr Wirt.

Besser so. Na klar doch. Wir wollen wissen, ob hier Geschichte passiert ist.

Immenhausen. Wie dösig dies farblose Nest im unausgeprägten Gelände, Kleinstadtdorf, kein Fluss, kein Berg, keine Burg, auch kein Waldrand, einfach so hingehängt an den Schienenstrang oder umgekehrt, und von hier ging aber vor anderthalb Jahren ein Geschrei durch Hessen und darüber hinaus, Art LandSturm: Hört ihr Herrn und lasst euch sagen, wir setzen euch eine Mine ins Nest, eh nämlich ihr uns die Bude dichtmacht und schickt uns zum Amt mit dem großen A: blasen wir unsre Gläser mit den eignen Mäulern für uns! Und auf eigne Rechnung!

Da kann ein promovierter Historiker aus der Nachbarschaft Marburg wohl kommen und nachsehn, ob auf dem Kuhdorf der Fortschritt fröhlicher fortschreitet als in den Metropolen der Banker. Geglaubt hats doch keiner wirklich, dass da was Neues sprosst aus dem alten Mist, ein Aufbäumen, ein Trotz gegen den Hauptstrom, das hessische Gallierdorf gegen die Imperatoren aus Römisch-Frankfurt ohne mirakulixischen Zaubertrank.

Ausgerechnet der von seinen Genossen geschasste Altkommunist Hans Gebhard hat im Marburger Gewerkschaftshaus die Süßmuth Gläser Verkaufsausstellung angezettelt: Kollegen leistet euch was für eure Märker, nämlich diese doppelt schönen Gläser aus ArbeiterAtem und genossenschaftlichem Eigentum, und du Viktor Bliss komm mal raus aus dem Dampftopf Universität, wo du nichts kriegst als Falten im Fell, erforsch was im Hinterland wirklich passiert ist – vielleicht ist die Hütte in Arbeiterhand ne sozialistische Heckzwiebel aus dem roten Paradiesgarten. Aber das weiß jeder angewandte Linke im dritten Semester, Hans, dass sowas nicht hinhaut: befreite Inseln im Kapitalismus. Außer privat durch sechs Treffer im Lotto.

Immerhin könnte man rausfinden, hat Abendroth in die Runde gepafft, wie diese Dorfburschen es fertigbringen, dass ihr Schornstein noch raucht, nach anderthalb Jahren, gegen alle Vernunft und Erfahrung. Die DDR steckt bestimmt nicht dahinter, sonst wär auch die DKP in den Bus gestiegen als die Frankfurter Rundschau und Jusos und Monitor – alle haben die Kurage der SüßmuthLeute mit hochgezognen Brauen bejubelt, Retter der dreihundert Arbeitsplätze, na schön, aber riechen konnt man das Frühjahr im Winter, die heimliche Hoffnung: da putzt mal ein mutiger Zwerg dem Riesen die Fresse ohne Respekt vor seinen goldnen Zähnen, weil ihm die Verzweiflung am Hals steht. Nicht Mitbestimmung, sondern, Ohren auf!: Selbstverwaltung!

Wohlwollende Kommentare in allen Medien, außer der FAZ, und aber der Schorsch gleich mit seinem Essig: spürte das Lauern der Journalisten aufs Scheitern (mit erneutem Nachrichtenwert), auf die Bestätigung, dass ihr eignes liberales Raushalten aus den sozialen Kämpfen Garantie ihrer professionellen Objektivität sei. Und nicht etwa die Angst um die eignen Brötchen dahinter. Wenn die den Bach runter rauschen kommen wir mal wieder großartig raus mit unsrer Skepsis. Abendroth: Wie auch immer – da haben kleine Leute eine starke Sache versucht. Also nimm das ruhig unter die Lupe, Viktor. Wenn du jetzt Zeit hast.

So war diese Gegenwart im Graduiertenseminar vom Stapel gelaufen.

Malina Stotz überbrachte dem Geschäftsführer Berner im Auftrag der Frankfurter Landesleitung das Angebot, auf dem Sommerfest ihrer Partei in Hanau einen Solidaritätsbasar für Süßmuthgläser zu organisieren, mit tausenden von Besuchern würde gerechnet, die Kollegen sollten einen eignen Verkaufsstand errichten, man könnte eine Podiumsdiskussion über die Erfahrungen mit der Arbeiterselbstverwaltung veranstalten, überparteilich besetzt: der Geschäftsführer selbst, ein Betriebsrat der Hütte und von der IG Chemie zum Beispiel Werner Vitt oder Franz Fabian, dazu ein Betriebsrat aus einem Großbetrieb, einer Zeche die auch von Schließung bedroht ist – ihren charmanten Witz packte sie aus, ihre Beredsamkeit, die Berner schweigend und mit ermunterndem Lächeln ohne

Zwischenfragen gewähren ließ, bis Malina die Puste ausging. Immer noch durch seine schwarze Brille lächelnd erklärte der Mann, dass der Aufwand des Transports der Gläser nach Hanau wahrscheinlich in keinem Verhältnis zum möglichen Verkaufserfolg stünde, das lehrten die Erfahrungen mit Ausstellungen in einigen Gewerkschaftshäusern, das vielbeschworene Solidaritätsgefühl unter den Arbeitnehmern habe offenbar starke Einbußen erlitten, Süßmuthkäufer seien in den Mittelschichten zu suchen, die sich teures mundgeblasenes Glas als Statussymbol leisten wollten, und außerdem seien ihre Belegschaftsmitglieder in der Produktion so stark eingespannt, dass sie solche Verkaufsaufgaben nicht zusätzlich übernehmen könnten. Das Glasmachen, davon können Sie sich gern in der Hütte überzeugen Frau Stotz, ist nämlich etwas andres als das Pusten von Seifenblasen.

Malina wollte ihren Auftrag so schnell nicht verloren geben, schlug vor, dass Genossen ihrer Partei aus Kassel den Transport und Verkauf der Gläser übernehmen könnten und außerdem kämen zu ihrem Fest nicht nur Arbeiter, sondern viele Freiberufler und Angehörige der Intelligenz aus Frankfurt, also kaufkräftige Bürger. Und die Podiumsdiskussion? Als Werbung für das Modell Süßmuth, die Arbeiterselbstverwaltung?

Da richtete Berner sich auf in seinem Chefsessel unterm Bild des Firmengründers, drückte das Kreuz sichtbar durch, erklärte, dass er als *Angestellter der Eigentümer* in solchen politischen Fragen selbstverständlich deren gewählte Vertreter, die Gesellschafter, konsultieren müsse, denen er allerdings aus seiner Sicht zu solchen Unternehmungen nicht raten würde, da die Hütte politisches Glas nicht verkaufen könne, sondern im Gegenteil aus dem öffentlichen Gerede herauskommen müsse. Das beträfe auch solche Forschungsvorhaben wie Herr Dr. Bliss sie in seinem Brief vorgeschlagen habe. Es passe aber nicht ungünstig zu ihren Absichten, dass ein Journalist aus Köln, Herr Kolenda, von der Demokratischen Zeitung, am Abend im Hüttenhotel den Vertretern der Eigentümer und dem Betriebsrat die Frucht seiner Recherchen vortragen wolle, eine Art Vorlesung offenbar, bei welchem Anlass sie vielleicht Gelegenheit fänden, ihre Anliegen zur Sprache zu bringen. Auch wenn er, als verantwortlicher Geschäftsführer, das müsse er der Ehrlichkeit halber offen aussprechen, mit seiner Meinung nicht hinter dem Berg halten würde. Wollten sie teilnehmen, würde er den Vorstand der Gesellschafter von ihrer Absicht vorab informieren.

Arroganter Knochen, fand Malina, noch leise, im Flur des Bürogebäudes. Pusten von Seifenblasen! Hält uns für doof. Diese bürokratische Sprache auch. Und kopfschüttelnd: Wer den hier als Geschäftsführer eingesetzt hat! Oder gewählt. Seine ganze Botschaft hieß im Grunde: Haut ab. – Als ob sie keine Hilfe nötig hätten.

Bliss schien der Mann mit der dicken Hornbrille unter dem exakten Scheitel sowas wie doppelbödig. Dieses *Angestellter der Eigentümer* war wohl die Anerkennung seiner formellen Abhängigkeit von den neuen Besitzern, aber als Geschäftsführer empfand er sich offenbar immer noch als Vormund der Arbeiter.

Malina, da standen sie auf dem Hof in der bescheidenen Grünanlage vor dem wasserlosen Springbrunnenbecken, hielt Berners Arroganz allerdings eher für vorgetäuscht und ihn für einen Kandidaten auf psychosomatischen Krebs oder Schuppenflechte. Der Mann hat Angst.

Aber den Kölner haben sie reingelassen und wollen ihn anhören. Kennst du diesen – wie hieß er gleich?

Komenda. Oder Kolenda. Habich schon mal gelesen den Namen. Frag mich nicht wo.

Bei dem hatten sie anscheinend keine Berührungsangst. Wahrscheinlich ist Marburg das falsche Stichwort. Und DKP erst recht. Hättst besser nur vom Volksfest gesprochen.

Komm Vik. Die Zeiten der Heimlichtuerei sind vorbei! (Strenges Stirnrunzeln)

Bliss, skeptisch: Wenn du dich da man nicht täuschst. Inner deutschen Kleinstadt.

Als er zufällig zur Fassade des Bürogebäudes zurücksah, entdeckte er den Kopf des Geschäftsführers hinter einem Fenster. Er beobachtet uns!

Lass ihn doch. Malina winkte freundlich hinauf: Wir müssen in der Offensive bleiben.

Und Bliss wunderte sich, dass er ihnen überhaupt von der Gesellschafterversammlung mit dem Journalisten erzählt hatte, ohne Not.

Weil er weiß, dass wir das auch ohne ihn rausgekriegt hätten.

Wollte sich jetzt aber mit Kenntnis bewaffnen für den Abend, die Eigentümer bei der Arbeit, noch ne halbe Stunde bis Feierabend, komm Vik, wir schaun uns an wie sie ihre Pusteblumen da drin wirklich herstelln.

Und dein Hunger?

Welcher Hunger?

*

Er begrüßte den Pförtner, der im Unterhemd in seinem gläsernen Brutkasten Musik aus dem Kofferradio hörte. Franz Sattler platzte von der neusten Hüttenstory: Die Gesellschafter haben die Geschäftsführer Stein und Broch rausgeschmissen!

Ist das wahr?!

Und zwar ohne den Beirat zu fragen!

Unmöglich.

Die Nachricht elektrisierte Kolenda. Er wusste von seinem letzten Besuch, dass die Spannungen zwischen den drei Geschäftsführern und auch zwischen dem technischen Chef und der Belegschaft zu immer neuen Streitausbrüchen geführt hatten. Aber dass die Arbeiter so schnell und selbstentschlossen ihre Rolle als Eigentümer wahrnehmen würden und ihre Vorgesetzten entließen, offenbar ohne die Banken und die Gewerkschaft um Erlaubnis zu bitten, das war eine neue Qualität von Kühnheit. Oder Mut der Verzweiflung.

Er fragte nach Jochen Zindler. Der konnte um diese Zeit zuverlässig Auskunft geben, nicht die mißtrauischen Berner und Müllrich.

In der FlachglasMalerei, sagte das schwitzende Holzbein Franz, ganz nach hinten durch in der ersten Etage beim Chef.

Beim Chef?

Beim Süßmuth. Wissen Sie, Herr Kolenda, wenn man

dreißig Jahre lang Chef gesagt hat lernt man nicht mehr um. Ich war schon in Schlesien beim Richard, und er hat mich siebenundvierzig auch als Kriegsversehrter wieder genommen. Der hatte Achtung vor einem, der seine Knochen fürs Vaterland hergegeben hat. Vergess ich ihm nie.

Auf dem langgestreckten gepflasterten Hof zwischen der Fabrikhalle und den Nebengebäuden die Ausweise der Produktion: in der Sonne glitzernde Scherbenhaufen mehrfarbig, Quarzsand, Soda, Kalk, rostige eiserne Schubkarren, gesinterter Schamottbruch. Aus den geöffneten Fenstern das Rauschen der Brenner, Klirren von Glas, einzelne Stimmen. Gute Geräusche, die Fabrik atmet.

Ungreifbar die Atmosfäre der Hütte, aber sie wehte ihn an, fing ihn ein als etwas Vertrautes, als hätte er selbst jahrelang in diesem Kosmos sinnvoller Abläufe gearbeitet, bei denen Dreck in Glas und nützliche Formen verwandelt wurde. Vielleicht hat er sich durch das wochenlange Schreiben über das an wenigen Tagen Erfahrene dieses Lebewesen angetraut, einverleibt, ähnlich denen, die hier, als seine Blutkörper, wirken, in ihm kreisen auf den vom Produktionsprozess vorgeschriebenen Bahnen, und es so doch erst aus einem Haufen toten Materials zu einer Fabrik werden lassen.

Aber das steckt ihm noch länger, noch älter in den Knochen. Ein Gefühl von Zugehörigkeit, das er in Waltrop als Zwang, als Einschränkung seiner jugendlichen Freiheitslust empfunden hat: eine ganze Kleinstadt zusammengewachsen mit der Zeche, abhängig und durchdrungen die eine von der andern. Jeden Schritt zwischen Zechensiedlung und Lehrwerkstatt und Waschkaue und Kantine war der Vater vor ihm gegangen, nichts Selbstbestimmtes, Eigenmächtiges, der schwarze Brennstoff in der Erde als Elixier und Faszination und Verhängnis – das musste erst ausgejätet und abgestoßen werden, damit das Eigne entdeckt werden konnte unter dem Joch.

Im Halbschatten der Zitterpappel, auf der Bank vor dem Quergebäude neben dem altschwarzen Zweihundertzwanziger des enteigneten Unternehmers sitzend, die Aktentasche zwischen den Füßen, scheint ihm die aus Erinnerung und Gegenwart gemischte Empfindung, flirrend wie die Blätter des Baumes in der schläfrigen Brise, ein Schlüssel zu seiner unentschiedenen, zwitterhaften Existenz zwischen der proletarischen Herkunft und den tastenden, vorsichtigen Unternehmungen kopfgeleiteter Abenteuer. Ein Schlüssel aber, für den das zugehörige Schloss noch nicht gefunden ist.

Vorsichtig öffnete er die schwere Eisentür in den hohen Raum, in den blattgrüngetönte Nachmittagssonne durch ein wandhohes Atelierfenster flutete. Jochen Zindler, vor einer breiten Arbeitsplatte, zeigte ihm die aschgrauen Wellen seines Hinterhaupthaars: Treten Sie nur näher, Herr Kolenda! Was gibts Neues aus Köln? drehte sich aber nicht um, noch legte er das Messer aus der Hand, mit dem er an dem vor ihm liegenden Fenstermosaik arbeitete.

Tach Herr Zindler, sagte Kolenda, bin also schon angekündigt. Der Dom steht noch, bis auf weiteres. Aber wie siehts in der Hütte aus?

Wir schaffen – was sonst? Zindler schob seine silberne Drahtbrille zur Nasenwurzel, blickte ihn an, ironisch lächelnd: Und Sie? Warn Sie fleißig? Haben Sie uns was Brauchbares mitgebracht?

Kolenda legte seine Aktentasche auf den Tisch, auf Glasscherben, Bleireste, Werkzeug. Passt gut, das abgeschabte Ding, in den dreckigen Rohstoff der Arbeit.

Obs brauchbar ist, müsst ihr heut abend befinden. Er zog den Packen betippter Blätter aus der Tasche: Ich hab mein Bestes gegeben.

Hoffentlich kein Roman, wie? Zindler fächerte die Blätter zwischen Daumen und Zeigefinger durch, las den Titel: Machen wir heute was morgen erst schön wird? Nicht schlecht. Könnte zutreffen. Hoffentlich.

Kolenda zeigte auf den Untertitel: Reportage aus der deutschen Wirklichkeit. Den Roman wollen Sie ja schreiben.

Zindler lachte, geschmeichelt. Wenn wir über den Berg sind. Im Augenblick krachts wieder im Gebälk.

Der Sattler sagt, ihr habt die Geschäftsführer in die Wüste geschickt?

Der Franz schwatzt zu viel. Einen haben wir behalten, Vielleicht einer zu viel.

Berner.

Der weiß wenigstens, weshalb er für die Hütte arbeitet. Hat unsern Stallgeruch.

Hätte nicht gedacht, dass ihr so mutig seid, ehrlich gesagt. Ohne Beirat.

Mutig? Zindler sprang der Zorn ins zerfurchte Gesicht. Unter den zusammengezogenen Brauen blitzte er durch die Brille: Wir haben uns nicht die Hütte erhalten, um sie uns von einem Maulhelden und einem technischen Tolpatsch kaputtmachen zu lassen! Für sechstausend Mark Nasenprämie im Monat! Wissen Sie, wie lange zehn Glasmacher arbeiten müssen für zwölftausend Mark Gewinn? Der Stein hat pfundweise Werbebriefe nach Japan geschickt, Südamerika, wollte Süßmuthglas in Kanada verkaufen! Allein die Portokosten! Entschuldigen Sie, aber ich bin ja nicht blöd, oder? Wo sitzen denn unsre Kunden? Am Äquator?

Kaum, vermutete Kolenda, ohne allerdings einen Schimmer von den Vertriebswegen der Hütte zu haben, ungefähr genauso wenig wie von der Flachglasmalerei, bisher hat er ihn immer nur in der Hohlglasmalerei getroffen und keine Ahnung, dass er auch in diesem Atelier arbeitet, in Rufnähe offenbar vom alten Süßmuth.

Zindler wies mit dem Bleimesser zur Decke: Man kann seine Schritte hören, wenns still ist.

Er schnitt ein Stück Bleischiene auf passende Länge,

Manchmal steht er plötzlich in der Tür. Schweigend.

bog das Blei mit beiden Händen in den sanften Schwung, den die Zeichnung auf dem Tisch vorgab,

Die fleischgewordne Anklage!

nahm eine smaragdgrüne Scheibe von der von unten erleuchteten Milchglasplatte, auf der die noch nicht verwendeten Teile des Bildes lose lagen, schob sie in die Schiene

Verzeiht mir nicht, dass ich unser Ultimatum mitunterschrieben habe.

klopfte mit leichten Schlägen eines Holzhämmerchens Scheibe und Schiene ineinander,

Obwohl er die Glaskunstwerkstatt behalten durfte!

mit einem fingerbreiten Holzstift bördelte er den Schienenrand auf das Glas und drückte die Enden der Schiene zusammen,

Das gehört ihm hier noch alles. Große Armbewegung durch den Raum, den Kolenda nun erst genauer wahrnahm – die zwei schräg gestellten, offenbar fertigen Bilder mit biblischen Motiven vor dem Atelierfenster, die senkrechten Regalfächer mit zahllosen farbigen Glasplatten, den kleinen keramischen Brennofen, den zweiten Arbeitstisch, bedeckt mit Pappestücken, Glasteilen, Werkzeugen, Flaschen.

er schob das halb gefasste Glasstück in die quer darüber liegende Schiene des schon zusammengefügten Bildteils

Neue Aufträge für Fenster bekommt er nicht mehr. Paar alte Sachen, die ich noch zu Ende bringe. Geschenk der Belegschaft.

mit einem eisernen Hammer schlug er einen Stift an der unteren Glaskante ins Holz, um das Teil zu fixieren,

Chorfenster für die Kirche in Hessisch-Lichtenau wird das.

bördelte die obere Schiene um,

Redet kaum noch mit mir. Gebrochener Mann. Altersstarrsinn.

schnitt ein weiteres Stück Blei ab,

Verstehts bis heute nicht, dass er uns das alles eingebrockt hat.

Formte es mit dem Holzhammer gegen die freie Seite des grünen Glasstücks.

Er blickte Kolenda über den Rand seiner Brille an, leichtes Kopfschütteln: Aber die wirklichen Scharfmacher waren seine Frau und sein Bruder, der Mephisto. Und die Glasunternehmer. Die haben ihn aufgeputscht. Wissen Sie ja. Trauerspiel.

Sie hängen ganz schön dazwischen, wie?

Mensch will man schon bleiben. Welche wollen hier Klassenkampf spielen. Zu denen gehör ich nicht Herr Kolenda. Ich hoffe Sie haben das in Ihrer Darstellung berücksichtigt.

Kolenda lachte. Das können Sie heut abend überprüfen. Wenns bei unsrer Verabredung geblieben ist. Bei der neuen Entscheidungsfreude der Gesellschafter –

Zindler grinste kaum merklich. Jemand wird bestimmt paar Tomaten in der Tasche haben.

Wie – ehrlich? fragte Kolenda bestürzt und Zindler, feixend: Ich denk das ist heut üblich – bei den Aufständischen?

Sie wollen mich hochnehmen Herr Zindler.

Da lachte der herzlich: Keine Angst! Unsre Wurfgeschosse sind rein symbolisch.

Er wandte sich wieder dem halbfertigen Glasbild zu. Sehn Sie, früher warn wir hier zu dritt. Ich habe nur als Maler gearbeitet. Jetzt bin ich auch Kunstglaser, zuständig für alles.

Was Sie hier fabrizieren Herr Zindler, ehrlich, ist mirn böhmisches Dorf. Sieht ziemlich mittelalterlich aus, Ihr Handwerk.

Außer dem Glasschneider ist seit der Gotik auch nicht viel Neues dazugekommen. Aber mit Böhmen liegen sie nicht schlecht. Rudi Bilo stammt da her. Wir andern Alten haben alle bei Richard Süssmuth gelernt, in Schlesien, Pensdorf, wo der seine erste Glaswerkstatt hatte. Gehörte zu den Erneuerern der alten Kunst, war jahrhundertelang vergessen, seit der Renaissance im Grunde, weil keiner mehr Kirchen gebaut hat. Und die Protestanten wollten Licht, keine bunten Bilder. Entschuldigen Sie.

Kolenda hatte keine Ahnung was er entschuldigen sollte.

Sie wollen doch hören, weshalb wir die Geschäftsführer –

Das erfahr ich schon noch. Aber wie ein Kirchenfenster entsteht, das weiß hier vermutlich keiner, außer Ihnen.

Und dem Alten da oben, sagte Zindler mit einem Kopfheber zur Decke.

Den kann ich nicht fragen.

Kolenda kramte ein Schreibheft aus seiner Aktentasche, einen Kugelschreiber. Ich bin kein Student Herr Zindler. Auch nicht wirklich Journalist. Ich könnte Ihnen erzählen wie die Kohle aus der Erde kommt. Das habich gelernt. Bis auf die Knochen. Dann habich umgesattelt auf Neugier. Deshalb bin ich zu euch gekommen. Unternehmen Neugier. Weiß nicht ob das mal einen ehrlichen Beruf abgibt. Wie ihr drüben das Glas macht, habich einigermaßen kapiert. Wie ihr die Hütte am Laufen haltet auch.

Zindler fasste unter seinen graufleckigen Malerkittel, zog eine Kapseluhr an der Silberkette aus der Hosentasche, ließ den Deckel aufspringen: In fünf Minuten habich Feierabend. So lange müssen Sie Ihre Neugier zähmen. Oder sich umschaun.

Er passte zwei weitere Scheiben in das halbfertige Bild, während Kolenda an den Arbeitstischen herumstöberte, die farblosen Pinsel, Gänsefedern und Holzstifte in einem Becher, die verschlossenen Flaschen mit Pulvern und Flüssigkeiten, ein Schleifstein, ein elektrischer Lötkolben, eine eigenartige Schere, das gleiche sichelförmige Messer, mit dem Zindler das Blei schnitt, Holzkohlestifte, ein Papiermesser rasierklingenscharf, Flachglasstücke, bräunlich bemalt, die gegen das Licht gehalten überraschend leuchtende Farben zeigten und Einzelheiten eines figürlichen Bildes. Zindler warnte zur Vorsicht, die Farbschicht sei leicht verwischbar, noch nicht eingebrannt.

Als die Fabrikglocke, ziemlich entfernt, ziemlich leise, vom Hof herüberscholl, fiel Kolenda erst die fast ungestörte Stille in diesem Raum auf, die durch Vogelgezwitscher in den Bäumen vor dem Atelierfenster sogar etwas Sommerlich-Idyllisches bekam. Auch die Temperatur war hier gut erträglich, entspannter ließ es sich arbeiten als in der lärmigen, brütenden Hütte. Zindler zeigte ihm an einem Abfallstück, wie er mit dem spitz geschnittenen Federkiel feine Striche in die Farbe ritzte und die Pinselborsten so auftupfte, dass wie durch ein Raster eine Schattierung entstand. Die Grundfarbe sei aber immer im Glas selbst, entweder in der Masse durchgefärbt oder beim Überfangglas auf den farblosen Kern eine beliebige Farbe aufgeschmolzen, die dann entsprechend der gewünschten Zeichnung mit Flußsäure abgeätzt werde.

Kolenda fragte, wie denn Farbe in das Glas eingebrannt werden könne, ohne dass es, selbst schmelzend, seine Form verlöre.

Zindler erklärte die Frage für sehr berechtigt und dass hier fast Alchemie im Spiele wäre, jedenfalls die jahrhundertalten Erfahrungswerte der Glasschmelzer, die aus den verschiedenen zu Pulver gemahlenen Farbglaspigmenten und dem Flussmittel, Terpentin oder Dannerlack, die Farben so herstellten, dass deren Schmelzpunkt etwas unterhalb dem des Glasträgers liege. Im Ofen würde das Glas nur weich, die Farbe aber flüssig und verbinde sich so unlöslich mit der Trägerscheibe. Beim Überfangglas entfiele dieser Arbeitsgang, weil die Zeichnung sich durch das Ätzen ergebe oder aber durch Wegschleifen, wie er es sicher schon in der Hohlglasschleiferei beobachtet habe.

Durch Kolendas Mitschreiben und Nachfragen schien der immer skeptisch grundierte Jochen Zindler sich in einen von seiner Sache begeisterten Künstler zu verwandeln, der dem Laienschüler seine Verfahrensgeheimnisse erklärte, als gälte es, ihn als Nachfolger, als Zauberlehrling zu gewinnen. Um nun aber systematisch beim Anfang des Prozesses zu beginnen, zeigte er ihm einen in halbfingerbreitem Holzkohlestrich bemalten matt transparenten Papierbogen, den Bleiriß, auf dem er über dem ursprünglichen, farbigen Bildentwurf die Linien eingezeichnet hatte, mit denen die Farbglasteile durch die Bleifassung voneinander getrennt werden sollten. Das Blei sei das wichtigste grafische Element jedes Kirchenfensters. Vom Bleiriß müsse er die Konturen auf Schablonenkarton durchpausen und die Einzelschablonen mit dieser dreischneidigen Spezialschere aus dem Karton heraustrennen. Die schnitte einen millimeterbreiten Streifen – er führte ihm das an einem Stück des braunen Kartons vor – zwischen zwei Einzelschablonen heraus, und warum das? Dazu zeigte er ihm das H-Profil einer Bleirute. Kolenda begriff, dass der Streifen die Breite ihres Mittelstegs hatte, durch den später die Glasstücke voneinander getrennt werden. Genau dieser Abstand müsste beim Zuschneiden der Teile berücksichtigt werden.

Kolenda nahm die Schere in die Hand, bestaunte ihren unkompliziert-raffinierten Mechanismus. Er probierte sie an einem Stück Pappe aus.

Auf die ausgeschnittenen Schablonen müsse er – als Malermeister! – noch die Nummern der Farbgläser schreiben – über tausend verschiedne mundgeblasne Sorten gäbe es – die er dann, als ungelernter Kunstglaser, aussuchen und zuschneiden müsse.

Zindler zeigte ihm, den Glasschneider wie einen Stift in der Hand haltend, ihn mit dem Mittelfinger andrückend, wie spielerisch leicht er sich entlang der Kurve einer Schablone über ein Stück Glas führen ließ, ein leises Knirschen wurde hörbar, und tatsächlich brach das Glas unter einem kurzen Schlag des Schneiders genau entlang der angerissenen Kurve. Verblüffend. Ungläubig probierte er es selbst auf einer Scheibe, ohne Erfolg. Kein Knirschen, kein Ritz. Was mach ich falsch?

Zindler, milde lächelnd, griff nach seiner Hand, drückte sie mit dem Diamanten fester aufs Glas, da kam das Knirschen. Und danach ein glatter Bruch längs des Risses.

Glas ist ein unheimlich sensibler Werkstoff, erläuterte Zindler, lebt ganz verschieden je nach der Wärme, die man ihm zuführt oder entzieht. Wie eine Frau. Aber im kalten Zustand braucht es die entschlossene Hand.

Es gibt keine Glasmacherinnen, oder? vermutete Kolenda.

Zindler kannte keine. Vom Glasmaler würden die Stücke dann entsprechend der Bildvorlage konturiert, die Gesichter, Hände, Gewandfalten, anschließend gebrannt und seien dann fertig für den Kunstglaser, der sie, wie er eben, ins Blei setzt. Und verlötet, an den Kreuzungspunkten der Bleischienen. Aber erst zum Schluß, wenn das ganze Bild fertig in seinem Rahmen sitzt. Wie die beiden da drüben am Fenster.

Und der Kitt? Kolenda zeigte auf den grauen Klumpen – wann verwenden Sie den?

Das Verkitten ist der letzte Akt der Geschichte. Der Kitt wird nur auf der Wetterseite eingebracht, schließt das Fenster dicht gegen Regen und drückt die Scheiben gegen die Innenseite der Schienen.

Zindler zog seine Aktentasche unter dem Arbeitstisch vor, die aussah wie die schwarze Schwester von Kolendas, verpackte die Termosflasche und eine Plastikdose, hängte seinen Kittel an einen Wandhaken neben der Tür.

Ich muss jetzt, entschuldigte er sich, meine Frau wartet mit dem Essen.

Treffen wir uns heut abend im Hüttenhotel? fragte Kolenda, leicht unsicher.

Zindler, harmlos grinsend: Gewiß doch, dafür muss ich mich jetzt ausruhen. Damit ich bei Ihrer Vorlesung nicht aus Versehn einschlafe!

*

Unter dem hochragenden Ausruf, dem backsteingemauerten Kamin, wirkte die Fabrikhalle geduckt, trotz der zwei Reihen hoher Fenster.

Jenseits der Hallentür: eine Wand, unsichtbar. Von fünfundzwanzig Grad in der Sonne auf fünfunddreißig oder so im Schatten: eine atemberaubende Wucht.

Und der Lärm Mann! Das Fauchen der Gasbrenner, das Rauschen der Ventilatoren, das Klirren splitternden Glases waren zu unterscheiden. Wie halten denn die das aus! (Zu Bliss höherem Ohr raufgeschrien.) Der zurück: Sie scheinen lebendig!

Die auf den hölzernen Plattformen um die beiden Steinöfen, an den rotglühenden Löchern, hemdlos fast alle, kurze Hosen, hantierend mit langen Stangen an denen leuchtende Masse hing, vor den Bühnen sitzend andre, unklare Verrichtungen, und Frauen in Kitteln, durcheinander laufend mit Glaskörpern auf kurzen Stangen. Irre!

Ja wirklich! schrie Malina zurück.

Ein älterer Mann, neben ihnen, grauer Kittel über der nackten Brust, das Armzeichen: Bitte kommen Sie! schritt voran in eine hölzerne Bude mit Ventilator auf dem Schreibtisch, schloss die Tür hinter ihnen, halber Lärm noch: Guschewski. Ich bin der Hüttenmeister. Herr Berner hat sie angekündigt.

Bliss. Händedruck. Von der Marburger Universität.

Malina Stotz aus Frankfurt. Kleiner Händedruck mit Lächeln.

Zu Bliss: Was wollen Sie sehn?

Ja alles, nickte Malina zuversichtlich. Wie das Glas gemacht wird.

Schaun Sie sich selbst um – in zwanzig Minuten ist Schluß an den Öfen. Aber Vorsicht! Nichts anfassen! Alles kann heiß sein.

Erstaunlich, wie unförmlich der sie in sein Fegefeuer entließ. Anscheinend immer noch oft Besucher.

Die Glasbläser auf den Podesten (manchmal schaute einer kurz herunter zu ihnen, signalisierte mit den Augen einen

Gruß) waren unablässig in Bewegung mit ihren Blasrohren, mit denen sie glühende, honigzähe Glasmasse aus den Öfen zogen, sie mal fast senkrecht überkopf in die Luft hielten, das Rohr am Holzgriff drehend und hineinblasend, oder waagerecht in eine Gabel gelegt eine schon sichtbare gläserne Hohlform an der Rohrspitze weiter auftrieben und mit einem nassen hölzernen Löffel längten, oder das Rohr mit dem so vorgeformten Werkstück dem zu ihren Füßen vor der Bühne sitzenden Helfer in eine zweiteilige Holzform steckten, die Backen aufwölbend in das Mundstück bliesen bis der Zuarbeiter die vom Wasserdampf umwölkte Form aufklappte und das Rohr mit dem anhängenden durchsichtigen Hohlkörper entließ, den der Glasbläser auf einer Platte ablegte, mit einem Eisenmesser an der Rohrmündung berührte, so dass der absprang und von einer der Frauen zu einem Förderband im Hintergrund der Halle getragen wurde.

Die auf der Bühne arbeiteten ziemlich dicht nebeneinander, ein vielgestaltiges Hin und Her zwischen den Ofenöffnungen und der Bühnenkante, aber kein Durcheinander, eher ein eingespielter Tanz, halbnackte gefeite Derwische, die mit mannslangen Zauberstäben glühende Fetische zeugten, ein Feuerkult, bedrohlich für jeden Uneingeweihten.

Von Lärm und Faszination sprachlos bewegten sich Malina Stotz und Viktor Bliss zwischen den Arbeitenden um die Öfen, in vorsichtiger Entfernung von den Bühnen, ahnten sich in die Chemie, die Termik und Technik der Glaskunst. Keiner der Glasbläser fertigte die gleichen Formen wie sein Nebenmann, einer blies kindskopfgroße Ballone (als ob er seine aufgeblasnen Backen durch das Rohr in den Glaskörper drückt!), ein andrer fabrizierte offensichtlich kiloschwere Zylinder unerkennbaren Zwecks, ein dritter zauberte hauchdünne, schön geschwungene Gefäße, die nicht vom Rohr abgetrennt, sondern von einem der Zuträger zu einer Arbeitsstelle vor der Bühne gebracht wurden.

Malina zog Bliss am Handgelenk dorthin, zu dem sitzenden hageren Arbeiter mit lederner Schürze, der das Rohr mit dem noch rosa schimmernden Werkstück mit der Linken vor sich dirigierte, den an der Spitze einer Eisenstange hängenden

Glutklumpen zum Boden des Glaskörpers führte, dort ansetzte, in die Länge zog, mit einer groben Schere abschnitt, das Blasrohr von dem jungen Zuträger übernahm und, es auf seinen Oberschenkeln rollend, mit einer Art Holzspachtel aus der angesetzten Glaswurst einen ebenmäßigen Stil formte, dem nun ein zweiter glühender Glastropfen angeheftet wurde, den der Hagere, links weiter das Blasrohr drehend, mit Hilfe einer Pritsche zu einem Teller breitdrückte. Dann brachte er das Glas an der Ansatzstelle zum Blasrohr mit einem Wassertropfen zum Abspringen. Sanft fiel es in eine asbestverkleidete Mulde. Von einem zweiten Gehilfen wurde es von dort in einer Zange zum Kühlband getragen.

Malina fragte, ob das Trinkgläser würden und der Arbeiter sagte Kelche, ja. Sieht man doch. Erklärte aber bereitwillig, daß die Kappe erst nach dem Abkühlen im Temperofen abgetrennt und der Rand verschmolzen werde, so dass ein offnes mundgemäßes Gefäß entstehe. Auch ein Kunststück was nicht immer gelingt.

Der Mann hatte eine lärmgefestigte durchdringende Stimme, sie verstanden ihn mühelos. Es war sein letztes Werkstück, die Fabrikglocke verkündete das Arbeitsende an den Öfen.

Malina lachte ihm ins stopplig verwitterte Gesicht. Fantastisch, was Sie hier zaubern! Und wie Sie das schaffen, ohne Maschine, dass ein Glas wies andre wird!

Der wiegte den Schädel: Zu viel Ausschuss produzieren wir immer noch. Glas ist launisch wie ein Kind. Mal muss mans streicheln, mal zwicken. Hat seinen eignen Verstand.

Er band die Schürze ab. Aber die Erziehung fängt da oben an – er zeigte auf die Öfen – die Schmelzer sind unsre Alchimisten. Was die verpatzen können wir Glasmacher nicht ausbügeln. Wolln Sie reinschaun?

Malina nickte begierig.

Auf den Bühnen verschlossen die Arbeiter die Ofenlöcher, dämpften das Rauschen der Flammen, stellten die Blasrohre in schmale hohe Schränke, die Holzwerkzeuge wurden in Wasserbottichen versenkt, Glassplitter klirrend zusammengefegt. Der Alte führte sie die flache Holztreppe hinauf, hob mit einer Eisenstange die Schamottplatte aus einem Ofenloch.

Trotz der Wärme in der Halle prallte ihnen die Strahlhitze mit dem Feuerschein heftig ins Gesicht. Nichts half das Zusammenkneifen der Augen – sie sahen nur waberndes infernalisches Feuer.

Zwölfhundert Grad. Nachts zur Schmelze fahren wir sie hoch auf vierzehnhundertfünfzig! (War der stolz auf seine Öfen?) Reichte ihnen zwei dunkel getönte Scherben, die ließen aus den seitlichen Innenwänden vorschießende Gasflammen und massive Bottiche erkennen, in denen noch Reste flüssigen Glases behäbige Blasen blubbten.

Hab keine Ahnung wo das Rohglas gewonnen wird, schrie Malina unbefangen, kommt das irgendwo in der Natur vor? Wie Silber oder Kohle?

Dreck Malina, schrie Bliss, Sand ist der Grundstoff! Stimmts?

Eigentlich schon. Quarzsand. Der liegt so rum. Wie Sand am Meer.

Er verschloss das Glutloch, dämpfte den Geräuschpegel, zog sie zurück zur Treppe.

Dazu Soda und Kalk, je nachdem.

Also könntich mir ganz einfach selber Glas kochen? Im Backofen? staunte Malina. Mit Sand aus der Buddelkiste?

Der Alte lachte aus den Augenwinkeln. Im Prinzip schon – wenn Sie Radio Eriwan fragen. Gibt Rezeptbücher. Früher wars Geheimwissen der Hütten. Das Händchen gehört immer noch dazu. Und der Segen von oben.

Von Richard Süßmuth? fragte Bliss, hat der noch was zu sagen bei Ihnen?

Mitleidig lächelte der Alte: Der nun wirklich nicht.

Beim Kaffeetrinken in der Gaststube des Hüttenhotels tadelte Malina Bliss wegen dieser Frage. Der hatte sich ehrlich nicht vorstellen können, dass Arbeiter von Gottes Segen ohne Ironie – also weißt du! In einer Belegschaft, die sich so frech vor allen höheren Wesen gezeigt hat! Ein absoluter Anakronismus, gibs zu.

Malina filosofierte, dass die Glasarbeiter vielleicht selbst noch staunten wie diese Metamorfose geschieht: aus dem

Dreck der Erde wird ein Stoff wie reine Luft so lichtdurchlässig, obwohl doch hart zum Kopfdranstoßen und messerscharf die Kanten – wenn das kein Wunder heißen darf!

Kommt ein bisschen zu häufig vor fürn Wunder, fand Bliss. Bloß weil man sich dran gewöhnt hat hört ein Wunder nicht auf Wunder zu sein.

Ein Wunder dachtich ist die Ausnahme vom Gesetz. Wenn du die richtige Mischung zusammenkochst wird immer Glas draus. Falls die Glasbläser morgen früh Schokoladenhasen aus ihren Rohren blasen, sag mir Bescheid – dann hol ich den Priester.

Ach Vik, Holzkopf! Flink wegwerfend die Bewegung der zierlichen Hand, aber hochgezogne Mundwinkel und Wangengrübchen. Warum musstest du eben hier am Fenster sitzen? Weil du rausgucken willst. Stell dir vor wie unser Leben in Höhlen ohne Fenster aussäh. Finsteres Mittelalter! Oder Rotwein im Tonpott, Katastrofe. Aber im – wie hat der Alte gesagt? – in seinem Kelch sinds zwei Wunder auf einmal.

Dramatischer Seufzer von Bliss: Dann kannst du gleich alle Naturgesetze zu Wundern verklären.

Malina, eigensinnig: Was hiermit geschieht, teurer Freund. Und die Menschen gleich mit, die sie geistreich anwenden. Anders kriegen wir nämlich keinen Respekt vor der Natur ins kapitalistische Abendland. Und die Ausbeutung nicht aus der Welt.

Ist das eure neue Frankfurter Schule? Ich dachte du bist mitm ortodoxen Parteikörper verheiratet?

Im Bauch, nicht im Kopf, Vik.

So so, intressant Malina, intressant. Ganz neue Aspekte. Innereheliche Linienuntreue. Ist das erlaubt heut bei euch in der hessischen KaPe.

Verschmitztes Augenzukneifen: Wir arbeiten dran. Jedenfalls rührt alles Nachdenken vom Staunen über die Wunder der Welt, mein Lieber. Weißtu wer das zuerst gemerkt hat?

Einer von den Alten vermutlich. Tippe auf Engels.

Plato. Und Aristoteles. Der Vater aller Wissenschaft nicht

wahr. Ist ja wohl unverdächtig für Marxisten. Ohne Wundern kein Fortschritt, weil das Wundern beim Menschen zum Wissenwolln führt.

Gebongt, Malina. Aber dieser sogenannte Apfelkuchen gehört nicht zu den Errungenschaften des abendländischen Kulturkreises. Hefeboden aus Mehl und Wasser. Apfelmus aus der Dose. Ich hasse fantasielosen Kuchen.

Bliss war auch beeindruckt, war eingefangen von der Hüttenatmosfäre, von den vulkanischen Elementen und den Arbeitern die sie disziplinierten, die mit einer unsichtbaren aber spürbaren Konzentration den amorfen Stoff in Formen und Lichtreflexe umzauberten. Insofern war er einverstanden mit Malinas aristotelischer Verwunderung über die Glasmacherkunst. Wenn schon die Kuchenfertigung der Immenhauser Bäcker nachkriegsmäßig zurückgeblieben war. Trotz seiner Lust, weiter über die seit München vergangenen Jahre mit Malina zu sprechen, folgte er ihrem Wunsch, das Glashütten-Museum zu besuchen, das ihnen der Geschäftsführer so warm empfohlen hatte.

In den neben dem Bürogebäude gelegenen Saal flutete das Licht durch zwei dachhohe Fensterwände. Der Hüttenpförtner hatte sie eingelassen mit der Bemerkung, dass sie nicht die einzigen Besucher seien.

Da war einer, ja, gelehnt an den mittigen Pfeiler des Saals, Blondhaar wellig zum Nacken, schmalspitze Höckernase, ragte über die Vitrinen, nur dieser eine undurchsichtige Menschenkopf zwischen Glas und Gläsern im Kristallpalast, unbewegt. Zeigte sich als schmalgebauter Mannskörper mit Block und Stift im Mittelgang. Kunststudent beim Aktzeichnen? Überall nackte gläserne Körper, ein Rausch von Transparenz, staunte Bliss geflüstert, alles weibliche Kurven die Pokale die Vasen die Krüge –

Erstarrte Anmut, dichtete Malina. Der die Formen entworfen hat war ein Frauenliebhaber – diese Weingläser sind zerbrechliche Grazien. Der wollte zartfühlende Hände für seine Geschöpfe –

Auch Bliss fühlte sich poetisch inspiriert: Ein Lichtspieler muss der Süßmuth gewesen sein. Du kannst durch einen solchen Kelch durchsehn als wär nichts da, pure Luft – erst die Sonnenreflexe, die Spiegelungen lassen es erscheinen. Als wärs nur erfunden um diese Form den Augen zu zeigen. Also eigentlich dem Geist. Vielleicht, entdeckte Bliss, gibts eine Verwandschaft zwischen dem Geist und dem Glas? Die Transparenz, das Immaterielle. Jedes Gefäß zeigt die Idee seiner Form. Das Stoffliche bemerkst du erst wenn dus anfaßt. Oder Wein reingießt. Dann hast du beides: die konkrete Form und das Lichtspiel Farbe.

Malina war zufrieden. Jetzt hast du von meinen zwei Wundern gesprochen. Hast dus gemerkt?

Bliss hatte plötzlich den Schnappschuss vor Augen – der helle Frauenkörper im durchsichtigen Bachwasser, unscharfe Ränder, Ophelia ertrunken, umflutet. Ein nackter Käfer, verschmolzen in Bernstein Eis Plexiglas, ein Erinnerungshusch nur – Also vielleicht könnte man sagen, dass ein solches farbloses Glas genau die Grenze zeigt, den Übergang von Geist zu Stoff, was meinstu.

Und der alte Süßmuth war ein Glaskünstler, sagte Ophelia, hat anscheinend nur solche klaren Gläser entworfen. Ohne Schnickschnack.

Der deutsche Michel kauft was Dekoratives für die Vitrine und trinkt aus Plastik oder Pressglas. Sagte der blonde Unbekannte über den Schaukasten weg, trocken. Wenn Sie mich fragen war Süßmuth ein Sturkopp, der die Welt nicht mehr verstand. Hat die Existenz seiner Arbeiter aufs Spiel gesetzt.

Haben wir auch gehört, gab Bliss zurück. Trotzdem muß man seine Kreationen bewundern.

Ich bewundere die Glasmacher, die bis heute durchgehalten haben, erwiderte der mürrisch.

Sind Sie vielleicht der Journalist aus Köln, der nachher in der Gesellschafterversammlung seine Hüttengeschichte vorlesen will? fragte Malina auf gut Glück.

Woher wissen Sie das?

Vom Geschäftsführer, hat uns eingeladen dazu.

Typisch Berner. Jetzt machter erst recht was er will. Na ja, musser selbst verantworten. Ich hab nichts dagegen dass jemand zuhört. Aber wundert euch nicht, wenn die Gesellschafter euch wegschicken.

Der Mann kannte die Verhältnisse in der Hütte offenbar genau, wie er über den Geschäftsführer sprach. Klar, wenn er recherchiert hat für einen Bericht. Bliss stellte sich vor mit seiner Absicht, als Historiker den Fall Süßmuth darzustellen im Rahmen eines größeren Forschungsprojekts über Formen der Selbstorganisation in der Arbeiterklasse der BRD. Ob er ihm da Tips geben kann, an wen von den Beteiligten er sich wenden soll, um einen Einstieg zu kriegen, um überhaupt die Chancen eines solchen Unternehmens abschätzen zu können. Dieser Geschäftsführer hat nämlich gleich abgeblockt.

Kolenda schien nicht willens, seine Informationsquellen zwei eben reingeschneiten Fremden zu öffnen. Abendroth als großer Manitu und Mentor beeindruckte ihn nicht. Malinas fröhlicher Neugier gelang es, ihm Bruchstücke seiner Lokalgeschichte zu entlocken. Mehrmals sei er nach Immenhausen gekommen. Dutzende von Gesprächen mit allen beteiligten Personen. Ganzen Tag mitgeschwitzt in der Hütte als Einträger. Dadurch das Vertrauen der Arbeiter. Die Fakten eben nicht nur von außen, wie alle, sondern wie einer der Macher, Art beobachtende Teilnahme. Hausnummer Wallraff. Riesiger Zeitaufwand im Verhältnis zum Ertrag. Und der Argwohn gegen alle Betriebsfremden! Sind oft abgekocht worden von Journalisten. Gibt zwei Fraktionen: die einen suchen Unterstützung in der linken Öffentlichkeit, die andern glauben an Berner und den Beirat, wolln ihre Probleme wirtschaftlich lösen, Produktivität steigern, Qualität verbessern, Kosten senken – was ihnen die Banken so flüstern. Die dritte Fraktion will nichts als in Ruhe arbeiten wie immer und ne satte Lohntüte. Das ist die größte.

Als Malina ihn spöttisch fragte, ob ihm was über die Leber gelaufen sei, sagte er, ohne zu lachen: Ja. Eine schwarze Katze. Und ließ sie allein mit den Vitrinen.

Bliss kickte Löwenzahnsamen von den Stengeln am Wegrand. Flugschirmgestöber in sanfter Abendbrise.

Niederschmetternd die Auskunft. Wer will in solchem Misstrauen den Leuten ihre Erfahrungen entlocken? Die machen doch dicht.

Malina jonglierte mit ihren Slippern, schlug vor, diesen Mann psychologisch zu interpretieren.

Nämlich?

Es ist sein Interesse dich abzuschrecken, zu warnen vor einer Einmischung in die Sache, in die er schon so viel Zeit und Energie gesteckt hat. Er fürchtet einfach deine Konkurrenz, Vik.

Quatsch. Bin ich Journalist?

Er scheint ne Vertrauensperson zu sein für die Gesellschafter, wenn die extra seinetwegen sich treffen. Du gefährdest seine Rolle. Art vorsorgliche Eifersucht. Wenns wirklich so miserabel stünde um die Hütte und das Bewusstsein der Arbeiter, dann würds da unten nicht so brodeln und dampfen!

Malina, auf einem Bein balancierend, gab Viktor die Slipper zum Halten, zupfte sich Gräserhalme und Kleeblüten aus den Zehen, erst links, dann rechts.

Hast du keine Angst vor Immenstichen, so barfuß durchs Gras?

Sie schüttelte den Kopf, sah ihn an: Weißtu, auch wenn das schiefgeht nachher, die Hütte heut nachmittag – die allein hat für mich die Reise gelohnt. Ich möcht morgen noch mal rein, unbedingt. Ist so fantastisch was da passiert – die Arbeiter in diesem Kuhdorf, die ihren Atem in die heiße Materie blasen wie WindGötter und lassen Gebrauchsgegenstände entstehn, von ganz nutzloser zerbrechlicher Schönheit – Kunstwerke eben – da kann man den Glauben an die Menschheit schon eine Weile dran aufhängen, findest du nicht?

Bliss nickte nur, antwortete nicht. Sie schlenderten den Wirtschaftsweg zurück, durch Kartoffeläcker, Rübenfelder, Malina auf dem Grünstreifen zwischen den Radspuren, er wechselte zwischen der unebenen Sandspur und dem verkrauteten Feldrand. Vor ihnen der putzige Bahnhof und die massigen Gebäude der Hütte. Der Ort stieg sanft an zu der in den Häusern fast versunkenen Kirche und weiter bis jenseits andere Felder sich zu einem fernen Waldrand zogen, alles von abendlicher Sonne golden beleckt. Segelnde Gedanken in elektrischen Hirnwinden.

Für Malinas Meinung sprach, dass sie am Nachmittag bei den Arbeitern nichts von Ablehnung oder Mutlosigkeit bemerkt hatten. Die schienen offen zu ihnen, warn heftig am Wirken. Fleißig. Oder Akkord, kann auch sein. Der Alte, so bereitwillig die Öfen, wie stolz. *Unser* Betrieb. Auch der Hüttenmeister. Der Geschäftsführer vonner andren Sorte.

Als ihre mit den Schritten pendelnden Hände sich berührten hielt Bliss ihre fest, fast unbeabsichtigt. Malina ließ sie ihm, mit nur einem hingehuschten Überraschungsblick. Er spürte dem ungewohnten Gefühl der leichten, fast ausdruckslosen Verbindung nach, wie Kinder auf dem Schulweg, kein erotisches Flimmern diesmal, eine unbegründete Selbstverständlichkeit. Was Unschuldiges, Zufälliges.

Wie Geschwister, sagte Malina seinen gefühlten Gedanken, den er gern mitdachte, ja, Hänsel und Gretel, in dieser Gegend haben die Grimms ihre Märchen geerntet.

Obwohl (mit einem Gluckser kam das) – heut mittag vor dem Bach sahst du nicht aus wie Brüderchen.

Ne Verirrung, erfand Bliss. Oder sagen wir: unwillkürliche Naturerscheinung.

Es gab einen schnellkleinen Druck in seiner Hand, wie aus Versehn.

Im Englischen Garten sind wir schon mal so spaziert, erinnerst du dich? Du kamst völlig verstört von deinem Professor.

Scheißtag, weiß ich wie gestern. Hast mich aus dem Loch geholt. Meine kleine kluge Schwester oder so.

Genossin auch. Verbesserte Malina.

Meinst du?

Meinst du nicht?

Ich gehör nicht zur Familie.

Ist uns bekannt Vik. Mir egal. Du kümmerst dich um die richtigen Sachen, das zählt für mich.

Malinas Magen kollerte hörbar. Bliss lachte – dein Haustiger knurrt aber doch. Sie erklärte Bärenhunger. Wo füttern wir unsre Raubtiere?

Nicht bei dem Wirt jedenfalls, der so miserablen Kuchen

anbietet. Es muss in diesem Nest noch ne anständige bürgerliche Küche geben!

Am Bahnübergang hielt sie die Schranke auf. Malina strich ihre grünen Fußsohlen sauber, schlüpfte in die Slipper. Der Eilzug nach Kassel, dieselgetrieben, bollerte stänkernd durch ohne Halt. Eine Frau, Typ ältere Bäuerin, empfahl ihnen den Ratskeller, gleich neben der Kirche, als zu die Bahnofstraß nuff.

An dem Kasten Hüttenhotel vorbei und gleichförmigen zweistöckigen Wohnhäusern mit kleinen Fenstern, Billigarchitektur. Wahrscheinlich gebaut für die Arbeiter der Glasfabrik. Fachwerkhäuser mit hölzernen Scheunentoren zeigten den alten Ortskern um die behäbigmächtige Dorfkirche. Daneben unübersehbar das Rathaus, 1662 eingemeißelt in der Traverse über der zweiseitigen Freitreppe. Vierzehn Jahre nach dem Westfälischen Frieden, rechnete Bliss aus, da müssen die glimpflich weggekommen sein, ein so üppiges Gebäude! Die Kirche war auch nicht billig. Wo hatten die damals das Geld her, nach so viel Gemetzel.

Die Wirtschaft im Keller, wenige Biertrinker erst, kühl, althölzerne Tische, strenge Stühle, schwärzliche Deckenbalken, dumpfes Licht durch Butzenscheiben. Aber die Speisenkarte! Ein Lustversprechen für ihre leeren Mägen. Und erstmal das steife Pils von Herkules – tatsächlich! In Süßmuth Pokalen!

Malina wollte nun doch mal sagen, wie froh sie war, Lena und Viktor jetzt wiederzutreffen, in Frankfurt, und gestern in Gießen, der schöne Abend nach dem Teater, das Ehepaar offenbar einträchtig und zweisam, nachdem sie in München so sang- und klanglos verschwunden warn. Erst auf ihrer Hochzeit hat sie nämlich vom ScheringerSohn erfahren, dass Viktor wochenlang auf Scheringers Hof im EheExil gelebt hat, aus wer weiß welchen Gründen, welch existenzieller Krise, aber die ist ganz offenbar ausgestanden und längst vorüber –

Eurer Hochzeit hast du gesagt? Wart ihr nicht längst verheiratet Ostern achtundsechzig? Ich hätt jeden Eid geschworen!

Stimmt, wir warn ein gutes Paar, auch ohne Trauschein. Johann wollte ihn dann doch. Weil ich das Jahr nach Moskau zum Studium bin. War sone altmodische Anwandlung von ihm. Art Reiseversicherung vielleicht. Als ob der Segen vom Standesbeamten was ändert, außer die Steuerklasse. Verdient haben wir eh nix. Und Kinder wollen wir auch nicht. Egal, die Feier war irre. Hat euch wirklich niemand von erzählt?

Muss ne geheime Kommandosache gewesen sein.

Malinas Augen widerspiegelten ihre Erinnerung: Im Gegenteil! Die halbe Münchner Linke in unsrer kleinen Wohnung! Du kennst sie ja. Die Scheringers haben angekündigt, sie bringen Verpflegung mit, aus ihrer Landwirtschaft. Ich dachte Würste, Landbrot, Bauernkuchen, sowas.

Und? Was wars?

Acht Hühner! Lebende! Das Kaos du! Die Viecher haben uns regelrecht aufgemischt, war gleich alles voll Federn und Scheiße. Völlig durchgedreht natürlich. Johann sollte sie schlachten, Mutprobe quasi, konnte der aber nicht. Mein Bruder hats geschafft, vier Stück, frag mich nicht wie. Dann haben wir alle gesessen und sie gerupft, Kampflieder gesungen, Johann mit der Gitarre. Mutter Scheringer hat sie ausgenommen, zerlegt. Und gegessen haben wir sie halbgar, weils so lange dauerte, das Kochen. Kannibalisch, kann ich nur sagen. Der Rest hat auf ner Kleiderstange übernachtet. Aber morgens um vier fing der Hahn an zu krähen, als wär er noch in Kösching! Hat uns alle geweckt. Hat der Dieter Scheringer sie geschlachtet, der konnte das lautlos, hat sie auf den Balkon gehängt. Das Schärfste Vik war dann der Morgen, du glaubst es nicht, da kamen die Nachbarn, weil das Blut war auf den Hof getropft, ne richtige Lache, die dachten wer weiß was bei uns passiert war. Mussten wir ihnen die toten Vögel zeigen, um sie zu beruhigen. War meine erste Arbeit als verheiratete Hausfrau, das Blut aufzuputzen.

Mensch Malina. Bliss konnte nicht lachen. Klingt fast, als hättet ihr in Spanien geheiratet. Bluthochzeit. Lorca.

Ganz so finster nun doch nicht Vik. War ja nur Hühnerblut. Jetzt erzähl aber du mal, was ich die ganze Fahrt schon fragen wollte – damals, bei dem Gespräch im Englischen Garten wolltest du partout nicht Lehrer werden und hast jetzt doch in Marburg Staatsexamen gemacht – wie reimt sich das zusammen? Oder was ist noch passiert bei euch? Hat der Abendroth –

Da nähert sich dampfend dein Kassler Malina – lass uns erstmal unsern Appetit bedienen. Was bin ich froh, daß ich nicht die Hühnersuppe bestellt hab!

Rindsleber, gebraten, mit braunen Zwiebelringen auf Quetschkartoffeln, stellte die Kellnerin vor Bliss. Und den Senf für dat Frollein! Ich kenn die Fremden daran, datse denken bei Kassel muss man Kassler essen. Von den Hiesigen bestellt dat keiner. War nemlich in Wirklichkeit een Berliner der dat erfunden hat mit Namen Kassel hieß der.

Stimmt, lachte Malina, bin aus München. Bei uns heißt das Kassler Haxe. Essen aber auch die Bayern.

Bliss zog bedeutend die Brauen hoch als er mitteilte, dass in Berlin, neben Eierkuchen, gebratene Leber schon als Kind sein liebstes Essen war und nicht Kassler.

Malina wusste aber nichts von einer Berliner Kindheit, und was wusste sie überhaupt von diesem flüchtigen achtundsechziger Mitstreiter, Niemandsland vorher, Niemandsland nachher, brache Äcker für ihre produktive Neugier. Erst recht der Freund Manfred Anklam, der PseudoTürke mit dem Kopfverband, der den Stein bei Springer, herzhafter Typ der, mit dem Lena dann die Affaire, habt ihr zu dem noch Verbindung? Aus Köln war der, oder?

Von Ford. Wir telefonieren öfter. Arbeitet jetzt in Düsseldorf, bei Mannesmann.

Na Düsseldorf ist auch nicht weiter von Marburg. Seht ihr euch noch?

Schon, manchmal. Hat uns besucht Silvester.

Und mit Lena die Sache –

Och weißtu. Wir sind eigentlich richtig dicke Freunde. Manfred und ich. Wir verstehn uns. Lena hält sich da raus.

Malina guckte allerdings ziemlich schief, skeptisch: Glaubstu das?

Wieso soll ich das glauben – das weiß ich! Leichte Entrüstung in der Stimme.

Sie lenkte ab: Gibts selten. Johann wünscht sich sowas, eine Freundschaft. Den hat die Partei noch einsamer gemacht. Die lässt das nicht zu, will selber der Freund sein. Manchmal richtige Dreiecksverhältnisse, ein Mann, eine Frau und die Partei. Bei den ganz alten Kommunisten findstu das noch diese Treue. Bewunder das. Leben möchtichs nicht. Müsst man paar moderne Romantiker ausschicken, die Volksballaden zu sammeln. Jede Menge böse Wichte und Heldenzwerge.

Den Historiker entzückte die Vorstellung – die Arbeiterbewegung als Wunderhorn der promovierten SDS-Kinder! Überlegte, dem Hans Gebhard die Idee einzuflößen. Der betrieb die Werkstatt schreibender Arbeiter in Marburg. Abendroths Tochter mischte da mit. Die roten Großväter zum Reden bringen!

Die Grimms haben die Großmütter befragt!

Okay, lachte Bliss, die auch.

In seinem Magen ruhte wohltätig die Immenhäuser Leber, gewiegt von Zwiebeln Kartoffelbrei und HerkulesPils. Die PhilippsUniversität, konnte er so gelassner erzählen, hatte er neunundsechzigsiebzig verstört und aufgestört wiedergefunden, die filosofische Fakultät vornan mit den Soziologen und Politikwissenschaftlern. Aber die Fakultäten waren schon abgeschafft durch das hessische Hochschulgesetz der SPD, gab nur noch Fachbereiche. Die Notstandsgesetze, der Vietnamkrieg warn nichts als der Auslöser für den Aufstand der Studiker, die wollten einfach mitreden bei ihrer eignen Ausbildung, noch radikaler als in München, einige – warn nichmal viele – haben kapiert, dass in den Universitäten die Hirne bepflanzt werden, die mal die Gesellschaft leiten solln. Klar, weißtu selber.

Der Wolf Abendroth, der mir paar Jahre vorher den Kopf erst aufgeklärt hat, und nicht nur mir, der war da trotzdem nicht mehr ganz froh bei der Sache. Warum? Schon paradox irgendwie. Ist natürlich dafür, dass die Studenten, der Mittelbau, die Angestellten alle mitbestimmen im Betrieb Universität, aber der rote Leitlöwe ister nicht mehr. Nicht mehr der Ordinarius in seinem Institut – das ist sogar besetzt worden, nach Frankfurter Vorbild, konnten wir nicht verhindern. Die

OrdinarienUniversität ist ein für alle mal passé – sie haben einen Fachbereich Gesellschaftswissenschaften eingeführt, in dem ist sein Institut für politische Wissenschaften nur eins von vieren, und im Fachbereichsrat haben die SDSler das Sagen und entscheiden ob eine Kampagne losgetreten wird wie letztes Jahr für den Kühnl oder jetzt für die Berufung von Holz – nicht dass Abendroth dagegen wär, überhaupt nicht, aber heute läuft die Entwicklung ohne ihn und er kann nur zuschaun und mitmachen und froh sein, wenn ein paar alte Freunde ihn um Rat fragen. Die DutschkeFans und die Frankfurter, die kaum einen Schimmer haben, welche Vergangenheit da vor ihnen steht, haben ihn als Kompromissler angepinkelt. Lachhaft, wie? Ich finds eher tragisch. Den Adorno haben auch die eignen Kinder gefressen. Da bin ich konform mit Spartakus. Oder nimm Werner Hofmann – der sich umgebracht haben soll neunundsechzig, nach dem ADF Abenteuer, keiner weiß es genau – der war nun wirklich ein Marxist wie kein zweiter unter den Profs – den haben sie als bürgerlichen Spießer tituliert! Der hat wenigstens zurückgeklotzt, wie der Doktor Luther, kleinbürgerliche Anarchisten, Sektierer, in dem Stil, aber die Herrn vom Bund Freiheit der Wissenschaft, Jost Nolte und die, haben sich wettich kaputtgelacht.

Abendroth kann ja froh sein, eigentlich, dachte Malina, dass die Veteranen überflüssig werden, oder?

Isser wahrscheinlich auch. Jedenfalls solidarisch immer.

Und für dich? Was hat das für dich bedeutet?

Eben. Was hat das für mich bedeutet. Bliss pflügte sich durchs Haar, kratzte hinterm Ohr. Zigarette. Blies den ersten Zug in die Welt. Was hat das für mich bedeutet. Verdammt viel. Nehmich mal an. Wenn du dir die Situation vorstellen kannst, als wir vor drei Jahren aus München zurück, Lena und ich, notdürftig zusammengeflickt und aufgerappelt – aber die ganze AbendrothSchule, die Assistenten, die Doktoranden, die wissenschaftlichen Hilfskräfte, Deppe und Fülberth und Harrer und Steinhaus, Freunde und Kollegen als ich wegging, eigentlich heute noch, die warn alle zwei Runden weiter inzwischen! Verstehste?

Malina sagte nicht Ja, nickte nicht, sondern schaute ihn an mit wachen, fordernden Augen: Und?

Na ja – wie das so ist Malina. Sind keine Engel, die Kollegen. Könnens nicht sein. Die haben einen doppelten Grund, weshalb sie auf die Vakanzen und neuen Stellen scharf sind. Ist immer politisch begründet, dass sie den Posten haben müssen. Marx an die Uni, das ist ihr Hauptmotiv.

Deins nicht? fragte Malina dazwischen.

Doch, schon. Obwohl ich bis heute nicht weiß, ob ich ein richtiger Marxist bin, so wie dein Johann oder der Ferri Melchinger oder Kurt Steinhaus, die nie in Zweifel kommen. Oder ihre Zweifel verschlucken. Bis zum Herbst Achtunsechzig hättich dir sicher anders geantwortet. Mir sitzt die ČSSR immer noch in den Knochen. Weiß nicht wies dir geht, in der Hinsicht. Und für die Fraktionskämpfe bei den Linken, dafür habich nicht das richtje Fell – ist ein Hauen und Stechen in unserm Fachbereich, kriegich das kalte Grausen.

Und deshalb willst du jetzt an die Schule?

Bliss nickte. Hab eine Referendarstelle in Butzbach in Aussicht. Vorrevolutionärer Boden. Da und in Gießen haben Büchner und Weidig den Hessischen Landboten geschrieben, achtzehnvierundreißig, im Vormärz – wusstesdu das? Nettes hessisches Städtchen mit Schloss und Marktplatz und massig Fachwerk. Und Massen von unsern fümunvierziger Befreiern und ihren Kaugummis allerdings auch. An dem Weidig-Gymnasium hab ich mal Schüler-Lexika verkauft, in meinen Jahren als Reisevertreter. Eh mich der Abendroth zurückgeholt hat in die Wissenschaft, Anfang sechzig. September fang ich an. Geschichte und Sozialkunde. Ich sag mir, wir müssen auch Aufklärung an den Schulen säen. Da wächst die Zukunft.

Hört sich an Vik, als ob du deine Resignation rationalisierst –

Das sah er allerdings überhaupt nicht so. Wenn eine Rationalisierung, dann eine sinnvolle, nämlich der Kräfte. Lernen, forschen, erkennen – dazu verdingt einer sich an der Universität, nicht für unproduktiven Verschleiß im Gezänk und Gerangel mit wem denn? Den wirklichen Gegnern? Mit den Weggenossen, den Verbündeten! Pervers! Das hat er bei seinen Indianerstudien gelernt, dass die deshalb den Siedlern unterlegen sind, weil sie sich untereinander bekämpft haben, statt gemeinsam die Europäer ins Meer zu jagen. Binsenweisheit, klar. Die Geschichte der deutschen Arbeiterbewegung, also grade was Abendroth in Marburg gelehrt hat, zeigt nichts andres. Insofern vielleicht wirklich ein Scheitern, letztendlich. Alle Linken haben von ihm gelernt, aber bei der Umsetzung in die eigne Praxis, da haperts.

Nur Viktor, der weise Viktor Bliss, der hats kapiert und zieht die Konsequenz in Butzbach.

Malinas Spott war freundlich, fast nachsichtig, dennoch unüberhörbar die Kritik darin. Bliss schwieg, abgeschnitten sein Faden. Bisschen schief, sein Lächeln: Na ja, nun weißt du wenigstens wies aussieht in Marburg und mir. Ich glaub, es ist Zeit für die Gesellschafter.

Auf dem Rückweg die Bahnhofstraße runter zum Glashüttenhotel fühlte er sich ziemlich missverstanden von Malina, und das war ihm nicht egal, nicht bei dieser Frau, die sich wieder so erregend nah und so irritierend unnahbar zugleich erwies. Er erklärte, dass er schon lieber Forscher, aber nicht unter diesen Umständen, wo man mehr Lebenszeit braucht einen eignen Schreibtisch zu erstreiten als für die Arbeit daran, bildlich gesprochen. Diese Art Kämpfe ziehen einen runter, besetzen dir den Kopf mit Gefühlsschrott, Gedankenmüll, du hast den letzten Scheiß in der Birne, den du da ums Verrecken nicht haben willst.

Schwer vorstellbar für Malina, dass man das nicht abschalten kann.

Vielleicht binich durch meine Sozialisation zum Außenseiter geworden, schlug er vor, passe nirgends richtig rein?

Ob aber eine Schule sich eignet als Elfenbeinturm, das bezweifelte Malina stark.

*

Der Wirt empfing Kolenda mit der Nachricht, dass er unbedingt seine Frau anrufen solle. Warum habe sie nicht gesagt, das aber dringend. Gab ihm den Schlüssel für Zimmer Eins.

Kolenda brachte seine Sachen rauf, den Plastikbeutel von Karstadt, die Aktentasche. Was das soll ist klar. Schleierhaft wie sies wieder rausgekricht. Martin habich vonner Glashütte, hatter sich Immenhausen gemerkt wahrscheinlich. Hatn ausgehorcht. Immer denkt sie sich irgendwas aus – im Erfinden von Notlagen issie die Größte. Erfinden oder schaffen. Müsstich ma sammeln ihre Fantasiegebilde, könntman ganzes Luftschloss draus baun wahrscheinlich. Die hundert Lufträume in Sonjas Hirngespinst.

Aus dem Fenster sah er die gelbe Zelle vor dem Bahnhofsgebäude. Gegen den Widerstand seines Gefühls trieb ihn der Ruf aus Köln zum Appell, die Nummer kam aus dem Zeigefinger ohne Hindenken. Die vertraut nervige Stimme bohrte sich in verflixten Tiraden durch seinen Hörsinn mit der Nachricht, dass Klaus krank, plötzlich mit hohem Fieber und Gliederschmerzen und der Vater natürlich mit dem Auto unterwegs – bei dem Verdacht auf Kinderlähmung hätte der Junge sofort, aber kein Arzt erreichbar natürlich wenn man ihn braucht, die Nacht durchgewacht in schrecklicher Angst, und am Morgen um halbacht in die Gärtnerei, vertreten musstich mich lassen damitich zum Arzt statt dass du dagewesen wärst an einem solchen Tag, wer ist denn der Vater, zum Glück der Verdacht unbegründet, sieht aus wien roter Streußelkuchen der Junge, Windpocken, kein Gedanke an Schulegehn mindestens einzwei Wochen, also komm und kümmer dich um deine Kinder, was treibst du überhaupt in diesem Kaff was fragich weißich doch wieder eins von deinen Liebesnestern, deine Tarnungen Armin sind lächerlich, ich komm dir doch drauf, egal, aber dass du knallfall wegfährst einfach und kein Mensch weiß wohin und warum und wie lange, das ist dein berühmtes Verantwortungsbewusstsein für Kinder, ja, wenns nicht deine eignen sind! Wunder dich nicht wenn Martin eines Tages auftaucht bei euch im SSK und die Polizei gleich hinterher, keiner weiß wo er sich rumtreibt und raucht schon heimlich, mit elf! Ganzes Päckchen HB hater versteckt hinterm Ölofen vor seiner Mutter! Nein das ist kein Ortsgespräch kann ich was dafür dass du dein Vergnügen in Hessen suchst, also sieh zu dass du zurückkommst nach Köln, sonst muss ich auf deine Kosten einen Krankenpfleger engagieren. Ich muss nämlich jeden Tag arbeiten gehn!

Klack. Weg.

Windpocken, halb so schlimm, sagte er dem Wirt in sein fragendes Gesicht.

Wie alt? (Als wüsste der mit Kinderkrankheiten Bescheid)

Zehn.

Na dann wirklich! Müssen alle mal kriegen. Manche Mütter denken bei jedem Schluckauf gleich Lungenentzündung.

Stimmt. Zu der Sorte gehört garantiert meine Frau.

Und was sagen die Kölner zu der Schweinerei in der Bundesliga?

Ja allerdings, das fand auch Kolenda unglaublich und eine Riesensauerei.

Was hat hier der Saal gejubelt als Bielefeld Hertha aufs Kreuz gelegt hat und Stuttgart und nicht abgestiegen ist! Einfach gekauft! Unfasslich. In Immenhausen waren alle Arminia Fans. Das ist gewesen.

Aber die Kölner doch auch! Und Schalke! Mein Verein war immer Schalke, nicht der 1. FC. Dass die Schalker da mitgeschmiert haben schmerzt am meisten.

Wem will man noch glauben, wenn gewinnt wer das meiste Geld rübergeschoben hat! Ein Bierchen?

Nee danke Herr Strüver, ich brauchn klaren Kopf. Für mich ist um halbacht Anpfiff.

Bei der Gesellschafterversammlung, wie? Da solln Sie auftreten –

Auftreten ist gut, lachte Kolenda sarkastisch, ist das ein Zirkus?

Manchmal scheints so. Jedenfalls wolln Sie ne Kleinigkeit essen, oder?

Kolenda nickte. Paar Spiegeleier, Omlett, die Richtung. Geht das? Inner halben Stunde?

Wird besorgt Herr Kolenda.

Sie – wenn einem ne schwarze Katze ins Auto läuft und ne neugierige Frau übern Weg – was bedeutet das?

Der Wirt kratzte sich hinterm Ohr. Mussich mal in der Küche fragen. Meine Frau kennt sich da aus.

Vom Fenster seines Zimmers sah er die beiden aus dem Glasmuseum vor der Bahnschranke warten. Sie schlenderten am Hotel vorbei Richtung Stadt. Ihr VauWe parkte neben seinem DeKaWe. Sehen nicht aus wie ein Paar. Jedenfalls nicht verheiratet. Ziemlich eingebildet, der Typ. Sind sie aufgewacht, die Herren Akademiker in Marburg. Ein Jahr Verspätung. Immerhin. Was sollich dagegen haben wenn sie zuhörn. Die Windpocken gehörn in Sonjas Rachefeldzug. Alles benutzt sie. Der Zindler issen Kauz, irgendwie. Kann sein dasser mich wirklich als Konkurrenz sieht. Fixe Idee von ihm, Roman schreiben! Müsstich für den Werkkreis engagiern, als korrespondierendes Mitglied. Gut dassich bei ihm war, ihm das Manuskript gezeigt hab. Ihn hab erzähln lassen. Schönes Handwerk ist das. Berner wird dabei sein, lässt der sich nicht nehmen. Die Frage ist ober jetzt auftrumpft, als alleiniger Geschäftsführer. Will vleicht zeigen dasser als einziger was vonnem Text versteht. Kann auch sein er is eingeschüchtert, nachdem die Gesellschafter ihre Macht so frech benutzt haben. Andrerseits weißer, dassie ihn nicht auch noch rausschmeißen könn. Brauchen ihn als Aushänger. Rudi Bilo is klar. Depta und Kugland auch. Warn die Kämpfer. Und die Schweinsbergs. Unberechenbar is Müllrich. Guschewski, ganz unsichrer Kantonist der. Rechte SPD, sagt Bilo. Bremser. Und handelt die Akkorde aus, als Hüttenmeister. Isne Machtstellung immer.

Ah scheiße, was soll das. Ich bin für das, was sie hier geschafft haben, das kommt ganz klar zum Ausdruck! Die müssten gegen sich selber sein, wenn sie meinen Bericht nicht gut finden. Zwei Monate Arbeit! Andrerseits – verdammt es gibt kein Andrerseits!

Kolenda holte sein Manuskript aus der Tasche, versuchte die erste Seite zu lesen. Konnte sich nicht konzentrieren.

Es klopfte an die Tür. Die Stimme des Wirts: Herr Kolenda Ihr Omlett steht auf dem Tisch!

Okay danke. Bin gleich unten!

Hüttenzauber

Der Wirt, an der Schanksäule, wies sie in den Versammlungsraum neben der Gaststube. Als sie in der halb geöffneten Schiebetür zögerten, winkte Berner ihnen vom Kopf des langen Tisches zu, zeigte auf die freien Stühle an der Hinterwand des kleinen Saals. Ziemliches Stimmengewirr schon, gefüllte Biergläser, Wasserflaschen, Aschenbecher. Kaum einer der Männer schien sie zu bemerken als sie sich durchschlängelten. Eine einzige Frau! flüsterte Malina gleich als sie saßen, in der Hütte haben Dutzende gearbeitet! Nordhessische Provinz, antwortete Bliss, ebenso leise, achtundsechzig haben die noch geschlafen. Ein Wunder dass wir hier sitzen dürfen.

Neben Berner, übers Tischeck, Armin Kolenda. Der Jüngste von allen. Blätterte in einem Stapel beschriebnen Papiers, nervös. Mehrere der Männer hatten sie nachmittags an den Öfen gesehn, Glasbläser. Auch der Hüttenmeister Guschewski. Nur Berner mit Jackett und Krawatte, die andern hemdsärmlig, aber doch alle mit frischen Kragen, gewaschen, rasiert: nachdrücklich entfernt der Staub und Schweiß der Arbeit von ihren Körpern, befreite Menschen.

Der grauhaarige Ältere neben Berner, dem der Kopf halslos zwischen den Schultern steckte, klopfte mit seiner Brille an ein Wasserglas, dämpfte die Einzelgespräche am Tisch. Bestellt euch noch was ihr zu trinken braucht – ich schätze unser Gast möchte nicht gleich unterbrochen werden!

Er sagte das locker, unautoritär, mit freundlichen Augen, aber bewirkte doch Ruhe. Einer rief nach Erich, mehrere Biere und Säfte wurden auf Vorrat bestellt, während der Alte die außerordentliche Sitzung der Gesellschafter eröffnete und feststellte, dass sie trotz freiwilliger Teilnahme vollzählig waren, vermehrt um den Betriebsrat und die Geschäftsführung – einziger Punkt der Tagesordnung die Vorlesung eines Werks über die Arbeiterselbstverwaltung in Immenhausen, ihr kennt den Verfasser alle, den Herrn Kolenda, hier sitzt er, und die beiden Herrschaften aus Frankfurt da hinten interessieren sich auch für unsre Hütte, hat der Vorstand zugestimmt, dass sie zuhören. Mit Wörtern ist das ja anders als mitm Glas Bier, wo immer nur einer von trinken kann. Loni – machst du heut mal ausnahmsweise wie immer das Protokoll?

Wie? Heute? Ich dacht das wird was wie Kino heut abend?

Also wirklich Heinz, sagte der Mann neben ihr, das find ich jetzt auch übertrieben.

Na komm Loni, du hast die Übung. Nur für den Fall dass wir irgendwas beschließen, gell. Oder willst du deiner Frau die Arbeit abnehmen Jochen?

Da grinste der. Das Schreiben besorgen bei uns die Kühlbandfrauen. Ich bin Glasmaler.

Der vorsitzende Heinz nickte: Also übergeb ich jetzt an unsern – chm – einzigen Geschäftsführer – Klaus, du hast das Wort.

Tja, sagte der, seine Brille hochschubsend, es ist eigentlich nicht so, dass wir nicht viele Probleme ernsterer Art zu besprechen hätten in dieser Runde, aber da ihr nun einmal beschlossen habt, euch mit einem literarischen Werk zu beschäftigen, kann und will ich dem nicht im Wege stehn. Es ist natürlich anzuerkennen, dass Herr Kolenda sein Wort gehalten hat, uns seine Arbeit vor der Veröffentlichung vorzulegen. Wir haben einige Erfahrung mit Leuten von der Presse und vom Fernsehn. Dinge haben die über uns verbreitet, die leider mit der Wahrheit wenig zu tun hatten und uns bei unsern Kunden geschadet haben. Einige von uns sind da in ihrem Eifer für die Selbstverwaltung allzu vertrauensselig gewesen. Wie so vieles andre mussten wir auch das erst lernen. Nun gut, Sie haben sich, muss ich sagen – er sprach nun direkt zu dem gesenkten Kopfes neben ihm sitzenden Kolenda – viel genauer bei uns umgeschaut als ihre früheren Kollegen. Ich gebe zu: ich bin neugierig, was dabei herausgekommen ist. Ich schlage vor, dass Herr Kolenda nun mit seiner Lesung anfängt. Wie lange werden Sie brauchen?

Der antwortete nicht sofort, schaute an den Gesichtern gegenüber entlang, atmete sichtbar tief ein und aus, blätterte in seinen DINAVier Bogen: Knapp dreißig Seiten – wie lang kann das dauern? Gute halbe Stunde?

Isdoch egal, sagte der Schwarzhaarige der vor Bliss saß, ein Tatort dauert ne ganze.

Wenns man genauso spannend ist Rudi, gab der Vorsitzende über den Tisch zurück, skeptisch, und Berner, neben ihm, ein gönnerhaftes Lächeln um die Hornbrille: Also schießen Sie los, Herr Kolenda.

Bliss flüsterte nah an Malinas Ohr Verdammt kitzlige Situation, anscheinend. Sie nickte, machte hmhm.

Kolenda strich sich eine blonde Strähne aus der Stirn, räusperte sich, wollte noch vorausschicken, dass sein Ehrgeiz nicht war, ein literarisches Werk zu schreiben, nur Reporter sei er, aber eine Dokumentation, eine reine Dokumentation sei das nicht. Die Fakten sollten zwar stimmen, so wie er sie herausgefunden habe. Zugleich sei es ihm aber auch um die Motive der Beteiligten gegangen, damit die Leser die menschliche Seite verstehen könnten, dieses in Deutschland so außerordentlichen, wohl einmaligen Vorgangs, dass Arbeiter ihren Betrieb in eigne Regie übernommen haben.

Unsre Arbeitsplätze wollten wir retten, weiter nichts, warf einer dazwischen.

Ja klar, nickte Kolenda. Aber ohne Gefühle, ohne Angst und Empörung undsoweiter sei das wohl nicht gelaufen und die hätte er sich mehr oder weniger realistisch ausdenken, also indirekt erschließen müssen und deshalb hätte er aus der Sicht eines ixbeliebigen aber beteiligten Arbeiters geschrieben und die Namen der Personen verändert, zum Zeichen dass er keine Portraits von Individuen sondern eben Typisches darstellen wollte –

So machter die Arbeiter nur kopfscheu, flüsterte Bliss zu Malina und die zurück: Is aber wichtig Vik, das musster sagen!

Die Mienen und Haltungen um den Tisch hatten sich, fast unmerklich, verändert, die lockere Lässigkeit der feierabendlichen Kollegenrunde war einer befremdeten Aufmerksamkeit gewichen, die Biergläser blieben unberührt. Bliss las Zweifel in einigen Gesichtern, zusammengezogene Augenbrauen, gerunzelte Stirnen, die meisten saßen aufgerichtet auf ihren Stühlen, rauchten nicht mehr: eine verhalten misstrauische Erwartung.

Kolenda verstärkte das noch, indem er einen Packen unbeschriebene Blätter und ein paar Stifte aus seiner Aktentasche klaubte und auf dem Tisch in die Mitte schob: Wär euch dankbar Kollegen, wenn ihr eure Bemerkungen und Einwände oder was erstmal aufschreibt, damit wir sie hinterher besprechen können.

Keiner griff zu. Nur der Rudi Genannte zeigte auf den Packen, zog einen Kugelschreiber aus der Hemdtasche, legte ihn vor sich. Die Frau reichte ihm zwei Blätter rüber. Mit leicht verstärkter Stimme begann Kolenda vorzulesen.

MACHEN WIR HEUTE
WAS MORGEN ERST SCHÖN WIRD

Im März 1970 trugen wir einen schwarzen Sarg durch die Bahnhofstraße von unsrer Glashütte bis zum Rathaus. Ich ging vornweg, neben unserm Betriebsratsvorsitzenden und dem Kollegen Franz Vater, der Bezirksleiter unsrer Gewerkschaft war und in der Eigenschaft besonders herzlich fluchen konnte – an diesem Morgen speziell darüber, daß es die halbe Nacht ohne seine Genehmigung geschneit hatte.

»Revolution wollt ihr machen, aber mich in Frankfurt anrufen, daß ich mir Überschuh mitbring – daran denkt keiner von euch Backpflaumen! Wenn ich morgen auf der Nase liege, dann könnt ihr sehn, wie ihr den Betrieb in die Finger bekommt!«

»Fang du auch noch an mit Revolution! Dann geh ich gleich nach Haus. Meinst, ich hätt keine nassen Füße?«

So unser Herbert, Kaschinski-Herbert, der leicht schon mal nasse Füße kriegte, oder auch kalte, wie viele, die bei Richard Schöngut groß geworden waren. Aber in der ganzen Sache hat er uns doch sehr entschieden vertreten. Weil die Glasmacher auch alle hinter ihm standen. Ein Gewerkschafter, der Herbert, wie ihn die Organisation gern hat.

Der Franz machte trotz seiner nassen Füße und der saftigen Flüche ein sehr getragenes Gesicht – besonders wenn Pressefotografen am Straßenrand ihn im Visier hatten. Als Kandidat für den Hessischen Landtag, klar, da braucht man immer auch ein öffentliches Gesicht. Aber wir sahen nicht lustiger aus, dem Sarg und den schwarzen Pappzylindern angemessen. Ganz entsprechend unsern Gefühlen. Von Begeisterung keine Spur mehr – mies, ausgesprochen mies. Auf dem Sarg stand: Wir tragen unsre Hoffnung zu Grabe. Zweihundertfünfzig Mann, alte und junge Kollegen, Frauen und Kinder, wir trotteten hinter der schwarzen Fahne her, durch den Märzschnee, und der war auch ein Symbol, ja, auch wenn er in der Nachmittagssonne langsam zu Matsch wurde.

»Scheint doch was genützt zu haben, daß der alte Schöngut jeden Sonntag in der Kirchbank sitzt! Prompt schenkt ihm der Herrgott seinen Schnee, auf meine dünnen Socken. Und ihr Flaschen laßt zu – «

»Mann, Franz!« Ich mußte doch lachen. »Kannst nachher Scherben einlegen an meinem Ofen – da kriegst deine Socken bei zwölfhundert Grad getrocknet.«

»Der Ofen wird auch bald aus sein.«

Und Kaschinski-Herbert hatte recht – so war uns allen zumute nach der Betriebsversammlung vom Vormittag. Wut, Enttäuschung. Meine Frau war nicht die einzige, die an diesem Tag weinte. Bei mir wars auch nur noch Galgenhumor. Ein Dreivierteljahr hatten wir gearbeitet, als wäre die Hütte schon unser Betrieb gewesen. Wir hatten den ältesten Schmelzofen in unbezahlten Überstunden abgerissen, damit ein neuer möglichst billig gebaut werden konnte, wir hatten die Glasqualität erhöht, den Kühlbruch gesenkt, freiwillig auf die Tariferhöhung verzichtet, oft zwölf Stunden am Tag geschuftet – das alles war möglich gewesen, seit der Alte versprochen hatte, uns den Betrieb zu übertragen. Und jetzt plötzlich! Hat der Fuchs die Frechheit, sich vor uns hinzustellen in der Betriebsversammlung und das Versprechen rückgängig zu machen! Es ginge ja wieder aufwärts mit dem Betrieb, Kredite wärn in Aussicht, zusammenhalten, also eine richtige Unternehmerrede wie aus dem Gewerkschaftslehrbuch:

»Ich hoffe, Sie haben Verständnis,

Kolenda deutete hier die piepsige Stimme eines alten Mannes an –

daß ich ohne Unterstützung meines Arbeitgeberverbandes eine Diskussion in diesem Rahmen ablehne. Damit Sie klarsehn: In einem Punkt kann ich Ihnen bereits heute eine Erklärung abgeben, nämlich, ich bin nicht bereit und sehe dazu auch keine zwingende Veranlassung, die von mir erwartete Verzichtserklärung abzugeben. Ich bin weiter überzeugt, daß bei einer vertrauensvollen Zusammenarbeit zwischen Belegschaft und mir eine Lösung der anstehenden Probleme gefunden werden kann.«

So weit die Erklärung von Richard Schöngut, unserm Chef, die er dann gleich Franz Vater schriftlich übergab. Franz hatte es schwer, sich in dem Tumult überhaupt Gehör zu verschaffen. Alle redeten und riefen durcheinander: Das ist das katholische Unternehmertum! Schweinerei! Wir haben schon lange genug gewartet! Auf den Mond schießen! Richard in Pension! Selbst die alten Schöngut-Leute, die schon in Schlesien bei ihm gearbeitet hatten, waren empört.

Aber da ging der Franz, unser Herzog, voll ran.

Kolenda hatte sich eingelesen, seine Stimme klang fester. Die Zwischenrufe rief er tatsächlich in die Runde, stand nun sogar auf und spielte den Funktionär vor der Betriebsversammlung:

»Kolleginnen und Kollegen! Ich stelle hier klar und unmißverständlich fest: Was Herr Schöngut eben gesagt hat, ist ein Wortbruch! Nichts andres. Man kann daraus sehn, wie leicht er's sich macht, über das Schicksal von dreihundert Arbeitern zu befinden. Am 9. Juli 1969 hat Herr Schöngut uns schriftlich erklärt, daß er bereit ist, auf den Betrieb zu verzichten, wenn er keine besseren Vorschläge für die Fortführung finden kann. Er hat keine gefunden – wir haben sie gefunden! Die Gelder für den Neubau und Umbau der Öfen stehen bereit. Herr Schöngut dagegen lebt von Hoffnung und Glauben und weiß heute so wenig wie vor einem Jahr, wie er den Betrieb weiterführen soll! Ihm wird niemand mehr Geld geben. Aber wir, wir haben ihm eine Lebensrente von monatlich zweitausend Mark geboten. Dazu Wohnrecht in seiner Wohnung – sein Lebensabend und der seiner Frau ist sichergestellt. Wir wollen Sie nicht ins Elend stürzen, Herr Schöngut. Wir wollen Ihnen auch nicht den Betrieb wegnehmen! Wir wollen nur unsre Arbeitsplätze erhalten. Ich kann nur sagen: Kollegen, das Nein von Herrn Schöngut ist unverantwortlich!«

Es gab beifälliges Nicken in der Runde. Kolenda setzte sich wieder. Hat schauspielerisches Talent der Junge! flüsterte Malina.

Ich hatte eine Wut, ich fand auch den Schluß der Rede vom Franz zu sentimental, da mußte noch was ran, ich rief: »Herr Schöngut, können Sie das vor Ihrem Gewissen verantworten? Sie haben doch vom Papst einen Orden bekommen, und heut wollen Sie zweihundertachtzig Arbeiter verrecken lassen?«

Er gleich frech zurück: »Das lassen Sie nur meine Sorge sein, Herr Bolku, was ich vor meinem Gewissen verantworten kann!«

Der Schwarzhaarige vor Bliss nickte nachdrücklich, er sah von hinten, dass der sich amüsierte. Die Loni sagte Dat war der Rudi, weißich wie gestern! Kolenda ließ sich nicht ablenken.

Dann der alte Dohleck, mit zittriger Stimme, er hatte Angst: »Können Sie eine Antwort geben, wie Sie die Firma erhalten wollen?«

Schöngut stand wieder auf. »Es besteht durchaus noch eine Möglichkeit. Ich habe viele Verkaufsgespräche geführt. Aber Sie werden verstehn, daß ich meinen Betrieb nicht verschleudern will. Der Betrieb ist durchaus lebensfähig – im Gegenteil, die Lage hat sich seit 1969 wieder gebessert.« Duptal-Helmut dazwischen: »WIR haben sie gebessert!« Er: »Ich habe gehört, es soll eine Demonstration mit schwarzem Sarg und mit schwarzen Fahnen stattfinden – ich kann nur sagen, daß damit dem Werk schwerer Schaden zugefügt wird.«

Jetzt Franz Vater wieder: »Wir werden uns noch mehr an die Öffentlichkeit wenden! Wir leben doch hier nicht in einem Knast. Und Sie, Herr Schöngut, Sie sind ein unverbesserlicher Utopist!«

Das mit dem Knast bezog sich auf die Hofdemonstration vor zwei Tagen. Da warn wir mit schwarzen Schlipsen unter Schönguts Fenster immer im Kreis rumgelaufen wie auf einem Gefängnishof, als er mal wieder mit Herren von der Glasindustrie über unsre Köpfe weg kungelte.

Es war noch ein paarmal hin und her gegangen, und Schöngut blieb doch bei seinem Nein. Obwohl er wirklich nicht der Typ des hartgesottenen Unternehmers war, kein cleverer Manager, sondern Künstler. Stimmt schon – Künstler. Hat sich selbst 'Glaskünstler' genannt und wirklich schöne Stücke gemacht. Als alter Glasmacher, der zehn Hütten gesehn hat, kann ich das beurteilen. Das war auch der Grund, weshalb viele von uns irgendwie an ihm hingen.

Also das ist jetzt was übertrieben, sagte einer von den Glasmachern, aber der Rudi: Lassn lesen Helmut – schreibs auf! Bliss staunte über die offenbar intimen Kenntnisse Kolendas, beobachtete Berner, der das gelangweilte Fummeln mit seinem Kugelschreiber vergessen zu haben schien.

Von manchem waren schon Vater und Großvater am Ofen gestanden oder am Schleifstein gesessen, ein richtiges Zunftbewußtsein gibt's bei uns noch, und die ganze Familie tritt morgens in der Hütte an. Vater bläst ein, der Sohn macht Kölbel, die Tochter geht als Einträger oder sprengt ab, und der Großvater, der die Hitze nicht mehr verträgt, poliert oder packt. Manche waren noch mit ihren Pfeifen gewandert, richtige Zigeuner, und je mehr Kinder sie mitbrachten, je lieber nahm sie die Hütte. Die Erfindung der Glasautomaten hat daran natürlich viel geändert, Mundglashütten sind selten geworden, die ganze Branche ist kipplig, und wer sich nicht auf hochwertiges Glas umgestellt hat, geht über die Wupper. Aber dieser Zunftgeist, der ist noch da unter den echten Glasleuten. Und deshalb hatten es viele schwer, unsern alten Richard als Boß zu sehn, dem man die Zähne zeigen muß.

Viele wollten aufgeben nach der Betriebsversammlung, zogen ab wie begossen. Die Front ging quer durch die Belegschaft, manchmal durch die Familien. Um unsern Herzog sammelte sich ein ganzer Trupp.

»Nee nee Franz, ich hab dir in die Hand versprochen hierzubleiben, aber jetzt reicht's. Morgen nehm ich Urlaub und bewerb mich in Triburg. Und ich garantier dir, da fährt noch mancher!«

Uwe Kegler haute in dieselbe Kerbe wie Schalli: »Keinen Tag wart ich länger! Bin nicht verrückt. Wenn vierzig arbeitslose Glasmacher auf einmal in Hessen rumlaufen, dann gute Nacht.«

Das Pulver vom Franz war naß: »Ich kann's euch nicht übelnehmen, Kollegen.«

Aber für den alten Dohleck sah die Sache anders aus: »Und was wird aus uns, wenn ihr abhaut? Ihr habt den Mund voll von Solidarität, aber nur für die Hütte. Wo die Schleiferei bleibt, das kommt euch nicht in den Kopf.«

Da war der Karl am wunden Punkt. Rehburg-Gerd ging gleich hoch: »Ach nee! So lange war euch der Schöngut der liebe Papa. Der immer nur das Beste gewollt hat. Und jetzt sind's die Glasmacher, die euch die Stange halten sollen?«

»Die Glasmacher sind die Könige, das war immer so.«

»Könige! Ich hör immer Könige – was schleift denn ihr, wenn wir kein Glas machen? Eure Fingernägel vielleicht?«

Berner schmunzelte beifällig zu dieser Szene, schien ihm zu passen. Auf den Gesichtern der andern las Bliss Widerspruch, Verunsicherung, Ablehnung. Der Helmut zog sich ein Blatt Papier ran, kritzelte was.

»Nun halt aber die Luft an Gerd! Kollegen, wenn wir's bis hierher geschafft haben, dann lassen wir uns doch jetzt nicht vom alten Schöngut auseinanderdividieren. Der kriegt jetzt erst richtig Zunder. Jetzt geht unsre Mine hoch! Und das hören sie morgen in Frankfurt und im ganzen Land. Oder habt ihr die Transparente und den Sarg zum Zeitvertreib gemacht?«

Schpoks-Werner, unser Kasseler Bevollmächtigter, hat die Kollegen wieder mitgerissen. Die Vertrauensleute, so zwanzig Kollegen, beschlossen: Die Demonstration findet statt wie geplant. Und sagten der Belegschaft Bescheid. Um drei am Werkseingang sammelten sich nicht nur die Betriebsangehörigen, es waren auch viele Frauen und Kinder von Kollegen da. Richard Schöngut – er wohnte ja in seinem Haus am Ende des Fabrikgeländes – ließ sich nicht blicken. Wir also los, vorn die Fahne, die Funktionäre, Kaschinski, Franz Vater und ich als Vorsitzender der Vertrauensleute, dann die Glasmacher und Schmelzer und hinter dem Sarg die ausländischen Kollegen, dann ein Trupp Frauen, dann der ganze Rest, Schleiferei, Packerei, Versand, Büros, Glasmalerei, Hofkolonne. Kaum einer fehlte. Trotzdem war der Zug durch die Bahnhofstraße ein Spießrutenlaufen. Isenhausen hatte so was noch nie erlebt. Und glaubte auch nicht, was es sah. Außer ein paar Fotografen aus Kassel und Kindern war kaum einer auf der Straße. Aber hinter den Gardinen, wir fühlten es fast im Nacken, da standen sie mit gesträubten Haaren.

Eine lebhafte Fantasie hatter ja, grummelte der vorsitzende Heinz. Kolenda schaute zu ihm, wohl ob das kritisch oder zustimmend gemeint war, las aber ohne Pause weiter.

Richard Schöngut war hier einer der angesehensten Bürger – erst im Bund der Heimatvertriebenen, dann CDU, Stadtverordneter bis 69, sogar mit einem Besuch des Bundespräsidenten Lübke hat er sich mal schmücken können, und als Glasdesigner hatte er ja den Namen unsres Städtchens immerhin über die hessischen Grenzen hinweg bekannt gemacht – unser schweigender Zug war eigentlich eine wandelnde Majestätsbeleidigung.

Die Jüngeren störte das weniger, aber die Alten hat nur die Angst vor der drohenden Arbeitslosigkeit zu diesem ungeheuerlichen Schritt getrieben – für sie war es wirklich schon fast die Revolution, hier wo jeder jeden kannte. Meine Frau stand am Fenster, als wir unten vorbeikamen, stumm, und weinte. Hatte Angst. Ich mußte das richtig von mir abschütteln, das Bild. Mir wurde da erst klar, was ich meiner Frau in den letzten Wochen so selbstverständlich zugemutet hatte. Wenn's nur die Besprechungen gewesen wären an den Abenden, im Sportlerheim, im Ratskeller, bei den Kollegen und in unserm Wohnzimmer – aber wir hatten auch die Transparente, den Sarg, alles bei uns im Keller gemacht! In einem Haus der Glashütte!

Rehburg-Gerd war dabei, Kugler-Uwe, dann der Duptal-Helmut, alles Glasmacherkollegen, und von gegenüber der Schindel-Jochen, unser Glasmaler. Uwes Frau hatte die Laken für das große Transparent zusammengenäht. Was wir draufschreiben wollten, und auf den Sarg, darüber haben wir hart diskutiert.

Also das ist jetzt aber Literatur, wenn ich mich nicht irre! platzte der eben genannte Glasmaler Jochen raus. Dem Glasmacher Helmut wars egal wie das hieß, aber er wollte doch mal wissen, wer ihm das alles erzählt hat?

Du Rudi, oder?

Ist das jetzt die Frage, sagte der, oder obs stimmt?

So wars doch! Mir kommts vor als stünden wir alle im Hemd, sagte ein anderer von den Glasmachern, bekam beifälliges Gemurmel.

Die Vornamen sind jedenfalls echt, sagte die Loni halblaut zu ihrem Mann, ich weiß genau wer gemeint ist.

Bliss dachte, jetzt fliegt die Veranstaltung gleich auseinander, da griff Berner ein:

Kollegen, ich glaube wir sollten Herrn Kolenda doch erst zu Ende hören und dann kritisieren. So hat das keinen Zweck. Bitte fahren Sie fort Herr Kolenda.

Der nickte, dankbar, las weiter:

> Helmut meinte, wenn wir auf den Sarg das Bild von Schöngut malen, dann wär der Teufel los: »Ich hab mit Franz Vater gesprochen, der sagt auch, das kann man nicht machen. Da stehn die Isenhäuser kopf!«
>
> »Was heißt das denn – kann man nicht machen? Ist der Schöngut ein toter Mann oder nicht?«
>
> »Mensch Gerd! Was haben wir davon, wenn die ganzen Schlesier nicht mitgehn? Ich find das nit gut. Er lebt doch noch, oder?«
>
> »Das merk ich.«
>
> »Na, laß ihn übermorgen einen Schlaganfall kriegen, sind wir's gewesen.«
>
> »Wir sind's doch immer.«
>
> Der Gerd konnte ganz sanft und lieb sein, aber wenn er ein paar Bier intus hatte, wurde er unheimlich scharf und bissig.
>
> Ich schlug eine andre Aufschrift vor: Wir tragen unsre Hütte zu Grabe.
>
> Aber da war Jochen nicht mit einverstanden: »Ich weiß nicht – unsre Hütte? Ich kann mich irren, Rudi, aber die wolln wir doch grade retten, durch unsern Protestzug. Ihr steht jetzt seit Tagen mit schwarzen Schlipsen am Ofen, gut, das hat seinen Sinn, aber nimm mal an, Schöngut sagt morgen in der Versammlung wieder nein – was dann? Dann will ich nicht

resignieren. Vielleicht hab ich unrecht, aber das sagt der Spruch für mich.«
»Jawoll, der Jochen hat recht. Was Kämpferisches.«
»Wer spricht denn von Resignieren, Jochen. Daß er die Hütte gutwillig hergibt, wenn ich daran noch glauben würd, säß ich nit hier im Rudi sein kalten Keller. Es kommt drauf– «
»Helmut, hör mal – Helmut! Ich hab mir noch einen andern Spruch aufgeschrieben – wie findet ihr den: Bedacht mit Titeln und mit Orden – und was ist aus der Hütte geworden?«
Jochen fand mein Gedicht gut, und auch Gerd meinte, daß das einigermaßen hinhaute, aber Uwe hatte recht: »Das Ding ist viel zu lang für den Sarg.« Na schön. Helmut machte den Vorschlag, den Spruch für das große Transparent zu nehmen, allgemeine Zustimmung, und Jochen malte los. Bis wir den Sarg aus den alten Schrankbrettern gezimmert und schwarz angestrichen hatten, stand die Aufschrift fest: Wir tragen unsre Hoffnung zu Grabe. War auch so ein pessimistischer Spruch. Aber nachdem wir den Protestmarsch als Trauerzug beschlossen hatten, paßte er immerhin. Im Fernsehn hatten wir die Ruhrkumpels mit den schwarzen Fahnen gesehn, als ihre Zechen stillgelegt wurden. Wir hatten das Gefühl, zu einer Fabrikschließung gehört Schwarz, Trauer, stummer Protest. Keiner kam drauf, daß die eigentlich doch vergeblich protestiert hatten – die Schächte warn ja trotzdem dichtgemacht worden.
Direkt unterm Fenster vom Bürgermeister Wack haben wir dann auf dem Marktplatz gestanden, schön wirkungsvoll aufgebaut mit dem Transparent und den handgemalten Schildern, zwischen Schneehaufen und parkenden Autos, daß die Presseleute was zum Knipsen hatten. Konnten die nicht umhin, das am nächsten Tag zu bringen, selbst die Hessische Allgemeine. Der VW von der Landpolizei parkte brav in der Nebenstraße. Erst, als sie Wind von unserm Plan gekriegt

hatten, wollten sie ein ganzes Polizeiaufgebot schicken, vonwegen Studenten aus Kassel, Schutz der Fensterscheiben, aber wir haben sie gewarnt, daß die Kollegen das als Provokation verstehn würden. Und so wars nun auch sehr friedlich, traurig friedlich, kann man sagen. Aus Franz Vater war die Luft raus, nach der Betriebsversammlung vom Vormittag. Er schimpfte noch ein paar Sätze über den wortbrüchigen Unternehmer ins Mikrofon. Im übrigen war er nun öffentlich bereit, das Kind im Brunnen zu lassen. Ein Reporter hakte noch nach, wir ringsrum.

»Herr Vater, hat Ihre Gewerkschaft ernsthaft damit gerechnet, den Betrieb geschenkt zu bekommen?«

»Weder handelt es sich hier um die IG Chemie, sondern um die Belegschaft, noch handelt es sich um eine Schenkung, denn der Betrieb ist total überschuldet, die Anlagen sind veraltet, und Herr Schöngut ist niemandem mehr kreditwürdig. Wir – das heißt die Belegschaft, haben Herrn Schöngut angeboten, diesen, entschuldigen Sie, Scherbenhaufen zu übernehmen und ihn selbst schadlos zu halten.«

»Glauben Sie denn, die Arbeiter wären in der Lage, die Glashütte wirklich selbst weiterzuführen? Oder ist das eher ein Vorwand, weil im Grunde doch die Gewerkschaft hier einsteigen will. – Wollen Sie die freie Marktwirtschaft aus den Angeln heben, Herr Vater?« Der provozierte so richtig, der Junge. Franz, vor der Presse immer korrekt: »Unsinn. Meine Gewerkschaft ist in der Lage, den Kollegen bei der Beschaffung von Krediten zu helfen. Zweifellos hätten sie die Hütte selbst weiterführen können. Sind ja alles hochqualifizierte Fachkräfte, die den Betrieb mit ihrer Leistung über Wasser gehalten haben.«

»Und damit ist es nun aus?«

»Ja. Nach der Erklärung des Herrn Schöngut vom heutigen Vormittag. Wir sehen keine Möglichkeit mehr, uns für die Erhaltung der Hütte einzusetzen.«

Daß Franz so sprach, verdammt, das war so was wie

ein Todesurteil für uns. An dem Nachmittag merkten wir, daß er bis jetzt der Motor unsres Kampfes gewesen war. Und zwar genau seit jener Betriebsversammlung vom Juni 69, wo wir zum erstenmal von Schöngut über die Verkaufsverhandlungen hörten. Da hatte der Franz uns angedonnert, daß wir Solidarität zeigen müßten, alle zusammenbleiben, weil die Hütte garantiert verloren wär, wenn jetzt die Fachleute wegliefen. Er hat's geschafft, der Belegschaft dies Fremdwort zu übersetzen – Solidarität. Fast ein Pfingstwunder, wenn man's richtig überlegt – wir leben in Nordhessen. Und da wählt man konservativ. Das heißt: SPD. Kein Witz. Die Kasseler Jusos können das Lied singen. Die Arbeiterbewegung in unserm 4000-Leute-Nest ist nicht viel andres als der Posaunenchor, der Tuspo und der Kegelklub der Damen. Mal eine Mai-Feier, mal ein Vortrag vom DGB Ortskartell, mal eine Tarifverhandlung. Als ich in 68, als Vorsitzender vom Ortskartell, ein paar FDGB-Kollegen aus Nordhausen eingeladen hab, da war was los! Hätten sie mich am liebsten rausgeschmissen, wegen unerlaubter Zonenkontakte, aber als Ehrenamtlichem konnten sie mir nichts ans Zeug flicken.

Ich find das gehört nun wirklich nicht hierher Rudi, daß du die Leute aus der Zone bei uns eingeschleppt hast! Das bringt uns nur in schiefes Licht! Musste der alte Heinz einwerfen. Kann man leicht streichen Herr Müllrich, gab ihm Kolenda schnell zu und blieb am Wort.

Ein Dreivierteljahr war das nun anders gewesen, jedenfalls in unsrer Hütte. Bis zu diesem 6. März. Ein einziger Kollege hatte gekündigt. So eine Atmosphäre! Die Kollegen wach, engagiert, kämpferisch – eine Freude für jeden alten Gewerkschafter. Einfach durch die Hoffnung, selbst bestimmen zu können, mal nicht mehr alles von oben gesagt zu kriegen. Ich konnte nicht glauben, daß alles zu Ende sein sollte.

Aber da war noch einer, der jetzt die Zähne zeigte.

Unser Kasseler Bevollmächtigter, der Kollege Werner Schpoks.
Franz war abgerauscht, zurück nach Frankfurt, die meisten nach Haus gegangen. Mit ein paar Vertrauensleuten saßen wir noch im Glashüttenhotel. Kam der Werner. Mit der Frankfurter Rundschau. Die hatten einen längeren Artikel über uns geschrieben, wie wir uns eingesetzt hätten, wie der Unternehmer uns hinhielt, und es wär an der Landesregierung, uns zu helfen. Las uns der Werner vor – da wären wir doch ein Stück weiter, wenn das jetzt schon in Frankfurt an der großen Glocke hing. Aber die Kollegen ließen den Schwanz hängen.
»Eine Scheiße sind wir weiter«, der Gerd, »grad weit genug, daß sich ein paar Journalisten an uns die Schneppen verdienen.«
Kaschinski-Herbert und Helmut hauten in die gleiche Kerbe: »Weißt du, wieviele Betriebe bei uns jede Woche pleite gehn? Mindestens ein Dutzend!«
»Nicht mal die Isenhäuser gehn für uns auf die Straße. Die begreifen heut noch nicht, was Schönguts Konkurs für die ganze Stadt bedeutet.«
»Mensch Kollegen! So eine prima Demonstration, und jetzt wollt ihr ja wohl nicht aufgeben, wie? Vielleicht noch wegen dem Franz – ihr macht mir Spaß! Das ist, ehrlich, wie eine Vase einblasen und dann in der Form stecken lassen, wer macht denn so was. Wenn der Franz weg ist, ist die Gewerkschaft noch lange nicht weg. Und ich garantier euch – der kommt auch wieder! Wenn wir hier nicht den Kopf einziehn. Druck geben, Kollegen! Flugblätter machen, ran an die Öffentlichkeit. Holzköpfe kann man spalten, wenn man eine Axt hat. Man kann sie auch weichkochen. Dauert nur was länger.
»Und ich sag dir: Wenn da nicht eine Anweisung vom Papst persönlich kommt, juckt den Schöngut nichts.«
»Stop mal, Helmut. Gibt natürlich auch noch den sanften Druck – «

Werner war nicht nur ein alter Sozialist und Gewerkschafter, Richard Schöngut bestens verhaßt, weil er ganz hart verhandelte – der Werner war auch ein Fuchs. Er ließ den Wirt eine Runde auf sich bringen.
»Ich glaub, ich versuch noch mal, mit dem Richard zu reden. Ich spiel mal den Erzengel Gabriel, was meint ihr. So ganz vorsichtig. Wie die Stachelschweine bei der Vermehrung.«
»Au verdammt, Werner! Du als Erzengel? Da kann ich als Butler beim Prinz Hohenlohe gehn.«
»Und ich kassier für die SPD die Kirchensteuer.«
»Mit dem Klingelbeutel!«
Hat er uns erst mal zum Lachen gebracht, der Werner – das war schon ein Fortschritt. Obwohl wir erst nicht verstanden, wie er das meinte.
Wir haben uns für den nächsten Tag, Sonntag, verabredet. In der Sportlerklause. Nach dem Spiel unsrer ersten Mannschaft gegen die Grebensteiner. Helmut und Gerd wollten unbedingt dabei sein, als Aktive im Tuspo.
Als ich nach Hause kam, war die Wohnung kalt. Meine Frau saß in der Küche im Mantel. Ich hatte morgens vergessen, Kohlen raufzuholen. Wenn sie nicht geweint hätte, wär's zum Lachen gewesen – sie ging nicht mehr in den Keller! Wegen dem Sarg! So abergläubisch. Dabei war er gar nicht mehr drin. Wenn's noch ein echter gewesen wär, den hat sicher keiner gern im eignen Keller. Aber ein umgebauter Schrank! Erst zwei Wochen später ging sie mit mir zusammen wieder runter.

Diesmal unterbrach Kolenda Gelächter. Offenbar war allen inzwischen klar, dass der Erzähler der Vorgänge mit dem Rudi weitgehend identisch war. Er wurde gefoppt: Wenn das deine Frau liest und dich rausschmeißt, kannste bei uns schlafen Rudi! lachte sein Kollege Helmut. Das trauter sich nich dasser das vorzeigt! wusste die Loni und Rudi lachte mit: des werma ja sehn. Aber ich bräucht was zu trinken – können wir eben was bestelln, wo wir schon unterbrochen haben? Klar

Herr Bilo, sagte Kolenda, ich brauch auch ne Anfeuchtung.

Als der Wirt in der Tür stand verkündete Kolenda laut: Die Runde geht auf mich! Das löste einiges Hoho! und Hoi! und Donnerwetter! aus und anerkennende Blicke, nur Berner konnte sich ein schief gelächeltes Bestechlich sind wir allerdings nicht Herr Kolenda nicht verkneifen. Jetzt hör aber auf Klaus, sagte da der alte Müllrich neben ihm, hier hat keiner was gegen ne spendierte Runde. Als der Wirt die leeren Gläser und Bestellungen eingesammelt hatte, schlug Kolenda vor, inzwischen schon weiterzulesen bis das Bier kommt. Keine Einwände. Malina leise zu Bliss: Jetzt hater gewonnen. Mal sehn, meinte der. Kolenda räusperte sich die Kehle frei:

> Um zwölf saßen wir beim Frühschoppen, alle Vertrauensleute, Kollege Schpoks schon da, unsre Mannschaft hatte 3:2 gewonnen, das war schon mal gut. Unsre Entschlossenheit weiterzumachen hatte uns wieder neuen Mut gegeben. Irgendwie erschien uns jetzt die Demonstration als ein Erfolg. Obwohl sie nichts bewirkt hatte, scheinbar, als daß der eine oder andre auf dem Sportplatz danach fragte, drüber lachte oder die ganze Sache mit Schöngut auch eine Schweinerei fand.
>
> Werner hatte einen Flugblattentwurf in der Tasche, ich auch schon Notizen, Stichpunkte. Trotzdem dauerte das, hin und her, einige mußten dann zur Familie, essen, also vertagten wir uns auf den Abend.
>
> Werner Schpoks, für den das Wort Feierabend in den Tagen genau wie für uns zum Fremdwort geworden war, fuhr abends mit unsern Texten nach Kassel und hat sie gleich Montag früh schreiben und vervielfältigen lassen. Wir standen um sechs wieder auf der Arbeitsbühne, klar, bliesen unsre Kelche und Vasen ein. Gewohnheit. Pflichtbewußtsein. Oder auch eine Selbstversicherung. Als sich zwei Glasmacher zehn vor sechs noch nicht an ihrem Ofenloch eingefunden hatten, hat Herbert gleich zwei Einträger losgeschickt – keine zwanzig Minuten, hatten die die ersten Kölbel an der Pfeife. Und nicht nur wegen dem Gruppenak-

kord. Hätten wir uns jetzt durchhängen lassen, wär's das Eingeständnis gewesen, daß wir verloren hatten. Wir taten unsre Arbeit mit einer sauberen Wut im Bauch, aber genau. Und die Ergebnisse dieser Arbeit, die nützlichen Produkte unsrer Hände und unsres Atems, die bestätigten uns, daß wir nicht so wertlos sein konnten, wie die roten Zahlen in Schönguts Bilanz uns weismachen wollten.

Während uns in der Hütte der ehrliche Schweiß in die Hosen lief, setzte der alte Schöngut oben in seinem Büro auf den Schelmen noch einen halben, verfaßte einen Brief an seine sehr verehrten Geschäftsfreunde, dementierte, daß er je die Absicht gehabt hätte, »sein Lebenswerk« aufzugeben, schob alle Schuld für die Schwierigkeiten auf die hartleibigen Kreditgeber und bat um Vertrauen und weitere Aufträge. Also völlig mit dem Kopf in den Wolken!

Klaus Brender, sein Schwiegersohn und Geschäftsführer, hat uns den Brief gezeigt. Hab mir manchmal über seine Gründe den Kopf zerbrochen. Und nicht nur ich. Aber wir konnten uns unsre Bundesgenossen nicht aussuchen. Klaus Brender hat uns oft geholfen, vor allem, indem er uns über die wirtschaftliche Lage des Betriebs und die Pläne seines Schwiegervaters informierte. Deshalb hatten wir ihn auch bei vielen Sitzungen dabei, als wär er einer von uns.

Schwiegervater? Bliss schaute Malina an: Wusstest du das? Sie schüttelte den Kopf: Woher? Bliss rätselte, wie so etwas möglich war. Art Erbfolgekrieg vielleicht, wenn er sich auf die Seite der Arbeiter geschlagen hat. In Berners Gesicht war weder Zustimmung noch Ablehnung zu lesen.

Wir waren so um die fünfundzwanzig Vertrauensleute, und weil wir zeigen wollten, daß wir von Arbeiterinitiative nicht nur redeten, wählten wir zweimal sechs Kollegen in einen Technischen und einen Presse-Ausschuß, Brender dabei. Die Aufgaben hätten natürlich auch vom Betriebsrat oder der Vertrauenskörper-Leitung wahrgenommen werden können, aber wir wollten weg von der normalen Betriebsverfassung mit ihren von Gesetzen und von der Gewerkschaft bestimmten Organen. Die Wahl war gut, sie war ein Fakt, ein Schritt vorwärts, den wir der Belegschaft am nächsten Morgen an allen schwarzen Brettern mitteilen konnten. Besonders der Technische Ausschuß, der deutlich beanspruchte, daß wir uns selbstverantwortlich um den Betriebsablauf kümmern würden.

Aber die Diskussion, bis es so weit war! Einige Kollegen wollten tatsächlich streiken, um Schöngut auf die Bretter zu bringen. Damit hätten wir genau das getan, was die Herren vom Verband der Glasindustrie erwarteten – hätten die Bude konkursreif gestreikt. Ihnen die Konkurrenz vom Hals geschafft und ein paar hochqualifizierte Facharbeiter zugeschanzt. Der Rest hätte auf der Straße gelegen. Streit gabs auch darüber, ob wir die SPD um Hilfe angehen sollten. Duptal-Helmut, der an Willy Brandt glaubte, als wärs der Weihnachtsmann der westdeutschen Arbeiterklasse, schlug Delegationen zu den beiden Unterbezirks-Parteitagen Hessen-Süd und Hessen-Nord vor, die in derselben Woche anstanden.

Bliss dachte jetzt würde der Helmut protestieren, aber der grinste eher geschmeichelt.

Gerd lachte bloß: »Mensch bleib mir mit deiner SPD! SPD – o weh! Die haben doch kalte Füße bis an den Arsch, daß wir hier eine Sozialisierung machen.«

Ich hab Helmut unterstützt, und Kollege Schpoks, der ja schon genug Schwierigkeiten in der Partei gehabt hatte, hielt einen Versuch auch für vernünftig: »Allein schaffen wir's nicht. Wir müssen die fortschrittlichen Genossen drankriegen, daß die Entschließungsanträge einbringen. Das macht Eindruck in Wiesbaden. Wozu haben wir da eine SPD-Regierung.«

Gerd: »Seit fünfundzwanzig Jahren! Schon mal was von Dornröschen gehört?«

Das brachte Uwe Kegler auf die Idee: »Wecken wir

sie! Schütten wir ihnen ein paar Schubkarren Glasscherben vor den Landtag. Das scheppert!«
Mir gefiel der Vorschlag: «Mit einem Schild dabei – Hier liegt eine blühende Glashütte. Das macht Presse.«
Kaschinski-Herbert zog ein Gesicht, als wäre er auf eine Nacktschnecke getreten: »Ist doch Quatsch – erpressen lassen die sich nicht. Wir müssen die richtigen einflußreichen Genossen drankriegen, über Franz Vater, daß die im Wirtschaftsministerium Druck machen.«
Jetzt regten wir uns auf, daß er unsre Vorschläge Erpressung genannt hatte, wo doch wir von Schöngut und dem Unternehmerverband erpreßt wurden, aber Helmut unterstützte ihn: »Ich kenn die Genossen. Helfen wollen die uns, bloß können tun sie nicht. Wegen den Gesetzen. Was meint ihr, was die CDU für einen Ballon aufbläst, wenn der Rudi Arndt hergeht und sagt, das Wirtschaftsministerium finanziert eine Genossenschaftshütte. Kassiert die CDU fünf Prozent Stimmen bei der Landtagswahl für.«
Sprang der Gerd auf: »Ja ist das denn noch unsre Partei? Vor uns Arbeitern brauchen sie keinen Respekt mehr haben, wie? Auf uns sind sie abonniert. Denkste.« Und nach einem wütenden Schluck aus der Bierbuddel: »Ich geh jetzt schiffen!«

Kein Lacherfolg an dieser Stelle. Brender schüttelte den Kopf. Der Helmut schnappte seinen Stift, schrieb ein paar große Worte auf sein Papier.

Werner Schpoks, der alte Gewerkschaftshase, brachte wieder Ruhe in den Verein, fand, das seien alles brauchbare Vorschläge, aber wir müßten mehr gewerkschaftlich rangehn, die Kasseler Großbetriebe informieren, Henschel, VW, daß die sich mal rühren, und Uwe fiel noch Günter Wallraff ein, den wollte Werner gleich morgen von der Verwaltungsstelle aus informieren, und PANORAMA, damit wir mehr Öffentlichkeit kriegen.

Die Frage war, was wir im Betrieb machen sollten, damit die Kollegen nicht resignierten. »Vielleicht mal die Frauen zu Schöngut raufschicken, alle Frauen, mit Tränen in den Augen? Und die Kinder dazu.« Gerd war begeistert: »Aber vorher den Hintern vertrimmen, daß sie anständig heulen!«
Das fand der alte Dohleck-Karl zu hart, human müßten wir schon bleiben, der Richard Schöngut wär doch kein schlechter Mensch.
Mir blieb bald die Luft weg. Persönlich hatte ich nichts gegen den Chef, aber jetzt, wo er uns mit seinem Starrsinn an die Existenz ging, und so Alten wie dem Karl doch zuallererst, da immer noch moralisieren, immer noch den Bittsteller spielen?
Ich sagte, und das war natürlich kein Einfall aus dem Augenblick: »Kollegen, immer mit Maulkorb? Ich mein, wir sind Arbeiter. Zweihundertachtzig! Wenn ich acht Stunden am Ofen stehn kann, im Akkord, dann kann ich auch noch was andres. Wir haben die Hütte aufgebaut und jetzt ein Dreivierteljahr selbst geführt. Auf wessen Segen warten wir noch?«
Helmut fragte mißtrauisch, wie ich das meine, und Uwe sagte nur das eine Wort, sprach es aus: »Fabrikbesetzung.«
Stille. Als wäre ein Blitz neben uns eingeschlagen.
Dann Helmut, ganz ruhig: »Was sagt die Gewerkschaft dazu, Werner?«
Und Werner: »Ich sage: Die Gewerkschaft sind wir.«
Es war erstaunlich. Werners Satz wirkte wie ein doppelter Klarer. Die Vertrauensleute waren plötzlich alle dafür, daß wir etwas in der Richtung anschoben. Erst mal die andern Aktionen in die Wege leiten, aber wenn das nichts nutzt, dann! Und gut vorbereitet.
Werner Schpoks erzählte uns noch ein paar Takte von der Arbeiterselbstverwaltung in Jugoslawien, war sein Lieblingsthema, hatte Studiengruppen organisiert mit Betriebsbesichtigungen und wollte sich als Rentner in Istrien ein Haus und einen Fischerkahn

kaufen. Nur von den volkseignen Betrieben, fünfzig Kilometer entfernt, davon sprach er nicht und keiner. Trotz Willy Brandts Besuch in Erfurt. Bekannt war nur, was die Zeitungen schrieben. Die Angst vor den roten Deutschen drüben war bei uns tief verwurzelt.

Was soll das nun wieder heißen, meckerte Müllrich – rote Deutsche – tief verwurzelt – hat überhaupt nichts zu tun mit unsrer Sache!

Stimmts etwa nicht? widersprach ihm der Glasmaler, lesen Sie ruhig weiter Herr Kolenda.

Am nächsten Morgen waren die Vertrauensleute schon um fünf unterwegs, versorgten die Isenhäuser Hausbriefkästen mit unsern Flugblättern. Eine offene Verteilung auf der Straße, das hätten die meisten Kollegen nicht gewagt, wo hier jeder jeden kannte. In der Mittagspause trafen schon die ersten Stimmungsberichte ein.

Wir hatten zwar auch eine winzige Kantine, aber die bot nur heiße Würstchen und Bier an. Die meisten Kollegen, die in Werkswohnungen lebten, gingen entweder in der Mittagspause schnell nach Hause oder ließen sich von den Frauen oder Kindern einen Henkelmann bringen. Die Glasmacher sowieso. Irgendwas hält uns in der Nähe der Öfen, solange die glühende Glasmasse in den Häfen kocht. Zwei sitzen auf einer Kiste, nur eine Stellwand zwischen sich und dem strahlenden Schamott, das Eßgeschirr auf den Knien, zwei haben sich am Fenster aus den Pfeifenschränken einen kleinen Verschlag hergerichtet und einen Tisch reingestellt, andre bleiben gleich auf der Arbeitsbühne an einem Platz, wo es nicht ganz so heiß ist. Manche können mittags überhaupt nichts essen, haben keine Ruhe, nur trinken, immer wieder trinken, Milch, Saft, Sprudel und viel Bier.

Schalli und Angelo standen dabei, als Uwes Frau von den spitzen Bemerkungen der Frau Schneider beim Fleischer erzählte, es tät ja keiner mehr arbeiten woll'n in der Hütte, deshalb ging's mit ihr bergab, weil die

Glasmacher die hohen Löhne rausschleppen, Häuser würden sie sich bauen davon und in Schönguts billigen Wohnungen wohnen, ihr Mann in Kassel bei der Bundesbahn hätt' grad halb so viel – in dem Stil.
Uwe nickte nur müde mit dem Kopf.
Angelo, der sich als Kölbelmacher weiß Gott bei uns nicht die Taschen vollschaufelte, fands eine Gemeinheit, was die Frau gesagt hatte.
Schalli, der brauchte erst eine Schaltpause, schmiß seine Bierflasche auf den Boden, legte los: »Hol mich der Teufel! Wo ist die Frau – die mach ich naß!«
Uwes Gisela wurde gleich halb so groß, ging ganz dicht an ihren Mann ran.
»Da schlägst dich doch an den eignen Kopf, da möch'st doch alles in Stück haun – wo das halbe Nest von uns lebt! Kriechen die immer noch dem Schöngut in seinen katholischen Arsch?«
Die Gisela hatte schon Tränen in den Augen, was sie jetzt angerichtet hatte.
Angelo drückte Schalli seine Flasche in die Hand: »Du trinken. Flasche kaputt, was nützt? Alle wir haben Angst. Zusammen wir nicht haben Angst.«
Es war wohl mehr die Flasche als Angelos Worte, die Schalli erst mal den Mund stopfte. Wir standen herum, aber wollten nichts sagen. Schon sonst, bei normaler Arbeit, waren viele Kollegen leicht reizbar durch die Hitze und den Akkord-Streß, den ständigen Lärm der großen Brenner und des splitternden Glases. Jetzt aber hatten wir seit Wochen freiwillige Überstunden abgerissen, hatten bis in die Nächte zusammengesessen, und die Aktivsten waren wegen der Kredite zu stundenlangen Verhandlungen nach Wiesbaden, nach Frankfurt, nach Kassel gefahren, hatten immer nur vage Versprechungen und unsichere Aussichten nach Hause gebracht. Und um sechs wieder vor dem Glutloch! Die Spannung war so groß, daß ein Funken genügte und der Krach war da.
Die Unsicherheit war in diesen Tagen vielleicht das

Schlimmste. Nicht nur die Unsicherheit über unser eignes Schicksal und das unsrer Hütte. Was hier in Isenhausen passierte, das konnten wir ja noch einigermaßen überblicken und hatten es in der Hand. Aber ich hatte manchmal das Gefühl, daß unser Betrieb mit allem lebenden und toten Inventar so eine Schnurpuppe war, und es war uns verboten zu sehn, wer genau an den Fäden zog und in welche Richtung. Die Ministerien, die Banken, die Parteien, die Presse, die Unternehmerverbände, die Studenten, die Gewerkschaften. Bis nach Bonn rauf ist das in den nächsten Wochen noch gedrungen! Und selbst in unsrer eignen Organisation, merkten wir, gab es verschiedene Interessen, im Kasseler Ortsvorstand, im Bezirksvorstand mit Franz Vater und in unserm Hauptvorstand in Hannover. Das Komische und zugleich Beunruhigende war, daß all unsre, ich will mal sagen: natürlichen Verbündeten in den Organisationen der Arbeiterklasse unsern Elan für die Genossenschaftshütte großartig fanden, aber alle hatten sie Gründe, warum das jetzt nicht oder so nicht oder nicht ohne Zustimmung der Glasherren funktionieren könnte, und wir kriegten das Gefühl, daß ihnen die Sache irgendwie peinlich oder unangenehm war. Hätten sie einen Kapitalgeber gefunden, ich meine: einen Unternehmer, der die Hütte übernommen hätte, also den Seufzer der Erleichterung hätte man in ganz Hessen gehört.

Von irgendwo plötzlich ein halblauter Schnarcher, wie eine Illustration des Seufzers, komischer Effekt. Es gab Lachen und der Kopf des Alten neben Kolenda schreckte hoch. Das ist doch sehr interessant! Als ob er dabei gewesen wär! sagte er schnell in die Pause. Also wirklich.

Noch mehr wohlwollendes Lachen. Berner wies darauf hin, dass alle hier im Raum einen anstrengenden Arbeitstag hinter sich hätten – sehr ungewohnt, eine solche Lesung, die halbe Stunde sei auch längst überschritten, da stelle sich die Frage, ob man an dieser Stelle nicht abbrechen – erst mal Meinungen über das Gehörte austauschen solle? Die Art und

Weise wie Herr Kolenda die Vorgänge darstellt sei ja deutlich erkennbar. Und beurteilbar auch.

Wie viel denn noch käme, wollte der Rudi wissen, er würde gern zu Ende hören.

Kolenda zählte fünf Seiten, da wurde Berners Vorschlag zugestimmt.

Er forderte den Vorsitzenden auf, zuerst seine Meinung zu sagen. Heinz Müllrich aber wehrte ab, er verstände nichts von Kunst, da wäre Jochen Zindler zuständig, er sei nur schokkiert, wie in dem Bericht der Verfasser alles durcheinandergequirlt habe, frei Erfundenes und was wirklich passiert war.

Rudi Bilo war gleich dabei zu sagen, dass Herr Kolenda das Erfundene jedenfalls gut erfunden habe – da fiel ihm der Helmut ins Wort: Ja du bist der große Zampano Rudi, kein Wunder dass dir das gefällt!

Der Uwe war von Anfang an dagegen gewesen, weil das nur neuen Streit geben musste, wovon sie mehr als genug hatten.

Jochen Zindler sah keine Notwendigkeit zu streiten, wenn der Autor Änderungen vornehmen würde, was ja verabredet war.

Loni schmiss auf den Tisch, dass der Gerd nie zustimmen würde, als der Rabauke der Hütte verewigt zu werden.

Obwohl er es ist, grinste ihr Mann, oder etwa nicht?

Hundert Sachen wären zu ändern, bellte der Uwe, wo will man da anfangen! Zwecklos!

Bliss und Malina saßen staunend am Rand der so plötzlich aufwallenden Gefühle der Arbeiter, die unkontrolliert durcheinander redeten, stritten, sich verdächtigten, beschuldigten, mit steigender Lautstärke. Nur Berner schweigend dazwischen und neben ihm Kolenda. Der verdattert, eingeschüchtert, mit niedergeschlagenen Lidern.

Nicht zu glauben (Malina halblaut zu Bliss)! Sind alle befangen! flüsterte Bliss zurück, gehn scheints auf dem Zahnfleisch. Soll ich was sagen? Malina legte ihm die Hand auf den Arm, schüttelte nachdrücklich den Kopf: Morgen früh, beim Frühstück!

Vorn beugte sich Berner zu Müllrich, worauf der mehrfach

an sein Glas klopfte und mit Kollegen! und noch mal Kol-legen! das heftige Durcheinanderreden dämpfte. Lasst mal den Klaus Berner!

Berner lächelte verbindlich. Danke Heinz. Räusperte sich. Schob seine Hornbrille zur Nasenwurzel. Blickte in die Runde. Alle sahen zu ihm.

Tja, sagte er. Erstaunlich. Das ist schon wirklich sehr gekonnt Herr Kolenda, was Sie uns vorgetragen haben. Vielleicht haben Sie das Zeug zu einem Schriftsteller, wer weiß. Ganz ehrlich: Es würde mich nicht wundern, eines Tages in der Zeitung zu lesen, ein Herr Kolenda hat den und den Literaturpreis verliehen bekommen. Vielleicht nicht für dieses Werk, aber für Ihr Nächstes. Ich muss sagen, Sie sind nicht blind und taub durch unsre Hütte gelaufen, haben viel gesehn und gehört, haben offenbar Anteil genommen, subjektiv ganz ehrlich, aber dadurch – jetzt kommt mein Aber Herr Kolenda – dadurch ist ein Zwitter entstanden, eine Art Kreuzung, eine Mischung von sagen wir Huhn und und – Habicht

Es gab Gelächter in der Runde, Uwe rief Eher Huhn und Kuckuck! und Brender, selbstgefällig mitlachend, Nein nein Herr Kugland – der Habicht steht für das Hochfliegende, also die Kunst, und das Huhn für das Erdgebundene, den Bericht, die Reportage, die wir brauchen –

Und der Kuckuck für das Ei das er uns ins Nest legen will! insistierte Uwe Kugland und mehrere lachten ihm Zustimmung, aber Brender hielt seinen Einfall noch fest:

Das Huhn steht für das Nützliche, es legt die essbaren Eier nicht wahr, und damit bin ich bei meiner Frage an Herrn Kolenda: Was, denken Sie, kann uns Ihr Werk, Ihr Text nützen bei den Leuten, die unsre Gläser kaufen solln und die ja wie wir alle wissen keine Arbeiter sind, nicht mal Gewerkschaftler, und Studenten erst recht nicht, sondern eben solche, deren Bankkonto ihnen erlaubt, sich etwas Bessres als Pressglas auf den Esstisch zu stellen?

Nichts, sagte Heinz Müllrich trocken aber nachdrücklich. Gar nichts.

Keiner widersprach dem Urteil. Alle schauten zu Kolenda, die meisten nicht erwartungsvoll neugierig, nicht herausfordernd – eher verschämt oder vielleicht schuldbewusst oder unentschieden abwartend. Der saß zusammengesunken, wirkte eingeschüchtert, hilflos, und Bliss dachte wieder, dass er eine Antwort wüsste, denn Kolendas Arbeit würde ihnen bei den bürgerlichen Kunden eben deshalb auch nichts schaden, weil sie sie nicht zu lesen bekämen. Aber wie in dieser Situation als geduldeter Gast sich einmischen, ohne noch mehr Widerstand herauszufordern?

Kolenda strich sich mit der Hand über die Stirn, richtete sich auf, blickte zu Berner und Müllrich, suchte merklich seine Worte: Ich dachte, ich schreib die Wahrheit. Einfach die Wahrheit. Eure Wahrheit. Nicht einen Heldengesang und auch keine Werbeschrift für SüßmuthGlas. Ihr habt in dieser kleinen unbekannten Stadt etwas unternommen, das ist glaubich einmalig in unserm Land. Ich wollte berichten, wie schwierig das war – und noch ist – und dass es die einfachen normalen Kumpel von nebenan waren, die so etwas geschafft haben. Mit Kunst habich nichts am Hut, überhaupt nicht. Aber ich wollt auch nichts weglügen oder aufmotzen, die Angst nicht, die Wutausbrüche bei manchen, also die Gefühle die dabei ne Rolle gespielt haben bei den einzelnen. Das gehört für mich zu der Wahrheit. Wenn ihr das nicht brauchen könnt in dem Kampf um eure Hütte, dann muss ich das wohl einstecken.

Kolenda griff zu seinem Glas, kippte einen Schluck.

Sie warteten, ob er weitersprechen würde. Keiner schien glauben zu wollen, dass er einfach verzichten könnte auf seine Arbeit. Er lehnte sich zurück, schwieg.

Ratlos, die Stille. Offenbar hatten Kolendas ungewohnte Worte die Glasmacher beeindruckt, die konnten sie nicht einfach ablehnen. Mitleid? Für einen der sich krummgelegt hat? Kaum. Aber ein Bundesgenosse war der junge Mann, ein freiwilliger zwar, ein ungebetener, hereingeschneiter.

Zindler klärte lauter die Gurgel als dann die Worte rausholperten, fast als spräche er nur zu seiner Frau: Mir leuchtet das irgendwie ein, was der Herr Kolenda gesagt hat. Wenn ich nämlich an unser Glas denke und will jemand erklären, was das ist und wie es zustandekommt, diese Schönheit, also diese nützliche Schönheit, an der wir alle hier mitwirken, und da hat doch jeder von uns seinen Ehrgeiz, dann muss ich auch sprechen von dem Dreck den wir, mit dem Feuer, mit der Hitze, und mit unsern Händen und unserm Atem, nichtwahr, alles das gehört dazu, Dreck Schweiß und Tränen, der tägliche Kleinkrieg mit dem Material, bis sich das verwandelt in das Gold, das weiße, in Böttgers Meißner Alchimistenküche, oder in unsre Gläser, die ihr dann verkaufen könnt Heinz. Also das ist irgendwie dasselbe was er geschrieben hat, so seh ich das.

Zindler schaute rundum, auf seinem schmalen Pferdegesicht der Ausdruck des Hofnarren, der nichts dafür kann und an Prügel gewöhnt ist.

Bliss fragte sich, ob er das spielt, diese Naivität. Sein Vergleich war naheliegend, unmittelbar einsichtig, aber nicht wirklich beweiskräftig für die Frage, ob Kunden der Hütte sich für ihre Verfassung oder die Herstellungsprozesse des Glases interessierten. Malina tickte ihn mit dem Ellbogen, wollte sein Ohr, flüsterte: Der Glasmaler ist wetten selbst Künstler – ein verkappter!

Gut und schön Jochen, aber sag mal ehrlich: Wenn du dir deinen VauWe aus Baunatal abholst, willst du dann vorher ne Werksbesichtigung als Pflichtprogramm? Ich nicht. Ich weiß was Arbeit ist. Muss mir keiner erzählen. Antwortete ihm Uwe Kugland.

Ich mein es gibt hier eine ganz einfache Lösung, sagte Guschewski. Damit wir heut noch ins Bett kommen. Herr Kolenda hat nicht in unserm Auftrag sein Werk geschrieben, aber er hat uns schriftlich zugesichert, dass er es uns zur Endkontrolle vorlegt, im Tausch sozusagen für unsre uneingeschränkte Mitarbeit. Ist das richtig, Herr Kolenda?

Der nickte.

Nun denn. Ich denke, wir sind nicht kompetent, Ihre Arbeit, als ein Stück Literatur, zu beurteilen. Das können wir nicht. Davon verstehen wir nichts. Deshalb schlage ich vor, Herr Kolenda verändert die Namen aller Beteiligten so, dass man hier in Immenhausen keinen wiedererkennen kann. In diesem Text kann sie jeder Ortskundige identifizieren. Vor allem muss der Name Schöngut verschwinden und natürlich auch Isenhausen und Hessen. Das ist allzu durchsichtig. Da wüsste jeder wer und was gemeint ist. Es gibt nur eine Glashütte in Hessen, die von der Belegschaft übernommen worden ist.

Dann wird aus eurer Wahrheit ein Märchen! platzte Kolenda mühsam beherrscht heraus. Die Glasmacher aus Bullerbü!

Und der Geschäftsführer, streng: Aber nein doch! Das können Sie so nicht sagen Herr Kolenda! Ein Märchen noch lange nicht! Eher im Gegenteil: Aus dem was hier, eher zufällig, passiert ist, wird ein Vorgang von allgemeiner wenn nicht gar höherer Gültigkeit, wenn Sie die wirklichen Namen eliminieren. Also unkenntlich machen. So sollten Sie das sehen!

Bilo motzte dagegen: Warum sollich nich dazu stehn was ich getan hab? War das schlecht oder falsch oder wie? Richtig wars! Ihr kommt mir vor wie Pariser, die erst die Bastille erobern und dann Umgotteswillen! sagen, erzählts bloß keinem weiter!

Guschewski aber unnachgiebig: Heinz – ich habe einen Antrag gestellt – lass jetzt abstimmen. Um halbsechs klingelt bei mir der Wecker.

Zustimmendes Gemurmel.

Also bitte, sagte Müllrich mit verstärkter Stimme, ihr habt Herberts Antrag gehört, dass alle Namen unkenntlich gemacht werden sollen. Wer ist dafür?

Guschewski reckte den Arm hoch, die andern hoben eben den Zeigefinger oder die Hand über der Tischplatte.

Ich zähle sieben dafür. Zehn Gesellschafter sind im Raum. Das ist die Mehrheit. Dagegen? Du, Rudi. Das war ja klar.

Der Glasmaler sagte zu seiner Frau: Ich enthalt mich der Stimme, schreib das ins Protokoll.

Wo ist die zehnte Stimme? Karl, hast du abgestimmt?

Also Loni, bei zwei Enthaltungen und einer Gegenstimme wurde der Antrag von Herbert angenommen. Es ist jetzt fünf vor elf. Da bitte ich unsre Gäste um Verständnis, dass ich die Sitzung für heute schließe. Morgen legen die Hühner wieder frische Eier.

Tja Herr Kolenda – Brender lächelte freundlich, legte ihm

väterlich die Hand auf den Arm – so ist das nun mal in der Demokratie. Man kann unterliegen. Aber ich glaube ich kann für uns alle sprechen – er blickte in die Runde, zwei waren schon aufgestanden, andre tranken ihre letzten Schlucke, verstauten ihre Notizzettel und Zigaretten – wir danken Herrn Kolenda für seine Mühe und natürlich auch für die Runde, die er uns ausgegeben hat! Er knöchelte auf die Tischplatte und löste damit einen ziemlich heftigen Klopfbeifall aus. Die Abstimmung war kein Votum gegen Herrn Kolenda und seine Arbeit, vor der haben wir alle Respekt! sondern eins für uns. Für unsre immer noch gefährdeten Arbeitsplätze. Wenn wir etwas in diesem Betrieb gelernt haben, dann ist es unsre Interessen zu erkennen und zu verteidigen. Das müssen Sie doch gutheißen?

Ausbrechendes Durcheinander der Stimmen und Körper um den Tisch, Bliss hörte sah nichts von Kolendas Antwort auf diese doch höchstens halbwahre Scheinheiligkeit Brenders. Ob das ein abgesprochenes Spiel war zwischen Brender, Guschewski und Müllrich, Kolendas Arbeit zu kippen, fragte er sich. Verdammt glatt war das gelaufen. Oder war die Psyche dieser Belegschaft so angeschlagen, so verunsichert nach dem langen Kampf ins Ungewisse, dass sie kein Risiko mehr ertragen konnten?

Kein erklärtes Ende dieser außerordentlichen Versammlung: formlose Auflösung eines Knotens in dem sich fortflechtenden Seil der Arbeitstage. Nach wenigen Schlafstunden das erneute Stelldichein um die Öfen die Maschinen im lärmenden schwitzigen Tempel der Arbeit, in dem nach alten Ritualen Männer und Frauen lebend geopfert wurden – die um ihr Recht gekämpft hatten, sich opfern zu dürfen, ihre Daseinsjahre dem Moloch Akkord zum Fraß hinzuwerfen. Daher vielleicht die Scheu dieser Männer, zu ihrer Eroberung sich zu bekennen, die ihnen die Freiheit zu selbstbestimmtem Herstellen ihrer Werke nicht eingebracht hatte, sondern die freiwillige Selbstausbeutung unter der unsichtbaren Fuchtel der geldverleihenden Institute statt jenes greifbaren Menschenchefs.

Der Wirt kassierte die Deckel von den Herumstehenden,

die schnell und grußlos verschwanden. Bliss und Malina überflüssig, vergessen, keine Frage mehr nach dem Zweck ihrer Teilnahme an der Versammlung. Doch, Rudi Bilo wusste – woher denn? von ihren Absichten, aber sie hätten wohl bemerkt, dass die Kollegen erschöpft – mutlos vor Erschöpfung von den immer nachwachsenden Schwierigkeiten, das neue teure Kühlband liefere mehr Bruch als gut getempertes Glas, zum Verzweifeln wenn du vorn die Kelche einsetzt und am Ende liegt zehn Mark Arbeitswert in Scherben, nicht einmal sondern gleich zwanzigmal – der Kampf und Krampf eben nicht zu Ende mit der Übernahme. Zwecklos, ihnen da mit neuen Ideen zu kommen, er selbst ist oft genug aufgelaufen bei den Kollegen mit seinem Wunsch, das Modell Arbeiterhütte offensiv in die Öffentlichkeit zu bringen.

Malina vermutete, dass ihr Gedanke, den belegschaftseignen Betrieb mit seinen Produkten auf dem Stadtfest einer kommunistischen Partei vorzustellen, eine Schnapsidee war. Bilo lächelte müde, nickte. Wenns nach mir ginge – ich hätt gern dafür ein Wochenende hergegeben.

Kennen Sie Kolenda? fragte Bliss, ich meine: näher?

Bilo schaute zu ihm hinüber. Der verstaute schweigend seine Papiere, neben ihm Berner und der Wirt. Ein anständiger Mensch ist der. Muss ihm die Hand drücken. Hoffe er kann das verpacken, was er heut erlebt hat.

Mit seinem Bierdeckel schob er sich durch die Stühle zum Wirt. Sie folgten ihm, hörten sein halblautes: Erich – dem jungen Mann nimmst du kein Geld ab. Das geht auf mich, klar? Der Wirt, ungläubig: Auch die Runde, Rudi? Bilo, mit einem kurzen kräftigen Nicker: Auch die.

Bliss sah das erstaunte Aufleuchten in Kolendas verschlossnem Gesicht im gleichen Blick mit Berners schiefem Lächeln, der sarkastisch kommentierte, da sähe man dass die Glasmacher noch immer die Kings der Hütte – Hör auf Klaus! Als ob wir dich verhungern ließen! konterte der. Malina strahlte Kolenda an, streckte ihm die Rechte vor die Brust: Uns hat Ihre Arbeit unheimlich gefallen – stimmts Vik? Möcht unbedingt noch den Rest lesen!

Sie fanden sich wieder zwei zu zwei am Treseneck für einen

Abtrunk: Kolenda, Malina Stotz, Bliss und Rudi Bilo. Der Glasmacher eher aufgedreht als erschöpft und den Mund voller Gedanken: über den Abend, die Aussichten der Hütte, die Selbstverwaltung. Bilo sprach ungeniert vor dem Wirt und per du mit Armin Kolenda, aber vor allem zu Malina, als müsse er vor der sich ausweisen (fand Bliss), sechssieben Glashütten auf dem Buckel von Ludwigshafen bis Rheinbach und Euskirchen bis Treysa, Kommunist mal zu Anfang bei Adenauers, ausgeschlossen aus der Partei, als er den Revers der Gewerkschaft unterschrieben hat, einundfünfzig (wenn ihr wisst was das war), um nämlich Betriebsrat zu bleiben. Achtundfünfzig Betriebsratsvorsitzender der Ingrid-Hütte, fristlos an die Luft, aber in zwei Instanzen beim Arbeitsgericht Recht bekommen, das heißt Entschädigung in Geld statt den Platz im Betrieb, so kommt der Mensch vom Rheinland ins Hessische. Linksaußen im Immenhäuser SPD-Vorstand und dasselbe bis vor drei Jahren in der ersten Mannschaft des Tuspo, Schienbeinbruch gegen die Grebensteiner, seitdem im Posaunenchor, immer noch Puste genug für beides, Pfeifen und Waldhorn, der älteste Glasmacher auf der Bühne, da kann ihm keiner was erzählen vom Storch. Berner schon gar nicht. Um Richard Süßmuth hats ihm sogar leidgetan, der war kein ausgekochter Ausbeuter, wollte die Betriebsfamilie, natürlich mit ihm selbst als verehrtem Patriarchen, aber die falschen Ratgeber und Dickköpfigkeit dazu, hat den Kapitalismus von heute nicht mehr kapiert. Und fragte, was Armin denn nun mit seinem Werk, nach dieser Abstimmung und Kritik, also anfangen wollte?

Der hatte die Reaktion der Gesellschafter fast geahnt, sich aber eingeredet, sie würden es nicht fertigbringen, ihn so auflaufen zu lassen, naiv. Er hätte nicht zwei Monate dranbleiben, weiterschreiben können ohne die Überzeugung, dass sie es zuletzt gutheißen würden.

Es sei doch wohl kein Problem, die Namen unkenntlich zu machen, um die Geschichte zu retten? fragte Malina.

Ausgeschlossen. Der Text ist ein Stück operative, eingreifende Prosa, der beispielhaft wirken kann durch seine Wahrheit. Und Überprüfbarkeit. Das haben die Gesellschafter gespürt, aber weil sie selbst fast alle unpolitisch oder konservativ sind, wollten sie ihn verpflichten, ein literarisches Märchen im Niemandsland draus zu machen. Ein Stück Kunst das niemand weh tut. Garantiert Berners Linie, der das mit Guschewski abgesprochen hat. Am stärksten enttäuscht bin ich ehrlich gesagt von Uwe Kugland. Der ist im Kampf um die Hütte einer der Entschiedensten gewesen. Warum Helmut Depta sich so leicht hat einwickeln lassen, versteh ich auch nicht.

Bliss fand, alle an diesen Vorgängen aktiv und in der Öffentlichkeit Beteiligten seien offensichtlich Personen der Zeitgeschichte und insofern gelte da der Persönlichkeitsschutz des Gesetzes nur sehr eingeschränkt.

Kolenda wäre bereit, sagte er, die Namen der erwähnten Personen unkenntlich zu machen, aber der Ort und die Firma, da gäbe es für ihn keinen Kompromiss.

Also ich persönlich – Rudi Bilo lachte aus den Augenwinkeln (der Wirt räumte die Stühle im Sitzungsraum auf den Tisch) – wenn du mich fragst Armin – aber frag mich lieber nicht! – ich würde mich um diese Abstimmung nicht kümmern und tun was ich muss. Als Künstler sowieso. Künstler, habich gehört, sind unberechenbar.

Aber ich –

Er erlaubte Kolenda keine Antwort, musste nun endlich heim zu seiner Alten, reichte Malina und Bliss die Hand. Morgen sehn wir uns sicher noch in der Hütte, wie? Klapste dem Blonden freundschaftlich ermunternd auf den Rücken, ließ sie ziemlich verblüfft zurück.

Kolenda schwieg kopfschüttelnd vor sich hin. Trank sein Glas leer. Malina kam es vor, als habe der Glasbläser sich nur zu ihnen gesetzt, um genau diesen Satz loszuwerden. Findest du nicht? fragte sie zu Armin, ihn unvermittelt duzend.

Der schaute zweifelnd, unentschieden. Das kann ich nicht. Ich hab ihnen mein Wort gegeben. Ich bin kein Künstler.

Für welchen Zweck haben Sie die Sache eigentlich geschrieben? wollte Bliss wissen, wo soll der Text veröffentlicht werden? Könnte das der Hütte überhaupt schaden?

Wir planen einen Band mit Streikberichten rauszugeben,

beispielhafte Arbeitskämpfe in der Bundesrepublik, da gehört das rein, dachtich. Art neue Bibel für Betriebsräte und Vertrauensleute. Nee, nicht Bibel: Fibel. Lachte zur Entschuldigung: Das kleine Einmaleins der Weltveränderer, nicht wahr.

Wir? Wer ist wir? Bist du von den Maoisten?

Wir ist in dem Fall der Werkkreis Literatur der Arbeitswelt, wenn ihr den kennt.

Wofür der alte Hans Gebhard in Marburg die Pauke haut? tippte Bliss.

Tut er das? Na bravo. Ich arbeite in der Kölner Werkstatt. Bin auch im Sprecherrat von dem Verein, den wir jetzt gegründet haben, bundesweit. Also in der Leitung. Ich kann nicht, wo wir das Misstrauen in der Arbeiterklasse gegen alles was nach Literatur riecht erst mal überwinden müssen, da kann ich die Süßmuth-Kollegen nicht so austrixen.

Die Glasmacher wollten doch unbedingt Kunst haben von dir. Sagte Malina.

Kolenda kramte in seinen Erfahrungen. Vielleicht kommt ein Reim dran wenn man sich klarmacht, dass diese Arbeiter jetzt gleichzeitig ihre Bosse sind? Deshalb sind sie für Erbauungsliteratur, schöne idyllische Schlachtbeschreibungen mit Bier zum Feierabend, wenn nicht Försterliesl mit Alpenglühn. Im Werkkreis predige ich den Kollegen, sie sollen nützliche Reportagen schreiben, Berichte aus ihrer Erfahrungswelt, in ihrer Bude die Augen aufmachen, was da abgeht, wie Max von der Grün – der hats kapiert, hats vorgemacht, wie man den Unternehmern das Juxen austreibt. Irrlicht und Feuer, nicht wahr – der Roman hat gesessen. Was tun meine schreibenden Arbeiter? Reimen Gedichte übern Sonnenuntergang nach Schichtende. Melancholische Geschichten vom unbarmherzigen Fließband. Proletarische Fluchtliteratur. Das ist jetzt polemisch zugespitzt, nicht alle schreiben so, aber die Tendenz schlägt immer wieder durch. Mit meiner Erzählung will ich ihnen vorführen, wie man realistisch schreiben kann, nah an der Sache und den Menschen, investigativ, wie Kisch, eingreifend, wie Wallraff. Bunt, lebensnah. Und nicht resignativ, sondern lustmachend: auf Veränderung. Oder wenigstens Selbstbehauptung. Also brauchbare Literatur, mit Brecht. Dafür steh ich im Wort bei meinen Werkkreis-Kollegen.

Menschenskind (Malina, kopfschüttelnd) – so hättste das vorhin sagen müssen!

Kolenda, mit einem kurzen bitteren Lacher: Glaubstu wirklich?

Ich fürchte das wär Wasser auf Berners Mühle gewesen, sagte Bliss.

Ich sitz zwischen zwei Versprechen. Und die beißen sich. Das ist meine Erkenntnis des Abends. Toll, nicht? Damit geh ich jetzt schlafen. Aber ich danke euch, dass ihr mir noch meine Beichte abgenommen habt. Dafür zahl ich eure Biere, keinen Widerspruch bitte.

Nebenwidersprüche

Vor der Tür des Hoteleingangs, auf den Stufen, blieb Bliss stehn, atmete hörbar ein: Jetzt schau dir das an. Riech dir das an. Die ist noch da, die Nacht. Die Sterne. Der Sommer.

Stimmt, sagte Malina. Irgendwie überraschend. Nach dem Abend.

Was da rauscht sind die Gasbrenner. Arbeiten noch welche an den Öfen.

Die Schmelzer.

Das eiserne Hüttengatter war zugerollt, unbesetzt die Pförtnerloge. Bliss fiel ein rüberzugehn, man könnte wahrscheinlich die Arbeiter bei der Beschickung der Öfen beobachten, aber er wollte doch lieber die Hütte jetzt rausschütteln aus dem Kopf oder rausatmen mit der Sommernachtluft, zurückfliehn in den Körper. Findest du nicht Malina, dass hier eine Luft rumfliegt zum zum Aufsbrotschmieren, zum Einschlürfen, zum Umarmen und Küssen? Habt ihr sowas in Frankfurt?

Malina lachte leise: Dicke Luft zum Schneiden ja, aber zum Umarmen?

Ich mein auch nicht die Luft zu umarmen, sondern die mit jemand drin.

Ach so – das meinst du. In München gabs die wahrscheinlich, in den Isarauen. Hab ich vergessen Vik.

Das war wohl gespielt, die Naivität. Fast die gleiche Situation wie in der StaBi in München mit Barbara. Warum sagst du nicht dass du mit mir schlafen willst? Unvergesslich der Satz. Und der Körper. Was denkt diese Frau?

Laufen wir noch ein paar Schritte, Sterne gucken?

Könnt nichts schaden. Bisschen Sauerstoff.

Sie schlenderten nebeneinander im matten Schein der letzten Straßenlaternen des Ortes, schweigend die wenigen Schritte zur Bahnschranke, hinter der die Dunkelheit lag, ein begehbares körperhaftes Wesen. Neben der Landstraße erst die geduckten schattenhaften Umrisse der verfallenden Ziegelei mit ihrem Himmelszeiger, dann nur noch die düsteren Wächter: schwarze Obstbäume, unbewegte Silhouetten vor der glitzernden Streu, Felder bis an den ahnbaren Horizont. Sehr wirklich in der räumigen Stille die Geräusche ihrer Schritte.

In der Haut von Armin möchtich nich stecken, sagte Malina plötzlich.

Dasselbe wollt ich grad sagen! Kannst du Gedanken lesen?

Naheliegende schon.

Alle?

Deine sicher Vik.

Bliss hörte wieder den Schalk in ihrer Antwort. Oder war das eine Herausforderung? Er blieb stehn, hielt sie am Arm. Noch nie war ich so allein mit dir Malina, in einer so wunderbaren Nacht.

Das stimmt. Aber lass uns von Armin Kolenda sprechen. Ob wir ihm irgendwie helfen können.

Wir? Ist das unsre Sache?

Ich möcht wissen wie die Geschichte endet.

Er könnte uns morgen früh den Schluss vorlesen. Nach dem Frühstück. Vielleicht fällt uns dann was ein.

Gute Idee, fand sie. Ich werd ihn drum bitten. Komm.

So ein Nachtspaziergang ist wie Arkadien. Fehlt nur das Meer. Da jetzt reinspringen können. Aber warm, nicht wie der Bach. Adria. Schwimmen im warmen Wasser, dass du denkst, immer weiter, bis nach Amerika, weil das dein Element ist, das dich trägt und wiegt.

Mhmh machte Malina genießerisch, und Meeresleuchten – kennstu das auch? Wenn alle Sterne ins Wasser gefallen sind. Als ob du durch den Himmel schwimmst.

Ja wirklich. Schreibst du Gedichte? So war das. Voriges Jahr in Istrien. Da könnt ich dir eine Geschichte erzähln.

Ja? fragte Malina begierig, erzähl – Geschichten krieg ich nie genug!

Es ist eine wie aus TausendundeineNacht. Aber du darfst sie nicht weitererzählen. Du bist die einzige der ich sie beichte.

Beichte? So schlimm?

Na ja, weiß nicht. Vielleicht ist sie auch komisch. Versprochen?

Hand aufs Herz. Komm lass uns umdrehn, ich glaub ich hab mir einen Dorn oder was in den Fuß gerissen, heut nachmittag.

Tuts weh?

Nicht tragisch. Beim Auftreten. Der Linke.

Häng dich einfach bei mir ein, dann kannstu ihn entlasten.

Ja klar. Sie warf ihre Handtasche auf die andre Schulter. Ist auch kühl geworden.

Er spürte gleich angenehm ihren warmen Körper an seiner Flanke, griff ihre linke mit seiner rechten Hand. Das passierte wie von selbst, ohne Absicht.

Schieß los, sagte sie.

Bin zum erstenmal mit Lena in Urlaub gefahren. Der Begriff, die Vorstellung – Urlaub – kam in meinem Sprachschatz nicht vor, gehörte zur Kategorie Konsumscheiße, Reisen gabs für mich nur aus beruflichen oder politischen Gründen, aber Lena brauchte das, nach einem Jahr Plackerei im Gießener Teater, hab ich mir gedacht: Jugoslawien! Sie wollte wohin mit garantiert jeden Tag Sonne und Meer, also Adriaküste, und ich kann schaun wie Titos Sozialismus sich entwickelt oder nicht, wir sind einfach los mit dem Käfer, viel Geld hatten wir nicht, sind wir hängengeblieben in einem kleinen Dorf bei Rovinj, ganz einfache Pension, jugoslawisch halt, Motto: arm aber herzlich, zum Frühstück immer zwei Eier im Glas, mit Terrasse zum Meer, gleich am Strand, hab ich gelernt, dass man tatsächlich skrupellos faul sein kann, nur in der Sonne liegen, schwimmen, essen, selbst das Lesen hab ich vergessen in der Hitze, also fast. Gut. Das ist die Rahmenhandlung der Geschichte, verstehstu – diese, na ja – Harmonie, diese Abwesenheit von jeder Art von Stress. In dieser Idylle haben wir zwei Ehepaare kennengelernt, aus Wien, nette, ziemlich unpolitische Leute, das heißt der Mann von der Jüngeren sollte in ein paar Tagen nachkommen, wir einen Abend zu fünft auf der Terrasse, hatten sie eingeladen zum Essen, Wein und Slivovitz satt, ich weiß nicht wie viel wir getrunken hatten, es wurde allmählich ganz erotisch, seltsames Einverständnis, der Mann von der Älteren und Lena und ich mit der Jüngeren die solo war, irgendwann lange nach Mitternacht sind wir zum Strand, kein Mond, absolute Windstille, wir haben unsre Klamotten weggeschmissen und rein ins Meer wie in ein großes warmes nasses Bett – mit jeder Bewegung hast du die Diamanten glitzern lassen um dich rum, ich hab gesehn – mehr geahnt als gesehn – wie Lena mit dem Mann gleich vorn blieb im flachen Wasser, die andre Frau schwamm noch ein Stückchen mit uns und ich hinter meiner her wie der wilde Wassermann, unheimlich spitz, hab sie umarmt, und sie weit raus, so ein Spiel, dachtich erst, wie zwei Delfine, schöne glatte Hautkörper, aber immer hat sie sich wieder losgemacht, ist weitergeschwommen, alles wortlos, bis sie gesagt hat Du meinst doch nicht mich – da erst hab ich gemerkt an ihrer Stimme, dass sie die Falsche war, die Ältere, die mich garnicht wollte – kannst du dir das vorstelln, so einen Saufkopp hatte ich! Glatt die Frauen verwechselt!

Du Armer. Malina kicherte ein bisschen. Und wie ist das ausgegangen?

Ich bin so schnell ich konnte zurückgeschwommen. Da saßen die drei im Sand, angezogen. War alles vorbei. Wurde schon hell. Die Junge hat kein Wort zu mir gesagt, so sauer war die. Ich hab noch versucht ihr zu erklärn dass es eine Verwechslung war, in der Dunkelheit mit dem Meeresleuchten und durch den Slivovitz. Sie hats nicht geglaubt. Ich selbst ja nicht! Dass mir sowas passieren kann!

Und Lena?

Die hat mich ein bisschen bedauert, für mein Pech. (Bliss schloss die Hoteltür auf.) Wahrscheinlich hat sie sich auch amüsiert über mich. Konnte ja gut großzügig sein. Obwohls nicht so toll gewesen sei, mit dem Wiener, ein schneller Fick. Hat sie das runtergespielt, für mich.

Fahl schimmerte das Straßenlicht durch die Fenster des Treppenhauses. Sie fanden den Schalter der Flurbeleuchtung nicht. Im ersten Stock floss durch die Fenster an den Enden des Gangs ein matter Schimmer.

Das ist Kolendas Zimmer, sagte Malina vor der ersten Tür, fragend.

Wette der schläft, bestätigte Bliss.

Er hielt den Bund mit dem massiven Hotelanhänger noch in der Hand, schloss die Tür zu Zimmer Zwei auf, drehte sich zu Malina zurück: Ich könnt stundenlang mit dir reden Malina.

Wir müssen aber jetzt schlafen mein Lieber. Vernünftig sein.

Wo hast du das gelernt?

Bei Adam Riese. Zwei mal zwei ist vier.

Ach Malina.

Schau nicht so traurig Vik.

Wie kannst du hier sehn wie ich schau.

Ich weiß es. Sag mal – hast du eine Nadel? Irgendwas Spitzes? Für den Dorn in meinem Fuß? Ich glaub der entzündet sich.

Er öffnete die Tür, schaltete das Licht ein. Lass mich nachsehn. Komm rein.

Die Deckenleuchte blendete krass in ihre nachtweiten Pupillen, sie kniffen die Lider.

Zeig her den Patienten.

Sie setzte sich auf die Bettkante, streifte den linken Slipper ab, hob ihm den Fuß entgegen. Er bückte sich vor sie, nahm ihn in seine Hände, eine behutsame, fast zärtliche Geste und sie, leicht ungeduldig: Na? Siehstu was?

Hilft nix Malina, du musst ihn erst waschen. Alles grün.

Folgsam stellte sie sich vor das Waschbecken, zog den kurzen Rock noch höher, hob den Fuß unter das kalte Wasser, wusch ihn mit seiner Seife. Er hielt ihr das Handtuch bereit, hüpfte, die Arme auf seiner Schulter, hinter ihm und dem Fuß her zum Bett. Bliss holte die Nachttischlampe ran, identifizierte den Dorn unter dem Zeigezeh. Vor ihr knieend erwischte er ihn mit der Spitze seiner Nagelschere ohne dass sie zuckte, zeigte ihn auf der Fingerkuppe.

So klein und so gemein, sagte Malina kopfschüttelnd, pustete ihn weg, nahm seinen Schädel zwischen ihre Hände, Mein

Samariter! küsste ihm einen Dankkuss auf den Mund. Er küsste das zierliche Gehwerkzeug, das er noch festhielt.

Samariter findich blöd Malina.

Was denn?

Ich bin ein Fan deiner Zehen und deiner Füße und deiner Beine undsoweiter bis zur Nase. Willst du nicht hierbleiben bei mir?

Ach Vik. Ich glaub du meinst das ernst.

So nah waren wir uns schon, heut nachmittag. Ich find dich einfach toll Malina. Ich wette du weißt das. Und jedesmal von neuem, wenn wir uns begegnet sind. Hinterher träumich von dir. Du bist wirklich ne Art Traumfrau von mir. Dauert immer Wochen bis ich dich wieder aus dem Kopf hab, schon in München.

Malina seufzte. Ich mag dich ja auch. Aber müssen wir deshalb zusammen schlafen?

Es wär so natürlich, findest du nicht? Sonst bleibt immer irgendwas offen, unerfüllt.

Vielleicht ist das grade gut – diese Offenheit?

Diesmal seufzte Bliss. Wer will das wissen, vorher.

Glaubstu du bist in mich verliebt?

Verliebt? Das weiß ich nicht. Das sind so Worte. Eher denkich es ist eine Art Verwandschaft, eine Vertrautheit, der Seele, was weiß ich, aber eine die nach Berührung ruft, nach Inden-Armnehmen. Vielleicht warstu in einem früheren Leben wirklich meine Schwester? Wie heut nachmittag – Hänsels Gretel?

Hm machte Malina, krauste die Stirn. Das wär glaubich das Gefährliche, dass wir uns verlieben. Was würde Lena sagen? Sie hat uns vertraut.

Müsste sies denn wissen?

Du würdest es ihr nicht erzählen?

Vielleicht später, bei Gelegenheit.

Ich würdes Johann sagen, doch.

Wirklich? Warum?

Ich weiß nicht Vik. Ich bin so. Es gehört zu meiner Freiheit.

Wenns wichtig wär Malina, ja, wenns große Bedeutung hätte für unser Leben, aber wärs das?

Hättst du denn was dagegen? Dass ichs ihm sagte?

Doch, nickte Bliss. Wär mir schon unangenehm. Wenn ich ihm begegne. Obwohl er nicht unbedingt ein richtiger Freund ist.

Malina griff nach seiner Hand. Das ist es Vik – so gings mir mit Lena. Und wenn dus ihr verschwiegst, fänd ich das auch nicht gut von dir.

Du ahnst ja nicht was passieren kann, sagte Bliss, tat die drei Schritte zum Fenster, öffnete es, wühlte sich durchs Haar. Da in Istrien wars ganz einfach, weil wir beide dabei warn, von Anfang an.

Lädst du dir Mücken ein zur Gesellschaft?

Bliss konnte nicht lachen. Frauen sind so unberechenbar in diesen Dingen. Lena jedenfalls. Ich weiß nicht, vielleicht wir alle. Die Sache mit Barbara, zweidreimal war ich mit ihr zusammen und Lena hat das genommen, na ja, wie ein Abenteuer, ein nebensächliches, was es auch war, und dann hat sie mit Manfred geschlafen, in meinem Bett, es war mir nicht völlig gleichgültig, aber ich dachte: gönns den beiden. Sicher habich auch gemeint, so wird sie merken dass es nichts bedeutet, meine Kiste mit Barbara, eine Art Kompensation, verstehstu, obwohl ich – hast das ja mitgekriegt, meine Bauchschmerzen hinterher, hast mich ausgelacht, fandst das wohl albern von mir wie da die alten Zicken durchkamen, egal, aber sie, Lena, paar Wochen später, als sie ihre Stellung verloren hatte an den Kammerspielen – meinte ich wär schuld dran wegen dem Aufführungsstreik – an dem sie selbst mitgemacht hat! Irgendwie ist bei ihr ein Damm gebrochen, alles hochgespült, und plötzlich war auch Barbara ein Eheverbrechen, richtiger Showdown zwischen uns, hat mich fertiggemacht, total ausgerastet, kannstu dir nicht vorstelln, danach war nichts mehr wie vorher zwischen uns. Deshalb bin ich die Wochen zu Scheringers auf den Hof, das war der Grund. Nicht weil ich schreiben wollte. War eine Scheidung auf Probe. Auf Widerruf.

Malina kam zu ihm, schloss das Fenster, griff nach seiner flattrigen Hand, zog ihn neben sich aufs Bett: jetzt setz dich mal her.

Deshalb glaub ich nicht an diese unbedingte Ehrlichkeit, sagte er ohne sie anzuschaun, immer noch heftig, du kannst es nicht vermitteln, weil beim andern die Fantasie mitspielt, die die Eifersucht anzündet, plötzlich bei uns aufgeklärten Menschen die Medea hochspült, den Othello. Davor hab ich Angst.

Eifersucht muss man mit Offenheit bekämpfen Vik. Ich will wirklich keine Ehenonne sein. Habich Johann schon vor der Hochzeit gesagt. Ich find das Quatsch, dieses monogame Ideal – was sowieso für euch Männer nie wirklich gegolten hat, gab immer die Doppelmoral unter der christlichen Tünche. Insofern stellen wir jetzt ein bisschen Gerechtigkeit wieder her zwischen den Geschlechtern und verweigern uns euren Besitzansprüchen –

Ja aber dann versteh ich nicht, sagte Bliss, der Malinas sommerlichen Körper wieder so nah neben sich fühlte, dass er seinen Arm um ihre Hüfte legte. Sie ließ das geschehn ohne merkbare Scheu oder Abwehr und ihre Stimme war sanft, irgendwie nachsichtig auch.

Trotzdem Vik, die Treue ist damit nicht aus der Welt. Ich meine nicht die konventionelle, die bürgerliche, sondern eine tiefere, aus Liebe. Ich hab schon gesehn, heut nachmittag, dass du ein schöner Mann bist. Bestimmt ein guter Liebhaber. Hat Barbara auch gesagt, und natürlich habich mich an dem Bach gefragt, ob ich mit dir schlafen möchte.

Und? fragte Bliss gespannt, was hast du dir geantwortet?

Kleines Lachen von Malina, sie sah ihm ins Gesicht: Das Problem ist, dass du etwas sentimental bist Vik. Schon seit München denkich das. Jedenfalls zu mir. Wie soll ich sagen, sentimental ist nicht das richtige Wort – ungeschützt, verletzlich. Ich fürchte, wenn wenn wir uns jetzt zusammen in dieses Bett legen, dann verbrennen wir uns. Das wär was anders als du mit Barbara. Oder euer fröhliches Urlaubserlebnis.

Bliss ahnte dass sie recht hatte, aber ihre Nähe, die duftende warme Nähe ihres Körper, ließ ihn sich wehren gegen ihre Klugheit, die sein Begehren nur noch verstärkte. Er holte seinen Arm zurück. Mein Gott – warum kann es nicht sein wie auf der Wiese! So leicht, so locker, wie du da deine Kleider ausgezogen hast, bist einfach ins Wasser gestiegen weil du Lust dazu hattest!

Du liebst doch Lena. Und sie liebt dich. Willst du das aufs Spiel setzen?

Sie strich ihm mit ihrer kleinen Hand durchs Haar. Lass uns jetzt schlafen gehn Vik, jeder in seinem Bett.

Küss mich wenigstens einmal Malina. Aber nicht so einen Schwesterkuss.

Nein Vik. Besser nicht. Ich bin auch nur ein Mensch.

Sie stand auf vom Bett, ließ ihn da sitzen, zusammengesunken.

Ich bin nicht vernünftig! sagte er verzweifelt, ich will nicht vernünftig sein!

Schlaf gut Vik. Es war so ein toller Tag. Heut früh hast du erklärt, man kann sich nicht wehren gegen die Vernunft. Sei nicht bitter, denk was wir alles erlebt haben heute.

Das ist zynisch, schwieg er. Sagte auch nicht Gute Nacht, blieb einfach sitzen als sie ihre Handtasche vom Bett nahm, die Slipper vom Boden, auf ihren nackten Füßen zur Tür tappte, sie hinter sich schloss.

Weiberverschwörung!
Soll ich mir diesen Schwanz abschneiden wie einem Hund? Wollt ihr das?

Der ist mir angewachsen eingewachsen nein ich bin ihm angewachsen er kommandiert mich rum der hat sich in den kopf gesetzt dass er in diese frau will und piesackt mich aufs blut dass ich ihm den eintritt schaff allein kannstu nämlich garnichts kommst nicht mal aus der hose schon gar nicht unter einen rock erst wenn du drin steckst tobst du los und führst dich auf wien strolch und ich häng hinten dran und keuch dir hinterher damit du deinen verdammten saft raufpumpen kannst und rausspritzt ah ja nur deshalb deshalb machstu mich verrückt und wild du alte milchsau und dann lässtu mich allein mit diesem albernen schluck soße für den du deinen tollen aufstand angezettelt hast und verpisst dich als wär nichts gewesen du lächerlicher schnips du nacktschnecke du wurmfortsatz

Jona –
mein schönes entferntes Kind

Ich befinde mich in der Nirgendzeit: nach der Nacht, vor dem Tag – noch fallen mir Sterne mit der Luft durchs Fenster wie Du – allein bin ich mit ein paar eben erwachten Vögeln: das ist der Moment, wo Du neben mir sitzen kannst, über den Ozean hinweg, der seinen Raum verloren hat an einen Gedanken, ich kann Dir übers Haar streichen und fühl Deine ferne Lebenswärme in meiner Hand – kann Dich fragen nach dem Traum, aus dem ich in diesen Nirgendort Hotelzimmer erwacht bin, das so unwirklich schattenhaft mich umgibt, unklar wo die Wirklichkeit anfängt? Winzig das tirilierende Flugwesen hoch am Himmel und über ihr mächtig der Greif der Bussard mit ausgestreckten Fängen, da fällt sie steingleich herab zum Boden, hinter ihr der schwarze Verfolger im schmalen Sturzflug, sie aber ist gerettet, braun in braun im Acker verschwunden. Darüber hält sich, mit den mächtigen Schwingen schlagend, der Raubvogel. Doch da bleibt sie nicht in Sicherheit in der Furche, fliegt wieder auf, dem Greifer vor die Fänge, steht aufgerichtet, die winzigen Krallen vorgestreckt gegen die Klauen, Brust vor Brust, in unbegreiflichem Todesmut. Sie kann diesen Kampf nicht überstehen – eine Klaue des Bussards ist größer als der ganze Vogel und schlägt mit der ihr an die Brust, ein dumpfer Ton, hohl, wie eine gewaltige Pauke klang es, ein Donner in einem riesigen Hallraum. Hat sie betäubt wohl mit den Schlägen und dann mit dem Reißschnabel gepackt, zerpflückt, ihre Federn stoben herum. Das Bild, dieser Vogelmord hat mich aus dem Schlaf gerissen, aber bleibt mir im Kopf Jona mit der nervenden Frage: Warum ist sie aus ihrem Versteck, ihrer Sicherheit aufgeflogen? Welche Verzweiflung, welche Todeswut hat sie getrieben? Oder soll ich sie als Symbol verstehen, wie der Frosch im Märchen den unsichtbaren König bedeutet, die noch verborgene Macht des

Guten mit dem ungeheuren Echo – wie ein Weltraumton kams mir vor, was da aus der Brust der Lerche scholl. Aber doch wurde sie zerrissen von dem schwarzen Raubvogel. Kann Dein John Träume deuten? Ist er noch so viel Indianer?

Nun ist der Chor der fliegenden Sänger voll entwickelt, dies 'süß Getöne von kleinen Waldvöglein' (wie ichs Dir mal vorgesungen hab). Ihre Stimmen übertreffen jetzt sogar das Rauschen der Flammen in den Öfen der Glashütte. Hörst Du solche Musik auch manchmal? Oder gibt es in kanadischen Wäldern keine Singvögel? Grade wird hier der Tag erschaffen, das Morgenlicht, der Äther erblaut außerordentlich allmählich, muß anstrengend sein, sich hochzuarbeiten über den Erdrand, für die alte Sonne. Die Zirren da oben am Firmament, graue Schemen erst, erröten in durchsichtigen seidenen Engelsfarben, echter rosenfingriger Kitsch – und weißt Du, womit ich dieses Papier beschreibe in der versinkenden Nacht? Mit Deinem Weihnachtsgeschenk, dem Leuchtkugelschreiber, den Du in Manitoba entdeckt hast für die nächtlichen Ideen und Träume Deines Vaters! Sehr oft habe ich ihn nicht benutzt, aber er liegt zu Haus immer an meinem Bett, und auf Reisen nehm ich ihn mit für schlaflose Stunden. Ich kann dann schreiben mit dem kleinen Lichtfleck auf dem Papier, ohne die Nacht zu be-helligen.

Wenn ich denke, daß Du nicht mal eine elektrische Lampe einschalten kannst, in eurer Waldeinsamkeit! Mir schwer vorstellbar, wie Du auf Dauer in der Öde, in solcher Zivilisationsferne Dich wohlfühlen und sogar glücklich sein kannst – nachdem Du die amerikanische Fülle erlebt hast. Oder grade deshalb? Verwildert hast Du ja nicht gewirkt, bei uns in Gießen, mit Deinem süßen Annchen. Erst hatte ich, ehrlich gesagt, gedacht, gehofft, gewünscht, Du würdest bei uns, in Deutschland, bleiben. Hättest Abschied genommen vom Naturleben da drüben. So eine erste Liebe gibt offenbar Kraft, noch die widrigsten Umstände zu ertragen. Ich erinnere mich auch, wie sicher ich war, daß nichts meine Liebe zu deiner Mutter erschüttern kann. Jedenfalls hoffe ich, daß Du inzwischen unsern Fotoapparat benutzt hast und ein paar Bilder von Ann und eurem Haus und auch von John und von

Dir als Trapperin schicken kannst, damit meine Phantasie nicht mehr so im Dunkeln tappen muß. Ist fast ein Jahr her, seit Du es mir hoch und heilig versprochen hast. Ja ja, ich versteh schon, daß im Urwald andre Zeitmaßstäbe gelten. Meine Ungeduld (oder Sehnsucht?) lebt leider nach dem hiesigen Kalender.

Gestern noch habe ich von Dir gesprochen, zu einer alten Freundin aus München, die hier mit mir unterwegs ist, und sie hat gefragt, wann ich Dich besuchen fliege. Ich habe gesagt: spätestens nach meinem ersten Beamtengehalt. Malina hat Ähnlichkeit mit Dir, paar Jahre älter als Du. Ich habe sie sogar nackt gesehn, allerdings nicht in meinem Bett (leider), sondern in einem Bach, und ihr schöner Körper und ihre Spontaneität haben mich sehr an Dich erinnert. Vielleicht ist sie deshalb schon seit München eine heimliche Liebe von mir, gegen die ich mich nicht wehren kann. Jedenfalls nicht, wenn sie in meiner Nähe ist. Insofern schon ein Spiel mit dem Feuer, daß wir zu zweit hierher gefahren sind. Aber welcher Mann spielt nicht gern mit diesem Feuer?

Malina weiß sehr genau, was sie will, und in diesem Fall wußte sie, daß sie nicht wollte (obwohl sie schon ganz gern wollte). Da hängst du dann als Mann zwischen deiner respektvollen Bewunderung für die selbstbewußte Frau und dem dadurch noch angeheizten Wunsch, sie trotzdem in deinen Armen zu halten. Wobei du nie sicher weißt, ob sie wirklich so emanzipiert ist wie sie sich gibt – oder ob sie das nur spielt und sich eigentlich nach altem Ritus von einem starken Typ übermannen lassen möchte. Aber denk nun nicht, Töchterchen, daß Dein Vater dauernd unterwegs sei, neue Frauen daraufhin zu testen.

Ich weiß nicht Jona – vielleicht willst Du ein solches Geständnis von Deinem Vater lieber nicht hören? Willst nicht wissen, was Deinem Vater alles passieren kann? Aber nicht nur einmal hast Du mir zu verstehn gegeben, daß Du kein Kind mehr bist. Und lebst uns das vor, zweifellos. Also nehm ich Dich ernst als erwachsene Frau und meine Vertrauensperson. Ihr jungen Menschen, scheint mir, seid auch heut in den Beziehungsfragen viel unkomplizierter und nüchterner als wir in meiner Generation – wir müssen uns die Eierschalen der bürgerlichen Moral erst mühsam abarbeiten und sind vor solchen Rückfällen wie in München zwischen Lena und mir nicht gefeit.

Sei jedenfalls ohne Sorge: Ich bin ganz gut und hauptsächlich mit Lena verheiratet und diese Kurzreise mit Malina dient dem Zweck, einem Stück Zukunft nachzuforschen, das sich in der Nähe von Kassel vor einem Jahr ereignet hat. Hier haben nämlich deutsche Arbeiter ihren Betrieb sozialisiert, eine Glashütte, haben den alten unfähigen Besitzer in die Wüste geschickt und sind jetzt Eigentümer ihrer Arbeitsplätze! Toll, nicht? In der Bundesrepublik, versteht sich (falls Du vergessen hast, wo Kassel liegt). Ich will das wissenschaftlich untersuchen, die sozialen Hintergründe dieses sensationellen Vorgangs, bis ich in Butzbach mit der Schule anfangen muß. Und Malina, die mit einem kommunistischen Freund verheiratet ist, will die Glasmacher mit einem Solidaritätsfest in Frankfurt unterstützen.

Da hab ich mich also aus der Nacht in den Tag geschrieben, aus dem Traum in die Wirklichkeit, fünf Uhr ist es, die Luft noch kühl. Aber ist der Traum nicht auch eine Wirklichkeit, wenn denn mein Gehirn mit seinen elektrischen Strömen real ist und erst aufhört zu sein mit dem Tod? Hast Du keine kluge Idee dazu? Welche Produkte meines Kopfes sind bedeutungsvoll, lebensvoll, welche nur Grillen?

Ich will versuchen, noch etwas zu schlafen. Vielleicht schreib ich Dir morgen aus Marburg weiter. Zu erzählen gibt es so viel – weiß

Dein Vater

Die Menschen sind noch nicht die besten

Bliss fand Malina und Kolenda im Schankraum an einem fast abgefrühstückten Tisch, neben ihnen stehend der Wirt mit einer Tageszeitung. Malina, lustig, erblickte ihn als erste, streckte den Arm ihm entgegen: Hallo Viktor! Na du hast ja wohl gut geschlafen – setz dich zu uns, hier wird die Bundesliga gerettet!

Eher begraben, korrigierte Kolenda. Morgen Herr Bliss.

Der Wirt räumte ihm vom Nebentisch das unbenutzte Gedeck rüber, den Brötchenkorb, das Marmeladenschälchen, den Eierbecher, informierte ihn dass der DFB endlich aktiv geworden sei, das Sportgericht tagt hinter verschlossnen Türen, täglich neue Enthüllungen in der Zeitung, das reinste Trauerspiel, aber wenigstens, hoffte Kolenda, kommt jetzt Licht in die Sauerei. Ja wenn! Ob die sich traun Zoff zu kriegen mit den Vorständen, da müssten mal npaar Köpfe rollen, eher ändert sich nemlich nischt. Kaffee und Ei Herr Doktor?

Bliss wollte genau das. Malina fragte, ob sie die Nachrichten um neun hören könnten, wegen dem Streik.

Der Wirt schaltete ihnen den Apparat ein, so erfuhren sie, dass im Verteidigungsausschuss des Bundestages von der Regierungsmehrheit gegen die Stimmen der CDU/CSU die Beschaffung von 175 Mehrzweckkampfflugzeugen Tornado im Wert von 3,9 Milliarden Mark beschlossen worden sei, die den veralteten Starfighter der Bundesluftwaffe ersetzen sollten. In der durch die Veröffentlichung des Magazins *Der Stern* ausgelösten Kampagne gegen den Paragrafen 218 haben sich, nach Mitteilung von Frauenorganisationen, inzwischen über dreitausend Frauen wegen einer gesetzeswidrigen Abtreibung selbst angezeigt. Die Staatsanwaltschaften in verschiedenen

Bundesländern haben zahlreiche Ermittlungsverfahren eingeleitet. Im Arbeitskampf der ChemieIndustrie sei ein Ende der Auseinandersetzungen abzusehen, nachdem das Bundeskanzleramt die Vertreter der Industriegewerkschaft Chemie-Papier-Keramik und der Arbeitgeberverbände der ChemieIndustrie zu einem Schlichtungsgespräch für heute in das Kanzleramt eingeladen habe. Gegenwärtig ständen nach Angaben der Gewerkschaft etwa fünfzigtausend Arbeitnehmer hauptsächlich in den Tarifgebieten Hessen, Nordrhein, Westfalen und Hamburg im Ausstand. Gegen das Angebot einer fünfprozentigen linearen Lohnerhöhung stehe die Forderung der Gewerkschaft nach zehn Prozent Lohnerhöhung und der Zahlung eines dreizehnten Monatsgehaltes. Die New York Times dürfe nach einem Urteil des Obersten Gerichtshofs der USA gegen den Antrag der Nixon Administration die Veröffentlichung der Pentagon Papers fortsetzen, aus denen, wie bereits gemeldet, hervorgehe, dass die amerikanische Kriegsmarine den sogenannten Tonking Zwischenfall absichtlich provoziert habe, der 1964 zur Bombardierung Nord-Vietnams geführt hat. Der Oberste Sowjet habe ein Staatsbegräbnis an der Kremlmauer für die verunglückte Besatzung von Sojus 11 beschlossen. Die Ursachen des Todes der drei Kosmonauten seien weiterhin unklar. Ein umfangreiches Hoch über Mitteleuropa sorge im ganzen Bundesgebiet für anhaltend schönes Wetter mit sommerlichen Temperaturen bis zu dreißig Grad.

Bliss hatte immer gewusst, also vermutet, dass die Amerikaner den Zwischenfall inszeniert hatten, um ihre Militärmaschine gegen Nord-Vietnam einsetzen zu können. Altes Muster, bei imperialistischen Großmächten.

Das Originelle an den Amis ist nur, fand Kolenda, dass sies schon nach ein paar Jahren zugeben müssen, noch mitten im Krieg. Bei uns hätts nie ein solches Gerichtsurteil gegeben.

Sie meinen Adenauers Spiegel-Affaire, kaute Bliss, der Abgrund von Landesverrat.

Zum Beispiel. Obwohl die Strafaktion doch letzlich ein Schlag ins Wasser war. Augstein und Ahlers sind nicht verurteilt worden und Strauß musste zurücktreten. Aber was sagt man dazu, dass dieselbe IG Chemie, die sich jetzt mit den

Unternehmern und der Regierung ins Bett legt, den Süßmuth Arbeitern zu ihrer Hütte verholfen hat?

Hat sie das wirklich? fragte Malina. Der Franz Fabian aus deinem Bericht, der Bezirksleiter, sitzt inzwischen für die SPD in Wiesbaden im Landtag – kann man schon ins Grübeln kommen, ob er das Modell Genossenschaftshütte nur für die Kollegen erfunden hat oder nicht vor allem für sein eignes Prestige. Hessen ist immer noch rosa bis rot. Da lassen sich mit solchen Ideen Primeln gewinnen.

Bliss hatte verstanden, dass die Idee von den Arbeitern selbst gekommen war. Das grade hätte ihn interessiert, ob und wie der verschüttete Gedanke der Selbstverwaltung in der Not oder durch die Not wieder freigelegt werden kann, also latent unterschwellig weiter vorhanden ist.

Kolenda schmunzelte ein bisschen. Mit den gleichen Erwartungen sei er vor einem halben Jahr nach Immenhausen gefahren. Auf Rudi Bilo treffe das wahrscheinlich sogar zu. Mehr noch auf Werner Schepoks, immerhin Ortsbevollmächtigter der IG Chemie in Kassel. Alter Sozialist der. Deshalb sei er inzwischen strafversetzt vom Hauptvorstand, irgendwo in die rechte Wüste in Niedersachsen. Der Schepoks hat das Gerede von der aktiven Basis zu wörtlich verstanden. Hat auch den Vorschlag gemacht, dass die Funktionäre der Gewerkschaft Genossenschaftsanteile erwerben sollten, als die BfG sich gesperrt hat, den Neuanfang zu finanzieren.

Wirklich – strafversetzt? Unglaublich! Malina, empört. Dieser Hauptvorstand ist so verbandelt mit der SPD und den Chemiekonzernen! Hier in Hessen hat die Tarifkommission die Landesschlichtung scheitern lassen, übrigens mit Franz Fabian, in NRW auch, aber statt dass sie nun in Hannover die Urabstimmung beschließen, rennen sie ins Kanzleramt! Lassen sich marktwirtschaftliche Vernunft eintrichtern. Als hätten sie nichts aus den Septemberstreiks der Metaller gelernt!

Vergiss nicht Malina, dass sie in der Chemieindustrie noch nie gestreikt haben, nach fünfundvierzig. Bei BASF und Bayer ist kein Viertel der Belegschaft mehr in der Gewerkschaft. Die IG Chemie würde ins offne Messer laufen, mit einem Flächenstreik.

Nee Vik, die Arbeiter können Bilanzen lesen. Die haben die Zehnprozent-Forderung nicht in den Sternen gefunden. Die würden kämpfen, wenn ihr Hauptvorstand einen klaren Kurs gegen die Konzerne steuern würde.

Noch jemand Kaffee? fragte Kolenda mit erhobener Kanne und verkündete seine Tese, dass mit Willy Brandt als Bundeskanzler und der SPD als Volkspartei der Klassenkampf beerdigt worden sei.

Mensch Armin – weshalb bist du dann hier? Malina sah ihn an wie eine Ärztin ihren verwirrten Patienten, legte ihm die Hand auf den Arm: Ist das dein Ernst?

Kolenda, aufgekratzt: Doch Malina. Brandt besucht das Fänomen in Erfurt, kniet hin in Warschau, jetzt düst er zu Nixon und kauft für vier Milliarden Tornados ein, anschließend kommt Breschnev dran, da wird der Treibstoff aus Sibirien beschafft – wo siehst du in Mitteleuropa noch Klassenkampf? Außer vielleicht bei uns an der Basis, im SSK?

Malina schwieg. Verblüfft? Oder enttäuscht?

Bliss wunderte sich, wie vertraut Kolenda mit Malinas Vornamen umging. Sitzen die schon wer weiß wie lange an diesem Tisch, haben Gott und die Welt bequatscht. Reden als kennten sie sich seit ewig. Vielleicht Parteigenossen. Obwohl – wenner denkt der Klassenkampf ist passé, kanner nicht DKP sein. Ob er die Lesung der letzten Seiten von seinem Hüttentext verpasst hätte, womöglich, durch seine Langschläferei? Fragte er Armin.

Der schüttelte den Kopf: Kein Wort.

Armin hat vom SSK erzählt, wusstich auch nichts von, dass die in Köln Häuser besetzt haben mit obdachlosen Jugendlichen, paar Sozialpädagogen. So was Ähnliches wie die StaffelbergAktion der Frankfurter mit den Heimzöglingen. Kämpfen darum von der Stadt anerkannt zu werden. Da steckt er mit drin.

SSK? fragte Bliss – was heißt das? Sozialistischer Irgendwas?

Nee, lachte Kolenda, lieber nicht. Wollen ja Geld vom Sozialamt für die Knospen. Sozialpädagogische Sondermaßnahme Köln. Bis jetzt halten wir uns mit dem Elkawe über

Wasser, Umzüge, Entrümpelungen, läuft ganz gut, aber für die CDU im Rat sind wir der Bürgerschreck, die wolln uns räumen lassen. Haben uns entlarvt als Gefährdung der Kölner Sittlichkeit, weil wir die Drogenkinder vom Bahnhofsstrich geholt haben. Statt sie ins Fürsorgeheim zu schicken.

Armin wartet auf seinen Prozess vorm Arbeitsgericht. Sie haben ihn entlassen, fristlos, musstu dir vorstelln Vik, innem katolischen Jugendhaus, weil dort was mit Drogen gelaufen ist und er das nicht gleich angezeigt hat!

Und trotzdem haben Sie noch diese Süßmuth-Sache recherchiert und geschrieben, so nebenbei? Und zu Kolendas kurzem Kopfnick: Da zieh ich aber die Mütze.

Findet ihr euer Sie nichen bisschen bourgeois, auf die Dauer?

Haste recht. Bliss streckte seine Hand übern Tisch: Ich heiße Viktor.

Kolenda griff zu, drückte kräftig, lachte: Armin. Trotzdem Freunde, mit dem Vorlesen wirds diesmal nichts. Ich muss fahrn. Und erklärte in das enttäuschte Erstaunen der beiden, dass er außerdem noch verheiratet sei, oder war, irgendwas dazwischen, und Klaus, sein kleinerer Sohn, plötzlich die Windpocken, die Mutter berufstätig, hat angerufen: Höhere Gewalt. Er krauste die Stirn, holte tief Luft, fast ein Seufzer: Tut mir leid. Kippte entschlossen seinen letzten Kaffeeschluck in den Hals.

Und da gibts keine andre Lösung? fragte Malina, keine Großmutter oder Nachbarin? Sie konnte das beim besten Willen nicht glauben. Ihre Stirnfalten waren ziemlich eindrucksvoll, auch für Bliss.

Großmutter war aber das Stichwort. Tatsächlich besaß Kolenda eine selten gebrauchte Mutter in Waltrop, die sich wenn schon nicht um ihre Schwiegertochter so doch gelegentlich um ihre Kölner Enkelsöhne sorgte. Starke Rentnerin, siebzig, noch aktiv im Frauenausschuss der SPD, eigentlich nie Zeit, seit der Alte seine Staublunge zugrabe getragen hat. Turnt ganz vorn mit gegen die Zechenschließung, die Mutter. Vielleicht könnte er die loseisen für einzwei Tage als Feuerwehr.

Er ließ sich von Viktor ein Fünfmarkstück wechseln für die Zelle, wollte nicht im Hotel telefonieren.

Malina fand ihn ganz schön stolz auf seine Mutter, obwohl ihr seine Familienverhältnisse immer noch reichlich verworren vorkamen. Einerseits diese Wohngemeinschaft im SSK, andrerseits Frau und Kinder. Klingt irgendwie anarchistisch.

Anarchistisch wollte Bliss sich einen Mann nicht denken, der so akribisch recherchiert und geschrieben hatte. Aber die eigne Jugendehe und die daraus übriggebliebene Tochter in Kanada, die ihm, obwohl ein gut aufgeklärtes Geschöpf, nun dieses weibliche Enkelkind in die Welt gebracht hatte, die sich fortzeugende Unordnung – vorstellbar doch, dass der Armin mitner ähnlichen Vergangenheit und ihren leibhaften Überständen zu tun hatte. Wirkte bedrückt irgendwie.

Malina dagegen sah ihn eher heiter und unbekümmert, wie er am Abend die Kritik der Gesellschafter weggesteckt hatte, anders als zum Beispiel ihren Freund Viktor Bliss. Sie hielt ihn für einen Typ, der sich schnell für ne neue Sache begeistert und dann festhängt, obwohl noch alles mögliche Alte ihn fesselt. Erinnerte Vik an das bewusste Gespräch in München im Englischen Garten, wo sie ihm erklärt hatte, dass sie sich immer offenhalten wolle für Veränderung und Neues. Für sie sei Anarchismus kein Schimpfwort. Außer politisch, da schon.

Als die Hoteltür sich öffnete, betrat nicht Kolenda sondern ein junger, hochgewachsener Mann mit Schnurrbart den Schankraum, schaute sich suchend um, fragte den Wirt nach Armin Kolenda. Malina rief hinüber, der sei zum Telefonieren gegangen. Da trat er an ihren Tisch, lachte ziemlich linkisch, stellte sich vor als Oskar Kriwett, kaufmännischer Angestellter der Genossenschaftshütte, hatte über Klaus Berner von ihrem Interesse gehört, wunderbare Sache, allerdings unter den augenblicklichen Umständen, kurztreten müssten sie zur Zeit, in der Hütte knistere es wegen – da kommter ja unser HüttenHomer! – streckte Kolenda die Hand entgegen: du bist drüben im Betrieb das Tagesgespräch, sagt Rudi Bilo, ich hoffe du hast mir einen Durchschlag mitgebracht, musste gestern zum Backhaus nach Bochum, bin jetzt aufn Sprung rüber vom Büro.

Kolenda freute sich. Aber HüttenHomer! Mein lieber Mann. Wer denn das ausgedacht – ach Zindler, türlich Zindler, der alte Spottnik. Will den beiden hier noch den Rest eurer Ilias vorlesen, was die Helden gestern wegen Schläfrigkeit nicht mehr hören wollten – kannstu dableiben, Kaffee trinken vielleicht –

Konnte der aber nicht, wartete auf den Anruf von Franz Fabian, normalerweise wäre der längst angerauscht in seiner Eigenschaft als Übervater, wegen der Entlassung der Geschäftsführer, sitzt in Frankfurt fest durch den Chemiestreik, das große Donnerwetter hängt noch in den Wolken – vielleicht könnten sie mittags ne halbe Stunde oder nach Feierabend? Er wollte die Geschichte unbedingt lesen.

Kriwett sei einer von den Studenten der Frankfurter Wirtschaftshochschule, der hier vor der Übernahme mitgeholfen hat, ganz konkret, die haben im Frühjahr Siebzig das Rechnungswesen der Hütte durchgeforstet, das Zahlenwerk für die Banken erstellt, erklärte Kolenda nachdem sie sich eine Flasche Gerolsteiner und Gläser an der Teke beschafft hatten. Nach seinem Examen ist er voll hier eingestiegen – ohne Oskar wäre Berner längst übern Jordan.

Und zu Hause, mit deiner Mutter, hat das geklappt?

Frag mich nicht wie Malina. Jedenfalls kann ich bis morgen bleiben.

Ach wie schön. Dann schieß man los.

Es befand sich niemand außer ihnen in der Schankstube des Hotels, auch der Wirt ließ sich kaum blicken. Durch das geöffnete Fenster das Arbeitsgerausch der Glashütte und gelegentlich ein Auto oder ein Zug. Ein kleinstädtischer Sommervormittag, der Bliss weltenweit entfernt schien von dem, was sie in den Morgennachrichten wissen sollten. Er räumte sein Frühstücksgeschirr auf den Schanktisch, um Kolenda Platz zu schaffen für sein Manuskript. Eigentlich zu heiter der Tag, in einer Kneipe rumzusitzen, statt an einem buschigen Bachrand zum Beispiel, oder wenigstens im Schatten der Immenhäuser Stadtmauer, aber er ließ den Gedanken nicht raus – wäre doch die auf den Kopf gestellte Entfremdung, sich einen solchen ArbeitskampfText in einer Urlaubsidylle vorlesen zu lassen, während die drüben in der Hütte um ihr Leben schwitzten –

Kolenda, vor seinem Blätterstapel, fragte (als Test?), wo sie gestern abgebrochen hatten. Malina wusste sofort: Bei dem Seufzer der Erleichterung! Als der Alte plötzlich geschnarcht hat und alle lachen mussten, weiler so getan hat als hätter genau zugehört.

Stimmt. Der alte Glasschleifer. Also gut. Er fand die Seite gleich. Aber wollt ihr wirklich den ganzen Rest hören?

Jetzt zier dich nicht Armin, dazu sitzen wir hier. Fang an.

Kolenda blickte etwas erstaunt zu Malina, lachte aber dann, nickte: hast recht. Wenn schon meine alte Feuerwehr extra nach Köln fährt für euch.

Er räusperte sich, trank einen Schluck Wasser, las los:

> Wir beschlossen auf einer spontanen Belegschaftsversammlung, Schöngut am nächsten Tag ein Ultimatum zu stellen: Rücktrittserklärung bis Montag. Sollte er die ablehnen, am Dienstag Betriebsbesetzung.
> Die Vertrauensleute trieben den Kollegen in der Hütte und in der Schleiferei die Resignation aus. Richard Schöngut bekam's zu hören, als er in seinem Chefzimmer mit einem andern Unternehmer verhandelte, er provozierte uns offen. Wir standen schnell mit hundert Leuten im Hof, bildeten Sprechchöre: Schöngut, wo bleibt deine Güte! Und immer wieder: Wir wollen die Erklärung – wir wollen die Erklärung! Dazwischen dann schon mal: Der Pleitegeier soll rauskommen! und Die Hütte weint, der Schöngut lacht, bis morgen alles zusammenkracht!
> Wer kam, war schließlich Klaus Brender, teilte uns mit, daß Schöngut sich weiter weigere, zu seinem Versprechen zu stehen. Erzählte uns dann auch, wie sein Schwiegervater über die große Verschwörung gegen ihn geklagt hatte: die Gewerkschaft, die SPD, die Presse gegen den heimatvertriebenen Unternehmer – daß die ganze Belegschaft verhetzt sei, für die er mal Kinderfeste veranstaltet und Wohnungen gebaut habe, und daß der Geschäftsfreund ihm geraten habe,

den Konkurs geschehen zu lassen, diese Belegschaft sei schon zu übermütig geworden.
Er konnte einem bald leid tun, der Alte, wie er so die Hände rang und die Welt nicht mehr verstand. Seine Welt. Die kapitalistische. In der er der gute Patriarch gewesen war und wir die allzeit dankbaren Kinder.
Unsre Welt sah anders aus. Unser Presseausschuß gab am Nachmittag eine Erklärung raus, daß wir unsern Kampf um die Hütte fortsetzen.
Wie die Einschätzung unsrer regierenden Genossen war, kriegten die Jusos bei einer Veranstaltung in Frankfurt zu hören. Sie nahmen den Wirtschaftsminister in die Mangel, warum das Land Hessen nicht der Schöngut-Belegschaft mit einem Kredit helfen würde, die Arbeitsplätze zu erhalten. Rudi Arndt hat sich mit den Banken rausgeredet, die das absichern müßten, aber nicht wollten, weil die Hütte total abgewirtschaftet sei. Er könnte doch nicht die Pleiten der Unternehmer sozialisieren.
Auf unsre Gewerkschaftsbank setzten wir da schon größere Hoffnungen. Wozu hat unsre Organisation sich eine solche Einrichtung geschaffen, wenn sie nicht in Fällen wie unsrem helfen sollte? Selbst Franz Vater kriegte das nicht rund, warum die Bank für Gemeinwirtschaft nicht einfach in ihren Milliardentopf greifen und eine halbe Million für uns ausspucken konnte. Oder wollte. Walter Hesselbach war nicht grundsätzlich dagegen, aber, Hannemann geh du voran, erst sollte die IG Chemie mit ihrem Hauptvorstand sich ganz offiziell engagieren und das Land Hessen eine Kreditbürgschaft geben. So ein Tauziehen war das, schon seit Monaten.
Die Bundesanstalt für Arbeit mischte noch mit und ein halbes Dutzend andre Wirtschaftseinrichtungen, von denen uns nicht mal unsre Studenten sagen konnten, was die eigentlich für Aufgaben hatten. Geld war da – wie Glasscherben in der Hütte, bloß nicht für uns. Ich schätze, daß die alle Angst hatten, weil das

ein politisches Experiment war. Dieser verdammte kapitalistische Systemzwang, den keiner sich zu durchbrechen traute.
Wir operierten zweigleisig. Bereiteten die Besetzung vor, übrigens ohne den Bezirksvorstand und Franz Vater zu informieren, und schickten noch mal Werner Schpocks an die Front. Als er, angemeldet, in Schönguts Wohnung kam, stieß er nicht nur auf einen verbissenen Unternehmer, sondern auch auf eine fauchende Unternehmer-Gattin.
Sie sprang Werner gleich voll ins Gesicht: »Wir wissen, worum es geht! Alles, was hier geschieht, steht drei Tage später drüben in der Zeitung! Wir haben den Russen kennengelernt! Die ganze Kampagne ist ferngesteuert!«
Schöngut schlug in dieselbe Kerbe: »Ich habe einmal alles verloren in Schlesien und mit nichts in der Hand diesen Betrieb hier hingestellt – einen sozialen Musterbetrieb – und da laß ich mich nicht noch einmal mit Schimpf und Schande davonjagen. Ich weiß wer ich bin! Ich weiche nicht der Gewalt!«
Aber Kollege Schpoks hatte seine Weichmacher dabei. Er zog sich Schönguts Jacke an, der Fuchs: »Das ist doch grade der Punkt!« hat er gesagt, »Sie sind wirklich als sozial eingestellter Unternehmer bekannt. Wird man Sie da noch achten, wenn es heißt, Richard Schöngut hat lieber seine Glashütte kaputtgehen lassen, hat lieber die Arbeiter, die ihm zwanzig Jahre treu gedient haben, in die Arbeitslosigkeit gebracht, als mit ihnen gemeinsam den Betrieb zu retten?«
»Wieso gemeinsam?« wollte Schöngut natürlich gleich wissen. Und da gab Werner seinem Affen Zucker, er hat uns nachher eine richtige Sondervorstellung von der Szene gegeben: »Ja sind denn die Arbeiter plötzlich alle Unmenschen geworden? Diese Männer und Frauen, die bei Ihnen erst gelernt haben, was ein gutes Glas, eine schöne Form, ein lebendiges Handwerk ist? Die wissen ganz genau, wofür der

Name Schöngut in der Welt einsteht. Und das wollen Ihre Arbeiter erhalten – nicht zerstören. Wer diesen ehrlichen Namen, ich möchte sagen: skrupellos! aus der Welt schaffen will, nämlich als Konkurrenz, das sind die Leute, die Ihnen den Konkurs anraten.«
Margit Schöngut war fast am Weinen, sie würde sich schon nicht mehr in die Stadt trauen zum Einkaufen, man würde sie beide ansehen wie die letzten Menschen; aber Werner blieb jetzt an der Sache, es wärn die großen Hoffnungen, die ihr Mann erst durch sein Versprechen geweckt hätte, das Vertrauen, daß ein Mann wie Schöngut ehrlich bleiben würde. »Wir wissen, daß Sie keiner von den Hartgesottenen sind, die sich erst ein weiches Polster in der Schweiz schaffen und dann ihre Arbeiter im Stich lassen! Sie haben für das Glas gelebt – Sie sind ein Künstler. Und das wollen die Kollegen Ihnen erhalten, mit der Leibrente, der Wohnung, hier unten die Glasmalerei, da können Sie weiter schöpferisch tätig sein, Kirchenfenster malen – Sie hätten einen ruhigen Lebensabend, Herr Schöngut, als geachteter Mann – «
Das Ende dieser Arie auf den Wohltäter von Isenhausen war, daß er sich noch das Wochenende zum Überlegen ausbat, am Montag wollte er sich entscheiden. Endgültig.
Das paßte zu unsrer Planung. Es war Freitag.
Hektisches Wochenende. Haufenweise Solidaritätstelegramme. Die stärkten uns den Rücken. In der Kasseler Verwaltungsstelle versammelten wir uns, auch Wallraff und der Happel von *Panorama* dabei, IG-Chemie Vertrauensleute aus andern hessischen Glasbetrieben. Wir bereiteten die große Flugblattaktion für die wichtigsten Kasseler Betriebe vor.
Wallraff ging als Herr Wallmann vom Industriekurier zum Alten, hörte noch mal die Version von der verfolgten Unschuld, was uns natürlich direkt nichts einbrachte, außer nachher eine saftige Reportage in 'konkret'.

Am Sonntag versammelte Schöngut, klammheimlich, den ganzen Familienclan bei sich, die zwei Söhne, die Tochter, den Schwiegersohn. Die Kinder, erzählte Klaus Brender, wollten auf eine Erbschaft verzichten, die aus nichts als Schulden und einer veralteten Hütte bestand, aber Werner Schpoks holte sich am Montag früh eine neue Absage und Vertröstung auf abends. Unsre Geduld war am Ende.

Einige Kollegen nahmen sich frei, fuhren in die Triburger Hütte, sich vorstellen. Wollten sich rückversichern. Wir, Betriebsrat und Vertrauenskörper, verfaßten ein Ultimatum: »Zur Abwendung des wirtschaftlichen Ruins der Hütte fordern wir Sie hiermit *ultimativ* auf, der Belegschaft bis Dienstag, 17. März, mittags zwölf Uhr, zu erklären, ob die Hütte nunmehr in Arbeitnehmerhände überführt werden kann.«

Auf einfachem karierten Rechenpapier stand das, Kaschinski-Herbert und ich zogen damit von Arbeitsplatz zu Arbeitsplatz. Und alle, die wir erreichen konnten, unterschrieben. Selbst die alten Kollegen in der Schleiferei, die noch mit Schöngut in Schlesien gearbeitet hatten. Manche schreckten erst vor dem Wort ultimativ zurück, so hart wollten sie ihren Richard doch nicht angepackt wissen, aber als sie sahen, daß gleich unter Herberts und meiner Unterschrift die vom Geschäftsführer stand, zogen sie doch mit. 150 verkrakelte Namen, irgendwo zwischen Schleifstein, Sprengmaschine und Glutloch hingeschrieben, legten wir Schöngut auf seinen polierten Schreibtisch, und da gabs für ihn kein Vertun mehr, daß es um Krieg oder Frieden ging. Für ihn wie für uns. Wir konnten nur noch nach vorn.

17 Uhr, immer noch Montag. Sportlerklause. Vertrauensleutesitzung, öffentlich. Alle Räume gerammelt voll. Zwei Fernsehteams dazwischen, Kollegen von andern Verwaltungsstellen. Wallraff.

Schöngut hatte eine Erklärung für fünf Uhr angekündigt. Die Viertelstunden vergingen, die Luft war eine hochexplosive Mischung aus Bierdampf, Zigarettenqualm und Wut. Dem Kollegen Schpoks ging der Redestoff aus. Er verlas die Protesterklärung der IG Chemie auf das Unternehmer-Rundschreiben. Alles nichts Neues mehr, starke Worte auf geduldigem Papier. Und immer noch nichts von Schöngut.

Ich erklärte noch mal den Aktionsplan für morgen und die nächste Woche: Ab 14 Uhr holen die Kollegen die Frauen und Kinder, die Presse, das Fernsehen, die Transparente in den Betrieb, die Vertrauensleute legen die Binden *Arbeiterschutz* an, alle Männer bleiben nachts in der Hütte, Frauen bringen das Essen, die Produktion wird weitergeführt, Arbeiterausschüsse übernehmen die Kontrolle. Unterstützungsbitten an alle Vertrauensleute in den Glashütten. Große Protestversammlung mit Podiumsgespräch am Donnerstag in der Turnhalle. Delegationen zu den SPD-Parteitagen am Samstag. So weit erst mal.

Da ein Anruf vom Pförtner: Brender ist unterwegs! Herbert verlas zur Überbrückung noch ein Solidaritätstelegramm, aber keiner hörte mehr hin. Die Fernsehleute richteten ihre Lampen auf die Eingangstür oder besser: auf die Kollegen, die sich da drängelten und kaum ihr Bier an die Zähne bekamen.

Plötzlich Bewegung, Geschiebe, Brender ist da! Wir sahen von unserm Tisch erst nichts als einen Bogen Papier über den Köpfen. Schpoks donnerte: »Laßt doch den Kollegen Brender durch, Jungs!« Dann sahen wir ihn, verschlossne Miene, alle Köpfe und Kameras folgten ihm und dem Bogen Papier in seiner Hand – war das die Kriegserklärung?

Schalli haute ihn an: »Schieß los Kläuschen – ja oder nein?« Aber er bloß: »Moment Moment!«, arbeitete sich bis an unsern Tisch, nickte uns zu und sagte, die Hand über den Augen, halblaut: »Sehen tu ich ja nichts bei dieser Festbeleuchtung!« geräuspert, Stille, ich hörte das Surren der beiden Kameras, und er:

»Kolleginnen und Kollegen. Ich komme grade von Richard Schöngut. Er hat mir diese von ihm unterschriebene Erklärung übergeben. Ich darf sie euch jetzt vorlesen.« Spannungspause. »An die Belegschaft der Firma Richard Schöngut Glashütte. Unter der Voraussetzung der Anerkennung der von mir in dem Gespräch am 2. 3. 1970 bei meinen Rechtsanwälten in Gegenwart der Herren Franz Vater, Klaus Brender und Herbert Kaschinski gestellten Bedingungen erkläre ich mich bereit, die Glashütte Richard Schöngut mit allen Rechten und Pflichten meiner Belegschaft zu übergeben. Diese Bedingungen – «
Mein Gott, der Jubel! Da platzte der Streß von Wochen! Es war nicht zu fassen. Das war der Sieg! Der Sieg! Ich hab den Werner Schpoks umarmt, neben mir lachte selbst der ewig griesgrämige Herbert, Kollegen stiegen auf die Stühle und Tische, Gerd schrie: »Hoooch lebe Papa Schöngut!« und goß sich vom ausgestreckten Arm das Bier in den Mund und übers Gesicht, Elli Pitsch fing an zu singen »Hoch soll er leben«, alle gröhlten und schrien Dreimal hoch! Uwe brüllte dazwischen »Sie! Sie! Die Hütte!« und noch mal der Triumphgesang: Hoch soll sie leben, hoch soll sie leben, dreimal hoch!
Wer hätte das noch geglaubt. Zehn Tage nachdem wir unsre Hoffnung in einem Sarg zu Grabe getragen hatten. Jetzt solch ein Frühling nach dem ganzen Schnee! Und nur Klaus Brender stand in dem Tumult wie der Polizist auf der Kreuzung im gestauten Berufsverkehr, sah aus, als könnte er das verständnisvolle Lächeln nicht ganz unterdrücken, sagte zum Werner: »Gibt's denn hier kein Mikrophon? Ich bin noch nicht fertig –« so daß Werner den Versammlungsleiter, den sturmerprobten, rausholte, »Kollegen!« brüllte, »Kollegen! Haltet noch mal die Luft an! Wir haben noch nicht zu Ende gehört!« und so Brender wieder Gehör verschaffte.
Der, jetzt lachend: »Da hat die Gewerkschaft gespro-

chen. Ich muß, also Kollegen, ich muß euch doch noch die Bedingungen verlesen, nicht wahr? Das gehört dazu.«
Uwe Kegler: »Bedingungen? Auch noch Bedingungen?«
Brender wurde den geschäftsführenden Schwiegersohn nicht ganz los, dozierte: »Selbstverständlich, Herr Kegler, jede Übereinkunft hat zwei Seiten. Auch diese. Richard Schönguts Bedingungen sind, ich lese jetzt weiter, erstens: totale Übernahme aller Schulden und Entlastung von jeglicher Haftung. Zweitens: Altersversorgung für mich und meine Frau in Höhe von 2000 Mark monatlich. Drittens: Wohnrecht in jetziger Wohnung und Beibehaltung des jetzigen Mercedes. Viertens: Gewinnbeteiligung von dem Zeitpunkt ab, zu dem Gewinne an die Belegschaft zur Auszahlung –«
»Fünftens: Ein garantiertes Plätzchen im Himmel! Falls die Belegschaft zuerst oben ist!« Auch Brender lachte, parierte schlagfertig: »Na Sie bestimmt nicht, Herr Rehburg!« und Loni Schindel, die am nächsten Tisch saß: »Der Gerd kommt in die Hölle – der braucht 'n heißen Ofen.« Aber den meisten Kollegen war das Lachen sauer geworden.
»Also fünftens, bin gleich fertig: Ausklammerung der Glaskunstwerkstätten von dieser Vereinbarung. Sechstens: Übernahme sämtlicher Kosten und Steuern, die im Zusammenhang mit der Übertragung entstehen. Tja Kollegen, das wärs. Ich glaube, jetzt kann ich auch ein Bier vertragen.«
Wir hatten seit Monaten über diese Bedingungen mit Schöngut verhandelt, die Hauptpunkte waren den Kollegen bekannt. Aber wie die Kröte jetzt nackt und häßlich auf dem Tisch saß, und wir mußten das schlucken – das ging an die Nieren. Franz Vater hatte damals gesagt, als wir zum erstenmal mit der Belegschaft über die Idee der Genossenschaftshütte sprachen: Der Weg ist lang, steinig und hart. Jetzt waren

wir zwar oben, auf dem Berg, aber wir merkten in dem Augenblick, daß die Luft da verdammt dünn ist. Und daß wir uns ohne Ausrüstung in dieser Luft bewegen mußten.
Egal. Das Wichtigste war jetzt doch der Sieg. Kurz vor sieben schon kam die Nachricht durch die Hessenschau. Wir klatschten den Kollegen vom Fernsehen Beifall. Und wir beschlossen, die Betriebsbesetzung in eine feierliche Betriebsübergabe zu verwandeln.

So, befand Kolenda, das reicht jetzt wohl. Den etwas sentimentalen Schluss mit der Rede vom alten Süßmuth und den Tränen weinenden Veteranen erspar ich euch. Rote Fahnen hats nicht gegeben. Das Ende war der Anfang von was Neuem, die Geschichte läuft noch, habt ihr gemerkt.

Toll Armin, ehrlich. Malina sah begeistert aus. Ich kenn mich nicht besonders aus in der neuen Literatur, aber ich wüsste nicht, wo das geleistet worden ist, einen Arbeitskampf so differenziert zu beschreiben. Du Vik?

Das gibts nicht. Mit einem hochachtungsvollen Lachen: Sieht aus als wär der Historiker in Immenhausen zu spät gekommen Armin. Bei unsern Leuten heißt das Feldforschung, was du hier betrieben hast. Geschichte von unten, das Neuste aus der Zunft. Ist möglich geworden seit ein paar Achtundsechziger bei uns mitmischen. Die Runge hat da ne Bresche geschlagen, mit ihren Bottroper Protokollen. Insofern liegst du voll im Trend. Allerdings doch anders – literarische Feldforschung würd ich das nennen. Müsste Enzensberger intressieren, die KursbuchLeute, fortschrittliche Germanisten. Sollte.

Typisch Wissenschaftler, wie du das siehst Viktor, sagte Kolenda nicht unfreundlich. Ihr befasst euch mit dem was passiert ist, wollts festhalten, erkennen, okay, aber als Selbstzweck. Unser Intresse im Werkkreis ist eingreifende Literatur, als Werkzeug der Veränderung. Stichwort Kunst als Waffe. Ist nicht so neu, haben sie in der Weimarer Republik schon erfunden, im Bund Proletarisch Revolutionärer Schriftsteller. Der

Weinert, der Bredel. Der Turek, der Grünberg. Wenn dir die Namen was sagen. *Sturm auf Essen. Brennende Ruhr.* Das eignen wir uns an. War alles weg, verschüttet, durch die zwölf Jahre. Und die AdenauerZeit.

Den Schuh zieh ich mir nicht an Armin. Wenn man die Triebkräfte der historischen Entwicklung aufdeckt, ist das Aufklärung. Was du sagst, trifft vielleicht auf die klassische Geschichtsschreibung zu, nicht auf die marxistische.

Habt ihr Verbindung zur Bewegung Schreibender Arbeiter in der DDR? fragte Malina ehe Kolenda Bliss antworten konnte.

Noch kaum, Malina. Die haben uns mal eingeladen, von ihrem Volkshaus für Kulturarbeit in Leipzig, zu den Arbeiterfestspielen. Wollten uns vorführen, was sie auf die Beine gestellt haben.

Und? fragte Malina gespannt – findste das nicht gewaltig, diese Breite von künstlerischer Tätigkeit des Volkes?

Kolenda schaute zweifelnd. Schon. Aber an unsren Erfahrungen sind sie nicht grade brennend intressiert. Wir haben ein paar von ihren Bitterfelder Arbeitern eingeladen, zu einem WerkstättenTreffen bei uns. Haben sie eine Journalistin vom Neuen Deutschland geschickt.

Klar Armin. So lange unsre Regierung die DDR nicht anerkennt wird da nichts laufen. Das ist große Politik. Vielleicht ändert die sich jetzt, nachdem Brandt in Erfurt , die neue Ostpolitik –

In einen Betrieb, zu einem Zirkel Schreibender Arbeiter, konnten wir auch nicht. Obwohl ein paar ZeissKollegen aus Jena uns direkt mitnehmen wollten. War nicht möglich. Haben die Funktionäre gesagt. Was Spontaneität ist, Improvisation, haben die drüben offenbar verlernt. Dabei wär das für uns wichtig gewesen zu erfahrn, wie sie ihre Betriebstagebücher schreiben, ob die damit was bewegen.

Mussich dir mal bei Gelegenheit erklärn Armin, wie das zusammenhängt.

Du weißt das?

Malina lächelte harmlos. Ich glaube schon. Ich hoffs zumindest.

Klick sprang Bliss der Augenblick am Chinesischen Turm von München in die Gegenwart, als die kurzhosige Fahrradbiene Malina plötzlich durchblicken ließ, wie viel hintergründiges Wissen sie über den besaß, der ihr eben einige intime Geheimnisse anzuvertrauen meinte. Steckte ein heimlicher Hochmut drin, eine Andeutung von Informationsmacht, der Konfirmationspfarrer hatte das, die Marburger Kommunisten auch, die aber unversteckt, ohne Malinas anmutige Verkleidung. Den Kölner schiens nicht zu stören, der war wohl erpicht auf ein Gespräch mit ihr, schwerhörig für den gönnerhaften Hinterton, der tatsächlich bei ihr ein flüchtiger Schatten, eine kurze Verwölkung war oder auch nur ein Fantasma seiner eignen unter den Streitgenossen erworbenen Allergie, denn sie erzählte, die heikle DDR wegwischend, von ihrem Moskauer Studienjahr an der Lomonossow Universität und ihrer zufälligen aber folgenreichen Bekanntschaft mit Alexander Lurija, dem exzentrischen Professor am psychologischen Institut, der einen romantischen, ganzheitlichen Wissenschaftsbegriff entwickelt hatte, angefeindet natürlich von der Pawlow-Schule und allen analytischen Naturwissenschaftlern, Publikationsverbot bis zum 20. Parteitag, ein faszinierender Mensch, der mit ihr wie mit vielen seiner Mitforscher über die seltsamsten, scheinbar abwegigen Temen und Gegenstände diskutiert hatte. Diskutiert? Unsinn – Forschungsgespräche waren das, kleine Feste der Neugier, und auch das unscheinbarste Detail immer rückbezogen auf die zentralen Rätsel des Lebens, Sprache, Kultur, Persönlichkeit, Selbstbewusstsein. Im Gespräch mit Sascha ist ihr der Gedanke aufgetaucht, die literarischen Kunstwerke als Quellen historischer Wahrheiten ihrer Epoche zu begreifen, als Wahrheitsspeicher, weil nämlich in der Literatur das Ganze der sozialen Realität einer Zeit enthalten sei – über die manifesten Fakten hinaus auch ihre Untergründe, Voraussetzungen, Stimmungen, das Disziplinübergreifende, so dass es für Historiker wichtig würde, nicht nur die Dokumente und sozialen Fakten einer Zeit zu erforschen, sondern auch ihre Literatur zu lesen. Aus dem Bericht von Armin zum Beispiel könne man viele wichtige Einzelheiten erfahren über das soziale Subjekt Belegschaft.

Bliss, völlig einverstanden, stellte nochmals fest, dass die Arbeit des Historikers, also seine, an diesem Ort offensichtlich erledigt sei, durch Armins Recherche und Beschreibung; die Verhaftung des Geschehenen im Wort sei achtunggebietend geleistet, eine Art Betriebsbiografie, ganzheitlich zumindest für den dramatischen Zeitraum des Kampfes um das Überleben der Hütte, in der die Lebensbedingungen des provinziellen Proletariats der Bundesrepublik zu erkennen seien. Glücklich die Wahl eines der Arbeiter als Berichterstatter, die Innenperspektive der komplexen Vorgänge sei so ermöglicht worden, eine sehr realistische Fiktion sei ihm da gelungen. Wichtig auch, wie Armin die Stimmungen und Haltungen der beteiligten Menschen samt ihren politischen und sozialen Vorprägungen in den Text geschmiegt habe, so dass für den Leser nachdenkbar würde, wie man selbst derartige Vorgänge in die Welt setzen könne. Literatur als Auslöser von veränderndem Handeln, das sei schon in München sein Ding gewesen, als er selbst Kampftexte zu schreiben versucht hat für den Ostermarsch, ziemlich hausbacken und undialektisch allerdings, nicht zu vergleichen mit Armins gründlicher und konkreter Arbeit. Nicht ganz neidlos müsse er das so sagen.

Und was kosten jetzt diese Blumen? fragte Armin Kolenda, ein bisschen überwältigt von so viel wissenschaftlicher Anerkennung.

Malina war nicht verlegen, wusste die Antwort sofort: Eine Hüttenführung Armin! Gestern haben wir nur so eben reingeschmeckt. Du kannst uns das sicher ganz anders vermitteln was da passiert.

Habt ihr noch nicht genug Hütte getankt?

Doch, Bliss eigentlich schon, er wollte lieber versuchen von Berner zu erfahren, ob und wie die wirtschaftliche Zukunft der Hütte gesichert war. Armin riet ihm, zu dem Zweck mit Kriwett zu sprechen: Berner als alleinverantwortlicher Geschäftsführer kann nur optimistische Aussagen machen gegenüber einem Fremden. Mit Kriwett hastu ne gemeinsame politische Basis, der ist kein Schönfärber.

Auf dem Weg über den Werkshof fragte Bliss Armin, ob er schon daran gedacht hatte, seinen Text verfilmen zu lassen, vielleicht von der Gewerkschaft, für Schulungszwecke – müsste sich gut dazu eignen, mit seiner Technik kurzer Szenen, schneller Schnitte – fast schon ein Drehbuch.

Malina fand die Idee toll, aber warum nicht gleich ein Fernsehfilm, wie Max von der Grüns DDR Verfilmung von Irrlicht und Feuer? Oder Schübel-Gallehrs Rote Fahnen sieht man besser, beim WDR in der besten Sendezeit gelaufen – wenn du erst den Ritterschlag hast von der ARD holt dich die Gewerkschaft im Mercedes!

Kolendas Lachen klang bitter: Ihr seid mir Experten! Ich weiß nicht, wie ich mit den Kollegen von der Hütte klarkommen soll und ihr verkauft mich ans Fernsehn! An die Gewerkschaft! Wie viel Ahnung habt ihr eigentlich von dieser Welt?

Du wirst lachen – manchmal glauben wir sogar an die Revolution! sagte Bliss. Und sie lachten gemeinsam.

Bliss traf Kriwett auf dem Flur des Verwaltungsgebäudes, in der Tür zu seinem Arbeitsraum, ein kleiner Sitzungssaal neben Berners Büro, in dem auch die Gesellschafter und der Betriebsausschuss tagten – deshalb der Zwölfertisch, für Kriwett immer noch Provisorium, ein Büroschrank, eine Rechenmaschine und ein Teil des Tisches sein Arbeitsplatz, wie vieles in diesem Betrieb nur vorläufig, behelfsmäßig, der Nachholbedarf immens, alles erstmal für die Produktion, die zwei neuen Öfen und das Kühlband wichtiger als elektronische Datenverarbeitung, Herr Berner hat ihm das Büro des entlassenen Vertriebsleiters in Aussicht gestellt, also wird er bald umziehn ins Parterre.

Bliss meinte, es gäbe keinen Grund für Entschuldigungen, er habe alles andre als einen hochglanzpolierten Betrieb erwartet und sei fasziniert von den wunderbaren Glasprodukten, die sie in diesem hessischen Provinznest sozusagen wie Diamanten aus der Wüste förderten.

Kriwett bot ihm einen Stuhl an dem fast leeren Tisch, kaffeekochende Sekretärinnen seien bei ihnen inzwischen ausgestorben, und fragte ihn nach dem Eindruck, den er von der Hütte und ihrem Organisationsmodell gewonnen habe, mit dem Blick des AbendrothSchülers, den er leider nur einmal hat hören können bei einem Gastvortrag in Frankfurt, ein unvergesslicher Abend, genau dasselbe hat nämlich auch ihn vor einem Jahr in Immenhausen gefesselt: die Faszination des Glases und seiner Herstellung aus ursprünglichen Stoffen mit einer noch immer mittelalterlichen Handwerkskunst, das dürfe nicht einfach plattgewalzt werden von einer entfesselten Profitwirtschaft, ein Ende der roten Zahlen sei allerdings noch nicht abzusehn, einen Freundeskreis der Glashütte würde er gern initiieren, fortschrittliche Menschen gibt es genug, die auch finanzielle Einlagen machen könnten, ob nicht in Marburg an der Universität und die Gewerkschafter erst recht, bundesweit, leider dächten Berner und auch Franz Fabian und der Beirat viel zu konventionell, marktwirtschaftlich, unterstützten ihn nicht, er habe aber eine gewisse Narrenfreiheit, weil niemand im Haus sich auf betriebswirtschaftliche Rechnungsführung wirklich verstehe, Berner Volkswirt, als Schwiegersohn vom alten Süßmuth in die Geschäftsführung gerutscht, gestern habe er mit Carl Backhaus diskutiert, die Hütte in eine Stiftung zu überführen, Backhaus ein weiterdenkender Unternehmer, der seine Mitarbeiter am Erlös seines Betriebs beteiligt, sie zu Miteigentümern werden lässt, der sucht einen dritten Weg zwischen Kapitalismus und Sozialismus, da hält die Gewerkschaft wenig von, weil Backhaus wohl SteinerAnhänger ist, aber als Kreditbürgen haben sie ihn doch genommen, als die Landesregierung verlangt hat, die IG Chemie sollte mit eignem Kapital einen Teil der Sanierungskosten abdecken, vor einem Jahr war das, ein Eiertanz zwischen der Landeskreditanstalt, der Gewerkschaft, der SPD, der Bank für Gemeinwirtschaft, Hesselbach wollte erst überhaupt nicht ran, könnte nicht die Pleiten der Unternehmer ausbaden, bis schließlich dann doch Hessen – vor der Landtagswahl! – für den Rest der anderthalb Mio gebürgt hat –

Auf ein paar sein Vertrauen erweckende Fragen und Stichworte von Bliss hin sprudelte Kriwett über von seinen Erfahrungen in der Genossenschaftshütte. Ein Besessener schien der, wovon – vom Glas? Von seiner Aufgabe hier? Der Selbstverwaltung? Vielleicht genügte ihm der Name Abendroth als Vertrauensgarantie. Oder es fehlten ihm die Gesinnungsfreunde, mit denen er sich vor dem gleichen politischen Hintergrund austauschen konnte.

Bliss wollte ihn danach fragen, musste aber lauschen auf Stimmen, die aus Berners Büro durch die geschlossene Verbindungstür drangen, in zunehmender Erregung gesprochen, auch Kriwett konnte die nicht überhören, da nutzten wohl, das kommt schon mal vor, Glasmacher die Mittagspause um sich beim Geschäftsführer zu beschweren (unkennbar ob ihm das Vergnügen oder Missfallen verursachte) ja, Rudi Bilo und Uwe Kugland, die kennen Sie ja von gestern abend, oder? muss was Wichtiges sein – Kugland ist Vorsitzender des Betriebsausschusses was sonst Betriebsrat heißt, der Rudi ist Sprecher der Vertrauensleute – wahrscheinlich wegen der beiden Krugmacher die Berner einstellen –

Da wurde die Tür aufgerissen, Kugland trat heftig ein, zorniges Gesicht, hinter ihm Bilo, beide in Arbeitsklamotten: Stimmt das Oskar dass du gesagt hast die Lohnkosten wärn zu hoch? Bei den Glasmachern? und Berner, gleich hinter ihm: Ich habe nur weitergegeben was Sie mir mitgeteilt haben, als Ergebnis Ihrer Berechnungen, also ist das die bittere Wahrheit oder ist sie es nicht?

Und Kriwett, unverblüfft, mit kompetenter Sicherheit: Die Lohnstückkosten Kollegen, da könnt ihr mich steinigen, die Akkorde an den Werkstellen, damit bringen wir die Hütte nicht aus den roten Zahlen, das ist leider ein Fakt.

Kugland in seinem Zorn ignorierte die Anwesenheit des Betriebsfremden: Und ich sag dir Oskar – wenn wir das den Glasmachern – da kündigen gleich ein halbes Dutzend! Wenn wir jetzt wieder auf die Tariferhöhung verzichten solln, für die die Kollegen bei Merck seit Wochen streiken und sich mit der Polizei rumschlagen – also dazu sind wir nicht Eigentümer geworden! Das läuft mit mir nicht! Da tret ich zurück!

Ja Uwe – Kriwett war aufgestanden, nicht kleiner als Kugland, auf Augenhöhe vor ihm – du wirst wissen was du tust. Aber frag vorher mal in der Schleiferei und bei den Packern, was die mit ihren Viermarkfünfzig denken von den Löhnen der Glasmacher.

Solln sie sich acht Stunden an die Öfen stelln! Wer macht denn das Glas von dem ihr lebt – die Packer oder wir?

In Treysa warten sie auf unsre Facharbeiter und zahln Übertarif, wusste Rudi Bilo und Berner, überlegen: Ihre Häuser, die sie sich hier von ihren Glasmacherlöhnen gebaut haben, nehmen sie vermutlich gleich im Rucksack mit?

Ach Klaus, antwortete Bilo mit einer bedrohlichen Ruhe, wer da zuerst umzieht ist noch nicht so sicher. Du bist unser Angestellter. Der mit dem höchsten Gehalt, nicht wahr.

Sechstausend! sagte Kugland. Die bringt keiner von uns nach Haus!

Berner, rotwütend, platzte: So lange ich hier Geschäftsführer bin, bestimme ich laut Vertrag die Unternehmenspolitik! Ich bin nicht an eure Zustimmung gebunden! Rausschmeißen könnt ihr mich, aber welche Bank euch dann noch einen Kredit auszahlt, das möcht ich sehn! Drehte sich um und verschwand in seinem Büro.

Die Tür war zu, stellte Bilo sarkastisch fest. Wir wollten mit ihm über die Krugmacher verhandeln. Wir haben genügend qualifizierte Glasmacher die das lernen können.

Trotzdem Kollegen – ich finde das war jetzt eine unnötige Zuspitzung. Das bringt uns nicht weiter.

Du hast gut reden Oskar – sitzt hier oben mit deinen Zahlen, die nicht sprechen können, aber wir müssen unten vor den Kollegen vertreten was ihr euch ausdenkt.

Und ob die sprechen können Uwe, lachte Kriwett – die schreien sogar! Ich sag, wir müssen endlich die Hüttenzeitschrift auf die Beine stellen, das sollen die Gesellschafter beschließen, damit wir den Kollegen ein paar Zusammenhänge erklären können. Dann hättet ihrs leichter zu argumentieren.

Wer liest denn schon von denen!

Doch Uwe, wenns ums Geld geht können sie alle lesen. Und als wärs ihm im Augenblick eingefallen: Außerdem werd ich vorschlagen, dass wir hier in der Geschäftsleitung freiwillig was runtergehn mit unsern Gehältern, also alle die über zweifünf haben, so fünf Prozent würde ich sagen, zugunsten der niedrigsten Lohngruppen –

Bilos Augen wurden zu schwarzen Glühlampen: Wenn du das schaffst Oskar, was meinstu Uwe, dann lässt sich auch mit den Glasmachern verhandeln!

Das ist wieder sone Utopie aus Frankfurt, raunzte der. Ich möchts erleben.

Nichts für ungut Herr Bliss – jetzt konnte Rudi Bilo wieder lachen – bisschen rauher Ton bei uns manchmal. Wir hängen wohl alle in den Seilen. Müssen Sie Ihren Marburger Studenten nicht unbedingt auf die Nase binden. Reichte ihm die Hand: Wir sind schon fünf Minuten über die Zeit. Noch nicht mal Mittag gegessen.

Kugland verließ den Raum grußlos.

Tja da sehn Sies Herr Bliss – das Modell Glashütte ist ein Pulverfaß. Überall liegen brennende Lunten. Hab ich mir in dem Maß auch nicht vorgestellt. Übrigens alles Altlasten, nach meiner Auffassung. Was meinen Sie? Die Menschen hier sind wie sie sind, Durchschnitt, normal, mal begeistert, mal Kopfhänger. Aber die Hütte, unsre ganze Ausrüstung ist natürlich veraltet, in freier Konkurrenz können wir nicht mithalten mit dem Maschinenglas und den Billiganbietern aus dem Osten. Die Hütten in der DDR und der ČSSR verkaufen für ein paar harte Demark um jeden Preis, dagegen wird Brender mit seiner marktwirtschaftlichen Linie nichts ausrichten, können die Kollegen sich noch so krummlegen und Solidaritätsschichten fahren – ja wenn wir Arzneimittel herstellten oder irgendwas mit Computern, da hätte auch ein kleiner Betrieb gute Aussichten und wir könnten beweisen, wie dic Selbstbestimmung funktioniert. Was der Rudi Arndt damals geantwortet hat, als die Landesregierung die Genossenschaftshütte garantieren sollte: Wenn die Arbeitnehmer der Farbwerke Hoechst zu mir gekommen wären, dann hätte ich sofort Ja gesagt. Auf uns hat eben keiner wirklich gewartet. Manchmal, lachte er, ist mir auch schon der Gedanke gekommen, die Unternehmer haben sich nur zum Schein gewehrt gegen unser Modell, wollten, dass wir vorexerzieren, wie schwer die Selbstbestimmung zu verwirklichen ist. So lange ein Boss da ist, kann man alles auf den schieben. Jetzt wo er weg ist kommt zum Vorschein, wie viele verschiedene Temperamente und Erfahrungen unter einen Hut kommen solln, freiwillig, Da sterben manche Illusionen.

Dem musste Bliss doch widersprechen, die vielen Linken im Land schauten gespannt, voller Hoffnung, auf diesen Betrieb und seine Belegschaft, deshalb sei die Arbeit von Armin Kolenda so wichtig, unbedingt müsse die publiziert werden, Kriwett solle das gegenüber den Gesellschaftern unterstützen, die ja von Literatur nicht besonders viel verstünden. Er würde auch gern in Marburg die Trommel rühren, es gäbe seit Jahren an der Universität einen gewerkschaftlichen Arbeitskreis, ein Kollege Gebhardt habe im DGB-Haus schon einmal Süßmuth-Gläser ausgestellt, wisse er natürlich, und Abendroth mit seinen Kontakten zur IG Metall, der ließe sich bestimmt begeistern für eine größere Aktion. Aber weshalb sie nicht längst diese Betriebszeitung eingerichtet hätten, verstand er nicht. Mit der müssten doch viele der Spannungen in der Belegschaft, wie er sie jetzt erlebt hat, abzubauen sein, durch besseres Verständnis der Zusammenhänge.

Eben, sagte Kriwett. Bisher hat sich Berner durchgesetzt bei den Gesellschaftern mit seiner Befürchtung, dass Unbefugte mitlesen könnten, unsre Kunden von unsern Schwierigkeiten erführen. Er will immer nur die Schokoladenseite zeigen. Keine schlafenden Hunde wecken.

Bliss schüttelte den Kopf. Ich hätt gedacht mit Offenheit kann man Anteilnahme und Unterstützung finden. Also wenn es den Freundeskreis der Hütte gäbe, könnte eine Betriebszeitung auch ein Informationsblatt für diesen Kreis werden.

Richtig! Kriwett schlug die flache Hand gegen die Stirn. Dass wir darauf nicht selbst gekommen sind! Er war begeistert. Genau so müsste das laufen! Das Immenhäuser Hüttenecho.

Oder Die Genossenschaftshütte?

Nee Herr Bliss. Würde Brender nie gutheißen. Was auch nur entfernt nach Roter Käfer und Sozialismus riecht, da schlägt er drei Kreuze. Hat ein Jahr in Amerika studiert. Aber vielleicht Unsere Glashütte? Da wär der Gemeinschaftsgedanke drin und trotzdem klingts nicht politisch.

Ich wär der erste Abonnent Herr Kriwett.

Wird sofort notiert! lachte der, und jetzt hab ich noch eine Idee. Kriwett trat zu den in einem Wandregal aufgestellten verschiedenformigen Glasvasen: Das ist unsre neue Modellreihe. Wie gefällt sie Ihnen?

Wunderbare Stücke. Eine schöner als die andre. Bliss nahm eine Vase in die Hand, betastete mit der Linken ihre Rundungen, hielt sie gegen das Licht. Nicht nur ein visuelles – auch ein sinnliches Erlebnis. Ehrlich gesagt: seitdem ich gesehn habe, wie die Glasbläser aus einem amorfen glühenden Klumpen diese kleinen Kunstwerke schaffen, werde ich jedes Stück Mundglas mit andern Augen anschaun. Bisher kannte ich nicht mal den Unterschied von mundgeblasenem und Maschinenglas. Von dieser Schlanken würde ich gern ein Exemplar erwerben und meiner Frau als Geschenk mitbringen. Ist das möglich?

Natürlich. Aber ich mache Ihnen einen Vorschlag: Wir geben Ihnen einen Satz dieser Vasen mit, eine Preisliste dazu und Bestellzettel, und wenn Sie bei Ihren Freunden von unsrer Hütte erzählen, dann können Sie gleich den praktischen Solidaritätstest machen und unsre Werkstücke zur Bestellung anbieten.

Bliss erschrak. Glasvertreter statt Büchervertreter? Das als Konsequenz der Forschungsexpedition zum Immenhäuser Arbeiterkampf?

Kriwett, sein Zögern missdeutend, lachte wieder: Der materielle Anreiz wird natürlich nicht nur in der DDR großgeschrieben – dreißig Prozent ist die Provision.

Um Gottes willen, auf keinen Fall das! Ich bin als Student Büchervertreter gewesen – das ist mein Trauma!

Kriwett stieg sofort auf die Bremse, entschuldigte sich, sei nur ein Witz, eine Schnapsidee, aus dem Augenblick, aus dem Gespräch geboren und Bliss aber entschuldigte sich zurück, dass er nicht unmittelbar zugesagt hatte, eine vernünftige Idee, plausibel, warum sollte er es nicht wagen, Trauma hin Trauma her, ein Musterpaket mitnehmen, die Gläser zeigen, als Anschauungsmaterial, käufliche Beweisstücke sozusagen, selbstverständlich ohne am Erlös beteiligt zu sein, eine Provision komme überhaupt nicht infrage.

Fast musste er nun Kriwett überreden, ihm die nötigen Papiere auszuschreiben, damit er einen Satz Vasen im Lager in Empfang nehmen konnte. Von Berner verabschieden wollte er sich lieber nicht. Kriwett begleitete ihn zum Lagerverwalter Müllrich, ließ ihm in der Packerei die Gläser, in viel Papier gehüllt, bruchsicher von einer Arbeiterin verpacken und bestand darauf, ihm die Vase für seine Frau, extra in einem Schmuckkarton, als Geschenk der Hütte zu überreichen.

Eine Schatzkammer verwalten Sie da, sagte Bliss zu Müllrich vor den in langen Regalen zum Teil unverpackt herumstehenden Vasen, Schalen, Aschern, Pokalen und Lampenschirmen und der, sarkastisch: Totes Kapital Herr Doktor. Verkaufen müssten wir unsre Schätze, damits welche werden, für uns.

Der Herr Müllrich, lachte Kriwett, gehört zur Liga der Schwarzseher in unserm Betrieb. Dabei haben wir grad wieder einen neuen Bewunderer unsrer Produkte gewonnen.

Müllrich, trocken: Wie viel Umsatz bringt er denn, unser Bewunderer? Fünftausend? Zehntausend? Oder rote Luftballons?

Da sehn Sies Herr Bliss – bei uns herrscht die materialistische Weltanschauung. Ich bin hier der einzige Idealist. Und das im Rechnungswesen!

Jetzt bekam auch Müllrich eine Spur Heiterkeit ins Gesicht: Der Oskar ist der einzige, dem wir solche Flausen durchgehn lassen. Der kennt sein Einmaleins nämlich.

Durch die verglaste Trennwand zwischen Packraum und Schleiferei sah Bliss die Reihe der Maschinen mit den daran arbeitenden Männern und Frauen, Malina und Kolenda stehend vor einer, an welcher der alte Mann aus der Gesellschafterversammlung ihnen anscheinend das Beschleifen eines Lampenschirms vorführte. Bliss winkte, sie sollten herüberkommen.

Kolenda legte Malina die Hand auf die Schulter, zeigte mit der andern zu ihm, da sah sie auf von der Maschine, winkte zurück. Heiter verabschiedeten sie sich von dem Alten, schlenderten nebeneinander durch den Gang, eng aneinander gedrängt durch das von rechts und links sprühende Schleifwasser. Eigentlich könnte man die Schauer als willkommene

Kühldusche nehmen, aber vielleicht ist das Wasser verschmutzt, sicher sogar, der Glasstaub. Malina in ihrem dünnen Tieschört und Minirock. Sie könnten auch hintereinander gehn, in der Situation, aber Malina stört die Berührung offenbar nicht. Wie gestern nachmittag bei unserm Spaziergang durch die Felder. Hat sich auch übern Zaun heben lassen von mir. Keine Angst vor Hautkontakt.

Sie hielt Kolenda am Arm fest, zeigte etwas und der, sie anlachend, gab irgendeine Erklärung. Dasselbe verschwommene, nur halb bewusste Missgefühl wie am Morgen, als er die beiden so vertraut beim Frühstück sitzen fand.

Eigentlich könnten wir den Armin Kolenda als Hüttenführer anstelln, so gut kennt der sich aus bei uns inzwischen, sagte Kriwett und Müllrich, prompt: Warum nicht. Wenn du die junge Dame als Aushilfe für die Packerei engagierst –

Diese alten Junggesellen! lachte Kriwett, es ist nicht zu glauben!

Kolenda schob den Plastikvorhang zur Seite, ließ Malina durchtreten in die Packerei und obwohl sie so unaufwändig gekleidet und überhaupt nicht extravagant aufgemacht war, richteten sich auch die Augen der beiden Graukittelfrauen auf sie. Malina strahlte.

Also Vik – ich bin dir so dankbar, dass du mich hierher mitgenommen hast! Eine unbezahlbare Erfahrung! Hab nie gewusst was mir fehlt – diese lebendige Anschauung von produktiver Arbeit, wie das ineinander greift – die vielen Fähigkeiten die zusammenwirken – durfte sogar einen Kölbel einblasen beim Herrn Bilo, und heut abend wolln sie mir zeigen wie sie die Scherben einlegen in die Häfen –

Mühelos und selbstverständlich war die kleine Person Malina Mittelpunkt der Aufmerksamkeit von vier Männern und zwei Frauen. Aufmerksamkeit? Ein Filmstern, eine afrikanische Schönheitskönigin hätte nicht mehr Interesse erwecken können als diese äußerlich unscheinbare, aber mit ihrer lebhaften, ursprünglichen Anteilnahme alle anrührende Frau.

Bliss war zufrieden, dass sie ihre Mitteilung an ihn, nur an ihn richtete, so seine besondere Stellung zu ihr hervorhebend, obwohl sie gleichzeitig doch – und nicht in Frageform –

ankündigte, dass sie eine weitere Nacht am Ort zu bleiben entschlossen war. Ihre gemeinsame Abfahrt am Nachmittag war eigentlich ausgemachte Sache. Ihm lag Widerspruch auf der Zunge, doch er hielt ihn zurück, da ihm im gleichen Gedankenzug klar wurde, dass ein Protest gegen ihren öffentlich ausgesprochenen Entschluss keine Chance hätte und es ihn eher bloßstellen würde, wenn sie seinem Einwand zum Trotz auf ihm beharrte. Darauf wollte er es nicht ankommen lassen, nahm also ihre Ankündigung hin, schwieg, lachte auch nicht, als Müllrich sie einlud zu einer Woche Hüttenurlaub mit kostenlosem Anfängerkurs im Glasblasen.

Auf dem Weg zum Hüttenhotel verhinderte die Anwesenheit Kolendas, dass Bliss seine Enttäuschung laut werden ließ. Malina redete unbekümmert weiter von ihrem zuerst vergeblichen Versuch, mit dem langen Blasrohr einen Tropfen Glasmasse aus dem glühenden Hafen zu fischen und dann aufzublasen – was beim Zuschaun so leicht und spielerisch ausgesehn hatte, erwies sich als Ergebnis von ungedachter Geschicklichkeit, auch das Einblasen, natürlich war ihr der Tropfen erst mal abgefallen von der Spitze, weil sie das nötige Drehen des Rohrs unterm Blasen nicht geschafft hatte. Beim zweiten Versuch hatte sie ein Loch in das schon aufgewölbte Gefäß gepustet, erst beim dritten seis ihr gelungen. Jetzt tempere der Kölbel als selbstgefertigtes Andenken zwei Stunden auf dem Kühlband! Kolenda musste zugeben, dass ihn die Glasmacher, so oft er ihnen zugeschaut hatte, nie an ihre Pfeifen und das glühende Glas rangelassen hatten.

Vielleicht hast du sie nur nicht drum gefragt? vermutete Malina.

Ja, zugegeben, aus lauter Respekt vor ihrer Berufserfahrung hätte er einen solchen Wunsch für zu dreist gehalten.

Siehstu mein Lieber – man muss sich eben nur trauen Wünsche zu äußern!

Bliss dachte sofort an seinen vergeblichen nächtlichen Wunsch: Klappt aber nicht immer, ist meine Erfahrung. Wär auch zu schön.

Stimmt, sagte Malina, schien zu wissen was er meinte.

Kommt auf die Gesamtumstände an Vik. Lächelte ihm freundlich in die Augen. Nicht alle können erfüllt werden.

Ist aber kein Grund sie nicht zu äußern.

Bliss öffnete die Haube des VauWe, legte das Vasenpäckchen hinter den Tank. Kolenda, auf der andern Seite, hob den größeren Karton auf die Kante: Schätze der passt hier nicht rein Viktor.

Ihre AugenBlicke trafen sich im Schatten des hochgestellten Blechs. Ein kleiner Schreck, diese unerwartete intime Begegnung. Als ständen sie sich nackt gegenüber. Ein halbes Lächeln in Kolendas Augenwinkeln, das sich sofort zurückzog, als Bliss unbewegt ernst blieb.

Dann nehm ichs auf die Rückbank, sagte er, ließ die Haube in den Riegel fallen, klappte die Lehne des Fahrersitzes vor. Kolenda reichte ihm das Paket. Danke.

Ich muss noch meine Rechnung bezahlen Malina. Was hast du jetzt vor?

Die Glasmalerei will Armin mir zeigen, beim Zindler.

Sie versuchte nicht, ihn zum Mitgehn zu bewegen.

Ich fahr morgen direkt von hier weiter nach Berlin. Grüß Lena von mir. Aber herzlich! War toll von dir, dass du mich mitgenommen hast. Wirklich Vik.

Sie reckte sich auf die Fußspitzen, fasste ihn an den Schultern und gab ihm einen schnellen Kuss auf den Mund.

Kolenda reichte ihm die Hand, wieder der muskulöse Griff. Machs gut Viktor. Und danke für was du gesagt hast, zu meinem Text.

Bliss nickte. Als hätte der Kuss ihm die Lippen vernäht.

Monolog zu dritt

Was war das jetzt? Ein Ausflug? Ein Abenteuer? Ein Praktikum? Eine Niederlage?

Das Rätsel Malina. Ist das Rätsel Frau. Ist das Rätsel Mensch.

Freundchen Freundchen wo kommen wir hin mit solchen Fragen. In den Graben. Lass den Kopf davon. Der Himmel ist immer noch blau.

Interessieren wir uns mal für das Rätsel Mann. Das liegt uns näher.

Das Rätsel Mann fährt durch Kassel am Steuer eines zwölfhunderter VauWe Jahrgang einundsechzig. Verdammt wo gehts jetzt nach Fritzlar, B 3, hier hab ich mich mal ausgekannt wie in meiner Kaffeetasse und in meinem Hirn der Landschaft kannte ich paar Wegweiser, wer hat die verstellt verdreht.

Klar doch der schärfste Weiser hängt an dem Sack mit den Taubeneiern Intellektueller hin Doktor her wie ein Wetterhahn dreht sich das Ding mit jedem zarten Wind wohin der will das Rätsel Mann das ist der Schwängel an der Glocke die klingt erst wenn der Hänger stramm in Bewegung kommt anders gesagt im Männerleben wedelt der Schwanz mit dem Hund und wenn der Schwanz nicht ausschweifen und einschweifen darf geht der Hund baden oder vor die Hunde.

Was von einem außerirdischen Fluchtpunkt oder sagen wir dem Herkules auf seinem Aussichtsturm da oben betrachtet nur noch komisch wirkt weil sich der menschliche Rüde statt rüde zu werden zu den Fähen ja selbst aus der Klemme befreien kann was weder der Giraff noch der Schafsbock und auch der Kollege Schimpanse nicht schafft.

Kann Lena doch froh sein und überhaupt sollte jede Frau ihrem Erkorenen empfehlen im Versuchungsfall den Selbstauslöser zu betätigen statt in der Emotionskiste zu buddeln und Tragödien zu entfesseln. Schöne Teorie Doktor.

Was verdammt liegt an Malina! Für mich doch erst mal gar nichts. Die ist ein souveräner Planet. Wie Lena. Ich bin der Mond der sich mal entschlossen hat um Lena zu kreisen. Manchmal krieg ich eine Aberration durch irgendwelche unvorhersehbaren interstellaren Einflüsse und komm ins Trudeln. Dann schaltet wahrscheinlich Lena ihre Gravitation auf hundert und stabilisiert meine Umlaufbahn damit ich nicht abdrifte.

Der Orbit heißt Marburg. Demnächst Butzbach. Du Idiot jetzt lass mich endlich vorbei! Verdammte hessische Bauernschädel! Soll Malina doch den Kolenda unverbindlich vernaschen, ist ja kein widriger Typ. Das Witzige ist dass mir da wieder ein Kölner in die Quere gekommen ist. Gesetz der Serie wie? Obwohl Manfred kein eingeborener Kölner ist. Der Kolenda wahrscheinlich auch nicht. Wenn ich das Immenhäuser Happening Manfred erzähl lacht der sich scheckig. Der staubt doch jede Frau ab die er anpeilt. Der Prolet. Prolet mit Lesefimmel. Noch eine Parallele. Habens beide mit der Literatur. Der eine liest, der andre schreibt. Art Aufsteigersyndrom wahrscheinlich, pirschen sich ran an unsre Kultur. Imponiert den fortgeschrittnen Weibern. Schmeckt nach Zukunft. Obwohl, Manfred, die bürgerlichen SDS Emanzen wollen alle patriarchalen Schwänze absäbeln, da sei man vorsichtig mein Lieber. Aber dein Revier ist eher der untere Angestelltenbereich, hast du gesagt. Der ist noch nicht so vermint. Malina isne eigne Kategorie. Und Lena? Handwerker-Stammbaum. Holz. Gleiche Aufstiegstendenz wie Manfred. Holz und Metall verstehn sich im Bett, klar.

Der Kolenda ist begabt. Muss der Neid ihm lassen. Ziemlich suveräne Schreibe. Sollte studieren. Solche Typen müssten verstärkt an die Unis, mit ihrer sozialen Erfahrung. Wenn die ihnen da nicht ausgetrieben wird! Fragt sich wer stärker ist. Das Hochschulsystem hat einen Magen wie die Kirche, verdaut alles. Obwohl man an Marburg sieht dasses andersrum laufen kann. Vor zehn fünfzehn Jahren war Wolf Abendroth so ziemlich der einzige der Marx draufhatte. Heut rauschter durch jedes zweite Seminar. Armin Kolenda und Manfred Anklam Beweise für Lenins Tese von den proletarischen RevolutionsKeimen in der bürgerlichen Klassenkultur. Lena sowieso.

Die SüßmuthBelegschaft wär die auch ein Beweis? Kolenda muss die gleiche Vermutung gehabt haben, eher als ich. Das Ergebnis der Nachforschung hält der Erwartung nicht stand. Die wollen keine Revolutionäre sein. Bleibt die Frage übrig, ob sies sind ohne es zu wissen und zu wollen. Wie die Arbeiterklasse als solche nach Marx. Ohne die Revolte von achtundsechzig und die spontanen Streiks Herbst neunundsechzig hätten sies wetten nicht riskiert. Und ohne die Solidarität der Gewerkschafter in Hessen. Würde sagen Wolf: die Hoffnung der Linken auf einen Aufstand in den Betrieben hat sie vorwärts geschoben, da sind sie aus den passiv duldenden Provinzarbeitern umgesprungen zu den einig handelnden Schöpfern einer selbstbestimmten Zukunft. Whow! In dem Augenblick wo sie die Mütze aufbehalten und das Ultimatum an ihren Chef unterschrieben haben – das war der Schritt über die Grenze, in die Freiluft, wie bei den Schauspielern in München als sie auf die Bühne traten zum Wortwiderstand, da haben sie den Zwang, den verinnerlichten, zum Gehorsam durchbrochen, ihr ÜberIch gesprengt, hat der Kolenda gut rausgearbeitet, und die hätten auch den Betrieb besetzt, wär Richard Süßmuth nicht eingeknickt. Das war untypisch. Kein waschechter Kapitalist dieser Alte. Hat dem Kampf die Spitze abgebogen. Danach ist die Solidarität verpufft. Jetzt stehn sie allein im Dschungel, die Menschlein, die Zwerge, allein mit sich selbst, wie der Kriwet vermutet, und kriegen sich nicht mehr unter einen Hut. Der Chef ist weg, aber nicht die anonymen Mächte unsrer Gesellschaft, die gesichtslosen. Die Banken, die Ministerien, die Parteihierarchien. Das große Kapital.

Wie die Gallier ohne Zaubertrunk vor den Römern. Massenverständlich ausgedrückt. Der Mensch ist ein individualistisches Biest. Oder egoistisches? Nur unter Bedrohung bildet er Rudel. Kaum ist die sichtbare Gefahr behoben, verschleiert, weggetarnt, tappt die Belegschaft wieder individuell im Nebel. Und hat Angst. Angst vor dem Mut den sie mal hatte. Armer Kolenda.

Darauf müsstich abheben im Seminar, diese Dialektik, soll der Wolf mal seinen erfahrenen Senf zugeben. Wahrscheinlich beruht die Strategie des Kapitals in fünfundvierzig folgende genau auf dem Effekt. Wollten doch alle hier gemeineigne Fabriken nach der NaziScheiße. Mit MarshallPlan und Wirtschaftswunder haben sies geschafft die deutschen Arbeiter an die eigne Leistung zu schrauben. Jeder hurrah sein eigner kleiner Krupp oder Flick oder Quandt, flüstert die kollektive Psyche. Nur nicht Liebknecht/Luxemburg. Und deshalb wolln die Süßmuther keine Revolutionäre sein. Verzichten auf die Hilfe ihrer KlassenGeschwister für ein paar Aufträge aus dem Mittelstand. Die Provinzler sind Realisten, backen Brötchen für Gartenzwerge. Nur die Provinzler?

Und ich? Was fang ich jetzt an bis zur Schule? Lena will schon wieder verreisen. Hats verdient, klar. Aber ich?

Der Realismus der Proletarier ist die Anerkennung der eignen permanenten Mangelkrise. Konsumieren sich weg über ihre wirklichen humanen Bedürfnisse. Lieber zwölf Prozent mehr als Akkord ist Mord. Lieber Partner als Feind. Mitbestimmung statt Freiheit vom Profitintresse. Wohngemeinschaft statt Heimerziehung. Leere Häuser besetzen statt lahme Betriebe besetzen. Was übrig geblieben ist vom beschwornen Klassenaufstand ist gelegentlich ein bisschen Klassenerkältung mit Husten und Fieberanfall. Auf dem Untergrund der kollektiven Verletzungen aus den historischen Niederlagen, neunzehnneunzehn, dreiunddreißig, fünfundvierzig, die Hungerjahre im zerstörten Land. In der Zone als sengende Alternative dasselbe noch mal wie gehabt die Aufmärsche zwischen Trümmerbergen die Fahnen die Uniformen die VäterchenFührerbilder und Wachttürme kaum unterscheidbar, schon gar nicht vom Westen aus, Sozialismus ohne National davor das neue Gespenst.

Muss einen Aufsatz schreiben über den Konservativismus der deutschen Arbeiterklasse, begründet in ihrer kollektiven

Patologie. Von der dir Malina nichts träumt in deinem flinken Kopf. Einen Aufsatz für Malina und Johann, im Urlaub mit Lena, egal wohin sie will, ich brauch nur einen Tisch und fünfmal die Woche den Vormittag. Das wird dann mein Abschiedsgeschenk für die Marburger roten Heiducken. Solln die sich mal am Kopf kratzen. Ich klär inzwischen ne neue Generation Gymnasiasten auf.

Tanken mussich. Hoffentlich reicht die Reserve bis Fritzlar. War irgendwie heitrer der Hinweg.

Die Frage ist obich in Marburg bleib oder gleich durchfahr zu Lena. Zu erzähln gäbs genug.

*

Mein Jonny,
ich schreib Dir aus dem Hotel neben der Glashütte in Immenhausen, bin randvoll bis über die Nase von neuen Eindrücken und Erfahrungen. Also diese Glashütte Mann! Die war das größte Erlebnis und die Reise wert! So eine Glasmacherei mußt Du Dir unbedingt mal anschaun. Es ist ein Wunder, wie diese Arbeiter Feuer und Sand verheiraten, um daraus das feinste Material herzustellen. Händewerker sind sie, und Mundbläser, eher göttergleich als proletarisch, aus Dreck und Atem Formen, wie Gott auf den alten Bildern Adam. Jedenfalls kein Proletariat im marxistischen Sinn. Entsprechend kleinbürgerlich die Mentalität der meisten. Ein einziger war wohl mal irgendwann Kommunist. Trotzdem haben sie es geschafft, ihren Betrieb zu übernehmen und bis heute zu halten – wahrscheinlich weil sie ein nicht entfremdetes Verhältnis zu ihrer Arbeit haben.

Beschrieben hat den ganzen Vorgang ziemlich umfassend ein Journalist aus Köln. Der hier in Immenhausen zufällig zugleich mit uns angekommen ist. Der hat seinen Bericht, eine Art Erzählung über den Kampf der Glasarbeiter um ihre Hütte, vorgelesen für die Vertreter der Belegschaft und ist dann abgeschmettert worden, wegen ganz kleinlicher Ängste der einen Fraktion. Die fürchteten, daß sie wieder als Aufrührer gegen die freie Wirtschaft und Systemveränderer in die Öffentlichkeit kommen, obwohl sie doch nur aus Notwehr ihren Chef vor die Tür gesetzt haben – eigentlich können wir nichts dafür und stehen fest zu unserm Willy und zum lieben Gott – so ungefähr. Mich hats an Reeds »Zehn Tage die die Welt erschüttern« erinnert, wie er das geschildert hat, natürlich auf dem niedrigen kleinstädtischen Handlungsniveau, aber ähnlich spannend, ehrlich. Hat mir der Armin – so heißt dieser Junge aus Köln – unheimlich leid getan, wie sie ihn eingemacht haben mit seinem Text. Der hatte das wirklich nicht verdient. Na und unter den Umständen war auch Essig mit meiner Idee, die Glasleute zu unserm Fest einzuladen, da bin ich glattweg abgeblitzt.

Du hast gemeint, ich sollte versuchen, Viktor und Lena in die Partei mitzubringen, sie wären längst überfällig. Ich fürchte, mein Lieber, da liegst Du falsch. Lena hat den Schock von München, ihre Entlassung in den Kammerspielen, bis heute nicht überwunden. Der haben sie nur einmal die Werkzeuge gezeigt, das vergißt sie nicht. Muß auch irgendwie mit Kindheitserlebnissen im Krieg zu tun haben, daß sie so hasenherzig ist. Sie sympathisiert aber mit uns und will im nächsten Jahr als Obmann in der Bühnengenossenschaft kandidieren, gegen so eine Knallcharge von reaktionärem verknöcherten Schauspieler (das sind ihre Worte). Am Gießener Theater hat sie offenbar einen guten Stand.

Und Viktor? Du kennst ihn ja. In ihn müßte die Partei scheint mir ziemlich viel Geduld investieren. Im Grunde ist er zu skrupulös für den politischen Alltagskampf. Ich weiß nicht, ob ihr im Bezirksvorstand eine herausfordernde Aufgabe für ihn fändet. Wenn es eine anspruchsvolle Funktion für ihn gäbe, könnte ihn das vielleicht locken, weil er auch ehrgeizig ist. Was ich nicht wußte (in Frankfurt ist er damit nicht rausgerückt –): sein Traum von einer Uni-Karriere ist ausgeträumt. Verpatzt offenbar durch den Abstecher nach München. Inzwischen sind in Marburg alle Posten, die für ihn infrage kommen, besetzt oder belagert, zum Teil von unsern Freunden, weißt Du besser als ich, und Viktor ist kein Kämpfer, der sich gegen die eignen Leute durchbeißen würde. Er neigt eher zu Selbstmitleid, nimmt das als Schicksal, will nun doch an die Schule. Übrigens nach Butzbach. Ich hoffe, er findet sich an einem solchen Kleinstadt-Gymnasium zurecht. Immerhin können wir ihn dort von Frankfurt aus besser im Auge behalten.–

Du kannst mich auslachen Jonny, aber Viktor riecht irgendwie nach Unglück. Ich muß das sagen, so sehr ich ihn mag. Mein Fazit ist: Viktor ist eine grundehrliche Haut und wird nie vergessen, worum es wirklich geht in diesem Land, aber er ist mehr wert für unsre Sache, wenn er nicht in der Partei ist.

Und was aber sag ich Dir nun noch, mein lieber Herz- und Parteigenoß? Daß ich Dich liebe! Ja, ich bin Deine treue kleine Frau, Schuhgröße 36, Länge einsfünfundsechzig ohne Hut, und liebe Dich langen Lulatsch von unten bis oben, und das soll noch dreißig Jahre so bleiben. Auch wenn wir unter Treue nicht dasselbe verstehn wollen, nicht wahr, wie manche alten Paare aus unsrer Partei, die im Kampf und unter der Bedrohung des Faschismus sich jedes Fremdgehen ihrer Gefühle verbieten mußten, um nicht erpreßbar zu werden. Klar, damals war das eine sinnvolle, wahrscheinlich lebensnotwendige Moral. Manche von ihnen haben diese Moral so verinnerlicht, daß sie sie auch nach der Befreiung unbefragt beibehielten, obwohl die Gefahr nicht mehr gegeben war. Ihr heutiges Moralverständnis ist, finde ich, vom bürgerlichen im Grunde nicht zu unterscheiden. Eine kraftlose Gewohnheit.

Vielleicht würde das eine oder andre von diesen alten Ehepaaren (es gibt auch junge solche!) sagen: Aber die Verfolgung begann doch bald von neuem, mit dem Kalten Krieg, mit dem KPD-Verbot, das die Kommunisten wieder in die Illegalität zwang und viele von ihnen ins Gefängnis brachte. Vielleicht konnte man damals, mit all den alten Nazis in den Gerichten und Ministerien, wirklich nicht wissen, ob die Entwicklung womöglich auf ein neues Dreiunddreißig zusteuert und deshalb die alten kommunistischen Treuebegriffe weiter notwendig wären. Aber heute, also seit achtundsechzig, wie ist es heute? Wir haben eine neue kommunistische Partei, viele junge Menschen drin, in der zwar auch die alten Genossen mitmachen und gebraucht werden, aber diese Partei muß und will ja nun wirklich eine zeitgenössische, eine gegenwärtige sein und das heißt, meine ich, aufgeschlossen für die Menschen, die heute in der Bundesrepublik leben. Nicht opportunistisch, nein, nicht anpasserisch. Die Aufbrüche von achtundsechzig aus dem Adenauermief, die müssen wir aufnehmen, hochhalten, weiterentwickeln, müssen einen verführerischen Weg zu einer sozialistischen Gesellschaft zeigen und vorleben. In dieser Hinsicht sind meine Moskauer Erfahrungen – haben wir ja diskutiert! – nicht grade ermutigend. Schrecklich wärs, wenn unsre Partei die Gewohnheiten, die Tabus, die Verhaltenszwänge der Illegalität nicht abstreifen könnte. Die Sowjetgesellschaft darf uns da kein Vorbild sein. Ich denke, wir müssen uns so verhalten in und mit unsrer Partei, daß die Leute, die jüngeren vor allem, denken: ja so befreit und lustvoll sollte unser Leben auch werden!

Deshalb müssen wir auch ganz entschieden einsteigen bei dieser mutigen Kampagne der Frauen gegen den Paragraphen 218, die der PV anscheinend verschlafen hat. Ich habe keine Genossin gesehn unter den über 350 Frauen, die im STERN ihre Abtreibung öffentlich gemacht haben. Dabei ist das eine der ältesten Forderungen der Arbeiterbewegung! Warum heißt Alice Schwarzer nicht Ellen Weber oder Martha Buschmann?

Entschuldige Johann, daß ich jetzt so grundsätzlich geworden bin. Der stille Morgen in diesem hessischen Landhotel befördert wohl den Gedankenflug. Aber vielleicht ahnst Du auch schon, daß ich Dir von einem Abenteuer, einer Überraschung, einer Begegnung erzählen will, die mir hier in Immenhausen ganz unvermutet passiert ist. Nicht mit Viktor, wie Du jetzt vielleicht denkst. Gut, mit ihm wärs auch möglich gewesen, rein praktisch – Du weißt ja, daß er mich schon in München angehimmelt hat. Er hätte wohl gern mit mir geschlafen, aber das war mir zu heiß, zu gefährlich oder, wenn Du so willst, war es eine Folge meiner Treue zu Dir (und meiner Frauensolidarität mit Lena), daß ich mich mit ihm auf nichts eingelassen hab, bei aller Sympathie. Grade weil er mir so schwach, so verletzlich vorkommt – überhaupt nicht machohaft. Romantisch. Mit der Liebe will ich eben nicht spielen.

Es war dieser Junge aus dem Ruhrgebiet, der Journalist, der übrigens gleichzeitig auch als Jugendpfleger oder sowas arbeitet mit Obdachlosen. Er hat mir nachts noch die Beschickung der Schmelzöfen gezeigt, da war Viktor schon abgereist. Das geschieht immer nachts durch zwei Arbeiter, wenn die ganze Hütte still und dunkel ist, bis auf die Feuer in den Öfen, unheimlich. Ich wollte unbedingt den ganzen Produktionsprozeß mitbekommen, von Anfang an, verstehst Du? Wenn schon, denn schon. Ich werd ihn sicher nicht wiedersehn, den Armin, hab nicht mal seine Adresse. War wie ein Glas frische sprudelnde Sommerlimonade Jonny.

So mein Lieber, jetzt bist Du über das Wichtigste von mir im Bilde. Es ist wirklich sehr schön hier in der hessischen Provinz, die reinste Sommerfrische. Aber in zwei Stunden muß ich den Zug nach Bebra nehmen und von dort weiter mit dem Nachtzug nach Berlin. Du weißt, wo Du mich erreichen kannst. Ich küsse Deine schönsten Teile, mein Jonny, und bin immer

Deine kleine Mali und

Malina

*

We all live in *a*
yellow submarine yellow submarine
yellow submarine
we all live in *a* *yellow submarine*

sang der im beigen DeKaWe seinen nächtlichen Jubel in den hellen hessischen Fahrtwind, und nicht die schon verkopfte Erinnerung wars an die Körpergefühle, die der schlanke Frauenleib aus seiner Haut seinem Bauch entzündet hatte, als vielmehr der Stolz über das unerwartete, kaum geahnte, nicht erhoffte Geschenk von Malinas Lust, einfach und selbstverständlich zu ihm ins Zimmer im dünnen schulteroffnen Nachthemd, sagte nein sprach den welterschütternden Satz Komm Armin lass dies unsre Nacht sein eh wir morgen wieder auseinanderfahren. Unglaublich immer noch und doch keine Hirngeburt: dass sie neben ihm saß, im spärlichen Licht der Nachttischlampe, ihm den nackten Körper streichelte, erst die Decke wegschob, schweigend, gedankenverloren, seine Haut berührte, sehr langsame suchende Bewegungen ihrer kleinen Hand, eine unirdisch spannende berauschende Erkundung unvermessnen Geländes schiens, auch mit den Augen, eine Vertrautmachung, bis sie den andern Satz in die Welt setzte als Forschungsergebnis, den unerhörten Satz DU BIST EIN SEHR SCHÖNER MANN ARMIN, der sich einnistete in seinem Kopf und mitschwang in den Strudeln der Lust, die entstanden als er das leichte Gewicht auf sich zog und an sich drückte – schier endlose Sommernacht. Schier sprachlose Zaubernacht. Schier schlaflose Feiernacht.

Lass dies unsre Nacht sein – die Selbstverständlichkeit die Sicherheit dieser Frau, mit der sie tat was sie tat und sagte was sie sagte, am Nachmittag schon im Glasmuseum und am Abend bei den Gesellschaftern. Als hätt sie gewusst worauf das hinauslaufen will. Das Frühstück ohne den Bliss vielleicht Zufall, aber der Rundgang ohne ihn in der Hütte war Absicht. Als sie die Öfen sehn wollte in der Nacht und bleiben ohne den Freund oder was der ihr ist wars eigentlich klar nein ich habs nicht für möglich gehalten bis sie am Bett. Unmöglich. Der Prolet und die Wissenschaftlerin. Nee umgekehrt – die Schöne und der Rüpel. Hat Sonja rechtbehalten. Aber ich bin unschuldig. Völlig unschuldig. So unschuldig wie noch nie. Unschuldig wie mein Auto. Frei. Eine freibleibende Begegnung der angenehmsten Art. Ohne Adresse. Deshalb wohl. Meine Herrschaften – wir sind so frei! Alles ist möglich. Du bist ein sehr schöner Mann Armin. Der Satz war nicht auf der Welt bis gestern. Nie gehört. Eigentlich hättich den zu ihr sagen müssen. Können. Sollen. Köstliche Nachtrose. Liebliche Malina. Sowas. Süße Biene bestimmt nicht.

Sprachlos. Einfach sprachlos. Du hattest eine sehr schöne sprachlose Nacht, Leben. Danke Immenhausen. Ich werde von dir berichten Bienenstadt.

Die Namen deiner Arbeiter kannich verfremden, aber Isenhausen bleibt und Schönguth auch. Das soll jeder erkennen.

Keiner von ihnen hat gesagt da wär was falsch. Im Gegenteil – peinlich warn ihnen die kleinen Wahrheiten. Der Blick in den Spiegel.

Aus Versehn haben sie die Grenze überschritten. Aus Angst. Egal, der Fakt ist Geschichte und muss ans Licht, Rudi Bilo hat recht, Malina hats auch gesagt, in die Fibel der Kämpfe. Die wir kämpfen für uns! Mal nicht für die Herrn. Wir sitzen alle in dem gelben Uboot Hoffnung, sky of blue and sea of green, da schippern wir hin, Fahrt ins Blaue, Fahrt ins Grüne, Brüder zur Sonne zur Freiheit, aber Umwege noch und noch, jeder seine eignen und die Klasse die historischen – gibts eigentlich Umwege der Geschichte? Oder Rückfälle? Für Marx hat alles seine dialektische Logik. Unaufhaltsam marschiert Hegels Weltgeschichte nach oben, der Befreiung der Menschheit entgegen. Aber raus aus der Unmündigkeit schaffen wirs nur durch persönliche Verstandesbenutzung. Behauptet Kant der alte Idealist. Jeder muss erstmal ran Kollegen, eh die Geschichte abgeht, sonst issers selber schuld. Auch wenns unbequem ist. Wennde allerdings den Verstand nur mit der BILDZeitung fütterst oder Kirchenschmus bleibste stecken im Sumpf, das ist mal klar. Also doch Springer enteignen, weil der unsre Köpfe enteignet wo immer er dran kommt. Springer gehört zu den Umwegen. Und auf dem trotten fünf Millionen von meinen Leuten. Freiwillig? Kaum zu glauben. Warn die demokratisch gewählten Nazis auch bloß ein Umweg – zur DDR? Hättich den Bliss fragen können. Historiker solltens wissen. Muss man schätzich genauso dran glauben wie annen lieben Gott.

Die Beatles haben einfach drauflos gesungen, frei nach Schnabel. Haben sich nichts bei gedacht. Jetzt sind sie getrennt. Aber in allen Köpfen. Und reich. Raus aus ihrer Liverpooler Unmündigkeit. Warum hat Marx keine Band gegründet. Gedichte hatter geschrieben. Hätt auch reich werden können. Und populär. Brecht hats versucht, immerhin. *Und weil der Mensch ein Mensch ist drum hat er Stiefel im Gesicht nicht gern. Es kann die Befreiung der Arbeiter nur das Werk der Arbeiter sein.* Halleluja. Müsste in die Schlagerparade. Aufn Kirchentag.

Die eiern doch alle rum die Völker. Genau wie wir. Zufälle und Gelegenheiten. Von hinten siehts vielleicht aus wie Absicht, wie Weltgeist on the road, der Zickzackkurs.

Also Pütt – Bund – FOS – Juso – Sozialarbeiter – JuZe – SSK, Werkkreis dazu – macht schon Sinn irgendwie. Und Sonja? Die Jungs? Gehörn in die Kategorie Umwege. Die passen nicht, sind ausgestiegen, abgetrieben, fahren ihr eignes Boot oder fahren auch nicht. Dümpeln so rum. Liegen vor Anker in der Vergangenheit. Sonja kannich nich mehr helfen, verweigert jede Aufklärung. Die braucht n Beamten ausm Kölner Gartenbauamt. Die Jungs kannich vleicht noch flott kriegen. Müsst mich mehr kümmern, ist auch wahr. Könnt sie mitnehmen zur Angela Davis Demo am Sonntag. Dagegen wird ihre Mutter nichts haben. Ach nee die Windpocken!

Wie lange dauern Windpocken? Ne Woche? Mussich Urlaub nehmen im SSK, nicht zu ändern Leute, höhere Gewalt. Oder?

Wenn Billa oder Aische Klaus bisschen betütteln, halben Tag wenigstens, könntich aufn Elkawe. Is doch die Idee Mensch! Muss nur Sonja einverstanden sein. Mit ihren fertigen Urteilen gegen meine Heimkinder. Die klauen nämlich nicht mehr! Jedenfalls nicht bei uns, das garantier ich. Und Läuse haben sie auch nicht. Nur schmutzige Fingernägel und dreckige Tieschörts. Aber die kennst du von mir. Wenn die Artikel schreiben, können sie auch Klaus was vorlesen, Menschärgerdichnicht spielen. Ist kein Kleinkind, der Junge. Döner holn oder du kochst was vor, ne Suppe, alles kein Problem bei etwas gutem Willen. Zwei Umzüge und drei Entrümpelungen nächste Woche – da binich praktisch unentbehrlich meine liebe Sonja. Aber nachmittags steh ich voll als Vater zur Verfügung. Vleicht kann Mutter Billa oder Aische nochn Tag anlernen. Wenn sie sagt die Mädchen sind okay glaubts Sonja. Mutter weiß warum Kinder asozial werden. Muss ihr unbedingt unser SSK-Haus zeigen. Will sie werweiß ne Runde im Elkawe mitfahrn. Das würde ne Gaudi. Unsre Oma fährt im Hühnerstall Motorrad. Die ist schon mal raus aus der Unmündigkeit, seit der Krakeeler bei den Würmern liegt. War die nie drin wirklich. Nur gefesselt von dem Alten. Unterdrückt. Kontrolliert. In der Siedlung. Keine Chance für Ausflüge wie Malina. Oder?

Buch zwei

Heimat von Menschen Gnaden

Rebellen im Dreyecksland

Armin Kolenda schaut in den milchblauen Himmel der seine Sterne im Licht versteckt. Da treiben auch sonnengefüllte Dampfgebilde durchs Blickfeld, vom Elsaß rüber Richtung wo Deutschland anfängt. Zwei Bussarde liegen reglos auf dem Südwest wie er auf dem Graspelz des Badbergs, nur die Herzen schlagen, manchmal klappt ein Liderpaar über die fallenden steigenden Blicke. Ihr da oben ich hier unten. Flieger Wanderer über dem Kaiserstuhl, der ist uns ein weites Nest ein Urzeitgehäus für Gedanken Flüge Freiheiten, der ist uns Lust-Heimat zum Essen und Trinken und Schaun. Denkt hustend der Waltroper Kölner Kolenda. Würde sich hier einpflanzen. Als Baum? Auch als Mann. Das hat er ja alles nie so gekannt im rieselnden Ruß des Reviers, umzingelt von den Spurengiften des Kölner Chemiegürtels: eine heile Landschaft, die fast freiwillig hergibt was Menschen brauchen für ihre Sinne und Lüste. Irgendwie gesegnet, frag nicht von wem. Ist ihm was Neues aufgegangen an seiner Person, was die eisernen Wälder die schwarzen Berge im Ruhrgebiet nicht freilegen konnten: dies Eintauchen in eine humanisierte Natur, wo SonneWindErdeWasser: die Elemente, und Arbeit Früchte tragen, die einer essen kann von der Hand in den Mund, also Äpfel und Birnen aufheben am Ärmel abreiben und knacken lassen zwischen den Zähnen, das heißt die wachsen wirklich auf zottigen Bäumen am Wegrand mit Maden und Narben, oder Walnüsse wie Nuggets unter Goldmaries herbem Baum im Oktober, fahlgelbocker aus schwarzgrünen Schalen und rostigen Blättern schimmernd. Die Weinberge na ja strengverboten vorm Herbsten wenn die Vogelböller knallen, über die Hänge knallen von morgens bis abends, aber das unsagbare Rot das

Augengetränk: Spätburgunder in jeder Dorfschänke in Viertelspokale verteilt wie billige Milch – noch jedes erste Glas hat er ungläubig vors Licht gehalten Rubin gedacht, eingeatmet, sich beschenkt gefühlt beim Rumspülen des Kostschlucks zwischen Zunge und Gaumen, abtrünnig erstmals dem bitteren Dortmunder Pils, dieser Wein sank wirklich wie Abendsonne hinter den Horizont der Gurgel. Er hatte einmal den Wagen sich vollgekauft in der Winzergenossenschaft Königsschaffhausen, aber Köln konnte das Trinkerlebnis des Südens nicht wiederholen, irgendwas fehlte: der Glanz.

Doch noch kaltfeucht im Rücken. Er wälzt sich auf den Bauch, da zieht Erde und Kräuteraroma nah in die Nase und ins Hirn schießt zugleich der weithin getragene Blick, fällt runter ins Urstromtal über das Gewerbegebiet die Münsterstadt an den Bergwald, der malt den Kimm grünschwarz gegen das Blau. Hinter der Iris aber flickern die Bilder die Zeiten Gesichter, gemischt mit Schmerzen und Lüsten von bisher ungekannter Stärke, deren Nachbeben ihn noch weiter verändern:

Das Schönste das Mädchen, das er gewonnen hat und verloren, Salli, erst sie ihn fürs AtomschutzTheater dann er sie für sich, und es war die Liebe, die ihn fliegen gelehrt hat und lügen und leiden wie nie. Braune Augen über die Wangenknochen geschnitten und Lippen unter der schmalen Nase wie BlütenblattBögen das zärtliche Fleisch, das auch Worte flüsterte in unerhörten Tonfällen, Worte wie Du, Armin, Lieber, die ihm die Seele entdeckt hatten bis sie offen auf seiner Haut lag, funkensprühend, die auch Schreie durchließen aus der Tiefe ihres Körpers, in dem er schwamm und ertrank und nicht mehr in sein altes Leben zurückfand. Der dunkle Wald deines Haars Salli den du über mich ausgeschüttet eine warme fließende Nacht, und alles mitgenommen in ein Jahr Vergangenheit. Warum kann nichts was gescheitert ist noch mal beginnen mit mehr Klugheit von vorn.

Du hast immer nur eine Chance Armin.

Aber das Herz schlägt wild rückwärts. Die Erinnerung bäumt sich auf in Schmerz, nur im Traum wirds noch manchmal zuckende Gegenwart das unmögliche Glück.

Hier lieg ich und heul ins Gras.

Ach aber der Belz, vor allen ein Meister, das Ça ira der Atomkraftgegner: der eine wirklich lebendig sprachmächtig, das andre unsichtbar unfasslich, eine quallige Wolke erst nur aus Plänen Wünschen Profitlust technischem Dünkel, die eingedrungen war in den südbadischen Luftraum, aus der bewaffnete TrutzPuppen hagelten in den Auwald, die hässliche Epidemie, die alles ergriff und verseuchte wie Pest. Woher diese Geißel? Aus Stuttgart Karlsruhe – das Badenwerk hat sie verbreitet durch seine 110-Kilovolt-Kabel, durch die Transformatoren der Umspannstationen bis in die genullten Aufputzdosen der Bauernhäuser, verräterisch knisterten im Herbstnebel die Elmsfeuer an den hängenden Drähten – so kommuniziert der Landesvater nicht als Aufsichtsrats-Vorsitzer des Strom-Monopolisten, sondern als ZukunftsSchamane halbheilig mit seinen christlichen Kindern, droht mit der Steinzeit. So infiziert er auch seine vereidigten Beamten, die gewählten Vertreter der geschäftlichen Mehrheitspartei, die ihren einst eingedrillten Gehorsam nicht abgeben mussten in der fleißigen Demokratie des deutschen Südwestens. Doch wehrten sich alemannische Antikörper unerwartet heftig im Blut der Tabakbauern und Winzer als die Atompestdrohung herabsank, hatten Wurzeln unter den Füßen, verbissen in Heimat, generationentief, die entzündeten wie seit Achtundsechzig nicht mehr den Widerstand gegen die selbstherrliche Macht. Ein Bevölkerungsaufstand wars geworden, eine BürgerBewegung mit Helden und Verrätern, mit Standhaften und Mitläufern, Tribunen und Sängern, Hasardeuren und Spitzeln. Und mit Opfern.

Wachsen mir denn jetzt auch wieder diese Erdkräfte zu aus dem ungewohnten Boden wie ich hier rumlieg und trink die maisüße Luft und das Land augenweit und komme Monat für Monat in Balthasars Fischerstube in Weisweil, wegen Worten hauptsächlich und Wein und

Obwohl da mehr gelbes Rothauspils aus den Zapfen fällt als roter Burgunder aus Flaschen.

Wegen Salli? Wolkenweit weg in Stuttgart.

Belz und das fiktive Atomei. Der Häuptling mit den zersoffenen Nieren und das MegaGespenst.

Und die verspielte HerzBraut.

Die Hügelmatte grün aber wie zu kurz gekommen, keiner hat auf dem Badberg das Gras gemäht mit Zähnen, keine Kuh keine Ziege, Ödland, überragt von den übernacht übertag gefertigten Reaktorkuppeln im Modellmaßstab, perfekt aber hauchzart, verletzliche Sfären auf hochgeschossnen Hohlstengeln, Dendelion, kinderfreundliche Pusteblumen – denen wollen sie den Atomschutzmantel nachkonstruieren in Stahl und Beton. Dann kommt der Windstoß oder das tektonische Beben und die kleinen Samen fliegen heißa an ihren Schwebeschirmchen einmal zweimal um die Erde, pflanzen sich irgendwo in die Knochen und Gene, die Löwenzähnchen die Zellennager treiben neue strahlende Blüten, die ganze Wiese voll Sonnenkopien. So wollen sie soll mal Europa aussehn.

Salli du hast mir Gedichte gemacht, SonnenblütenGedichte hast du mir in den Kopf gezaubert, Schmerz auf Herz der älteste Reim, diese glatte Hand die auf deinen Brüsten lag schrieb sie hin auf Papier auf Straßen auf Scheunen, da bist du mal rot geworden vor Freude und Scham unter der herbstbraunen Haut und so ein Dubel so ein gscherter hast du gelacht. Ach diese Wiese kennt sie auch deine Küsse, ich hab auf dir das Münster gesehn und gedacht: von seiner Spitze geht das Glück in meine Augen und durch mich durch in meine Antenne in deinen Bauch und kommt als Seufzer wieder raus aus deinem offenen Mund, so landesweit war es und so übermenschengroß. Hast gesagt ich glaub ich bin dir sexuell hörig, als wir den Sendebeginn fast verpasst haben. Ich wollte damit anfangen, dass wir den Hörern sagen, aus Liebe hätten wir fast den Sendebeginn verpasst, aber das hast du mir verboten und Mossmanns Wacht am Rhein gespielt. Ich bin heut noch sicher, der Walter hätts toll gefunden und ein Lied draus gemacht, wie Radio Dreyecksland mit der irdischen Liebe gegens Atomdingen kämpft.

Wer ist Belz. Wer oder was das Atomkraftwerk.

Der einzige Fischermeister aus Weisweil. Wirt in der Fischerinsel. Letztes Haus an der Straße, zwei Kilometer vom kanalisierten Rhein. Dazwischen die Auen, Altwasser, Mücken, Wildnis, Schleie und Brassen. Drei Kilometer Weg, leicht aufgeschüttet, überwachsen, zwei Radspuren im Gras, zum besetzten Bauplatz. Naturschutzgebiet, gesperrt für Fahrzeuge aller Art, außer Forstwirtschaft. Da ist er durch mit dem Elsässer Jean nach dem Mitternachtsanruf, hat geächzt den massigen Körper hinters Steuer auf den durchgesessenen Sitz gezwängt, unter der Cordhose der Arbeitsjoppe noch den gestreiften Pyjama, ungekämmte Strähnen von der speckigen Schirmmütze knapp versteckt, wies wächst der Bart im Gesicht schwarzes struppiges Gewöll, aus dem mächtig der porige Kolben ragt, flachgezogne Lider um schwarze Pupillen um autoritäre Blicke.

Jean ist hoseknöpfend gegen die Tür getorkelt, Mach hin steig ein! hat den Kopf voller Ratten, Was säufscht auch wo mir mit allem rechne mien! Der Kies spritzt unter den Reifen wie der 17 M aus dem Hof schießt, das Stück Asfaltstraße und der Auweg, Nachtmottengeflicker im Lichttunnel.

Der Bauplatz die Wunde des Verrats der Natur. Rings steht schwarz gezackt die BaumMauer in die Sterne. DenkMal eines Siegs ohne Garantie.

Zwei sitzen Wache am kokelnden Feuer, umarmt, haben den Wagen weither durch die hallige Nacht gehört: Was ist los Belz? Polizei wieder?

Die Prügler aus Wyhl sind unterwegs!

Sie schütteln in den Zelten die Besetzer an den Füßen, schüren das Feuer hellwach.

Holzknacken, Rascheln im Altlaub steckt beweglich im Wald, Reh vielleicht oder Sau.

Denkscht du!

Die wage sich nit erus weil mir wach sin und bewaffnet!

Belz steht am Feuer gestützt auf den Knüppel, Lachfalten in den Augenwinkeln, Armin hats deutlich gesehn im Halblicht.

Der war da zufrieden mit sich. Dem tat die Nacht nicht weh. Welche hörten auf ihn. Räuberhauptmann. So sah er auch aus. Vor zweihundert Jahren ist er im Hunsrück verschwunden als Schinderhannes. Vor vierhundert alias Jos Fritz mit der Bundschuhfahne gegen die schwäbischen Zwingherrn gezogen. Oder der Wildbart Hecker bei Kandern. Unsterblich, die Sorte.

Als der Tag herangereift war zur Entscheidung, an jenem

diesigen Februarmorgen, war Belz der ruppige König, der Feldherr, der die langher geknüpften Fäden geschürzt hat zum Knoten, in den die Oben vergeblich die Zähne bissen und ihren Kampf um die technische Seuche in Deutschland verloren. Verloren? Können die verlieren? Verlieren sie je mehr als eine Schlacht?

Ist das die Frage? Oder lautet die vielmehr: Wer war denn ich in diesem Gedrängel?

Der Zwitter aus ArbeiterSein und BürgerLust, der den unverbrämten Mief von Waschküche im Keller Taubenschlag unterm Dach, den schwarzen Pütt und den ungewaschnen SSK, die KumpelKlasse verlassen hat für Zehnfingertippen und Unterwäsche von Schießer, für seine private Befreiung, der aber doch weiter drinhängt mit Hirn und Haaren, im Trotz der Respektlosen und in allem was riecht nach Aufbruch aus verfügter Unmündigkeit und Gewalt. Er kann nicht fragen ob das nützlich ist für eine Karriere in diesem Land, verdammt er kanns nicht das Raushalten Zurückstecken Einsehenhaben.

Durch den Prozess muss er durch, und durch diesen Kaiserstuhl auch.

Den hat er sich angeeignet als politische HerzHeimat, als Versuchsfeld für seinen persönlichen Ausweg aus dem Geblök der geprügelten Schafe, Reden ist Silber, Schreiben ist Gold. Die Artikel in der *Demokratischen Zeitung* über denen zu lesen steht: Von unserm Korrespondenten Armin Kolenda, sind die Anerkennung seines Anspruchs auf Mitwirkung am Bruch ihrer Sprachlosigkeit, öffentlich gedruckter Garantieschein für Warenproben, denen die Hauptlieferung folgen muss: ein ForschungsBuch, ein Roman über dies neue Gewächs des deutschen Gemeinwesens mit Namen Bürgerinitiative. Vorarbeit auch der Bericht über die proletarischen Husaren der Glashütte, unveröffentlicht aber noch immer und umstritten im WerkkreisLektorat, weil kein Streikbericht, alberner Formalismus oder Unsicherheit der Zögerer, ein Mehrheitsentscheid der Kollegen. Die Dokumentationen sollen andre besorgen, denen einfällt was auf der Hand liegt. Roman wär was Neues. Oder was Altes auch von den revolutionären Proleten aus dem Weimarer Schriftstellerbund: Goldgräberei im Sand der Befreiung, Verschmelzung der eignen Erfahrungen mit der des kollektiven Helden, dem die Zukunft gehören soll. Das vervielfachte Individuum mit der Kraft des gemeinsamen, des geeinten Willens ist zu entdecken, und er selbst der Schreiber im Getümmel, nicht neutral, treibt es voran, kämpft mit im Selbstversuch, ob das geht: *handelnder Zuschauer.* Wegsucher im unerfahrnen Gelände das erst entworfen wird. Ein Roman aus der Überlebensarbeit der Umwelt, sprich der Bauern Winzer und Fischer. Brachland das der Werkkreis noch ackern muss.

Dem hat sich Rosalie Biechele genannt Salli in den Weg geworfen mit ihrer Teateridee, du kannst uns das schreiben Armin das Stück für die Straße, mit dem wir die Leut aufheizen zur Wut und zum Widerstand, wer Artikel schreibt kann auch im Notstand was andres, und vielleicht hat sie ihn erst nur geliebt aus Bewunderung und dann erst bewundert aus Liebe, und er hat Gedichte erfunden aus Begeisterung für die Bauernstudentin aus Wyhl, die ihre christdemokratischen Eltern und ihre katolische Unschuld eingebracht hat gegen das Monster im Auwald. Oder für den Froschkönig aus Köln? Ein Märchen. Ein Märchen!

Dem Roman steht auch der quer der ihn beliefert mit Baumaterial, der Belz, und der hat die Füße ganz anders im Boden, ist hier gewachsen seit hundert Jahren und mehr, will gewürdigt sehn dass er den festen Weg weiß als Erster im Sumpf, als geborener Führer, natürlicher Adel, ich zeigs dir ich sags dir Armin was los ist, hör zu: du schreibst es auf, du hast das gelernt mit deinem Presseausweis.

Belz will seine Waffe für sich, einen Schriftführer seiner Taten, keinen Beobachter seiner Schwächen Fehler Irrtümer. Er weiß glaubich nicht mal dass es die gibt.

Er hat so viel Recht von dem was auch meins ist.

Aber. Was aber.

Es ist nicht nur unser Kampf, um die Heimat die Natur: es ist auch sein Streit. Er braucht Erfüllungsgehilfen für seinen Bauernzwist mit den andern Sprechern der Bürgerbewegung, spannt ein die ihm nah sind oder nah kommen. Die Familie zuerst. Cilia und Rosa und den Zweizentnersohn Maltus. Will nicht dass ich rede mit denen die anders denken und handeln als er. Sein Misstrauen gegen die Tochter des Wyhler Gemeinderats Biechele, lass die Finger von der, die ist ich sags dir ein Spion ihres Vaters. Belz hat Salli erst vertraut, als sie in Kiechlinsbergen gegen den Alten öffentlich aufgetreten ist.

Ich muss die doch kennen, die Brüder und Schwestern im Bundschuh, will ich wissen wie es das gibt, das freieinig handelnde Kollektiv. Den Text über die Brückensperrung hat Belz gebilligt, er kam da groß raus. Ein Versuch, Art Erzählung, aber zu objektivistisch, ichfern, da war ich nicht drin. Obwohl sie Wahrheit schon fand.

Der Mossmann, der Buki, der Schillinger und der Dentinger, und die Elsässer Barden! – in Marckolsheim gegen Rosenthals Bleiwerk fing das schon an mit der blühenden Singerei, waren alle bei der ersten BauplatzBesetzung, haben frische Texte erfunden auf die alten Melodien in den Köpfen, spielten aufständische Lieder in den Wachzelten, bei den Versammlungen In Mueders Stübele do goht der Wind, der Wind sait d'Büre de han jetzt Kriag, KlettLieder die sich festhakten in Alltagsköpfen, De Kriag de dundret nit, kunnt nit vu üswärts, de kunnt üs dinem aigne Land, der KaiserstuhlSchlager des Jahres vierundsiebzig, Zerscht kunnts Atomkraftwerk un dann kunnt d'Großchemie, un bis dü Au gsait hesch ischs Ländli hi, die lehrten den Waltroper die ersten alemannischen Brocken an nächtlichen Platzfeuern, Schmiedegesänge der Bürgerwehr, Wadenbeißer Ohrenkneifer der Stuttgarter Machtwalter, Armin hat sie zitiert in seinen Berichten von der unheroischen Wacht am Rhein, die mit Gitarren und Stimmbändern kämpfte, statt mit Kanonen und Trompeten.

Als dann in den Herbstfrösten aus Zeltbahnen und Palisaden um den lodernden Holzstoß, aus den JurtenErinnerungen der Bündischen und dem Handwerksgeschick der elsässischen Bauern das Rundhaus mit dem Feuerloch im Dach entstand und die endlosen Abende in Erwartung der CRS aus Straßburg genährt werden mussten mit Futter auch für die Köpfe, fand sich geduldige Neugier für den Kronisten der Fantasie und Entschlossenheit, mit der die Bürgerinitiativen den französischen Herausforderern die Stirn geboten hatten am Grenzfluss. Mossmann, der Freiburger Lockenkopf und Wuschelbart, der schon vor achtundsechzig auf der Waldeck mit Wader und Degenhardt gegen den Strich sang und Ostern auf den Straßen lauthals herumlief, der hörte hier auch den Bericht des hochdeutschen Kolenda respektvoll. Mit seinen studierten Emanzen von der Universität und vielen Jungen aus den Dörfern.

Die Brücke über den Rhein

Armin hatte im Kopf als Gepäck den Abend vor den Gesellschaftern der Glashütte, aber die hier auf Bretterbänken und Holzstämmen um ihn saßen, waren nicht ängstlich vor Öffentlichkeit, lachten viel, tranken Bier aus Flaschen und umstandslos duzten sie den zugereisten Journalisten aus Köln, wohnhaft zur Zeit in der *Weisweiler Fischerinsel.* Da hat er ihnen vorgelesen, was er selbst beobachtet und erfahren hatte von Rosa und Belz und runtergetippt in wenigen Tagen und Nächten in seiner Dachkammer.

> Noch keine Woche war es her, da hatten sie in den Kaiserstuhl-Dörfern den BleiAlarm gegeben, wie es geplant war, hatten die Sasbacher Brücke passiert, an die hundert Wagen, die französischen Grenzer hatten nicht viel zu sagen gehabt, trotz der Transparente an den Traktoren und PKWs. Drüben in Marckolsheim dann das Hupkonzert im Dorf, das Signal zum Sammeln, da waren dreihundert Leute am Bauplatz gewesen, dreihundert gegen dreißig Bauarbeiter. Die hatten eine schnelle Vernunft gezeigt vor den gewaltlosen, massenhaften Worten, das war die Besetzung gewesen.
> Gut hatte bis jetzt auch die tägliche Ablösung der Platzwachen funktioniert, es waren mehr Leute aus den Dörfern gekommen, als sie erwartet hatten, und alles ein Fest, die Spätsommersonne, der Wein, die Freude, die tätige Verbrüderung der Badener mit den Elsässern. Seit zwei Tagen regnete es nun wieder, wie gewöhnlich in diesem Jahr 74. Nicht kalt im Septem-

ber, aber das machte die Fröhlichkeit schwierig und ging an die Nerven. Nerven. Man merkte, daß man sie hatte. Belz lag im Bett, konnte nicht schlafen. Sie hatten die Grenze überschritten.
Die Grenze nach Frankreich, das hieß nicht viel. Die Grenze zum Widerstand. Vom Protest zum Widerstand. Die Grenze zwischen Gesetz und Recht. Sie hatten genug gewarnt, hatten zu Hause angekündigt, auf Flugblättern geschrieben, den Funkleuten und Reportern ins Mikrophon bestätigt: Wir werden nicht dulden, daß unser Recht verletzt wird, wir werden verantwortlich handeln und die Zukunft unsrer Kinder verteidigen. Es war nicht geglaubt worden.
Nun war der Bauplatz besetzt, waren Zelte aufgeschlagen, die Zaunpfähle lagen am Boden. Kein Auftritt der Polizei. Noch nicht. Es sah nach einem Sieg der Bürgerinitiativen aus. Aber die Nerven warnten vor überstürzter Freude. Die Franzosen sind nicht anders als unsre, da ist kein Vertun.
Es ist ein Überraschungserfolg – jeden Tag kann die Bereitschaftspolizei CRS anrücken, dann wird es erst ernst. Vielleicht morgen.
Belz schaltete die Nachttischlampe ein, suchte die Mücke, ihr Sirren war verschluckt vom Rascheln des Bettes. Er legte seine Hand auf Cilias Arm, unsanft.
Du, morgen kommt der Jarrot!
Cilia zog den Arm weg, drehte sich zum Fenster.
Der Jarrot, der Umweltminister von Paris!
Schlaf endlich.
Nach Marckolsheim kommt er, auf den Platz. Mit dem Hubschrauber.
Sagts halt, daß wirs nicht zulassen tun, daß gebaut wird.
Die Franzosen wollen die Grenze zumachen. Für alle Kaiserstühler.
Cilia setzte sich hoch, blinzelte ins Licht: Wer sagts?
Vorhin hat einer angerufen, aus Straßburg. Sie wollen verhindern, daß wir auf den Platz kommen.

Und, was habt ihr beschlossen?
Es weiß noch keiner. Nur die Rosa. Und ein paar vom Dorf.
Meinst, daß sie den Platz räumen lassen wolln, für den Minister?
Die werden sich stoßen, ich sags dir. Ich fahr gleich rüber am Morgen, die Elsässer warnen, daß die alle Dörfer mobilisieren.
Die kennen dich gleich an der Grenze, du.
Belz grinste: Rosa fährt mich, mit ihrem Wagen. Ich komm durch.
Er stellte den Wecker auf fünf, löschte das Licht. Als sie ruhig lagen, sirrte wieder die Mücke. Die werden sich stoßen, sagte er und drehte sich in die Kissen.

Es war eine müde Dämmerung, als Belz sich die Treppe runtertastete. Cilia hatte geschimpft, weil er Mona aufgeweckt hatte beim Anziehen, die knatschte jetzt erst mal, also den Schnuller holen, aber wo lag der, hier war ja nichts mehr zu finden, seit Wochen kaum Zeit für den Hof, und seit die Besetzung lief, war Kriegszustand in der »Fischerinsel«, täglich fünfzig und hundert Gäste, die nicht nur tranken, sondern auch essen wollten. Cilia allein mit den beiden Großmüttern und einer Hilfe in der Küche, das ging keinen Abend unter Mitternacht ab, und oft stellten sie noch um zwei den Wecker auf sechs. Da blieb der Hof einfach liegen.
Also Rosa wecken, sie war gleich am Telefon, verkratzte Stimme, wollte sich räuspern, kriegte einen Hustenanfall, daß Belz den Hörer vom Ohr nehmen, warten mußte, schon ungeduldig: Also – kommst?
Rosa brachte es knapp unter: Bin gleich drüben.
Die Nummer vom Göpper wußte er auswendig, ließ sich nicht einschüchtern, legte nicht auf. Endlich die Stimme, abweisend: Göpper.
Ich bins, Balthasar. Ich hab gestern abend einen Anruf gekriegt, daß sie uns hindern wollen, rüberzu-

gehn auf den Platz, an der Sasbacher Brücke. Ich fahr jetzt gleich rüber, um sechs. Zieh dich an, komm mit! Wer will uns hindern?
Die Franzosen. Alle Wagen aus dem Landkreis Emmendingen.
Das gibts gar nicht!
Wenn ichs dir sag. Los komm. Wir müssen was organisiern, daß sie eins drauf kriegen. Wenn sie uns nicht rüber lassen, sperren wir die Brücke.
Göpper schrie los: Du bist verrückt Belz! Wir sind nicht im Bürgerkrieg! Das gibt einen Grenzkonflikt, wenn ihr das macht, da holen sie den Bundesgrenzschutz, ist dir das klar?
Göpper – willst du die Elsässer alleinlassen auf dem Platz?
Die räumen den Platz nicht ab, wenn der Minister kommt, sag ich dir!
Das stimmt, heut nicht. Aber morgen! Die wolln ihm zeigen wie wenig die paar Marckolsheimer sind, daß man die wegpusten kann ohne uns. Dann spuckt da in einem halben Jahr der Schornstein Blei.
Leg dich schlafen, Belz! Die Regierung verhandelt doch schon mit den Franzosen, daß das Bleiwerk nicht kommt.
Balthasars Geduld war verbraucht. Göpper, schrie er wütend, wir haben dich nicht gewählt zum Vorsitzenden der Bürgerinitiative, damit du schläfst! Ruf den Landrat an, die Presse, die Abgeordneten, den Funk! Mach was los! Himmelkreuzverdammich!
Schrei nicht so, Vatter, sagte Rosa, das bringt nichts.
Sie stand da, Trainingsanzug, Stiefel, Regenhut, noch käsiger als sonst im Gesicht. Müde bis an die Knochen.
Belz haute den Hörer auf die Gabel: Der Dubel, der denkt nur an seine Mühle, aber der soll mich kennenlernen! Das kommt auf den Tisch in der nächsten Sitzung!
Kannst du nichts machen, sagte Rosa trocken. Weil du ihn brauchst. Willst einen Kaffee?

Belz schnitt sich in der Küche ein Stück Wurst runter, legte mit dem Brotmesser eine Scheibe harte Butter aufs Brot, aß zweihändig, im Stehn. Rosa trank nur den Pulverkaffee. Sie nahmen Rosas 850er, den kannten sie nicht an der Grenze wie Balthasars Wagen, der täglich zum Bauplatz gefahren war, oft mehrfach, und hatte die Meinung CWM – NON unübersehbar auf die Motorhaube geklebt, ein Lob auf das wetterbeständige Kommunikationsmittel DC-fix: CWM – NON. Nein zum Bleiwerk der Chemischen Werke München in Marckolsheim!
Belz fluchte, als er sich in den engen Wagen quetschen mußte, das war nicht das Maß für seinen Leib, es nieselte wieder aus niedrigen Wolken, das Licht dieses 26. September 1974 mühte sich immer noch durchzudringen, der Fiat schluckte und nickte, bis Belz den Schock halb zog, wenn Frauen schon Auto fahren!
Sie nahmen die Landstraße statt der Schleichwege durch den Auwald, fuhren mehrfach über den dicken, naßschimmernden Schlachtruf, quer über den Asphalt geschrieben: KKW – NEIN. In Wyhl rührte sich noch kaum etwas. Dann auf Sasbach, zwei Trekker schon auf dem Weg ins Feld. Belz wurde unruhig, mach Rosa, fahr zu!
Vor sechs ist sowieso geschlossen, sagte sie und fuhr nicht schneller.
Die Kirchturmuhr zeigte Punkt sechs, vor ihnen zwei PKWs mit Emmendinger Zeichen, Grenzgänger offensichtlich mit dem gleichen Ziel. Hinter die hängte sich Rosa auf der kurvigen kurzen Strecke durch die Rheinaue. Gleichzeitig erreichten die Wagen das deutsche Zollhaus. Der Schlagbaum war geöffnet und die Ampel an der Auffahrt grün. 20 km/h im Grenzbereich. Langsam rollten sie über die weithin hallenden Bohlen der einspurigen Pontonbrücke. Unbemerkt konnte sich hier kein Fahrzeug dem französischen Kontrollposten nähern. Belz schlug den Kragen seines Regenmantels hoch, richtete sich auf, ver-

barg so sein Gesicht unter dem niedrigen Wagendach. Der französische Zollposten war doppelt besetzt, ein großer ziviler Peugeot stand an der Seite neben einem Polizeifahrzeug. Sie sahen, daß die Ausweise gefordert wurden. Sonst blieben deutsche Wagen bei der Einreise unkontrolliert. Die beiden vor ihnen wurden schnell durchgelassen.

Rosa sagte Guten Morgen, zeigte ihre weißen Mädchenzähne. Der Beamte grinste zurück, legte die Hand kurz an die steife Mütze. Morgen, Mademoiselle! Ein Elsässer also, nahm die Ausweise, gab sie gleich zurück: Und wohin so früh? Der andre Posten ging langsam um den Wagen, bückte sich aber nicht, um reinzusehn.

Nur schnell auf Muggenheim, was holen vom Onkel.

Allez, passez!

Nochmal der Tip an die Mütze, das Grinsen hin und zurück, die Hand verschwand unter dem Umhang, Rosa gab Gas, wenn das alles ist? Ist noch nicht Abend, sagte Belz. Fahr gleich zum Treutz.

Das Haus von Treutz lag mit einigen anderen auf der langgestreckten Insel, die hier vom schiffbaren Rheinseitenkanal und dem Restrhein gebildet worden war, gleich hinter dem Zoll. Rosa rollte die paar Meter hinüber, hielt vor der Gartentür, der Zöllner sah ihnen nach. Der Peugeot, sagte Belz, eh er reinging, war auch Polizei, Straßburger Nummer. Hatte Sprechfunk drin.

Rosa blieb im Wagen, zündete die dritte Zigarette dieses Morgens an, beobachtete im Rückspiegel, wie zwei Männer in den Peugeot stiegen, starteten. Langsam fuhren sie an ihr vorbei.

Belz blieb keine fünf Minuten.

Los, zum Platz!

Rosa sagte dem Vater, daß der Wagen mit zwei Mann in Zivil vorbeigefahren war.

Ist jetzt egal, der Treutz hängt schon am Telefon, trommelt Leute zusammen. Fahr zu.

Es waren nur ein paar hundert Meter über die Insel,

an den Schleusen und dem Staustufen-Kraftwerk der Electricité de France vorbei bis zum elsässischen Ufer. Und da, an der Abzweigung der Landstraßen nach Colmar und Straßburg, wieder der dunkelblaue Peugeot. Es gab keinen andern Weg zum Platz.
Wird ein heißer Tag, sagte Belz grimmig, die kennen sich aus.
Das kurze Stück der asphaltierten Feldstraße bis zum Baugelände folgte ihnen der Zivile nicht.
In den Zelten war noch alles ruhig. Nur die zwei Mann Platzwache mit ihren umgehängten Zeltbahnen stocherten in den Resten des Lagerfeuers herum.
Rosa hielt auf der Straße. Das Feld war aufgeweicht, zerfahren von den Traktoren. Sie patschten hinüber, vorbei an dem großen Schild: Kein Blei in Marckolsheim – kein Atom in Wyhl.
Belz sparte sich die Begrüßung: Was gibts? Schlaft ihr noch? Auf! Heut kommt der Sicurani mit der CRS!
Er steckte den bärtigen Kopf in den Mief der Zelte, schlug die Eingangsplanen zur Seite, erstickte das Schimpfen mit seinem >Sicurani kommt<, das keinen Widerspruch zuließ. Allmählich stiegen und krochen an die zwanzig junge Männer und Mädchen raus, gammelig, die Haare verzottelt, in Jeans, Pullovern, Trainingsanzügen, fluchten elsässisch, französisch, badisch, aber waren dann gleich mobil, als Belz ihnen erklärte, daß der Straßburger Präfekt die Grenze sperren wollte und die badischen Besetzer nicht rüber könnten zur Verstärkung. Da wär wohl die Bereitschaftspolizei nicht weit. Also los, ab in die Dörfer, die Leute zusammengeholt! Daß der Platz voll wird. Alles was Beine hat muß raus!

Zurück an der Zollstation sahen sie auf der andern Seite des Kontrollhäuschens schon die PKWs und die mit Transparenten behängten Anderthalbtonner der Bürgerinitiativen, sechs Fahrzeuge mindestens, vornan Mildbrads Lautsprecherwagen, blockierten die

Straße bis kurz vor der Brücke. Die war noch frei. Etwa dreißig Leute, aus Forchheim und Weisweil, die Vorhut der heutigen Platzwache, in Gummistiefeln, Regenmänteln, in Cordhosen und Joppen, redeten gestenreich auf einen der Franzosen ein.
Die Zöllner waren jetzt durch Polizisten verstärkt. Balthasar mußte aussteigen. Sie nahmen die Pässe mit in die Wache, hießen Rosa an die Seite fahren und warten. Es war grade halb acht.
Belz ging zu den andern. Die wunderten sich, daß er schon vom Platz kam, waren in großer Aufregung, weil die Franzosen sie nicht durchließen.
Seid ihr alle, die sechs Wagen, fragte Belz, wo sind die andern?
Die sind umgekehrt, warten drüben, am deutschen Zoll.
Also, sagte Belz, fahrt zurück, wartet auf mich, heut wirds heiß, ich habs schon heute nacht gewußt, daß sie die Grenze sperren wegen dem Jarrot, daß wir nicht mit ihm reden können, weil sie Angst haben vor unserm Recht. Stellt euch an die Brückenauffahrt.
Er schritt zurück zu den beiden französischen Zöllnern, Rosa sprach mit ihnen, noch lächelnd, aber Röte im Gesicht, das gelbe Haar flog herum. Die Pässe waren noch nicht wieder aufgetaucht.
Belz wartete nicht auf Erklärungen: Fangt ihr jetzt an mit dem Spießrutenlaufen, wie? Solltet euch mit uns solidarisieren, ihr seid die ersten, die das Blei vom Herrn Rosenthal schlucken! Vierzig Kilo pro Tag spuckt der ums Jahr aus seinem Schornstein, kann doch niemand nicht zusehn, der bei Sinnen ist!
Der Elsässer versuchte zu lachen, er könnte das verstehn, wär selber in Wittisheim zu Haus, keine zwanzig Kilometer, aber wenn das von Straßburg käm – und bot Rosa eine Zigarette an. Der andre blieb eisig. Spürbare Nervosität. Der Polizist brachte aus dem Wachhaus einen in Zivil mit – den hatte Rosa vorhin in dem blauen Peugeot gesehn, kein Zweifel!

Vous devez rester, Monsieur. Madame peut passer.
Der Polizist reichte Rosa ihren Paß, der Zivilist zeigte ihr, daß sie einsteigen, abfahren solle. Sie nahm den Paß, sah ihren Vater an.
Was ist los, wo ist mein Paß?
Der Elsässer ließ sich von dem Zivilen zunicken, übersetzte Belz, daß er festgenommen sei. Belz brauchte keine Denkpause.
Was liegt gegen mich vor? Wo ist der Haftbefehl?
Der Zivile fragte Qu'est-ce que c'est? ließ den Zöllner übersetzen, antwortete seine Erläuterung. Der erklärte Belz, daß er mitzugehn habe, sei vorläufig festgenommen, wahrscheinlich nur bis zur Klärung seines Falls. Er solle die Sache nicht komplizieren, jetzt mit in die Wache gehn.
Belz' Faust schnellte vor, packte den Umhang des Zöllners, er schrie: Vorbeugehaft, wie? Fangt ihr so wieder an?
Rosa: Vatter! Hör auf! auch geschrien, aber Belz hatte sofort wieder losgelassen, der Zöllner schreckte einen Schritt zurück. Der uniformierte Polizist und der Zivile schienen Belz fassen zu wollen, blieben aber stehn, beirrt von den wilden Augen des Fischers, von der entschlossenen Kraft, die der kurze breite Körper des Mannes plötzlich ausdrückte.
Rosa, fahr rüber, sag, daß die Franzosen mich verhaftet haben.
Belz ging zum Wachhaus, ohne auf die Polizisten zu warten. Die hinterher, daß Rosa ein Lachen unterdrücken mußte. Scharf fuhr sie los, ohne ein Wort. Die Wagen der Bürgerinitiativen hatten schon gedreht und waren drüben. Laut hupend übertönte sie das Bollern der Brückenbohlen.

Am badischen Ufer ein gewaltiger Stau, die Brückenanfahrt von Wagen und Menschen verkeilt. Sie stieg aus, registrierte den Touristenbus, der zwischen den Wagen steckte. Die Endinger Landpolizei war da, ein

Kombi vom Südwestfunk ziemlich vorn, auf dem Dach filmte einer, der mit dem Tonbandgerät hielt das Mikrophon steil in die Luft, Göpper oder wer hatte also doch schon was unternommen, sonst könnten die noch nicht hier sein. Es waren vor allem Männer und einige Frauen aus Sasbach, Bauern aus Forchheim und Weisweil, dazwischen Studenten vom Arbeitskreis Umweltschutz aus Freiburg und Fremde, Touristen, die: verärgert, beunruhigt, ratlos. Aufgeregte Diskussionen überall. Vorn berichteten die Männer, die von den Franzosen zurückgeschickt worden waren.

Rosa wurde befragt: Wo ist der Belz?

Verhaftet! Die Franzosen haben ihn verhaftet!

Einen Augenblick Verblüffung bei den Nächststehenden, dann sprang ein junger Mann auf die Kühlerhaube des Fiat, schries über die Köpfe:

Leute Leute! Der Franzose hat den Belz verhaftet! Den Balthasar Ehret!

Einer aus der Menge rief zurück: Rausholen!

Es gab Zurufe und Ratschläge. Keiner von den gewählten Sprechern der Bürgerinitiativen war aufzutreiben. Auch kein Handlautsprecher, mit dem sich eine Meinung hätte herausklären lassen. Der Wagenstau wuchs sich aus, mit Pendlern, mit Touristen, mit den telefonisch alarmierten Bauern und Winzern aus den Kaiserstuhldörfern. Und Frauen! Die hatten ihre Morgenarbeit beendet, die Kinder zur Schule geschickt.

Der Platz, zu dem die Straße sich zwischen den Felsen des Limbergs und dem Rheinarm auftat, war mit Fahrzeugen und Menschen verstellt, der Grenzübergang auf der badischen Seite gesperrt, ohne Entschluß dazu, durch die bloße Anwesenheit der Empörung. Die wenigen Landpolizisten resignierten entnervt.

Mit Mühe quetschte und hupte sich Rosas Puppenwagen durch Bleche und Flüche, sie mußte zurück in die Fischerinsel nach Weisweil, für Mona sorgen und

Bescheid geben, daß der Vater verhaftet war. Halb neun schon! In Sasbach zwei grüne Mannschaftswagen auf der Gegenfahrbahn, nicht grade hektisch.

Belz forderte in der Wache sofort, daß nach Straßburg zur Präfektur telefoniert würde. Er sei gewählter Sprecher der Weisweiler Bürgerinitiative, die Kaiserstühler Bürgerinitiativen würden seine Verhaftung genauso wenig wie die elsässischen hinnehmen, diese Provokation, man würde auch die Landesregierung mobilisieren wegen dieses Willküraktes gegen einen unbescholtenen Bundesbürger. Überhaupt sei die einmalige, völlig unangemeldete Sperrung der Grenze eine Herausforderung, ein schwerer Schlag gegen die deutsch-französische Verständigung.
Balthasar ließ sich nicht zwischenreden.
Sagen Sie dem Müsjö Sicurani, daß er so die badisch-elsässischen Bürgerinitiativen nicht auseinanderbringt. Im Gegenteil. Wir müssen hier leben, nicht Sie! Unser Kampf um unsre Umwelt hat die Grenzen niedergerissen. Auch die Schweizer Bürgerinitiativen stehn an unsrer Seite, weil, und das merken Sie sich, der Rhein gehört uns allen – nicht der französischen Regierung und nicht den deutschen Konzernen. Was ihr hier macht, das sagen Sie dem Herrn Sicurani gleich dabei, uns hindert das nicht, auf den Bauplatz zu kommen. Und wenn wir mit unsern Fischerkähnen einzeln übersetzen über den Rhein! Wir haben genug Erfahrung aus dem Krieg, damals haben wir eure Flugblätter von der Résistance rübergeholt gegen den Hitler!
Den beiden Zivilen von der Politischen Polizei kniff Wut die Lippen zusammen, allein der Tonfall der unverstandenen Worte, die herausfordernd-selbstbewußte Haltung des Mannes, den sie als Angeklagten wollten, machte ihre Hände zittern. Aber der uniformierte Polizeioffizier, auch ein Elsässer, griff schneller ein, wollte beruhigen: Herr Ehret, die französische

Polizei hat eine notwendige Vorsichtsmaßnahme getroffen, zum Schutz von Privateigentum, sonst nichts. Wir kennen ja ihre ehrlichen Absichten, wir halten Sie nicht für einen Verbrecher –
Was Sie tun, darum gehts! schlug Belz sofort zurück, zu keinem Kompromiß bereit. Wir haben unsre Erfahrungen mit der Polizei, euch Burschen trau ich auf keine hundert Meter!
Die andern Polizisten sahen alle auf den Offizier. Dessen Augen waren schmal geworden.
Bitte gehn Sie jetzt in diesen Raum. Wir telefonieren noch einmal mit Straßburg.
Ist das eine Verhaftung oder nicht?
Der Offizier, einen Augenblick zögernd: Sie haben zu warten, bis Ihre Sache geklärt ist.
Punkt. Belz wollte den Bogen nicht überspannen. Er hörte, wie sie telefonierten, erregt zum Teil, auch untereinander diskutierten, aber er verstand das Französisch nicht. Aus dem Fenster konnte er auf die Straße sehn, grinste zufrieden in seinen Bart, rieb mit einer schnellen, unreflektierten Bewegung die Hände aneinander, hätte gern jemand erzählt, daß da draußen jetzt der Rückstau der Wagen sich immer mehr ins Französische hinein verlängerte und die Nervosität der Beamten unter den sich vermehrenden, verschärfenden Fragen und Protesten der Autofahrer stieg.
Nach zwanzig Minuten holten sie ihn wieder in die Wache, schnell, schien Belz, der noch mit seinem Vergnügen beschäftigt war. Der Offizier erklärte ihm, und die Zivilen waren nicht mehr im Raum, daß er ausgewiesen würde.
Das heißt, Sie können nach Hause gehen, aber wenn Sie wieder französischen Boden betreten, müssen Sie mit Verhaftung rechnen.
Rausschmeißen wollt ihr mich? Ohne Grund?
Gefährdung der öffentlichen Sicherheit.
Wir sehn uns wieder Müsjö! Ich bin kein Verbrecher! Sagte Belz. Drehte sich um, ging hinaus, ließ die Tür

offen stehn. Als werde er nicht lange ausbleiben.

Auf der Brücke sah er die Kette von Männern, die standen, nicht eingehakt, Hände in den Taschen, locker nebeneinander, aber eindeutig quer über die Fahrbahn. Das war es, was er sich gedacht hatte.
Begrüßung. Lachen. Haben sie dich laufen lassen! Geh mal rüber zum Landrat, der kocht. Weiß schon, daß sie dich verhaftet haben.
In einem Haufen Männer und Frauen stand Landrat Lothar Mayberg, ganz Feldherr, der die Lage an der Front sondiert. Sein Generalstab: zwei Angestellte des Emmendinger Landratsamts und der Sasbacher Bürgermeister Forster, beratend dabei. Anwesend auch Hans Schött, auffallend in seinem gut geschnittenen grünen Landmannsanzug zwischen den Arbeitsklamotten der Bauern, den Stockschirm am angewinkelten Arm.
Hans Schött, Apotheker in Endingen, Besitzer eines einträglichen Weinbergs, genoß erhebliches Ansehen bei den Bürgerinitiativen, seit er sich mit an die Spitze der Protestanten gegen das geplante Atomkraftwerk Wyhl gewagt hatte. Der studierte Schött konnte formulieren und verhandeln. Er war geborener Kaiserstühler, beherrschte die Mundart. Und er war als Winzer unmittelbar von den befürchteten Auswirkungen des Atommeilers bedroht.
Das können wir uns nicht bieten lassen!
Kriegserklärung ist das!
Mit dem Jarrot sprechen wollten wir, als friedliche Leute!
Von allen Seiten prasselte die Erregung auf die Offiziellen ein.
Mal Ruhe, Leute! So gehts doch auch nicht. Ich muß zuerst klarsehen. Seit wann ist die Grenze zu? Mit welcher Begründung?
Seit acht. Seit halb acht. Überhaupt keine Begründung!

Belz drängte sich durch den Kreis.
Was ist? Wo kommst du her? Bist du nicht verhaftet?
Was soll sein, sagte Belz, die Franzosen spielen verrückt, Herr Landrat, und laut für alle: Die Franzosen haben mich des Landes verwiesen!
Empörung. Der Reporter vom Südwestfunk steckte Belz das Mikrophon fast in den Bart: Sagen Sie noch mal – was ist passiert?
Ich bin heute morgen um sechs auf den besetzten Bauplatz in Marckolsheim gefahren, in friedlicher Absicht. Bei der Rückfahrt hat man mich verhaftet und mich dann des Landes verwiesen. Ohne Begründung.
Herr Landrat Dr. Mayberg, was sagen Sie zu diesem Vorfall? Was werden Sie veranlassen? Kann eine deutsche Behörde das hinnehmen?
Es wurde plötzlich still, so schien es, obwohl nur die Nächststehenden auf eine Antwort warteten.
Der Landrat überblickte die Runde, sah dann in die fordernden Augen des Reporters: Keinesfalls werden wir! Dieser Vorgang ist ohne Beispiel! Und mit etwas zurückgenommener Stimme: Aber ehe wir an weitere Schritte denken, werde ich jetzt mit Herrn Bürgermeister Forster nach Marckolsheim fahren und auf der Mairie eine Erläuterung verlangen.
Und wieder zu seinem Publikum, herausfordernd: Da wollen wir doch mal sehn, was uns die Herren zu sagen haben!
Bravo! Das ist die Sprache! Auf den Tisch hauen! Ein paar Beifallsklatscher.
Inzwischen bitte ich die Bürgerinitiativen, sich nicht durch unbedachte Schritte selbst ins Unrecht zu setzen. Herr Dr. Schött, ich appelliere da auch an Sie als Sprecher der Bürgerinitiativen. Ich verspreche Ihnen, daß wir Sie sofort informieren.
Aber die Brücke bleibt besetzt!
Das war Belz. Und die Rufe sprangen wieder hin und her:

Den Riegel verstärken! Niemand mehr durchlassen! Begleitschutz für den Landrat! Warum nicht auch Breisach zumachen? Traktoren auf die Brücke! Über Breisach auf den Platz! Der Landrat muß rüber!
Die Herren bestiegen ihren schwarzen Mercedes, wurden zur Auffahrt durchgelotst, 9 Uhr 30, gleich hinter ihnen stellten sich wieder die Männer auf, die von der Platzwache in Windjacken und Regenmänteln, die vom Feld in Overalls und den blauen Leinenjacken. Die wartenden Touristen schimpften im Hintergrund, trauten sich nicht bis an diese Frontlinie.
Aber die Grünen von der Landpolizei wurden jetzt aktiv, zehn, zwölf Mann waren inzwischen an der Brücke, der Oberkommissar dabei, offenbar vom Landrat herbeizitiert. Betulich redeten sie auf die Bürger ein, solange der Landrat verhandele wenigstens einige Wagen durchzulassen, nicht Unrecht gegen Unrecht zu setzen, sie müßten sonst daran denken, die Öffnung zu erzwingen, was man ihnen doch ersparen möchte, schließlich handele es sich um die eignen Nachbarn, die zur Arbeit ins Elsaß müßten. Auch Hans Schött fand, daß den Franzosen ihr Unrecht nun eindeutig vor Augen geführt sei.
Ein Student aus Freiburg argumentierte dagegen, der Landrat würde gar nichts erreichen, wenn sie jetzt freiwillig die Brücke räumten, nur Druck könne etwas bewirken. Belz schlug vor, die Sperre aufzuheben, aber als erste müßten die Wagen der Bürgerinitiativen mit den Transparenten rüberfahren. Große Heiterkeit. Auch von den Polizisten konnten sich nicht alle das Grinsen verkneifen. Von weiter hinten dirigierten andere Polizisten zwei Touristen-PKWs durch die Menge, hinter jedem schwappten die Menschen sofort wieder zusammen, es entstand keine Gasse. Der Kommissar wedelte die Männer der Kette zur Seite, widerstrebend ließen sie die Wagen durch, auf Tuchfühlung mit den Karosserien, verängstigte,

starre, neugierige Gesichter im Innern, und mit dem zweiten Wagen drängten zwanzig, dreißig Leute, viele Frauen nach vorn, standen die Brückeneinfahrt mitsamt den Polizisten zu, ein menschlicher Pfropfen.
Auf dem Platz sprach die Polizei jetzt über einen Lautsprecherwagen, verlas einige Autonummern, erzeugte Stille, klar war die Aufforderung an die Fahrer zu hören, sich zu ihren Fahrzeugen zu begeben, den Anweisungen der Polizei Folge zu leisten.
Keine Veränderung, keine Bewegung.
Mehrmals wurde die Aufforderung wiederholt, ausgeschmückt mit den Appellen an das Verantwortungsbewußtsein der Bürgerinitiativen, der öffentliche Fahrweg müsse freigehalten werden, andernfalls würden die Wagen abgeschleppt. Die späteren Einladungen, eher bittend als drohend vorgetragen, bewirkten schon keine Aufmerksamkeit, keine Stille mehr. Nur Flachsereien, die Fahrer seien Pinkeln, beim Frühschoppen, wieder bei der Mutti, zu lange hätte man sie hier schon warten lassen.
Die Polizei war gelähmt durch den passiven Widerstand der Kaiserstühler. Und kaum einer dachte jetzt daran, daß sie mit den Autokennzeichen das Mittel für spätere Rache in den Einsatzheften hatte.
Zwei ortsfremde PKWs wurden noch in Zentimeterarbeit durchgeschleust, dann blieb der Reisebus aus Titisee endgültig zwischen zwei Wagen stecken, der Fahrer stellte den Motor ab, stieg aus und erklärte den entmutigten Polizisten, daß er sich nicht den Lack zerkratzen lassen werde. Der letzte Durchlaß war zu.
Sepp, der Königschaffhauser Winzer, stieg in den Bus, zog eine Flasche Spätburgunder seiner Winzergenossenschaft aus der Jackentasche, reichte sie entkorkt den beiden älteren Damen in der ersten Reihe, bemühte sich, hochdeutsch zu sprechen: Ich habe leider keinen Pokal dabei, aber probieren Sie mal – nicht gleich runterschlucken! Schmecken Sie die Blume von

diesem Gewächs? Das produzieren wir hier. Nun schauen Sie aus dem Fenster – auf diesem Limberg, da wo die Bäume aufhören, da wächst so etwas Herrliches. Nicht in Italien, nicht in Afrika – in unserer Heimat! Geben Sie ruhig weiter, jeder einen Probeschluck. Der ganze Kaiserstuhl ist voll davon. Das wollen sie uns jetzt mit Bleistaub und Radioaktivität vergiften, die hohen Herren mit dem dicken Geld! Unsre Existenz zerstören! Drüben in Marckolsheim durch das Bleiwerk, hier in Wyhl mit einem Atomkraftwerk. Mitten in der Rheinaue. Gehen Sie da mal spazieren! Die ist nämlich einmalig in ganz Baden und Süddeutschland, dieser Oberrhein, was da gesungen und geschnattert wird von hundert Sorten Vögeln. Und das Wasser, die Quellen, wir sagen: der Altrhein – das können Sie so trinken, aus der Hand!
Sepp sah die immer noch abwehrenden, skeptischen Blicke, keiner schien Lust auf Altrheinwasser zu haben, er schaute nach draußen, nach Unterstützung, umsonst, kratzte sich hörbar die borstigen Haarstoppeln.
Wenn Sies nicht glauben, ist ja auch kaum zu glauben, dann hol ich Ihnen einen von uns, der ist Fischer, der erzählt Ihnen einen Roman! In Sasbach, da wo Sie eben durchgefahren sind, da sehn Sie noch, wie schön hier früher die Dörfer mal waren, mit dem Fachwerk und den Blumen an jedem Fenster. Wir haben immer den Kopf hingehalten, wenn die oben Krieg machen wollten, hier an der Grenze, wir waren die ersten, die bezahlt haben. Die meisten Dörfer sind zerstört gewesen. Jetzt ist wieder Krieg am Kaiserstuhl! Aber nicht Deutsche gegen Franzosen. Wir haben ja dieselbe Sprache, Elsässer und Badener, wir wissen, daß wir keine Feinde sind, sondern die sitzen ganz woanders. Deshalb verteidigen wir unsre Heimat und sagen: Lieber heute aktiv als morgen radioaktiv!
Sepp hatte immer wieder die beiden älteren Damen angesehn bei seiner Rede, als ob er sie ganz besonders

überzeugen müßte. Sie klatschten ein bißchen, zaghaft, die eine sah sich um, ob die andern mitmachten, aber es ging nur ein allgemeines Gerede los, da lächelten sie verlegen zu Sepp und hörten wieder auf.
Plötzlich von hinten eine starke Männerstimme: Ihr könnt uns viel erzählen! Wie soll ich das glauben, wenn die Flasche leer ist!
Und der Dicke, der nun sichtbar wurde, hielt die Rotweinflasche umgekehrt in die Höhe.
Kein Tropfen mehr – alles ausgesoffen von unsern Damen!
Da brach das Eis. Die Leute klatschten, verlangten nach mehr Wein. Sepp konnte auch lachen, und seine erst zaghafte, fast schüchterne Stimme zeigte sich nun im vollen Umfang: Meine Herrschaften, rief er über den Lärm, meine Herrschaften – die beiden Cafés sind geöffnet. Die Sonne kommt auch raus – nutzen Sie die Gelegenheit zu einem unvergeßlichen Frühschoppen! Und sprechen Sie mit den Leuten draußen, wenn Sie mehr wissen wollen.
Auf gehts, schrie der Dicke entzückt – ob in Colmar oder am Kaiserstuhl, Hauptsache was zum Gurgeln!
Einer fing an zu singen: Warum ist es am Rhein so schön, und Sepp wurde von den aufbrechenden Damen aus dem Bus gespült. Er hatte Mühe, nicht gleich untergehakt und mitgeschleppt zu werden, konnte sich nur durch das Versprechen befreien, gleich zu einem Viertele rüberzukommen in das Café.
An der Brücke hatte sich die Lage noch verschärft. Um den Franzosen ihren amtlichen Pflichteifer zu beweisen, hatten andre Polizisten einige Wagen aus Frankreich auf die Brücke gewinkt, die standen nun vor dem Menschenhaufen, konnten nicht vor und kaum zurück. Die Fahrer ließen ihre Ungeduld an den Hupen aus, machten damit aber nur den Polizisten ihre Hilflosigkeit noch deutlicher. Wütend liefen einige an der Wagenkette entlang, brachten das Hupkonzert zum Schweigen, begleitet vom Gelächter der

Leute am Ufer. Gleichzeitig verlangte der Polizeilautsprecher inständig nach dem Fahrer des Busses aus Titisee, bis der schließlich gemächlich vom Rheinufer heranschlenderte, sich zur Fahrertür durchdrängte und auf seinen Sitz kletterte. Von der andern Seite stieg der Polizeidirektor ein, redete sichtlich heftig auf den starr in die französische Ferne blickenden Fahrer ein, eine unhörbare Pantomime zum Vergnügen der Draußenstehenden, die damit endete, daß der Fahrer verächtlich abwinkte, den Motor anließ und plötzlich das Signalhorn betätigte. Da sprang der Ärger, mit dem Schreck, nach draußen, die nächsten wichen zurück. Fäuste wurden hinauf geschüttelt, ein Kind weinte, ein junger Mann schlug seitlich an die Karosserie, wurde sofort von andern zurückgerissen, hinter dem Bus drängte eine Kette von Polizisten die Menschen auseinander, der Polizeidirektor dirigierte den Busfahrer mit ungeduldigen Gesten meterweise rückwärts in Richtung des Cafés.
Belz hatte nach Hause telefoniert, seine Freilassung gemeldet.
Als er zur Brücke kam, bugsierte die Polizei grade die ersten französischen Wagen ans badische Ufer, Buhrufe und Proteste begleiteten die Aktion, die erst aufhörten, als auch der schwarze Dienst-Mercedes des Landratsamtes in der Reihe erschien. Landrat Mayberg stieg kopfschüttelnd aus dem Fond, die Männer und Frauen bestürmten ihn, aber er sagte nur: Nichts. Ziemlich leise.
Wie nichts? Was heißt das?
Lothar Mayberg hob beide Arme hoch, ließ sie herunterfallen: Nichts. Niemand weiß was. Und zuckte wenig staatsmännisch die Achseln.
Ja, und? Das gibts doch nicht! Spielen die Franzosen mit Ihnen Blindekuh? Verarschen tun die uns!
Der Funkreporter und der von der Badischen drängten sich an ihn, wollten Erklärungen, glücklos.
Dann gehn wir jetzt alle zu Fuß rüber und diskutie-

ren mit ihnen! schrie Belz über die Köpfe. Das gab Feuer, Bewegung.
Einen Augenblick, Leute! schrie nun auch Bürgermeister Forster, und leise zum Landrat: Sie müssen etwas sagen. Das gerät sonst außer Kontrolle. Hier auf dem Platz sind mindestens dreihundert Kaiserstühler!
Lothar Mayberg sah ihn einen Augenblick an, dann über die Menge, entschloß sich, laut: Wo ist der Polizeilautsprecher? Ein Grüner wollte ihm eine Gasse freidrängen, da reichte ihm ein andrer schon das Handmegaphon, er trat in den Einstieg des Wagens, hielt sich etwas mühsam an der Tür fest, stürzte fast, als die Tür nachgab, wurde gestützt von seinem Adjutanten, bremste mit seinem Liebe Mitbürgerinnen und Bürger! grade noch die Richtung Brücke in Bewegung geratende Menge.
Ich muß Ihnen zu meinem Bedauern mitteilen, daß weder der Marckolsheimer Bürgermeister noch die französische Gendarmerie mir Auskunft über die Grenzschließung geben konnten. Am Grenzzoll wurde uns erklärt, daß die Sperre von der Präfektur in Straßburg direkt angeordnet wurde, zum Schutz des Eigentums der Bauplatzbesitzer. Wir haben gegen diese einmalige Diskriminierung der Bürger unseres Landkreises Protest erhoben. Man hat uns geantwortet, die Europabrücke in Breisach sei offen. Ich werde jetzt sofort den Regierungspräsidenten in Freiburg und Herrn Ministerpräsident Filbinger unterrichten. Alles weitere muß von dort aus veranlaßt werden. Ich kann Ihnen jetzt nur versichern: Ich bin empört! Aber Sie sehen – ich zügle mich. Und ich warne auch Sie noch einmal vor vielleicht verständlichen aber voreiligen Schritten. Mit einer Eskalation ist niemand gedient!
Seine Stimme hatte ihm wieder Mut zugesprochen, er winkte den Leuten zu, obwohl niemand geklatscht hatte, gab dem Polizisten das Megaphon und fuhr

ohne weitere Anordnungen an den ihm etwas verdutzt nachsehenden Polizeikommissar mit seiner Mannschaft ab.
Ratlosigkeit bei den Bürgerinitiativen.
Schött meinte, nachdem nun ihr Protest sogar vom Fernsehn aufgenommen sei und die Behörden aktiv würden, müßte die Sache in die richtige Richtung laufen, und sie könnten wieder an die Arbeit gehen. Wer unbedingt auf den Bauplatz wolle, könne ja über Breisach fahren.
Einer gab ihm recht: Wenn der Filbinger in Straßburg anruft und Dampf macht, dann müssen die Franzosen nachgeben. Ich wette, morgen ist die Brücke wieder offen!
Mißtrauische Blicke, Unwillen. Aber der das gesagt hatte, war kein Spitzel.
Höchstens uns macht der Filbi Dampf, Rudi, der Sicurani ist sein Spezi!
Mann, geh schlafen mit deiner CDU. Wer auf Filbinger vertraut, der hat auf reinen Sand gebaut!
Belz schoß der Gedanke ins Hirn, daß der Landrat die Breisacher Brücke nur erwähnt hatte, um die Leute auseinanderzubringen und Schött war darauf reingefallen. Oder hatte selbst Angst, daß die Sache hier zu gefährlich würde. Gegensteuern! dachte er, und laut: Wenn wir jetzt zurückstecken, machen die Franzosen mit uns, was sie wollen!
Der kleine Matthias aus Freiburg mit der stechend spitzen Nase und der Nickelbrille, Medizinstudent, der so intellektuell aussah, daß man sich fragte, wie er bei den Dörflern überhaupt ein Bein auf die Erde und Worte in die Köpfe brachte, schlug hinhaltende Nadelstiche vor: Wir stelln uns vor die Brücke, das kann uns keiner verbieten. Dann lassen wir uns ruhig von der Polizei auf die Seite drängen und sind gleich wieder da. Auf die Weise kommen nur ganz wenige rüber.
Das ist dasselbe wie ein bißchen schwanger sein! schrie einer sofort.

Nein, das ist passiver Widerstand. Wir wollen keine Gewalt!
Wenn wir hier aufgeben, haben wir alles verloren!
Jeder Wagen, der rüberkommt, ist ein Stein für das Bleiwerk!
Immer mit dem Kopf durch die Wand!
Wenn wir uns auf die Brücke setzen, ist das gewaltlos. Sollen sie uns wegtragen!
Wieder argumentierte in der Traube an der Brückenrampe jeder mit jedem. Nur die Frauen hielten sich zurück.
Der sanfte Elektromeister Mildbrad aus Sasbach schlug vor, über seinen Lautsprecherwagen zu diskutieren, damit alle was von hätten. Wie bei jeder größeren Sache der Bürgerinitiativen war er auch an diesem Morgen mit seinem Opel Caravan gekommen, aufs Dach drei Lautsprecher montiert, damit sie sich in Marckolsheim dem französischen Umweltminister verständlich machen konnten. Er trug, wie immer, den grauen Arbeitskittel, nämlich um zu zeigen, daß er vor allem geschäftlich dabei sei. Seine Rechnungen für das Ausleihen der Anlagen deckten weniger seine Kosten als ihn und sein Geschäft.
Ich kann mich auch so durchsetzen, sagte Belz, stellte sich auf den Prellstein vor dem eisernen Brückengeländer: Was wollen wir denn? Wollen wir auf den Platz zu unsern Freunden im Elsaß oder nicht? Also. Der Landrat hat gesagt, Breisach ist offen.
In dem Augenblick drängte sich ein Sasbacher Bauer durch: Die Polizei leitet seit einer halben Stunde den ganzen Verkehr in Sasbach nach Breisach um! Wir haben das Schild umgedreht, aber vorhin der Landrat hats wieder nach Breisach stellen lassen. Jetzt steht ein Polizist dabei – wir können nichts mehr machen.
Frau Wieseli lachte laut: Da diskutiert ihr, ob ihr den Hahn zudrehen wollt, dabei ist die Leitung längst trocken!
Das gab den Ausschlag.

Nach Breisach! Alles hin! Auf den Bauplatz!
Belz zu Mildbrad und Sepp: Kommt, jetzt können wir euren Lautsprecher brauchen.
Sie gingen zu Mildbrads Caravan, der seitlich direkt am Berg parkte. Mildbrad stellte die Anlage ein, die ersten Wagen wurden schon angelassen und begannen, sich aus dem Gedränge zu lösen.
Schnell Belz – sonst läuft alles auseinander! Wir müssen zusammen bleiben!
Belz setzte sich neben Mildbrad, nahm das kleine Mikro, pustete hinein, Sepp nickte ihm von außen zu. Hier spricht nicht die Polizei! Hier spricht die Bürgerinitiative! Wir fahren jetzt zur Europabrücke nach Breisach. Der französische Zoll hat dem Landrat gesagt, dort können wir die Grenze überschreiten. Wir nehmen sie beim Wort. Wir werden friedlich nach Marckolsheim fahren. Laßt die Wagen mit den Transparenten an die Spitze. Zusammenbleiben müssen wir! Und auf der Brücke in Doppelreihe fahren. Also erst die Wagen der Bürgerinitiativen. Auf gehts!
Sepp zeigte Belz durchs Fenster, daß er auch noch was sagen wollte, Belz zögerte einen Augenblick, was denn noch? Gib schon! Reichte ihm das Mikrophon durch. Und Sepp: Es müssen noch welche hierbleiben! An der Brücke! Achtung! Achtung! Nicht alle mitfahren – nur ein Mann in jedem Wagen. Die andern müssen hierbleiben!
Er gab das Mikro zurück, stieg hinten ein, ließ die Tür offen, hielt sich am Bügel des Dachträgers fest, winkte die Wagen ein, wie Mildbrad den Opel langsam an die sich bildende Kolonne heransteuerte, sich hinter die Anderthalbtonner, den VW-Bus einordnete, während Belz die Aufforderung wiederholte, die Sasbacher Brücke nicht völlig aufzugeben.
Aus den Cafés am Berghang hatten die Durchsagen einen Teil der Touristen gelockt, einige winkten sogar, die beiden älteren Damen aus dem Bus erkannten Sepp, der noch immer halb aus dem Wagen hing,

machten ihm Handzeichen, liefen auf ihn zu: Sie wollten doch mit uns trinken! die eine. Können wir jetzt weiter? die andre.
Stopp mal eben, sagte Sepp zu Mildbrad. Tut mir leid, Sie sehn ja, ich bin im Dienst –
Und ich wollte von Ihnen noch wissen, was eine Biokette ist, was die Kellnerin gesagt hat.
Biokette? lachte Sepp, fragen Sie mal die andern an der Brücke, die wissen das auch.
Hach, die kenn ich doch nicht – ziemlich verzweifelt sah sie ihre Freundin an.
Die Laster vorn waren um die Kurve außer Sicht, hinter ihnen wurde mahnend gehupt.
Von denen beißt keiner, rief Belz an Mildbrad vorbei, und der steckte den Kopf aus dem Fenster: Biokette, ganz einfach – der Schornstein spuckt das Blei aus, oder die Radioaktivität, der Regen schlägts runter, die Kuh frißt das dann mit dem Gras, das Kind trinkts mit der Milch, und da sammelt es sich in den Knochen von dem Kind, und es wird krank.
Er tippte einen Gruß an die Stirn, gab Gas, Sepp rief Gute Reise! zog sich rein auf den Rücksitz, die drei Männer lachten, Sepp sah sich um, da winkten die beiden noch, und er winkte zurück. Himmel Arsch Granaten! Hat der Chancen bei den Weibern! flachste Belz.
Mildbrad grinste in den Innenspiegel: Und noch in dem knusprigen Alter! Sepp zeigte ihm die Zähne.
Vielstimmig hupend fuhr die Kolonne durch Sasbach, Jechtingen und Burkheim, Belz nannte über die Lautsprecher das Fahrziel und forderte alle Bürger mit Autos auf, sich der Demonstration anzuschließen. Gegen zehn erreichten etwa zweihundert Wagen die vierspurige Breisacher Brücke.
In der Fischerinsel kam Rosa vom Telefon nicht mehr weg, aber sie konnte keine genaue Auskunft geben, wie die Dinge an der Brücke sich entwickelt hatten. Mit jedem neuen Anruf wurde sie nervöser, kam sich

überflüssig vor, wie abbestellt. Sie fegte noch den Gastraum zu Ende, ließ die Gläser vom Abend ungespült auf der Theke stehn. Als Cilia sah, daß sie Mona anzog und wieder wegfahren wollte, gab es einen kurzen Familienkrach in der Küche, den Rosa dadurch abbrach, daß sie Mona schnappte, hinten in den 850er packte und losfuhr. Mitsamt einem schlechten Gewissen, weil sie ihre Mutter mit der Arbeit und dem Telefon allein ließ.

Mona hatte grade erst laufen gelernt, aber sie war schon unverkennbar die Tochter ihrer Mutter, mit ihrer Quirligkeit, dem gelben Haarschopf und dieser direkten Art, auf Menschen ohne Scheu zuzugehn. So wie Rosa ein Ebenbild Cilias war, der gedrungene Körper, die freundlichen, lachbereiten Augen, die Unermüdlichkeit, nur eben gut fünfundzwanzig Jahre jünger, so erkannte man in Cilia ihre achtzigjährige Mutter wieder. Es gab so etwas wie eine häusliche Frauensolidarität in dieser matriarchalen Dynastie, die ihre Kraft zog aus dem unabsehbaren Maß an Arbeit, das von den Frauen täglich, jahrlang, lebenslang im Haus, in der Gastwirtschaft, im Hof und in der Erntezeit auch noch auf dem Feld geleistet wurde. Balthasars vorgeordnete Kommandogewalt wurde davon kaum angefochten, und auch das rauhe Selbstbewußtsein der Söhne machte vor den Anordnungen des Vaters halt. Rosa konnte in der letzten Zeit kaum noch ohne Mona wegfahren. Die Streitereien mit Monas Vater, die erst vor kurzem damit vorläufig geendet hatten, daß Rosa ihn aus der Wohnung wies, hatten das Kind nervös und knatschig gemacht. Jetzt war Mona zufrieden, mit der Mutter durch die Gegend zu fahren, und nur als ihr Schnuller runterfiel, unter dem Vordersitz zwischen den Putzlappen und den Stadtschuhen verschwand und Rosa beim Angeln danach fast an einem Nußbaum landete, erschrocken rausplatzte Heiland nochmal! Was paßt du nicht auf auf das verdammte Ding! da gab es Tränen.

In Sasbach wollte der Polizist an dem Umleitungsschild sie abwinken Richtung Breisach: Hier kommen Sie nicht durch nach Frankreich!
Sie hielt nicht, fuhr langsam an ihm vorbei, winkte aus dem Fenster. Passen Sie nur gut auf! lachte sie und war weg.
Dann der Schreck an der Brücke, der Augenblick Ungewißheit – waren die andern drüben? Hatten sie aufgegeben? Die paar Männer und drei Dutzend Frauen verloren sich auf der Brückenrampe. Von der französischen Seite rollte ein PKW über die Brücke, fuhr unangefochten durch. Belz war nicht zu sehn. Sie stieg aus, Mona wollte mit, kannst du nicht einen Augenblick drinbleiben! nahm sie auf den Arm, fand Frau Wieseli von der Weisweiler Bürgerinitiative, ja, unsre sind auf Breisach, wollen da rüber zum Platz, ein Haufen Autos! Der Balthasar ist mit.
Und hier?
Die Touristen haben sie durchgelassen.
Dann versuch ichs auch! Eh ich über Breisach fahr.
Hat keinen Zweck, unsre schicken sie zurück.
Ich versuchs trotzdem.
Na dann bis gleich, sagte Frau Wieseli.
Ja, bis später, gab Rosa zurück.
Die Rot- und Grünphasen der Ampel wechselten wieder regelmäßig. Während Rosa auf das Grün wartete, von der deutschen Polizei war nur noch ein Streifenwagen zu sehn, kamen zwei Männer an ihr Fenster, der eine in Nappajacke, der andre im graugrünen Lodenmantel. Einen Augenblick dachte sie: Geheime! wollte das Fenster hochdrehen, da erkannte sie die beiden Wyhler. Daß die auch mitmachen! freute sie sich. –
Schau die rote Rosa, sagte der in der Lederjacke, die ist schon am Morgen heiß! Heut hat dein Alter eine verpaßt gekriegt, wie? Jetzt kann er in Frankreich keinen Rabatz mehr machen. Und hier wird ihm auch noch das Handwerk gelegt, das kannst ihm bestellen,

wenn er nicht aufhört mit Stänkern.
Rosa konnte den Haß in den Gesichtern der Männer nicht sehen, starr blickte sie auf die Ampel, das Blut schoß ihr ins Gesicht.
Was wollen die Onkels, Mama?
Bist still, Mona! sagte Rosa zwischen den Zähnen durch.
Komm rüber zum Zoll, wir sagen denen, was das für eine ist. Daß sie auch ausgewiesen wird.
Da das Grün! Rosa trat das Gaspedal voll durch, ließ die Kupplung gehn, zu schnell – der Wagen machte einen Ruck, stand. Mona war zurückgefallen in den Sitz, fing an zu weinen.
Der eine lachte laut los, der andre: Angst hat die kleine Sau doch!
Rosa trat die Kupplung, zog den Starterhebel, gab vorsichtiger Gas, sagte zum Fenster, fast leise: Ich muß gleich kotzen, kuppelte behutsam, spürte den Tritt gegen die Karosserie, der von den Freunden auf der andern Seite nicht gesehn werden konnte, rollte auf die Brücke. Sie sah sich um, die Männer folgten ihr nicht. Hast dir weh getan, Mona? Da, hast ein Guti.
Sie spürte ihr Herz klopfen. Jetzt bloß nicht zurück müssen!
Am französischen Zoll vier normale Zöllner in ihren blauen Umhängen, zwei in dem Glaskasten, zwei draußen. Die vom Morgen waren nicht dabei.
Sie steuerte den Jüngeren an, wollte ihn nett finden, lächelte ihm entgegen, schüttelte ihre Haare ums Gesicht, hielt neben ihm, legte die Hand mit dem geöffneten Paß auf die Fensterscheibe, damit er nicht sah, wie sie zitterte.
Der Zöllner konnte nicht wegsehn von ihren Augen, fragte, deutsch: Und? Wo gehts hin?
Rosa machte ihre Augen noch etwas größer und offener, mit leicht belegter Stimme und glaubte es fast selbst: zum Hausfreund.

Der junge Mann unter der Uniform, halb überrascht, halb amüsiert: Oh? Schon so früh am Tag?
Rosa hob gottergeben die Schultern.
Er beugte sich noch etwas näher zu ihr, ganz Geheimnisträger nun: Da muß die Liebe aber groß sein.
Rosa blickte schuldbewußt nach unten.
Und er, mit einem Seufzer, den Rosa lieb fand: Kann man nichts machen. Aber putzen Sie der Kleinen mal vorher die Nase, das macht sonst einen schlechten Eindruck.
Noch ein voller Blick, und weg war sie.

Gleich hinter dem Staudamm des Rheinseitenkanals fuhr Rosa auf den Schotterweg, hielt. Blieb sitzen, sah auf die Pappeln des Auwalds. Mona kletterte nach vorn.
Mama, was wollten die bösen Onkels?
Rosa strich ihr übers Haar. Sie merkte, daß ihre Hand immer noch zitterte. KKW-JAler, sagte sie. Böse Onkels.
Hast noch ein Guti, Mama?
Rosa holte ihr ein Bonbon aus dem Handschuhfach. Jetzt gehst wieder nach hinten. Wir fahren auf den Bauplatz, die Leut sind lieb.
Schon auf der Feldstraße zum Bauplatz konnte sie lachen. An die zwanzig Traktoren, Dutzende PKWs. Die Menschen nicht zu zählen. Aber keine deutschen Wagen. Sie nahm Mona an die Hand, fragte herum nach Treutz.
An einem Tisch zwischen den Zelten wurden von einem jungen Mann und zwei Mädchen in Parkern Wein und Bier verkauft. Auch der Tisch mit den Informationsschriften der Bürgerinitiativen war belagert, obwohl sichtlich kaum Ortsfremde auf dem Platz waren. Junge Arbeiter und Bauern waren dabei, einen Haufen Bretter und Balken in eine Blockhütte zu verwandeln Eine dicke Bäuerin lotste zwei Burschen mit einem Thermosbehälter durch die Menge, balancierte selbst zwei Torten vor ihnen her: Attenti-

on! Attention les tartes! Voici le café qui arrive! Auf zwei ausgeklappten Tapeziertischen, Tischdecken darauf, wurden schon mehrere Kuchen von älteren Frauen mit weißen Schürzen aufgeschnitten, Pappbecher ausgepackt, und obwohl der Ausschank noch nicht begonnen hatte, kriegte Rosa für Mona ein Stück frischen Marmorkuchen gratis.
In einer Gruppe Männer neben dem Feuer fand sie Treutz, Léon Siegel dabei, der Marckolsheimer Tierarzt, Jean Jacques Rettig, der Sprecher der elsässischen Bürgerinitiativen. Die andern kannte sie nur vom Sehen aus der letzten Woche, seit der Platz besetzt war. Die Grenzsperre war das Hauptthema. Grade war ein Melder von der Europa-Brücke mit der Nachricht eingetroffen, daß die Badener auch dort gestoppt worden waren und die Brücke zugestaut hatten. Unklar, ob und wann der Umweltminister kommen würde. Einzelne Mannschaftswagen der französischen Einsatzpolizei waren in Mackenheim, in Artzenheim und Sundhouse gesichtet worden, aber nicht in Marckolsheim. Rosa erfuhr, was sie auch sah: die elsässischen Dörfer waren schon am Morgen wirksam alarmiert worden. Die Sprecher hatten die Parole ausgegeben, daß jeder Umweltschützer einen Nachbarn zum Ersatz der badischen Platzbesetzer mitbringen sollte. Am Nachmittag würden noch mehr Menschen erwartet, zu der Kundgebung. Wenn Monsieur Jarrot nicht schon von der Geheimpolizei genügend aufgeklärt sei und auf seine Platzinspektion verzichtete, wäre für einen warmen Empfang gesorgt. Die Elsässer gaben ihr den Auftrag, zur Europa-Brücke zu fahren und dort über die Lage auf dem Platz zu berichten. Rosa überlegte, ob sie die direkte Straße auf der elsässischen Seite nehmen sollte, entschloß sich aber für den Weg über Sasbach, um denen erst Bescheid zu sagen. Es war halb elf vorbei. Die Zeit für den Hausfreund konnte genügen.
Allerdings war Mona verschwunden, Rosa schaute

am Feuer, am Kuchentisch, lief zum Fiat zurück, keine Mona! Viele hatten das kleine Mädchen mit dem Blondkopf gesehn – vorhin. Keine Angst um das Kind, aber Rosa fluchte wegen der verlorenen Zeit. Schließlich suchten drei, vier junge Leute mit ihr. Als sie zum zweitenmal an dem halbfertigen Blockhaus nachfragte, tippte eine junge Frau ihr auf die Schulter: Du, komm mal mit, führte sie in eins der Zelte. Da saß die Vermißte auf einer Luftmatratze, vor ihr auf dem Feldbett der Junge, der sah nur auf seine Gitarre, spielte, sang, französisch, es war wohl ein Kinderlied. Mona bemerkte ihre Mutter nicht. Die konnte nicht schimpfen.

Die beiden Wyhler von der KKW-JA-Gruppe hatten sich verdrückt, befriedigt wohl, daß die Franzosen es den Umweltschützern gezeigt hatten. Die Nachricht von der Sperrung in Breisach konnte Rosa nicht als Neuigkeit an die Sasbacher Brücke bringen, der Südwestfunk sendete die Sensation eben in die Kofferradios, aber daß die Elsässer den Bauplatz so mächtig besetzt hielten war eine wichtige Information, die die Frauen und Männer aufmunterte. Schlechte Stimmung, seit der auswärtige Verkehr über die Pontonbrücke wieder rollte und auch bei den Franzosen passieren durfte, während Frau Wieseli und Frau Heils, die nach Rosa die Überquerung versucht hatten, zurückgeschickt worden waren. Rosa schlug vor, zur Europa-Brücke zu fahren und Rat oder Verstärkung zu holen.
Frau Heils meinte, vielleicht könnten Pfarrer Richter oder Göpper oder der Weisweiler Bürgermeister ihnen Leute schicken. Rosa kannte den Beamten im deutschen Zollhaus, sie machte es wichtig, und tatsächlich ließ er sie mit Müller Göpper telefonieren. Der aber zeigte noch immer keine Neigung, sich für die Sperrung stark zu machen, reizte mit seinen Vorwürfen und Warnungen Rosa, bis sie den Hörer dem

Zöllner in die Hand drückte: Hier, ich glaube, der will Sie sprechen – und den Verdutzten stehn ließ. Sie diskutierte nicht mehr länger, fuhr los, auf Breisach, zu ihrem Vater.

An der Breisacher Auffahrt zur B 31 ließ die Polizei nur Wagen Richtung Freiburg einfahren. Beide Fahrbahnen nach Frankreich waren verstopft, auch auf der Freiburger Seite, so weit Rosa die Reihe entlang sehen konnte. Bis zur Brücke fast ein Kilometer! Das mit Mona zu Fuß? Sie sagte einem Polizisten, daß sie eine dringende Nachricht für die Bürgerinitiative hätte. Ob er so lange auf die Kleine aufpassen könne? Da ließ er sie fahren. Mit aufgeblendeten Scheinwerfern brauste sie auf der leeren Gegenfahrbahn an der Kolonne vorbei bis dicht vor die Zollhäuser.
Eine schwer überschaubare Menschenmenge auf allen vier Fahrbahnen. Erst ausgestiegen sah sie, daß die Franzosen Gitter quer über die Straße gestellt hatten. Die vordersten Wagen der Bürgerinitiative hatten auf die Gegenfahrbahn gewendet und hielten dort, fahrerlos. Damit war auch der Verkehr von Frankreich blockiert. Jenseits eine ebenso unabsehbare Fahrzeugkolonne, Laster, Busse. Und ein Mannschaftswagen der Polizei, seitlich, unbeweglich im versammelten Blech.
Rosa, Mona auf dem Arm, kam in eine heikle Situation. Fünf Polizisten versuchten, in die Traube Frauen und Männer einzudringen, in deren Mitte sie Belz' Stirnglatze und Sepps Borstenkopf erkannt hatte. Die meisten Bauern hielten sich abwartend am Rand, bei Hans Schött, als deutlich wurde, daß die Aktion der Franzosen nicht der Menge im ganzen galt. Die versuchten, in den Knäuel einzudringen, schoben sich mit leichter Gewalt und imponierend gemeintem Geschrei zwischen die Frauen: Laissez! Laissez passer! Merde ces femmes. Laissez passer! Aber die Frauen hielten wie mit Gummiband verbunden zu-

sammen, drückten das Polizeitrüppchen auseinander, vereinzelten die Männer, machten sie wehrlos: Sie, was wollen Sie! Treten Sie mir nicht auf die Füß! Was drängelt der so, hier gibts nichts umsonst! Wir sind friedliche Leut! Geht nach Haus zur Frau! Au, mein Hühnerauge! Kerl! Das Geschrei der Frauen wurde immer lauter, immer empörter, einem wurde plötzlich von irgendwo der Helm vom Kopf gestoßen, Jubel – eine Glatze! Hat keiner Haarmittel dabei? Eine Perücke für den Armen! Und der konnte sich nicht einmal bücken nach seiner Bedeckung. Rosa dachte, daß sie jetzt gleich anfangen würden zu schlagen, aber sie kriegten schon kaum noch die Arme hoch.
Vom Wachhaus kamen drei weitere Polizisten gelaufen, ihren Kameraden zu Hilfe, ein Offizier dabei, der Helm rollte ihnen vor die Füße, einer mußte ihn aufheben, sie blieben vor den vordersten Frauen stehen, der Offizier, wutrot im Gesicht, mit wildem Armschwenken, schrie: Venez retour! Retournez! Retour! Die Frauen stupsten ihn, an die Brust, die Schulter, zupften am Ärmel: Unverschämtheit ist das! Gegen wehrlose Frauen! Das sind die französischen Kavaliere? Wenn ihr den Balthasar verhaften wollt, müßt ihr uns alle mitnehmen. Ja, alle! So viele Zellen habt ihr gar nicht!
Die eingekeilten Polizisten, als sie auf das Kommando umkehrten, glitten mehr als sie drängten durch die plötzlich nachgiebige, willfährige Menge der Frauen, wurden rausgedrückt wie Splitter aus dem Fleisch. Der Offizier schrie noch: Sie nach Haus! Wir holen CRS! und marschierte seinen Männern nach ins Wachhaus. Geschlagene Truppe.
Es war klar, daß seine Drohung leer war. Die Franzosen konnten nicht riskieren, massiv gegen Deutsche wie gegen ihre eignen Landsleute vorzugehn. Zumindest nicht direkt an der Grenze.
Rosa nahm Mona auf die Schultern, wollte sie nicht wieder verlieren, kam leicht durch zu Belz, rief ihn

an, der mit Elli Jönne und Frau Schnitter sprach, die Erregung war immer noch groß, aber heiter.
Vatter!
Belz drehte sich um, grinste stolz: Hast gesehn, wie sie mich eben verhaften wollten?
Dich?
Weil ich auf französischem Boden steh. Die haben mich doch erkannt! Und – was gibts?
Ich war auf dem Platz!
Ja, und?
Hunderte sind da! Alles voll! Aus den ganzen elsässischen Dörfern
Habt ihrs gehört, verkündete Belz sofort laut über den Lärm, hunderte Elsässer sind auf dem Platz! Der Jarrot kriegt einen großen Empfang!
Die Nachricht machte die Runde, steigerte noch die Stimmung.
Was ist in Sasbach? Alles dicht?
Rosa schüttelte den Kopf, daß sich Mona vor Schreck in ihren Haaren festhielt.
Au, Mona! Bist verrückt! – Nix ist. Da sind nur Frauen und ein paar Männer. Die halten nichts auf.
Balthasars Brauen zogen sich zusammen, er kriegte die kurze steile Falte auf der Nasenwurzel.
Warum hast nichts gemacht?
Ich allein! Hab den Göpper angerufen, der ist mir den Buckel runtergerutscht. Zwei wollten auf Weisweil, zum Bürgermeister, vielleicht bringen die ein paar mit.
Da kannst warten, sagte Belz. Los, fahr zurück zur Brücke, sag ihnen, daß wir hier gesperrt haben! Vierspurig! Fahrt auf die Brücke mit ein paar Wagen, schmeißt die Schlüssel in den Rhein!
Rosa tippte sich an die Stirn: Du spinnst Vatter. Ich brauch mein Auto noch.
Belz lachte wieder, griff nach Monas Hand: Gelt Mona, da schaust. Willst beim Opa bleiben?
Mona hielt sich fest an Mutters Kopf, zog die Hand zurück.

Also, fahr zu, mach, daß du die Brücke gesperrt kriegst. Fahr noch einer mit der Rosa, Elli, was ist?
Rosa gehorchte. Elli Jönne mußte heim zu ihren vier Kindern, so schnell wie möglich, aber Frau Schnitter begleitete Rosa.
In Breisach mußten sie unbedingt noch anhalten, Mona bestand auf einem Eis, und Ärger gab es dann, als der schmelzende Rest über Finger und Kleid auf die Polster tropfte.

An der Sasbacher Brücke war die Situation unverändert. Ziemlich deprimierend. Frauen, vor allem aus Sasbach, Königsschaffhausen und Weisweil, wenige Bauern. Hingen in kleinen Gruppen herum, untätig. Ein Dutzend Autos. Keine Traktoren. Einzelne ortsfremde Wagen passierten abwechselnd in beiden Richtungen die Brücke.
Frau Schnitter und Rosa informierten die Gruppe um Frau Wieseli von der dramatischen Verkehrsblockade auf der Europa-Brücke.
Wir müssen jetzt unbedingt auch hier wieder sperren, forderte Rosa.
Mach was, mit diesen Männern, sagte Frau Wieseli hoffnungslos. Die stehn nur da, halten sich die Hände trocken und schwätzen!
Wieviel Autos haben wir? fragte Frau Heils.
Sie hatten sechs. Die Männer fünf. Zusammen müßte das reichen, stellten sie fest. Und rückten gegen die Männer vor.
Wir fahren jetzt auf den Platz! Hier rumzustehn, ist uns die Zeit zu schad.
Setzt euch ans Steuer, ihr dürft die Spitze machen.
Auf der Breisacher Brücke ist Zirkus, und wir gucken uns die Gegend an! Zum Lachen ist das.
Zum Lachen? Zum Heulen!
Die Männer waren in der Klemme. Sie fanden selbst mies, daß sie hier tatenlos rumstanden, während zu Hause die Arbeit liegenblieb. Sie waren nicht als

Zuschauer gekommen, wollten die Brückensperrung unterstützen. Nur eben nicht als Himmelfahrtskommando. Mit so wenigen Leuten schien ihnen eine Bürgeraktion unmöglich, die Polizei hätte zu leichtes Spiel gehabt. Kluge Argumente wurden ins Feld geführt: es seien keine Traktoren da, überhaupt zu wenige Autos, man müßte darüber abstimmen, aber wer sollte hier draußen eine Abstimmung durchführen, der Regierungspräsident hätte schon in Straßburg interveniert, man müßte den Franzosen Bedenkzeit lassen, Göpper und Pfarrer Richter wüßten genau, warum sie nicht rausgekommen seien, man könne auch durch Verhandlungen zum Ziel kommen. Drei bestiegen trotzdem ihre Wagen, rollten langsam zur Brückenauffahrt zum Zeichen ihrer Bereitschaft.
Als die Frauen schließlich weitere vier Männer weichgeschwatzt hatten und zwei ins Dorf zu fahren versprachen, um ihre Traktoren zu holen, als sich die Kolonne von acht Wagen gebildet hatte, waren die ersten drei wieder ausgestiegen und diskutierten mit zwei Zöllnern. Es dauerte noch einmal zwei Ampelphasen lang bis sie sich erneut entschlossen, sich wenigstens hinten an die Kolonne zu hängen. Im ersten Wagen Frau Wieseli, dahinter Rosas Fiat mit Mona und Frau Schnitter, der Freiburger Wagen der beiden Studentinnen und dann erst zwei Wagen mit Männern.
Die paar Polizisten am deutschen Zoll verhielten sich abwartend, als die elf Wagen der Bürgerinitiative auf die Brücke rollten. Bei den Franzosen ging sofort der Schlagbaum runter. Frau Wieseli stieg gar nicht erst aus, ließ sich auf keine Diskussion mit den Zöllnern ein, wendete und fuhr an den Wagen der Kolonne vorbei zurück auf die einspurige Brücke, die andern ihr nach. Wenige Meter vor der deutschen Seite hielt sie, stieg aus und schritt, ein Bild der Unschuld und Würde, an den sich aufstauenden Fahrzeugen vorbei, zurück zum Zollhaus.

Mit zwei Dutzend Frauen und Männern verwickelte sie nun die Zöllner, zumindest die Elsässer unter ihnen, in eine lautstarke Debatte über Fragen des freien Grenzverkehrs in Europa, der Schädlichkeit von Bleiemissionen und überhaupt der drohenden Umwandlung des Oberrheintals in ein zweites Ruhrgebiet. Die Diskussion blieb allerdings ziemlich einseitig, die Franzosen hatten merklich Order, sich eisig zu zeigen, und ließen sich weder durch Charme noch durch Stupsen aus ihren abweisenden Mienen locken. Ihr Offizier hatte schnell die neue Lage erkannt, verschwand im Zollhaus, sie wußten: Zum Telefonieren. Auch Mona hatte die Situation erfaßt und war mit dem Sohn von Frau Meier verschwunden. Rosa fand sie auf der Brücke, wo sie die Eignung der seitlichen Trägerkonstruktion als Klettergerüst erprobten. Es kam aber nicht zur Vollstreckung des mütterlichen Zorns, weil von der deutschen Seite eine Reihe Grüner heranmarschierte, auf der Rampe ihr grüner VW-Bus und ein Abschlepplaster, Rosa lief, die Kinder mitzerrend, zurück zu den andern.
Es war kaum Zeit für Erstaunen, wie schnell die deutsche Amtshilfe zur Stelle war. Die Polizisten gaben ihnen fünf Minuten Zeit, die Fahrzeuge von der Brücke zu schaffen, der Abschleppwagen stände bereit, und Strafbefehle gäbe es zusätzlich.
Dreißig Bürger gegen fünfzehn starr blickende Polizisten – da brach der Mut unter den Kopftüchern schnell zusammen. Und die meisten Frauen hätten nicht gewagt, dem Mann ohne Auto oder mit einem Mandat nach Haus zu kommen.
Langsam, widerstrebend, drückten sie sich zu ihren Wagen, Motoren wurden angelassen, kurze, vorwurfsvolle Wortwechsel noch mit den Landsleuten in Uniform, Rückzugsgefechte. Rosa wünschte, Mona würde jetzt noch mal weglaufen. Vergebens. Eingeschüchtert, tränennah, krallte sie sich in ihre Hose. Ein Polizist herrschte sie an, daß sie das Kind auf den

Arm nehmen, sich gefälligst beeilen solle.
Als sie mit Frau Wieseli bei ihrem Wagen ankam, dröhnten grade die fünf Bauernpanzer aus Sasbach auf die Brückenrampe, Allradantrieb, Marke International Harvester, Klöckner-Humboldt-Deutz, Lanz Bulldog, stoppten hart vor Frau Wieselis Kombi. Das ist kein Witz! schrie der Polizeioffizier sie an, aber die beiden Frauen hörten so schnell nicht auf zu lachen.

Auf der Breisacher Brücke hatte Hans Schött mit wenig Erfolg argumentiert, daß nun ein eindeutiges Zeichen des Bürgerprotestes gesetzt sei, der Stau reiche schon bis Freiburg, die Sympathie breiter Bevölkerungskreise mit der Sache der Bürgerinitiativen stünde auf dem Spiel, wenn sie es auf die Spitze trieben.
Der Beweis der eignen Kraft, der sichtbare Erfolg sprach anders.
Wirkungsvoller waren die vollen Blasen der Frauen, denen die französischen Zöllner ihre Toilette versagten, und der Schulschluß der Kinder. Auch Belz wußte, daß ohne Mittagessen nichts laufen konnte. So wurde gegen zwölf, und ohne daß die CRS aufmarschiert wäre, die Brückensperrung aufgehoben.
Es waren noch gut hundert Wagen, die kurz darauf an der wieder gesperrten Sasbacher Brücke vorfuhren. Und dort hatte die Polizei den Nachmittag über nichts mehr zu sagen. Die Kundgebung war spontan, lautstark und massenhaft.
Der Südwestfunk informierte die Autofahrer in Baden, daß der Rheinübergang zwischen Sasbach und Marckolsheim vorübergehend unpassierbar sei und gab als dringende Ausweichempfehlung die Brücke von Breisach und die Kappeler Fähre an.
Um 18 Uhr dann, schon auf der Heimfahrt nach Weisweil, hörten sie in Balthasars Ford über den Polizeifunk, daß sich die Ansammlung einiger hundert Demonstranten nach Beendigung der unangemeldeten Kundgebung auflöse und die Gefahr weiterer

Störungen nicht mehr gegeben sei. Sie feixten und klatschten dem Berichterstatter Beifall. Niemand war verhaftet worden.

Belz zog den Schlafanzug an, legte sich in das vorbereitete Bett. Die Schwester, noch mit den strafenden Ärgerfalten auf der Stirn, stach die Kanülen in den hingehaltenen Unterarm, zweimal der kleine, erwartete Schmerz. Belz beobachtete, wie jedesmal, sein in den Plastikschlauch steigendes, Blasen schlagendes, hellrotes Blut, das hochgezogen wurde, in der Nierenmaschine verschwand, wieder hervortrat und den zweiten Schlauch füllte, in seinen Arm zurückgetrieben wurde.

Er war mit einer Stunde Verspätung in der Klinik eingetroffen, Rosa hatte ihn nach seiner Rede bei der Brückenkundgebung sofort nach Hause fahren müssen, die Unterwäsche hatte Cilia hingelegt, nicht mal geschimpft, die hastige Dusche, die Kavalkade nach Freiburg durch den Geschäftsschlußverkehr. Seine gebräunte Gesichtshaut war gelb, fahl, er atmete schwer.

So, sagte Schwester Maria, als sie die Kanülen am Arm festgeklebt hatte, schon etwas versöhnlicher, jetzt schlafen Sie schleunigst. Und das nächste Mal wird wenigstens vorher angerufen. Ist keine Privatstation hier.

Belz fand keinen Scherz mehr, nickte nur ergeben, mehr mit den Augen als mit dem Kopf.

Sie war schon an der Tür, da hörte er das Wort Sasbach aus dem Transistor seines Bettnachbarn, war sofort da: Schwester Maria! Hören Sie! Hier im Radio. Das waren wir!

Der Kommentator staunte über das grenzüberschreitende, das europäische Bewußtsein der Landbevölkerung beiderseits des Rheins, befürchtete allerdings eine Eskalation der Gewalt, mahnte die Landesregierung zur klaren Sprache gegenüber den Straßburger

Behörden und zur Offenheit für die berechtigten Sorgen der Bürger, lobte das entschiedene Telegramm des Landrats, appellierte an alle Seiten, das Augenmaß nicht zu verlieren. Belz sah jetzt aus wie ein Weihnachtsmann nach der Bescherung. Seine Augen strahlten die Schwester herausfordernd an.

Ist schon toll, was ihr euch traut, sagte Schwester Maria. Treibts nur nicht zu schlimm.

Das kommt noch ganz anders, sagte Belz, wenns erst um das Atomkraftwerk geht.

Im Einschlafen stellte er sich vor, wie sie jetzt feierten auf dem Platz in Marckolsheim, die Elsässer mit den Kaiserstühlern, sah den brennenden Holzstoß, die redenden, trinkenden Menschen, bekannte, vertraute, fremde Gesichter. Und da war wieder die Pontonbrücke, wie sie vollstand mit Autos, davor die Kundgebung, sein Ärger erst, daß weder Göpper noch Schött gekommen waren um zu reden, obwohl sie es am Telefon versprochen hatten, wie sie dann über Mildbrads Lautsprecher kurze Ansprachen improvisierten, Schwörer sprach für die Wyhler Bürgerinitiative über die Natur am Oberrhein, die sie schützen müßten – und man hatte gemerkt, daß es ihm von Herzen kam, trotz des Lautsprechers – Treutz brachte die Grüße und den Dank der Elsässer für ihre entschlossene Unterstützung der gemeinsamen Sache, Frau Heils redete über die Selbsthilfe der kleinen Leute. Auch seine eigene Rede am Schluß lebte er noch einmal nach, verbesserte ein paar Stellen, den ironischen Dank an die Franzosen, daß sie ihnen durch die Sperrung geholfen hatten, so viele Bürger in so kurzer Zeit zu mobilisieren, seine Warnung an die Atomlobby in Stuttgart und Karlsruhe vor der Bürgerwacht am Rhein. Gut, daß er nicht vergessen hatte zu sagen: am nächsten Morgen um sechs erneutes Stelldichein an der Brücke, mit noch mehr Menschen, solange, bis die Franzosen zur Vernunft zurückgekehrt wären.

> Und dann war da noch einmal der kleine französische Zolloffizier mit dem eckigen Schnurrbart, wie er zu ihm getreten war, unmittelbar nach seiner Rede, und ihm gesagt hatte: Monsieur Ehret, ich habe den Auftrag, Ihnen vom Präfekten Sicurani mitzuteilen – die Grenze ist morgen früh wieder offen. Für alle? hatte er gefragt. Und der Franzose, der ihn gut verstanden hatte, todernst: Auch für Sie.

Alle klatschten und zeigten fröhliche Gesichter. Ein vielmundiges Palavern nach der langen Redepause brach aus. Buki schenkte Armin in einen Pappbecher von seinem Achkarrer Roten: Dü hesch jetz ain gueti Schluck verdient. Des war großartig! Armin lachte, trank den Becher leer als wärs Wasser und Buki schenkte ihm freigebig nach.

Mossmann setzte sich neben ihn, drehte ihm und sich aus RothandTabak zwei Zigaretten, holte mit einem Kienspan Feuer. Finds Klasse, deinen Text. Schad nur, dass du die Kaiserstühler nicht alemannisch schwätzen lassen kannst. Die Bewegung identifiziert sich auch durch die Heimatsprache.

Das hatte Armin schon begriffen, aber außerhalb Südbadens wäre das doch ein schweres VerständnisHindernis, mal abgesehn von der Frage, ob er selbst das ändern könne und ob jemand den Text dann drucken würde, in NordrheinWestfalen zum Beispiel.

Mossmann meinte, es sei ein wichtiger Bestandteil ihrer lokalen Selbstbehauptung, eine Demonstration ihrer Eigenständigkeit. Wenn man sich immer nur so verhält und äußert wie alle es erwarten – dann gäbs nie ne Veränderung. Sein andrer Einwand betraf die Rolle vom Belz in seinem Bericht. Der sei zwar vielleicht die urigste Person unter den Meinungsführern der Bürgerbewegung, aber doch auch sehr umstritten, grade als Kommunist. Er prescht manchmal zu weit und unbedacht vor, da kommen die andern dann nicht hinterher. Und, lachte er, alemannische Dickschädel haben wir viele!

Meinst du, er spaltet den Widerstand?

Nicht mit Absicht. Er hat was von Muhamed Ali, nimmt gern das Maul voll über seine Taten. Aber du bist Journalist –

da kannst du nachrecherchieren, was er dir erzählt. So ein Bericht wie deiner, wenn der hier bei uns gelesen wird, könnte böses Blut machen, weil du so eindeutig auf seiner Seite stehst. Vielleicht kannst du das was abmildern.

Armin dankte Mossmann für die konstruktiven Tips, er hatte auch schon gemerkt, dass Belz gern den Grimmelshausen junior gab. Eine Prise Skepsis schien angebracht bei seinen Heldenschwänken.

Teaterliebe

Jean holte ihn zu einer Gruppe von Jungen auf der andern Seite des Feuers, die erzählten ihm von ihrer Idee, ein Straßenteater zu gründen, mit dem man die kleinen Leut unterhalten und die großen triezen könnte. Er verstand sofort, weshalb sie ihn einweihten und wusste auch, dass er neben der Arbeit für die Zeitung und an dem Roman nicht noch eine dritte Aufgabe übernehmen könnte. Ob sie sich klar wären, was ein Straßenteater bedeutet – die Proben, das Maskenbasteln, Kostümnähen, Texteschreiben, eine ungeheuer zeitraubende Anstrengung!

Neben ihm saß aber eine Studentin mit dunklen Haaren und Augen, die war begeistert von der Vorstellung, die grotesken Masken und Figuren der Endinger Fasnet mit politischer Absicht in ein Teater zu verwandeln, der ganze Schwarzwald stecke im Grunde voll teatralischer Fantasie, das müssten sich die Bürgerinitiativen genau so zu nutze machen wie die Volkslieder! Salli hieß das Mädchen und wischte ihm mehrfach bei ihren Kopfdrehungen die offnen Haare achtlos übers Gesicht und puffte ihn mit dem Ellbogen anregend in die Seite. Sie roch auch gut, merkte seine erwachte Nase trotz des Feuergeruchs. So ermuntert erlaubte sein Gehirn die Erinnerung an das eigne Lehrlingsteater im Waltroper DGB-Haus, an die seit damals verdrängten und stillgelegten Erfahrungen und Späße, auch würde der Roman noch unabsehbar viel Zeit und Überlegung erfordern, jahrelange Arbeit wahrscheinlich, insofern böte sich hier vielleicht die Gelegenheit, zu der eingreifenden BewusstseinsEntwicklung vorzudringen, die der Werkkreis seinen Mitschreibern abforderte und dadurch –

Noch in dieser Nacht wurde die Initiativgruppe *AtomschutzTheater* gegründet, mit Reni, Jean, Rosalie und Armin als Texter. Beim ersten Arbeitstreffen steuerte Reni Vögtle ihren Mitschüler Karl als fünften Teaterfreak bei.

Um den eingesessnen Respekt der Kaiserstühler vor ihrer Regierung zu unterminieren, wollte Kolenda es mit einer Parodie auf die bekanntesten Karaktermasken des Kapitals versuchen – den Leuten steckte immer noch im Blut, dass der kristlich aufgeputzte Marinerichter Filbinger zwar gewählt, aber eben deshalb wohl gottgewollte und erleuchtete *Obrigkeit* war, eine Art Großherzog, dem durch den Filter seiner Hofschranzen hindurch zu Ohr gebracht werden musste, was das Landvolk eigentlich wünschte, nämlich Ruhe und kein Atomkraftwerk. Wie Mossmann mit seinen Liedern die verschüttete Erinnerung an frühere Aufstände gegen die Fürstenwillkür wiederbelebte, so dachte Kolenda den Zynismus der herrschenden Männer zu entlarven und Filbingers Landesvater-Nimbus zu verscheißen. War doch selbst Belz der rote Fischer höflich geworden, hatte die hingestreckte Hand angefasst, als er im Glottertal dem Ministerpräsidenten persönlich gegenüberstand.

Ziemlich selbstbewusst und laut las er in der Hinterstube der *Fischerinsel* vor der Initiativgruppe seine erste Szene, die in der Stuttgarter Staatskanzlei als Dialog zwischen dem selbstgefälligen *Felbich* und seinem Polizeiminister *Zwingli* spielen sollte. Die Staatskanzlei ist eine Art Fürstenhof, könnt ihr euch vorstellen. Ein meterlanges Teleskop am Fenster, aus Pappe, durch das der Fürst seine Landeskinder beobachtet.

Kolenda deklamierte die Verse stehend:

Seltsam scheint mir zuweilen, wenn ichs betrachte,
das Gewimmel der Menschen in diesem Land:
wie sichs bewegt, schafft, jubelt, Hände ausstreckt,
dass ich sie fasse, Lächeln schenke, Wege angeb –
Ähnlich sieht wohl DER OBEN herab auf uns Erden-
gewürm,
erwartend Gebet, unsern Dank und Gehorsam.

Landesvater. Strenge und Güte. Die Feinde hilflos.
Das strampelt und rudert, es wär zum Erbarmen,

gäbs mir nicht Anlass zu Donner und Blitz
gegen alles was, lachhaft, von Sozialismus,
demokratisch oder wie immer, träumt.
Dagegen die Vorteile unserer Güte! Ein Füllhorn.
Die Ämter und Würden, Orden und Sitze,
und alle reichlich dotiert! Reinen Herzens
kann ich verteilen, was dieses emsige Land,
der Fleiß rechtschaffener Arbeitgeber, erzeugt.
Jedem das Seine drum, mit Gefühl und Gefälle,
von oben nach unten, wie es die Schrift schon
als göttliche Ordnung beschreibt. Eigentum garan-
tiert.
Nehmen ist Sünde. Wer aber geben will, darf.

Was seh ich! Ein Unruheherd! Nein wirklich.
Wieder die Kommunisten! Aufwiegler, neidzerfressen,
berufliche Störer unsres geordneten Friedens!
Herrgott, das ist eine Prüfung, ich weiß.
Nun verleih mir, wie immer, Kraft und Geschick.

Innenminister! Herr Zwingli!
Herr Präsident?
Schaun Sie durchs Rohr – wie der Erzfeind,
niedergeschlagen, verboten dazu, das Haupt wieder
hebt!
Am Königskopf! Mitten in Deutschlands
fruchtbarstem Weinberg!
Und unserm allerchristlichsten Wahlkreis.
Ich sehe Traktoren, Fußgänger, Pferdefuhrwerke -
Studenten!
Kopftücher, Filzhüte, Schürzen und Schilder.
Parolen!
›Schützt unsre Heimat‹, ›Kein AKW‹
Verfassungsschützer?
Incognito. Sonst alles friedlich.
Umleitung für den normalen Verkehr.
Verdächtig!
Womöglich, Zwingli, ist diese Aufmüpfigkeit

behördlich gemeldet, in Mißbrauch
gesetzlicher Rechte,
zum Schutz des gewählten Staates erlassen
und nicht zu rebellischer Nutzung durch Störer.
Wenn das Schule macht, Zwingli, seh ich für uns
in wenigen Jahren die Lichter ausgehn!
Da wird entschlossnere Vorsorge nötig.
Es sollte in unsern Parolen nur heißen,
dass Lichter verlöschen, ohne zu sagen: für uns –
wenn nicht unverzüglich Atomkraft gebaut wird.
Die Zeitungen müssen, bedient von Experten,
im Sinne der Volkswirtschaft dartun, dass einzig
der Mangel an Energie die Sicherheit aller bedroht,
so dass Reaktoren allein unser Leben
vor Untergang und Vernichtung bewahren.

Erstmal Stille. Natürlich kein Beifall. Gelacht hatte auch keiner, obwohl Armin beim Ausdenken und Schreiben seine Formulierungen oft verdammt ironisch gefunden und zufrieden die Hände gerieben hatte. Beim Vorlesen mit den beiden Halbmasken, die er sich abwechselnd vorhielt, kam er sich immer unbeholfener und unsicherer vor, stand schon halb neben sich, wollte abbrechen und aber doch bis zum vorläufigen Ende durchhalten, las den Rest fast beiläufig, ohne noch groß den Rytmus zu betonen, wie einen fremden Text.

Belz Ehret hatte mitgekriegt, dass da was lief in seiner Hinterstube, wovon er nicht informiert war, hatte sich dazugesetzt, nicht unfreundlich zugehört, dann aber doch als erster und ziemlich spitz gefragt, was hier eigentlich los sei und ob man so sich in Köln die Säckel von der Stuttgarter Regierung vorstelle. Salli, ihre Freundin Reni und Karl Meckel redeten sich da schnell in alemannisches Feuer, dass sie vorhätten ein AtomschutzTheater aufzuziehn, für die Bürgerinitiativen, das wär eben nur ein erster Versuch von Armin, aber für den Widerstand brauchte man mehr als Resolutionen und trockne Ansprachen, was fürs Gefühl, Lieder und Bilder und auch Straßenteater – so viel verstand Armin von der sich steigernden Schreierei, aus der er noch raushörte, dass Belz sich von den jungen Frauen nichts sagen lassen konnte und nichts billigen wollte was er nicht selbst ausgeheckt hatte.

Erst im Bett, als es ruhig geworden war unten in der Schankstube, wurde Armin klar, dass Belz vor allem fürchten musste, seinen Ghostwriter zu verlieren, wenn der sich bei der Teatergruppe festlegte. Egal jetzt. Salli hatte ihn an der Hand mit vor die Tür gezogen, zu ihrem Spielzeugauto, hatte die beiden andern sich reinfalten lassen und ihn gefragt, ob sie nicht morgen in Ruhe über seine Szene sprechen wollten, an einem neutralen Ort, in Sasbach zum Beispiel, in der *Sonne*. Der Druck ihrer kleineren Hand in seiner war immer noch deutlich vorhanden, wie ein Abdruck, ein Stempel, ein Pfand.

Am Morgen beim Frühstück schlug Belz ihm vor, mit ihm am Nachmittag zur Jagd bei einem befreundeten Bauern im Schwarzwald zu fahren. Er nahm das als Angebot zur Verständigung, freute sich. In der Dämmerung müssten sie auf dem Hochsitz sein.

Viel zu früh, voller zwiespältiger Erwartung, trödelte er durch Wyhl nach Sasbach, stoppte an zwei freistehenden Nussbäumen, durchsuchte das tauige Gras nach Beute mit wenig Erfolg, pflückte ein paar niedrighängende Knollen, schälte mühsam mit Fingernägeln die Nüsse aus den feuchtgrünen Hüllen, nikotingelbe HandinnenHaut.

Ihr sandgrauer Winzling parkte schon vor dem rausgeputzten Fachwerkhaus mit dem golden strahlenden Wirtshausschild, darunter auf Pappe, ans Schmiedeeisen geknüpft, KEIN AKW AM KAISERSTUHL. Mit einer Cola saß sie am Fenstertisch im menschenleeren Schankraum, lesend, schaute zu ihm hoch, lächelte ihn an, unheimlich schön und befreundet. Da bist du ja, komm hock dich her, nahm wieder seine Hand, zog ihn neben sich auf die Bank. Damit wir dein Gedicht lesen können. Er legte die faserverklebten Walnüsse auf ihr Buch: Paar Blumen vom Wegesrand. Sie schaute in seine Hand die Fingernägel – Hmhm, vom Baum geklaut. Danke.

Sie las Dürrenmatts *Physiker*, wollte an die Badische Zeitung einen Leserbrief schreiben, weshalb das Freiburger Teater jetzt nicht dies tolle Stück brächte als Unterstützung. Es war sommerwarm hinter den Butzenscheiben, durch die Mittagssonne schien, öfter berührten sich ihre nackten Arme während sie mit bewegten Lippen in seinen getippten Blättern las, mal nickte, mal den Kopf schüttelte, schließlich die Sache eigentlich richtig fand und irgendwie lustig, aber die Sprache. Das konnte sie nicht begründen, nur so gefühlsmäßig, ob man das verstünde, die Leute vom Kaiserstuhl wärn doch eher direkt, nicht verwickelt, den Dürrenmatt könnt jeder bei uns, und warum solln wir den Innenminister Zwingli nennen und nicht Bender, wie jeder ihn kennt? Warum Königskopf statt Kaiserstuhl? Und Filbinger als Felbich! Verstehstu was ich mein? Jajaklar.

Er lauschte mehr dem andern Gespräch zwischen ihren Armen und Beinen, auch an seiner Seite spürte er die Wärme ihr Nahsein: verwirrender Reiz. Als er seinen Arm um ihre Schultern legte, zog sie den Zopf drunter vor, dass der Arm auf ihrem braunen Nacken zu liegen kam, sah ihn an: Du hörst mir wohl garnicht zu wie? und er küsste auf die Lippen die das sagten. Einen Moment hielt sie seinen Kopf zwischen ihren Händen, drehte ihn dann weg, atmete tief durch mit einem kleinen Seufzer, sagte Wir wollen hier über unser Teater sprechen Armin –

Und er hatte eigentlich auch nichts andres gedacht und gewollt, war nur nicht richtig dazu gekommen, hatte gestern schon den Eindruck gehabt, dass dieser Text zu steif sei und es besser wär ne neue Szene auszudenken, aber ihm sei nicht klar geworden, ob das jetzt ne Probe war oder ne Aufführung oder vielleicht eine Improvisation, er müsste das erst noch rauskriegen vor der richtigen Arbeit, und eh sie begriffen hatte, fasste nun er ihren Kopf und küsste sie noch einmal, herzhafter schon, und ließ los, und sie lachte intressiert: Na?

Eine Probe, fand er, eine improvisierte Probe. Seufzte. Ich bin gespannt auf das Stück.

Aber ob es in solchen Versen sein muss, fragte sie, das möcht ich mal wissen. Warum nicht in unsrer normalen Sprache?

Er musste erklären, in das neugierig offne Gesicht, was er sich dachte, dass erstens Verse leichter zu lernen sind, also die rytmische Bindung, und zweitens Straßenteater braucht Bilder, analog zu den überlebensgroßen Puppen und Masken, idealisierte Bilder, die Wahrheit verdichten – so psychologisch wie StadtteaterFiguren – das funktioniert nicht auf der Straße im Lärm, wo man schreien muss und wir keine Schauspieler sind, und Masken deshalb wie Plakate Transparente, die argumentieren ja auch nicht, und was hier los ist am Kaiserstuhl wissen alle, das brauchen wir nicht spieln für eure Leute, aber die Politiker die alle verscheißern belügen, die kennen wir nur aus dem Fernsehn und müssen zeigen, was hinter den glänzenden Worten den Fassaden steckt für Intresse, es gibt einfach keine reale Situation, wo das deutlich rauskommt, das Profitintresse, die geheimen Machtstrukturen, verstehstu, und dass sie sofort ihre Gewaltmittel einsetzen, wenns auf dem Spiel steht die Herrschaft und demokratisch nicht mehr läuft, wie achtundsechzig bei uns und in Frankreich und nur noch draufgehaun wird, so war das doch immer Salli.

Sagt Mossmann auch und der Belz, nickte sie. Aber mein Vater kennt das nicht, das Wort. Profit. Verstehts nicht. Er glaubt an die Regierung weil er sie gewählt hat. Der ist einverstanden, dass ein Minister mehr verdient als ein Landwirt. Aber wissen willer was ihm nützt, und dem Dorf. Solchen Leuten wie ihm müssen wirs erklären.

Gibt Leute wie Wände, an denen rennst du dir den Schädel ein.

So einen aber wollte Salli nicht als Vater, der ihr das Studieren erlaubt hat und bezahlt gegen die Mutter und auch oft diskutiert mit ihr. Wenn man zeigen könnte, wie der sich verändert vom Befürworter zum Gegner, weil er doch was kapiert von der Lebensgefahr, der unsichtbaren zukünftigen, oder ahnt zumindest.

Wär schön, ja. Obwohl das aber eben ein genaues Argumentieren voraussetzt und einen richtigen ausgefeilten Vortrag über Fakten und technische Zusammenhänge, wirtschaftliche auch, wozu eine Bühne denkbar ungeeignet ist, das könntich in einem Artikel schreiben.

Auf der Dorfstraße diskutierten sie weiter, schlenderten in der noch wärmenden Mittagssonne, der Ort fast menschenleer autoleer, und die hängenden Geranien Petunien summten farbenüppig vor den Fenstern der schwarzweißen Häuser um den sanft plätschernden Brunnen mit Bienen Hummeln bunten Taumelfaltern, die Straße zur Grenzbrücke trödelten sie, aber nicht zur Brücke zum Tatplatz des beschriebnen Mutstreichs zog es Salli (ich war dabei und hab dich gesehn, aber du hast mich da noch nicht bemerkt!), sondern schau mal den alten Steinbruch, den haben uns die Vulkane geschenkt den Limberg, wie den ganzen Kaiserstuhl ja, in dem Schnitt sieht man den Lavafluß noch aus dem Erdbruch der Rheinebene, Olivin und Limburgit, lernst du hier in der Schule, komm die Aussicht von oben – über Geröll durch hakige Büsche die Bruchkante, Kletterei auf die Höhe schnell außer Atem in Schweiß und aber die Blicke zum Altrhein mit vier einigen Augen gegen die schräge Sonne, da lag die Pontonbrücke im glitzernden Wasser das französische Zollhaus das Stauwerk Marckolsheim der besetzte Bauplatz *Wir sind dabei gewesen!* jeder für sich, aber jetzt zu zweit. Seine Jacke zum Sitzen im steinigen Gras und Vogelböller aus den unhörbar zur Lese reifenden Traubengärten im Rücken. Die frischen weißfleischigen Nüsse aus der Jackentasche gegen leichten Hunger, und erfanden sich scheu und vorsichtig vielgestaltige abwechslungsreiche Landschaften, Lippenforschung im unbekannten süßen Gelände und herzergreifende Spiele mit Händen Häuten und Haaren.

Trotz der umstürzenden Entwicklung wollte Armin aber nicht die Verabredung mit Belz vergessen um fünf, so wichtig zum Erklären des Teaters, das sollte der unbedingt verstehn, und Salli hatte die heiße Idee, ihn zum Ehrenintendanten des AtomschutzTheaters zu ernennen. Auf dem Weg zu ihren Wagen im Dorf mussten sie wenn sie sich anschauten lachen, verwundert, heiter, sehr leicht, so golden schien auch von den Vogesen die Sonne in diesen einzigen Herbsttag. Wortlose Ahnung von Liebe.

Balthasar konnte sich wundern, den Kölner Korrespondenten locker reden zu hören, der sonst hinter Schweigen und Zuhörn sich versteckte verschloss gemäß seiner beruflichen Rolle. Im grünen Loden und Filzhut klemmte der einzig hinterbliebene Fischermeister von Weisweil wie verkleidet am Steuer und ließ sich gefallen, Kölner Geschichten zu hören von einem Prozess am LandesArbeitsgericht und aus der Redaktion einer linken Wochenzeitung. Die er erst kannte seit ihren Berichten vom Kaiserstuhl. Der Mensch hatte nicht bloß offne Ohren und Hände zum Schreiben: auch eine Vergangenheit, ein Leben vor Wyhl. Und bekam Gesten in die verklemmten Arme, malte vor der Frontscheibe LuftTeater von übergroßen Figurinen AbschreckDämonen, alemannische Fasnetmasken aktuell frisiert, die würden sie überregional ins Fernsehen, so spektakulär fürs Auge, da geht voll die Kamera drauf garantiert, wie bei eurer Fischerdemo mit Kähnen im Auwald, bei der TraktorenKarawane rund um den Kaiserstuhl, sowas läuft durchs Land, schafft Sympatie. Und wär auch wiederum Material für ihr gemeinsames Buch wie alle andern Aktionen.

Als sie im Brettental das behäbig am Hang liegende verschindelte Bauerngehöft betraten, war Belz Schutzpatron des Teaters und stellte Armin dem Bauern vor als seinen Logiergast und Mitglied der Weisweiler Bürgerinitiative. Der, im fleckigen Drillich beim Misten, will die Hand nicht reichen. Zwei Dutzend Rinder in doppelter Reihe, dazwischen der Mistgang, unter den gekalkten Deckbalken die Rohre und Schläuche der Melkanlage, vor den das Häcksel mahlenden Schnauzen die Futterrinnen, die Heuraufen. Riecht angenehm, feuchtes Stroh, Kuhscheiße, Heu, die schwarzweißen Tiere fast sauber am Hintern, ihre Halsketten klirren wenn sie die Fliegen verscheuchen, Armin betastet weiche rosahaarige sabbernde Schnauzen. Die Kälber im abgetrennten Verschlag weichen vor ihm zurück, glotzen blöde auf staksigen Beinen. Unter der Decke herbstlich verlassne Schwalbennester, verstaubte Spinnengewebe in Winkeln.

Durch ein quadratisches Loch in der Decke wirft einer, der Sohn, zwei geschnürte Ballen Pressheu, Staub wirbelt im Lichtstrahl der niedrigen Sonne, der Bauer zerschneidet die Fäden, Belz greift rein mit der Hand, schnuppert, hält den Büschel Armin vors Gesicht: Do – schmeck emol! Der Bauer sticht die Forke in den Ballen, verteilt das Heu und den Duft in die Raufen: Des isch von dWies am Berg obe, wo ich nit düngt hab. Des wachst nur fuchzeh Zäntimeter hoch, sin alles Krüt.

Armin möchte sich reinlegen, es ist nicht nur die Geruchssymfonie von Sonnenwärme Erdboden Pilzen Kräutern die ihn verwirrt, es ist das Echo in der Nase im Hirn, die Bilder Erinnerungen früher sommerlicher Erlebnisse an lippischen Ufern, die unbestimmt zusammenfließen mit den Empfindungen des Nachmittags in eine Welle von Gefühl, einen leichten Schwindel, er hält sich an einer Sprosse der Raufe, das glattgescheuerte Holz liegt vertraut in der Hand ein Stück NaturSicherheit. Die Kuh wirft die lange Zunge um ein Büschel des Heus, Des isch Zuckerbrot für dKüeh, weiß Belz.

Der Sohn wäscht zwei Kühen die Euter, fettet die Zitzen ein, streicht feine Strahlen Milch raus, legt die Saugstutzen an, der Bauer schaltet die Pumpe den Pulsator ein, Schleier von Milch durchfließen die Schaugläser in den Leitungen, die Tiere fressen unbeirrt weiter. Armin im Mistgang faßt ein gewaschenes Euter an, es liegt ihm warmweich in der Hand, frauenbrustähnlich, an einem der Zapfen zieht er vergeblich, Belz der Bauer lachen Des will glernt si. Ob er probieren kann von der frischen Ernte? Die ischt lauwarm. Ja, egal. Der Bauer schöpft ihm ein Glas aus dem Sammelbehälter, Schaum drauf. Sahniger Genuß, fast dickflüssig, Balsam im Hals. Davon jeden Tag ein Fass! Vorzugsmilch, sagt der Bauer, zeigt auf das Schild neben der Stalltür: Goldmedaille auf der Freiburger Landwirtschaftsausstellung 1972. Belz will lieber ein Zwetschwasser und wissen wie die neue Jauchespritze funktioniert.

Auf dem Hochsitz am Rand der tannengesäumten Wiese, den Drilling zwischen den Knien, sinniert er über die Verwendung von friedlicher Jauche zur Platzverteidigung gegen Polizeiangriffe, ob das noch passiver Widerstand wär. Armin muss mitgrinsen bei der Vorstellung güllegetränkter Bullen, hat mal in Köln gesehn, wie sie die WasserwerferKanone gegen die grünen Gladiatoren verdreht hatten, ein allerdings nur MinutenGaudi mit Prügelstrafe.

Zwei Bussarde kreisen niedrig überm Wald. Teater isch bässr nickt Belz, mir welle kai Kriag wie dKaote. Nur die Bussardschreie hochher, das Keckern eines Hähers, kein Wind keine Motoren. Eindringliche Stille. Dämmerung schleicht aus dem Tal. Kein Gedanke wird mehr laut. SchauAugen.

Plötzlich atmet Belz die Brust wölbend ein, hörbar sein Ausatmen: Isch des schön hier –

Das Wild bleibt vorsichtshalber im Hag.

Alles hat sich anscheinend verändert obwohl nichts passiert ist als ein paar Küsse erstmal. Armin fällt auf dass er beim Autofahren singt. Er kauft Zinnien und Astern in der Weisweiler Gärtnerei, bringt sie Cilia für den Tresen die Tische in der *Fischerinsel*, er malt am Morgen hinter Wyhl auf die Endinger Landstraße mit weißer Farbe Ich liebe dich, wartet eine Stunde auf den Fiat 500, hört den Motor von fern schon endlich, legt seinen Strauß auf die Fahrbahn, versteckt sich, umarmt das Mädchen wie sie den aufhebt und ihn anlacht Ich hab dein Auto gesehn Armin, er kauft in Freiburg ein Hemd in der Herrenboutique und Schuhe mit höheren Absätzen, er sitzt am Tisch seiner Dachstube schreibt ein Gedicht, er onaniert nicht mehr, er sucht im Kollegiengebäude das agrarwissenschaftliche Institut, fragt nach Rosalie Biechele, er trifft sie am Tisch in der Mensa mit einem BorstenhaarTyp genannt Gustl aus Wyhl, auch Agrarstudent, er wartet wartet auf das Treffen der Teatergruppe im Marckolsheimer Rundhaus, er leiht den ständigen Platzbesetzern seinen VauWe zum Essentransport damit Salli ihn am Abend zurückfährt in die *Fischerinsel*, er spürt ihre Brüste und kann nicht schlafen, er findet in der Universitätsbibliotek ein Buch über Maskenbau, er schreibt ein farbenreiches Feuilleton für die Demokratische Zeitung über die verschwenderische HerbstNatur in den Rheinauen, das nicht gedruckt wird, er sucht mit Belz in Weisweil eine Scheune zum Proben, er beobachtet den eignen Menschen, erstaunt wie der sich verhält verwandelt, außengesteuert oder wie?

Kein andrer keine andre befiehlt ihm abends in Wyhl den BiecheleHof zu beobachten, ob sie kommt oder wo hinter welchem Fenster sie lebt, niemand sein durchgedrehtes Herz diktiert ihm zu schreiben

Wie hab ich dich erkannt?
Wie hast du mein Herz gebrochen
aus seinem grauen Schlaf
dass es mir die Brust anfüllt mit
diesen leisen Strömen des Bluts
und Worte aus den Mauern reißt
in meine Hand
die hier so billig und so teuer
wie das Leben?

Ich liebe dich

Kannst du das hören?
Kann ichs sagen
laut und ohne Zittern
da es die Hand an meinem Herzen schrieb?

aber doch geschieht ihm das, sein Handeln ist zwanghaft, eine denkende fühlende Marionette, an deren Fäden die neunzehnjährige Frau in Wyhl zieht. Die weiß es nicht mal oder niemand weiß ob sie es weiß und wie sie es weiß, denn die Lust die sie an Armin hat zeigt sie nur ihm und nur wo der Gang der Kaiserstühler Ereignisse sie zusammenführt begegnet sie ihm und ist überrascht, wenn er sie an Orten erwartet die zu ihrem Wyhler Leben gehören, ist verwundert, fast ungläubig, aber erfreut, scheint sich selbst so zu erfahren, staunt in den Spiegel des Mannes aus einer unbekannten Stadt einer unbekannten Vergangenheit, wie sie darin aussieht: ganz neu nämlich und wie noch nie. Einmal sagt er: Salli – bin ich verrückt? und sie mit ernstfreundlicher Stimme: Ja Armin das bist du. Und dann: Aber das gefällt mir.

Beim ersten Treffen in der Scheune haben sie seine neue Szene probiert, die Rollen verteilt und gelesen und sich die Fantasie motorisiert mit Lust. Danach fuhr aber Salli Karl und Reni heim nach Forchheim, war weg viel zu plötzlich, ließ einen heftig fühlbaren Riss.

In der *Fischerinsel* war die Wirtsstube voller Leute der Bürgerinitiative, die feierten dass der Wyhler Gemeinderat einem

Bürgerentscheid vor dem Bauplatzverkauf hatte zustimmen müssen, obwohls nur ein kleiner, ein vorläufiger Sieg war und der Ausgang nicht sicher. Einige warnten und Belz wollte den Wyhlern nicht trauen, zwei Millionen für den Bauplatz hießen Sporthalle und Schwimmbad, aber Radioaktivität und KühlturmNebel des Reaktors würden Gemarkungsgrenzen nicht achten – alle Kaiserstuhldörfer müssten abstimmen über die Zukunft der Heimat.

Armin dazwischen wie unbeteiligt, sammelte Nachrichten Argumente für seinen nächsten Artikel, verstand aber nur wenn er auf Fragen hochdeutsche Antworten bekam. Salli war weg ohne Kuss, keine Verabredung für den nächsten Tag, verdammte Einsamkeit unter den freundlichen Fremden.

Er hatte das zweite Glas Spätburgunder fast geleert als Salli die Tür aufstieß, hereintrat, in einem hellblauen Kleid mit blauer Perlenkette, halboffenes Haar, weiß Gott sehr schön und von vielen begrüßt und bewundert. Sie lachte ihm zu, aber wurde von Müller Göpper und Frau Harlow an den Tisch gezogen, dann mit ihrem Glas zu Belz und Jean, die kriegten verdammt gleich Lachfalten ins Gesicht und leuchtende Augen, Armin wusste nicht ob er sich zu ihnen setzen sollte, Salli erzählte was vom Teater, er wartete ob sie ihn riefen, da kam sie doch rüber, auf die Eckbank, flüsterte nah an seinem Ohr Ich wollt noch mein neues Kleid ausprobiern – magst dus?

Mensch Salli Wahnsinn. Noch nie hab ich dich mitem Kleid gesehn!

Sie streichelte seine Hand unterm Tisch, zufrieden. Und weißtu, deine neue Szene, die gefällt mir gut. Habich vergessen dir zu sagen.

Ich fands auch ne schöne Probe. Kann was werden.

Sie wollte bald wieder raus, der Qualm und Lärm, bisschen spazieren zusammen, gute Idee, frische Abendluft, und freundlich gewinkt und genickt rechts und links: zur Teaterprobe!

Draußen, auf den Stufen der Hochwassertreppe. Tief durchgeatmet. Überm Rheinwald durchsichtig blass im Grau ein Dreiviertelmond, eine Flattermaus wischte taumelig um die Straßenlaterne. Ganz schön kühl. Soll ich dir einen Pullover holen?

Sie wollte eigentlich nicht noch rumlaufen, nur aus dem Getümmel, allein sein mit Armin, er sagte, und unvermittelt schlug ihm fühlbar das Herz, Ja Salli, komm doch mit rauf zu mir. Wir können hinten reingehn.

Und du zeigst mir das Maskenbuch?

Ja sicher. Komm.

Er nahm ihre Hand, zog sie locker mit über den Hof zum Kücheneingang, an den in der Küche klappernden Frauen vorbei, nicht heimlich aber ungesehn, die Holztreppe hinauf ins Dachgeschoß, wo er und der Elsässer Jean die beiden Mansarden bewohnten. Armin schaltete die Tischlampe ein: unter der schrägen Wand das Bett, ein Schrank, ein Waschbecken, er räumte ihr den kleinen Polstersessel frei, aber da saß sie schon vorm Fenster am Tisch, legte die Finger auf die Tasten der schmalen Maschine: Hier schreibst du also deine Artikel? Er nickte.

Ich muss endlich tippen lernen! Will ich schon ewig.

Tippen ist nicht schreiben, lachte er.

Schreiben hab ich in der Schule gelernt. Aufsätze.

Na ja, so fängts an manchmal.

Glaubst du ich könnts lernen? Von dir?

Als Agrarökonomin?

Ich weiß nicht, ob ich dabei bleib. Mein Vater will dass ich sein Sohn bin und mal den Hof übernehm. Oder einen Landwirt aus dem Dorf heirat, damits einen rentablen Betrieb gibt.

Diesen Gustl aus der Mensa?

Ach du kennst ihn ja, stimmt. Wie Eltern sich das so denken. Mit dem war ich schon in der Grundschul zusammen.

Armin stand hinter ihr, getrennt durch die Stuhllehne, ein bisschen zittrig die Hände mit denen er in ihrem Haar spielte.

Ich dachte du bist so weg von der Probe, wer weiß wann ich dich wiederseh, und dann bist du plötzlich reingekommen in diesem irren Kleid!

Ich wollte dass du dich freust. Eine Überraschung.

Und wenn ich weggefahren wär? Nach Freiburg?

Hattich auch Angst vor. Aber ich hätt gewartet. Oder Belz gefragt wo du steckst.

Er küsste ihren Nacken unter der lockeren Flechte, biss in

die hölzernen Perlen, ihr Ohrläppchen, die Nase voll verwirrendem Duft, sie drehte den Kopf besser hin, den Hals lang, viel geschmeidige Haut für die Lippen, griff mit einer Hand in sein Haar, kehlige Wohllaute.

Ach das Maskenbuch Armin!

Da liegts doch, neben der Schreibmaschine.

Jetzt hör aber mal auf mit dem Küssen.

Das kann ich nicht. Dein Hals macht süchtig.

Wenigstens zehn Minuten.

Fünf. Höchstens.

Gut. Dann setz dich jetzt ganz ruhig her zu mir.

Sie rutschte auf dem Stuhl zur Seite, er konnte kaum eine Arschbacke neben ihr unterbringen und löste das Problem indem er sie auf den Schoß nahm, einen Arm um ihre Hüfte, den Kopf neben ihrer Brust, während sie das Buch unter Papieren vorzog, ein handbeschriebenes Blatt aufnahm, fragte Isn das?

Gedicht.

Ist das deine Handschrift?

Mhm.

Und in die Augen: Von dir etwa? Darf ichs lesen? Bin schrecklich neugierig wie?

Unhörbar sprach sie die Worte mit. Legte das Blatt zurück, seufzte herzlich. Is für dich, bestätigte er. Sie schüttelte zweifelnd den Kopf. Schlang ihre nackten Arme ihm um den Hals, küsste ihn.

Noch lauter scholl in die enge wortlose Stille der Mansarde das Lärmgebräu aus der Schankstube herauf, Schlagermusik Stimmen gröhlendes Gelächter, manchmal darüber der hochgetriebene Automotor eines angesoffen abfahrenden Dörflers, das versank aber wie Armin den Reißverschluss ihres Kleides aufzog, langsam die Träger von ihren Schultern schob ihre braune Haut mit Küssen besäte, länger vergeblich am Verschluß ihres Behas knipperte, bis sie verwundert den Kopf schüttelte Das ist doch ganz einfach und mit einem Griff ihn geöffnet hatte, abstreifte und mit ihren weißen Mädchenbrüsten vor seinen entzückten Augen Händen Lippen saß. Flüsterte dann Willst du nicht lieber abschließen die Tür? und stand auf von seinen Beinen, ließ das Kleid auf die Füße fallen öffnete ihr Haar, während er leise den Schlüssel drehte, sie vor ihm in dem schmalen weißen Slip, leuchtend hell im Halbdunkel der Stoff und ihre Brüste unter der Perlenkette.

Verwirrt musste er stehnbleiben, da streckte sie die arme nach ihm aus zog ihn näher heran knöpfte langsam träumerisch irgendwie die knöpfe seines hemds auf zog es von seinen schultern lachte ein bisschen als die ärmel an seinen händen hängenblieben öffnete noch diese knöpfe und hob ihm auch das unterhemd über die hochgehaltenen arme betastete seinen oberkörper zärtliche untersuchung zwirbelte hörbar sein brusthaar knipste die tischlampe aus und schmiegte sich in seine arme. fast unbewegt blieben sie so im plötzlichen dunkel versunken in das gefühl dieser ersten berührung ihrer körper bis allmählich im einfallenden mondlicht die konturen der gegenstände wieder auftauchten und er merkte dass sie zitterte an seiner brust. du frierst, kaum hörbar heiser kamen die worte, vorsichtig hob er sie hoch trug sie aufs bett deckte sie zu. zog seine schuhe socken die hose aus, fühlte seinen harten schwanz eingeschnürt vom gummi der unterhose legte sich neben sie deren gesicht er nur schemenhaft sah im schwarzfließenden haar auf dem kissen sagte ihren namen immer wieder zwischen den küssen mit denen er auf ihrem gesicht ihrem hals ihren brüsten herumirrte spürte auch weiter das leichte schaudern ihrer haut wie er ihren bauch streichelte ihre schenkel die hand in ihren slip glitt auf die rauhwolligen haare wieder ihre geöffneten lippen küsste ihre zunge suchte und den slip auf die schenkel schob, sie hob die backen dabei half ihm auch wie er mit den zehen den slip bis zu ihren füßen drückte befreite sich von seiner unterhose rutschte sich auf ihren körper sie umschlang ihn mit ihren armen flüsterte sei vorsichtig, ja? ja salli ja ich liebe dich. sie öffnete ihre schenkel etwas und er fasste sein glühendes ding suchte ihm die öffnung drückte es leicht mit winzigen stößen tiefer hielt erschrocken inne als sie einen kleinen schmerzlaut verlor. tut es dir weh salli? sie lächelte aber ist schon vorbei glaubich komm nur. du bist sehr vorsichtig. legte ihre hände mit leichtem druck auf seine backen machte ihm wieder mut. seufzte auch leise wie er tiefer eindrang und seine bewegungen seinen tanz begann in ihrer möse die sich öffnete weitete antwortete allmählich wuchs überging in ihren körper von ihr besitz ergriff sie mitriss in bewegung erregung ekstase nie gehörte laute aus ihrer kehle zwang die noch zunahmen an stärke und wildheit und den mann anfeuerten und einschüchterten ein pferd ein durchgehendes pferd und gedankenschemen aufpassen mussich und jean der hört uns vielleicht diese schreie und stieß doch weiter fast besinnungslos in der lust mit ihren fingernägeln in seinem rücken und fühlte den puls näherkommen in seinem bauch aufsteigen und riss sich mit einer äußersten willensanstrengung im letzten augenblick zurück in die kälte ergoß seinen samen auf ihren bauch.

Sie lagen da, tief atmend, erschöpft, überwältigt von dem Feuersturm, den sie sich entfesselt hatten. Er spürte noch das leichte Zucken in ihrem Leib, Nachbeben, fragte unsicher Hab ich dich alleingelassen Salli? Aber warum das? fragte sie zurück und: Ich bin wie von ganz hoch runtergestürzt. Ach Liebste, ich konnt nicht mehr es war so wahnsinnig schön, ich konnts nicht mehr zurückhalten. Fühlte sich elend verzweifelt plötzlich, finster leer, bis sie sagte Es kann wohl nicht alles auf einmal passieren, ihm den Kopf streichelte die Augen küsste Es ist überhaupt nicht zum Weinen Armin. Außer vor Glück. Das trieb ihm noch mehr Wasser in die Augen. Ja, flüsterte er, vor Glück sicher.

In der Nachtstille hörten sie Kaspars schnaufenden Atem unten auf der Treppe. Der ging wohl schlafen. Armin griff einen Packen Papiertaschentücher aus der NachttischSchublade, wischte ihnen die Bäuche trocken. Halbeins! sah sie auf seiner Armbanduhr, ich muss heim! Armin konnte nicht widersprechen, dass sie ihre Eltern langsam gewöhnen musste eine erwachsne Tochter zu haben, seinen Pullover zog sie aber über das dünne Kleid. Steckte das Gedichtblatt in ihren Krambeutel Wenns für mich ist, nich?

Die Treppe knarrte überlaut in dem stillgewordnen Haus. Im Hof der Hund bellte nur kurz, bis er Armin erkannt hatte. Als sie den Wagen aufschloss, wollte er sie noch begleiten bis Wyhl, einen Mondspaziergang zurück, da lachte sie aber doch,

Verrückter Kerl, küsste ihn auf die Nase. Ich hol dich morgen nachmittag ab nach Marckolsheim, gut?

Endlos hörte er in der halligen Nacht den sich entfernenden Motor.

Sein Zimmer war sehr verlassen und stumm. Aber das Bett enthielt noch Spuren ihrer Wärme. Und auf dem Laken ein kleiner Blutfleck, feucht. Er stand davor, erschrocken, Das wusstich nich Salli das wusstich wirklich nicht. Er überlegte, ob er ihn aufheben sollte das Tuch, verscheuchte den Gedanken kopfschüttelnd. Am Waschbecken versuchte er das Blut auszuwaschen.

Er setzte sich an den Tisch, aufgewühlt, überwach.

Mummenschanz

Brennende Wochen. Armin Kolenda lief nackt herum. Wie dreimal gewaschen gebürstet und porentief sauber. Atmungsaktiv. Seine Haut prickelnd von Spannung nach ihrer Berührung, nicht nur am Bauch, ein großes körperweites Organ. Die Augen süchtig das lebendige Bild zu erwandern: Gesicht Gestalt Gesten Mienenteater. Täglich dasselbe Wesen, täglich verändert neu überraschend: ein andrer Hemdkragen hieß ein neues Ohr, eine Locke in der Stirn küsste sich anders als straff in die Nackenflechte gekämmte Haare, Salli frisch gewaschen am Morgen mit Nelkenseife roch anders als geschwitzt in der Probe als Haut an Haut in seinem zu engen Bett: abenteuernde Nase. Alle Sinne elektrisch geladen.

Sein Liebesfühler, dessen Empfindungen ihm ein reichlich erforschter Erfahrungsschatz erschienen war, entwickelte sich zu einem anarchistischen asozialen Körperteil, gab herrische Anordnungen, denen Armin sich bis in seine Träume, bis an den Rand des Ichverlusts unterwerfen musste. Der ihn dafür allerdings entschädigte mit Glücksgefühlen, von deren Möglichkeit in Deutschland er bisher nichts geahnt hatte.

Manchmal wenn er sich, auf einen Gedanken eine Erinnerung hin, unerwartet erhob, aus der Hose ans Licht drängte mit aufrührerischem Freiheit!Geschrei, ließ Armin ihn raus, nahm ihn nachsichtigsanft und irgendwie bewundernd und dankbar in die Hand, redete ihm zu: Schau dich um Kerl – sie is nich da was willstu ich möcht sie ja auch dringend aber weißtu wir dürfen ihr nich auf den Wecker sie isso verdammt jung so unerfahren also haltich zurück Schuft verpiss dich nimm Vernunft an –

Auf derartige Vorhaltungen reagierte die selbständige Einheit widerspenstig, verbreitete hinter seinem Kopf ihre eigensinnigen fallischen Vernunftgründe. In dem andauernden Machtkampf zwischen seiner Person und seinem Geschlecht unterlag Armin meist und es geschah auch, dass er die Niederlagen ziemlich raffiniert an seiner inneren Zollschranke vorbei suchte und genoss. Wieder loszog, die Begehrte zu finden, allen drängenden Arbeitspflichten zum Trotz.

Aber kaum angemessene Worte für die Gefühle – grobe Griffe in die Schwingungen seines Herzsenders, abgenutztes ausgelaugtes Sprachzeug Kroppzeug bot sich an, das notdürftig erfrischt wurde nur durch die Empfindungen, die er doch damit mehr verhunzte als dass er sie wirklichkeitsnah ausdrückte. Enttäuschende Entdeckung: die Wörter die er vorfand waren ausgelatscht wie generationenlang getragene Schuhe, durchtränkt vom Liebesschweiß all ihrer früheren Benutzer. Mal angestrengt und verbissen, mal heiter fantasievoll schrieb er gegen die Einsicht, dass seiner ganz persönlichen, unbedingt eigentümlichen und absolut einmaligen Liebe zu Salli keine frühlingshaft ursprüngliche Sprache zur Verfügung stand. Als könnte er seine Gefühle nur durch angemessene Benennung wirklich erfahren und Salli mitteilen. Obwohl er sie zu suchen zu treffen fast täglich eine Gelegenheit fand, schrieb er ihr Briefe, für die ihre Teaterproben eher der Vorwand als der Anlass waren. Er kommentierte seine Szenenentwürfe, machte Vorschläge zu ihrer Darstellung und versuchte, Salli an seinen dramaturgischen Überlegungen zu beteiligen. In Wirklichkeit waren das Liebesbriefe, in denen er in immer neuen Anläufen Fassung suchte für seine Empfindungen und Sallis Echo bewirken wollte.

Mit unreifen achtzehn war er schon einmal in einen Zustand verfallen, dem er durch Gedichte Luft zu verschaffen gesucht hatte – spätpubertäre Gebilde, die ihm nach dem Vergehen der auslösenden Hormone lächerlich, schülerhaft erschienen waren und deren Klischeekarakter er erkannte, nachdem jenes KantinenLehrmädchen, unbeeindruckt von seinen schwärmerischen Versen, mit dem Obersteiger nach Mallorca gefahren war und so seinen Kopf von den rosa

Schlieren befreite. Fast zehn Jahre hatte die SchamImpfung vorgehalten. Nicht der Anflug eines Gedichts für Sonja – sie war die Verlegenheit aus der Zechensiedlung, ein Körperbehelf ohne Lyrik.

Salli durchbrach die Immunsperre, unwiderstehlich. Armin saß auf einem Baumstumpf im Auwald, in einer Ecke der *Fischerinsel* mit einem Spätburgunder, am Tisch in seiner Mansarde, kritzelte Gedichte in stundenlanger, zeitvergessener lustvoller Anstrengung, den wirbelnden Bildern und Gefühlen Grund, ein Gerüst zu verschaffen. *Die Arbeitswelt der Liebe!* notierte er auf einen Zettel, pinnte den über sein Bett, als er nach einer Rechtfertigung vor seinen Kölner Werkkreis-Kollegen suchte.

Er schrieb, verbesserte, strich durch, verfugte und modelte Wörter zu Zeilen, reimlosen Sätzen, die manchmal überraschend zusammenwuchsen, neu zu klingen schienen, in einen Rytmus verfielen, und in dieser schwingenden Bewegung öffneten sich Verschlüsse in seinem Hirn, die Versteile freigaben wie unerwartete Geschenke – er hatte dann das Gefühl, nur Beobachter, Empfänger des Geschehens zu sein, nicht Urheber.

Gedichte wie dieses kamen dabei zum Vorschein:

Heller der Klang des Schweigens
wie ich ihn auffang
er ist schon geprägt
und ein Erinnern
künftiger Tage

Wohin führt mich der Ernst
deines Lächelns
die Flechte des Nächsten und Fernen
da du mein Wort zurückschlägst
mir in den Mund
Das versagt uns den Atem

Wann du willst
kommen die kleineren Seufzer

und das Erschrecken
fällt das Licht durch die Erde
entdeckt uns ein Lachen
Da kommt was ich will
wann du willst über uns

Manchmal schläfst du als Vogel an mir
Manchmal wachst du unsagbar

Seine Anstrengung, die banalen Groschenworte der Schnulzen zu vermeiden oder zu verfremden, ließ ihn auf Bilder und Vergleiche verfallen, die Salli mit lächelndem Kopfschütteln kommentierte, geschmeichelt und befremdet ineins. Warum er in seinen Gedichten sich so surrealistisch ausdrücke, fragte sie, und ob die Arbeiterjungs in Waltrop so blumig über die Liebe redeten?

Natürlich nicht Salli. Bei denen hat sich ficken auf vögeln gereimt und Schwanz auf Pflaume.

Solche Worte wollte sie allerdings nicht hören, die von Liebe keine Ahnung hätten. Paul Celan und Nelly Sachs hatte sie im Gymnasium gelesen, bei ihrem Emmendinger Deutschlehrer, die waren noch wolkiger als Armin, dagegen schrieben Brecht und Wondratschek klar und verständlich, witzig oder auch nüchtern oder mit einer schönen traurigen Ironie in Liebessachen, das passte besser zu einem Bauernmädel.

Armins lyrische Bildung stammte von seinem Konfirmandenpfarrer, Paul Gerhard und Bergengrün und Reinhold Schneider konnte er erinnern, hatte damals mit Hingabe Gedichte und Lieder gelernt, von den Mitschülern verachtet. Noch heute waren die singbar im Kopf, spielten hinein in das Niemandsland für zwei Menschen, wo er ihr, nur ihr, etwas zurufen, sie mit Worten umarmen wollte. Einfach weil die andern Organe nicht ausreichten.

Es wunderte ihn, dass Salli mit seinen gedichteten Liebeserklärungen so, na ja – kritisch umgehen konnte. Er würde sich einfach nur unheimlich freuen, schriebe sie ihm mal ein Gedicht oder einen Liebesbrief.

Du lieber Dummkopf! Sie wuschelte ihm den Kopf, zärtlichderb: Wo ich dich jeden Tag sehn und umarmen kann!

Ach Salli. Er seufzte. Die Lücken sind mein Problem! Diese unendlich langen Lücken zwischen gestern und heute und heute und morgen! Ich kann dich nicht auf Vorrat lieben – kaum bist du weg, fang ich schon wieder an zu warten.

Das ist die Sehnsucht, nickte Salli ernsthaft. Die kennich auch. Die muss zur Liebe gehören. Die macht den Mangel aber schön, find ich.

Ich glaube ich bin einfach eifersüchtig auf alles was um dich rum ist – auf den Löffel den du in deinen Mund steckst, auf dein Bett das dich zudeckt, was sagich – die Luft möchtich sein die du atmest! Dann könntich Tag und Nacht bei dir ein und ausgehn!

Du hast eine Fantasie Armin! Sie lachte kopfschüttelnd.

Aber Salli wusste doch auch nicht mehr immer was sie tat. Als Kind hatte sie mit Neugier und Lust im Halbdunkel des Hühnerstalls die Eier eingesammelt, fasziniert von den friedlichen Lauten der Tiere wie von den täglichen Geschenken, die sie aus ihren gefiederten Bäuchen hervorbrachten. Nun fiel ihr ein, für Armin dort die größten aus den Legenestern zu suchen, obwohl sie die auch aus der Vorratskammer ihrer Mutter hätte abzweigen können. Und mit den Hennen, die in ihren Kojen aufgeplustert lagen wie vor fünfzehn Jahren, redete sie freundlich verständnisvoll über ihre anstrengende Arbeit und den schönen bunten Hahn draußen auf dem Hof.

Einmal kam sie mit dem alten Deutz-Magirus ihres Vaters zur Probe in die Scheune gebollert, ohne einen andern erkennbaren Grund als den, Armin zu zeigen, dass sie diese Maschine bedienen und ihm erklären konnte. Er durfte sie dann auch ausprobieren und wollte sie unbedingt gleich durchs Dorf bis zur *Fischerinsel* steuern, die ganze fünfköpfige Truppe ins Gestänge geklemmt, damit Belz das motorisierte AtomschutzTheater zu sehen bekam.

Hatten sie zwei drei Stunden mit den andern in der Scheune geprobt, musste Salli Armin eben beim Aufräumen helfen, in Gedanken schon bei ihrer Klausur in VWL, und irgendwie endete das doch wieder in seinen Armen im Stroh.

Armin überraschte sie auch in Freiburg nach der Vorlesung, überredete sie, mit ihm in seinem VauWe nach Hause zu fahren, wieder eine Panne an ihrem Steinzeit-Fiat für die Eltern, sie ließ das langweilige Proseminar ausfallen, neugierig auf die überarbeitete Szene, und er nahm die alte Autodecke mit ans Ufer des menschenfernen LeopoldKanals, las ihr stehend den neuen Text vor, aber sie hörte kaum richtig zu, abgelenkt von der Erwartungsspannung in ihrem Bauch und dem sichtbaren Buckel in seiner Hose.

Oder er vernahm in der Mittagsstille die einzigartige MotorMusik auf der Dorfstraße, sah vom Fenster ihren Wagen an der *Fischerinsel* vorbeifahren und Minuten später dann doch die leichten Schritte auf der Holztreppe, Salli mit dem neuen Flugblatt der Wyhler Initiativgruppe, zum Umfallen müde nach der Nachtsitzung, willstu bisschen schlafen erst, achja ein Viertelstündle, in Kleidern auf seinem Bett, bis Armin neben ihr lag, sie wachstreichelte küsste auszog.

Sie schrieb ihm ein Gedicht auf von ihrem BeatPoeten Wondratschek:

Nicht die Juwelen,
nicht die Blumen,
nicht Dein schwarzes Haar;
es ist nicht, was Du sagst beim Essen
und beim Tanzen nachts in der Bar;
der Himmel über uns, das waren tapezierte Wände,
und was man so Liebe nennt, das waren Männerhände.
Ich weiß, was war
ich weiß, was wiederkommt;
ich schau mir, wenn du weg bist, meinen Körper an
und fühl ihn ganz und lange noch
ganz wunderbar,
ich fühl den Augenblick und fühl die Küsse,
ich weiß nicht mehr, was dann geschah
und ob es Liebe war –
ich weiß nur, dass ich es vermisse.

Ich weiß es nicht,

ist es erlaubt, wenn eine Frau wie ich
noch an die Liebe glaubt?

Sie wollte wissen, wie ein Mann sowas von einer Frau sich ausdenken könne. Er wusste es nicht, aber zwei Tage später hatte er ihr ein Gedicht aufgeschrieben, das ihr besser gefiel als die früheren, weil es ihrer Erinnerung antwortete:

Der Mais der
rauscht und vertrocknet da oben
Auf Erde liegt hier unser einiger Leib
blinkt kühl im raschelnden Herbstwind
unter verwitternder Sonne

Wie jetzt das Jahr sich umdreht
lockt die Zirren herab
spielt mit dem Blau an den Wolken
und an der Liebe leichthin
Braun was die Augen die Hände
begreifen was fernbleibt
die Haut unterm Maisdach

Das Reifen und Aufhörn

Die Wühlmäuse hat es
in ihren Kammern erschüttert
Aus den verschwiegenen Gängen
kommen sie
schauen
Doch wo
bleibst du

Armin war in diesen Wochen sicher, dass die Welt zu retten sei. Auch das westliche Deutschland musste nicht verloren sein. Seit Salli Biechele seine Gefühle so außerordentlich entzündet hatte, dachte er lieber an die portugiesische Nelkenrevolution und die endliche Befreiung Vietnams als an den Militärputsch Pinochets in Chile und den Rücktritt Willy

Brandts. Nach den spontanen Streiks vom vergangenen Jahr und in der heraufziehenden Wirtschaftskrise versprach der Widerstand gegen die nukleare Technologie, der am Kaiserstuhl nicht aus Ideologien genährt wurde, sondern aus politisch vergessenen, unbeachteten menschlichen Grundgefühlen, einen neuen Aufbruch aus den verknöcherten Verhältnissen, die achtundsechzig nur vorübergehend erschüttert worden waren. Armin konnte es wieder ertragen, sie unerträglich zu finden. Wenn die Tochter eines katolischen Landwirts sich so selbstbewusst aus den dörflichen Fesseln befreite, sich in den hergereisten Arbeitersohn verliebte, nicht erst fragte nach seiner Herkunft und Vergangenheit, mit ihm zusammen ein Straßenteater erfand, war das ein starker Beweis für die Veränderbarkeit der Menschen und der finsteren Zeiten, in denen sie herumirrten. In Köln hatte alles was er tat, dachte, schrieb den Karakter der Verneinung des Bestehenden – selbst die Arbeit im SSK, im Werkkreis, in der Zeitung, wiewohl konstruktiv, richtete sich gegen schlechte, lebensunwürdige Zustände. Das AtomschutzTeater hatte teil an dieser kritischen Haltung, unterschied sich jedoch, da es mit den Menschen des Kaiserstuhls ihre naturnähere Lebensweise, die Schönheit dieser Kulturlandschaft verteidigte. Armin entdeckte, dass er das Wort *Schönheit* wieder benutzen, wieder empfinden konnte – nicht nur in Verbindung mit dem Mädchen, sondern auch mit vielen Einzelheiten dieser Gegend. Unklar, ob seine persönlichen Gefühle oder die Landschaft selbst die zauberhafte Verklärung hervorriefen.

Sie lebten in der Gegenwart, als hätte die sie erst erfunden oder wirklich entdeckt. Nur ein flüchtiger Schatten, was da manchmal durch seine Tage wischte, ein Kölner Brief, ein Rechercheauftrag der Redaktion irgendwo im Dreiländergebiet zwischen Basel, Straßburg und Stuttgart. Salli ließ die Szenen und Sticheleien ihrer Mutter so von sich ablaufen wie die vorwurfsvollen wortlosen Blicke ihres unverwüstlichen Freundes Gustl.

Armin empfand seine Liebe nicht als privat. Das drohende Atomkraftwerk war so etwas wie der Vater des jungen Wesens. In einer Nacht in seiner Dachkammer, als er aus dem erschöpften Lustschlaf zurückwachte in die halbdunkle Wirklichkeit auf ihrem atmenden Körper, flüsterte er erstaunt: Salli ich glaube ich muss diesem AKaWe dankbar sein – und hörte ihr Lächeln, ihr leises: Ich auch. Verrückt.

Aus der Arbeit gegen das Monster erschuf sich ihr Einverständnis wie aus der Begegnung ihrer hungrigen Körper und der Faszination von den Gedanken und Ideen des andern. Armin ließ sich auch willig von Salli infragestellen, fand dagegen an ihr wenig Kritikwürdiges, was er hätte verändern mögen – begeistert von der Leidenschaft, deren Auslöser sie war. Seine Gefühle waren unbezweifelbar und glaubwürdig um so mehr als Salli so ernsthaft so beständig sie selbst blieb. Ein junger blühender Baum, mit dessen Stamm und Krone er spielte der Wind.

Balthasar Ehret wusste am Kaiserstuhl besser Bescheid als der Verfassungsschutz. Der hatte sein tausendohriges Lauschorgan wohl auch am Telefon des Wirtshauses *Fischerinsel*, aber Ehrets Informationsnetz funktionierte auf vielen immateriellen Leitungen und reichte weit über den Kaiserstuhl hinaus. Dennoch blieben die Telefone der Wütigen in der Region, abgehört oder nicht, ein schnelles und intelligentes Hilfsmittel des keimenden Aufstands. Das war in den Überlegungen der Stuttgarter Regierung und der Karlsruher Badenwerke nicht vorgesehen, als sie den Atomreaktor in die unbekannte Bauerngemeinde am Oberrhein planten, deren wenige Einwohner (sollte die Überzeugungskraft von ein paar Millionen Mark und ein paar Dutzend Arbeitsplätzen nicht ausreichen) kaum dem Einsatz der Freiburger und Emmendinger Polizeikräfte hätten widerstehen können. Vorgesehen war im Grunde nur friedliches Glück, ergebener Dank – nicht trotziger Widerstand.

Als Belz am Abend den Anruf aus Stuttgart bekam, dass erstens Wirtschaftsminister Eberle im Kabinett die Genehmigung für den Bau hatte beschließen lassen; dass zweitens am nächsten Tag die Bürgermeister und Gemeinderäte der CDU aus den Kaiserstuhldörfern in einer geheimen Versammlung auf diesen Gewaltakt der Regierung eingeschworen werden sollten, setzte er über einen befreundeten Bauern die Informationsmaschine in Gang. Der Landwirt Vogtle aus Kiechlinsbergen war den aufsichtführenden Behörden noch unverdächtig, in Marckolsheim nicht auf dem besetzten Platz, in keiner Bürgerinitiative laut geworden, aber die schwirrenden Nachrichten gärten in seinem Kopf schon zu Sorge und Kritik, wusste Belz, informierte ihn von dem als harmlose Weinprobe getarnten CDUKomplott in der Kiechlinsberger Winzergenossenschaft. Schon in der Nacht klingelten die Telefone im Landkreis Emmendingen mit der SchreckensSensation, dass die Regierung die Baugenehmigung erteilt hatte: noch vor der Abstimmung in der Gemeinde Wyhl über den Bauplatzverkauf. Was die Nacht kaum glauben wollte, bestätigte der Morgen in der Badischen Zeitung als Letzte Meldung lakonisch und zündete weithin die Wut der Badener. Ins Leere vorerst, denn nur die Kiechlinsberger, die Sasbacher, die Weisweiler, die Königsschaffhauser, die Endinger Atomkraftgegner wussten, dass sie den vernebelten Gegner – oder einen repräsentativen Teil von ihm – unbewacht und unbewaffnet erwischen konnten.

Vor allem die Frauen der vor einer Woche erst im Nachbarort Sasbach gegründeten Badischen FrauenInitiative, die von den meisten der verbündeten Männer noch mit Misstrauen wahrgenommen wurde, machten in Küchen und Kuhställen mobil, um ihre gewählten Räte mit den notwendigen Basisinformationen zu versorgen. Besen, Teppichklopfer, Mistgabeln sollten zur Unterstreichung der Ernsthaftigkeit ihrer Anliegen mitgeführt werden.

Auch Salli und Armin hatten ihre Mitspieler informiert: Generalprobe am Morgen in der Scheune, Uraufführung am Mittag vor der Winzergenossenschaft Kiechlinsbergen. Als Salli mit dem kleinen Trecker und dem flachen Anhänger an der Scheune in Weisweil eintraf, fand sie den einen Torflügel geöffnet, sah im Licht der Scheinwerfer eine am Boden hockende Gestalt, die irgendwie müde aufstand und das Gesicht Armins zeigte, aber ohne die Freude, die es sonst ihr entgegenlachte. Sie wusste sofort, dass etwas passiert war, sprang vom Sitz und sah auch im Halbdunkel neben dem

Scheinwerferkegel die Veränderung, die Unordnung in ihren Requisiten und Kulissen, die sie am Abend vorher im gesäuberten Seitenraum der Scheune aufgebaut hatten.

Eure KKW-JAler sind eingebrochen, sagte Armin verdrossen.

Die Säu die verdammte! fluchte Salli, is alles hin?

Armin zuckte die Achseln, war noch zu dunkel.

Sie nahm seinen Kopf in ihre eiskalten Hände, rüttelte ihn ein bisschen küsste ihn ins Gesicht Mensch Armin! Das gibt uns die richtige Wut die wir brauchen! Die haben sich doch verrechnet – wo wir alles hier drin haben im Schädel!

Wortlos küsste er ihr die Nase warm und rieb ihre verfrorenen Hände.

Als Reni, dann Karl Meckel, zuletzt Jean eintrödelten, gab es jedesmal neue Empörung über den hinterhältigen nächtlichen Einbruch, badisch elsässische Schimpfkanonaden, bei denen Armin sich fragte, ob sie nicht womöglich wirksamer wären in ihrer spontanen Fantasie als seine ausgearbeiteten Texte. Von solchen Kopfhängereien aber wollten die andern nichts hören, wozu hatten sie die auswendig gelernt, und außerdem hatten die Wyhler Drecksäckel ihre Masken nicht entdeckt, also gab es keine Alternative zur öffentlichen Feuertaufe des Atomschutztheaters.

Nochmal probieren wollten sie allerdings nicht, obwohl Salli Armins Aufforderung dazu unterstützte, mehr aus Liebe als aus Lust, aber sie wurden mit einfacher Mehrheit überstimmt. Armin war sicher, dass ihr Auftritt in die Hose gehn würde, wenn sie sich nicht den Text noch mal in einem Durchlauf vergegenwärtigten. Dagegen behauptete Jean, dass er Eberle die passende Antwort geben würde, egal ob nun alles klappte wie geplant oder nicht. Armin sah auch ein, dass er sich mit Amateuren verbündet hatte, von denen er Disziplin nicht verlangen konnte, deren stärksten Motor, die Lust, er nicht ausbremsen durfte. Der kühle klare Morgen versprach noch einmal sonniges Herbstwetter – viel eher hätte es um diese Zeit regnen können: Armin kämpfte seinen Frust nieder.

Sie waren fast fertig mit Aufladen ihrer übriggebliebenen und geflickten Ausrüstung, als Belz in seinem alten Ford vorbeikam, im dreckigen Arbeitsanzug, Schiffermütze, Funkelaugen im schwarzen Bart. Angriffslustig berichtete er von seinem Geplänkel vor der Mühle mit Göpper, der abriet, in Kiechlinsbergen jetzt zu provozieren und er aber! Hatte den Bauern, die auf ihren Maisladungen warteten, die Nachricht der Badischen Zeitung vorgelesen! Da wollten sie alle mittags auf Kiechlinsbergen fahren. Auf einen nächtlichen Überfall war er schon länger vorbereitet, die Wyhler hatten auch ihm gedroht, den Hund zu vergiften, Salz in den Tank, die Feldscheune anzünden, mer mien jetz mit allem rächne, där Kampf wird härter, also – schwätze könnenir ja guet, mär brüchts nit als gueti Argumenti unds Rächt!

Auf der Landstraße schmeckte der Ostwind vom Schwarzwald nach Winter, die niedrig im Dunst hängende Sonne wärmte noch kaum. Von den Obstbäumen waren die letzten Früchte abgefallen, die Bauern ernteten Futterrüben oder pflügten für die Wintersaat. Zur Bauzeit ihres Magirus war an menschenschonende Kabinen für die Fahrer noch nicht gedacht worden, der Fahrtwind ihrer 15 km/h biss ihnen in Nasen und Ohren.

Als sie durch Wyhl tuckerten, kam sich auch Salli fast wie in Feindesland vor. Sie hoffte, ihrem Vater nicht zu begegnen. Der CDU-Gemeinderat musste von dem Treffen mit den Stuttgartern wissen, war vielleicht sogar dazu eingeladen, aber hatte ihr kein Wort gesagt. Abschiedslos war sie im Morgengrauen vom Hof gefahren, die rote Schirmmütze im Haar. Er hätte ihr den Traktor und Anhänger verbieten können, noch jetzt, auf der Straße. Einen andren Weg von Weisweil nach Kiechlinsbergen gab es nicht. Aber Wyhl war um diese Zeit fast menschenleer, die Bauern auf den Feldern, die Arbeiter in Freiburg und Emmendingen. Sie kamen ungehindert durch den Ort.

Karl und Jean auf dem Hänger, Reni und Armin links und rechts auf den eisernkalten KotblechSitzen. Sie froren sich alle Lüste und Worte aus dem Leib. Auch der kaum gedämpfte Diesel verhinderte eine Unterhaltung zur Neutralisierung ihres Lampenfiebers. Das stieg wie die Landstraße hinter Königsschaffhausen sich sanft zwischen die ersten nach der Rebumlegung planierten Weinfelder des Kaiserstuhls hob und sie sich dem Ort ihrer Bewährung näherten. Jean und Karl hissten auf dem Hänger ihr Transparent ATOMSCHUTZTHEATER mit der lachenden und der weinenden Maske, Salli setzte ihre Kampfmütze schräg ins Haar – es wurde ihnen zugewinkt von den Weingärten, von schnelleren Schleppern und Pekawes mit Leuten, die ihre Feldarbeit verlassen hatten, manche kannten sie von Versammlungen, von der Platzbesetzung in Marckolsheim, alle Fahrzeuge unterwegs Richtung Kiechlinsbergen, das war ja toll so viele Demonstranten so schnell mobilisiert – aber ihr Publikum auch: ebenso viele Stimmen, gegen die sie sich durchsetzen, ebenso viele Köpfe, die sie überzeugen mussten. Nein, überzeugen doch nicht – Verbündete die meisten, aber voraussichtlich zögerlich vor den Stuttgarter Offiziellen, auch wenn andrerseits die CDU-Bürgermeister und Gemeinderäte nächste Nachbarn und Bekannte waren, Duznachbarn, und ob aber Polizei im Spiel sein würde, eher nicht, da die Beratung die Verschwörung so unangemeldet war wie die Demonstration spontan, mit Polizei würden die sich verraten, also Fazit: eine völlig offene Situation. Verblüffend allerdings die Tatsache, dass in einer ihrer drei einstudierten Szenen der Stuttgarter Ministerpräsident incognito mit dem Wyhler Gemeinderat in einem Kaiserstuhldorf verabredet war – sie hatten die Wirklichkeit ziemlich exakt vorausgedacht!

Die kopfinternen Dispute der Teatermacher wurden je häufiger von Zurufen beflügelt je näher sie auf der Dorfstraße zum vor dem Schloss gelegenen Gebäude der Winzergenossenschaft hinaufrückten. Salli fuhr nur noch im Arbeitsgang, kurvte den kleinen Trecker durch die in gleicher Richtung laufenden Landleute. Jemand der ihnen von oben entgegenkam rief ihnen zu, der Fuchs sei schon im Bau und festgesetzt.

Die Menschen strömten nicht, sie tröpfelten nicht, sie schlenderten weder noch bummelten oder zögerten sie, auch hasteten oder eilten sie nicht, kein Spaziergang war das, kein Marsch, keine Demonstration: sie waren aufgebrochen und unterwegs. Allein. Zu zweit. In kleinen Gruppen. Sie schritten auf der Dorfstraße. Mitten auf der Straße. Von den vielen einzelnen, weit verstreuten Arbeitsplätzen zog sie eine Angst, eine Ungewissheit, ein Wille, ein Zorn auf den Zielweg, dorthin wo ein Stück ihrer Zukunft betoniert wurde oder offen gehalten, je nachdem, das wusste hier keiner, noch was sich ereignen sollte oder konnte war bekannt: sie hatten ihre Arbeit verlassen und ihre Gewohnheit und waren ins Offne gekommen mit dem Willen zu handeln. Das geschah nicht zum ersten Mal in diesem Jahr in dieser Gegend Deutschlands, aber nicht nur für jene, die schon in Breisach und Marckolsheim dabei gewesen waren, fühlte es sich als neuer Aufbruch, als ein Abenteuer des eignen Lebens, das zwar kostenlos angeboten wurde, aber viel kosten konnte.

Der asfaltierte Platz vor der Laderampe der Winzergenossenschaft war bereits dicht vollgestellt mit Traktoren und Pekawes, da schlüpfte keiner mehr raus nicht noch rein. Ganz vorn ein paar schwarze Limusinen mit Stuttgarter Kennzeichen, eingeschlossen von den einheimischen Fahrzeugen, von den Frauen vor allem mit ihren hochgereckten HausWerkzeugen, den selbstgefertigten Schildern und Transparenten

LIEBER HEUTE AKTIV ALS MORGEN RADIOAKTIV
CONTERGAN UND AKW TUEN UNSERN KINDERN WEH
JETZT AWER LANGST'S – NAI HAMMER GSAIT
KEIN AKW IN WYHL UND AUCH NICHT ANDERSWO
KAISERSTÜHLER FRAUEN GEGEN ATOMKRAFTTERROR

und den vielen kleineren KKW-Nein Schildern, die der Drogist Schött von seinem Unimog verteilt hatte.

Trotz dieser sichtbaren Ausrufezeichen herrschte fühlbar Unentschlossenheit und Verlegenheit unter den versammelten Menschen, eine Erwartung, vielleicht des Gegners, oder eines Signals, einer Aufforderung, einer Ansprache – anscheinend wusste niemand was zu tun sei, so lange die aufgedeckte geheime Versammlung hinter den geschlossenen Gardinen der Winzerstube gegen ihre Festsetzung nichts unternahm. Oder ebenfalls wartete – auf das Eintreffen der inzwischen vermutlich alarmierten Polizei.

Die Fernsehreporter des Südwestfunks, die irgendwer herbeigeködert hatte, beschäftigten sich mit Interviews einzelner Bäuerinnen, filmten die Sprüche, das KaiserstuhlPanorama, die Winzergenossenschaft. Der Aufnahmeleiter suchte den verantwortlichen Organisator, wurde zum Drogisten Schött geschickt – die Landesregierung mit ihrer TeilerrichtungsGenehmigung ist der Veranstalter oder die Badische Zeitung mit ihrer Nachricht am Morgen oder der spontane Zorn der Kaiserstühler, nichts ist geplant, die Leute wollen mit ihren Abgeordneten mit ihrem Minister reden, der Beschluss des Kabinetts ist illegal, Minister Eberle treibt die friedliche Bevölkerung zum Widerstand, wenn er das Atomkraftwerk durchpeitschen will ohne demokratische Legitimation, ein Redner ist nicht vorgesehen, hier kann jeder für sich selbst sprechen, fragen Sie nur die Leute

und da war plötzlich eine helle Stimme über die unklaren Geräusche der Menge hinweg zu vernehmen, die auch die letzten Motoren zum Schweigen brachte und den Aufnahmeleiter mit seinem Kameramann in die Menschentraube um den Teaterwagen stürmen ließ, wo Reni ihre maskierten Mitspieler vorstellte:

Menschen am Kaiserstuhl! Männer und Frauen!
Bauern, Winzer, Arbeiter! Alle die hier zuschauen!
Auch unsre Lehrer, Pfarrer und der Herr Fischer –
hört die Wahrheit über das, was in betrügerischer
Absicht da drin als harmlose Weinprobe läuft.
Was dort gekungelt wird, wer dort säuft
zeigt heut das Atomschutztheater.
Mit verteilten Rollen wird da das gleiche Lied
gesungen:
Zuerst ein Herr Filbi, berüchtigt als Landesvater –
dann Herr Strahl, sein Spezi für technische
Verirrungen –
und als schärfster dieser feinen drei Mister
Herr Eber, der smarte Wirtschaftsminister.
Ich gelte in diesem Theater nicht viel
weil, ich spiele den Bürgermeister von Wyhl,
der dort hinter Gardinen das Volk vertritt
mit dreißig Puppen vom gleichen Verschnitt.
Leider ist das eine stumme Rolle.

Jean, der als Requisitör Reni Jackett und Hut des Bürgermeisters auf den Wagen reichte und dazu drei bemalte menschengroße PappPuppen, rief dazwischen Da müssen wir umso lauter schrein! und heizte so das erste zaghafte Gelächter der Zuschauer an. Armin mit der lächelnden FilbingerMaske vollführte eine päpstliche Segnungsgeste nach allen Seiten, erntete ein paar Pfiffe, übertönte die aber mit seiner Predigt

Liebe Landeskinder! Ein Land wie das unsre, sonnig, heiter und fromm, braucht Wachstum zum Leben! Stillstand ist Rückschritt. Nur Leistung bringt weiter. Wer sich gestern im Bach wusch, will heute warm baden. Mit Recht. Die Welt birgt viel Schmutz.

Wer den Dreck vom BadenWerk an der Weste hat muss viel baden! schrie Jean dazwischen und Armin zurück: Ruhe da unten! ehe er wieder in der Rolle deklamierte:

Deutschland, Kinder, hat wieder Weltgeltung! Wir produzieren Demokratie und Waffen im Überfluß, auch für den Export. Und Energie! So verschaffen wir unsrer Freiheit Respekt. Die Atomsonne ist der Garant unsrer Freiheit. Und das funkelnde Feuer unsres badischen Weins ist nichts andres als die lebendige Glut im Reaktor. Von der Sonne verwöhnt sei doppelt drum unsre Devise! Deshalb folgt mir in eine strahlende Zukunft!

Die Pfiffe verstärkten sich. Die drei andern Spieler knieten anbetend um Armin. Der erhob nun Salli in ihrem dick ausgestopften KapitalistenKostüm zu sich auf:

Herr Dr. Strahl, erklären Sie mal den Gemeinderäten die Technik des Kraftwerks –

und Salli:

Nichts leichter als das!

Einer rief aus der Menge Des isch dem Biechele sai Salli! Un där Alt hockt dert nai beim Minischter!

Nehmen wir als Beispiel einfach die Sonne: Ununterbrochen spaltet sich dort der Kern. Atomkraft ist reine Natur. Macht euch die Erde untertan, heißt es schon in der Bibel. Also forschte der Mensch und zähmte das wilde Atom. Wie die Kuh wird es gemolken und schenkt seine Energie. Gottseidank, denn sonst gingen im Jahr 84 die Lichter aus. Will hier jemand leben wie die Neger im Busch? Wieder mit dem Pinsel rasieren, Herr Schött? Auf dem Holzfeuer kochen, Frau Harlow? Ohne Heizkissen im kalten Bett, Hochwürden?

Mich wärmt die Fräü, schrie ein Bauer, erntete Gelächter, Bravorufe, Mir lasse uns nit versäckele! Die dert drin selle uns Räd stehe!

Die Provokation begann zu wirken. Armin zog Karl Meckel mit der BulldoggenMaske in die Höhe: Herr Minister – was sagen Sie zu diesen unverschämten Protesten? Karl begann mit seinem verblüffend echt und gefährlich klingenden Gebell. Auch seinen Text stieß er hervor wie ein Polizei-Lautsprecher:

Ruhe Volk! Wir haben die Macht und den Durchblick! Soll die Regierung das Vertrauen in euch verlieren? Dann ist sie zu allem fähig! Wir erwarten Dankbarkeit für unsre Vorsorge. Katastrophenpläne sind erstellt. Für den Fall der Fälle. Der statistisch nie eintritt. Notstandseinsatz der Bundeswehr. Freifahrtscheine nach Madagaskar. Jodtabletten. Hygienische Beseitigung verseuchter Kühe und Kinder. Notlazarette. Irrenhäuser. Friedhöfe. Massengräber. Bunker für die Regierung. Ihr krepiert. Wir überleben immer!

Die Pfiffe und Buhrufe, die Karls Text begleiteten, waren keine Kritik an der Teatertruppe, sondern eine Art Mitspiel der Zuschauer, die ihre eigne Unentschlossenheit überwinden wollten, zugleich in der satirischen Übertreibung des Spiels auch die Wahrheit spürten, die reale Gefahr, deren wirkliche Dimension die gepflegte Rede von der *friedlichen* Nutzung der Atomenergie sie bisher hatte verdrängen lassen – nur für den Weinbau, ihre Sonderkulturen fürchteten sie, für den Auwald und die Fischbestände in den Altwassern. Wenige kritisch gewordene Fachleute hatten in den Versammlungen der Bürgerinitiativen zu erklären gewusst, dass die Atomtechnologie nicht vergleichbar war mit irgendeiner bisher von Menschen entwickelten Technik, auch wenn deren Opfer in den Fabriken und Bergwerken, auf den Straßen und Meeren, in den Lüften, die bisher in den Reaktorfabriken dargebrachten Menschenopfer um das Zehn- oder Hunderttausendfache übertrafen. Ihre noch vorsichtig und als Frage formulierte Einsicht, dass diese Energiefabriken, wie die damit verbundenen Nuklearbomben und Transportraketen, eine Kriegserklärung gegen die Völker und ihre nachkommenden Generationen bedeutete, vor allem gegen das eigne aber – diese Einsicht musste in den Köpfen viele technikgläubige Vorurteile überwinden. Mit Skepsis und Abwehr hatten die Landleute zugehört, wenn Balthasar Ehret sich mit der Behauptung vorwagte, dass die Regierungen und die unsichtbar wirkenden Kräfte des Kapitals die Macht der Industrienationen auch durch diese konzentrierte Energiebeschaffung für die absehbare Auseinandersetzung mit den Milliarden Hungerleidern der Welt unüberwindlich machen wollten.

Armin sah Balthasars verschmitzt lachendes BartGesicht in der Menge, als jetzt sich Sprechchöre bildeten, gegen das verschlossene Gebäude der Winzergenossenschaft: EBERLE - STELL DICH! KEIN AKW IN WYHL! und in dem entstandenen Lärm war ein weiteres Theaterspielen unmöglich und überflüssig. Armin lachte unter seiner Maske, so etwas wie Jubel im Blut überschwemmte ihn, als sein Text diese aufreizende Wirkung zeigte. Sie konnten ihre beiden Szenen mit Filbinger im Beichtstuhl und den drei Herrschaftsfiguren in der Sauna beim TriumfGespräch über ihre Tantiemen Gehälter Aktienpakete und Pensionsansprüche auf eine andre Gelegenheit verschieben.

Aber es begann nun erst richtig, das Volksteater, dessen Bühne die Laderampe der Winzergenossenschaft war und die Treppe vor der Weinstube, dessen Publikum und Aktivisten diese sich erregende Menge von Dorfleuten darstellte. In der Kulisse hinter den Gardinen wirkten die von den Sprechchören beunruhigten Ratsvertreter der CDU mit, die ihrem Minister Eberle und Fraktionsvorsitzenden Späth kaum noch zuhören konnten. Zum Einschwören waren die angereist, zum Verteilen von Handlungsanweisungen, hartgesotten von dem in der Landeshauptstadt häufig und heftig spürbaren Druck der Straße, vor dem in den schweren Zeiten terroristischer Staatsgefährdung kein Schritt zurückgewichen werden dürfe, weder in Bonn noch in Stuttgart noch am Kaiserstuhl, Entschlossenheit der gewählten Organe habe noch immer Erfolg bei den Menschen draußen im Land gezeigt, deshalb die Baugenehmigung, schnell und definitiv, um den irrationalen, von Kaoten angezettelten Diskussionen und Demonstrationen ein Ende zu setzen – und dieser unverschämten Belagerung einer Besprechung von Vertretern der regierenden Partei,

aber Besänftigung und Beruhigung der Gemüter verlangen die Ratsvertreter vom Herrn Minister um so dringlicher je lauter die Rufe der Sprechchöre durch die Fenster dringen, um Gottes willen keinen Polizeieinsatz zur Befreiung der Runde, kein Funke ins Pulverfass dieser aufgeheizten Stimmung, das sind Alemannen Herr Eberle, keine Schwaben,

dann sollen sie eine Abordnung reinschicken ihre Wünsche uns vortragen mich zwingt keiner vor die Meute,

aber Bürgermeister Zimmer auch nicht, der ist ein rotes Tuch, schon Morddrohungen telefonisch, der Biechele soll raus, hat Respekt bei den Leuten

und Biechele auf der Treppe im Sturm vor dem Wald der Schilder dem Meer der Köpfe im Regen der Rufe: steht im Nebel, sieht nichts, der Beton ist weich unter den Füßen oder die Waden, scheucht die Luft den Lärm mit rudernden Armen

Sinner emol still Leit, ich bin där Biechele us Wyhl, mich kennener

Ruhe! rufen einige von vorn nach hinten, dämpfen kaum den Lärm

ich hab der Uftrag eich ze sage, dass där Minischter eine Abordnung von betroffene Kaiserstühler empfange will, wenner eich zivilisiert benähme

und provoziert so erneut höhnisches Gelächter Pfiffe Rufe, bleibt aber doch stehn, hilflos, eingeschüchtert, allein zwischen Nachbarn und Regierung, einsamer ratloser Mann im weißen Hemd und Schlips unterm Tweed, dessen einzige Tochter mit einer roten Mütze im Haar fremd zwischen den lärmenden Menschen zu ihm heraufschaut.

Balthasar Ehret schiebt sich durch die vordersten Reihen, stapft die Treppen rauf, einen Handlautsprecher am Arm, stellt sich neben den Bauern Biechele, fühlt sich stark und wichtig. Durch den Verstärker ruft er gut vernehmlich für die draußen und drin:

Mir alli sin die Abordnung der Kaiserstühler Bevölkerung! Mir han der Strit nit welle wo usbroche isch in unserm Land durch das Bleiwerk unds Atomkraftwerk die uns dRegierung beschäre will. Mir welle dem Minischter unsre Nöte vortrage dass mir kai Ruhrgebiet am Oberrhein welle ha wo unsre Haimat zerstört. Entweder gohnmer jetz alli nai oder er kummt erus un stäht uns Räd und Antwort.

Und in das Beifallsgejohle: Also Gottlieb, jetz gosch nai und sagstem des von dKaiserstühler Abordnung. Mer gävenem fünf Minute Bedenkzit.

Salli ist zum Heulen. Wortlos, wie ein vor die Tür geschickter Schulbub, ist der Vater verschwunden. Fortgeschickt vom Belz. Verdorben ihre Freude über die gelungene Premiere der Gruppe. Sie schämt sich für ihren blamierten Vater. Ist wütend auf Belz, den Matador, ihren Verbündeten. Wütend auf Gottlieb Biechele, der sich nicht hätte blamieren müssen auf der falschen Seite, wenn er auf ihre Argumente gehört hätte. Armin neben ihr spürt fast körperlich die Lächerlichkeit des Auftritts dieses sonst geachteten Landwirts, der kein unmittelbares Interesse hat an dem Projekt der BadenWerke, auch kein blindfolgender CDU-Mann, aufgeschlossen für Neues, Salli hat genug Beispiele gewusst, wenn sie von ihm erzählte – er wollte seinem Dorf und der Region mit einer fortschrittlichen Technik helfen, Sallis Gründe hatten ihn beeindruckt, glaubte sie, aber es waren doch auch linke Gründe und linke Leute von denen sie stammten, also misstrauenswürdig, er hat sich öffentlich festgelegt für das Kernkraftwerk, aber zugleich im Gemeinderat für einen Bürgerentscheid gestimmt, und jetzt von den Stuttgartern ins Feuer geschickt, weil sein Bürgermeister erst recht keine Chance hat vor den AKWGegnern, verheizt regelrecht, vertölpelt, reingestolpert, das ist kein Triumf. Salli sieht aus wie verdonnert. Er legt im Geschiebe der Körper ihr den Arm um die Schulter Salli Mensch scheiße, was soll er sagen, sie schüttelt seinen Arm aber ab, lass Armin, unwillig oder verzweifelt, erschrocken sieht er ihr ins Gesicht.

Ich hätt mitenem räde mien, dischkutiere, erklärt sie nun doch durch die Zähne, da hätter nit so eländiglich usgsähe.

Armin will sagen dass das unmöglich war in dem hitzigen Lärm, da öffnet sich die Tür durch die ihr Vater verschwand. Zwei untersetzte Männer in dunklen Anzügen treten auf die Rampe, lassen die Tür hinter sich offenstehn, bereit für einen schnellen Rückzug. Die Stimmung in der Menge ändert sich sofort, die Erregung wird gedämpft durch den bloßen Anblick der beiden Offiziellen, des Ministers und des Fraktionsvorsitzenden, die den Kaiserstühlern nur aus dem Fernsehen und von Zeitungsfotos bekannt sind. Sie haben nichts Eindrucksvolles, Einschüchterndes an sich, in einer Stadtstraße hätte sich niemand nach ihnen umgeblickt, so normal und durchschnittlich wirken sie, hier aber gibt es in den Augen der Demonstranten ein zweites Bild hinter den beiden Politikern, einen Schatten, die Aura der Macht, aus Jahrhunderten Erfahrung und aus jüngsten Ereignissen in die Köpfe geprägt, die weder vierzig Jahre demokratische Umgangsweisen noch die Respektlosigkeiten der Studenten in den Großstädten, weder die Entführung des Berliner Gerichtspräsidenten durch das RAFKommando noch die Verhöhnung durch die Teatertruppe haben auslöschen können. Armin spürt das unsichtbare AtemAnhalten der Menschen, die Sprechchöre sind verstummt. Auch Balthasar Ehret versteckt sein Löwenherz, sagt artig und hochdeutsch durch das Megaphon

Guten Tag Herr Minister Eberle, guten Tag Herr Späth, wir Kaiserstühler Bürger haben uns hier versammelt, um Ihnen unsre Sorgen und Nöte vorzutragen, die wir mit dem Atomkraftwerk haben. Wir freuen uns, dass Sie jetzt endlich den Weg zu uns gefunden haben. Wir haben heute aus der Zeitung erfahren, dass Sie das Atomkraftwerk schon genehmigt haben, obwohl der Bürgerentscheid in Wyhl noch nicht stattgefunden hat. Wir bitten Sie, diese Nachricht jetzt zu dementieren.

Er hält dem Minister das Gerät vors Gesicht, zeigt ihm den Sprechknopf, zeigt ihn so in seiner Unbeholfenheit vor dem einfachen Verständigungsmittel der Bürgerinitiativen, und auch die Aufforderung zum Dementi, fand Armin, war ein geschickter Eröffnungszug.

Der Minister war zu frech oder zu ungeübt im Umgang mit den erregten Dörflern, um die Falle zu erkennen. Schlankweg teilte er den lieben Kaiserstühler Bürgerinnen und Bürgern mit, dass die Veröffentlichung in der Zeitung ein Versehen sei, da hätte jemand eine Maus im Stroh rascheln hören und einen Elefanten draus gemacht, ein grobes Missverständnis, es sei überhaupt noch nichts über das Kernkraftwerk entschieden, nur die erste TeilerrichtungsGenehmigung sei erfolgt, im wohlverstandenen Interesse der Badener Bevölkerung, über alles andre müsse später nach reiflicher Überlegung –

Die jetzt neu aufwirbelnden Pfiffe und Pfuirufe, die Empörung der Menschen über diese Verhöhnung ihrer Existenzängste, übertönen die weiteren MinisterWorte. Vor der Kulisse der inzwischen auf die Rampe getretenen Gemeinderäte und Bürgermeister steht der kleine Mann staunend im Geprassel der durcheinander schrillenden Rufe, weder der hochmütige Gesichtsausdruck noch die dazu passende Handbewegung, als er Belz das Megaphon zurückreicht, verschleiern seine Hilflosigkeit. Armin denkt: das vergisst der nicht, der rächt sich. Und zu Salli: Siehste, der schaffts auch nicht! Es dauerte Minuten bis der Tumult sich zähmte.

Der Drogist Schött bewerkstelligte schließlich eine Art LautsprecherDiskussion zwischen den Männern und Frauen auf dem Platz und dem Fraktionsvorsitzenden auf der Rampe, die allerdings mehr dem Schlagabtausch eines Boxers mit seinem PunchBall glich und so lange dauerte, bis der Minister, um ihn aus dem wütenden Wörterhagel der Bürger zu befreien, ausdrücklich vor aller Ohren versprach, die Bedenken der Kaiserstühler im Kabinett vorzutragen. Das war wenig genug für viele, die ihre Arbeit verlassen hatten, um die Bedrohung abwenden zu helfen, aber immerhin hatte der aufgestaute Zorn Luft gefunden und die oben konnten nun nicht mehr im Zweifel sein, wie heftig der Widerstand gegen ihre Pläne war.

Schött bat, die Herrschaften freizulassen. Nur langsam entwirrte sich die Blockade der Landfahrzeuge. Durch die entstehende Gasse konnten die schwarzen Limusinen zurücksetzen auf die Dorfstraße, von Pfiffen begleitet.

Da Salli im Gedrängel verschwunden war, musste Jean den Trecker der Teatertruppe mit dem Hänger auf die Straße manövrieren. Sie suchten Salli, die rote Kappe, lange vergeblich. Sie tauchte erst wieder auf, als der Platz vor der Winzergenossenschaft fast geleert war, ohne die Mütze, hatte mit ihrem Vater gesprochen. Ihr Gesicht verbot Armin jede weitere Frage.

Erst am Abend in der *Fischerinsel*, wo nach der gelungenen Belagerung und der ausführlichen Übertragung ihrer Aktion im Südwestfunk Hochstimmung herrschte, sagte sie ihm leise, dass ihr Vater allein in der Weinstube sitzen geblieben war und geweint hatte.

Waldbesetzung

An jenem diesigen Februarmorgen rollt hinter Balthasar Ehret auf der Landstraße von Wyhl Richtung Rhein Naturlehrhaus, als er vom Auwaldsaum zurückschaut, rollt mit 30 der eiserne Wurm: was am Kaiserstuhl Räder hat, die Bauern Winzer Handwerker Bürger, mit der stillen bösen Wut auf den Bruch der Versprechen. So hat ein Filbinger Profet der strahlenden Zukunft den Berg in Bewegung gebracht, der kommt jetzt zu ihm, das liebe Volk hat den Arsch hoch gekriegt und stürmt ganz langsam friedlich auf das Schlachtfeld des Waldes. Viele Badener Elsässer Leichen hat der schon verdaut nach anderen Kriegen, Kernkraftwerk Süd und Hochtief heißen die exekutierenden BaumSchlächter im Jahr dreißig nach Ende des letzten. Bewaffnet mit Raupen Baggern Motorsägen, zerwühlen sie das ErdReich zwischen den schon gefällten Recken mit brüllenden Dieseln, ohrenschneidend das Kreischen der Sägen im lebendigen Holz, das Rauschen und Krachen der stürzenden Stämme. Armin fühlt mit den Kaiserstühlern den Angriff auf die eigene Haut, Belz atmet tief aus der Brust, spürt die Gefahr wie er vorwärts stapft zwischen die tonnenschwere Gewalt der Maschinen, auf denen die Fahrer sitzen wie Kommandanten – ein Druck aufs Gaspedal lässt den Koloss dumpf aufheulen, das ist so leicht wie Schießen mit einem Finger am Abzug, ein Hebelzug öffnet das spießige eiserne Riesenmaul über den Köpfen der weichen blutgefüllten Lebewesen, die stählerne Raupe malmt härteres Holz in den Boden: Arbeiter verwalten die verliehene Kraft unerbittlich für elfMarkzwanzig die Stunde.

Belz predigt den Waldschraten Län eich nit provoziere! Mir derfe kaine Tätlichkeite dulde, auf gar kainen Fall! Mir mien argumentiere mit unserm Rächt, 's Mül ischt unsre schärfschte Waff! sagt er den jungen Elsässern, die in Marckolsheim schon gegen das Bleiwerk den Bauplatz besetzten, den heißherzigen Studenten aus Freiburg: Niet beschädige – ein scharfs Mül is meh wärt als zehn Maschinegewähr! und aus Kopftüchern schreit es, Salli schreit es, Aufhören! (den Tag sieht Salli Armin aber nicht), es schreit unter Mützen Der Bauplatz ist besetzt! Körper scharen sich um Pappeln um Holzfäller, die nur ihre Pflicht tun, nichts dafür können, ihre Arbeitsplätze, irgendwo muss es doch stehn das Atomkraftwerk, nein nirgends! Beim Filbinger im Garten! und der Weißhelm schlägt zurück mit der heulenden Sägekette, schafft sich Schreck und Platz, aber zwischen ihn und den Baum drängt schon Salli mit drei Frauen, packt ihn am Ärmel, und wohin er sich wendet müßte er Knochen sägen statt Holz, da legt er die Waffe still, krebst geschlagen zum Bauwagen. Beifall.

Nicht so der Bauleiter, den sieht Armin als Offizier, Sturmbannführer verkleidet in Janker und Cord, der macht nicht für Geld nur die Arbeiter scharf, ungebrochen das steife Rückgrat unterm Tirolerhut, die harte Schnauze schmeißt Macht-Brocken über die Köpfe der andern: Das Gelände gehört den Badenwerken, ich bin hier der Hausherr, verlassen Sie sofort den Bauplatz! Das ist Hausfriedensbruch!

Sell isch unser Wald, gickst eine Bäuerin und Belz bellt hochdeutsch sein Gedicht *Eberle hat unser Recht verletzt, deshalb wird in Wyhl der Platz besetzt!*

Machtrecht gegen Naturrecht, unentschieden kämpft in den Köpfen der Staat mit der Heimat und Armin vergisst den Reporter der Demokratischen Zeitung, will es der zeigen die durch ihn schaut wie durch Glas, klettert mit andern auf den Goliath den Raupenbagger, sie hämmern an die Scheiben, der Maschinist schlägt weiter die gewaltige Schaufel in den abgeholzten Waldboden, hat sich eingeschlossen in der Kabine, die Frauen im Schwenkbereich der stählernen Klaue laufen tollkühn mit unter ihr, dass der Mann nicht mehr an den Boden kommt, hin und her, ein Tanz Kriegstanz von Mensch und Maschine, das Gesicht hart verbissen hinter den Scheiben.

Belz hat Angst um die Leute, kennt den Mann von der Arbeit früher, winkt die Besetzer runter, da knallt der das Fenster auf schreit Mach dass des Lumpenpack wegkommt eh ich mich vergiss! und er nicht leiser Hör uff Karl! Kai Mensch bezahlt dir des wenn du d'Bürefräüe kaputt schläsch! Mir wän niet mit dir! Hör uff! Und der: Ihr spinne doch alli! Immer noch Wut, aber stellt den Motor ab, hört Belz: Mir sin nit gege eich Arbeiter, aber ihr sin äü niet Bässres wie mir, mir wän mit eich schwätze, worum dass des Atomkraftwerk d'Arbeiter üs dere Gägend gnäü so bedroht als wie d'Wiebüre un der Dübak und d'Fisch – Gähn er heim eh d'Polizei eich aufs Hirn schlät! fährt der ihm dazwischen, steigt von der Maschine, zeigt ihnen den Hintern, geschlagen.

Der Tirolerhut aber sieht rot, der Zynismus des herausgeforderten Befehlshabers: Sie übertreten das Gesetz! In zehn Jahren ist das Kernkraftwerk ausgebrannt, dann können Sie Ihren Wald wiederhaben!

Da packen ihm die Vordersten an den Janker, die Empörung schlägt durch in die Fäuste, der Mann wird gerüttelt, japst, auf die Trommelfelle knallt Hurenbock Kapitalistenknecht Lumpensäckel als Ohrfeigen, und wieder Belz dazwischen, bremst die Schlagkraft der Bauernhände, lenkt sie um die entzündete Energie auf die Arbeiter, die ihr Chef zurückgescheucht hat an die Bäume, erneute Scharmützel verstreut im Gelände aber mit Worten gewaltfrei, welche die Jungen mit Steigeisen Seilen haben Stämme geentert, hängen unerreichbar wie Affen in Zweigen, da lacht auch Belz kehlig, Menschen fällen die nicht weiß er, stapft zurück zum Wagen mit erdschweren Stiefeln, und wie er mit Armin langsam die Parade abrollt, vorbei an der Kette abgestellter Pekawes, verbietet er ihnen Triumf, das ist nicht der Sieg, ein Anfang, ein Grenzübertritt, Verstärkung ist not, hält an immer wieder, zur Auskunft gewunken, wer kennt ihn hier nicht, und lacht aus dem Fenster Es läuft, gähn er nur hi, mir bsetze der Platz, jeder wird brücht! Auch die er nur kennt vom Sehn, von den Versammlungen Kundgebungen, feuert er an Spot kommen er, beeile eich, 's git ebbes z'tun für eich, Zietung het gsäit mir währe uns nit – jetz luegt emol wie d'Zietung lüegt! Reibt sich die Schenkel. Armin aber hat nichts zu lachen, zwei Tage vor dem Arzttermin mit Salli in Köln.

Im Naturlehrhaus am Waldrand, im windstillen Auge des Landsturms, läuft noch die Pressekonferenz, legen die wichtigen Sprecher der Bürgerinitiativen den südwestdeutschen Reportern und Filmern die Argumente säuberlich dar, die weggetäuscht ausgetrixt wurden von Landesregierung und Kraftwerkbetreiber mit dem überstürzten Baubeginn und haben den Rechtsstaat zur Farce gemacht vor dem gültigen Spruch des Gerichts: feierliche Proteste.

Da platzt Belz der Erlkönig Erdgeist in die dezente Erregung: Was hocken er do nie! Rüss! Duße isch Weltbewegung! Wän er alles verpasse mit Schwätze und Spekuliere? Duße wird d'Platz besetzt, die Kaiserstühler Bevölkerung het d'Sach in d'Händ gnumme und ihr län eich ain Weltereignis an der Nas lang go und räde so e Mischt! Mache d'Presskonferenz da uße, ihr häns ja glehrt ufm Knie schriebe, kummen er, die Sensation des Jahres im Wyhler Wald!

Das war Balthasars Tag. Da stand er mächtig im Gelände. Unbestritten, unangefochten war sein Triumf, auch über die verbündeten Gegner: die sanft aufständischen Honoratioren der rebellischen Dörfer, Drogist Schött Müller Göpper Pfarrer Richter Frau Harlow, die

noch als der Bauplatz verkauft war –
noch als der Bauzaun schon stand –
noch als der Sofortvollzug angeordnet war –
noch als die Maschinen schon rollten –
hofften
glaubten
wünschten
dass DIE DEMOKRATISCH GEWÄHLTE REGIERUNG
den wortreichen tatenarmen Widerstand achte
die Ängste der Bedrohten verstünde
statt sich SICHER IN IHRER MACHT zu wissen.

Zu der Zeit hat Armin Balthasar Ehret bewundert, wie ers geschafft hat, die Vorsichtigen mitzureißen und die Wilden zu zähmen. Die Wilden waren nicht die Leute vom Kaiserstuhl.

Erst als die Regierung und der Konzern begannen die Karten zu zinken, den friedlichen Widerstand auszutricksen und zu bestechen, zu betrügen, zu verleumden und mit Gewalt zu brechen, da wurden sie Mäster der Wut.

Der Hass kam mit andern, die brachten den in Enten und VauWes mit geteilter Heckscheibe, in Rucksack und Schlafwurst per Autostop aus Berlin Bremen Frankfurt, aus ihren Kämpfen gegen das *Schweinesystem* in Großstädten, wo sie aus Knüppeln und Kugeln und Totschlagwörtern gelernt hatten, wie die Herrschaft zurückbeißen kann, wenn die herrschenden Regeln bedroht werden. Sie konnten die gelernte Moral nicht heucheln in eine für den kolonialen Gebrauch und eine für die üppigen Metropolen. Sie benutzten aber die großen Wörter der Revolution wie Groschen, warfen sie gegen geschlossne Fenster und Köpfe, und brauchten das Pflaster nicht nur mit den Füßen. Als das geträumte Proletariat auf Opel und Ford als Freiheitsbringern bestand, legten welche Bomben für den Sozialismus und erwachten nicht im Albtraum von Stammheim. Welche fanden zu den Hinterwäldlern am Rhein. Anarchisten, im Volksmund. Belz hat sie Kaoten genannt. Das war auch ein Schmähname für die schwierigsten Kinder des siegreichen Wohlstands.

Das Ungeborene

Viel Zeit zum Schweigen auf der Fahrt nach Köln. Sechs Stunden. Das Eis war nicht auf der Autobahn. Erst hatte er noch von Einzelheiten der Platzbesetzung gesprochen, aber das prallte ab an ihrem reglosen Profil, als verstünde oder hörte sie nicht. Sie ließ sich nicht ablenken von ihrem furchtbaren Ernst.

Sei ruhig, sagte sie starr, so kalt, dass er erschrak von dem nie gehörten Ton. Ihr Gesicht schien geschnitzt, sanft zwar die geschwungenen Linien, von der Stirn über die leicht gerundete Nase die nackten Lippen zum Kinn in den schlanken Hals und die Kurve ihrer nach hinten gekämmten Haare von der Schläfe halb über das Ohr in die armstarke Flechte, die ihren unbeschreiblichen Nacken halb freiließ halb bedeckte, eine Ikone, die er berührte mit bittenden Blicken, ob sie sich ihm nicht doch mit ihren Augen einmal zuwende, aber das Gesicht blieb so erkaltet und wortlos feindlich, dass er die Hände ums Steuer krampfte, um seine Verzweiflung nicht überfließen zu lassen. Einmal schien das Bild plötzlich hell auf, er sah den schimmernden Flaum auf ihrer Oberlippe als Leben. Es war die niedrige Sonne, die einen Ausweg durch die träge schwärende Wolkendecke gefunden hatte – gleich wieder verdrängt.

Über Idstein wie jedesmal auf der Strecke die Erinnerung an den auf die Seite gestürzten DeKaWe, quer auf der Überholspur, als er seine Tür nach oben öffnete und in den Himmel stieg, kein andrer Wagen kein ElKaWe ihn zermatschte, sie konnten mir ausweichen anhalten, zusammen haben wir ihn auf die Räder gekippt und zur Seite geschoben, mir war nichts passiert, der Wagen sah auch so aus, bißchen zerkratzt, aber die Vorderachse verbogen durch den Schlag gegen den Bordstein, liegt da unten in Idstein begraben mein erstes eignes Auto Salli, und warum, weil ich eine Zigarette gedreht hab beim Fahren.

Da wandte sie den Kopf zu ihm, er sah in weit geöffnete harte Augen, die sagten Mein erstes Kind werd ich in Köln begraben. Sagte das langsam und schrecklich, ein Todesurteil, das er nicht gesprochen doch gesprochen hatte, oh nein Salli! Oh nein kein Kind! Das ist ein Fötus Salli! hielt auf dem Parkplatz umarmte sie benässte ihr Gesicht mit Tränen, war überschwemmt von Liebesgefühlen aus Verzweiflung die sich aufbäumten in ihm gegen die Zerstörung die er selbst angerichtet hatte mit was denn mit Liebe mit dem verfluchten Liebesding nein mit was er am Ufer der Freiburger Dreisam als der Arzt ihr gesagt hatte schwanger und er seine weggeschwiegene Wahrheit über die Lippen bringen musste: Eine verlorene EHE ZWEI KINDER. Weil Salli sich ängstlich schon freuen wollte seine schnelle Idee von dem Arzt in Köln nicht verstand dafür keinen Ort hatte in ihrem Kopf und ihrem Bauch und erst mit seiner vergangenen fortwirkenden Wahrheit ein Entsetzen wohl bei ihr einschlug oder langsam furchtbar sich in ihr ausbreitete dass sie von dieser Stunde an ihn nicht mehr anfasste kein Lächeln mehr wusste kaum noch Worte. So verraten das Vertrauen der Liebe.

Lass uns umkehren Salli, ich will das nicht mehr. Ich dachte für meine Kinder die Verantwortung, ich kann das nicht ein drittes. Aber warum soll ich das nicht schaffen, wir beide. Wenn du mir die Lüge verzeihst. Die war aus Angst doch nur dich zu verlieren. Erst fingen wir an mit dem Teater, da konnt ich dir das gut verschweigen. Dann kam unsre Liebe und ich dachte, du verträgst nicht meine Vergangenheit. Ich wollte dich nicht enttäuschen oder ich war zu feige. Ja es war falsch. Aber unsre Liebe war nicht falsch Salli. Nicht unser Teater. Lass uns umkehren, es ist nicht zu spät.

Meine Liebe ist tot Armin. Wie das Problem in meinem Bauch. Sagte Salli mit einer Stimme aus Glas, rotem Glas. Steig aus, ich werd fahren bis du dich beruhigt hast.

Als sie hinter dem Steuer saß, startete sie nicht, flüsterte jetzt vor sich hin Ich hab wahnsinnige Angst Armin Hast du es früher schon mal mitgemacht?

Er brauchte lange zu der Antwort. Ja.

Wie ist es?

Ich weiß es nicht. Wir sind nie dabei.

Sag was du weißt.

Du sitzt wohl wie beim Frauenarzt auf dem Stuhl und die Gebärmutter wird ausgeschabt.

Ausgeschabt. Mit Betäubung?

Ja sicher. Bestimmt. Es ist ein einfacher Eingriff, wenn ein richtiger Arzt ihn ausführt.

Ist deiner ein guter Arzt?

Ja Salli. Er hat Sonja geholfen. Zehn Jahr ist das her. Viele Frauen haben abgetrieben. Lass uns umkehren. Fahr zurück. An der nächsten Ausfahrt können wir wenden.

Du bist romantisch. Stellte sie mit der gleichen Entfernung fest. Das hilft mir garnicht.

In Bayenthal war sein Zimmer frostig, alle Tuche klamm, er musste erst Öl aus dem Keller holen, nachfüllen, ehe er den Ofen zünden konnte. Sie ging umher, betrachtete die Bücherrücken im Hängeregal, die Packungen und Gläser in den Apfelsinenkisten der Kochecke, hinter dem Vorhang seine Sommerjacken auf dem Besenstil, setzte sich an den Tisch neben dem Fenster, der von Aktendeckeln, Zeitungen, Papieren vollgepackt war, las von dem Zettel an der Wand *Aufklärung ist der Ausgang des Menschen aus seiner selbstverschuldeten Unmündigkeit* – ist das dein Leitspruch?

Kant. Aus meiner JusoZeit.

Ich konnte nicht mehr lernen, als meine Lehrer und der Pfarrer wussten.

Ja Salli. Das AKW hat dich mündig gemacht. Und dein Verstand.

Glaubstu?

Wir können immer wieder rückfällig werden. Das ist das Schlimme. Wie ich an der Dreisam.

Salli schüttelte den Kopf. Da hast du deinen Verstand benutzt. Ohne dein Herz. Sie überlegte. Sagte, wie eine Frage an sich selbst: Jetzt ist es wohl umgekehrt geworden.

Sie nahm das eingerahmte Foto der beiden Jungen vom

Tisch, trat ans Fenster.

Martin und Klaus, sagte er über ihre Schulter.

Sie nickte. Richtige Buben.

Dreizehn und vierzehn jetzt. Warn wir in der Eifel, Steinbachtalsperre, in den Ferien.

Bist du stolz wie?

Er wusste nicht, was darauf antworten, schwieg lieber. Vielleicht meinte ihr Intresse eine Brücke über das Eis, vorsichtig küsste er ihren Nacken, neben dem Zopf, sie duldete das einen Augenblick, beugte sich dann aber zur Seite, stellte das Bild zurück, trat an den Ofen, der jetzt freundlich bollerte, rieb ihre Hände in der aufsteigenden Wärme.

Du bist ganz schön arm, sagte sie in das Schweigen.

Findest du?

Sieht so aus.

Ich brauch nicht viel, weißt du.

Nachdenklich schaute sie ihn an. Bei uns ist alles ganz anders. Das hast du nie gesehn. Mein Vater ist Landwirt. Draußen läuft er in dreckigen Klamotten, aber im Wohnzimmer will er seinen Reichtum fühlen. Hat sich Perser eingetauscht nach dem Krieg. Die Mutter hat er mit Gold verziert. Ein Kruzifix da wo bei dir der Guevara hängt.

Warum hast du mich nie mitgenommen zu ihnen.

Salli schnaubte durch die Nase. Rausgeschmissen hätter dich. Seine Tochter gleich mit, wenn er gemerkt hätt, dass du sie geschwängert hast. Verheirateter Habenichts mit zwei Kindern!

Du siehst wie allein ich leb. Ich kann auch viel mehr verdienen als mit Schreiben, wenn ich will! Ich kann mich sofort scheiden lassen. Ich werds tun Salli!

Das wirst du nicht tun. Mit so netten Kindern.

Lass mich mit den Kindern in Ruh! sagte er zornig, verzweifelt. Ich liebe dich! Nicht meine Vergangenheit. Die ist versorgt!

Liebst du deine Kinder nicht?

Doch!

Du wirst deine Vergangenheit nicht los Armin. Spricht mein Verstand. Deine ist vierzehn Jahre schwerer als meine.

Das hast du am Kaiserstuhl nie gemerkt!

Er ahnte, dass sie recht hatte, wehrte sich gegen die Wahrheit, verleugnete sie. Spürte den Schmerz der Vergeblichkeit fysisch in der Brust. Blicklos starrte er aus dem Fenster. Als er sich umwandte, sah er an ihr vorbei.

Ich muss dich meiner Wirtin vorstellen Salli. Können wir sagen, dass du meine Kusine bist, die in Köln studieren will und ein Zimmer sucht?

Mir egal.

Die Wirtin schien die Geschichte zu glauben, fragte nur für wie viele Tage, wegen der Nachbarn im Haus, lieh ihnen ihre Klappliege und Bettzeug. Er zeigte Salli noch den Kölner Rhein, die Südbrücke, aber der kalte Ost schickte sie schnell zurück in die Wirtschaft in der Alteburger, wo Armin bekannt war. Der Wirt duzte sie beide, machte Armin hochachtungsvolle Komplimente. Salli wollte das kalte Kölsch nicht probieren, trank Tee, löffelte abwesend ihre Suppe. Armin schämte sich, dass er Hunger hatte, Sülze mit Bratkartoffeln aß. Um acht schaltete ihnen der Wirt den Fernseher ein, sie konnten die Tagesschau sehn, den Film über die Platzräumung durch die Polizei, Belz war einmal kurz im Bild, das war aufregend, sie verdrängten beide eine Weile ihr Elend mit der Wut gegen die Polizei, die ihren Auftrag so hemmungslos erfüllte, aber in seinem Zimmer waren sie wieder allein mit der Drohung des kommenden Tags, den sprachlosen Gefühlen der Angst und Vergeblichkeit. Salli musste sich kalt waschen im Badezimmer, da die Terme defekt war, bibbernd zog sie seinen gestreiften Pyjama an, öffnete den Zopf, kämmte ihre Haare aus und verkroch sich unter dem Plümo. Armin strich ihr über den Kopf Gute Nacht Salli, löschte die Schreibtischlampe, streckte sich auf die Liege.

Es war nicht ganz finster. Der leise blubbernde Ofen warf durch das Glimmerfenster einen rötlichen Schein, auf den Armin starrte, wach von dumpfer kreisender Verzweiflung. Plötzlich ihre Stimme im Raum:

Komm zu mir Armin. Mich friert so.

Er lag einen Moment atemlos, erschrocken.

Als er sich aufrichtete, sah er ihren Kopf nur als Schemen

auf dem Kissen. Er wickelte sich aus der Decke, stieg zu ihr hinüber.

Obwohl es wärmer war unter ihrem Federbett zitterte sie, ihr Körper war überschauert von heftiger Bewegung, die nicht nachließ als er sie umarmte, an sich drückte, sie auch küsste. Ihre Furcht kam von innen, war nicht stillbar durch seine Wärme, übertrug sich auf ihn, auch in seinem anschwellenden Schwanz spürte er als Mitleid und Liebe die Erregung. Der den er verwünschte als eigentlich Schuldigen an ihrer Not wollte teilhaben mittrösten. Er schob sich weg von ihrem Unterleib, um sie nicht zu beleidigen durch die Berührung mit diesem begehrlichen Verderber, die Empfindung von Liebe und Schuld lief ihm als Tränen aus den Augen, steigerte sich noch zu Schluchzern, die er nicht mehr zu unterdrücken suchte, als sie ihm auf die Augen küsste und Ach Lieber flüsterte, sei doch still komm sei still, mit einer Stimme die rauh war und dunkelwarm wie in ihren Herbstnächten, die ihn zum Kind wieder machte das nach Hause gefunden hat, so dass er sich langsam beruhigen konnte in einen erschöpften Schlaf, der auch sie mitnahm in dieser Gemeinschaft zweier zusammengerollter verängstigter Tiere.

Am Morgen das ausweglose fatalistische Schweigen, dumpfe ziellose Gefühle, es ist alles aus und entschieden, aber nicht vorbei.

Der Himmel rheinischgrau wie bestellt. Einen Beuteltee tranken sie. Salli von einer furchtbar ernsten Entschlossenheit, die ihm Trostworte erstickte. Er versuchte nicht noch einmal, sie umzustimmen, fuhr sie zur Luxemburger, zeigte ihr die Praxis des Arztes, gab ihr das Geldkuvert, Ich muss hier draußen warten Salli, sah ihr nach wie sie durch den Vorgarten schlich, zögerte, klingelte, ja sie drückte auf den Klingelknopf, wurde eingelassen.

Nach wenigen Minuten kam eine Frau mit weißem Kittel unter dem Mantel heraus, sagte ihm barsch von Dr. Breitenbach, er solle hier nicht rumstehen, in das Café gegenüber sich setzen, in einer halben Stunde käme seine Frau dorthin. Erschrocken gehorchte er, setzte sich mit einem Mineralwasser ans Fenster, den Hauseingang zu beobachten.

Er verdrängte die aufsteigende Erinnerung an den Sommer vor zehn Jahren, als er mit den Jungs auf dem geräumten Trümmergrundstück Fußball gespielt hatte bis Sonja aufrecht und steif zurückkam und sie auf die Straßenbahn endlos warteten. Vorsichtig schien der Mann, dass er nicht aufgeflogen war, immer noch in der gleichen Praxis bereit war, Frauen zu helfen. Art Garantie dass er den Eingriff routiniert ausführen würde. Er versuchte sich vorzustellen, was mit Salli da drüben hinter den weißen Vorhängen geschah, irgendwie mitzuleiden, aber er konnte die Vorgänge nicht in seinen Körper versetzen, weder den Schmerz noch das Eindringen mit glänzenden harten Geräten in seinen Bauch, vielleicht wenn einer eine Kanüle durch seinen Penis in die Blase schöbe wäre das ähnlich und ähnlich abscheulich und angsterregend und dass ihr Körper dort so widernatürlich behandelt wurde wo er am empfindlichsten und zartesten wo die glücklichsten Empfindungen verborgen obwohl das vielleicht sicher keine Rolle beim medizinischen Umgang mit diesen Teilen man kann sie alltäglich gebrauchen für die Stoffwechselprodukte das beschädigt ja ihre Gefühlsfähigkeit nicht natürliche Doppelfunktion von Pißröhre und Zauberstab von Abwasserkanal und Lebensschoß jetzt fuhrwerkt der Klempner mit seinen Werkzeugen dadrin rum zwischen den Lippen die hab ich geatmet geküsst in besinnungsloser Lust.

Es krampfte ihm das Sonnengeflecht in der Magengrube zusammen, gleichzeitig schüttelte er den Kopf dass er es schaffte so reglos sitzen zu bleiben, kein Befehlsimpuls an seine Beine Los! Hin! Raus! und sind also seine Gefühle die Lüge oder begeht der Verstand Verrat an ihnen lässt sie allein stopft sie zurück in die Tiefe des Herzens oder wo sie stattfinden und welche Irreleitung seiner Vernunft hat ihn nach Köln fahren lassen und vorsätzlich diesen Arzt wieder aufsuchen und denken weg weg mit dem Störenfried dem Malheur irgendwie und schnell und gleich ihr zugeredet gnadenlos zugeredet keine Trauer für den Fremdkörper den sie sofort als ihr Eignes empfand dieser Schutzreflex und hat von ihm so was wie Freude erwartet eine Regung spontaner Freude dass ihre Liebe ein neues Leben oder was eine gemeinsame Frucht geschaffen hat statt seiner egoistischen Unerbittlichkeit die sich erst in Wochen nach dem Tag allmählich umkehrte irgendwie umwuchs eine Metamorfose seiner Gefühle aus der Angst mit dem Stück Leben das er in ihr bewirkt hat sie selbst zu verlieren aber zu spät viel zu spät – warum diese Ungleichzeitigkeit der Empfindungen oder des Bewusstseins die alles gefälscht hat dass von dem Moment an die goldne Märchenkugel nur noch abwärts rollte unaufhaltbar und

Die Tür öffnete sich, Salli trat heraus, drei Viertelstunden vergangen, schaute sich um nach dem Café, schritt langsam durch den Vorgarten über den Bürgersteig, unsicher, schien ihm, staksig, über den Fahrdamm die Schienen, er hinaus vor das Café, Salli Liebste! in ihre übergroßen erschrockenen Augen.

Wo ist das Auto, sagte sie, ließ sich hinführen schwer an seinem Arm, setzte sich nach hinten, er startete nicht, sah ihr Gesicht im Rückspiegel.

Er hat gesagt, wenn ich schreie kann er mir nicht helfen.

Mein Gott warum denn schreien!

Er hat gesagt, es geschieht ohne Betäubung, damit ich weiß was eine Abtreibung bedeutet. Hat mir mein Taschentuch zwischen die Zähne gegeben.

Wieder der Krampf in Herz und Magengrube, es kam nur ein Stöhnen davon durch seine Lippen und sein Kopf fiel aufs Steuer. In die Dunkelheit hörte er Fahr nach Haus Armin ich muss liegen.

Er riss sich zusammen, steuerte irgendwie den Wagen durch den Verkehr, an einer Apoteke schickte sie ihn Binden kaufen, Schritt für Schritt stützte er sie die Treppe rauf, gleich aufs Bett, angezogen, ließ sich zudecken, schloss die Augen.

Hast du jetzt Schmerzen?

Wenig, flüsterte sie. Gib mir deine Hand.

Unsicher fasste er ihre Linke, setzte sich auf die Bettkante.

Du musst nicht mehr weinen Armin, es ist vorüber, sagte sie mit einer Stimme, die seine Tränen noch verstärkte. So leer und erschöpft. Durch den Wasserschleier sah er ihr schönes bleiches Gesicht auf den Kissen, umflossen von den dunklen Haaren, er beugte sich über sie, küsste vorsichtig ihre Stirn ihre Augen ihren Mund, sie ließ das geschehn, auch sein Streicheln, sagte dann Ich glaube es blutet noch, gib mir mal das Paket.

Er riss es selbst auf, reichte ihr eine Binde.

Ziehst du mir die Hose aus?

Vorsichtig zog er ihr die Jeans von den Beinen, sah ihre rot befleckte Unterhose, sie wechselte die Binden, gab ihm die durchblutete, er hielt sie in der Hand, spürte ihre Feuchtigkeit, wusste nicht wohin damit.

In eine Zeitung kannst du sie wickeln. In den Papierkorb. Deine Wirtin muss sie nicht sehen. Sie lächelte ein bisschen. Wasch dir die Hände. Und bring mir einen feuchten Waschlappen, und ein Glas Wasser bitte, ich muss ein paar Tabletten schlucken.

Er war froh, dass sie ihn bat, dass er etwas für sie tun konnte, ging noch mal zur Apoteke, ihr Schlaftabletten holen, kaufte gleich Brötchen, gute Marmelade, Butter, Schinken, Apfelsinen, aber sie wollte jetzt nichts essen, nur erstmal schlafen. Er half ihr seinen Schlafanzug anziehen, sie stand einen Augenblick mit nacktem Oberkörper, ohne Scheu, und er sah ihre jungen Brüste wie das verlorene Paradies, zwischen ihnen der Todesengel.

Ich muss noch mal zum Klo, sagte sie, ist deine Wirtin draußen?

Die arbeitet tagsüber.

Zog ihr knieend seine Pantoffeln an die Füße die er küssen wollte, aber nur sein Haar berührte ihre Beine. Er legte seinen Bademantel ihr um die Schultern.

Als sie zurückkam fasste sie seinen Arm, zog ihn ins Bad zur Kloschüssel Guck mal – das ist noch rausgekommen – ich glaube es ist ein Ärmchen, wie?

Nein Salli! schrie Armin – dieser Arzt ist ein Verbrecher!

Er konnte nicht hinschauen auf den winzigen Körperteil, den sie aufmerksam betrachtete, mit einer Art ängstlicher Anteilnahme. Er empfand Ekel und Entsetzen davor, stieß ein Mach das weg! aus, stand noch fassungslos benommen im Zimmer als sie zurückkam, an ihm vorbei, sich ins Bett legte.

Es sah eigentlich niedlich aus, hatte schon richtige Finger, sagte sie traurig. Ich dachte du wolltest es sehen, es gehört ja auch dir.

Ihm lief ein Schauder über die Rückenhaut, wie so von ihm eine Identifizierung erwartet wurde mit dem, was er sich allenfalls als glitschigen Fleischklumpen wenn überhaupt vorgestellt hatte und was nun aber unabweisbar ein zerstückelter Körper war. Zugleich schämte er sich, dass er nicht ähnlich empfinden konnte wie Salli. Sie sprach als sei sie auf der Beerdigung ihres Kindes, während ihm die Wut auf den Arzt den Hals schnürte, der durch seine Schludrigkeit ihm diesen Anblick aufgenötigt hatte. Er überlegte ob er den Mann anrufen müsste, ob so etwas denn normal sei oder womöglich noch mehr Teile – ? aber Salli wollte abwarten erst mal.

Als nach zwei Stunden weiter hellrotes Blut aus ihr rausfloss, wurde ihre Angst zu verbluten größer als die vor dem Arzt und einem neuen Eingriff. Sie schickte Armin zum Telefonieren, vorsichtig solle er sein, sie nicht verraten. Erleichtert rannte er zur Zelle.

Bei dem Namen Biechele wurde die Stimme der Sprechstundenhilfe abweisend, Dr. Breitenbach gebe keine telefonischen Auskünfte, grundsätzlich nicht, Aber die Grippe seiner Frau habe sich stark verschlimmert, sie habe blutigen Auswurf, vielleicht eine Lungenentzündung, ob er sie denn ins Krankenhaus – ? da wurde die Sprechmuschel zugehalten, er hörte das gedämpfte unverständliche Zwiegespräch und dann die deutliche Auskunft, er solle seine Frau um vierzehn Uhr vorbeibringen.

Diesmal begleitete er Salli bis zur Praxistür, mit einer bösen Entschlossenheit, sie suchte seine Augen, ängstlich: Bitte Armin – mach ihm jetzt keine Vorwürfe – das hat keinen Zweck! Widerwillig nickte er. Forderte von dem Arzt, bei der Untersuchung zugegen zu sein, seiner Frau psychisch beizustehn. Der sah ihn an, überrascht, leicht spöttisch: Sie setzen sich schön ins Wartezimmer, Herr Biechele, ich kann zwei Patienten auf einmal nicht brauchen! Salli schob ihn selbst in den menschenleeren Raum, tu was der Doktor dir sagt Armin, ich schaffs schon. Küsste ihn auf den Mund, seinen Protest beschwichtigend.

Er hörte keinen Laut aus dem Behandlungszimmer, obwohl er die Tür zum Flur öffnete. Schallgedämpfte Tür hatte der Kerl. Er schaute aus dem niedrig gelegenen Fenster in den winterlich verwahrlosten Hinterhofgarten, welke Blätter auf dem verkrauteten Rasenviereck, wenige kahle Obstbäume, ein paar Blumenrabatten, braun verwelkte Astern und Hortensien. Ein teerpappengedeckter Geräteschuppen, die Flechten das Gras einziges mattes Grün unterm wolkengrauen Himmel. Warum hab ich mich wegschicken lassen von dem Mann. So frech der, so überlegen in seiner Macht über uns. Salli ist ihm ausgeliefert, nur deshalb. Ich hätte den Anblick ausgehalten, natürlich. Sie wills allein durchstehn, ohne mich, damit sie mir nichts schuldet – ah Quatsch! Idiot!

Zwischen den steifen Holzstühlen ging er auf und ab, hielt inne vor dem MahagoniSpiegel neben der Garderobe, schaute bitter in das verschattete Gesicht über dem schmuddligen Parka. Kein eindrucksvoller Mann das. ZweitageStoppeln. Düstere tiefliegende Augen hinter den Gläsern. Das Blau wie auf Schwarzweißfotos. Die weichen Lippen schwungvoll unter der SpitzNase, nicht grade energisch. Eher sinnlich, wie? Frauenlippen. Die Stirn ist in Ordnung, freigekämmt, viel glatte Fläche, lässt sich was hinter vermuten. Und die Kieferknochen die eingefallenen Wangen, markant doch. Viel zu lang die Haare, zwei Monate kein Frisör, kaum noch Ohren in der Matte. Die Ecken an den Schläfen kommen vom Politisieren. Hat Salli gesagt. Räsonnier nicht so viel!

Zwei Patienten! Als ob ich kein Blut sehn könnte. Genug Kaninchen geschlachtet! Was macht er mit ihr? Zu feige einfach reinzugehn. Aber der Schreck wenn ich jetzt rein – ! Komm, ruhig. Dreh nicht durch Mensch.

Auf dem Tisch vor der Sitzbank heile Welt. Junge Frauen glückliche Paare Mütter mit Babies fürsorgliche gepflegte Männer: *Brigitte Mutter und Kind Neue Welt Schöner Wohnen Welt der Frau Du.* Regenbogenpresse. Frauenarzt.

Der Arzt brachte Salli auf den Flur, half ihr in die Windjacke. Keine Viertelstunde vergangen. Salli hatte nichts zu lächeln.

Die Blutung ist gestillt Herr Biechele, nichts Ungewöhnliches, Sie können beruhigt sein. Ihre Frau braucht weiter nichts als zwei Tage Bettruhe und was Kräftiges hinter die Zähne. Er streckte ihm seine Hand entgegen. Armin wollte konnte sie nicht in der Luft hängen lassen, griff mehr reaktiv als absichtlich zu und, erschrocken vor ihrer schlaffen Kälte, ließ er sie ohne Druck sofort wieder los. Das hat sie berührt betastet verletzt!

Mehr eine Assoziation wars als ein Gedanke, Quallenhand, vermischt mit dem Bild des Froscharms in der Kloschüssel.

Der Arzt sagte Ich wollte Ihnen helfen, leichter Vorwurf in der Stimme, aber weder Armin noch Salli brachten ein Danke über die Lippen. Wortlos verließen sie die Praxis.

Als sie dann schlief, lange schlief, hat er versucht am Schreibtisch sich abzulenken mit der Reportage über die Platzbesetzung, aber kam über wenige Sätze nicht raus, so wirbelten ihm weiter die Gefühle Gedanken Bilder. In der Telefonzelle fand er absurd die Redaktion anzurufen, jetzt so sein Eigenstes wegzudrücken für eine sachliche Sprache mit den Kollegen, hängte ein ohne zu wählen.

Schön lag sie in seinem Bett, blass und schön und vertraut im gelben Schein der Leselampe, als gehörte sie zu ihm. Schneewittchen fiel ihm ein, in ihrem Glassarg. Er stellte die Liege auf und ihr ein Glas Apfelsaft ans Bett und eine Flasche Sprudel. Wollte noch lesen aber wußte nicht was. Nichts passte zu seinen Gefühlen, nicht seine unwirklich gewordnen Liebesgedichte, nicht die frische DZ, nicht der neue Werkkreis-Band, nicht der *Kürbiskern* mit seinem Balthasar Portrait. Er verkroch sich unter seine Decke, betrachtete noch eine Weile das vertraute stille Gesicht, eh er das Licht löschte. Das Blubbern des Ölofens übertönte ihre Atemzüge. Nur einen Seufzer hörte er, schon im Halbschlaf, der riss ihn wieder wach. Aber sie schlief weiter. Die Flammen warfen unruhigen Schein zum Bett, er sah ihren dunklen Schopf ausgebreitet auf dem rötlichen Kissen.

Als er erwachte war Tag in seinem Zimmer. Und Salli. Sie lag in seinem Bett und schaute ihn an. Schaute still mit zwei ernsten dunklen Augen zu ihm herüber. Salli! flüsterte er, ungläubig, froh. Ein wenig lächelte sie da. Ein Glück und ein

Schmerz zugleich war der Gedanke, dass er sie noch nie so in seinem Bett hatte aufwachen sehn. Seine Kehle war rauh, überlaut musste er sich räuspern, ehe er fragen konnte: Wie geht es dir?

Ich glaube besser, sagte sie unbefangen. Hunger hab ich. Das ist doch ein gutes Zeichen, wie?

Kaum angezogen lieh er sich von der Wirtin das große Tablett, packte die Einkäufe von gestern drauf, bereitete Tee mit seinem Tauchsieder. Salli zog ihre Windjacke über als sie, barfüßig, zum Klo huschte. Unruhig wartete er auf ihre Rückkehr. Sie las die Sorge von seinem Gesicht, schüttelte den Kopf: shat aufgehört zu bluten. Wie schön! sagte er, stopfte ihr sein zweites Kissen hinter den Rücken, plazierte sein Frühstücksarrangement auf die Bettdecke, setzte sich auf die Bettkante.

Salli staunte. Konnte sich nicht erinnern, je im Bett gefrühstückt zu haben. Unmöglich in einem Bauernhaushalt. Armin dachte, dass er ihr gern jeden Sonntag ein Frühstück ans Bett gebracht hätte, aber er sprach den Gedanken nicht aus. Er freute sich an ihrem Appetit. Kein Wort über den vergangnen Tag. Von seinem Prozess aber wollte sie jetzt doch einmal Genaueres hören, nach dem ihn zu fragen am Kaiserstuhl nie richtig Zeit gewesen war.

Da berichtete er also über die Gegenwart weg von seiner Tätigkeit als JugendSozialarbeiter der Kölner Trabantenstadt Meschenich, redete sich in den vergangenen Eifer wie er gegen das Misstrauen von beiden Seiten, zwischen dem Arbeitsamt, Jugendamt, Sozialamt, dem Heimleiter, ein Pater war das! und den arbeitslosen Jugendlichen, zwischen ihrem grauen Frust und seinem amtlichen Auftrag und seinen persönlichen Wünschen, immer der Zwiespalt. Viele Kids im JuZe hatten nur Bock auf Saufen Disco Randale, irgendwie die Zeit rumkriegen. Er sollte mitmachen auf ihrer Seite, die keine brauchbaren Eltern hatten, sollte ihnen beweisen, dass er kein Amtsfuzzi in Jeans war, und er wollte ihnen auch Lust auf Leben machen, Freund sein, Stück Vater, Kumpel, Berater, aber wie? Wie anders als mit Versprechungen und Hoffnungen an die er selbst kaum glaubte. Keine blasse Chance hatten die, Hauptschüler, einzweimal rausgeschmissen wegen Bummelei, ausgegrenzt schon mit fünfzehn sechzehn. Kein Gedanke, sie mal auf eine Demo zu kriegen – nee, stimmt nicht ganz: beim Roten Punkt, gegen die Fahrpreiserhöhung, das haben sie gleich kapiert, sind mit auf die Schienen. Art Jugendzeitung haben wir auch rausgegeben, gemeinsam, richtige Redaktion. Der Betonhammer hieß die. Dann brachten welche Hasch mit. Kannst du dir den Zwiespalt vorstellen – mein Jubel, dass sie mich ins Vertrauen zogen, mir mal einen Joint anboten, und gleichzeitig schrillten bei mir die Alarmglocken, wo hatten die das Geld her für den Stoff? und ihre Enttäuschung, dass der Armin jetzt den Offiziellen raushängte, ich musste ihnen das Haus verbieten, es war alles hin, was ich in Jahren aufgebaut hatte das bisschen Einverständnis. Einer von denen kam vors Jugendgericht, Autodiebstahl, Radios geklaut und verscheuert, hat dem Richter von Haschisch im Jugendzentrum erzählt und dass ich Bescheid wusste und sie nicht verpfiffen habe. Da bin ich halt geflogen, fristlos. Dagegen hab ich geklagt, weil das ist wien Berufsverbot, sone fristlose Entlassung. Dann hab ich bei den Hausbesetzern mitgemischt, SSK, da haben wir ohne Katoliken und Jugendamt versucht, obdachlose Jugendliche, Stricher und Streuner, inne Großfamilie zu holen, und gemeinsame Arbeit, Entrümpelungen, sowas, aber selbstbestimmt eben.

Sie haben dich nicht wieder einstellen müssen, wo du die mit dem Hasch doch weggeschickt hast? fragte Salli.

Erstmal hab ich gewonnen. Die Heimleitung ist in die Berufung gegangen gegen das Urteil. Läuft bis heut, warn zwei Prozesse, der eine vorm Jugendgericht und meiner vorm Landesarbeitsgericht. Hab Rechtsschutz von der Gewerkschaft. Die warn auch ne Bande, haben gemeinsam Brüche gemacht. Hattich keine Ahnung von, eigentlich nette Jungs. Ist erst allmählich rausgekommen. Zwei wurden ausgewiesen, irgendwo in der Türkei jetzt. Was die beiden andern vor Gericht als Zeugen aussagen werden weiß keiner. Vorm Kadi hört alle Freundschaft auf weißt du. Wenn die mich als Mitwisser reinziehen um sich –

Vielleicht dein Glück Armin.

Mein Glück?

Sonst hätts du uns nicht geholfen gegens Atomkraftwerk. Mit dem Teater. Hättst nicht gemerkt, wie gut du schreiben kannst.

Das sagst du jetzt Salli, staunte Armin ungläubig. Warst immer so kritisch.

Sie sah ihn an, schweigend und ernst. Du hast ein schweres Leben gehabt. So was kann sich einer bei uns auf dem Dorf nicht vorstellen. Und noch die zwei Kinder. Jetzt versteh ich besser, warum du von dem allen nicht gesprochen hast. Wolltest das nicht mitschleppen zu uns.

Das verstehst du? Ach Salli.

Ja, ich glaube. Verstehst du auch mich? Wenn ich deine Vergangenheit gekannt hätte, meine Liebe hätts wohl nicht verhindert, aber ich hätt die Pille genommen, damit ich kein Kind von dir kriege. Der Schock, weißtu, als du gleich an Wegmachen gedacht hast. Und dann die Begründung.

Es tut mir unendlich leid.

Wahrscheinlich musste es so kommen. Wir waren beide mit dem Kopf in den Wolken. Das Kind hat uns auf die Erde zurückgeschubst. Was ich hier in Köln erlebt hab war auch schrecklich. Ja, auch für dich, sicher. Nie wieder will ich so etwas durchmachen. Aber mit dir hab ich doch die Liebe entdeckt, das ist ja nicht weg Armin, was wir vorher zusammen gelebt haben, dieser Tagtraum. Überall am Kaiserstuhl werd ich dich wiederfinden. Und das wird schön sein, später, die Erinnerung daran. Ich werde weggehn von Freiburg, woanders studieren. Du darfst mir nicht nachspüren Armin, versprich mir das. Wir müssen allein leben. Eine Weile.

Er nickte nur wortlos, sprachlos gemacht von ihrer ruhigen Entschiedenheit, wusste nicht, was er lauter gehört hatte: die Trennung oder die Möglichkeit einer Zukunft, die Liebe oder das Ende der Liebe. Ja Salli, ich glaube du hast recht. Aber ich weiß nicht warum. Mein Herz weiß nicht warum.

Meines weiß es, sagte sie ohne Bitterkeit, mit warmer Stimme. Es ist sehr verletzt. Es braucht Zeit zu heilen. Sie nahm seine Hand, streichelte sie, fuhr mit der Fingerspitze langsam die Aderbahnen entlang. Kochst du mir eine Suppe mit deinen Händen, nachher?

Es war dann ein Tag, als wären sie verheiratet, so beruhigt und freundlich gemeinsam, fast heiter, und er war voller Freude, sie so nah und ausgiebig bei sich zu haben und ebenso leidig aber in dem lauernden Gedanken, dass dies Glück zum schnellen Ende schon bestimmt war und nur von daher anscheinend möglich. Sie erzählte ihm aus ihrer Jugend und ihrem Elternhaus, vielleicht auch damit er verstehen sollte, wie breit der Graben zwischen ihren Vergangenheiten war. In der Nacht schliefen sie umarmt in seinem Bett ein, Bruder und Schwester.

Am Sonntag morgen wünschte Salli keine Wiederholung des Bettfrühstücks. Sie fühlte sich kräftig genug aufzustehn, wollte auch nicht wieder von Armin bedient werden, sondern umgekehrt: selbst für sie beide ein Frühstück bereiten. Es war ihm unangenehm, Salli in seine allzu behelfsmäßige Kochvorratsecke eindringen zu lassen, er bat sie, lieber inzwischen seiner Wirtin in der Küche ein paar Nettigkeiten zu sagen, nach einem Untermietzimmer zu fragen, pro forma. Salli verstand die Notwendigkeit, berichtete dann beim Frühstück in der papierbefreiten Zone seines Schreibtischs, dass die Frau Schmitz eine ganz patente Frau sei, mit viel Verständnis für die Wohnungsnot der jungen Leute.

Armin fiel ein zu fragen, was sie denn ihren Eltern als Begründung angegeben hätte für ihre Reise nach Köln?

Ja siehstu, sagte sie, das war die zweite Lüge, die uns das Kind abgedrückt hat. Deshalb versteh ich deine jetzt auch besser. Ich besuche meine Schulfreundin Karin aus Endingen, die studiert in Köln. Karin gibts wirklich. Werd sie nachher anrufen, mich mit ihr verabreden, damit ich was aus Köln zu erzähln hab.

Armin fand das klug, obwohl er sich vorstellen konnte, dass ihre Eltern misstrauisch wären, wenn ihre Tochter sich ausgerechnet während der ersten Tage der Platzbesetzung von zu Hause abmeldete.

Salli biss erst ein großes Stück Brot ab, kaute nachdrücklich, eh sie den Mund für ihre Antwort freigab: Damit nicht die Tochter vom Biechele, hab ich meinem Vater gesagt, durch die Besetzer in ungesetzliche Handlungen verstrickt wird, deshalb will ich wegfahren.

Da hat er dir Fahrgeld gegeben wie? lachte Armin überrascht, und gleich dagegen: Du hängst an deinem Alten, das hab ich schon gemerkt.

Salli aber, strenger jetzt: Eltern wollen manchmal belogen sein. Das ist etwas andres Armin. Ja, etwas ganz andres. Komm – sie griff nach seiner Hand – lass uns nicht mehr davon reden, es zieht uns nur runter. Wenn ich bei Karin bin, kannst du deine Jungs besuchen, die freun sich sicher!

Ich weiß nicht, ob ich von dir abschalten kann Salli.

Du musst Armin. Wirklich. Du musst das lernen. Sie strich ihm übers Haar. Und außerdem könntest du dich mal rasieren. Siehst aus wien Strauchdieb. So würden dir die Kaiserstühler bestimmt Platzverbot geben.

Die Kaiserstühler? lachte Armin bitter, da bestimmt jetzt die Wyhler Ortspolizeibehörde die Kleiderordnung!

Betroffen schaute sie ihn an. Hab ich das jetzt vergessen oder verdrängt? Schüttelte den Kopf über sich.

Der Tatsache selbst wirds egal sein Salli. Unser Kampf gegens Akawe ist auch verloren.

Wahrscheinlich hatten wir nie wirklich eine Chance.

Armin fand keinen Grund ihr zu widersprechen.

Als sie zurückkam von der Telefonzelle, roch und sah sie sofort sein aufgeklärtes Gesicht, küsste ihn auf beide Backen. Wie ein Babypopo, lachte sie und teilte ihm mit, dass sie sich jetzt zu Karin nach Nippes auf den Weg machen wolle, nein, nicht mit dem Auto, die Sechs fährt bis fast vor die Tür, ich kann bei ihr übernachten. Morgen will sie mir den Dom und das Wallraff-Richartz-Museum zeigen.

Armin unterdrückte seinen Impuls zu protestieren, zu eindeutig war Sallis Wille und ihr Plan, erst am Dienstag nach Hause zu fahren, mit ihm, oder wenn er nicht warten könnte, notfalls auch mit der Bahn.

Wortlos gemacht sah er ihr zu beim Packen ihrer wenigen Sachen und begleitete sie, ergeben wie ein Hund mit hängendem Schwanz, zur Haltestelle der Sechs.

Weißt du noch den Morgen, wie du unser Teater auf deinem Trecker nach Kiechlingsbergen gefahren hast?

Ja, warum?

Nur so. Swar auch so kalt wie heut.

Stimmt. Eisig.

Als sie, schon einen Fuß auf der Stufe der Straßenbahn, sich umdrehte zu ihm, zeigte sie ihm ein kleines Lächeln, sagte mit der Stimme die er liebte: Du unser Teater war ganz toll! Aber guck jetzt bitte nach vorn Armin, ja? Er biss sich auf die Lippen, als er mit einem kaum sichtbaren Kopfnicken antwortete.

Bestimmungslos schien ihm dieser Tag. Aus der Zeit gefallen. Gestoßen. Lebensunwert.

Das Wort, einmal aufgetaucht, verhakte sich in seinem Sprachzentrum. Infizierte seine Gefühle. Überflüssig. Nutzlos. Der Tag und der Mann. Gestern das wahre Dasein, so besonnt, freundlich, die Zeitinsel im schwarzen Meer seiner Trauer. Ungültig. Noch erinnerbar, doch unter dem Grauschleier der Verzweiflung.

Absichtslos trottete der Verlassne durch schmale Gassen zur Rheinuferstraße, wunderte sich dass er wartete, bis der Strom der Fahrzeuge abriss. Diese eingeübten Mechanismen. Der Nordwest schob die Wellen flussaufwärts, als stemmte der Rhein sich gegen sein Verfließen. Sprühregenfahnen nässten ihm das Gesicht. Statt Tränen. Auf der Eisenbahnbrücke überdröhnte ein Kohlenzug mit zwei Eloks den Sturm, die Stadt, die Gedanken. Unter seinen Füßen bebte der Stahl, die Brücke schwankte, hielt aber stand. Über den Tragbögen taumelte eine verlassne Möve schreiend durch die stürmende Luft. Die fernen Turmhelme des Doms kaum erkennbar in den niedrig hetzenden Wolken. Unten am Brückenpfeiler mahlten Strudel, wirbelte treibendes Holz. Kein Mensch auf dem Fußweg. Ein Tankmotorschiff pflügte langsam stromauf, der Mann am Steuerad sah hoch zu Kolenda, stoppte aber nicht. Wie gezogen von einem unerbittlichen Ziel verschwand das Schiff unter der Brücke. Das Geländer bauchhoch, massive Verstrebung. Leicht zu übersteigen. Bekannter Treff für lebensunwertes Leben. Ein weißes Fantom trieb von der Stadt heran, der Hagelschauer zerschlug die Wasserhaut zu Millionen Fontänen, peitschte das Gesicht, er nahm es nicht weg kniff nur die Augen, brennender Schmerz, der schnell verging.

Aber in der Brust die Stiche das Herz. Er trat zurück vom Geländer. Ein leichter Taumel. Versagende Beine. Im Rücken hielt ihn das innere Geländer des Stegs. Wieder ein Zug, lawinenartig schob er sein Gebrüll heran bis es donnernd ihn überspülte, im Beben der Brücke spürte er die Gewalt des rollenden Eisens zwei Meter hinter sich, sah sich nicht um. Wie weich ist der Mensch.

Ein Radfahrer hielt vor ihm, runzliges grau verstoppeltes blauäugiges Gesicht in Kapuze, fragte nach der Uhrzeit. Vleicht eins halbzwei, hab sie vergessen. Auch uhrlos glücklich, brummte der Mann, mürrisch, fuhr mühsam weiter, Obeine, Schlangenlinien in Auseinandersetzung mit den Böen, blickte zurück, eh er verschwand im Kölner Uferturm. Kolenda folgte ihm. Beim Abstieg im steinernen Treppenhaus registrierte er die zerschmissne Bierflasche, die stinkende Pissecke, durch die Fensteröffnungen gewehte Hagelkörner schmelzend, paar Schmuckreliefs in den roten Sandsteinwänden, imitierte romanische Motive. Löwen. Drachen. Greife. Kämpfend verschlungen, in strenger Symmetrie. Nie bemerkt. Abschreckung der Brückenteufel.

Jetzt nicht in das vereiste verwaiste Zimmer. Er trieb in die Gastwirtschaft in der Alteburger. Was essen? Der Wirt schob ihm eine kalte Frikadelle über den Tresen, auch das Kölsch kalt. Der Korn wärmte. Noch einen. Langsam kehrte eine schwere dumpfe Wärme in seinen Körper zurück, vertrieb nicht seine Igelhaut Schweigsamkeit. Mehrmals wechselte der Wirt sein leeres Kölschglas gegen ein gefülltes. Ist sie weg? fragte er in einem ruhigen Augenblick, aber Kolenda, ihn anschauend, aus engen Augen, schwieg ausdrücklich, zeigte auf sein leeres Kornglas.

Kaum hörte er im WDR 2 die Nachrichten, drei der Mitarbeiter des zurückgetretenen USPräsidenten Nixon zu Gefängnis verurteilt, im Gefolge des WatergateSkandals, das Zugunglück bei Oslo, siebenundzwanzig Tote, Verurteilung der israelischen Politik in den besetzten palästinensischen Gebieten durch die UNO gegen die Stimme der USA, da reißt ihn das Wort Wyhl aus seiner Betäubung: Fünfundzwanzigtausend Teilnehmer einer Großdemonstration haben das Baugelände für das Kernkraftwerk Wyhl erneut besetzt, die Polizei hat sich aus dem Rheinwald zurückgezogen. Das gibt es doch nicht. Das kann nicht wahrsein. Die Polizei vertrieben? Der Bauplatz besetzt? Hat der Nachrichtensprecher eben gesagt, der AkaweBauplatz in Wyhl ist wieder besetzt?

Der Wirt hatte was von fünfundzwanzigtausend Demonstranten gehört. De spille jet Bürjerkriech da unge.

Armin Kolenda trug seinen Rausch nach Haus, leichtfüßig in der Erwartung, dass Salli nun zurückkommen müsste, um so schnell wie möglich an den Kaiserstuhl zu fahren. Mit der Unempfindlichkeit seines alkoholisierten Körpers schmiss er sich in der kalten Bude aufs Bett und schlief ein, ehe er anfangen konnte zu warten. Er erwachte vom Druck seiner Blase, frierend ließ er die Bierpisse frei, fand den Ofen ohne Öl, stieg mit der Kanne durch das nächtliche Treppenhaus in den Keller zum Öltank, zittrig vor Kälte goss er beim Einfüllen in den Ofen ein paar Spritzer daneben, genug für einen nachhaltigen Ölgestank, der ihn zwang, das Fenster zu öffnen, ehe der Ofen allmählich begann, warme Luft zu erzeugen.

Die Mitternachtsnachrichten wiederholten die Sensation von Wyhl, die Salli offenbar nicht gehört hatte. Er beschimpfte sich, dass er sie nicht nach der Telefonnummer ihrer Freundin gefragt hatte, obwohl er ziemlich sicher war, dass sie absichtlich bis zur Rückfahrt für ihn unerreichbar bleiben wollte. Eine Weile widerstand er dem hämmernden Kopfschmerz, las in der DZ den Hintergrundartikel von Rauch, der ausging von der Erklärung Kissingers in der *Business Week*, die USA würden notfalls einen Krieg im Vorderen Orient führen, wenn es zu einer Strangulierung der Freien Welt durch die Ölpolitik der Erzeugerländer käme. Rauch erinnerte an den Ölschock vor kaum zwei Jahren, als sieben arabische Förderländer wegen der Unterstützung Israels im Jom-Kippur-Krieg gegen die USA einen Lieferboykott verhängten, die Förderung um 25% drosselten und die Preise vervielfachten. Die verödeten Straßen an den autofreien Sonntagen waren unvergessen. Die darauf folgende Rezession und 1,1 Millionen Arbeitslose in der Bundesrepublik waren ein Alarmsignal für die Bundesregierung, die bislang billige Option Erdöl durch den Erhalt des einheimischen Steinkohlebergbaus und die verstärkte Orientierung auf das Gas-für-Röhren-Geschäft mit der Sowjetunion zu ergänzen. Vor allem aber müsse Helmut Schmidt, statt wie geplant die Energiegewinnung durch Kernkraft von derzeit 4% gegen den Willen der Bevölkerung auf einen Anteil von 45% in zehn Jahren hochzupeitschen, durch eine zwischen den Interessen Israels und denen der arabischen Staaten ausgleichende Politik dafür sorgen, dass es nie zu einer die Verbraucherstaaten provozierenden Lieferverweigerung komme. Die Förderländer hätten ein natürliches Bedürfnis, ihre Bodenschätze zu verkaufen, aber als gleichberechtigte Handelspartner zu fairen Bedingungen, nicht als gegeneinander ausgespielte billige Buben im Poker der internationalen Ölkonzerne.

Bravo Helmut Rauch! Das ist eine klare Argumentation. Nur meinen Kopfrausch klärt sie nicht auf verdammt.

Die Apoteke in der Goltsteinstraße hatte Nachtdienst. Chemie gegen Kopfschmerz war eine neue LebensErfahrung. Der Himmel sternhaltig. Ein paar streunende Wolkenfetzen, mondgeweißelt. Beißkalt die langsamer bewegte Luft. Bis zu den Besetzern am Kaiserstuhl wird dieses GrönlandTief nicht marschieren, hoffenwema. Feuerholz gibts genug im Auwald.

Es war ein Fleck von ihrem Blut auf dem Laken. Andres Blut als in unsrer ersten Nacht. Das war glückliches Blut. Derselbe Körper hat es verloren. Glückleere Körper sind wir jetzt. Er legte seinen ins Bett im Schlafanzug, den Salli getragen hatte, auf das Kopfkissen, auf dem Salli ihre Haare ausgebreitet hatte. Das Bewusstein sentimental zu sein mischte sich sanft in die Schwere, die von der Schlaftablette in ihm verströmt wurde, ihm die Augen und Gedanken schloss.

Salli traf auch am Vormittag nicht bei ihm ein. Sie kam nicht mittags, nicht am Nachmittag, nicht am Abend. Er steigerte sich in ein Warten mit immer neuem Ziel hinein, von dem er mittags bereits wusste, dass es sinnlos und nur noch masochistisch war. Längst musste sie erfahren haben, was am Kaiserstuhl passiert war. Und ließ sich nicht abbringen von ihrem einmal gefassten Plan. Auch Wut mischte sich in seine Gefühle, Wut in dieser hilflosen ausweglosen Abhängigkeit zu zappeln, Wut auf die bäurische Sturheit der Frau, die ihm gnadenlos jeden Funken Hoffnung austrieb, es gäbe noch etwas andres als ewige Trennung, Ende, Winter. Vor sich die kalte verbrannte Niemandswüste am Rand der Oase dem herzlichen Abschied, der vor zwei Tagen stattgefunden hatte. Guck jetzt nach vorn Armin, ja –

Aus Worten baute er sich ein Mausoleum um das Grab seiner Liebe.

Eiszeit

Zwei Kissen auf meinem Bett
Ein steinerner Kopf
der mich in Träume hetzt
Gedankenstürze
am Rand des Tränen schneienden Monds
Eisklare Nacht
da ich die Leiche Hoffnung
zwischen den Sternen verscharr
Im Granit ohne Ausgang
der tobende Rechner
der seine Programme verglüht
Aber das Herz das Herz
schlägt weiter
schlägt nach dem Tag

Als noch du meine Hand
dir auf die Augen gelegt
komm ja komm sei mein Schlaf
Als noch du meine Worte
in deiner Tasche trugst
sprich Mensch sprich mir die Freude
Als noch du meine Arme
dir um die Schultern warfst
halt mich Vogel flieg
mit mir lass mich frei
lass uns tanzen auf unseren Bergen
getrennt nur von Luft

die himmelgroß ist
und durchschaubar
von unsern weitreichenden Augen

Unter den blutigen Wolken des Morgens
auf dem kalten Kissen
kastanienfarben ein Schimmer
zwei Hände lang das Haar
Ein blasser Fleck
wo du deinen Rotz
hingeweint hast
drei sterbende Tage alt
Verweint verloren vergangen
was uns zum Leben geweckt
Nackt müssen wir den Winter verstehn

Als Salli um halbzehn für ihn zweimal klingelte, in ihrem grünen Parka vor der Wohnungstür stand, trug sie ein grünweißes FedajinTuch locker um Hals und Haar gebunden. Hallo Armin, da bin ich, sagte sie unschuldig, ohne ihn zu berühren – wollen wir fahren?

Sofort? fragte er, entwaffnet.

Wenn du fertig bist, am liebsten. Wer weiß was auf der Autobahn los ist.

Meine Tasche muss ich noch packen eben.

In seinem Zimmer fragte er sie, ob sie die Nachrichten von der Wiederbesetzung gehört hatte, natürlich, gestern morgen, von ein paar Palästinensern vorm Dom hatte sie sich das Tuch gekauft, quasi zur Feier. Steht dir toll, sagte er statt zu fragen, weshalb sie nicht sofort zurückgekommen war.

Er schrieb einen Zettel für die Wirtin, drehte den Ölofen ab, deckte das Bett zu. Salli wollte wissen, ob er seine Jungen gesehn hatte, er schüttelte den Kopf. Schade, fand sie.

Im VauWe wollte sie auf der Rückbank sitzen, die Beine hochlegen. Hatte sich vielleicht überanstrengt auf dem Kölner Pflaster, bisschen Bauchschmerzen, nicht weiter schlimm.

Sein Schutzreflex erwachte sofort, er bestand darauf, ihr seine Wolldecke zu holen, ihre Beine gut einzupacken, dauert ewig bis so ein alter VauWe halbwegs warm wird, bekam ein dankbarfreundliches Lächeln geschenkt.

Der Tag war wie der Beton unter den Rädern. Der Fahrlärm und die Entfernung ihrer Köpfe erschwerten Worte. Mehr noch lastete Sallis Entschlossenheit zum Ende im engen Raum des Fahrzeugs, das er nach Süden steuerte durch verschleierte Landschaften in Grau. Das Schweigen ließ sich durch einzelne Sätze nicht brechen. Unterwegs zum Archipel Einsamkeit, dachte Armin wieder und wieder.

Kalter Frühling

Bei Lahr auf dem Parkplatz stieg sie um in ihren Fiat, nahm sein Gedicht mit, ungelesene Abschiedsbotschaft, winkte aus dem Fenster Wir sehn uns sicher bald auf dem Bauplatz – ließ ihn zurück mit hängenden Armen.

Ein Trost an den er nicht mehr glaubte. Wollte er denn überhaupt noch einmal auf den besetzten Platz, einen Erfolg besichtigen, an dem er keinen Funken Verdienst hatte? Was wäre denen zu antworten, Jean, Bucki, dem Belz vor allen, die brauenhochziehend fragten, wo zum Teufel er bei den Kloppereien mit der Polizei abgeblieben war? Achso, Journalist im Dienst. Ja natürlich. Der unbeteiligte objektive Beobachter, nämlich wenns gefährlich wird.

Am besten gar nicht zurück nach Weisweil!

Nach Köln aber auch nicht!

Wohin denn dann verdammt?

Waltrop fiel ihm in seine Verzweiflung, die Mutter, das Haus in der Zechensiedlung. Die alte Frau müsste vieles verstehn. Mit ihr könnte er wohl reden, sich dadurch erleichtern, vielleicht ablenken.

Er verwarf den Gedanken kopfschüttelnd. Genau das wollte er ja nicht – sich beschwichtigen, sich trennen lassen von seinem Schmerz. Verrat wäre das, ein billiger Ausweg aus der Verlassenheit, in die ihn eigne Schuld und Dummheit geführt hatten. Ein Hoffnungssaatkorn hat Salli auch im aufgerissnen Acker seiner Seele hinterlassen mit ihrem *Wir müssen allein leben. Eine Weile.* Und der Widerspruch zwischen ihrem Wunsch, er solle ihr nicht nachspüren und dem Abschiedsgruß aus dem Fenster *Wir sehn uns sicher bald auf dem Bauplatz* – ließ ihn Kurs halten auf der Landstraße nach Süden, langsam, in seinen Grübeleien verloren, als hätte der VauWe Motorschaden und nicht sein Fahrer.

In Rust hielt er vor der Wirtschaft, bestellte eine Kraftbrühe, holte sich die *Badische Zeitung* vom Haken, sah sofort das Foto oben auf der ersten Seite, die Besetzer am nächtlichen Lagerfeuer, neben dem Aufmacher

NACH GROSSKUNDGEBUNG IN WYHL – BAUPLATZ ERNEUT BESETZT – Rückzug der Polizei – Mehrere Verletzte – Stuttgart: Landfriedensbruch

Darunter wurde gemeldet:

Nach einer Großkundgebung gegen den Bau des Kernkraftwerkes in Wyhl haben Demonstranten am Sonntag das Baugelände gestürmt und erneut besetzt. Dabei kam es zu Auseinandersetzungen mit der Polizei, bei denen nach am Abend vorliegenden Informationen zwanzig Polizisten und eine bisher unbekannte Anzahl von Demonstranten verletzt wurden. Mehrere hundert Demonstranten verbrachten die Nacht auf dem Baugelände. Die Polizei hatte sich zurückgezogen. Zu der Kundgebung vor den Absperrungen waren zuvor etwa zehntausend Menschen gekommen. Von allen Sprechern wurden scharfe Angriffe gegen die Landesregierung und insbesondere gegen Ministerpräsident Filbinger vorgetragen.

Kommen Sie auch zu unserm Krieg mit dem Landesvater? fragte die Wirtin mit der Brühe. Kolenda nickte, nippte an der heißen Tasse, blätterte zum Lokalteil. Da fand er was er nun doch dringend suchte: den Augenzeugenbericht Von unserm Mitarbeiter Nikolaus Piper unter dem großgedruckten Zitat

DER KAMPF GEHT JETZT ERST RICHTIG LOS
Die Großkundgebung an der sogenannten "Nato-Rampe", am Eingang zum Bauplatz für das geplante Kernkraftwerk, hatte einen Anklang gefunden, mit dem selbst die Organisatoren, die Bürgerinitiativen vom Kaiserstuhl, nicht ge-

rechnet hatten. Schon eine Stunde vor Beginn der Kundgebung waren die Zufahrtstraßen durch die Kaiserstuhlgemeinde Endingen verstopft, später standen parkende Autos bis vor den Ortseingang von Wyhl hin. Zuschauer, die später kamen, konnten gar nicht mehr bis zum eigentlichen Ort der Demonstration durchdringen. Kein Mensch wußte genau, wieviel gekommen waren. Offizielle Schätzungen sprechen von 8000, wahrscheinlich waren es wesentlich mehr als 10 000.

Der Verlauf der Kundgebung gab zunächst keine Hinweise auf das, was da kommen sollte. Gewiß, es fielen harte Worte. Gegen die Polizei, aber vor allem gegen Ministerpräsident Filbinger, den »Landesvater« – man ließ sich das Wort genüßlich auf der Zunge zergehen.

Trotzdem war das Klima zunächst unterkühlt, und das wohl bewußt, denn die Veranstalter ahnten, was da im Untergrund schwelte. Veranstaltungsleiter Pfarrer Berger aus Köndringen bemühte sich, die Emotionen kleinzuhalten. Tosenden Beifall bekamen nur wenige Redner: ein Landwirt, der sein »demokratisches Parteibuch« zurückgegeben hatte – man mußte schließen, daß es das der CDU war – oder eine Umweltschützerin aus Freiburg, die erklärte: »Wir kämpfen an der Linie der Vernunft!«

Schon während der Kundgebung hatten sich die Gemüter an Greifbarem erregt: Da war die Meldung durchgekommen, daß Polizeibeamte Weisweilern den Zugang zur Demonstration verwehrten.

Gerade als die Kundgebung zu Ende ist, kommt der Ruf: »Da hinten werden welche verprügelt.« Alles rennt an das andre Ende des Bauplatzes: Demonstranten haben versucht, mit einem ausgebeulten VW-Bus der Polizei die Zufahrt zum Gelände zu versperren. Andere versuchen, über eine improvisierte Brücke zum Ort des Geschehens zu gelangen. Als Polizeibeamte anrücken, setzen sie sich untergehakt auf die Erde. Die Beamten zerren sie weg – mit Hilfe des Gummiknüppels, einige fallen ins Wasser – und plötzlich fliegen Steine aus den Reihen der wütenden Zuschauer, die sich zu Hunderten an der Rheinuferböschung angesammelt hatten.

Die Katastrophe liegt in der Luft: Demonstranten kauern blutend auf der Erde, ein Polizist wird mit einer Kopfwunde weggeführt. Jetzt zieht sich die Polizeireihe etwas zurück, ein Demonstrant ruft: »Keine Steine werfen!«, Schlimmstes wird verhindert. Immerhin – ein Demonstrant, der einen Knüppel gegen das Gesicht bekommen hat, wird später mit drei abgebrochenen Zähnen in die Zahnklinik eingeliefert, andere, darunter ein Beamter, haben Platzwunden und aufgerissene Lippen.
Während dessen zieht sich der Kreis der Demonstranten immer mehr um das Gelände. An einigen Stellen ist der Stacheldrahtzaun schon niedergerissen. Menschentrauben drängen auf das Gelände. Die Polizei kann nicht an allen Stellen gleichzeitig sein; gegen sechs Uhr zieht sie sich zurück. Jubelnd reißen Demonstranten die restlichen Zäune nieder, strömen auf den Platz, fallen sich um den Hals, beglückwünschen sich.
Bretterhütten werden jetzt angebracht, Zelte, die vorher an der Baustelleneinfahrt standen, herangetragen. Aber es gibt auch Auseinandersetzungen: Demonstranten distanzieren sich von eigenwilligen Kommunisten, wie das auch während der Kundgebung immer wieder zu hören war, rufen zur Disziplin auf. Die Baustellenfahrzeuge sollen unbeschädigt bleiben. Man richtet sich für die Nacht ein: Mit Lagerfeuern, Instrumenten und Essen. Dann sitzt man - singt, diskutiert und plant für die kommende Zeit, denn daß »der Kampf erst richtig losgeht«, davon ist man überzeugt.

Armin Kolenda zahlt seine Brühe: Ich glaube, das ist der Anfang vom Ende der Atomkraftwerke. Die Wirtin zweifelt: Ob aber der Filbinger sich das gefallen lassen wird? Letzte Nacht sind hunderte hier durchgefahrn von seiner Polizei, im dicksten Nebel.

Kolenda weiß jetzt, wohin er gehört.

In der Weisweiler *Fischerinsel* der Trubel bis spät mit Reportern, Sympatisanten, Alternativen, Belz der General im Zentrum, hat Armin erst am Morgen wahrgenommen in der still gewordenen Wirtsstube zwischen hochgestellten Stühlen und dem Haufen ungespülten Geschirrs auf der Teke, hat nicht gebilligt, dass Armin zur Redaktionskonferenz sich verdrückt hatte an den Tagen der Platzräumung und Wiederbesetzung und hat ihn mit einem anzüglichen Grinsen gefragt, warum auch Salli bei der zweiten Besetzung fehlte. Da hat Armin gesagt, sie sei bestimmt dort gewesen, er habe sie nur übersehn im Gedrängel der Zwanzigtausend wahrscheinlich. Hat sich geärgert, dass er Balthasars Frechheit nicht klarer zurückwies. Was ging den sein Verhältnis zu Salli an. Als hätte er hier die Oberaufsicht über alle. Aber Belz rückte nun raus mit dem Verdacht, der nicht seiner war, ihm zugetragen, dass eingeschleuste Agenten, also Leute vom Verfassungsschutz, die sich wenns heiß wird aus dem Staub, erst provozieren und dann verschwinden – grad Journalisten arbeiteten ja bekanntlich oft genug nicht nur für ihre Zeitung. Da hän welche Verdacht gschöpft, verstosch?

Armin verschlugs erst die Sprache. Der Schreck und die Einsicht, dass der Argwohn plausibel war, passierten zeitgleich. Diesen Zweifel beseitigt kein Argument.

Er schaute Balthasar in die Augen: Niemand darfs erfahren Belz – ich musst mit Salli zu einem Arzt in Köln. Es war schlimm.

Ja so. Balthasar kratzte sich im Bart. Hät d'Fräü doch rächt gha. Cilia häts geahnt. Sisch guet Armin, ich sags niemes. Hock di här, trinkscht e Viertele, sgoht ufs Hüs – bringem e Viertele Cilli!

Nee danke Belz, nicht mit nüchternem Magen, ein Kaffee wär nicht schlecht aber, auf den Überfall.

Also, machscht ihm e Kaffee Cilli, mir äü, häsch ghört?

Er ließ Armin sein Tonbandgerät holen, stellte zwei Stühle von einem Ecktisch, hat erzählt wie schon oft, seinem getreuen, wieder vertrauenswürdigen Eckermann. Wollte ihm wohl auch die politischen Bilder über die privaten Gefühle breiten.

Mir ware informiert, dass die Grüne wieder komme und uns vom Platz verdränge welle. Die Fahrzeug sin auch kumme bis nach Weisweil. Der Näbel war so dicht über die Nacht, dass die Einheimische sich fast nimme zrächt gfunde hän im Wald. Für fremde Leut wars unmöglich, in der Wald vorzedringe, die hän der Weg nit gfunde. Die Polizei ist kumme bis an unsern Ortseingang, sie hän zwölf Wasserwerfer gha, der Kanonewirt weiß es genau, sechzehn gepanzerte Fahrzeuge und zirca dreitausend Mann hän sie mobilisiert usm ganze Land, hän welle im Morgegraue um viere oder fünfe der Platz zrücknemme. Mir hän iberall Wache usgstellt gha, hän des also sofort mitkriegt, hän dann unser Alarmsyschtem igsetzt. Der Kanonewirt hät von sich aus d'Sirene druckt und mir, eine abgesprochne Gruppe, hän überall d'Sirene renne lo. Um halbfünf ungefähr bin ich rüs auf dr Platz, da waren bald tausende von Menschen, nur Landbevölkerung, drei vierhundert ware ufm Platz gebliebe in der Nacht, aber was dort war zu neunzig Prozent wars Landbevölkerung aus d'umliegende Ortschafte. Das Gschickte war an dieser Situation, dass sie alli gsait hän: bischt du auch Kommunischt? Bischt du auch Linksextremer? Weil Filbinger in der Nacht e Räd ghalte hät, die Kommunischte und die Linksextreme hätten den Platz besetzt. Die Leute hän sich alli mit dem begrüßt und hän halt glacht, weil der Filbinger so naiv war und so Zigs verzällt hät. Hät halt Stimmung mache welle gege uns.

Sonntag nacht war noch ebbes, ich glaub das war ausschlaggebend für diese Unsicherheit vom Schött, Göpper und Genossen. Der Mahler hät gsproche in der Nacht in Berlin, dass die Wyhler Bevölkerung im Aufstand sei und sie, die KPD, unterstütze die Volkskämpfe, so ungfähr hät dr Tenor glautet im Fernsehen. Ich kann mir nur denke, dass des ein abgekartetes Spiel war, die Lorenz-Entführung, wo ein paar von denne Kaote usgfloge wore sin, und der Mahler hät gsait, dass in Wyhl sichs Volk erhebt, da hän der Göpper, der Pfarr und die hän Angscht kriegt, hän sich auch mit mir in Verbindung gsetzt, dass die Kaote vom Platz mien. Dann ischt der Göpper noch rus, da ischer einmal aufn Platz komme, hät sofort Stunk gmacht, ich kann mir nur vorstelle, der hät Uftrag gha von der Landesregierung, jedenfalls ischer auf der Platz und da hän sie mich welle hineinziehe in d'Angelegenheit. Ich hab gsait, ich han mit denne Leut niet z'tue, die sind komme und hän sich dere Bewegung anghängt jetzt wo alles läuft, des isch e Sache die darf man nit überbewerte und des mache ihr. Genau wie mir mit denne Leute räde und sie überbewerte, wäge dem sin sie so fräch und aufdringlich, fühle sich hochgespielt. Übergehn sie, läse d'Flugblätter und wärfe sie in Dräckeimer, dann hammir die Kerle bal los.

Mir hän natürlich versucht die Bewegung, die progressive Kräfte, in der Hand z'bhalte. Mir hän alli Aktivitäte und Fähigkeite druf igricht, dass mir der Platz halte. Da hämmir in der Nacht Straßesperre gbaut, mir hän sechshundert Kubikmeter Holz uf die Wege glait.

In der Nacht ist der Göpper zu mir kumme und hät gsait, horch emol här – und des ist das Intressante, dass der Göpper ständig Verbindung ghabt hät zur Polizei – in der Nacht kommt er zu mir um zwei und holt mich rüs, ich hab grad welle ins Bett, hät er gsait er war in Endinge, der Staatsanwalt hätt mich zum gefährlichsten Mann erklärt, sie wenn mich feschtnähme, ich soll nur weg von dheim, ich soll bi ihm schlofe, er will nit ha, dass ich verhaftet werd. Mi erschter Gdanke is gsi: des isch e Falle! Do gosch nit mit. Hab gsait, da muss ich zerscht mit miner Familie rede, bin ni und hab mit der Frau grädt, hab zu der Frau gsait, i gang nit mit, i gang widder nus und sagems. Wenn sie mich welle, solle sie mich do hole, do bin ich dheim, wird sich keiner wage vor morgen früh um sechse dahär z'komme und mich ruszhole, das wämme mal gsäh ha. Vor sechse hän sie kai Rächt mich z'hole. Wenn sie mich dann feschtnähme, dann werde e paar hundert Lit do stoh und wäres verhindere, des war mei Ziel.

Cilia brachte zwei Kaffeetassen aus der Küche, stellte sie unfreundlich auf den Tisch, dass der Kaffee ausschwappte, Flasche Wasser und Glas dazu.

Was isch, häscht di g'ärgert?

Wasser sollscht trinke hät der Arzt gsait. Wo d'nit gschlafe häsch.

Ich schlaf gnueg an der Nieremaschin.

Danke Cilia, sagte Armin. Wenn du willst, helf ich nachher Geschirr spülen.

Sisch scho rächt. Die Supp kannscht nausfahrn zum Platz.

Sis nit gut Kirsche esse mit dr Fräü die Tag. Schlürfte den Kaffee.

Sie saßen noch allein in der Wirtsstube. Armin hatte kalte Füße, wärmte die Finger an der Kaffeetasse.

Dass der Göpper mit der Polizei verhandelt hät in der Nacht, des war für mich zwar ein Rätsel, aber es war mir nicht neu, ich kenn ihn ja usm Dorf und sein Verhalten. Es war für mich von vorn herein klar, dassr uns in Rücke fällt und mit der Regierung verhandelt, des hätr immer gmacht. Und auch in dere Nacht im Hauptquartier in Endinge, ohne die Bürgerinitiative z'informiere.

Ich bin also nicht mit ihm gange und bin am More um halber fünfe aufn Platz, und da sin langsam, von überall här, inre halb Stund, sind hunderte von Mensche kumme, nachher tausende, wie die Sirene gwirkt hän. Die Abwehr hät klappt und nieman hät sich gstört dra dass Kommunischte dabi si.

So war des Armin, des kannscht schrieve wie ichs dir sag, sischt d'Wahrheit. Grinste: Sagsene nit ufm Platz daß i an d'Maschin hang – sischt bässr wanns nit wisse wo dr Fuchs sich ufhaltet.

Als Armin mit Cilias Bohnensuppe im Wagen sich durch den Auwald dem Bauplatz näherte, lagen die Spuren der Schlacht unübersehbar am Weg. Die von den Räumfahrzeugen der Polizei beiseite geschobenen Barrikaden aus Baumstämmen und Schlagholz. Der niedergerissene NatoDrahtzaun. Er musste eine Sperre der Besetzer passieren, der Wache den Suppentopf zeigen – sie kannten ihn nicht. Auf dem Platz Dutzende von vermummten Gestalten zwischen den vereisten Pfützen, den verlassenen Baumaschinen der HOCHTIEF den Zelten und Lagerfeuern, den zusammengezimmerten Tischen und provisorischen Sitzen. Es schneite in schütteren Flocken, die auf dem durchweichten Waldboden spurlos verschwanden. Er fand Jean und Reni an einem der Tische, übergab den Suppentopf. Ist Salli auch irgendwo, fragte er. Reni zog ein Kuvert aus ihrem Anorak, Den soll ich dir geben von ihr. Im VauWe riß er den Umschlag auf. Ein Blatt, handbeschrieben. Die Schrift fast fremd. Wenige Zeilen.

Ich will
dass du vorbeigehst

und mich liebst
ohne dich umzudrehn
nach mir.

Erinnere dich an nichts
als die Liebe.

Vergiß mich

W.W. von Salli

Für Armin Kolenda kein Ende der frostigen Zeit. Nur in den Erinnerungen fand er Wärme, durchschimmelt aber von Schmerz auch die. Aus Köln brachte er seinen Schlafsack, sein Dreieckzelt mit, baute es neben den größeren auf, schlief dort vor oder nach den Nachtwachen wie die andern Aktiven. Er half Belz, einen Brunnen in den Boden des Auwalds zu schlagen, baute mit jungen Handwerkern das Küchenhäusle für einen Propanherd und die Sickergrube für die Toilette. Herzbetäubende Tätigkeiten. Belz war hochachtungsvoll erstaunt über das praktische Geschick des Journalisten, erfuhr so, dass der bergmännisches Handwerk unter Tage gelernt hatte. Unter den zugereisten Besetzern waren Studenten, die besser FlugblattTexte zu entwerfen und politisch zu argumentieren als mit Hammer und Säge umzugehen wussten. Die Sprecher aus den Dörfern gerieten mit denen oft genug aneinander, wenn sie versuchten, den Widerstand gegen die AtomMafia mit dem KBW oder der roten Sonne aus China zu untermauern, statt mal Feuerholz zu hacken oder Geschirr zu spülen. Gebraucht wurden sie dennoch. Von den Zwanzigtausend, vor deren Übermacht die Polizei hatte weichen müssen, waren nur einige Dutzend junger Leute übrig geblieben, die genügend anarchistischen Elan aufbrachten, in Matsch und Kälte auf dem Platz auszuharren.

Im Rat der einundzwanzig Bürgerinitiativen war ein Plan abgestimmt worden, nach dem die aktiven Gruppen in den Dörfern an jedem Tag reihum die Besetzer mit Lebensmitteln versorgten und durch ihre Gegenwart demonstrierten, dass der Auwald nicht geräumt würde, bis das Atomprojekt endgültig gefallen sei. Mit ihrer Hilfe wurde aus dem angefahrenen und im Wald gewonnenen Holz ein solides größeres Rundhaus nach dem Vorbild des Marckolsheimers gebaut, Freundschaftshaus getauft, das als Versammlungsort diente. Man saß darin um das Zentralfeuer auf den von der HOCHTIEF gefällten Stämmen des Auwalds. *Auch eine Form von körperlicher Baumbesetzung*, schrieb Kolenda. Und berichtete, daß die Baufirma Balthasar Ehret und Bruno Jenne als Rädelsführer auf Schadenersatz für die bei der ersten Besetzung an den Baumaschinen verursachten Schäden verklagt hatte, erinnerte die Leser der *Demokratischen Zeitung* an die 1969 auf eine Klage Springers nach der gleichen Abschreckungsmetode zu siebzigtausend Mark verurteilten Frankfurter Studenten Amendt und Krahl, die aus tausenden von Demonstranten herausgegriffen worden waren.

Belz blieb diesmal bewunderswert ruhig in seinem Zorn, als Cilia weinend die Existenz der *Fischerinsel* auf dem Spiel stehn sah. Er hatte viele Zeugen, dass er im Gegensatz zur Behauptung der Klagschrift lautstark zur Gewaltlosigkeit und zur Schonung der Maschinen aufgerufen hatte. Armin war bereit, jeden Eid darauf zu schwören, nicht nur um Cilia zu beruhigen, sondern weil es die miterlebte Wahrheit war.

Er begleitete Balthasar Ehret: zu Treffen der Bürgerinitiativen in den Dörfern, zu Beratungen mit den Rechtsanwälten in Freiburg – immer das *Sony* dabei und den Notizblock. Er war nicht immun gegen die Spannung, die unter den Einheimischen grassierte in den ersten Wochen nach der Wiedereroberung des Platzes, ob die Landesregierung erneut und mit größerer Gewalt versuchen würde, den Widerstand der Bevölkerung zu brechen oder durch Verhandlungen und vage Zusagen die Kompromisslosen von den Vorsichtigen abzuspalten, um so mit geringeren Kosten ihr Ziel doch noch zu erreichen.

Der Gedanke fiel ihm ein, eine *Werkkreis Werkstatt Kaiserstuhl* zu gründen, um den Erfahrungen der Landleute Worte zu machen, doch schreckte er vor den dafür nötigen längerfristigen Zeitopfern zurück. Sehr gegenwärtig der Zwiespalt zwischen seinem ungelöschten Wunsch, in der räumlichen

Nähe Sallis zu bleiben, und der Einsicht, dass er sich von ihr losreißen sollte durch eine zweite Trennung, die von ihm selbst, durch seinen eignen Entschluss bewirkt werden müsste. Die Gründung einer Schreibwerkstatt würde ihn binden, wie das Atomschutztheater, wie Balthasar mit seinem egozentrischen Heldenroman, statt dass er loskam von der Gefühlsfessel Salli und nach Köln sich endgültig zurückrief. Er beschränkte sich darauf, einige der bei der polizeilichen Räumung des Platzes Geschädigte, die besonders anschaulich zu erzählen gewusst hatten, zu ermutigen, ihre Erlebnisse aufzuschreiben, mit der Aussicht, die Ergebnisse in seiner Zeitung oder in einer Werkkreis-Publikation zu veröffentlichen.

Annemarie Sacherer, Winzerfrau aus Oberrotweil und junge Mutter von zwei Kindern, hatte einen sehr lebendigen Bericht zustande gebracht:

PANIK ERFASSTE UNSRE HERZEN

So kam der 20. Februar 1975. Um 12 Uhr in der Nacht fuhr ich schnell noch einmal nach Hause, um nach den Kindern zu sehen. Um halb fünf Uhr morgens fuhr ich allein mit meinem Auto auf den besetzten Platz zu meinem Mann. Viele meiner Landsleute hatten die ganze Nacht ausgeharrt in Erwartung der Dinge, die da kommen sollten.

Am Abend vorher waren französische Journalisten zu uns in den Planwagen gekommen und erzählten uns, daß die Räumung bei Tagesanbruch erfolgen sollte. Wir waren alle sichtlich nervös. Ein junger Mann trat zu uns und gab uns die Adresse und Telefonnummer eines Anwalts. Da wir ja mit Verhaftung rechnen mußten, schrieben wir uns die Adresse in die Handflächen.

Wir waren ungefähr 150 Menschen auf dem Platz, Männer, Frauen, Kinder, Winzer, Studenten, Hausfrauen, Priester und Mediziner. Niemand kam mehr zu unserer Verstärkung durch. Die Zufahrtsstraßen waren offensichtlich blockiert.

Im Wald war es noch dunkel. Wie Schemen zuerst leuchteten die weißen Helme vieler Polizisten durch die Dunkelheit. Panik erfaßte unsere Herzen, und mancher von uns

hätte sich vielleicht gerne irgendwo verkrochen angesichts dieser Übermacht, die da auf uns zukam.
Immer mehr weiße Polizistenhelme rückten in unseren Gesichtskreis. Es waren ungefähr 650 Mann mit Hunden, Wasserwerfern und Panzerfahrzeugen, die da einen Ring um einen Haufen mutig um ihre Heimat kämpfender Leute legten. Die Polizisten standen da in Reih und Glied, die Allmacht der Landesregierung symbolisierend.
Als die Spannung immer unerträglicher wurde, faßten wir Frauen einen Entschluß. Wir wollten zu den Polizisten vorgehen, um mit ihnen über unsere Situation zu sprechen, sie zu informieren, warum wir diesen Platz besetzt hielten.
Es waren alles sehr junge, zum Teil recht unerfahren aussehende Beamte. Vermutlich kamen sie direkt von der Polizeischule. Ihre erste Reaktion auf unsere Kontaktaufnahme war der Ruf eines mit Sprechfunk ausgestatteten Polizisten: »Keine Diskussion!« Ich rief ihnen zu: »Wenn ihr schon nicht sprechen dürft, so hört mindestens zu, was wir euch zu sagen haben.« Anhand einzelner Ausrufe spürte man, daß sie eine Wut im Bauch hatten. Schließlich waren sie die ganze Nacht wach gehalten worden. Auch das Essen wird nicht gerade das beste gewesen sein. Die meisten wußten gar nicht, warum wir diesen Platz besetzten. Wahrscheinlich wurde ihnen von der Einsatzleitung gesagt, daß sie es nur mit Studenten und ortsfremden Elementen zu tun bekommen würden. Nach einigen Minuten Diskussion gingen wir wieder zu unseren Leuten zurück.
Auf Kommando rückten nun die Polizisten in dichten Reihen gegen uns vor. Voraus Polizeihunde. Wir setzten uns dichtgedrängt zusammen und hakten uns fest ein. Der Boden war naß und wir froren. Jemand mit Gitarre stimmte die »Wacht am Rhein« an. Und wir sangen alle, Strophe für Strophe, immer wieder dasselbe Lied. Es einte uns. Oft schon hatte man erzählen gehört, daß Soldaten an der Front, beim Angriff des Feindes, in höchster Not sangen. Ich hatte es nie glauben wollen, da Singen im allgemeinen ein Ausdruck von Fröhlichkeit ist. Aber nun spürte ich es am eigenen Körper, wie es half, diese unerträgliche Spannung loszuwerden. Immer

wieder schallte die Aufforderung durch den Lautsprecher, den Platz zu verlassen. Doch wir übertönten den Ruf mit unserem Singen. Ich dachte an die Kinder zu Hause, und daß wir ihretwegen diesen Platz besetzt hielten. Natürlich taten wir es auch für uns selbst. Es ging schließlich um unsere ureigensten Interessen. Wir kämpften hier um unsere Gesundheit und Existenz und um die Zukunft unserer Kinder.

Doch lange kam ich nicht mehr zum Nachdenken, denn nun begannen die Polizistentrupps einige von uns gezielt herauszuzerren. Sie suchten sich vorwiegend junge Leute mit langem Haar und Bärten heraus. Dies wurde offensichtlich mit voller Absicht so gemacht, um nachher sagen zu können: »Es war überhaupt keine einheimische Bevölkerung dabei.« Wir Kaiserstühler schrien die Polizisten an, sie sollten doch uns mitnehmen. Doch sie wollten uns nicht. Unter den Polizisten waren richtig miese Schlägertypen. Und auch solche, mit denen wir vorher gesprochen hatten, gingen mit brutaler Gewalt vor. Man hatte das Gefühl, als müßten sie ihren Vorgesetzten beweisen, daß sie sich von unseren Argumenten nicht beeinflussen ließen. Sie zerrten junge Mädchen an den Haaren durch das abgebrannte Feuer. Einer jungen Elsässerin entrissen sie brutal ihr kleines zwei- oder dreijähriges Kind. In dem Gerangel wurde es fast an einen Baumstamm geschleudert. Es war eine furchtbare Szene. Ich heulte vor Wut und Scham vor so viel Unmenschlichkeit. Noch heute kommen mir Tränen in die Augen, wenn ich an diese Stunde denke. Unsere Leute ließen sich wegtragen ohne sich zu wehren. 54 Personen wurden festgenommen. Dicht neben mir saß ein junger bärtiger Student. Zwei Polizisten wollten ihn wegzerren, aber wir hielten ihn fest. Nun rissen sie ihn an seinen Haaren und an seinem Schal, so daß er blau anlief. Mein Mann schrie die Polizisten an: »Wenn ihr den wollt, müßt ihr uns auch mitnehmen.!« Sofort ließen sie ihn los. Plötzlich sagte eine beschwörende Stimme hinter mir: »Kommen sie doch mit, ich führ sie weg von hier.« Es war der Projektleiter des Badenwerkes. Ich sah ihn voller Abscheu an und drehte ihm wieder den Rücken zu.

Nun fuhr der Wasserwerfer vor. Wir deckten uns notdürftig mit Plastikfolien ab, aber die Polizisten entrissen sie uns. Ungeschützt waren wir nun dem Wasserwerfer ausgesetzt. Brutal schlug der Wasserstrahl auf uns nieder. Mich traf die volle Wucht des Wasserstrahls ins Gesicht. Es tat sehr weh. Die Augen brannten und mein Gesicht war noch tagelang gerötet. Ich weiß nicht, welcher Stoff dem Wasser beigemischt war. Man verwendet ja heute einiges. Jedenfalls ist Wasser allein schon demoralisierend genug.
So trieben sie uns wie eine Herde Tiere vom Platz. Niedergeschlagen, durchnäßt, müde und ausgebrannt traten wir den traurigen Weg zur Natorampe an. Dort warteten unsere Leute, die nicht mehr hatten zu uns vordringen können. Weinend fielen wir uns in die Arme. Da weinten ausgewachsene Männer vor Wut und Ohnmacht. Wir unterhielten uns schluchzend über die unglaublichen Vorkommnisse. Wir waren alle restlos fertig.
Was mich persönlich immer wieder am meisten erregt, das ist die Gleichgültigkeit mancher Politiker und Wissenschaftler, mit der sie ein Erbe an die Nachwelt hinterlassen wollen, das noch in Jahrtausenden hochradioaktiv strahlt, und von dem noch überhaupt kein Mensch sagen kann, wie diese Radioaktivität in Zukunft kontrolliert werden soll. Das Argument eines Herrn von der KWS, der als Beobachter auf dem Platz war, hieß, als ich ihn auf den Atommüll ansprach: »Darum brauchen Sie sich doch nicht zu kümmern. Da leben Sie und ich nicht mehr!« Kann einem bei einer solchen Antwort nicht das Grauen kommen? Nach uns die Sintflut! Geht uns denn nur unser jetziger Wohlstand und das weiter gesteigerte Wirtschaftswachstum etwas an?
Unsere Hoffnung baut sich darauf, daß die warnenden Stimmen namhafter Wissenschaftler, und es werden immer mehr, auf die Dauer nicht ungehört bleiben können! Es geht uns gar nicht nur darum, ein KKW in Wyhl zu verhindern, sondern überhaupt um die Einsicht, daß die Erfahrungen, die man bis jetzt mit Kernkraftwerken gemacht hat, nicht ausreichen, um ein ganzes Land damit zu bepfla-

stern, und daß vorrangig Alternativen zur Kernenergie erforscht werden sollten. Wir müssen überhaupt alle miteinander bescheidener werden, denn zu einem Wohlstand, wie wir ihn jetzt haben, reichen die Rohstoffe der Erde nicht uferlos.

Auf der Landstraße nach Endingen, hinter Wyhl, hatten Schnee und Regen die weiße Schrift zwar verblassen lassen, aber nicht beseitigt, die in großen Buchstaben jedem Passanten am Ortsausgang verkündete: KKW NEIN. Und einen Kilometer weiter: ICH LIEBE DICH. Keiner außer Salli Biechele wusste, wem diese Liebeserklärung galt. Auf dem Weg zur Autobahn nach Norden oder nach Freiburg fuhr Armin manchmal den Umweg über Wyhl, um nach dem bleichen Zeugnis jenes Herbsttages zu sehn, als er Salli mit dem Blumenstrauß in der Konservendose überrascht hatte. Die Dorfstraße führte ihn am BiecheleHof vorbei. Einmal sah er durch das geöffnete Hoftor den alten grünen Magirus, auf dem Salli sie zum Auftritt in Kiechlinsbergen schoffiert hatte. Einmal musste er stoppen, weil Bauer Biechele auf dem mächtigen roten Lanz mit angekoppeltem Drehpflug auf die Straße fuhr – ohne zu ahnen, in welch enger Beziehung der Fahrer des VauWe mit Kölner Kennzeichen zu seiner Familie stand. Oder hätte stehn können. Wenn die Verhältnisse anders wären als sie sind. Armin fantasierte, ob er, aus Liebe zu Salli, hätte umlernen können auf Landwirt, um mit ihr zusammen diesen Wyhler Bauernhof zu betreiben. Seine schmerzgenährte Einbildungskraft malte sich aus, wie er hier, in dieser noch industriearmen Naturschönheit, Feldarbeit verrichtet hätte, zwei oder drei salligleiche Kinder auf dem Hof, die Eltern auf dem Altenteil, Freiburg, die Schweiz, das Elsaß als kulturvolles Nachbarland – sogar den Roman hätte er wahrscheinlich – an den Winterabenden, nicht mehr als Außenseiter, sondern als intimer Kenner dieser Gesellschaft und Landschaft, während Salli, die DiplomLandwirtin, mit Unterstützung ihres Vaters, das agrartechnische Wissen beitragen würde. Vielleicht, um den Widerstand der Eltern zu beschwichtigen, hätte er bei den Katoliken eintreten, sich kirchlich trauen lassen müssen – kein ernsthaftes Hindernis, nach der Scheidung von Sonja. Sogar Martin und Klaus hätten in den Ferien ihn besuchen, mit ihm Trecker fahren können manchmal oder fischen mit Belz. Wie sollte Sonja ihm die Jungen noch verweigern, wenn er ein richtiges Zuhause – und eine ordentliche Familie – statt seines Untermietzimmers. In dem er einen Tag lang mit Salli, nach dem Arzt, unwiederbringlich, das Glück – einen Tag lang!

Halb betäubt vom Kummer der Vergeblichkeit steuerte er den Wagen durch Wyhl auf die Endinger Landstraße bis zum Ort seiner Liebesmalerei, setzte sich an den Rand des Straßengrabens. Schrak auf, als er plötzlich in der Stille des Morgens ein bekanntes Geräusch hörte, jenes Motorgeräusch, das sich unauslöschlich in sein Gehör geprägt hatte, ihren grünen FIAT sich nähern sah, elektrisiert, unbeweglich festgebannt ihm entgegenstarrte, der aber nicht seine Fahrt verlangsamte, an ihm vorbeifuhr, Salli am Steuer, gradeaus blickend, neben ihr der andre Mann, der Gustl, der zu ihm sah, verwundert schien es, und schon vorbei die Erscheinung. Um das Schluchzen zu unterdrücken, das ihm in der Kehle wuchs, hieb er mit der Faust ins Gras, wieder und wieder. Der Boden war auch der erst verdrängte Nebenbuhler, ungreifbarer Gegner jetzt, triumfierend wahrscheinlich, dem er nicht an die Gurgel kam. Im doppelten Vorteil war der, da Salli sich freigesetzt, sich gewaltsam entliebt hatte, verfügbar wieder für beschwänzte Wegelagerer. Und der Typ wohnt in Wyhl, wenige Häuser vom BiecheleHof entfernt, in der Gunst der Eltern schon immer, sprungbereit. Vielleicht hat Salli ihm gesteckt, dass sie Schluss gemacht hat mit dem Landfremden und ihn gebeten, sie zu begleiten nach Freiburg, Körperwächter – obwohl doch Armin sich versprochen hat, Salli nicht zu bedrängen, sie nicht zu suchen, ihr aus dem Weg zu gehn als wortlosen Beweis seiner Liebe. Nur wissen musste sie, dass er nicht davongelaufen, nach Köln zurückgekehrt war, um erkennen zu können, dass seine Gefühle, seine Hoffnung nicht erloschen waren. Durch den Besuch seiner verblichenen Ikone auf der Landstraße war das Gelübde nicht gebrochen – so zufällig wie sie in eben diesem Augenblick völlig überraschend hier vorbeikam.

Dort wo eine Begegnung am ehesten selbstverständlich und

wahrscheinlich wäre, auf dem besetzten Bauplatz, erschien Salli nicht mehr. Was kaum auffiel bei den vielen neuen, oft wechselnden Gesichtern. Jean gehörte zu den wenigen ständigen Zeltbewohnern der Bürgerinitiativen. Die meisten waren ortsfremde Sympatisanten.

Obwohl Armin und Salli bei den Proben mit ihren drei Mitspielern sich möglichst sachlich und arbeitsbezogen gegeben hatten, war Jean klar, dass die beiden was miteinander hatten. Reni sowieso, als jüngere Mitschülerin Sallis am Emmendinger Gymnasium. Nur Karl der Fünfte (wie sie ihren zuletzt dazugestoßenen Mitspieler genannt hatten) war in der Hinsicht naiv, so scheu himmelte der die schöne Bauerntochter an. Und verstand nicht, weshalb das Atomschutztheater sich sang und klanglos verflüchtigt hatte. Ziemlich klar für Reni und Jean, dass etwas Einschneidendes passiert war zwischen Salli und Armin, aber sie wagten nicht, den so verschlossenen Älteren zu fragen.

Der erklärte auch dann nichts, als Reni am Lagerfeuer, im noch unbedachten Rundhaus, einen Zettel von Salli vorzeigte, der mitteilte, dass sie die Aufgabe des Atomschutztheaters durch die Platzbesetzung für erfüllt halte und nicht an den Wachen teilnehmen könne, weil sie endlich ihre drei Scheine für das Wintersemester nacharbeiten müsse.

Armin stimmte ihrer Einschätzung zu – es gab tatsächlich in absehbarer Zeit keine Gelegenheit für eine Aufführung des Teaters. Und wo hast du Salli getroffen? fragte er möglichst neutral.

In Freiburg, in der Mensa, mit diesem Bauern aus Wyhl, dem KKW-Jaler, Gustl Sexauer, mit dem sie früher schon gegangen ist. Sie hat gefragt, was wir machen. Ich hab gesagt, dass sie uns verdammt fehlt. Da hat sie den Zettel geschrieben und ich soll euch grüßen.

Jean schüttelte resigniert den Kopf. Karl wollte nicht glauben, dass Salli abgesprungen sei. Armin schwieg. Wolfgang Sternstein wurde vom Apoteker Schött angekündigt als Friedensforscher aus Tübingen. Sein Vortrag über die Traditionen des gewaltfreien Widerstands brachte das vielstimmige Gerede im Rundhaus zum vorläufigen Ende.

Nach elf waren die Dörfler in die Federbetten gefahren, Belz hatte Sternstein in die *Fischerinsel* mitgenommen, die Besetzer verzogen sich in ihre klammen Schlafmittel.

Es war eine sternklare fönige Nacht, die schon von fern den Frühling ahnen ließ. Über dem Kaiserstuhl war eine zierliche Mondsichel aufgehängt. Zwei Käuzchen riefen sich von verschiedenen Stellen im Auwald Grüße zu. Immer die gleichen. Schwerhörig wahrscheinlich. Vereinzelt quakten Frösche, aber eher verschlafen hörte es sich an, als ob sie kurz ihre Stimmen probierten und gleich wieder wegdösten. Im Lagerfeuer platzte manchmal knallend ein feuchtes Holz. Einer der Wächter klimperte leise auf seiner Gitarre. In den größeren Zelten huschten noch Lichtflecken von Taschenlampen über die Stoffwände, in einem wurde gelacht. Hinter den Zelten die Schwärze der Wald.

Armin putzte die Zähne mit Flaschenwasser, wechselte ungewaschen in seinen Trainingsanzug, verkroch sich fröstelnd ins Zelt. Grübelte. Ob Sallis Grüße nur so dahergesagt waren? Oder verbarg sich eine Botschaft für ihn darin, ein kleines Winken, ein Rest von Vertrautheit? Er hätte Reni fragen wollen wie sie denn wirkte, neben dem Mann – unbeschwert lustig wie früher? Oder eher bedrückt? Oder so streng wie das aus ihren Zeilen klang? Und ob sie vertraut schien mit dem Sexauer oder sachlich? Das starre Gesicht im Auto war vielleicht nur eine Schutzmaske gewesen, aufgesetzt vor dem Typ, und allein im Wagen hätte sie angehalten, hätte ihr altes verzauberndes Lächeln gezeigt? Oder ein trauriges wenigstens?

Unerbittlich kreisten die fruchtlosen Gedanken, hielten ihn wach, verdummten ihn. Er versuchte, sich Einzelheiten von Sternsteins Vortrag zu vergegenwärtigen: vergeblich. Seine Hirnströme fuhrwerkten hypnotisiert um das entbehrte Lebewesen.

Ein unpassendes Geräusch plötzlich vor seinem Zelt, irgend ein WeroderWas, dann ein Scharren oder Kratzen am Stoff – Krallen? Fingernägel? Jemand zog den Reißverschluss auf, fragte geflüstert Armin?

Ja, hörte er sich sagen, was ist?

Erschrick nicht. Ich bins, Reni. Ich komm mal rein.

Sie wartete nicht auf Antwort, bückte sich durch den Schlitz, zog ihn hinter sich zu, tastete auf dem Boden nach seinen Beinen im Schlafsack – mensch ist das dunkel bei dir!

Was willst du?

Hast du schon geschlafen?

Noch nicht. Was ist los Reni?

Sie kroch durch zum hinteren Ende des Zelts, setzte sich neben Armins Kopf, ein schwarzer Schattenriss vor der matthelleren Zeltbahn.

Du bist so traurig Armin. Jemand muss dir helfen können.

Armin zog hörbar die Luft ein, wie bei einem plötzlichen Schmerz.

Du redest mit niemand. Frisst deinen Kummer oder was in dich rein. Das ist nicht gut.

Willstu meine Terapeutin werden? Bitterironisch kam das raus.

Ich weiß dass du mich kaum gesehn hast, so verschossen warst du in Salli. Pause. Ich hab dich immer gern gehabt Armin.

Was du sagst.

Willst du mir nicht erzählen, was passiert ist zwischen euch?

Ich? Dir? Was soll das denn bringen.

Du glaubst ich bin die dumme kleine Trulle aus Emmendingen, die von nichts ne Ahnung hat.

Quatsch Reni.

Ich bin bald achtzehn und versteh mehr vom Leben als du denkst!

Das bezweifelt doch keiner.

Oder willstu behaupten dass du mittem Belz über deine Probleme reden kannst?

Armin kriegte ein kleines inneres Lachen bei der Vorstellung. Aber ernst: Es ist besser für dich Reni, wenn du nichts weißt. Dann musstu kein Geheimnis hüten.

Ich kann schweigen wie die Sfinx, sagte sie ein bisschen feierlich. Und nach einem Nachdenken: Hoffstu, Salli kommt wieder zu dir zurück?

Als er darauf schwieg, betroffen schwieg, sagte sie, mit einer sehr warmen, anteilnehmenden Stimme: Ich glaubs nicht Armin. Du solltest sie loslassen, damit du wieder gesund werden kannst. Ich denke, sie hat jetzt den Gustl.

Glaubst du?

Doch. Es hat den Anschein.

Sah sie verliebt aus?

Nein Armin, das nicht. Aber Salli ist eine die weiß was sie tut. Ich kann mir vorstellen, weshalb ihr weggefahren seid, ausgerechnet an unsern wichtigsten Tagen. Und nach einer Pause: der Gustl will sie schon lange. Und er ist von hier, weißtu.

Ich bin noch verheiratet in Köln. Habe zwei Kinder.

Die Worte blieben eine Weile einsam im Dunkel. Bis Reni verstand: Das ist also dein Geheimnis.

Die Hälfte, sagte Armin.

Aber du lebst nicht mehr mit dieser Frau zusammen.

Das stimmt Reni. Sie ist die Mutter meiner Jungs. Wir hatten keine Zeit uns scheiden zu lassen. Und kein Geld.

Wieder dachte sie nach, zog dann den Reißverschluss ihrer Jacke auf, sagte: Gib mal deine Hand, nahm die, legte sie auf ihre Brust: Hier ist auch Leben.

Die Berührung dieser weichen Wölbung erschreckte und elektrisierte ihn. Er spürte ihren Körper zittern. Angst? Aufregung, Kälte. Du frierst Mädchen!

Ist verdammt kalt hier draußen.

Er öffnete den Verschluß seines Schlafsacks. Komm rein. Wortlos schlüpfte sie hinein, schmiegte sich an ihn. Er legte einen Arm um sie. Allmählich verlor sich ihr Bibbern. Er wusste nicht wie oder was. Sie wegschicken? Dazu ist sie nicht gekommen. Angenehm und entbehrt ein solcher weiblicher Körper, seit Wochen. Seit der letzten Nacht in Köln. Fremd aber. Salli riecht ganz anders, ist solider gebaut. Schmal ist sie, kleinere Brüste. Braucht Schutz vielleicht. Das Kribbeln im Schwanz geht trotzdem los. Der fühlt nur die Frau der Hund.

Reni was willst du von mir, fragte er leise, ohne Schärfe.

Das, flüsterte sie und küsste ihn. Wir können uns trösten. Ich bin auch allein. Ich möchte, dass du weniger traurig bist.

Er lauschte den Worten nach, schüttelte kaum merklich den Kopf. Das geht nicht Reni. Salli ist bei mir wie ein Herzfehler. Der bleibt.

Denkst du jetzt. Das ist natürlich. Sie küsste ihn wieder, etwas länger. Siehsttu, man verlernt es nicht.

Du riechst gut Reni.

Das ist mein Parfüm. Aus Basel hol ich das. Chanel. Sie schob ihre Hand durch das Gummiband seiner Trainingshose auf seinen Bauch. Ich streichel dich jetzt ein bisschen. Du musst nur stillhalten. Und er hielt still, wehrlos, angehaltenen atems lauschend auf die empfindungen, die ihre tastende hand auslöste, verstärkte, die seinen widerstand schmolz, staunend über die unbekümmertheit seiner nerven, die er eben noch und seit wochen in einem gramvollen winterschlaf wusste und die nun aber den verräter aufstehen ließen, begierig nach berührung, siehstu, sagte sie mit einer leisen zufriedenheit in der stimme, der merkt schneller als dein kopf was schön ist, spielte an ihm unwiderstehlich die verkrampfung aus seinem körper und schob ihm die hosen auf die oberschenkel, woher weiß sie so gut was der will mit achtzehn, sagte machste mal deine taschenlampe kurz an bitte, ich hab ihm einen gummi mitgebracht, fummelte das alupapier aus ihrer hosentasche, riss es auf, hierher musstu leuchten, kicherte: jetzt siehter aus wie der illuminierte turm von pisa, rollte ihm das präservativ über, so zärtlich und vorsichtig aber, dass armins befremden über ihre zielstrebigkeit ihn nicht umschmiss. sie schob im schlafsack ihre hosen von den füßen, seine auch, flüsterte jetzt komm rein du und sei nicht mehr traurig, drückte sich unter ihn mit ihren bloßen brüsten und er hatte keine schwierigkeiten mit seinem bekleideten werkzeug den eingang zu finden in ihre moosige wärme. die empfindung war fast ungedämpft da, befeuerte ihn, verwandelte den kummervollen körper in einen lustgenerator, doch nicht besinnungslos in dem halböffentlichen zelt, er unterdrückte die hervordrängenden kehllaute, auch reni ließ nur ein leises wohltönendes summen hören ein kätzisches schnurren fast, kaum weniger schön als mit salli, nur das gefühl in der brust fehlt das überquellen die liebesworte und küsse das entzücken über sallis glückliches lächeln, gut ist die dunkelheit über dem fremden gesicht, erst als sein samen hochpulste fasste das mädchen seinen kopf mit den händen drückte ihre lippen auf seine, flüsterte siehstu armin jetzt kommstu zu mir, in deinem schlafsack

Als sein Atem und Herzschlag sich beruhigt hatten rutschte er neben sie. Unklar mit seinen Gedanken. Wortlos. Hörte ihre Stimme neben seinem Ohr, belustigt: Du Armin, ich glaub du hast mir ein Andenken gelassen –

Andenken? Was – tatsächlich! Wo ist das Ding?

Lass. Ich hols schon. – Glitschig. – Stell mir vor ist die Haut von der Schlange die mich besucht hat. Soll ich sie aufheben?

Ideen hastu! Legs hier in die Ecke.

Tuts dir leid?

Weißich noch nich Reni. Aber eben, als du Schlafsack gesagt hast, ist mir was eingefalln. Dasses ne berühmte Szene gibt, von Hemingway, dem amerikanischen Schriftsteller, in seinem Partisanenroman aus dem spanischen Bürgerkrieg, Wem die Stunde schlägt heißter, da lieben sich ein Amerikaner und ein spanisches Mädchen in seinem Schlafsack.

Den kennst du? Mann! Ich auch! Voriges Jahr habich den gelesen, als wir die Zeit durchgenommen haben in der Schule, aber das Spannendste fandich die Liebesgeschichte zwischen Maria und dem Inglès. Hach, ich hab geträumt habich davon! So Mädchenträume. Deshalb habich mich überhaupt nur getraut, ich mein – so streng wie du bist.

Irre.

Und es hat wirklich geklappt! Weil, wir sind auch im Bürgerkrieg Armin, am Kaiserstuhl.

Geklappt sagstu?

Na ja der Traum ist in Erfüllung gegangen. Ich dacht, wenn ich ihm heut nicht die Chance gebe. Hab einen Heidenrespekt vor dir und was du alles im Kopp hast.

Der Inglès und die Maria haben sich geliebt Reni.

Weißich. Die Erde hat bei uns nicht gebebt. Du hast an Salli gedacht.

Woher –

Ist doch logisch Armin. Findich aber nicht schlimm. In unserm Bürgerkrieg muss keiner sterben.

Reni du bist verdammt abgeklärt für dein Alter.

Sie lachte leise, küsste ihn: Mein Vater ist am KoreaKrieg reich geworden mit Altmetall. Bin auf dem Schrottplatz aufgewachsen. Da lernstu die irrsten Vögel kennen. Lebst ganz schön frei, verglichen mit katolischen Bauerntöchtern. Und jetzt binich weg Armin. Sonst kommen noch welche aus unsrer Hütte auf die Idee, dass die KKWJa Typen mich entführt haben.

Schweigend ließ er sie sich aus dem Kokon rollen, fischte das Hosenbündel vom Fußende, leuchtete ihr mit der Taschenlampe bei der Entwirrung der Unter und Oberhosen, gleich biss auch die Nachtkälte in nackte Häute, er zog seine Klamotten an und den Schlafbalg zu.

Bis morgen, sagte Reni, träum was Nettes.

Hab die Wache um fünf.

Umso schneller musstu schlafen. Kannst mich wecken um sieben, in der Hütte neben der Küche. Werd um acht in der Schule erwartet. Und schloss die Eingangsklappe von außen.

War das eine Sauerei? Eine Verirrung? War das ich überhaupt? Habich Salli verraten? Aber mein Herz war bei ihr. Mein Schwanz hat sich losgemacht von der Liebe. Befreit? Abgespalten? Sie hat das bewirkt. War ihr egal. Wollt nur ihren Spaß. Nein meine Lust wollte sie. Angeblich. Lustmedizin gegen Trauergift. Vielleicht hofft sie mich zu befrein. Das hofft sie. In unserm Bürgerkrieg muss keiner sterben heißt, sie will wiederkommen wennich hierbleib. Eine wie die Malina in Immenhausen. Nimmt sich was sie will. Wen sie will. Hats wahrscheinlich schon länger gewollt, aber nicht gegen Salli. Hätt sie auch keine Chance gehabt bei mir. Gleich mittem Gummi inner Tasche. Hat sie aufem Schrottplatz gelernt, bei den schrägen Vögeln. Das Vögeln. Mit eingebauter Sicherheit. Die ahnt weshalb wir in Köln warn. Bei der Erfahrung. Soll Salli loslassen. Klar mussie das sagen, wenn sie mehr will von mir alsn schnellen Fick. Die Jungs haben sie scheints nicht groß erschreckt. Sind weit genug weg. Aber dass Salli diesen Bauern fest hat muss nich stimmen. Kann aber. Wenn sie an Absichrung denkt. Katolische Bauerntochter. Gustl Sexauer. Idiotischer Name. Warum issie da erst rausgebrochen zu mir.

Wennich ihr gleich meine Kölner Wahrheit gestanden hätt wärs vleicht anders gelaufen. Beim Teater geblieben. Ich hab doch durch dich die Liebe kennengelernt hat sie gesagt. Wir haben uns eingebracht, voll, beide. War kein Kino. Das kannich wegsein bloß dadurch dassies will. Gewaltkur. Für ihrn Vater. An dem hängt sie. Vatertochter. Art Hassliebe. Ach Salli. Wasn verdammtes Durcheinander. In mir? In ihr nicht. Ich hab das mitgebracht den Schlamassel. Sie hat den Schnitt gemacht. In das Tal. Urstromtal. Sitzt auf dem Berg. Kaiserstuhl. Kaiserinstuhl. Kaiserin Rosalie in der Sonne. Alles Nebel im Tal. Schlamm. Gülle. Sumpf. Weint sie? Sie weint, läuft runter von ihrem Gesicht ins Urstromtal. Sie winkt. Sieht sie mich? Muss da durch, rüber. Das klebt, das wächst hoch, zieht mich runter. Salli wirf mir ein Tau, ich schaffs nicht, oder dein Haar, sie schließt ihre Brust auf, was ist da drin, das ist dein Herz es schlägt schlägt verrückt schlägt doch für mich ich komm hier nicht raus Salli aus dem Schlamm

Der Wecker zerrte Armin Kolenda aus seinem Alb. Er drückte den still, lag bewegungslos, benommen von den Bildern. Zitternd vor Kälte. Die trieb ihn aus dem Schlafsack. Vor dem Zelt kein Nachthimmel, nur die graurötlichnasse Wand. Fuß vor Fuß tastete er sich durch die Suppe in Richtung des Feuerscheins.

Hallo Armin, sagte Jean, hustete vorwurfsvoll: Scheißnebel! Würdstu deinen Hund bei dem Wetter vor die Tür jagen, käm dir der Tierschutz aufn Hals.

Der Nebel hält uns die Bullen vom Pelz, sagte der andre.

In der morgendlich leeren Wirtsstube der *Fischerinsel* wollte Kolenda auf seiner Olympia so etwas wie einen zusammenfassenden Artikel über seine und der Kaiserstühler Erfahrungen bis zu dem Freiburger Richterspruch gegen die Regierung komponieren. Tatsächlich schwappte so etwas wie Musik aus der allgemeinen Euforie der Landleute in seinen Kopf und in seinen Text. Beim Schreiben und Korrigieren flutschte ihm mehrfach die Vorstellung zwischen seine sachbezogenen Gedanken, dass dieser Artikel hervorragend auf die zweite oder gar erste Seite der *Demokratischen Zeitung* passen würde.

Bis zum einundzwanzigsten März wusste kein Apotheker Schött, kein Müller Göpper, kein Bürgermeister Zimmer, kein Rechtsanwalt de Witt, kein Landtagsabgeordneter Späth und auch kein Balthasar Ehret, ob das Stuttgarter Kabinett, genötigt von Badenwerk und HOCHTIEF, *nicht doch noch einmal die Bereitschaften in Marsch setzen würde, um seine unbotmäßigen Kaiserstühler an die Kandare zu nehmen. Nicht nur die wirtschaftlichen Interessen der Energiekonzerne waren durch die Bauverhindrung eines Atomkraftwerks beschädigt, sondern das bis dahin unangefochtene Prestige der Regierung Filbinger. Die päpstliche Unfehlbarkeit ihres Ministerpräsidenten war ins Taumeln geraten, als die unbewaffnete Landwehr der Bürgerinitiativen mit Naturschutz und Heimatliebe das technologische Monstervorhaben zum Halt gebracht hatte. Geplant war von den Eierköpfen in den Denktanks der Nuklearindustrie aller drei Anrainerstaaten, den Rheinstrom von Schaffhausen bis Duisburg mit einer Perlenkette von Atommeilern zu behängen. Weder die Handelnden noch die Zuschauenden konnten begründet erwarten, daß die Regierung mehr als nur vorläufig zurückweichen würde.*

Aber ein hoffnungsvolles Raunen ging durch das Land unter jenen, die den demokratischen Aufbruch der späten sechziger Jahre noch nicht verloren gegeben hatten und ihn in den mörderischen Angriffen der schießenden Studenten auf Symbolfiguren der Herrschaft eher verraten als ins revolutionäre Extrem getrieben sahen. Überraschend und unerhofft war in Baden eine Gärung hochgekocht, die unter der Oberfläche der ritualisierten Auseinandersetzungen zwischen Konservativen und Reformern, zwischen Gewerkschaften und Unternehmerverbänden, zwischen NATO Strategen und Neutralisten, zwischen BRD und DDR sich entwickelt hatte, genährt von Menschen, denen die gigantomane Entfremdung ihrer Leben von ihren natürlichen Wurzeln Angst verursachte und Widerstandskräfte weckte. Die Männer in den Ministerien Kabinetten Präsidien waren verkleinert worden dadurch, daß ihre Drohungen mit polizeilicher Gewalt und sogar deren Einsatz einfach weggeschoben wur-

den von dieser Bürgerbewegung wie von einem Godzilla, dessen Panzer sich in dem Satz symbolisierte Wo Recht zu Unrecht wird, wird Widerstand zur Pflicht. *Die Gleichsetzung des unbewehrten Aufstands der Waldläufer mit der kommunistisch genannten Militanz der abenteuernden Bürgerkinder wurde an dem einundzwanzigsten März zur regierungsamtlichen Ente, als das Freiburger Verwaltungsgericht dem Einspruch der Kaiserstühler gegen die Erste Teilerrichtungsgenehmigung für das Wyhler Atomkraftwerk stattgab und die Ermächtigung des Wirtschaftsministers Eberle zum sofortigen Baubeginn außer Kraft setzte. Der Spruch der Freiburger Richter war kein Urteil über die Rechtmäßigkeit des atomaren Kraftwerks, die in einem längeren Hauptsacheverfahren zu klären wäre, aber doch eines über die verschlagne Taktik der Interessierten, mit dem Bau der konventionellen Teile der Anlage zu beginnen, damit später die schiere Höhe der bereits verbauten Investitionen es den rechtsabwägenden Richtern unzumutbar erscheinen lassen würde, die Errichtung des nuklearen Teils zum Schutz der bedrohten Bürger zu untersagen.*

Hier hat eine human in die Zukunft denkende Vernunft die profitorientierte Logik der großtechnischen Strategen zum Stillstand gebracht.

So stellte es Kolenda in seinem in Begleitung zweier Viertel Spätburgunder geschriebnen Bericht für die Kölner Redaktion dar, noch unter dem Eindruck des Jubels, der auf dem besetzten Platz, bei den Engagierten in Freiburg und in den Kaiserstuhldörfern über dieses kaum erhoffte Frühjahrsgeschenk der Justiz ausgebrochen war. Verstört wurde aber der Verfasser durch den postwendend übermittelten harschen Einspruch von Rauch, der ihm auflegte, sich auf seine Aufgabe als Reporter zu beschränken, einen faktenreichen Augenzeugenbericht zu erstellen und den Kommentar dem Chefredakteur zu überlassen. Eine Extraseite für den Abdruck der Originaltexte sollte er bekommen, da es sich bei denen um Dokumente von historischem Wert handle.

Rauchs Leitartikel begrüßte das Urteil als Bestätigung der Bürgerrechte auf eine sachgemäße Prüfung aller Voraussetzungen und möglichen Nachteile einer nukleartechnischen Anlage mit dem Ziel, ihre Sicherheit und Unschädlichkeit zu verbürgen. Die friedliche Nutzung dieser Energiequelle sei unter volkswirtschaftlichen wie ökologischen Gesichtspunkten wünschenswert. Das Bestreben der Bürgerinitiativen am Kaiserstuhl und des BBU müsse vor allem darauf gerichtet sein, die neun schon in der Bundesrepublik arbeitenden und alle geplanten Kernkraftwerke einer Kontrolle der demokratischen Kräfte des Landes zu unterwerfen, da das Profitintresse der Energiekonzerne in unversöhnbarem Gegensatz stehe zu den Sicherheitsbedürfnissen der Bevölkerung. Als Vorbild für die nötigen Aufsichtsgremien könnten die Rundfunkräte der öffentlich-rechtlichen Sender dienen. (Ein Atomgesetz und die Reaktorsicherheitskommission reichten nicht aus). Verhalten kritisierte Rauch die latente Technikfeindlichkeit mancher Gruppen, die sich in einem allgemeinen Misstrauen gegen Fortschritte der Wissenschaft und ihre Anwendung zum Nutzen der Menschen äußere. Maschinenstürmerei gehöre ins 19., nicht ans Ende des 20. Jahrhunderts. Mögliche Gefahren rührten nicht aus den Apparaten, sondern von den Menschen, die über ihre Anwendung bestimmten.

Fehlt nur noch das Küchenmesser, mit dem man seiner Frau auch den Hals abschneiden kann, fluchte Kolenda in der *Fischerinsel*, als er Balthasar Ehret die druckfrische Zeitung unter die Nase legte. Welcher Aufsichtsrat will denn garantieren, dass so eine friedliche Atombombe nicht mal aus Versehn in die Luft fliegt und Hunderttausend verstrahlt wie in Hiroshima? Der Rauch sollte Robert Jungk lesen – einen Polizeistaat werden wir brauchen, um die Atomscheiße zu bewachen! Denken deine Emmendinger Genossen genauso wie mein Chefredakteur?

Die denken was in der UZet steht, raunzte Belz, und die schreibt nichts andres. Jetzt ist Biblis am Netz, ohne Widerstand, tausendzweihundert Megawatt, und wer glaubt, die RWE lassen sich demokratisch beaufsichtigen, den hat ein Affe gebissen. Hastu Zeit? Dann komm mit Fisch holen. Gummistiefel stehn im Brennhaus.

Auf der Fahrt durch den Auwald zu den Netzen in Balthasars rostigem Ford berichtete der Fischermeister von der Idee der Weisweiler Bürgerinitiative, öfter solche Vorträge zu organisieren, wie ihn der Sternstein gehalten hatte, um den Widerstand der Bevölkrung mit mehr Kenntnissen zu bewaffnen, haltbarer zu machen als die spontanen Gefühle es vermochten, aus denen bisher die Kraft gekommen war. Es sei abzusehn, dass der Kampf sich hinziehn werde, das Badenwerk hatte bereits Berufung gegen das Freiburger Urteil eingelegt, zwar hätten einzelne Köpfe der Bewegung inzwischen sich viel Wissen erarbeitet, es gelte aber dieses Wissen unter möglichst vielen Menschen zu verbreiten, sowohl denen aus der Region, aus deren Entschlossenheit der Widerstand hauptsächlich genährt werden müsse, aber auch bei denen, die jetzt von überall anreisten, um sich über die Vorgänge in Wyhl zu informieren und, zurückkehrend, die Kenntnisse über die Gefahren der Atomenergie strategisch im Land zu verbreiten. Vor allem gegenüber den Journalisten müssten viele – nicht nur ein paar Sprecher, die leicht als Rädelsführer abzustempeln seien – in den Stand von Experten versetzt werden, um mit stichhaltigen Gründen argumentieren zu können. Eine Art Volkshochschule Wyhler Wald müsste sich entwickeln, gespeist aus den am Kaiserstuhl und in Freiburg schon vorhandenen Kräften, aber auch mit Hilfe kritischer Wissenschaftler von anderen Universitäten und Forschungsinstituten, die alle noch vereinzelt gegen die Übermacht der konzernabhängigen und technikgläubigen Experten stritten. Durch eine solche Konzentration könne Wyhl zum Auslöser einer Gegenbewegung ökologischer Aufklärung werden.

Kolenda musste nicht überzeugt werden. Das Vorhaben, von dem Belz auf der von Schlaglöchern gerüttelten Fahrt durch den schon heftig ergrünenden Wald berichtete, schien ihm eine Pflanze aus der Gattung selbstorganisierter Initiativen, wie sie aus dem von der achtundsechziger Bewegung gelockerten Boden der Gesellschaft vielerorts sprossen. Der *Werkkreis Literatur der Arbeitswelt*, die *Sozialpädagogischen Sondermaßnahmen Köln* und die Hausbesetzer waren die ihm nächststehenden Beispiele, aber auch die Kinderläden, die

Republikanischen Clubs, die Landkommunen, das *Sozialistische Patientenkollektiv Heidelberg* zeugten ihm von den Wünschen vieler Menschen, in ihren unmittelbaren Lebensbereichen die zementierten Verhältnisse aufzusprengen und neu zu gestalten. Die Bürgerinitiativen mit ihren unterschiedlichen Auslösern waren das deutlichste Signal an die verkalkten politischen Parteien, dass die verwalteten Bürger nicht mehr mit ihrem vierjährlichen Stimmabwurf abzuspeisen waren, sondern Einfluss nehmen und mitentscheiden wollten. Umso wichtiger, dem befreienden Moment des Handelns das richtungweisende des Lernens, des neugierigen, respektlosen Fragens und Forschens als stabilisierendes Gerüst einzuziehen.

Balthasar sah eine Schwierigkeit allerdings in der Finanzierung: war es den Kaiserstühlern zuzumuten, neben allen zeitlichen und materiellen Abgaben, die sie seit Monaten in den Kampf gegen den Moloch warfen, noch für die anreisenden Referenten zu zahlen, die ja nach Möglichkeit Experten, also teure Köpfe sein sollten? Da lachte Kolenda und erzählte von seinem Werkkreis, in dessen Werkstätten die technischen Fachleute: Schriftsteller, Journalisten, Lehrer – ihr Wissen vom Umgang mit Wörtern, geschriebenen Wörtern, helfend einbrächten, um von den in der unentdeckten industriellen Arbeitswelt sprachlos Verhafteten, den Arbeitern und Angestellten, veröffentlichungswerte Einblicke in diesen unbekannten Archipel der Republik zu erhalten. Das sei ein Geben und Nehmen mit ausgeglichener Bilanz, und nicht anders müssten sie sich diese Volkshochschule im Wyhler Wald vorstellen, wo die Aktiven den angelockten Rednern unbezahlbare Erfahrungen über Selbstorganisation und gewaltlosen Widerstand zu übergeben hätten. Eine Auszeichnung wenn nicht gar Ehre müsste es für die Eingeladenen sein, vor den Umweltkämpfern des Kaiserstuhls sprechen, sich mit ihnen beraten zu dürfen. Sternstein als Beispiel: der hatte seinen Vortrag mit der Erklärung begonnen, dass er als Lernender gekommen sei und die Kaiserstühler ein neues Kapitel in der langen Geschichte des demokratischen Widerstands vorgelebt hätten, von deren großen Traditionen er ihnen berichten wolle, um ihnen zusätzliche Argumente gegen die Verleumder zu liefern.

Balthasar, schmunzelnd in seinen Bart über den Entusiasmus des Kölners, stoppte am Rand des Hägwassers, hieß Kolenda die Plastikschüssel aus dem Fond holen, stapfte die paar Schritte durchs matschige Gras zum flachen Ufer, zu der mächtigen silbergrauen Weide, unter deren Haube der lange Trübord halb im Wasser lag. Kolenda kannte die eigenartigen Kähne von den Fotos der frühen Protestdemonstration auf den Gewässern des Auwalds, als die Rheinfischer Presse und Freiburger zu einer schwankenden, fussnassen Rundfahrt durch die bedrohte Wyhler Gemarkung geladen hatten.

Balthasars Kahn hatte viel Wasser gezogen. Der schwere Mann kniete ächzend auf das vordere Sitzbrett, scheppte mit einer Konservendose die bräunliche Soße über Bord, scheppte bis Kolenda sagte Lassmichma, ihm das Gefäß aus der Hand nahm und die Arbeit halbwegs zu Ende führte. Auf dem aus drei gefugten Brettern bestehenden Boden, der seitlich von zwei senkrechten Brettern begrenzt war, ließ sich das Sickerwasser nur unvollkommen ausschöpfen, da es keine Bilge gab, in der es sich sammeln könnte. Bug und Heck waren kaum dreißig Zentimeter hochgezogen, wie bei einer Flußfähre verjüngten sie sich nicht und glichen sich völlig, funktional austauschbar. Schwer vorzustellen, dass sie mit diesen primitiven Fahrzeugen den Rhein überquert hatten, wie Belz es von seinem Vater behauptete. Während des Krieges sollte der nachts Flugblätter der Résistance herüber ins Badische geholt haben. Offensichtlich ließen sich solche Trübords in diesen fast stehenden Gewässern auch rudern – aber in den mächtig hinter dem Deich zu Tal strömenden Wasserfluten des Rheins? Doch wohl eher eine heroische Sage, wie sie ortsunkundigen Linken erzählt wurde.

Belz löste die Kette vom Stamm der Weide, schob das Boot vom Ufer, selbst wadentief im Wasser, stieg über das flache Bord und stakte breit stehend mit der langen Ruderstange das nur noch leicht schwankende Gefährt durch die Seerosenblätter ins Offne des scheinbar unbewegten Gewässers. Sein langsames Fließen ließ sich an der Ausrichtung der Pflanzen über dem Grund erkennen. In der Morgenstille nur einzelne Vogelstimmen und das kosige Schlabbern kleiner Wellen unter dem Bug. Kein Wind. Salli ganz gegenwärtig, so fehlte sie in dieser weltentfernten Schönheit. Die Worte, schmerzversengte Worte drängten gegen die zusammengebissnen Zähne. Wenn Belz ein Freund wär. Dieses überschwemmte Herz mal ausschütten einem der neutral wär, unbefangen. Der Waldrand gegenüber hellgrün im Licht der Sonne. Mit wenigen Schüben und Schlägen trieb der Fischer sein Boot in die Mitte des Sees, wo Holzpfähle in einer kurzen Reihe über den Wasserspiegel ragten und Kolenda den Grund nicht mehr sehn konnte. Außerhalb der Schattenzone sickerte der Frühling auch durch die Haut. Sallis Haar, der volle braune Zopf auf ihrem Rükken. Wär warm jetzt, in der Sonne.

Belz hieß Armin das Boot am nächsten der Prügel festhalten, wechselte nach vorn, schickte Armin mit dem Ruder nach hinten – er sollte das Boot vorsichtig weiterschieben, aber sitzend und erst auf sein Kommando. Er hob den Anfang des triefenden Netzes aus dem Wasser über die Bordkante vor seine Gummistiefel, halb zog er das Boot am Netz weiter, halb trieb es Armin mit sanften Schlägen. Er sah einzelne kleinere Fische in den Maschen hängen, die zappelnd mit dem Netz auf den Boden fielen. Dann plötzlich ein unhörbares Lachen auf Balthasars Gesicht, er kniete auf den Netzhaufen, krempelte den rechten Ärmel seiner Leinenjacke auf und griff ins Wasser, fasste den größeren Fisch, zog mit der Linken das Netz und in der Rechten den wild zuckenden schlanken Fischleib über die Bootkante, stellte gleich den Stiefel auf den um sich schlagenden, grün silbern in den gelben Netzfäden glitzernden Körper, bis dessen Lebensenergie sich erschöpfte. Mühsam nestelte und wickelte er die durch den Kampf mit Maul und Flossen verhedderten Netzfäden ab, hob den Fisch an der Schwanzflosse in die Höhe, länger als sein Unterarm.

Ein Hecht? fragte Kolenda.

Frieher häts doppelt so groß gee! Zeh Kilo schwer! Der do hät drei, sCilly wird sich fraie.

Unschlüssig war er in seinen Gefühlen, ob er den Tod des schönen Tiers bedauern oder den Stolz des Fischers über die ungewöhnliche Beute mitempfinden sollte. Ein Schicksalsverwandter? In der Blüte seiner Kraft unter einem Stiefel verendet. Das noch in letzten Reflexen schnappende spitzrunde Maul des Hechts zahnbewehrt. Hat ihm nichts genützt. Niemand weint um ihn.

Schwer bewaffnet, ein stolzer Krieger, sagte er von hinten.

Balthasar nickte: Großer Räuber.

Als er das Netz vollständig eingeholt hatte, machte er den Trübord an einem der Pfähle fest, rieb die Hände, schob die schwarze Schiffermütze in den Nacken, setzte sich neben den Netzhaufen auf das Sitzbrett und begann, das Netz vom Ende zum Anfang durch die Hände führend, mit dem Auslösen der verendeten Tiere aus den Maschen. Er warf sie in die Plastikschüssel. Die meisten waren nicht mehr als handlang. Immer wieder blitzten in den abplatzenden Schuppen reflektierte Sonnenstrahlen auf. Auch in Balthasars wildem Bart hingen einige, warfen Funken wie versteckte Brillianten.

Bevor dFranzose im Elsässische dr Rhinsittekanal boit hän, fir dSchiffahrt uff Basel, nochem Krieg, hänn mr alli Friehjohr in der Schneeschmelzi Überschwemmunge gha. Un in d Auwässer hän mr zehmol so viel gfange wie hit: Lachs, Ool, Hecht,, Schleie – jetz hän mr nume noch Plötze un Barbe. Wissfisch halt. Vor genau zwei Johr sin zwei Zentner Hecht und Barsch verreckt in dr Altrhinarm. E Verursacher hät mr nie gfunde, sait dRegierung. Is e Hobby wore, dFischerei. Dreihundert Johr isch sFischereirecht in dr Familie gsi, erblich. Was noch ibrig bliebe isch wird emol radioaktiv abkocht im Abwasser vum Reaktor.

Glaubstu im Ernst der kommt?

Glaubsch dü dr Rhin fließt zruck uff Basel?

Mensch Belz- (Kolenda erschrocken) was ist los mit dir! Die Amerikaner packen ein in Saigon nach vierzig Jahren Befreiungskampf und ihr habt den Bauplatz erobert! Und besetzt! Und das Bleiwerk ist abgesagt!

Wenn mir Wyhl verhindere, langt uns Kraft nimmi fir Fessene un Kaiseraugscht. Franzose baue meh Akawe als unseri. Des isch e internationale Atommafia, dAmerikaner, dEngländer, dFranzose. Und dSowjets ziege noch. E Netz ischs un mir hänge drin, zapple wie dFisch, verrisse emal e paar Fäde!

Hast du Probleme mit deinen Nieren Belz? Schmerzen?

Balthasar wischte die Frage weg mit einer Handbewegung. Warum könne e Handvoll Ingeniöre und Direktore, wo keiner gwählt hät! e sonnige Plan üshecke un zehntäüsend friedliche Birger dr Krieg erkläre? Fünfedrissig Birgerinitiative sins jetz im Badische gegens Akawe – wieviel Männer un Fräüe un Kinder mien sich wehre bis ufs Bluet um dGefohr abzwende? – Villicht!

Da muss Armin seinen eignen Herzkummer aber wegstopfen und grundsätzlich werden, sagt: Ich bin zu euch gekommen, weil ich denk, am Kaiserstuhl wird was Neues geboren aus dem Widerstand. Nicht grad der neue Mensch, aber ne neue Erfahrung, ein Bewusstsein, dass man nicht stillhalten muss bei allem was sie über uns verhängen. Verstehstu? Diese Dialektik – sie haben den Stein ins ruhige Wasser geschmissen und plötzlich kommt eine Welle zurück, ein Sturm! Muss ich dir das sagen?

Balthasar spülte seine Hände im Wasser, wischte sie ab an der Joppe. Stieß mit dem Fuß an die Schüssel, finster: Zwei Kilo Wissfisch!

Und der Hecht!

Und dr Hecht, ja. Balthasar nickte, etwas freundlicher um die Augen. Lueg, sell Blesshuhn dert dribe – am Schilf – hät scho Küken –

Do drusse im Wald Armin, do merksch wieder wie scheen sLewe si kann, ohni Kampf.

Schön, ja, sagte Kolenda. Bad fürs Hirn. Meintwegen für die Seele. Dass das bleibt, darum geht doch der Kampf. Ein Duisburg am Kaiserstuhl wollen wir nicht.

Ist scho recht Armin. Dr Meinrad Schwörer, der kennt uns das beleichte in dr Volkshochschuel, isch einer vu uns in Wyhl. Er hät dr Naturlehrpfad igericht im Auwald. Ich denk au an dr Holger Strohm üs Bremen, mit sinem Buech Friedlich in die Katastrophe. Was der gesammelt hät an Fakte über dAtommafia! Der käm sicher wenn mr e ilade tät. Un dr Dr. Rudloff üs Friburg, dr Metereologe, der wo dGuetachte bi dr Bürgeranhörung abgäh hät, was die Kiehltirm für unser Kleiklima beditte. In Gießen, wo i gsproche hab iber unser Kampf, bi dr Jusos, hab i e Doktor Bliss kenne glehrt, der kennt uns ebbis verzelle iber dBerufsverbot, üs eigner Erfahrung.

Bliss? Aus Marburg?

Nit Marburg. In Gießen wohnt dr. Kennsch dü der?

Ich kenn einen Dr. Bliss von der Uni Marburg. Viktor mit Vornamen.

Ja, so heißt dr. Reist durch dGegend mit Vorträg iber dBerufsverbot. Er isch Lehrer. Skennt intressant si fir alle Staatsdiener, wo bi dr Birgerinitiative mitmache. Fahr zum Ufer Armin, dCilly wartet uff dr Fisch.

Armin Kolenda war in einem zerquälten Zustand. Er meinte man müsse ihm ansehn, wie aufgerissen und verbrannt er sich fühlte, aber es war niemand in seiner Nähe, der ihn mit anteilnehmender Aufmerksamkeit angeschaut hätte. Durch Sallis halböffentliche Liebe war er aus einem zugereisten engagierten Journalisten zu einem Dazugehörigen, wenn schon nicht Einheimischen am aufrührigen Kaiserstuhl geworden. Sallis Verschwinden hatte ihn vereinsamt, obwohl noch immer eine Art Kostgänger und Schlafbursche in der Weisweiler *Fischerinsel* – er war zu einem der zahlreichen Sympatisanten und Besetzungshelfer rückverwandelt worden, die sich ohne Anspruch auf besondere Freundschaftsbezeugungen den Leuten der Bürgerinitiativen zugesellten.

Der zausbärtige Lokalpolitiker Ehret war nicht der Mann, näherstehenden Mitmenschen so etwas wie Gefühle (außer Zorn!) zu entdecken und selten erlebte wer ihn schwach oder weich wie Kolenda den Abend auf dem Hochsitz oder beim Fischfang in den Auwassern. Die Schülerin Reni Vögtle hatte ihn wohl berührt mit ihrer kecken Zutraulichkeit, aber obwohl die Begegnungen mit ihr sich wiederholten, blieb er dabei unbeteiligt und willenlos, hatte eher ein miserables Gewissen (zumindest hinterher), dass er dem jungen Mädchen mehr bedeuten, ihr Hoffnungen schüren könne durch die nächtlichen Zuwendungen seines Körpers, denen sein Herz nicht folgte. Seine Sorge zu beschwichtigen zitierte er sich ihre Schrottplatzerfahrung ins Gedächtnis, die sie wohl abgehärtet haben mussten gegen zu ausschweifende Erwartungen. Von seinem Dachzimmer in der *Fischerinsel* hielt er sie fern mit dem ausdrücklichen Wunsch, ihn dort nicht zu besuchen.

Unausgesprochen bedeutete dieser Wunsch allerdings die Erlaubnis, zu ihm ins Zelt auf dem besetzten Platz zu kommen, wenn er zur Nachtwache eingeteilt war.

Wenig zog ihn nach Köln. Jede zweite Woche nahm er an der Redaktionssitzung teil, holte sich das Einverständnis für Recherchen und Reportagen aus Südwestdeutschland, die er selbst vorschlug – berichtete über den Hochsicherheitstrakt in Stammheim, in dem für Mai der Prozeß gegen Ulrike Meinhoff und ihre Freunde vorbereitet wurde, brachte in Biblis bei einer Pressebegehung des Reaktors den Sprecher der RWE zum Stottern mit seinen Fragen nach Berstschutz, Kernschmelze und Notfallevakuierung, sondierte die Entwicklung des Widerstands im elsässischen Fessenheim und schrieb kritische Briefe an Mitglieder des Werkkreis-Sprecherrats, die auf der nächsten Delegiertenversammlung ein neues Statut mit einer verkleinerten, zentralistischen Leitungsexekutive durchsetzen wollten. Auch für *WasWirWollen*, die Zeitung der Platzbesetzer, wurde Kolenda als Redaktör für die oft holprigen Beiträge der Dilettanten in die Pflicht genommen und half bei der technischen Herstellung mit der Rotaprint in der Druckhütte. Er konnte schwer andre bei als notwendig erkannten Arbeiten allein lassen.

Sonja, die noch immer Kolenda hieß, eröffnete ihm völlig überraschend, dass sie nun die Scheidung wünschte (und schon für sich einen Anwalt bestellt hatte). Was jahrelang für ausgeschlossen erklärt worden war, machte die Amrumer Ferienbekanntschaft, ein Beamter der schleswig-holsteinischen Landesregierung, möglich durch seinen Antrag, die Mutter samt ihren zwei Söhnen nach Kiel zu ehelichen. Sonja erlaubte ihrem vagabundierenden asozialen Gatten eine Art Abschiedsreise mit den halbwüchsigen Knaben, vierzehn Tage der Osterferien, woraus Armin das Ausmaß ihrer Euforie über die lange erhoffte Wendung ihres Lebens ermessen konnte. Nie seit ihrer Trennung hatte sie die beiden länger als einen Tag unter seinen schädlichen Einfluss geraten lassen.

Ohne den Mann zu kennen, der sich da als neuer Vater für Martin und Klaus anbot, hatte er ein frisches, selbsterlittnes Verständnis für Sonjas Wunsch nach einer LiebesEhe, und er war auch bereit, sie in Ruhe zu lassen, das Hineinwachsen der Kinder in eine harmonische Familie nicht zu stören, wie sie nachdrücklich forderte. Torsten sei ein Mann, der von ihr ein gepflegtes warmes Zuhause erwarte, ihre beruflichen Kenntnisse könne sie dann im eignen Garten anwenden und er sei bereit, sogar den finanziellen Unterhalt ihrer Kinder zu tragen. Sonja versteckte ihren Triumpf nicht, dass ihr Bräutigam sich ein solch großherziges Angebot leisten konnte, ließ Armin wissen, wie wenig er eigentlich eine solche Großzügigkeit verdient habe. Armin musste ihr in diesem Punkt zustimmen, wunderte sich allerdings über den familiären Entusiasmus des neuen Mannes, der offenbar von Sonja geradezu entflammt war. Er schaute sie an, aufmerksamer als gewöhnlich, und wusste keine so hervorragenden Reize an seiner noch faltenlosen Frau zu entdecken. Ihre Sticheleien durften ihn nicht kränken – zu oft war er in den Jahren nach seinem Rausschmiss im Jugendzentrum, dem Hin und Her zwischen Arbeitslosigkeit und Honorarschreiberei, Sonja den Unterhalt schuldig geblieben, als dass er jetzt auf Sorgerechte hätte pochen dürfen. Und wollen auch eher nicht. Ein Gefühl von Befreiung mischte sich verhohlen unter die Empfindungen, die in ihm umliefen: Sonja schien die Kinder zu ihrer Ichstärkung dringend zu brauchen und hatte sie auch immer in dieser eigentümlichen Weise beansprucht, während er seine Vaterschaft als frühen Schicksalsschlag und eine zur Notwendigkeit gewordne Lebenseinschränkung empfunden hatte, die nun von ihm genommen werden sollte, dank einer für ihn unerwartet freundlichen Einmischung regierungsnaher Kreise. Die Jungen hatten ihn kaum noch als Autorität und elterliche Bezugsperson verstanden, würden ihn in Zukunft noch weniger brauchen, so selbständig wie sie geworden waren.

Zugleich aber im Keller seines Gemüts eine düstere, ätzende Empörung über die Unzeitigkeit, die Verspätung dieser Verändrung, das höhnische Gelächter über den Dächern von Köln, dessen Echo am Kaiserstuhl nachhallte, dass Sonja nicht ein Jahr früher den Regierungsdirektor getroffen hatte zu seiner Entpflichtung. Salli Biechele hätte dann nicht ihm verloren gehn müssen und die schönste einmalige Liebe.

Als er Karfreitag mit Martin und Klaus in seinem zerrütteten Käfer auf der A3 gen Süden zockelte, schossen wie Blitze aus einer verhangenen Zukunft die WunschGedanken ihm durch die Gegenwart, dass er Salli die beiden vorführen und von ihrer bevorstehenden Entfernung in den Norden berichten würde, so dass sie die schonende Lüge verstehen verzeihen könne und gleichzeitig seine Entbindung erkennen. Wahnideen. Blendwerke hormongesteuerter Fantasie.

Martin plauderte aus, gezielt oder nicht, dass Torsten auch sie zu dem Segeltörn mit seiner Jacht eingeladen hatte und nur auf Wunsch der Mutter hatten sie sich zur Fahrt mit seiner Rappelkiste bereden lassen. Torsten hatte sie in seinem Zweihundertzwanziger metallic besucht, in Köln, der rauschte aber anders ab. Armin lachte: Am nächsten autofreien Sonntag ist der auch nurn Haufen Blech! Hilflos, merkte er selbst. Im Tod sind alle Menschen gleich. Der Trost der Armen. Er fragte sie, ob sie denn seinen VauWe mal fahren wollten oder ob der ihnen zu schäbig sei? Wie – selber? Hier auf der Autobahn?! Nee Jeck, aufm Übungsplatz. Vielleicht mal im Wyhler Wald. Boh! Dein Ernst Armin?

So schmuggelte er ihnen doch Lust in den Kopf auf den Wilden Süden, mit Kahnfahren und Fische fangen und Zelten und Lagerfeuer. Hinter Karlsruhe fing das schon mal an am Ufer der wassergefüllten Kiesgrube, mit einem Brutzelfeuer für Würstchen und eine Dose Bohnen mit Tomatensoße, die sich unplanmäßig öffnete mit einem Knall und ihren Inhalt zwei Meter hoch in die Luft spritzte statt auf ihre Löffel. Da keine Verbrennungen zu beweinen waren, wurde der Vorfall unter Abenteuer gebucht. Auch der Umweg zum Straßburger Münster wurde als Forschungsausflug verortet, vor allem wegen der Papiertauben, die er sie auf der Fahrt hatte falten lassen und die sich von der hundert Meter hohen Plattform zwischen dem vollendeten und dem unvollendeten Turmhelm zünftiger als vom Dach des Käfers segeln ließen. Mindestens drei Fotos schoß Martin unaufgefordert mit seiner Knipskamera von den steinernen gotischen Speiteufeln, wie der Vater mit Befriedigung feststellte. Unvorstellbar wie sie vor fast tausend Jahren – ohne Kräne und Hubschrauber! – all die Klamotten in diese Höhe gehievt hatten! Da konnte Armin den Neugierigen das mittige Kreisloch im Turm zeigen, durch das die Bauleute Balken und Steine und auch die Glocken mit Winden und Flaschenzügen hochgeholt hatten.

Der arbeitslose Jean, der zu den ständigen Platzbesetzern gehörte, überließ dem camarade Armin seine Dachkammer nebenan und Cilia war nicht schwierig, zwei halbwüchsige Kölner Buben für eine Woche oder so als Gäste aufzunehmen und durchzufüttern. Improvisation war hier eine tägliche Übung. Mit Staunen darüber, woher der fahrende linke Journalist plötzlich eigene Kinder zum Vorschein brachte, hielten die Ehrets sich nicht groß auf.

Die Hauptattraktion für Martin und Klaus war dann allerdings, neben dem groschenfreien Kickerspiel im Schankraum, neben der Kahnfahrt mit Balthasars Trübord am Ostersonntag, neben den Kurztrips im ersten und zweiten Gang auf Weisweiler Waldwegen, doch der besetzte Platz mit den schrägen Typen und dem abendlichen Lagerfeuer, wo viel gesungen und geklönt wurde. Außerordentlich stieg der Vater in ihrer Anerkennung als sie merkten, wie wenig erkennbaren Wert er auf die Hygienepraktiken der mütterlichen Erziehung legte. Nur Martins Rauchwünsche fanden bei Armin kein Pardon.

Der Ostermontagspaziergang der drei männlichen Kolendas führte von Weisweil nach Wyhl und weiter zum NATO Rampe genannten gepflasterten Platz am Rhein, der eigentlich für die Stromüberquerung von Truppen bei zerstörten Brücken vorgesehen war, in diesem Jahr aber den Bürgerinitiativen für ihre Großkundgebungen in der Nähe des Bauplatzes nützlicher wurde. Der kilometerlangen Menschenschlange, die die Landstraße zwischen Weisweil und Wyhl bekroch, durften Martin und Klaus voranmarschieren, nämlich indem sie eine zeitlang das große Transparent mit dem grusligen Totenkopf und den Worten HEUTE FISCHE – MORGEN WIR trugen, unter dem der schwarzbärtige Balthasar Ehret wie ein fußläufig gewordner Flussgott zwischen andern Sprechern, zwischen beschlipsten Landwirten, Müttern mit Kindern, lockigen Studenten, grimmig in die bedrohte Zukunft des Rheins und seiner Anwohner schritt. Hinter Wyhl, wo sich die Weisweiler

Protestläufer mit den aus Sasbach anströmenden vereinigt hatten, auf der Straße zum Rhein, wurde der dreißigtausendfüßige Lindwurm zunehmend grün garniert, nicht nur vom Auwald, obwohl es weder Gegendemonstranten noch Baumaschinen noch gesperrte Plätze zu verteidigen gab. Die berufsmäßigen Sicherheitsschützer bewachten lediglich ihre eignen Transportkäfige, die drohend in den Mündungen der Waldwege parkten. Die alemannischen Verwünschungen mussten sie nicht verstehn. Die Bürgerinitiativen stellten selbst die Ordner, die Pekawes und Busse in fünf Kilometer Entfernung zum Parken nötigten, auch die Schweizer und Elsässer. Auch Wüstenhagen, der Bundesvorsitzende aller deutschen Umweltschützer und Hauptredner der Kundgebung, musste sich ein paar Blasen an die Füße laufen und lernte so die südbadische Basis des BBU näher kennen.

Armin Kolenda, obwohl er mit seinen Söhnen in die Nähe des Elkawes mit den Lautsprechern geraten war, von dem die Redner ihre Flammen über die quirlende unüberschaubare Köpfelandschaft schleuderten, hörte den Tribunen nicht viel aufmerksamer zu als die Kölner Jungen, suchte mit den Augen nach dem braunen Sallizopf, redete mal mit dem Barden Mossmann, mal mit Apoteker Schött, mal mit Bürgermeister Nicola, um ein paar zitierfähige Sätze zur Entwicklung in den Hintergründen der öffentlichen Vorgänge und Verlautbarungen zu erfahren. Balthasar Ehret schmetterte die Hauptforderungen durchs Mikrofon: Der Platz bleibt besetzt, bis die Landesregierung die Teilerrichtungsgenehmigung zurückzieht! Der Oberrhein wird zur akawefreien Zone erklärt! Alle Schadensersatzforderungen gegen Teilnehmer der Platzbesetzung müssen zurückgenommen werden!

Noch größer als der Beifall für den Fischermeister war der für den Sprecher der Gewaltfreien Aktion Kaiseraugst, der den hier versammelten zwanzigtausend Osterspazierern mitteilte, dass der Bauplatz für das Akawe Kaiseraugst am morgigen Dienstag ebenfalls besetzt werde.

Plötzlich befanden sie sich nur wenige Meter entfernt von Rosa geborene Ehret mit Mona auf der Schulter, Balthasars Sohn Baltus dem Starken und Reni Vögtle, die waren sehr lachbereit, als er ihnen seine Kölner Produkte vorführte, aha, die Nachwuchsdemonschrante vom Niederrhein flachste Rosa und Martin, nicht maulfaul, hatte aber beim Roten Punkt schon am Neumarkt auf den Schienen gesessen als die Polizeireiter kamen, wann war das Armin? Ja siebzigeinunsiebzig, schätzich mal, sagte der nicht ohne Stolz, war ihre Feuertaufe. Wassertaufe eher, korrigierte ihn Martin. Die hän mir hier erscht vor vier Wochen kreagt, musste Rosa zugeben. Als Walter Mossmann vom RednerLaster zum wievielten Mal sein badisches Kampflied von der Andern Wacht am Rhein anstimmte, da verstummten die Gespräche und über der Menge wurde ein Summen hörbar aus vielen einverstandenen Kehlen. Reni aber erzählte leise zu Armin, dass Salli Biechele zu Ostern nach Hause gekommen sei, vorhin auf dem Bauplatz lief sie rum mit ihrem Gustl, hat die neuen Aushänge im Freundschaftshaus studiert, steckt sicher irgendwo hier in der Menge. Reni lächelte harmlos freundlich bei diesen Worten, die Armin auf den Magen schlugen wie eine vergiftete Praline. Mühsam bewahrte er seine Fassung vor den andern. Als Klaus sich über seinen Hunger beschwerte, fand er den sofort verständlich, zog mit den jungen Mägen los durch den Wald auf den Bauplatz, zum dörflichen Streußel und Käsekuchen, das Stück zum Selbstkostenpreis von nullmarkfuffzich. Eine Begegnung mit Salli am Arm dieses Nebenbuhlers schien ihm unerträglich. Gefährlich.

In einer der ersten Veranstaltungen der Volkshochschule Wyhler Wald war das Freundschaftshaus überfüllt: Hunderte wollten die beiden französischen Bauern aus dem Larsac hören, die seit fünf Jahren eine verödete Hochebene des Massif Central mit Schafen und Treckern in gewaltlosen Aktionen als ihren Lebensraum verteidigten. Was am Kaiserstuhl das Akawe, war im Larsac ein Truppenübungsplatz, den die französische Armee mit Pompidous allerhöchstem Segen und allen Mitteln, Landkäufen, Enteignungen, Polizeieinsätzen – bisher vergeblich – durchzusetzen versuchte. Bis in die Hauptstadt waren die 103 Resistenten vorgedrungen, hatten ihre Schafe auf dem Marsfeld unter dem Eifelturm grasen lassen, mit Traktoren Straßen gesperrt und so landesweite Öffentlichkeit und Unterstützung gefunden. Zwei Elsässer dolmetschten holprig das kantige Französisch der beiden sonnengegerbten Landleute, doch die BinnenNachrichten aus einer der ihren so ähnlichen Heimatverteidigung begeisterten die Kaiserstühler und befeuerten ihre Entschlossenheit, jetzt nicht ihren Trumpf, den besetzten Platz, im Vertrauen auf einen vorläufigen, ihr Recht bestätigenden Gerichtsentscheid aufzugeben. Es war ein geschickter Zug der militanten Besetzer, die aufrührerische Stimmung der dreihundert Besucher zur Verabschiedung einer Resolution auszunutzen, in der die Entschlossenheit verkündet wurde, den Platz nur zu verlassen, wenn die Regierung öffentlich versprach, vor einem Gerichtsurteil im Hauptsacheverfahren keine Bauerlaubnis zu erteilen.

Die vorsichtigen bürgerlichen Honoratioren in der Bewegung konnten nicht ohne Gesichtsverlust und Einflusseinbuße hinter diese Erklärung zurück. Sie wollten eigentlich den illegalen Zustand der Besetzung fremden Eigentums lieber heute als morgen beenden, da es ihrer grundsätzlichen Loyalität zur gewählten Regierung widersprach, mit undefinierbaren linken Kaoten und Kommunisten in einer ungesetzlichen Handlung verbunden zu sein. Unter dem Druck der Anschuldigungen aus Stuttgart und Karlsruhe, der Aufruhr am Kaiserstuhl sei kommunistisch gesteuert, versuchten sie, die Verhandlungskommission der Bürgerinitiativen auch von Balthasar Ehret zu säubern, an dessen Mitgliedschaft in der DeKaPe sich bisher niemand gestört hatte, da er nicht als ein Sprachrohr oder Beaufragter dieser Partei handelte, sondern als unmittelbar betroffner Bürger. So lange es um die Entzündung und Ermutigung des Widerstands vor Ort ging, war der Belz eine unersetzliche Kraft, anerkannt von allen. Als er auf einer Veranstaltung seiner Partei im größten Hörsaal der Freiburger Universität hunderte Zuhörer versammelte, schmeichelte das zwar seinem Stolz und steigerte vielleicht das Ansehen der Partei, machte ihn aber bei den konservativen Stimmführern am Kaiserstuhl noch madiger, als es seine rauhbeinige Streitbereitschaft und sein feinfühliges Misstrauen gegen Die-

Oben bis dahin vermocht hatte. Während Balthasar zu einem seiner Lichtbildervorträge über den Widerstand am Kaiserstuhl in Hessen unterwegs war, wurde die Kandidatenliste der Bürgerinitiative für die Gemeinderatswahl in Weisweil aufgestellt. Das gab dem Mühlenbesitzer Göpper die Gelegenheit, ihn von der Liste zu kegeln.

Kolenda erlebte das ungläubige Erschrecken Balthasars mit, als der in der Schankstube durch seine Tochter von dieser Infamie seiner Weisweiler Nachbarn und Mitstreiter erfuhr. Wortlos und sichtbar fahl geworden sackte er auf eine Sitzbank, so dass Rosa ihm sofort ein Glas Wasser brachte und die Mutter aus der Küche rief. Das Zureden der Frauen schaffte ihn allerdings nicht ins Bett, sondern verwandelte ihn zurück in den Bären, den angeschossnen Bären, dessen Zorn zuerst die Nächststehnden traf, die beiden Frauen. Er beschimpfte sie, weil sie ihn nicht rechtzeitig informiert hatten was im Dorf lief, und Kolenda wurde Zeuge eines alemannischen Rededuells zwischen Vater und Tochter, von dem er nur wenig außer der Lautstärke und den stillen Tränen der erschöpften Wirtin verstand. Er ging ihr nach in die Küche, fand sie auf einem Schemel sitzend, die Schüssel mit den noch ungeschälten Kartoffeln zwischen die Schenkel geklemmt, Vorarbeit für den nächsten Tag. Sie schaute nicht hoch von ihren verwitterten Händen, er sah die Falten ihrer Wangen feucht, wusste nicht was sagen, elend zwischen den Fronten, fand ein Küchenmesser in den Stapeln ungespülten Geschirrs, griff sich eine Kartoffel aus den Schalen, begann sie zu schälen.

Cilia zog den Schnodder hoch, wischte mit dem Handrücken die Nase, lächelte ein kaum sichtbares müdes Lächeln: Kannscht des? Dass di net schneidst – .

Er sagte, nach der zweiten freigeschnittnen Kartoffel: Ich versteh dass der Belz wütend ist, verletzt. Aber ihr beiden seid wirklich der falsche Blitzableiter.

Und sie, nach einem Seufzer: Der Honighafn is lang üsgschleckt Armin.

Kolenda fiel ein, sich noch einmal bei Cilia zu bedanken, dass sie seine Söhne so freundlich aufgenommen hatten in der *Fischerinsel*, die sind richtig traurig abgefahren und waren ihm auch frisch ans Herz gewachsen, jetzt, wo sie auswandern sollen mit ihrer Mutter in den Norden zu einem neuen Vater. Von der Mutter war er schon mehr als drei Jahr getrennt, musste sie wissen. Salli Biechele hat darauf keinen Einfluss gehabt.

Wenn der ein anständiger Mensch sei, dachte Cilia, müsse er sich um die Buben nicht sorgen. Als der Mann um sie gefreit hat, Balthasar, hatte sie einen dreijährigen Sohn und er hat den immer behandelt wie seine eignen Kinder. Lange wusste der Franz nicht, dass er einen andern Vater hatte. Französischer Kriegsgefangner war der, auf dem Hof ihrer Eltern. Hat sie zweimal besucht sogar, nach dem Krieg, als sie schon mit Balthasar verheiratet war. Labt hit z'Straßburg, der Bue, mitere Französi.

Warum wusstest du, was mit Salli los war? fragte Kolenda, da ließ Cilia die Hände mit Messer und Kartoffel in den Schoß sinken, schaute ihn an: Des war nit rächt Armin, wasd mit dem Maidli gmacht hesch. Hättst nur mit uns grädt, mir hätte ain andre Üsweg gfunde.

In der Schankstube knallte die Eingangstür. Des war dRosa, nickte Cilia. Und Balthasar, der Vater, ausgebranntes Feuer jetzt, hielt sich an der Herdstange: Mir hän des Kind mit so viel Liebe gmacht und jätz issie so fräch zu ihrm Vadder –

Sisch dai Tochter, sagte Cilia.

Kolenda entdeckte eine Spur von zufriednem Lächeln in seinen Augenfalten. I gang jätz nuff, leg mi schlafn – kummscht äü? Er beugte sich zu Cilia, gab ihr einen Kuss auf die Stirn.

Wann dArbet färdig isch kummi, sagte sie, ohne zu ihm hochzuschaun.

Rede eines Ungültigen

Guten Abend liebe Leute vom Kaiserstuhl, ich bin der Lehrer Viktor Bliss vom Butzbacher Ludwig-Weidig-Gymnasium. Dort habe ich zwei Jahre lang als Referendar Geschichte und Politik unterrichten geübt. Butzbach liegt in der Nähe von Gießen, in Hessen, da wohne ich, aber Lehrer bin ich heut nirgendwo mehr. Nicht in Butzbach und auch an keiner andern Schule in Hessen. Ich bin nur noch Lehrer. Ein Lehrer ohne Schule und Schüler. Das heißt so viel wie ein Bademeister ohne Wasser – ein Bürgermeister ohne Bürger – ein Winzer ohne Weinberg, kurz: ein Muster ohne Wert.

Ich bin nämlich Träger einer alten ansteckenden Krankheit, genannt morbus insubordinationis.

Ihr seid keine Mediziner? Kann das niemand ins Deutsche – wie? Ungehorsam! Ja, gut. Eigensinn? Paßt auch. Widerspenstigkeit! Noch besser. Ich seh schon – ihr habt im Wyhler Wald die richtigen Lehrer gehabt. Noch ein Vorschlag? Aufmüpfigkeit! Ja klasse, der haut genau hin.

Gegen diese Krankheit wird nun gern von den machthabenden Medizinmännern ein uraltes Mittel in Stellung gebracht. In den staatlichen deutschen Apotheken wird es heute unter dem neuen Namen Radikalenerlass – im Volksmund Berufsverbot – gehandelt. Über die Krankheit, die sich in den letzten Jahren mal wieder epidemisch ausgebreitet hat in Deutschland, auch hier am Kaiserstuhl, soll ich zu euch sprechen. Vor allem aber wollt ihr mehr wissen über die Therapie, und wie sie verabreicht wird und durch wen. Und wie sie wirkt. Also gut.

Zuvor aber laßt mich sagen, daß ich mich freue, zu den Rebellen vom Wyhler Wald sprechen zu dürfen. Vielleicht

Gegen Sätze

Hallo Buki hallo Jean habt ja superpünktlich angefangen rutscht maln bisschen nee wart hol mir erst nochn Bier lass mich mal durch eben zur Teke hallo Rosa machst du den Barkeeper heut gib maln Rothaus rüber einsfuffzig is ja teurer als in der Fischerinsel aber okay wenner aus Gießen musser sein Fahrgeld wenigstens der Herr Lehrer mit seinem Edeldoktor den lässter hier lieber weg unter uns Landpomeranzen und Waldschraten Geschichte und Politik is aber auch verdächtig obwohl die fachhörig sind wenn einer was von der Sache und steigt nich von oben runter kriegen sie solche Ohren mal sehn wie er das anpackt Bademeister ohne Wasser is schon mal nich schlecht für Berufsverbot sieht man richtig wie er da braune Muskeln und das Becken is leer nix gibts da zu meistern Muster ohne Wert ist nicht dein Ernst dann wärste nich hier also das Latein lass besser in Gießen die Badenser verstehn nur französisch na das is jetzt typisch achtundsechziger Reformpauker offener Unterricht bitte zwischenreden wer was weiß klappt aber spielen die mit klar hamsie gelernt am Kaiserstuhl das Maul aufreißen vor jedem amtlichen Arsch in Kiechlinsbergen von unserm Teater den morbus Aufmüpfigkeit gegen Minister hatter jetz fix ne Gemeinsamkeit ich bin einer wie ihr Hauptsache er sagt nich noch Ich bin ein Wyhler wie der Kennedy in Berlin das wärn Tick zu dick der kalte Krieg is vorbei dafür gibts jetz den Atomkrieg am Kaiserstuhl bilderreiche Sprache hater drauf war in Immenhausen nich so zu merken hat wahrscheinlich reden geübt in der Schule ham ihm die Butzbacher Youngster beigebracht obwohl die Lederjacke is was übertrieben so jung is der nich mehr schätze vierzig bin gespannt ober mich wiedererkennt drei Jahr is das her denken jetzt manche: Was? Rebellen nennt der uns? Wir sind einfache Bürger, Hausfrauen, Winzer, Landwirte, die ihr Recht auf eine unzerstörte Heimat verteidigen! Natürlich, das stimmt. Aber es ist auch mehr. Ihr seid von dem gleichen Bazillus befallen. Ich habe im Fernsehn den Film über eure gewaltlose Auseinandersetzung mit Filbingers Polizei gesehn, über die Besetzung dieses Platzes, den ihr den Waldschlächtern der HOCHTIEF und des Badenwerks verdankt. Ich möchte behaupten: ihr habt mit eurer Besetzung eine humane Vernunft bewiesen, eine Vernunft, die nicht fragt: wie lautet das Gesetz, mit dem sich die Willkür verkleidet, sondern was sind unsre unveräußerlichen Menschenrechte und wie müssen wir sie gegen die Anmaßung der Mächtigen verteidigen. Eine solche Vernunft ist die Stimme des wirklichen Souveräns unsrer Demokratie, wie sie sich im Laufe unsrer Geschichte immer wieder Gehör verschafft hat – auch wenn die Träger dieser Vernunft von den jeweils Herrschenden mit solchen Titeln wie Rebellen, Aufrührer, Unruhestifter, Kommunisten, Radikale, Hochverräter geschmäht wurden. Ein großes Arsenal an Schimpfworten, nicht wahr. Dazu sag ich, ganz im Ernst: Was ihr vollbracht habt und worum ihr noch weiter werdet kämpfen müssen, ist als ein Signal in der ganzen Bundesrepublik verstanden worden, und zwar bei allen die wissen, dass die Freiheitsrechte der Bürger, wie sie unsre Verfassung garantiert, konkret: vor Ort, am eignen Leben verteidigt werden müssen. Wenn ihr durchhaltet, mit der Sympathie und Solidarität aller Demokraten und Humanisten in diesem Land, wird euer Signal den Beginn einer revolutionären Bewegung bezeichnen – nicht unbedingt einer sichtbaren politischen Revolution, aber doch einer waffenlosen Revolution der Demokratie. Als deren Ausdruck werden überall im Land die Menschen ihr Schicksal und ihre Zukunft selbst gestalten wollen. Ohne und notfalls gegen die eingekauften, machtverliebten Parteien und Politiker.

Ja vielleicht hast du recht. In ihren Augen läufts auf dasselbe raus. Die ApO war so eine Gegenbewegung. Eure Bürgerinitiativen sinds natürlich auch, klar. Die Politiker sind nicht mehr in der Lage, konstruktiv, zukunftsfördernd, die Verhält-

nee vier einunsiebzig im Sommer hat das bestimmt nich vergessen dassichm seine Malina sieht aus wie damals aber Brille hatter da noch nich oder doch Rebellen ist gut dafür musste dich nich entschuldigen Viktor das is hier Konsens ach Gott Salli der Film den hastu in meinen Armen hast von unsrer Liebe die schönsten Worte der bitterste Tag vorbei war alles der andre schreckliche Film beim Arzt der is ins Gehirn gebrannt hat dich losgerissen von mir sind wir zurück aus dem Kölner Elend ins Elend von Wyhl mit deinem Fieber und deiner Finsternis Salli Waldschlächter klingt fast wie Kinderschlächter hat Cilia nich gesagt vleicht gemeint ihre Frauensolidarität mit dem Maidli hätt sies gewusst und verhindert den Arzt säß Salli jetz neben mir und hätt einen Bauch wär rausgeschmissen bei ihrn Alten wohnte bei mir in der Fischerinsel ach Salli ich hab mir selbst die Freude das Leben kaputt zerstört krieg deinen Bauch jetz Männerbauch reich mal noch ne Flasche Rothaus Rosa egal mein Pilsgeschwür braucht Nahrung ich bin der Souverän von diesem Bauch is der Vater meiner Unvernunft herrscht über Kolenda mein kleiner Kommunist und Gleichmacher damit mein Kopf nich stecken bleibt innen Wolken da wohnt mein Engel mein gefallner Engel und Reni sitzt da mitm Gummi inner Tasche mit Karl will mich runterziehn mit ihrer humanen Schrottplatzvernunft im Bauch das is jetz die Frage ob diese alemannischen Dickschädel sich schubsen lassen vonnem Lehrer aus Hessen der nichts hat alsn Berufsverbot so große Worte könntich nie sagen wahrscheinlich wennde studiert hast all das Zeugs gelesen von Marx bis Goethe und musst drüber reden vor Leuten lernt sich das er hat kannsein ein Redetalent Malina hat gesagt wollte Professor werden mussen Heidenfrust ham der Mann erst aus der Uni gekippt jetz aus der Schule da kommt man auf Revolution oder RAF was heißt aber waffenlos Worte sind auch Waffen Brecheisen für Köpfe deshalb mein Lieber hastu Berufsverbot damit du den Herren und Damen in den parlamentarischen Quatschbuden nicht in ihre fetten Fleischtöpfe spucken kannst ob sie das hier am Kaiserstuhl wirklich begriffen haben is noch die Frage manche vielleicht die meisten machen Rabatz damit ihre Politiker aufwachen die sie vor

nisse zu gestalten, denn sie wollen an der einmal errungenen Macht bleiben und verteidigen sie mit allen Mitteln der Demagogie und Täuschung. Ihr hier habt nicht an die versprochene Turnhalle und die Badeanstalt gedacht. Ihr habt euch nicht mit der Fatamorgana Arbeitsplätze und Gewerbesteuer ködern lassen. Ihr hattet im Kopf die Sorge, wie unsre Gesellschaft in fünfzig und hundert Jahren mit der Erbschaft des strahlenden Abfalls leben soll. Ganz zu schweigen von den unvorstellbaren Folgen einer Reaktorkatastrophe. Ihr habt die Nebelvorhänge der Politiker und Konzerne weggeblasen, die sie zum Nutzen der schnellen Profite über die Technologie der Atomspaltung gehüllt haben, egal ob sie Bombe, Rakete, Mine oder Reaktor heißt. Es gibt hunderte von verbunkerten Atomsprengköpfen in unserm Land. Völkermordwaffen, und zwar unterschiedslos für das eigne Volk wie für die Nachbarn. Und ein Reaktor, auf den eine Rakete oder ein Flugzeug stürzt, explodiert mit der tausendfachen Strahlung einer Hiroshima-Bombe. Das Wasser, die Luft, die Erde und alles was sie zu produzieren erlaubt werden vergiftet, werden tödlich sein. Sind das zu gewaltige Worte? Ich glaube nicht. Euer Verantwortungsbewußtsein für die Zukunft dieser Erde ist das Signal zum Aufbruch in die Mündigkeit der Bürger. Diese eure Volkshochschule ist für mich ein handgreiflicher Beweis für euren Ausbruch aus der Unmündigkeit, in der wir gehalten werden sollen. Damit habt ihr auch mich verteidigt, der ich von den Dunkelmännern unsres Staates daran gehindert werde, etwas von diesem Geist an unsre Kinder weiterzuvermitteln.

Ich bin einer von denen, die neunzehnhundert achtundsechzig, spät, sehr spät, an jenem ersten demokratischen Aufbruch der kritischen Geister dieser Republik teilgenommen haben. Das war die große Lehrzeit für viele, die in der Schule nichts erfahren haben über die schreckliche, unverdaute Vergangenheit Deutschlands und über den Wiederaufbau der alten Herrschaftsverhältnisse, die unsre Eltern und Großeltern in die Diktatur und zwei Weltkriege geführt hatten. Wir wollten die schleichende Aushöhlung bremsen, rückgängig machen, die unsre demokratische Verfassung von neunzehn-

paar Jahren nach Stuttgart geschickt haben adjö guets Nächtle bis über vier Jahr denken wenn die nur mal herkämen ins Ländle könnt man sie aufschrecken na egal ich bin ja auch hergekommen weilich schreiben wollt wie der Widerstand blüht und dass die hier ein Loch haun in die Mauer die Zukunft nee Bliss die Illusion kannste dir abschminken die Wyhler ham für die Badeanstalt gestimmt die zappelten gleich am Haken vonner Kraftwerksunion und vom Badenwerk würden noch jetzt am liebsten das Freundschaftshaus abbrenn mit allen die hier sitzen das Leuchtfeuerwerk ham die andern hochgeschossen die nix kriegen sollten außer Nebel und Fallout die ham das angezettelt den Aufstand den Wyhlern die Schose vermasselt is noch die Frage ob wer sich mal wirklich vorgestellt hat was so ein GAU bedeutet ja sags ihnen ich darf das nicht schreiben in meiner Demokratischen Zeitung das is jetz gut dass du das bringst über Raketen redet hier keiner Honest John isn Fremdwort am sonnigen Kaiserstuhl obwohl die Amis damit im Schwarzwald durch die Gegend kutschiern und die Franzosen mit ihrer Force de frappe schießen mal eben über den Rhein weiter nicht als Nürnberg und München das frappiert keine Sau dass da wir von versorgt werden mit tödlicher Sicherheit bin gespannt wie er jetzt die Kurve kriegt von Völkermordwaffen zum Berufsverbot oder hater den Faden verlorn mit seinen paar Zetteln könntich ja nie so einfach frei reden nach Schnauze bisschen wien Pastor obwohl andrerseits wär schön alle Pastorn würden in dieses Horn Aufbruch aus der Unmündigkeit hater aber nich aus der Bibel ist von Kant Viktor Bliss isn Pastor der Aufklärung das is genau der Punkt von wegen selbstverschuldet hat der in Königsberg aufm Dorf damals noch nich mitgekricht wie alle Aufklärung Lesen und Schreiben und Radio und Fernsehn wennse vonner Herrschaft oder vom Monopol sind immer neue Türn in die Köpfe nämlich warum wollte der Adenauer die ARD kleinkriegen mit eim Regierungssender damiter das aufmüpfige Unkraut innen Hirnritzen umfummeln könnt für tausend Jahr CehDehUh-Kapital obwohl mittem ZDF und Parteienproporz ham die Dunkelmänner das auch aufie Reihe gekricht bis achtunsechzig Sommer siemunsechzig ging das schon los mit den Not-

hundert neunundvierzig befallen hatte – deshalb haben wir die Straßen zu unserm Massenmedium gemacht. Viele dachten damals, wir könnten mit einer großen Kraftanstrengung das Staatsschiff von seinem Kurs abbringen, wir könnten der gefräßigen Hydra genannt Kapitalismus die Köpfe auf einmal abschlagen wie Herkules. Denn nichts stand in unsrer Verfassung geschrieben davon, daß diese Wirtschaft des Profits und des Egoismus die Grundlage unsres Gemeinwesens sei – da lasen wir vielmehr, und lesen noch heute!: Eigentum verpflichtet. Sein Gebrauch soll zugleich dem Wohle der Allgemeinheit dienen, Artikel vierzehn. Der folgende Artikel bestimmt, ich zitiere: »Grund und Boden, Naturschätze und Produktionsmittel können zum Zweck der Vergesellschaftung durch ein Gesetz, das Art und Ausmaß der Entschädigung regelt, in Gemeineigentum oder in andre Formen der Gemeinwirtschaft überführt werden.« Nichts andres als die Anwendung dieser zwei Verfassungsartikel wollten wir, als wir die Enteignung des Pressemonopolisten Springer forderten.

Doch doch Freunde, ich bin bei der Sache! Denn genau dies wollten und wollen auch die jungen Leute, die seit neunzehnhundert zweiundsiebzig von Berufsverboten betroffen wurden oder von ihnen bedroht sind. Das sind nicht jene, die heute mit der Waffe in der Hand gegen die Stützen des Systems anrennen und ihm damit die Rechtfertigung verschaffen, jene Grundrechte einzuschränken, um deren Verwirklichung der Kampf geht. Die Opfer der Berufsverbote sind vielmehr Lehrer, Juristen, Professoren, auch Briefträger, Lokomotivführer, Universitäts- und Behördenangestellte, die mit dem Wort und legaler Demonstration für die Grundsätze unsrer Verfassung streiten. Nichts anderes habe auch ich getan, als Student, als Demonstrant, als Lehrer während meiner zweijährigen Referendarszeit am Butzbacher Gymnasium.

Meine Schülerinnen und Schüler, deren Eltern und das Lehrerkollegium haben sich beim Oberschulamt dafür eingesetzt, daß ich als Beamter auf Probe angestellt werde, eine Delegation der SchülerVertretung hat mich zur Behörde begleitet, als ich dorthin zur Anhörung bestellt war. Dem *standsübungen der Dom voller Dunkelmänner und Rosen zum Leichenfest für den Rosenzüchter Mafiosi per Dutzend Johnson Degaulle und ach Gott Bundeskaspar Lübke den hats auch mal gegem die Leichenbittervisagen für den natodeutschen Obermafioso Konrad im Prunksarg Köln im Belagerungszustand aber die Partisanen in der Bahnhofshalle mit Gasballons die Gaudi wie das unter der Decke hing unerreichbar die Wahrheit Johnson Mörder Beten in Köln Bomben in Vietnam dasselbe auf persisch im Gürzenich mit dem MonarchistenLiebling Pachlewi küssdiehand dem Volksschlächter vom Pfauentron und der goldnen Farah ich bin der Sozi Burauen OB dieser kölschen Stadt am deutschen Rhein die Berliner Genossen ham ihm den richtjen Willkomm bereitet hat verdammt Ohnesorg den Kopf gekostet nich den Schah der Herkules aufem Neumarkt hieß damals noch Scheuch der Spiegelfechter Jahr später Studentenfresser hat sie zu Wiedertäufern verschrien weil paar Zehntausend das Gift im Wohlstandsbraten purzelten gleich die Grünen aus der Schönwetterdemokratie mit ihrn Wasserkanonen und Haugummis da fing schon die innere Aufrüstung an er sagt das ganz richtig Leute das war die Vorgeschichte und die Septemberstreiks nich zu vergessen ham den Willy ins Amt gespült wollte der mal was wagen mehr Demokratie habich geglaubt damals stell dir das vor war mein Vorsitzender hab gedacht der geht jetz mit uns durchs Dicke mitm DGB unterm Hintern und allen Linken im Land saß der doch sicher was man so denkt nachm guten Frühstück könnte der Deutschen Demokratischen die Staatsbürgerschaft anerkennen dass wir mal reisen von Rügen bis Lindau ohne Stacheldrähte und Scheuklappen was lernen von denen und umgekehrt statt immer buff anne Scheibe oder ne richtje Mitbestimmung in den Betrieben wenn schon Sozialismus nich läuft inner Bummsrepublik aber die Offenheit war nirgends gefällig statt dessen die Dienste in Stellung gebracht bei Viktor und Willy wie hieß dein Guillaume in Butzbach den hat dir wetten keiner enttarnt tater mir leid irgendwie der Willy waidwund wie sien abgeschossen von beiden Seiten obwohl ich schon raus war ausser Partei meine Schwererziehbaren hammir ne Zeitung gemacht Billa und*

Oberschulrat wogen die sogenannten Erkenntnisse der Spitzel vom Verfassungsschutz schwerer als die Zeugnisse meiner Schüler und Kollegen. Dies ist ein geheimes Verfahren und das Beamtenrecht hat nichts mit Demokratie zu tun – mit genau diesen Worten hat der Herr Oberrat meinen Schülern den Zutritt zu der wie es so schön friedlich und harmlos heißt: Anhörung, verwehrt.

Ein Go-In? Ja, vielleicht. Achtundsechzig wär das wahrscheinlich gelaufen. Aber die Schüler – welche kurz vorm Abi – ich wollt nicht, daß sie sich ne Anzeige wegen Hausfriedensbruch einfangen, meinetwegen. Hab sie in ein Café geschickt.

Es tagte das geheime Femegericht, nur dass meine Richter keine Kapuzen trugen, denn ihr Urteil ist abgedeckt von einem allerhöchsten Beschluss, den die Ministerpräsidenten der Länder an dem bis dahin historisch unbekannten, aber folgenschweren achtundzwanzigsten Januar neunzehnhundert zweiundsiebzig gefasst hatten. Den Vorsitz bei dieser Konferenz führte jener sozialdemokratische, kürzlich zurückgetretene Bundeskanzler, der bei seinem Regierungsantritt drei Jahre zuvor die Herzen und Köpfe der kritischen Jugend unsres Landes befeuert hatte mit seinem Aufruf: Laßt uns mehr Demokratie wagen!

Demagogie? Kann sein daß du recht hast. Wir habens dem Mann geglaubt damals. Vielleicht hat der auch, kaum aus der Opposition an die Schalthebel der Staatskanzlei gelangt, den Geschmack der Macht gelernt? Es gibt noch ne andre Interpretation dieses Sinneswandels der regierenden Sozialdemokraten. Ein Freund hat mir folgendes erklärt. Der ist übrigens Betriebsrat in einer großen Kölner Autofabrik und kennt die Machtverhältnisse aus andrer Sicht als ich. Er meint, weil die Regierungskoalition den friedlichen Ausgleich mit dem Osten suchte, die Ostverträge mit Polen und der Sowjetunion abgeschlossen hat, deshalb mußte sie den Konservativen beweisen, daß sie trotzdem weiter der beste Arzt im Krankenhaus des Kapitalismus bleibt und innenpolitisch die benötigten Narkosespritzen bereit hält. Wenn das stimmt, dann ist diese Regierung allerdings dabei, den Boden trockenzulegen, auf dem die

Tatze nach dem Rausschmiss im JuZe Demo inner Betonstadt gegen den Pater Eusebius Pferdefuß hat der geschäumt wien Feuerlöscher aber zur Verhandlung im Arbeitsgericht hatten die Kids keine Böcke Angst wahrscheinlich vorm Kadi hatten sie immer Manschetten statt dass ne Kompaniestärke anmarschiert wär geschissen warich allein mitm Anwalt hat ja gereicht fürn Einzelrichter bloß nich für die Katolen

Misericordia isnich die Freude erst als der trug nich mal Talar nix Schwarzes hater gesagt einfach so Die fristlose Kündigung des Klägers ist unwirksam Herr Kolenda ist weiterzubeschäftigen Pustekuchen dein Recht nutzt dir nischt wenndes nich durchsetzen kannst stehste belämmert wie Piksieben vor der Tür und dahinter der Erzengel Eusebius mitm Flammenschwert Hausrecht kleiner Mann was nun kehr um geh in dich und komm nich wieder raus wahrscheinlich hat Salli recht dassich dadurch mitm Schreiben ernst gemacht hab für die DeZet aus Trotz und inem SSK die Arbeit selbstbestimmt wär hier nich gelandet beim Belz ohne den Oblatenfresser Eusebius und seine Bulle jetz isses mir eintlich egal was rauskommt inner Berufungsinstanz wenns nich die Gemeinheit wär die mich frisst biste irntwie machtlos gegen is son Krebs im Gemüt oder was kriegste nich raus ausser Birne nachts Salli war die richtje Medizin und das Teater Schlaftabletten sind scheiße wie onaniern dann lieber Reni im Zelt die zieht dir den Gummi gleich rüber siehste ihr auch nich an wie se da sitzt dassie son Fingerspitzengefühl für Männerschwänze nee der Brandt war keiner von der Sorte der hat sich geglaubt wasser gesagt hat und is von allein auf die Knie in Warschau stand wetten in keim Protokoll hats auch noch nie gegem in diesem Jahrhundert dassen Politiker stell dir vor Adenauer in Moskau fuffziger Jahre vorm Ehrenmal des unbekannten Soffjetsoldaten auf seinen katolischen Kniescheiben Ding der Unmöglichkeit hat der Willy aber gebracht weiler Emigrant ham ihm klar die Revanschisten und Ritterkreuzträger bei uns dick aufs Brot hater den Druck gekricht von Strauß und Barzel sind allerdings fein hart auffe Fresse geflogn mit ihrem Mißtrauensvotum die Bande kann dein Betriebsrat rechtham dassien gezwungen wer denn Wehner und Schmidt nämlich

Demokraten wachsen, mit deren Hilfe sie ihre und unsre Zukunft gestalten könnte.

Das neue deutsche Wort Berufsverbot ist inzwischen in unsern Nachbarländern so bekannt wie in Frankreich unser Wort Kaiser und in England Blitzkrieg. Zum Glück für unsre europäischen Nachbarn ist nur das Wort Berufsverbot ein deutscher Exportschlager, denn in der Wirklichkeit dieser Länder werden nirgends linke Demokraten und Sozialisten daran gehindert, Lehrer zu sein. Die Sache selbst, die Verfolgung radikaler Demokraten, hat in unserm Land eine lange böse Tradition.

Das Gymnasium, in dem ich mich auf das Lehramt vorbereitet habe, trägt den Namen seines ersten Rektors, Friedrich Ludwig Weidig. Dieser Mann starb achtzehnhundert siebenunddreißig nach zweijähriger Haft in Darmstadt durch Folter und unterlaßne Hilfeleistung der Gefängnisaufseher. Der deutsche Dichter Georg Büchner studierte in der Nachbarschaft, in der ich wohne, in Gießen. Er entging nur knapp dem Schicksal Weidigs, weil er rechtzeitig ins Ausland, nach Straßburg, später nach Zürich emigrierte. Er wurde mit dem folgenden Steckbrief gesucht, ich lese mal vor:

»Der hierunter signalisierte Georg Büchner, Student der Medizin aus Darmstadt, hat sich der gerichtlichen Untersuchung seiner indicierten Theilnahme an staatsverräterischen Handlungen durch die Entfernung aus dem Vaterlande entzogen. Man ersucht deshalb die öffentlichen Behörden des In- und Auslandes, denselben im Betretungsfalle festnehmen und wohlverwahrt an die unterzeichnete Stelle abliefern zu lassen.

Darmstadt, den 13. Juni 1835

Der vom Großherzoglich Hessischen Hofgericht der Provinz Oberhessen bestellte Untersuchungs-Richter, Hofgerichtsrath GEORGI.

Personal-Beschreibung

Alter: 21 Jahre; Größe: 6 Schuh, 9 Zoll neuen hessischen Maases; Haare: blond; Stirne: sehr gewölbt; Augenbraunen: blond; Augen: grau; Nase: stark; Mund; klein; Angesicht: oval; Statur: kräftig, schlank; Besondere Kennzeichen: Kurzsichtigkeit.«

nich der Unternehmerverband oder doch weiß keiner wassich da abspielt in den Kulissen im Bonner Teater erfährste in dreißig Jahren vielleicht was da wirklich den Radikalenerlass ham alle Länderchefs war die Superkoalition noch einmal wie achtunsechzig für die Notstandsgesetze das heißt die Sozis musste keiner überreden nur mal die vaterlandslosen Gesellen vom Kaiser Willem anstimm im Bayernkurier oder BILD schon renn sie unter die Fahne rufen nach Waffen wolln die größten Patrioten sein ein Antiterrorgesetz nachm andern Berufsverbot für die Sanften Kontaktsperre und Isohaft für die Militanten statt sich links Verstärkung zu holn das KPD-Verbot aufzuheben so manierlich wie die Dekapisten durch den Klassenkampf latschen sind doch die bravsten Revolutionäre der Geschichte immer Schlips und Kragen wie geputzt fürs Bonner Parkett die Revolution findet inner guten Stube statt oder ganz basisnah inner Küche von Weidig nie was gehört Butzbacher Kirchturmpolitiker Barfußprediger vielleicht nicht der erste den sie im Gefängnis oder gleich auffer Flucht erschossen war auch immer beliebt die Metode bei den Bullen aber Büchner hättich jetz nich gedacht dasse den mal mit Steckbrief wie Baader Meinhof Student warer auch hater nich bloß Stücke geschriem wahrscheinlich Staatsverräter mein Gott das klingt das isn Wort wien Galgen Majestätsverbrecher Gotteslästerer Volksschädling Staatsverräter schmeckste gleich den Henker mitm Strick wat is Buki das sollich jetzt lesen lieber nachher zeigma JVA Wittlich Für die Dauer des Aufenthalts des Untersuchungsgefangenen Holger Meins ordne ich folgendes an Verschärfte Kontrollen bei Besuchen jeder Art und bei allen Fahrzeugen Besucher des U-Gefangenen Meins auch Rechtsanwälte werden nur nach ausdrücklicher Weisung des Inspektors für Sicherheit und Ordnung zum Besuch zugelassen Besucher des U-Gefangenen Meins auch Rechtsanwälte werden vor der Zulassung zum Besuch einer körperlichen Durchsuchung Mantel Jacke ausziehen Taschen der Kleidung entleeren und Abtasten über der Kleidung sowie einer Durchsuchung der mitgeführten Behältnisse unterzogen Besuche bei dem U-Gefangenen Meins werden nur in Gegenwart von zwei Beamten durchgeführt Bei Besuchen durch

Viele von euch werden wissen, weshalb diese beiden engagierten Demokraten von den Landesbehörden verfolgt wurden: Sie hatten den Hessischen Landboten verfasst, jene Flugschrift vom November achtzehnhundert vierunddreißig, in der es heißt:

»Das Leben der Fürsten ist ein langer Sonntag; das Volk aber liegt vor ihnen wie Dünger auf dem Acker. Der Bauer geht hinter dem Pflug, der Beamte des Fürsten aber geht hinter dem Bauern und treibt ihn mit dem Ochsen am Pflug; der Fürst nimmt das Korn und läßt dem Volke die Stoppeln. Das Leben des Bauern ist ein langer Werktag; Fremde verzehren seine Äcker vor seinen Augen, sein Leib ist eine Schwiele, sein Schweiß ist das Salz auf dem Tische des Zwingherrn.«

Der Student und Dichter Büchner, der Pfarrer und Lehrer Weidig wurden von der damaligen Obrigkeit verfolgt und zum Schweigen gebracht, weil sie Demokraten waren, und weil sie die Wahrheit sagten über die Machtverhältnisse in ihrem Land und weil sie der ausgebeuteten Mehrheit des Volkes zu Gerechtigkeit verhelfen wollten. Ich zitiere einen weiteren Absatz aus diesem noch heute leuchtenden Text der deutschen demokratischen Geistesgeschichte, einen Abschnitt, der euch hier am Kaiserstuhl aus eigner Erfahrung nicht fremd klingen wird:

»Die Justiz ist in Deutschland die Hure der Fürsten. Jeden Schritt zu ihr müßt ihr mit Silber pflastern, und mit Armuth und Erniedrigung erkauft ihr ihre Sprüche. Denkt an das Stempelpapier, denkt an euer Bücken in den Amtsstuben, an euer Wachestehn vor denselben. Ihr dürft euren Nachbar verklagen, der euch eine Kartoffel stiehlt; aber klagt einmal über den Diebstahl, der von Staatswegen jeden Tag an eurem Eigenthum begangen wird, damit eine Legion unnützer Beamter sich von eurem Schweiß mästen; klagt einmal, daß ihr der Willkühr gewissenloser Subjekte überlassen seyd und daß diese Willkühr Gesetz heißt; klagt über eure verlornen Menschenrechte: Wo sind die Gerichtshöfe, die eure Klage annehmen? Wo die Richter, die Recht sprächen?«

Ihr versteht, dass mir dieses frühe Beispiel eines tödlichen Berufsverbots - auch Büchner starb im gleichen Jahr in Zürich

Rechtsanwälte ohne Besuchsüberwachung wird der Besuchsraum durch einen bewaffneten Beamten abgeschirmt der vor der Tür des Besuchsraums zu stehen hat Der Gefangene wird unmittelbar nach jedem Besuch im Besuchsraum vom Aufsichtsdienstleiter im Beisein eines weiteren Beamten körperlich durchsucht und neu eingekleidet Der Untersuchungsgefangene Meins wird auf Abteilung 2 Zelle 51 in strenger Einzelhaft gehalten Die unmittelbar rechts und links und die unter und über der Zelle des U-Gefangenen Meins liegenden Zellen dürfen nicht mit Gefangenen belegt werden Das ist Wahnsinn Buki wo hast du das her das war die Isolationshaft das Killen auf Raten ohne Urteil im November ist Holger Meins in Wittlich im Hungerstreik gegen diese Folter gestorben war das definitive Berufsverbot wie bei dem Weidig was hat sich denn seit achtzehndreißig wirklich verändert Der Abteilungsbedienstete der Abteilung 2 hat die Zelle des U-Gefangenen Meins ständig unter Bewachung zu halten Vorführungen innerhalb des Anstaltsgebäudes erfolgen nur durch zwei Bedienstete gleichzeitig Einzelspaziergang mit Bewachung durch zwei Bedienstete Von diesen ist ein Bediensteter bewaffnet Er hat die Waffe verdeckt zu tragen Einer der Bediensteten ist mit einem Funkgerät ausgerüstet Der U-Gefangene ist bei der Bewegung im Freien ab Austritt aus der Zelle bis zu seiner Rückführung zu fesseln Ausschluß von allen Gemeinschaftsveranstaltungen einschließlich Kirchgang Tägliche Zellenkontrolle in Abwesenheit des Gefangenen und Leibesvisitation Zum Baden wird der Gefangene von zwei Bediensteten in das Bad der Hausvaterei geführt Der Gefangene trägt Anstaltskleidung Keine Arbeitszuweisung Bei Gefahr im Verzuge treten die besonderen Anordnungen nach dem Sicherungs- und Alarmplan in Kraft Wittlich den 26. März 1973 Der Anstaltsleiter Buki aus dem Teufelspapier musste was vorlesen nachher wie sie heut vom Mittelalter lernen und lassen die Aufsässigen verhungern im Turm der Willkür gewissenloser Subjekte überlassen die gleichen Beamten die Viktor die hessische Feme Wittlich is Stammheim is Darmstadt is Butzbach die Meinhof hat solche Sachen geschrieben wie Büchner aber doch auch gemacht mit Sprengstoff und als Vaterlandsvertriebener – besonders nahe geht, weil ich an den gleichen Orten, von den Nachfolgern der gleichen Behörden, ins Berufsexil getrieben wurde. Sicher war der hessische Großherzog ein absolutistischer Machthaber von anderer Qualität als der Sozialdemokrat Willy Brandt oder euer Ministerpräsident Filbinger heute. Aber vielleicht sind auch eher das Badenwerk, die Kraftwerksunion und die Rheinisch-Westfälischen-Elektrizitätswerke mit der großherzoglichen Bürokratie von damals und ihrer faktischen Macht über die Volksvertreter und Justizorgane zu vergleichen. Ja das kann man sich wirklich fragen, ob der Name Volksvertreter noch zutrifft, wenn sie doch mehr als uns die Intressen der Großindustrie vertreten.

Von der Inquisition des Mittelalters bis zu den vom österreichischen Kanzler Metternich dirigierten Karlsbader Beschlüssen gegen »demagogische Umtriebe«, die achtzehnhundert neunzehn von den europäischen Regierungen beschlossen und vom Frankfurter Bundestag abgesegnet wurden – da wurde schon eine Zensur für Zeitungen und die Überwachung der Universitäten eingeführt! – von dem »Gesetz gegen die gemeingefährlichen Bestrebungen der Sozialdemokratie«, vom Deutschen Reichstag unter Bismarcks Kanzlerschaft achtzehnhundert achtundsiebzig beschlossen, bis zum Nazigesetz zur »Wiederherstellung des Berufsbeamtentums, am 7. April neunzehnhundert dreiunddreißig gegen alle Staatsdiener verhängt, die sich, wie es hieß, »im marxistischen Sinne betätigen«: die Sicherung der erst noch feudalen, später bürgerlichen und nazistischen Herrschaft gegen unabhängig und regierungskritisch Denkende ist in Deutschland der basso continuo unter der wie auch immer tönenden Verfassungsmelodie.

Dabei ist es den meisten unter uns kaum bewußt, daß es so etwas wie eine Verfassung, wir nennen es Grundgesetz, erst seit dem beginnenden neunzehnten Jahrhundert gibt, dank der französischen Revolution. Dieser Kodex der persönlichen Rechte gegenüber dem Staat hat sich sehr allmählich entwikkelt unter dem Einfluss, dem Druck, der Kritik der Bürger. Eine jede Verfassung war immer ein Ausdruck der zeitgenös-

Pistolen der Büchner war zehn Jahr zu früh wär achtunvierzig mitm Roten Hecker gezogen gegen den Großherzog und in Bruchsal auf dem Stroh verfault wie jetz die Meinhof in Stammheim mit den andern warum issie nich zu uns innen SSK der Lothar und Rainer warn auch bürgerliche Achtunsechziger wir ham unsre Erfahrungen aus der Revolte zusammengeschmissn mit der Verzweiflung der Streuner und Fürsorgeknackis ham konkret was gemacht gegen die Abrichtungsanstalten des Systems Gefangnenbefreiung ohne Pistolen hat keim Konzern geschadet undem Vietcong nich geholfn aber die Kölner Bürokraken was fürchten gelehrt als wir den Terror im Don Bosco Heim angegriffen ham nich mit Rohrbomben wie ihr die Amikasernen war unser sozialistischer Volkskrieg mitm Lumpenproletariat gegen die Mischpoke von Jugendamt und Landschaftsverband die Heimkrüppel und Stricher als Haftminen inner Konsumlandschaft mit dem Kölnischen Volksblatt Ana&Bela Befreiung von den Fetischen Leistung und Ordnung den Sklavenpeitschen der Arbeitsgesellschaft befreites Wohnen gemeinsam und Arbeiten selbstbestimmt solidarisch und befreites Ficken Moral und Kirche Viktor Bliss war immer das erste Herrschaftsinstrument gegen die demagogischen Umtriebe der anarchistischen Liebe mit Wilhelm Reich im Politbüro wär die Weimarer Arbeiterklasse nich in der Deutschen Arbeitsfront gelandet wie mein Alter Mutters Bruder im Börgermoor fast verreckt und er im Waltroper SA Sturm statt arbeitslos Steiger aber Mutter nich hat nie den Hitler gewählt nur Spenden für die NS Volkswohlfahrt nach dem Grubenunglück okay für die Zechenwaisen die soziale Ader habich von ihr is klar immer hatsie sowas inner Siedlung im Kinnergarten aber freiwillig der hatsie nich arbeiten lassen für Moos der Alte damitsie ihm nich aussem Bett läuft schätzich mal die war ihm doch über die Frau haushoch der war ja noch stolz auf seine Bildungsmisere kommandieren das konnter und draufhaun auf Sozis und die Frau und den Sohn dener zehn Jahr lang nich zustande gekricht hat vleicht isser wirklich nich mein Alter bloß namentlich dreißig geheiratet vierzig geboren is schon merkwürdig Frau Kolenda diese Spätgeburt deines Sohns hätt dich ja fragen könn nach-

sischen Machtverhältnisse im Staat, auch das Ergebnis von katastrophischen Zusammenbrüchen bisheriger Ordnung, und war zugleich eine Absichtserklärung der vorhandenen politischen Gruppen, wie sie ihr Zusammenleben in Zukunft gestalten wollten.

Ich will damit vor allem eines hervorheben: Eine Verfassung ist nicht wie die zehn Gebote der Israeliten mit dem Finger Gottes auf Stein geschrieben und unveränderlich – sie ist für alle ihr Verpflichteten immer auch eine Arbeitsaufgabe. Um nicht zu sagen: Ein Kampfauftrag. Wie für Büchner und Weidig. Wie für Karl Marx und Heinrich Heine. Wie für August Bebel und Karl Liebknecht, Rosa Luxemburg und Clara Zetkin, die Sozialisten des Kaiserreiches, wie für die Antifaschisten der Weimarer Zeit, Tucholsky und Ossietzky, Rudolf Breitscheid und Ernst Thälmann, Erich Mühsam und Käthe Kollwitz, und schließlich die namenlosen demokratischen Lehrer, die Professoren, die Pfarrer, die Postboten, die Eisenbahner des dritten Jahrzehnts der Bonner Republik.

Verfassungen als Sammlungen der verbrieften Grundrechte der Bürger und der Ordnung des Staatswesens sind auch nicht gnädige Geschenke der jeweiligen Monarchen an das Volk – obwohl die es nach Möglichkeit so dargestellt haben – sondern den Herrschenden abgezwungene Zugeständnisse an die Forderungen der Beherrschten nach mehr eigenen Rechten und demokratischer Mitwirkung im Gemeinwesen. Sie folgten kriegsbedingten oder revolutionären Erschütterungen der bestehenden Staatsmacht und sie wurden jeweils in den folgenden Jahren durch die gesetzgebenden Körperschaften peu à peu und nach Bedarf der Mächtigen wieder eingeschränkt – mit einfachen Gesetzen und Verordnungen, mit Erlässen und Ausführungsbestimmungen. Unsere Verfassung von neunzehnhundert neunundvierzig garantiert zum Beispiel das Recht der Meinungsäußerungsfreiheit (Artikel 5) und das Recht, sich in Parteien zu organisieren oder solche zu gründen (Artikel 9 und 21). Alle Deutschen haben das Recht, Beruf, Arbeitsplatz und Ausbildungsstätte frei zu wählen (Artikel 12). Ihr kennt die schönen und wertvollen GrundSätze unsrer Verfassung. Weniger bekannt sind die Hinweise in diesen *demer den Löffel habs nie über die Zunge gebracht is auch Jacke wie Hose letztendlich hab noch Glück gehabt mit dem Kerl dasser er u.k. gestellt war im Pütt hätte mit seinen Talenten woanders landen könn Bergen-Belsen Neuengamme Esterwegen Wächter des eignen Schwagers im Torf wie der Vater von Jens nie kriegen die das aus den Knochen die Kinder der Schinder der Herr wird euch heim suchen bis ins dritte und vierte Glied der Herr Hitler Verräter warn sie doch alle die dem Rattenfänger nachgetigert sind erst zweiundreißig mit Heil und neunundreißig mit Hurra und fümunvierzig mit Halleluja wieder verraten uns um die Wahrheit betrogen zwanzig Jahr alles verschwiegen seelenruhig die Leichen im Keller bisschen Wohlstandsweihrauch übern Verwesungsgestank bis der Schorsch in der Kaue mir den Star nee das war früher Mitte fuffzig über den alten Kolenda dein Vatter min Jung der war nich immer so fromm der hat sich umgefärbt von braun auf schwarz als der Engländer den Pütt besetzt hat reingebettet innen Schoß der Kirche und CehDehUh erst nochn Volkssturm rumkommandiert bis April und dann die Zerknirschung bisse Entnazifizierung abgeblasen war minderbelastet ham sien eingestuft weil Zwangsarbeiter hatter nich umgebracht nur angetrieben dafür ham sien krankenhausreif verdroschn als Andenken eh sie heim sind die Zechenleitung hatn abgesetzt als Steiger musster wieder richtig maloochen im Gedinge also wehr dich ruhig Jung gegen den Alten wenner dir schräg kommt mit vierzehn musste dir nichts mehr gefalln lassn hat mirn Aufnahmeschein für die IG Bergbau gleich inne Hand der Schorsch ein Kumpel war das den konnten wir lieben hat die Namen alle gekannt von den Sozialisten sogar den Intellektuellen Ossietzky weiler mit dem gesessen hat in Esterwegen Kerle warn das mutige Typen Widerstand bis zum Tod Onkel Walter hats nich viel länger geschafft als der Kurt Schumacher hätt der Ossietzky die Nazis überlebt und paar andre statt Adenauer und Globke und die Generäle wie hättn wir neu angefangen nach dem Wahnsinn brauchtest nich jetz in Paragrafen wühln die im Himmel geschriem sind auf rosa Papier Viktor weil wir ne richtje Arbeitermacht hättn die Lehrer wie dich auf Händen*

Artikeln auf Gesetze, die regeln sollen, wie, wann und durch wen unsre Bürgerrechte eingeschränkt werden können. Mehrfach findet sich im Grundgesetz selbst der Hinweis, dass die Rechte nicht zu Handlungen gegen die verfassungsmäßige Ordnung unseres Staates genutzt werden dürfen. In Artikel achtzehn und einundzwanzig nun steckt aber der Pferdefuß oder, aus der Sicht der Väter des Grundgesetzes: die Notbremse – in der für Personen und Parteien geltenden Bestimmung, daß die Grundrechte durch, wörtlich: »Kampf gegen die freiheitliche demokratische Grundordnung« verwirkt werden. Dem Bundesverfassungsgericht obliegt es, die Verwirkung auszusprechen. Diese Bestimmung – das weiß ich natürlich als Historiker – wurde neunzehnhundert neunundvierzig veranlaßt durch die lebendige Erinnerung der damaligen Schöpfer des Grundgesetzes an die Weimarer Republik, in der die Hitlerpartei auf den Umsturz hinarbeitete und neunzehnhundert dreiunddreißig deren Verfassung sofort außer Kraft setzte.

Was mit den Kommunisten war? Die Frage ist berechtigt. Unleugbar, daß sie gegen die Weimarer Republik gekämpft haben und zeitweilig die Sozialdemokraten als ihren Hauptgegner sahen, nicht die Faschisten. Aber laßt uns darüber vielleicht nachher diskutieren – es ist ein sehr komplexer Zusammenhang. Zwei Kommunisten, aus dem Kazet und aus der Résistance zurückgekommen, Max Reimann und Heinz Renner, haben im Parlamentarischen Rat mit das Grundgesetz beraten. Die stimmten dann tatsächlich dagegen. Aber warum? Nicht weil sie gegen die Grundrechte waren, sondern weil die Bundesrepublik und damit die Spaltung Deutschlands durch das Grundgesetz festgeschrieben wurden. Der Reimann hat damals sogar erklärt, dass die Kommunisten einmal zu seinen Verteidigern gehören werden gegen jene, die seine Bürgerrechte außer Kraft setzen werden.

Damit bin ich auch wieder bei den Berufsverboten von heute. Dieser schwammige und willkürlich auslegbare Begriff »freiheitlich demokratische Grundordnung« ist genau der Gummiknüppel, der jedem mißliebigen Bewerber um einen Beruf im Staatsdienst zwischen die Beine geschmissen werden *schön wärs alles hätte und könnte und wäre und würde der Kohlenhauer Schorsch vonner Zeche Waltrop als Sozialisierungsminister im Pütt und Mutter Kolenda wie Lenins Köchin Bundeskanzler das habich dir mal verklickert Mutter weißtus noch wann war das fümunsechzig nach dem JusoKongress an unserm Küchentisch wie die Konzerne und Banken sich reingefressen ham in die Bonner Macht als ein Schimmelpilz den keiner sieht aber schmeckst ihn wennde reinbeißt innen Käse nämlich nich Minister und Staatssekretäre und Abgeordnete die Pappnasen entscheiden wos langgeht sondern die leisen Herrn Abs und Flick und Pferdmenges sind die wirkliche Staatsmacht Krupp und Quandt und Springer die ganze feinherbe Mischpoke vom Industriekapital und Bankenvermögen regiern uns und du immer ess Junge ess dein Panhas wird kalt wolltest nichts hörn von Stamokap weil der Alte schon bei Wehner und Brandt aufn Tisch gehaun rumgekräht hat wenner noch Luft krichte hast dann doch aufn Kalenderblatt gekritzelt Staatsmonopolistischer Kapitalismus obs so richtig geschriem völlig korrekt wars hast den Zettel in dein Jerry Cotton ausgerechnet in den war wohl Tarnung schätze wenn du mal hinüber bist und ich find den den rahm ich mir ein Mutter Erinnrung an unsre heroischen Jahre Verschwörung gegen den schwatten Familientyrannen den hat der rote Außenminister umme Ecke gebracht jede Wette erstickt isser dran war deine Befreiung aber der Begriff is auch irgendwie über die Wupper seits die Berufsverbote gibt komischerweise seit die SPD mitter Gewerkschaft anner Regierung hat Stamokap sich zurückgezogn aus Bonn innen Untergrund zurückgehext verkrochen die Wildsau ins Unterholz deshalb redt dieser Mann ständig vonne Verfassung und nich vom Kapitalismus und vonnen Kommunisten bitte nachher zum Beispiel vom Tischler Ulbricht der hats geschafft mit paar Genossen von ganz unten bis auffe Briefmarkenserie Kazet entkomm Stalin überlebt Produktion ohne Kapitalisten und Junker alles prima und kutschiern aber rum als wärn sie die neuen mit den schwarzen Volvos vor den Augen der Arbeiter die zehn Jahr auf ihre Plasteschachtel warten bejubeln lassen sie sich die Zampanos pompös auf Tribünen bestellte Aufmär-*

kann und wird. Ich will euch erzählen, was mir in dem Anhörung genannten Verhör zur Begründung der behördlichen Zweifel an meiner Verfassungstreue vorgehalten wurde: Neunzehnhundert achtundsechzig habe ich in München einen Aufruf zur Wiederzulassung der seit zwölf Jahren verbotenen KPD unterschrieben und auf einer Veranstaltung des Ostermarschs eine Rede gehalten. Im gleichen Jahr wurde ich wegen meiner Teilnahme an einer nicht zugelassenen Demonstration – da gings gegen Springer nach dem Dutschke-Attentat – wurde ich auf Landfriedensbruch angeklagt und in der Berufungsinstanz freigesprochen. Ich habe bei der Bundestagswahl neunzehnhundert neunundsechzig in Gießen auf der Liste der Aktion Demokratischer Fortschritt kandidiert. Neunzehnhundert zweiundsiebzig habe ich während eines Schüler-Streiks gegen den Numerus Clausus in einer Rede die Schüler in ihrem Streikwillen bestärkt. Das war in Marburg. Ich bin für mehrere Tage in die DDR gereist und habe dort an einem HistorikerKongress teilgenommen und ein Referat über den Widerstand der hessischen Arbeiterbewegung gegen die Wiederaufrüstung der Bundesrepublik gehalten.

Ich muß sagen, daß ich über den Sammelfleiß des Verfassungsschutzes überrascht war. Die Kerls hatten offenbar meine Fährte bereits aufgenommen, als ich in den sechziger Jahren bei Wolfgang Abendroth in Marburg studierte und Mitglied des SDS geworden war. Manches hatte ich vergessen und hab mich gefreut, bei diesen Vorhaltungen meiner Aufsichtsbeamten dem Lebenslauf eines unternehmungslustigen, vielseitigen Demokraten zu begegnen. Ich war da wohl noch ein bißchen zu gutgläubig, dachte, wenn ich den Herren in Erinnerung rufe, wie die politische Situation an der Universität, während der Großen Koalition undsoweiter, aber die wollten hören, ob ich diesen Eskapaden – so nannten sie das – inzwischen abschwöre. Dabei waren es, aufgrund meines späten Zweitstudiums, natürlich keine Jugendsünden, sondern, sagen wir mal: zwingende Folgen meines Studiums der Geschichte und Gegenwart bei meinem Doktorvater Professor Abendroth. Und es brannte damals ja wirklich, ihr werdet euch erinnern, an allen Ecken und Enden.

sche vorgekaute Parolen Winkelemente vom VEB Nebel und Knebel und wir sitzen hier im Auwald und zappeln zwischen RWE und Nachtigall und Kommunistenangst gleich steht Walter Mossmann auf und erklärt er singt inner BRD wo er will Lieder gegen die Konzerne unds Atomkraftwerk und inner DDR hätter zack Berufsverbot wie Wolf Biermann undn Leipziger Lehrer der die SED kritisiert fänd sich hopp wieder inner Schwarzen Pumpe bei der Arbeiterklasse oder direkt für paar Jahre Umerziehung in Bautzen schlägt ne Protestresolution vor gegen Berufsverbote in Ost und West damit haste dich allerdings schwer verdächtig gemacht mein Lieber Wiederzulassung der KPD da kann ein Schulrat schon ins Grübeln kommen die ADF war doch ne Lachnummer aber Landfriedensbruch war happig haste Glück gehabt dassde nich inner Kiste gelandet wahrscheinlich nach der Heinemann Amnestie der Freispruch hättich nich gedacht von dem Mann in Immenhausen dass der trotzdem seinen Kurs weiter segelt die meisten sind abgetrieben wennse die Justiz mal inner Kralle vleicht die Marburger Imprägnierung vom Abendroth dass der für ihn sowas war wie für mich der Schorsch mussn ma fragen nachher wenner beim Belz übernachtet der Belz is wahrscheinlich für viele am Kaiserstuhl ne Figur wie Abendroth bein Jusos undm Sozialistischen Büro Idole zum Anfassen nich so abstrakt so entfernt wie Rosa und Ho Tschi Minh und Che Guevara die Meinhof hätt unsre Rosa Luxemburg wern könn wennse nich aus Verzweiflung den Scheiß mit RAF und Untergrund in Stammheim isse begraben die Frau Verwesung bei lebendigem Leib hat der Schily im Spiegel geschriem son Kampf is einfach fürn Arsch und wasse in Stockholm jetz mit der Botschaftsbesetzung versuchen die ganze Truppe freizupressen die Tupamaros hat aber nich hingehaun keinen Pfarrer Alberts hat der Schmidt nach Schweden der Schmidt isn Taffer hat vonnen Israelis bei der Olympiade gelernt macht gleich ne nationale Notstandsübung draus mit ner Großen Koalition im Krisenstab cleverer Bursche komplette Rechte mit ins Kanonenboot is auch irgendwie logisch dass die nich dreißig RAFLeute wieder rauslassn ohne denen vorher die Eier abzusäbeln metaforisch gesprochen sind ja genug Fraun

Zum Schluß fragten sie mich, ganz beiläufig und freundlich, aber es war natürlich die Gretchen-Frage, und ich wußte das auch, nach allem was ich doch schon über den Radikalenerlaß gehört hatte, fragten mich, ob ich Mitglied einer kommunistischen Partei sei. Darauf war ich gefaßt, habe mein Grundgesetz aus der Tasche gezogen und ihnen vorgelesen, was in den Artikeln vier, fünf und einundzwanzig steht und daß meine Treue zur Verfassung nicht an der Mitgliedschaft in einer legalen Partei gemessen werden darf. Deshalb mußte ich eine Antwort auf ihre Frage verweigern. Ich hätte zu dem Zeitpunkt auch Nein sagen können, aber da ging es mir eben um das Prinzip, das Verfassungsprinzip, dass niemand wegen seiner politischen Anschauung benachteiligt oder bevorzugt werden darf, Artikel drei, wodurch nämlich nicht ich, sondern ihre Frage verdammt nah am Rand der Verfassungsverletzung stand. Was ich ihnen nicht verschweigen konnte. Haben sie zur Kenntnis genommen und protokolliert, Aufwiedersehn Herr Dr. Bliss, Sie bekommen Bescheid. Der Bescheid, ein paar Wochen später, hat unter andrem bewirkt, daß ich heute im Wyhler Wald zu euch spreche. Er lautete: Eine Einstellung zum Beamten auf Probe kann nicht erfolgen. Sie haben die Zweifel an Ihrer Verfassungstreue nicht ausräumen können, da Sie nicht an der Ausräumung der Zweifel mitgewirkt haben. Klasse, wie? Den Satz muß man sich auf der Zunge zergehn lassen. Vor allem, wenn man den andern noch im Ohr hat – im Zweifel für den Angeklagten. Wie – noch mal? Bitte: Sie haben die Zweifel an Ihrer Verfassungstreue nicht ausräumen können, da Sie nicht an der Ausräumung der Zweifel mitgewirkt haben.

Ich wollte mich natürlich mit der Ablehnung nicht abfinden – kein Mensch mit ein bißchen Ehrgefühl wird sich eine derartige Diskriminierung und Erniedrigung durch solche blasierten Staatsdiener gefallen lassen, gewissenlose Subjekte, sagte Büchner – entschuldigt, mir kommt die Galle doch noch manchmal aus dem Bauch ins Maul – ich habe mit einem Rechtsanwalt gegen den Bescheid geklagt und erwarte inzwischen die Verhandlung vorm Oberverwaltungsgericht, da die Schulbehörde von der ersten Instanz verurteilt wurde mich *dabei was überhaupt erstaunlich is wie da die Gleichberechtigung gegriffn hat auf dem Fahndungsplakat sind von schätze vier mal fünf Köpfen glatt acht oder neun Fraun mitter Mauser oder wie das heut heißt im Handtäschchen Revolver wär vermutlich zu schwer außer im Holster Reni in Frankfurt bei den Anarchos die hätt das Zeug da reinzuwachsen mit Pariser und Knarre immer griffbereit inner Tasche wennse das nich sowieso im Schrotthandel schon mitgekricht wahrscheinlich auch ne fromme Legende dass Frauen friedfertiger das sanfte Geschlecht wir hamse bloß nich an die Schießprügel rangelassn reserviert zum Bumsen und Kinderkriegn die Bäuche Mann mussich schiffen zwei Rothaus inne Blase wie lang redst du noch Professor ich habn dringendes menschliches Bedürfnis möcht wissn ober mich überhaupt schon gesehn hat bei den drei Funzeln vom Generator also biste nu inne KaPeh oder nich auch egal brauchste hier niemand auffe Nase binden das findich ja gut einfach den Spieß umdrehn irgendwie mutig auch oder haste wirklich gedacht könnts diese Edelchargen beim demokratischen Gewissen packen das wär ganz schön naiv ich mein du hast doch zehn zwanzig Semester studiert Geschichte Klassenkampf Imperialismus da müsst einer wissen dass die Beamten und Richter im Normalfall der herrschenden Klasse die Brötchen heiß ausm Ofen neunmalschlau es so hindrehn dasses ewig so bleibt weilde nich mitgewirkt hast an deim Todesurteil bisde per se verdächtig und musst dringend beseitigt wern so gings stellich mir vor den jüdischen Volksgenossen wenn die ihren Pimmel nich vorzeigen wollten obse beschnitten sind warn sie gleich reif für Auschwitz aha hast doch Nerven Professor ne Ehre sogar was isn das fürn Ding Akademikerehre Lehrerehre oder ne allgemeine Menschenehre also Wut versteh ich ja eintlich könntenwe doch stolz sein dass der Gegner uns ernst nimmt aber so isses eben nich viel Feind viel Ehr is heroischer Quatsch Spruch für perverse Kampfmaschinen als hättich nich lieber weiter im JuZe gearbeitet wie die Meinhof ja auch im Märkischen Viertel und wir sind mitter Gewalt des Staates sozialisiert worden das war genau der Trick achtunsechzig folgende dassde immer schuldig wurdest entweder hasde die Spielregeln mitgespielt und* einzustellen. Die Verwaltung hat keinen Moment gezögert, Berufung einzulegen. Die Herrschaften wollens jetzt wissen, denken offenbar noch wie Kaiser Wilhelm: die ganze Richtung paßt mir nicht. Mein Rechtsanwalt hat keine große Hoffnung, daß wir auch beim OVG durchkommen. Da sitzen die wirklich staatstragenden Schwarzröcke.

Nein – da haben Sie recht: es geht nicht wirklich um eine oder meine Ehre. Die Auswirkungen des Radikalenerlasses sind inzwischen einschneidend materiell. Seit anderthalb Jahren lebe ich vom Einkommen meiner berufstätigen Frau. Sie sagt, das macht ihr nichts aus, aber ich bitte Sie – für welchen Mann ist es auf die Dauer erträglich von der eignen Frau durchgefüttert zu werden? Oder, in andern Fällen, von den Eltern, denen einer endlich nicht mehr auf der Tasche liegen wollte? Ein Referendar, der nach dem zweiten Staatsexamen nicht eingestellt wird, hat zwar gearbeitet, aber keinen Anspruch auf Arbeitslosengeld. Er kann zum Sozialamt gehn, aber das hält sich an die Eltern oder den Ehegatten oder die Frau. Also sucht er sich irgendwelche Aushilfsjobs, Privatstunden geben. Reiseleitung. Kinder hüten. Oder Taxifahren in Frankfurt, wie ich. Ehrlich gesagt: es zehrt verdammt am Selbstbewusstsein, wenn man zwei ausgezeichnete Examina abgelegt hat und bekommt trotzdem mitgeteilt: Wir brauchen dich nicht, du hast einen Pferdefuß, sieh zu wie du allein weiterkommst. Man kann sich schwer dagegen wehren, selbst wenn man plötzlich, in der Taxischlange vorm Hauptbahnhof, einem Kollegen begegnet, der heißt Miguel und war Wirtschaftsprofessor in der Regierung Allende und dann wieder weiß: als Linker in Chile hätte man sich im Stadion von Santiago wiederfinden und das Schicksal Victor Jaras erleiden können. Deine Kollegen und Verwandten sind nicht alle so politisch und historisch informiert, dass sie verstehn, woher diese staatliche Kommunistenfurcht in Deutschland gewachsen ist. Diese Grundtorheit unsres Jahrhunderts, wie sie Thomas Mann genannt hat, steckt ja doch hinter der Verfolgung und Abwertung aller Menschen, die sich mit den tatsächlichen Ungerechtigkeiten in der Welt nicht abfinden wollen. Ihr habt es selbst erlebt in eurem Kampf gegen das Atomkraftwerk, *fürn Arsch protestiert gegen Napalm und Medienhetze weiter mitm Ami inne B52 gesessen oder echt Bambule und Zoff und dafür aber hallo die Knüppel und Paragrafen zu schmecken gekricht gleich abklassiert zu den Randständigen oder den Banditen möcht wissen was der Bliss jetzt so Intellektuelle gehn ja normalerweise nich vor die Hunde finden ihre Krümel innen Ritzen der Wegschmeißgesellschaft eine Gemeinsamkeit ham wir jedenfalls dass wir ziemlich inner Luft häng in Erwartung unsrer juristischen Oberorakel also hatter ne politische Frau die ihn aushält isser ziemlich fein raus obwohl nee scheiße so kann man das wirklich nich sagn wär glatt zynisch aber Sonja die Frau käm nie auf die Idee mich zu unterstützen selbst wennses könnte in ihrer Vorstellung müsst eintlich ich ihr Schmerzensgeld abdrücken dafür dass mich die Katolen gefeuert ham insofern kannste froh sein mit deiner in Gießen Salli wär verdammt eine die mit auf die Barrikade wie sie den Trecker mitem Teater durch Wyhl keine Angst vor ihrm Alten und keine vorm Minister Eberle in Kiechlinsbergen wär Sonja doch gestorben vor Scham dass wirn leibhaftigen Minister vergisses jetzt hat sie vleicht bald selber ein im Bett und darf seine Unterhosen waschen die Frage is ja ob einen Mitteleuropäer das kränkt solche Arbeiten oder nich bei den Chinesen müssen echte Profs hintern Pflug schädlich müsst das nich sein Produktionserfahrung Arbeitsteilung aufheben bloß wennde Proleten mit MaoSprüchen und Reisstroh im Kopp inner Technischen Hochschule aufs Kateder stellst kann das nich klappen is Kaos angesagt volkswirtschaftlich aber klar im Fall Berufsverbote werden Leute wie Bliss einfach verschrottet is auch volkswirtschaftlicher Wahnsinn das stört keine Sau so lange die Kapitalmacht am Ruder lass mich ma durch Jean nee ich hau nich ab komm gleich wieder muss unbedingt schiffen das verdammte Bier nichts schlägt mir so auffe Blase wie Pils hallo Leute warum steht ihr hier draußen rum isn toll politischer Vortrag von dem Bliss aber ganz schön kalt die Wyhler Nacht immer noch wenigstens keine Schnaken verdammt dunkel ohne Mond die Natur könnten ruhig das Feuer was heller ohne den Generator würdsde wahrscheinlich den Vortrag auch hier draußen hörn denkt man nich dass da* wie euer Ministerpräsident, der bekanntlich den Nazis bis in die letzten Tage ihrer Bluthersschaft als Marinerichter mit Todesurteilen gedient hat, wie der auf der Klaviatur dieses Ressentiments spielt, um euren gerechten Widerstand in der Öffentlichkeit zu verleumden und eure Bewegung zu spalten. Mit Sicherheit wird man Studenten, die sich eurem Widerstand angeschlossen haben, diese Tatsache als Grund für behördliche Zweifel an ihrer politischen Zuverlässigkeit vorhalten, so wie mir und vielen unsere Teilnahme an den politischen Protesten der sechziger Jahre.

Zwei persönliche Folgerungen aus meinen Erfahrungen in unserm Land will ich euch zum Schluss noch vortragen:

In unsern Schulbüchern wird heute der Aufstand von achtzehnhundert achtundvierig als die erste demokratische Revolution in Deutschland gefeiert. Ich glaube, dass in nochmal hundert Jahren die Bewegung von neunzehnhundert achtundsechzig als ein Aufstand der Gewissen verstanden werden wird gegen die Erstarrung unserer Demokratie und gegen die Restauration der Machtverhältnisse, die uns in den zweiten Weltkrieg führten und die mit unsrer Niederlage endgültig erledigt schienen. Also eine Bewegung von gleichem Rang für unser Staatswesen wie die von achtzehnhundert achtundvierzig. Aber auch mit dem gleichen Schicksal und vorläufigen Misserfolg. Ich behaupte: Was damals die Truppen und Kerker der deutschen Monarchen geschafft haben, die demokratische Revolte für eine Republik ohne Fürstenwillkür niederzuschlagen, das haben nicht die Polizeiknüppel und Wasserwerfer geschafft, nicht die Gerichtsurteile gegen die sogenannten Rädelsführer und nicht einmal die Notstandsgesetze, sondern die Berufsverbote, wie sie seit neunzehnhundert zweiundsiebzig in allen Bundesländern angewandt werden.

Ist das jetzt die Übertreibung eines persönlich Betroffenen? fragt ihr euch vielleicht angesichts der paar hundert Fälle aus dem Amt gehaltener oder geworfener Frauen und Männer. Hier im Breisgau sind es bisher nur eine Handvoll, ihr kennt wahrscheinlich Kurt Faller und Klaus Lipps. Aber zehntausende, hunderttausende, eine ganze Generation junger Menschen haben in jenen Jahren gelernt aufrecht zu gehn, das *hundert Leute drin sitzen jetz lassichn frei is weit genug weg vonne Siwilaiseischen mein Gott wie schön kann Wasserlassen sein Herr erlöse uns von dem Urin und lass ihn laufen in Ewigkeit das is die wahre Befreiung dieser Pinkelmann läuft wie mein VauWe oder umgekehrt kann sein einer in Wolfsburg is beim Pissen nach der Kneipe auf den Slogan gekommen hatter bestimmt ne dicke Prämie kassiert an der Luft hier kannste dir die Lunge besaufen jetzt reichts bald Kerl zwei Flaschen Bier isn Liter mehr nich was man da Zeit mit verbringt im Leben müsst mal einer berechnen garantiert Wochen und Monate habens die Weiber besser wie das abrauscht bei denen wennse die Schleuse müssn aber länger anstehn vorm Klo ausgleichende Gerechtigkeit is das deshalb wollnse jetz daß wir uns auch hinhockn müssn kommt für mich nich infrage ihr Süßen den gottgewollten Vorteil gebich nich her dassich mit dem Ding ne goldne Parabel spritzen kann im Dunkeln isses allerdings egal bisde fertig jetz hau raus den Rest okay also weg mit dir inne Versenkung dein großer Auftritt im Dienst der Entwässerung is vorbei Vater Rhein wirds dir danken viel heller geworden jetz sind die Augen nich die Nacht red schon fast ne Stunde der Mann da drin und nur mitn paar Notizzetteln hoffentlich krieg ichn noch zu fassen nachher intressiert mich schon was aus der Malina is erstaunlich sitzen alle noch da die Landfraun und Alten der Schött der Siefritz Frau Harlow is ja wirklich nich bequem auf den Baumstämmen und Bretterbänken Kissen hamse bisschen wien Bild vonner Verschwörung Bundschuh oder so die Feuerstelle inner Mitte fehln bloß die Hellebarden na ja die Plakate sind schon zwanzigstes Jahrhundert Viktor sieht auch nich grad aus wien Bauernführer schau an die Reni hat sich einfach auf mein Platz was will uns die Maid denn damit sagen das is jetz allerdings ne kühne Behauptung Herr Doktor wennde dich damit man nich ganz schön verhebst klar sind nich nur die Rausgeflognen betroffen aber da wern doch viele bisschen pfiffiger sein als du wern sich sagen die Blötschköppe in der Kommission gehören beschissen denen schwatzich die Hucke voll deshalb vergeßich noch lange nich wasich weiß und erzähl den Schülern die Wahrheit Problem isses*

Maul aufzumachen gegen Willkür und Ungerechtigkeit. Und sie haben sich auf ihre Berufe vorbereitet, das Gelernte auch dort zu üben und weiterzugeben. Also Demokratie praktisch zu wagen. Über all denen hängt nun das Damoklesschwert des Berufsverbots, und angesichts der gesetzlosen Willkür, mit der die Behörden in den Anhörungen vorgehn, weiß keiner genau, wessen Existenz es vernichten wird. Ein kleiner Teil der so Bedrohten quält sich durch den jahrelangen, ruinösen Weg der Rechtsinstanzen, mit völlig ungewissem Ausgang. Ein noch kleinerer Teil von ihnen hat zu Waffen gegriffen, deren Anwendung sie mit tödlicher Sicherheit selbst aus dem Weg schaffen wird, durch Beerdigung in einem Gefängnis oder gleich auf dem Friedhof – wie jenen Lehrer Weidig, nach dem mein Butzbacher Gymnasium benannt wurde. Die meisten aber, die so wie wir alle ein anständiges Leben führen wollen, werden zurückgezwungen in die Anpassung, in Duckmäusertum und Untertanengeist. Sie werden rückverwandelt in jene Sorte Bürger, die alle vier Jahre eine Partei wählen dürfen und im übrigen die Herrschenden ausführen lassen, was die in ihrer kapitalistischen Logik für nützlich halten. Deshalb liegt es im Interesse aller Demokraten, für ein Ende der unwürdigen Berufsverbotspraxis einzutreten. Freunde – das ist auch eure Sache! Und – dies sei mein letzter Satz und den sage ich aus vollem Herzen – deshalb bin ich so gern eurer Einladung gefolgt, weil ihr mit euren Bürgerinitiativen gezeigt habt, daß der Geist von neunzehnhundert achtundsechzig, der Geist des Widerstands gegen die von der Macht des Kapitals bestimmte Willkür des Staates, nicht erloschen ist. Ihr habt mir neuen Mut gegeben. Ich danke euch.

wahrscheinlich nur für die paar echten Kommunisten weil in soner Partei biste nich als stiller Teilhaber das klappt nich da mußte wirklich austreten wennde behauptest bist nich drin und wennde austrittst bisden Verräter für die Genossen und bist in beiden Fälln der Gekniffne entweder ohne Job oder ohne Widerstandsorganisation und Freunde ne Überschätzung dürftes trotzdem sein du musstich mal fragen warum seid ihr Studiker achtunsechzig so ziemlich allein rumgetigert auf den Straßen als es noch kein Berufsverbot gab aber was andres gabs für die Malocher nämlich ne Konzertierte Aktion und ne Friedenspflicht nich zu vergessn ein Bundesarbeitsgericht mit Kadis von der Sorte die ungeschmiert verkünden Aussperrung is in Ordnung gegen Streiks und allen Ausgesperrten darf die Gewerkschaft löhnen weil die schuld is dass die Unternehmer leider aussperrn müssen und zahlt sich dumm und arm annem Streik wie einunsiebzig die IG Metall so ham sie die schnell wieder kirre gekricht mal abgesehn von der Glotze vor jedem Arbeiterkopp die is sowieso die dickste Kanone im Arsenal der Geldsäcke dagegen is der Radikalenerlass n Karnevalsböller obwohls stimmt andrerseits dass gute Lehrer wie der Schorsch wo wär ich heut ohne den also is schon was dran an seiner Tese klar sind hier alle dagegen das is in Ordnung dasser achtunsechzig und Wyhl zusamm mitn Berufsverboten auch wenn aber klar Applaus für den Geist des Widerstands da sind wir immer dabei

Nachbeben

Armin Kolenda ist gewaltsam zurückgerissen rheinabwärts in seine unvollendete Vergangenheit. Oder ist er doch eher ausgestoßen ins Kölner Exil aus der angelebten und eingeliebten und einverleibten Heimat am vulkanischen Kaiserstuhl durch ein paar Worte, gesprochen in dem dunkelwarmen Tonfall der Trauer mit alemannischem Beiklang, unfeindlich, aus einem tief bekannten Frauengesicht, das plötzlich neben ihm an der Teke des Freundschaftshauses erschienen ist, während die Diskussion mit Viktor Bliss noch lief, die braunen Augen, das zurück in den Zopf gekämmte Kastanienhaar, und der Mund, die fein beweglichen Lippen, die das Binnenleben dieses Menschen abschließen von der Welt oder öffnen zu ihr, öffneten zu ihm, Armin, den das Wesen, sagen die Lippen jetzt, aufsuchen wollte eine Nacht mit Verlangen nach einem Gespräch, in seinem Zelt, doch war von dort zu hören die Stimme einer Frau, nicht nur Armins, wie Reni Vögtle hat es geklungen, da ist sie wieder nach Hause zurück in ihre Ordnung gekehrt. Und hat ihrer Verlobung zugestimmt. Die ist jetzt öffentlich.

So klang der Atem aus den Lippen der Salli Biechele, und die Nachricht, die er ihm zutrug über kurze Distanz, versteinerte Armin Kolenda, dass er nicht einmal nicken, nicht ihre Hand ergreifen konnte. Er begriff aber die Bestätigung des Todesurteils der Liebe.

Bist du glücklich? fragte er dann mit einer großen Anstrengung rauh und sah, wie sich die Augen des Gesichts mit Wasser füllten.

Gustl ist ein guter Mensch, sagte der Mund fast ohne Bewegung. Da weinte er auch und verließ das Rundhaus.

Viktor Bliss bekam den Journalisten aus der Immenhäuser Glashütte nicht zu sehn, jenen Abend nicht und auch nicht am Morgen beim Frühstück in der Gaststube, der Belz hatte keine Erklärung für seine Unsichtbarkeit.

Kolenda packte seinen Wagen. Der jahrelang verzögerte Gerichtstermin wegen der Drogen im Jugendzentrum. Jetzt plötzlich? Balthasar fragte nach ihrem Roman, wie weit er gediehen sei. Armin zeigte den Koffer voller Kassetten, Mappen, Flugschriften, Fotos, Zeitungsausschnitte. Musst nit all des Zigs läse sondern schriewe was i dir gsait hab. Wasd geschriewe häsch von dr Brückenbesetzung in Sasbach des war guet.

Die Autobahn nach Köln befuhr ein Abwesender. Sein Herz kam nicht nach, hing fest auf dem Kampfplatz der Kaiserstühler, wo er seine Opfer hinterließ. Salli vor allen. Auch das Mädchen vom Schrottplatz wahrscheinlich, das ihn aus dem Warten auf Salli in die kleine Lust verschleppt hat zur Unzeit, eigne Schuld inbegriffen. Der angeschlagne Genosse Rädelsführer, dem er seine schriftliche Rechtfertigung entführt in ungreifbare Entfernung.

Schwer verletzt liegt dort aber auch in den Auwäldern jener Mann, den Kolenda vor keinem Jahr in den Aufstand im Dreyecksland gemischt hat mit Neugier und Erfahrungslust. Er weiß nicht, ob der dort verbluten wird oder sich irgendwann heimholen lässt zu dem Kolenda, der jetzt seinen Volkswagen ohne Spätburgunder nach Köln steuert.

Ein Jahr Knast mit Bewährung lautet der Spruch des Richters für den ausgebooteten Helfer der Jugend. Der türkische Jungmafioso Mehmet mit seinem Kumpan hat ausgesagt, das Rauschgift im Jugendzentrum stammte vom Sozialarbeiter Kolenda. Zwei gegen einen. So erkaufen sie sich das Bleiberecht in der goldnen Republik, stoßen den wehrlosen Freundlichen in das Niemandsland der Sozialrentner. Der Richter äußerte Bedauern.

Eine Vormundschaftsrichterin darf nicht kümmern, was der Zukünftige einer schuldlos geschiedenen Mutter im ersten

Überschwang für rühmliche Absichten hat hinsichtlich ihrer in die neue Familie eingebrachten Kinder. Der Erzeuger selbst muss justiziabel gehalten werden, seinen Söhnen angemessenen Unterhalt zu zahlen. Sie müssten das wissen, Herr Kolenda, aus Ihrer Praxis, wie viele Kinder von ihren Vätern mittellos bei ihren Müttern zurückgelassen werden. Wir sind sehr erleichtert, dass der Gesetzgeber hier endlich klare Anweisungen gegeben hat.

Der Chefredakteur der Demokratischen Zeitung bestellt Armin Kolenda zu einem väterlichen Gespräch. Eine Zukunft in seinem erlernten Beruf sei durch das Urteil auf unabsehbare Zeit verbaut. Das Nebeneinander von Arbeitslosengeld plus Reportagenhonoraren sei gesetzlos, leicht könne er hier denunziert werden und dann aber zu Recht. Er sei überzeugt, dass Armin ein guter Journalist werden könne, begabte Schreibe zweifellos, nur die Arbeitsdisziplin noch mangelhaft. Das abenteuernde Umherschweifen müsse aufhören, zumindest vorläufig, wenn er seine Fähigkeiten beruflich ausbauen wolle. Er biete ihm einen festen Arbeitsplatz im Innenressort beim Kollegen Baumann, also Zeitungsmachen von A bis Zet, tägliche Arbeitszeit von 9 bis 17 Uhr, Wochenende frei für Konferenzen und Kongresse in Absprache mit dem Kollegen Baumann. Facharbeitergehalt, zwölfhundert im ersten Jahr, in der DZ veröffentlichte Texte inbegriffen, reich werden könne er bei dieser Zeitung mit politischem Selbstverständnis nur an Erfahrung. Die Redaktionskonferenz sei das oberste Entscheidungsorgan der Zeitung. Das Angebot, das ich dir mache, ist dort gutgeheißen worden. Der Kollege Baumann schätzt deine Berichte sehr, soll ich dir sagen. Also überlegs dir Armin, die Stelle bleibt nicht lange unbesetzt.

In der Nacht hatte Kolenda einen biblischen Traum. Von einer jähen Klippe über dem schäumenden Meer musste er springen. Hinter ihm brannte das Land. Todesangst. Als er sich abstieß, wie vom Sprungbrett, mit ausgebreiteten Armen, trug ihn der Aufwind zwischen die lachenden Möwen. Er konnte fliegen wie sie.

Buch drei

Wie uns die Mäuler wachsen

Geburtsfehler

Die Handschrift auf dem Briefumschlag war fremd. Schön gemalte Druckbuchstaben. Die FünfzigpfennigMarke mit EulenspiegelMotiven, gestempelt in Waltrop. Er las den Absender: Charlotte Kolenda. Der Schreck: Nie hat sie mir geschrieben! Ist das überhaupt ihre Schrift? Hat sie eine Nachbarin schreiben lassen? Ist sie krank? Liegt sie im Sterben? Etwas Außergewöhnliches ist passiert. Vielleicht braucht sie Hilfe. Warum kein Anruf? Alle paar Wochen telefonieren wir! Nichts hat sie angedeutet!

Er riss das Kuvert an der Oberkante mit dem Zeigefinger auf, hastig, zerfetzte die Rissränder, zog zwei linierte Bogen heraus, entfaltete sie – beide mit Bleistift beschrieben in unregelmäßigen unverbundenen Buchstaben. Er ging zum Schreibtisch, setzte sich auf seinen Bürostuhl, las den Brief der Charlotte Kolenda aus Waltrop, den ersten Brief seines Lebens von seiner Mutter an diesem gleichgültigen Dienstag im September neunzehnhundert siebenundsiebzig.

Mein Junge.
Schon lange haben wir unsre Geburtstage vergessen. Vor vielen Jahren hast du Waltrop verlassen mit deiner Familie. Ebenso lange haben wir uns an unsre Geburtstage nicht mehr erinnert. Ich hätte wohl auch jetzt nicht daran gedacht wenn sie mir aus unsrer Frauengruppe nicht gratuliert hätten. Der Posaunenchor von St. Peter hat mir sogar ein Ständchen gebracht vorm Haus. Zum 75. Das war ja sehr nett. Eine Überraschung. Da kamen noch manche aus der Kolonie. Die Küche und das Wohnzimmer überall Blumen.

Ich weiß nicht ob ich nun mit 75 sehr alt bin. Ich glaube

eher nicht. Aber man weiß ja nie. Das schreiben fällt mir schon schwer. Nicht nur wegen der Gicht in den Fingern. Ein Testament muß ich nicht machen. Das bißchen Gesparte wird sicher für die Beerdigung gebraucht. Beim Wilhelm hat sie 3000 DM gekostet. Da gab es Sterbegeld von der Kasse und von der Zeche. Und sonst? Die alten Möbel? Die will doch niemand haben.

Du bist mein Alleinerbe. Für deine Kinder bin ich kaum Großmutter gewesen. Letzte Weinachten habe ich einen Brief von deiner Sonja aus Kiel erhalten. Ihr und euren Kindern geht es gut in der neuen Familie. Damit muß ich zufrieden sein. Eine Einladung zu einem Besuch hat sie nicht geschrieben. Es war die erste Nachricht von ihr seid ihr geschieden seid. Eure Ehe war wohl immer ein Mißverständniß. So wie auch meine mit Wilhelm. Zu meiner Zeit war es nicht möglich für eine Frau sich von ihrem Mann zu trennen. Nicht im Krieg. Nicht inner Kolonie.

Deine Mutter war keine mutige Frau mein Junge. Ich habe keinen Weg gesehn wie ich dich und mich schützen sollte. Wir mußten alles ertragen. Der Mann war angesehen im Ort. Der Steiger Kolenda hatte viel zu sagen in Waltrop. Geschlagen zu Hause haben viele. Das war normal. Die Nachbarn haben alles gehört. Biste auffe Tischecke gefalln haben wir gefragt wenn eine ein blaues Auge hatte. Da wußten wir Bescheid. Am schlimmsten war es die Jahre nach dem Krieg weil er da wieder vor Kohle arbeiten mußte. Erst als er Kirchenältester wurde in St. Peter ist er vorsichtiger geworden. Aber ich hatte ein Geheimniß vor ihm das hat er nie erfahren. Das war meine Kraft das ich das hatte. Ich habe mir immer gedacht Kerl wenn du wüßtest. Ich habe es nicht ausgespielt.

Ja mein Junge. Jetzt will ich dir das erzählen. Ich hätte es dir wohl sagen sollen als Wilhelm Kolenda ins Grab war. Da habe ich noch gefürchtet du könntest deine Mutter nicht mehr achten. Trotzdem ich wußte du hast diesen Mann auch nicht geliebt als Vater.

Es fällt mir immer noch schwer das aufschreiben was nie noch aus meinem Kopf heraus gekommen ist. Wir jungen Fraun sind manchmal mit den Rädern nach Henrichenburg zum Schiffshebewerk gefahrn, damals, wenn die Männer unter Tage warn. Wir haben Ausflüge gemacht auch an die Lippe mit den Kindern hinten oder vorn drauf. Das war vor dem Krieg. Wir haben gern zugekuckt wie die Schiffe vom Rhein-Herne-Kanal gehoben wurden in den Dortmund-Ems-Kanal oder umgekehrt. Einer von den Schleusenknechten war ein junger Mann der hieß Hein. Er war blond und sehr stark. Das konnten wir sehn weil sie in der Sonne ohne Hemd arbeiteten. Der war einfach schön. Deine Mutter mein Junge war damals eine junge Frau die sah auch nicht schlecht aus. Auf unserm Hochzeitsbild sieht man das noch. Der Hein hat oft mit uns gescherzt. Dabei hat er immer mich angeschaut und angelacht. So ist es dann gekommen. Ich bin auch allein zur Schleuse gefahren. Wir waren sehr verliebt wie ich es überhaupt nicht kannte. Es hat nur ein Paar Wochen gedauert. Es war die schönste Zeit meines Lebens der Herbst 1939. Eines Tages war er nicht mehr da. Sie haben ihn mitgenommen zur Wehrmacht. Eingezogen hieß das. Da trug ich dich schon unter meinem Herzen.

Nun weißt du es mein Junge wem du dein Leben verdankst. Nun ist es unser Geheimniß. Der Mann der deinen Geburtstag im Juni 1940 veranlaßt hat weiß nichts von dir. Ich habe ihm meine Adresse nicht gesagt. Er hätte sie rauskriegen können wenn er gewollt hätte aber er wußte daß ich verheiratet war. Vielleicht war ich für ihn nur ein Abenteuer oder er hat es als Schicksal verstanden seine Einberufung. Er ist nie wieder aufgetaucht. An der Schleuse wußten sie nur seinen Namen Kröher, Hein Kröher. Von einem Schleppzug war er dort geblieben. Er hatte keinen festen Wohnsitz angegeben. Verschollen. Der Krieg wird ihn gefressen haben. Es gibt von ihm nur noch meine Erinnerung. Und dich mein Junge. Du hast Ähnlichkeit mit ihm, die Augen und die Nase.

Es ist nun heraus was mir so viele Jahre schwer auf der Seele gelegen hat. Nicht wegen Wilhelm. Nur wegen dir. Ich weiß du hast viel erlebt. Auch viel schweres. Du hast viel von den Menschen erfahren. Du kannst darüber schreiben. Du kannst dich ausdrücken. Ich lese ja deine Artikel in der Demokratischen Zeitung. Daher hoffe ich du wirst deine Mutter nicht verurteilen. Aber bang ist mir doch.

Deine Mutter

Er hat den Brief erst schnell, neugierig und beklommen, dann immer langsamer und staunend gelesen. Kopfschüttelnd. Leise lachend. Grinsend. Traurig. Und bestürzt, als ihm die Tragik des Lebens zum Bewusstsein kam, von dem ihm da berichtet wurde in der ungelenken, ungeübten Schrift der alten Arbeiterfrau, neben der er zwanzig Jahre seines Lebens verbracht hatte.

In einem ersten Impuls wollte er sie sofort anrufen, sie aus ihrer Ungewissheit über seine Reaktion befreien, legte aber wieder auf, ehe er zuende gewählt hatte. Kein gesichtsloses Ferngespräch als Antwort auf diese Lebensbeichte. Sie besuchen, am Wochenende; das tun, was in seinem erwachsenen Leben nie mehr vorgekommen war und auch in der erinnerten Jungenzeit zu den seltenen Ausnahmen gehört hatte: sie umarmen. Etwas wie Zärtlichkeit mischte sich in seine wirren Gefühle.

Er sah sie vor sich, wie ein Lächeln ihre grämig gewordnen Gesichtszüge erheiterte, ihren Oberlippenbart und das dünne graue, in einen Knoten gefasste Haar, die formlos zerfließenden auf den Bauch hängenden Brüste – nichts Appetitliches, Anziehendes, zu einer körperlichen Berührung Einladendes für einen Mann, für einen Halbwüchsigen, auch wenn diese Bergmannsfrau Güte und eine rüstige Freundlichkeit ausstrahlte, wo immer es ihr erlaubt wurde. In dem Gedanken aber an den jungen Mann, der ihren Körper umarmt und ihr das Kind gezeugt hatte, das sie vom eignen Ehemann nicht bekam oder nicht wollte, entstand der von Reue und Bedauern getriebne Wunsch, ihr mit einer Umarmung, vielleicht sogar einem Kuss auf den Mund zu zeigen, dass er sie nicht nur immer geachtet hat als eine in ihrem Lebensbereich fest stehende, tüchtige Frau, sondern – nein, Liebe wollte er nicht denken, aber Zuneigung hat er öfter empfunden, das erinnerte er klar, nur eben allzu selten gezeigt mit deutlichen Zeichen.

Vielleicht ist das noch nachzuholen, hervorzuholen aus der Verschüttung dem Ruß dieses Arbeiterlebens im Schatten der Zeche und des gewalttätigen Mannes, das Zärtlichkeiten nicht kannte. Er dachte an Salli, an ihre gemeinsame Entdeckung der Liebe in den Rebhügeln des Kaiserstuhls – so etwas war wohl auch die Begegnung seiner Mutter mit dem blonden

Schleusenknecht und, merkwürdig diese Parallelität, das schnelle tragische Ende – vielleicht könnte ich mit ihr darüber sprechen: die immer voreinander verborgenen, weggeschlossnen Gefühle uns offenbaren – ihr Geheimnis gegen mein Geheimnis.

Kann das möglich sein? Ins Gesicht sprechen, Wort und Antwort in die Unwiderruflichkeit aussprechen, dieses schwierige Verfahren, das wir nie anders als mit Alltagswörtern um Alltagsereignisse geübt haben, kann das gelingen? Mutter hat mit Bleistift geschrieben, oft radiert, stundenlang wahrscheinlich an den zwei Seiten gesessen, jedes Wort gewagt, aus dem Ungesagten ins Freie. So kannst du deinen Gedanken langsam aufbauen, zielen. Im Gespräch ist viel mehr Zufall, Ungewissheit, Gefahr.

Ein Brief an sie ist nötig. Eine Entgegnung. Oder Ergänzung. Vielleicht ein KomplementärSchreiben, blau und gelb wird grün, was Neues.

Er legte einen Bogen DinAVierPapier vor sich auf die Tischplatte.

Ich muss mehr wissen über den Mann. So plötzlich aus dem Nichts als Vater aufgetaucht. Vater? Den so nennen? Der Unbekannte mit dessen Genen ich durchs Land reise. Das Wort Vater ist für mein Leben besetzt mit dem herrschsüchtigen bigotten Wilhelm Kolenda.

Er stand auf, bereitete sich einen Beuteltee mit dem Tauchsieder, stellte den Becher auf den Schreibtisch, griff seinen Kugelschreiber.

Die fünfzehn Jahre mit Sonja – waren die meine Wiederholung des Lebens der Eltern? Keine fysische Gewalt zwar, aber doch ein elender Verschleiß zweier junger Menschen unter dem Zwang von Unbildung und materieller Armut. Ohne allerdings die Verurteilung zu zweimal lebenslänglich. Das ist die Emanzipation. Die hat Mutter zu spät verstanden. Nach ihrer Befreiung von dem Alten.

Er presste den heißen Teebeutel am Becherrand mit dem Löffel aus, legte ihn in den Aschenbecher, rührte zwei Zuckerstücke um, zündete sich eine Zigarette an, nahm wieder den Kugelschreiber zur Hand.

Das Schwerste ist immer der Anfang. Der ist der Sprung. Wenn du den gewagt hast musst du nur noch schwimmen.

Das Knäuel in meinem Kopf hat keinen Anfang.

Das Ende von ihrem Brief ist der Anfang!

Mutter, schrieb er, malte fast die Buchstaben, *Du musst nicht bang sein, daß ich Dich wegen Deines Geständnisses über meinen Erzeuger weniger achte als bisher! Nein nein – das macht mir überhaupt nichts! Allerdings wundert es mich, daß Du Dein Geheimnis so lange für Dich behalten hast und damals, 1939, niemand was gemerkt hat in der Kolonie, die Nachbarinnen, von Deiner Liebesaffaire mit dem jungen Mann an der Schleuse.*

Er drückte den Zigarettenstummel in den feuchten Teebeutel, trank einen Schluck. Las die Sätze. Irgendwie falsch. Unangemessen. Zog einen zweiten Bogen aus dem Papierfach. Begann erneut.

Mutter, ich danke Dir für Deinen Brief! Nein, ich bin nicht erschrocken von dem, was Du mir geschrieben hast. Ich bewundere Deinen Mut, daß Du mir Dein lebensaltes Geheimnis jetzt, wie eine Art Testament, mitgeteilt hast. Das Wichtigste bleibt ja: Du bist meine Mutter. Dich habe ich immer respektiert und geachtet, auch wenn ich darüber nie gesprochen habe. Das ist die Wahrheit, die Dein Brief nicht verändert. Dein Brief befreit mich. Spät, aber nicht zu spät. Er befreit mich von der Last, mit einem Vater leben zu müssen, den ich erst gefürchtet und dann verachtet habe, weil er mich unterdrückt und gequält hat, so lange er konnte. Ja, und Dich auch. Es ist eine Befreiung, von diesem Mann nicht mehr das Wort Vater denken zu müssen.

Wieder hielt er inne. Trank Tee. Zündete die zweite Rothändle an. Noch immer der Vorwurf. Sie hat so lange geschwiegen. Hat mich erst jetzt vom Alb der falschen Vaterschaft befreit. Welche Schuld trägt denn sie an den Mauern der Vorurteile, zwischen denen sie gelebt hat? Die ihr so lang den Mund verschlossen haben? Was zählt ist die Befreiung. Vor allem ihre eigne.

Er legte einen neuen Bogen auf die beiden beschriebnen, fing noch einmal an.

Mutter, ich danke Dir für Deinen wunderbaren Brief und für Dein Vertrauen! Es ist mir wie Schuppen von den Augen gefallen, daß ich, Dein Sohn, Dich nie gefragt habe nach Deinem Leben in Waltrop vor meiner Geburt. Warum habe ich Dich so lange allein gelassen mit Deinem Geheimnis? Als Kind lebt man wohl ohne Interesse für Vergangenheit, nur in den Tag hinein. Aber später? War das für mich ein Tabu, die Vergangenheit meiner Eltern? War das alles zu sehr mit Angst und Erinnerungsschmerz besetzt, wovor ich geflohen bin? Warum habe ich Dich allein gelassen mit dem schrecklichen Alten? Dich nicht ein einziges Mal gefragt, warum Du ihn geheiratet hast? Hätte ich es getan, hättest Du mir sicher auch von dem jungen Mann an der Schleuse erzählt und die Wahrheit über seine Vaterschaft.

Ich will Deinen Brief beantworten mit dem Geständnis, daß auch ich ein Geheimnis habe, das ich bisher mit niemandem geteilt habe. Es ist ein Geheimnis von ähnlicher Art wie Deins, denn es hat zu tun mit den schönsten Monaten meines bisherigen Lebens, von denen Du nichts weißt. Auch das traurige Ende ist sehr ähnlich. Als ich vor zwei Jahren so lange in Baden, in Freiburg war, über den Kampf der Bürger gegen das Atomkraftwerk geschrieben habe, da habe ich dort ein Mädchen getroffen, sehr jung war sie, neunzehn, eine Bauerntochter und wir haben uns ganz stark ineinander verliebt. Das war so wunderbar, wie ich es nie erlebt habe. Ich dachte, ich bin ein neuer Mensch. Ich habe alles vergessen, was an mir dran hing aus der Vergangenheit, Sonja, die Kinder. Es war irgendwie verschwunden, nicht mehr da. Sie hatte einen altmodischen Namen, Rosalie, alle haben sie Salli genannt. Sie war sehr schön, aber nicht nur das. Wir haben zusammen ein Theater gemacht, für die Bürgerinitiativen. Und dann geschah das Unglück. In den Krieg mußte ich nicht, aber Salli wurde schwanger. Und ich hatte ihr nichts davon gesagt, daß ich noch verheiratet war und nichts von den Jungs. Ich dachte nur um Gottes willen! Wie soll ich Habenichts die Verantwortung für drei Kinder tragen! Mir ist nur die Abtreibung eingefallen. Aber als ich das sagte und von meinen Kindern, ist für Salli alles zusammengebrochen. Für sie war das schon ein Lebewesen, ein Kind, was für mich nur ein körperloses Unglück war, das ich aus der Welt schaffen wollte. Vielleicht hast Du mich damals auch gleich wie Salli empfunden? Ein Mann kann sich wahrscheinlich nie in die Lage einer Frau hineinversetzen, besonders einer Frau, die Mutter wird. Als ich merkte, was passiert war – es muß für sie wie ein Dolchstoß gewesen sein, ein Dolchstoß in ihre Liebe, ich konnte nichts mehr rückgängig machen, sie war wie tot. Und sie wollte das Kind nicht mehr. Wir haben es nicht zur Welt kommen lassen.

Nun weißt du auch mein Geheimnis Mutter. Salli ist aus meinem Leben verschwunden wie der Mann, von dem Du mich empfangen hast. Was sagst und was denkst du nun von Deinem Sohn?

Ich möchte gern am Wochenende nach Waltrop kommen und mit Dir an unserm Küchentisch sitzen und über alles das reden. Nur wir beide. Rufst Du mich an, ob ich kommen darf?

Dein Sohn

Der Brief, auf zwei Bogen geschrieben, hat Armin Kolenda erschöpft. Einen kleinen Teil des Gedankenfadens nur hat er aus dem Knäuel aufs Papier gezogen und fühlte sich doch kraftlos. Erledigt. Der leere Magen auch. Ein Brot. Ein Leberwurstbrot!

Mit der Doppelstulle in Hand und Mund trödelte er über die Deichstraße hinab zum Rheinufer, auf den Sandweg direkt neben Schilf und Wasser, den er zu schätzen gelernt hat als Spaziergänger und Dauerläufer, seit er von Köln nach Grimlinghausen gezogen ist mit einem Pekawe voller Eigentum, die zweite bewusste Abkehr von einem Lebensort in einen Anfang, der so neu doch nicht sein konnte. Die Arbeitsstelle in der Redaktion schnell erreichbar, in einer halben Fahrstunde über die NeussKölner Autobahn, und die Düsseldorfer Werkstatt des Werkkreises eine nahe Variante der Kölner mit anderen Köpfen. Und wieder die Nachbarschaft des nieruhenden Gewässers. Der eigentliche und heilsame Umzug hat in seinem Arbeitsleben stattgefunden, aus den kaotischen Jahren der wilden Sozialarbeit und freien Forschung in den Randzonen der bundesdeutschen Gesellschaft zurück in die Bindung an den geregelten Arbeitsstress einer Wochenzeitung, der ihm ein Einkommen verschaffte, ausreichend für Auto und Einzimmerwohnung, auch für eine monatliche Überweisung auf ein Sparkonto seiner Söhne. Zugleich, unter der Hektik einer fast pausenlos vom Strom der Ereignisse außer Atem getriebenen Redaktionstätigkeit, doch eine gewisse Gelassenheit, die ausging von Rauch und Baumann, von ihrer Sicherheit, den historischen Prozess unter seinen täglichen Umwegen und Tarnungen zu verstehen, sein Ziel zu kennen. Eine Art suveräner Ruhe gegenüber den Aufregungen der Politik, der Moden, die sich unbemerkt bei Kolenda eingeschlichen, ihn durchwachsen hatte. Obwohl ihm das zuerst verdächtig, fast unheimlich erschienen war. Das Trauma der verlorenen Liebe war verschorft. Durch die Offenbarung seiner Mutter war es an diesem Morgen plötzlich und heftig wieder aufgebrochen, doch zugleich dämpfte die Botschaft der alten Frau aus ihrem so verwandten, so unvergleichbaren Leben sein Verlustgefühl. Geteilter Schmerz. Der Erzeuger blieb ihm unwirklich, ein Schemen.

Herbstsonnenwind in den Haaren kehrte er zurück an den Schreibtisch mit den zwei Briefen. Als er sie noch einmal las wusste er, dass er vieles mehr von seiner Mutter zu erfragen und ihr zu erzählen hätte und dass dies ihrer beider Entsagungserlebnisse mildern müsste. Ein starkes Gefühl der Erleichterung, als er das Kuvert zuklebte und adressierte.

Kolenda beschloss den freien Nachmittag zu vertrödeln, irgendwie zu feiern, was eigentlich? Die Entdeckung seiner Mutter, die Befreiung vom verleideten Vater? Der Brief in der Aktentasche auf dem Beifahrersitz fährt mit nach Üdesheim in den *Vater Rhein*, einziger Gast hinterm Deich. Er bestellte sich eine gebackene Forelle, Viertel trocknen Moselriesling dazu, holte den *Kölner Stadtanzeiger* von der Gardrobe, las

ATTENTAT IN KÖLN:
VIER TOTE – SCHLEYER WURDE ENTFÜHRT
Täter schossen mit Maschinenpistole – Anarchisten: Baader freilassen .

Blitzschlag in den Kopf.

Entführt? Wirklich entführt? Den obersten Kapitalisten? Mitten in Köln?

Kolendas Denkmaschine stottert, setzt aus, überschlägt sich, er kann die schiere Unmöglichkeit dieser Behauptung nicht unterbringen in ein Bild aus Wirklichkeit, obwohl, neben den Buchstabenbalken ein Foto: drei Mercedes ineinandergefahren, Leichen am Boden daneben! Ein Film – Sciencefiction! Soll das der Anfang vom Bürgerkrieg sein? Chicago? Chile? Der KennedyMord? Wirbelnde Fetzen von Gedanken. Die CIA? Mitten in einer deutschen Großstadt tausend Augen! Verschwunden entkommen in einem weißen VauWeBus wohin denn? Das kann nur ein Staat! Eine Provokation! Ultimatum der RAF die Stammheimer Gefangnen freilassen im Tausch gegen Schleyer mein Gott jeder kann das sagen am Telefon das kann nur das ist niemals die paar Studenten

Da aber der Wirt mit dem Fisch und dem Wein – Sie, ist das wirklich glauben Sie das?

Wussten Sies noch nicht? Gestern abend im Fernsehn schon. Der Bundeskanzler hat gesprochen. Kohl auch. Die haben keine Spur bis jetzt. Alle solln der Polizei suchen helfen. Da stehts was der Schmidt gesagt hat. (Er zeigte auf den zweiten Artikel.) Trotzdem – guten Appetit! Lassen Sie meine schöne EifelForelle nicht kalt werden vor Schreck!

Der Mann hat die Ruhe weg. Hat der recht? Ist das ein Spuk?

Also wir sollen mit allen verfügbaren Mitteln gegen diesen blindwütigen Terror Front machen. Der Staat muss den Terroristen mit aller notwendigen Härte begegnen. Die Polizei hat die uneingeschränkte Unterstützung der Bundesregierung.

Dem Schmidt hats die Sprache nicht verschlagen. Klingt als hätter auf sowas gewartet. Die werden den Staatsnotstand erklärn wenn der Schleyer nicht bis morgen. Alle verfügbaren

Mittel kann auch heißen Bundeswehr. Blindwütiger Terror? Blind säh wohl anders aus. Die haben bisher immer nur Leuchten des Systems angegriffen. Und Vietnamkrieger. Stadtguerilla. Wütig aber nicht blind. Kohl sagt blindwütige Bande von Mördern. Müssen alles dransetzen, die für verrückt zu erklärn. Dabei sinds ihre eignen Kinder. Fordern ihre korrumpierten Väter heraus. Aus Verzweiflung oder was. Revolution im Niemandsland. Im Grunde wie Jesus. Der hat auch mit zwölf Genossen angefangen vom Kommunismus zu reden. Hat aber keine Römer umgebracht. Hohepriester auch nicht. Unsre Volksmassen reisen lieber nach Mallorca. Ich muss in die Redaktion! Warum hat keiner mich angerufen! Herr Wirt – tut mir leid, könn Sie mir die Forelle einpacken? Zum Abendbrot?

Die lag ihm dann doch nicht so leicht im Magen, nach diesem Tag, wie Ostern und Fronleichnam zusammen, ein doppelter Korn gehörte auf das kalte Tier und ein Fernet Branca nach den Mitternachtsnachrichten, die auch nicht mehr von Schleyer wussten als dpa in der Redaktion. Das bundesdeutsche Ereignis auf der Folie seiner Familiengeschichte, da fielen vier Dimensionen zusammen in einen Kopftag, würdig einer roten Notiz im Kalender.

Der Schlaf zögerte lange ehe er ihn mit sich nahm in seine raumzeitlosen Träume

da ist wieder die mutter
gestorben
sagt die großmutter
im krankenhaus an einer schrecklichen krankheit
ihr gesicht entstellt und ihr körper
er darf nicht zu ihr kein letzter anblick für ein kind
das krankenhaus überall verschlossen
irgendwie gelangt er hinein findet sie
sie zeigt ihm ihren abszess auf dem bauch ein kleiner reifer furunkel
der arzt zieht einen schnitt in den eiterkopf
ICH BIN DER ARZT

das messer schneidet in butterweiche masse
das vergiftete blut bricht sich bahn quillt heraus das fleisch
reißt auf die wachsende wunde
im blut schwimmen dicke eiterklumpen
aber ihr gesicht ist nicht zu sehn sie hat keine stimme
die wunde ist schon zwei handteller groß
der arzt legt ein aufgeschnittenes herz auf sie es soll transplantiert werden um die blutung zu stillen nachdem der eiter abgeflossen ist
Es ist mein Herz
wie kann das sein da ich lebe an ihrem bett stehe zusehe wie die implantation meines herzens geschieht

Arbeiterliteraturen

Die Schaffner hat Armin Kolenda die Manuskripte der zwei Rezensionen über die letzten WerkkreisBücher mitgegeben: lies die mal gegen, für die Buchmessenbeilage. Sehr kollegial. Hätte sie nicht müssen. Weiß wie sehr er da Partei ist. Andrerseits Fachmann, klar. Kein Text ist für die Redaktion heilig. Argumentiert wird notfalls mit den bekanntesten Autoren. Die Demokratische Zeitung hat ein politisches Selbstverständnis. Die Demokratische Zeitung steht für Qualität.

Vielleicht wollte sie ihn entschädigen, weil er in der Redaktionskonferenz so gnadenlos abgebürstet worden war wegen seines Hinweises, dass das Strafgesetzbuch Mord definiert als Tötung durch Mordlust, zur Befriedigung des Geschlechtstriebs, aus Habgier oder durch andere niedere Beweggründe angetrieben – ob etwas davon bei den Schleyer-Entführern zu erkennen sei? Wütend hatte Rauch das Strafgesetzbuch holen lassen und vorgelesen, dass Tötung zur Verdeckung einer anderen Straftat ebenfalls Mord heißt. Die Straftat der Entführung des Arbeitgeberpräsidenten ermöglicht durch den Mord an seinen Bewachern, das ist wohl eindeutig wie?

Zwecklos mit Gründen zu kommen, wo Emotionen am Ruder sind. Selbst in diese vernunftorientierte Redaktion schwappen die Ausläufer der öffentlichen Panik, die von Mördern sprechen muss zur Besänftigung der eignen Verunsicherung. Weder Michael Kohlhaas noch Che Guevara noch das amerikanische Napalm auf vietnamesische Dörfer darf im Zusammenhang mit der RAF erwähnt werden. Und im Kanzleramt tagt der Große Krisenstab überparteilich Tag und Nacht, lässt die Ultimaten der Entführer zur Freigabe der

Gefangenen verstreichen und hofft auf die Befreiung Schleyers durch die Polizei.

Kolenda fuhr sich den Frust auf der Autobahn aus dem Leib. Goss sich zu Haus einen Pulverkaffee auf, verrauchte zwei Zigaretten während er die Manuskripte überflog. Chotjewitz lobte den Band zur Internationalen Solidarität, tadelte die Schriftsteller wegen ihrer Enthaltsamkeit gegen die Schreiber aus der Arbeitswelt. Wohl gebrüllt berühmter Kollege! Ludwig Fels verglich die Sammlung Liebesgeschichten des Werkkreises mit dem Band der AutorenEdition zum gleichen Tema: wirklichkeitsnäher, aktueller, problembewusster sei sie als die viermal teurere Antologie der Berufsschriftsteller. Kolenda freute sich. Auch für die Kollegen in der Werkstatt, die an den Bänden mitgearbeitet hatten.

Zufrieden der Abstecher nach Norf zum dichtenden Bäckermeister Soumagne, der ihn in seiner karierten Bäckerhose in der Backstube zwischen Knetkesseln, Kuchenblechen und dem mächtigen Backofen freudig empfing, sich die fettigen Hände an der Schürze für einen kräftigen Handschlag abwischte, ihn zu einer Tasse Kaffee mit eignem Gebäck (freie Auswahl an der Verkaufsteke im Laden!) ins Wohnzimmer einlud, den Rest der Tortenarbeit für den Samstag ließ er seinem Gesellen.

Seltsamer Anblick, der hagere MundartDichter im Arbeitszeug auf dem plüschigen Sofa. Vergeblich versuchte Kolenda noch einmal, den Handwerker für eine Mitarbeit im Werkkreis zu gewinnen. Liebenswürdig erinnerte Soumagne an seinen um vier Uhr früh beginnenden Arbeitstag und schenkte ihm sein schmales Bändchen Gedichte im niederrheinischen Dialekt mit der Widmung *Dem Menschen Armin Kolenda in freundschaftlicher Verbundenheit von seinem Ludwig Soumagne.* Der verstand wohl den fein verhüllten Sinn dieser Zueignung, der hieß: mit euch politischen Linken möchte ich als solchen lieber nichts zu tun haben. Er hätte den Poeten mit dem leisen skurrilen Witz gern in der Werkstatt gesehn, musste akzeptieren, dass er ein Einzelgänger bleiben wollte. Er war nicht der einzige.

Der andere Neusser Dichter, Peter Maiwald, war von ähnlich gediegener Bauart, ein marxistisch tränierter Goldschmied der Sprache, dessen ziselierte Gedichte und bissigen Satiren aus einem Labor hervorgingen, das der Mansarde des Spitzwegschen Poeten stark ähnelte, obwohl seine Produkte biedermeierlichen weltenfern waren. Als *Literaturproduzent* wollte der sich nicht verstehn, wie die entschiedensten Entzauberer der dichtenden Zunft sich nannten seit dem Sturm auf die Zitadelle Gruppe 47 und seit der Gründung des Schriftstellerverbands in der Druckergewerkschaft. Verweigerte egoistisch jede neue Form von gemeinsamer Kunstherstellung. Dennoch schien er die kollektive Schreibpraxis des Werkkreises zu billigen. Für die Nichtstudierten. Die Gedichtesammlung des Werkkreises hatte er mit großer Lust am ätzenden Bonmot und meisterlicher Herablassung in Fetzen verrissen. Verantwortet hatten die Nürnberger und die Zürcher Werkstatt den Band. Kolenda fand stellenweis tadelwürdige Großzügigkeit der Herausgeber gegenüber eilfertigen Texten, aber die Aburteilung des einsamen Dichters war so gnadenlos und martialisch geschrieben, als habe er die Vernichtung einer ungeliebten Konkurrenz zum Ziel gehabt. Andere linke Berufsschriftsteller hatten bei früheren Büchern des Werkkreises ähnlich harsch reagiert, so dass Kolenda der Kulturredaktion schon länger angekündigt hatte, sich in einem Aufsatz mit diesen in der DZ geschätzten Kollegen einmal grundsätzlich und zornig schlagen zu wollen. Ludwig Fels und Chotjewitz durchbrachen nun mit ihren Rezensionen die Ablehnungsfront – das machte die Situation und ihre Analyse nicht einfacher.

Auf dem Zubringer zur Südbrücke stoppten sie ihn. Einer mit Kelle winkte ihn rechts ran, ein andrer mit Maschinenpistole im Arm neben ihm, sichtbar schussbereit. Zwei grünweiße Streifenwagen weiter vorn, flackernde Blaulichter, schräg in die rechte Fahrbahn gestellt, davor mehrere Pekawes an der Leitplanke, offne Türen, die Fahrer ausgestiegen. An jedem Wagen Polizisten, welche kontrollierten die Insassen, welche überwachten aus einigen Schritten Entfernung die Zivilisten mit auf sie gerichteten Empies.

Kolenda schoß das Adrenalin ins Blut, sein Herzschlag verdoppelte sich: dies ist keine Verkehrskontrolle, keine Übung, dies ist der Ernstfall der Notstand der Staat in Aktion, und während ein Polizist ihn barsch zum Aussteigen nötigt und seine Papiere verlangt, sieht er die Bilder vom Putsch in Santiago, die an Hauswände und Militärlastwagen mit erhobenen Händen gelehnten Menschen, vor denen die Soldaten mit den amerikanischen Stahlhelmen ihre Gewehre in Anschlag halten, sieht in dem auf ihn gerichteten Lauf der Maschinenpistole das auf den schwedischen Fotografen gerichtete Gewehr des Soldaten auf dem MilitärPickup in der Sekunde vor dem tödlichen Schuss. Es ist ein Gefühl von Wut und Angst, das ihn schweigen, bewegungslos neben seinem Lada verharren läßt, während der eine Polizist mit seinem Ausweis und der Wagenzulassung zu dem grünen Kombi mit den verhängten Fenstern geht, und er den andern in der kugelsichren Weste mustert, ein ziemlich harmloses Jungmännergesicht, dem er doch zutrauen muss, bei einer verdächtigen, bedrohlichen Bewegung den Zeigefinger am Abzug zu krümmen. Drei Polizisten haben die Entführer in Köln erschossen. Jetzt nur die Aktentasche vom Sitz nehmen und öffnen, das könnte schon der Anlass sein abzudrücken, Putativnotwehr bekommen Polizisten noch immer zugebilligt wenn sie einen Verdächtigen umgelegt haben, verdächtig ist er allemal, genau die Altersgruppe der RAFLeute, wenn auch sein Lada nicht zu den von ihnen benutzten Fahrzeugen gehört, aber andrerseits als Russenauto vielleicht verstärkten Argwohns würdig.

Ist Ihre Maschinenpistole eigentlich gesichert? fragte er den Grünen gespielt locker, und der, ohne die Spur eines entgegenkommenden Lächelns: Das darf ich Ihnen nicht sagen. Als der andre mit seinen Papieren zurückkam, seinem Kollegen zuwinkte, ließ der die Knarre endlich sinken. Er musste seinen Kofferraum inspizieren lassen, erhielt seine Ausweise zurück, durfte weiterfahren, ohne dass die Polizisten sich entschuldigt hätten für die lebensgefährliche Belästigung. Keiner beschwerte sich. Es schien allgemeines Einverständnis, dass die Entführung des obersten Arbeitgebers notstandsartige Ausnahmeaktionen im ganzen Land rechtfertigte.

Beim Anfahren würgte er den Motor ab, musste erneut starten. Langsam zog er aus der Ansammlung von Fahrzeugen und Personen heraus auf die freie linke Fahrbahn, hinter einen Mercedes, der auch nicht mehr als sechzig fuhr. Um achtzehn Uhr hörte er von den erneuten Verkehrskontrollen der Polizei, die im Zuge der bundesweiten Fahndung nach den SchleyerEntführern auf den Autobahnen in Nordrhein-Westfalen zu Staus geführt hatten, im übrigen Nachrichtensperre. Offenbar planlose Aktivitäten von BKA und Landeskriminalamt, die Entschlossenheit vortäuschen sollen, wo Ratlosigkeit herrscht, kritisierte der Kommentator. Seit vier Tagen keine Spur der Entführer, außer dem Videoband mit dem gefangnen Schleyer vor dem Stern der RAF mit der Empie, das sie zum Beweis seines Lebens geschickt hatten. Der große Mann schien vom geordneten Dschungel der Städte verschluckt. Big Brother ist erst für vierundachtzig angesagt.

Der Stein liegt noch in der Magengrube. Die Vorfreude auf die WerkstattSitzung ist verdorben. Er taucht ein in die vom Nachsommer kaum übertünchten Fassadenfluchten der Düsseldorfer Arbeiterviertel. Olberbilker Allee, Haus der Arbeiterwohlfahrt. Mannesmann-Lierenfeld bestimmt hier die Soziokultur.

Im Hof, unter den Bahndamm geduckt, die zwei Räume des Jugendheims – Musch hat schon aufgeschlossen, die Fenster geöffnet, verteilt städtische Frischluft und auf den Tisch das neuste Heft des WerkstättenRundbriefs. Fragt sich nur, ob bei dem Wetter überhaupt jemand kommt.

Doch, Hermann Spix schon mal. Und Paul Völker. Wenn ihr Bier wollt, müsst ihr was holen – da steht der Kasten. Paul rückt den Zwanzigmarkschein aus der Werkstattkasse, Hermann nutzt den Gang zur Imbissbude für ein Schälchen Fritten mit Majo, war nach der Schule nicht zu Hause, erzählt off the records den aktuellen Krach mit seiner Frau. Jagdszenen aus deutschen Ehegründen. Das gibts auch noch. Aber eher zum Lachen als Weinen, wie er sie zum besten gibt. Armin kann dazu nur amüsiertes Mitleid beisteuern, seine eigne Geschichte steht in einem andern Buch. Vor der Haustür

Stambo, fasst den Kasten mit an, da kann Hermann schon mal in seine Delikatessen beißen.

Im Gegenteil: große Besetzung. Palaver. Schleyer, klar, lässt keine und keinen unbeteiligt. Uschi kocht Nescaféwasser, Dietmar blättert skeptischen Blicks im Rundbrief, Armin erzählt von der Polizeisperrung vor der Südbrücke und den Rezensionen in der DZ, Stambo und Jupp Ippers wollen wissen, ob ihre Beiträge erwähnt sind, Peter ist neu und fragt nach der Toilette, Paul schenkt sich Sprudelwasser ins Glas, Hermann schmiert Majonese auf die Tischplatte, Martin lächelt still vor sich hin, Mariechen packt Streußelkuchen von Jupps Geburtstag aus, klar für alle, klar selbst gebacken. Musch fordert endlich Ruhe, Schleyer hin Schleyer her – Tagesordnungspunkt Eins: Der SchuleBand.

Das aktuelle zentrale Projekt des Werkkreises. Die Werkstatt ist dafür durch meldenswerte Erfahrungen ihrer Mitglieder aus diesem Gesellschaftsbereich ausgerüstet, doch zu einer literarischen Gestalt hat sich bisher nichts verdichtet. Die Ippers präsentieren ihre Tochter Ines als Gast. Eine Woche Ferien hat sie genutzt, um sich die Wut auf ihre private GymnastikSchule von der Galle zu schreiben. Hört euch das mal an.

Ines scheint sehr selbstbewusst, redet freier als vor einem Jahr. Damals hatte Josef seine Älteste auch schon mal mitgebracht als stumme Dekoration mit allerdings lebhaften Augen und großen Ohren. Mit merkbarer Erregung liest sie ihre zehn Seiten handgeschriebnen Text: ein durchgehender Fluss von Eindrücken und Erfahrungen, heftig verquirlt. Der Aufhänger ist die Situation einer Schülerin, die im Zug zur Schule fährt und ihre bevorstehende Lehrprobe durchdenkt. Da hinein mischen sich Erinnerungen an die Selbstherrlichkeit des Schulleiters, seine Verachtung der Schülerinnen, an den täglichen Leistungsdruck. Es ist herauszuhören, dass sie trotzdem nicht völlig unzufrieden mit ihrer Ausbildung ist.

Viel Beifall für den engagierten Erfahrungsbericht der jungen Frau. Jupp schaut skeptisch, erwartet Kritik. Dietmar fragt, was sie denn verändert sehn möchten in der Schule? Ihr schimpft über zu viele Unterrichtsstunden – das klingt witzig in der heutigen Schulsituation, alle Pädagogen und Eltern beklagen sich über schlechten Unterricht, ausfallende Stunden, fehlende Lehrer.

Da sprudelt Ines los: Der Schulleiter ist autoritär, eingebildet, selbstherrlich – wenn er weniger von sich reden würde, könnten wir in weniger Stunden mehr lernen. Er erlaubt keine Mitsprache, selbst die Lehrer kuschen, wer etwas von ihm will, muss einzeln kommen. Schülermitverwaltung ist für ihn Quatsch, eine Schüler Delegation empfängt er gar nicht erst. Außerdem werden jedes Jahr doppelt so viele Schülerinnen aufgenommen wie tatsächlich bleiben können, und er kassiert ein halbes Jahr Schulgeld von denen, die wieder rausfliegen!

Ganz schöne Latte, verdammt. Dietmar und Hermann versuchen, Ines persönliche Eindrücke so zu befragen, dass eine systematische Kritik an solchen kommerziellen Privatschulen deutlich wird. Der Vater gesteht, dass er schon versucht hat, aus dem Bericht eine Erzählung mit einer Handlung und handfesten Personen zu schreiben, ausgehend von der Situation der Schüler in der Eisenbahn. Die Schwierigkeit war dabei, die nötigen Informationen in den Gesprächen der Schüler unterzubringen, ohne dass dies bemüht und gestelzt klingt. Die reden ja realistisch in Kürzeln, in Andeutungen, die der Leser nicht versteht. Also brauchte man einen erklärenden Erzähler, und da kommt der Schulmeister gleich um die Ecke. Bei mir erfährt man mehr über die Schüler als über die Schule. Josef bekennt sein Scheitern. Armin ist überzeugt, dass der Bericht von Ines geeigneter ist für den Sammelband als eine normale Erzählung, weil er die unmittelbare Betroffenheit der Schreiberin gut ausdrückt. Eine bessere Gliederung würde ihm wahrscheinlich guttun.

Da Ines vor ihrem Examen dafür keine Zeit mehr hat, soll ihr Vater den Text so weit umstellen, dass man ihn als persönliches Protokoll lesen kann. Josef zögert, scheint irritiert, fühlt sich offenbar unsicher gegenüber der für ihn fremden Gattung, hat auch noch nie andrer Leute Texte redigiert, sein AlterEgo Maria aber drängt, das könne er ruhig noch versuchen für seine Tochter. Da verspricht ers unüberzeugt, brummig. Erhält einen Wangenkuss von ihr.

Rotbart Spix hatte einen tollen Stoff für den SchuleBand angekündigt, nun hat er das Wort und springt gleich rein in die Lehrerkonferenz, die er darstellen will: die unbekannte, nicht öffentliche Innenansicht der Erziehungsmaschine, eine Betriebsreportage aus der Arbeitswelt Schule! Beschreibt einzelne Lehrer, morgens, wie sie das Lehrerzimmer betreten, menschlich und alltäglich, privat. Die Verfremdung bewirkt komische Effekte, zeigt die Verklemmungen und Ängste jener Personen, die normalen Menschen nur als Autoritätspersonen gegenübertreten. So direkt und anschaulich schildert er die Situation, dass die Heiterkeit allgemein ist. Der eigentliche Witz aber soll sein: die Konferenz, die dann vorgeführt wird, ist keine echte, sondern eine Probekonferenz, die jener Lehrer abhält, der demnächst zum Schulleiter ernannt werden soll und dafür als Befähigungsnachweis vor dem Schulrat eine richtige Konferenz leiten muss. Bei der gespielten Konferenz bringen die Lehrer ihre wahren Meinungen vor, ein junger Linker äußert sehr kritische Ansichten zum gegenwärtigen Schulbetrieb, zur Verschlechterung der Lehrpläne und Lehrbücher, zum Druck der Schulbehörde auf die kritischen Lehrer. Viele seiner Kolleginnen und Kollegen spielen die gleiche Musik. Hermanns bittere Pointe ist – und so ähnlich habe er das an seiner Schule erlebt – dass die Lehrer am Schluss der Probe beschließen, die kritischen Punkte bei der richtigen Konferenz mit dem Vertreter der Aufsichtsbehörde nicht anzuschneiden, um den Kollegen SchulleiterKandidaten nicht vor den Baum zu fahren.

Bestechend! findet Armin Hermanns Konzept, erinnert sich an den Vortrag des Lehrers Bliss im Wyhler Wald vor zwei Jahren. Dietmar gratuliert: Da kannst du das konservative RollbackKlima, das sich an den Schulen ausgebreitet hat, das kannst du massiv da reinpacken. Und die Selbstzensur der Lehrer. Die Geschichte hat einen doppelten Boden, denkt Martin, erst kritisieren die Lehrer die Zustände und dann aber sind sie selbst feige vor der Obrigkeit. Damit werden sie ein Teil des kritisierten Zustands, oder? Hermann freut sich über die Zustimmung, die seine Erwartung erfüllt, er strahlt richtig. Wieviel er davon schon geschrieben hätte, will Jupp wissen.

Noch nichts – ich musste euch ja erst das Konzept vorstellen! Und Jupp ist gespannt, wie sich die Sache als Text anhören wird. Der leise zweifelnde Unterton dämpft Hermanns euforische Stimmung, er nimmt seine Bierflasche zur Brust.

Der Pädagogikstudent Peter überraschte die Runde mit einem Gedicht über die Verwirrung des in die PeHa eintretenden Grünhorns, voller komischer Anspielungen auf den Faust Eins mit den hilflosen Fragen des Schülers an den Professor Mephistopheles und dessen hinterfotzige Auskünfte. Sehr komisch. In mehreren Strofen besang er die Verwirrung des bildungshungrigen Studienanfängers, seine Ratlosigkeit vor den Hilfsangeboten der politischen Studentengruppen, die ihn eher kopfscheu machen als ihm Orientierung zu bieten. Am Schluss sprang das Gedicht unvermittelt zum Studienende – da winken dem ausgegorenen Lehrer Arbeitslosigkeit und womöglich das Berufsverbot als Lohn für Lernfleiß und Prüfungsangst.

Peters Erstangebot in der Werkstatt wurde herzlich beklopft. Besonders die flotten Reime – die hatten Seltenheitswert in der Werkstatt. Dietmar Schwank aber, der Peter entdeckt hat, selbst seit einem Jahr Lehramtskandidat, Referendar an einer Düsseldorfer Schule, kritisierte, dass die Unterschiede in der Hilfsbereitschaft der politischen Gruppen an der Hochschule in Peters Parodie nivelliert werden und dass auch nicht gezeigt sei, wie der Student es in den Jahren seines Studium schafft, sich zu orientieren und einen politischen Stand zu finden, wie er den Lehrbetrieb kritisch angreift und deshalb später mit Repressalien rechnen muss. Oder aber, wie er sich anpasst und dadurch seine pädagogischen Ideale mehr und mehr verleugnet. Trotz dieser Kritik plädierte er für Annahme des Gedichts und Weitergabe an die Herausgeber, selten genug hätten sie solche witzigen Texte.

Meine vergisst du immer, knurrte ihn Jupp an und unterstützte unbedingt die Verabschiedung des Textes.

Armin Kolenda machte Einwände. Fand den Text schon lustig, nicht schlecht, ein ausgezeichneter Ansatz, aber doch noch unfertig, zu äußerlich und salopp, würde ihn in dieser Form ablehnen, wenn er als Herausgeber zu entscheiden hätte.

Da war plötzlich Spannung im Raum und ein widerständiges Schweigen. Musch düster, fast drohend: Kannst du das näher begründen Armin? Peters Text ist der einzige den wir bisher anbieten können.

Kolenda kratzte sich hörbar in den Bartstoppeln. Dürfen wir denn Dietmars Einwände einfach großzügig ignorieren, nur weil Peter Anfänger ist und wir bisher keine andern Texte haben? Die sind doch berechtigt! Wenn der Student als hilfloser Depp dargestellt wird, als Karikatur – der ist immerhin neunzehn, seit einem Jahr wahlberechtigt, kann man da nicht etwas mehr Zielstrebigkeit und Selbstständigkeit erwarten? Die dann enttäuscht werden, nämlich durch die gesellschaftliche Fehlorganisation der Ausbildung – zu wenig Profs, überfüllte Hörsäle und Seminare undsoweiter? Die Reaktion der Leser auf einen dummen Studenten wäre doch wohl Schadenfreude, statt der erwünschten kritischen Einsicht in die Situation, die Studenten heut an den Hochschulen vorfinden. Müsste nicht eine Bewusstseinsentwicklung des Studenten zumindest angedeutet werden, auch die Widerstände, an denen er sich reibt? Wenn deine eigne Erfahrung in dem Studenten steckt Peter – wolltest du die Erfahrung eines Dummkopfs zeigen?

Hermann Spix fand Armins Bedenken schon nachvollziehbar, ein schwacher Held sei eben keiner, sondern ein tumber Tor, den keiner ernst nimmt.

Und was machst du mit Don Quichote? fragte Jupp Ippers, einem der berühmtesten Dummköpfe der Literaturgeschichte des Abendlands?

Erst Goethe, dann Cervantes – Leute, wer bietet mehr? spottete Dietmar Schwank.

Aber Peter, nachdenklich, betrübt, musste Armin doch recht geben, wollte versuchen, seine Vorschläge umzusetzen, obwohl – in zehn Tagen Examen und der Abgabetermin für die SchulTexte – ob er das rechtzeitig schaffen würde, konnte er nicht versprechen.

Musch erklärte damit das Tema SchuleBand für heute ausgereizt und schaute Martin Johnscher an: Jupp hat mir verrate, dass du ne neue Erzählung auf Lager hast – wie wärs wenn du die hier mal zur Welt bringst?

Martin zuckte die Achseln, lächelte verlegen – wenn ihr unbedingt wollt – ich denke Dietmar wartet darauf, dass wir den neuen Rundbrief besprechen oder?

Der ist nächste Woche dran, müssen wir erst lesen, bestimmte Musch unwidersprochen und Jupp: Jetzt zier dich nicht Martin, wir sind alle Anfänger. Da bequemte er sich, die kopierten Blätter zu verteilen, sieben pro Augenpaar, und meinte, jetzt könne eigentlich jeder selber lesen, er sei ziemlich heiser, oder ob Hermann nicht: du liest doch so gut Hermann! Komm du Betriebsrat, lachte der, denk du stehst vor eurer Belegschaft – da gibts keine solchen Faxen!

Kolenda ist neugierig auf Martins Text, fast eine Vorfreude, denn der Mann ist erst seit kurzem Mitglied der Werkstatt. Vor zwei Jahren hatte er auf den in Gewerkschaftszeitungen verbreiteten Aufruf hin unter Pseudonym einen Streikbericht an die zentrale Adresse des Werkkreises geschickt, der auch veröffentlicht wurde. Bei einer Streikversammlung der Gewerkschaft Druck und Papier im Altstadt Schlösser war er an den Büchertisch der Werkstatt gekommen, gehörte als Setzer einer Düsseldorfer Akzidenz Druckerei zu den Streikenden, gab sich als Verfasser jenes Berichts zu erkennen. In der Werkstatt hat er dann sehr bald den Anfang eines autobiografischen Romans vorgestellt: ein nicht mehr ganz gesunder Arbeiter Mitte vierzig, der Angst um seinen Arbeitsplatz haben muss und dessen Frau sich jetzt, nachdem die eignen Kinder erwachsen sind, durch eigne Berufsarbeit von der Mutterrolle befreien will. Unaufwendig, fast naiv die Sprache, von trocknem Witz und mit Sinn für Situationskomik. Viel Gelächter damals in der Werkstatt. Etwas weitschweifig manchmal in den Gedanken des Mannes, fanden sie, und er hat das auch selbst gemerkt und sich eine Lernzeit verordnet, in der er die Erörterungen in der Werkstatt still, aber offenbar sehr eifrig aufgenommen hatte.

Martin liest ohne merkliche Emfase, eher unterkühlt, fast als wärs ein fremder Text. Die Erzählung schildert denselben Arbeiter jenes Romananfangs, der von seiner Lebensversicherung die Mahnung bekommt, sich an seinen Chef zu wenden, weil der seit Monaten nicht mehr die gesetzlichen Beiträge an die Versicherung abgeführt hat. Die Irritation für den Arbeiter ist mehrfältig: Angst um die finanzielle Lage des Betriebs, Angst vor dem notwendigen Gespräch mit dem Chef, gleichzeitig die Schimpfereien der Ehefrau, die am Küchentisch alles Kritische über den Unternehmer ausspuckt, was der Arbeiter im Betrieb nicht zu sagen wagt. Weitere schweykwürdige Verwicklungen – sie müssen an einigen Stellen wieder grinsen und lachen.

Martin ist überrascht: Das ist doch gar nicht lächerlich!

Stimmt, die geschilderten Sachverhalte sind für den Arbeiter bitter und bedrohlich, das ist nicht zu übersehen, aber die Kritik der Verhältnisse in diesem Betrieb wird so beiläufig und trocken gebracht, dass sich komische AhaEffekte einstellen. Ob er diese Wirkung beabsichtigt hat, kann oder will er nicht sagen, lacht nur verschmitzt. Ist aber offensichtlich zufrieden, dass sie ihm gelungen sind.

Musch weist auf die vor ihnen liegenden Manuskripte und schaut Armin an: Hat jemand noch Kritik im einzelnen? Der schüttelt den Kopf, heut nicht mehr.

Dietmar meint, die Sprache von Martin wäre sowas von geradeaus und sachlich, ganz dicht an der Realität. Da passt nix zwischen.

Ja aber, sagt Jupp, entschuldige Martin, ich mein es gibt ein paar Stellen, da hängt die Geschichte durch, da lässt mein Intresse nach, wenn nichts passiert. Ich würd das gern zu Haus noch mal in Ruhe.

Ja bitte, sagt Martin sehr freundlich: ich wär dir dankbar Jupp, streich mir an was du meinst. Das könnt ihr alle tun, nicht wahr, wenn ihr Zeit habt.

Schluss der heutigen Vorstellung! verkündet Musch, freiwillige Verlängerung in der Kneipe.

Moment Musch – was wird aus dem Bürgerinitiativen-Band? bremst Dietmar Schwank, das muss unbedingt entschieden werden!

Der, folgsam: Du hast das Wort. Aber fass dich kurz, gibt hier Leute die müssen morgen früh zur Arbeit.

Meine erste Unterrichtsprobe beginnt achtUhrfünfzehn, lieber Kollege Muschner. Es geht nur darum, dass die Münchner definitiv ausgefallen sind als federführende Werkstatt für den Band. Auf dem WerkstättenRat ist vorgeschlagen worden, dass die Düsseldorfer Werkstatt das übernimmt, Armin als verantwortlicher Herausgeber. Das müssen wir noch beschließen.

Beschließen können wir ob, nicht dass, Dietmar. Ich steh jedenfalls nicht schon wieder als Kutscher zur Verfügung. Du als Geschäftsführer kommst vermutlich auch nicht infrage, oder? Aber Hermann, wie wärs, wenn du das übernimmst?

Au nee Armin! Das darf nicht dein Ernst sein! Spix ist bestürzt. Ich sitz mitten in meinem Roman! Das könnt ihr mir nicht antun.

Mich braucht ihr nicht zu fragen, sagt Jupp vorsorglich, ich hab wie ihr wisst einen festen Vertrag mit der AutorenEdition, den Vorschuss hat Mariechen schon an unsre Kinder verfüttert, Ablieferungstermin nächstes Frühjahr. Da hilft mir nämlich keiner.

Dir hat die Werkstatt schon genug geholfen, kann Dietmar sich nicht verkneifen zu sagen und Jupp, empört: Das habich nie bestritten! Erzählich jedem ders hörn oder nicht hörn will!

Das kannich bestätigen – jedem erzählter wie ihm der Werkkreis geholfen hat, sagt Maria.

Hat ja keiner bezweifelt Jupp, reg dich nicht auf. Die Frage ist, wie wir zu Pott kommen. Der Werkkreis ist beim Fischer-Verlag im Wort, der Band ist für nächstes Frühjahr angekündigt. Das brennt jetzt wirklich. Ich finde Hermann, wir haben dir lange bei deinem Roman geholfen, da müsstest du deinen neuen mal paar Monat auf Eis legen und uns helfen.

Hermann wühlt wild in seinem Bart, kämpft mit sich. Mannomann! Meine Familie schmeißt mich raus!

Uschi hat die Idee: Bestimmt doch eine Gruppe, drei, vier von uns übernehmen die Arbeit verantwortlich, teilen sie auf. Wenns Texte zu tippen gibt will ich gern helfen.

Ja, das könnte der Ausweg sein.

Ergebnis der FindungsDebatte ist eine Dreiergruppe aus Spix, Musch und Martin Johnscher, Armin Kolenda mit seinen Erfahrungen aus Wyhl als Berater der Herausgeber.

Der, auf der Heimfahrt ohne Kneipenumweg, hält das Gesicht aus dem Wagenfenster in die Nacht, kühlt die Stirn das Gedankengetriebe. Guter Abend war das. Faszinierend jedesmal neu wenn inner Gruppe von Menschen die Denkfunken zunem Feuer sich aufschaukeln und was Neues zum Vorschein kommt. Is nich immer so. Der Kleinkram der ganze Staub bis der weggeputzt is. Aber geleimt binich. In die Falle getappt. Die Herausgeber beraten wird heißen ihre Arbeit tun. Wie sollnse das schaffen allein. Spix mit zwei Blagen und seiner eifersüchtigen Frau und vollem Lehrerprogramm zwanzig Beiträge redigiern? Utopisch. Musch hat Zeit aber keine Ahnung von Literaturproduktion. Martin kann vleicht schreiben, aber fremde Texte bearbeiten? Warum habich mich wieder breitschlagen lassen verdammt. Hätt mich durchsetzen solln. Lieber das Projekt abblasen als Pfusch machen.

Auf der Südbrücke stürmt die Luft mit ihren schwarzen silbergesäumten Flugkörpern aus Köln, fegt durch die Karosserie, drückt dem Steuermann das leichte Gefährt gewaltig zum rechten Rand. Plötzliche Mondscheinwürfe grauweiß auf die Betonbahn, wo vorhin die mit den Schießwaffen ihm aufs Herz zielten, das beschleunigt sofort wieder in den Schnellgang, kein verfügbarer Schalthebel für die Psychomotorik der Eingeweide, auf den Netzhäuten bildet sich nichts ab als der graue Streifen zwischen Leitplanke und Buschwerk, doch aus dem Lichtbildvorrat im Hirn droht klardeutlich der Schutzbulle mit der Empi auf das schutzlose Individuum Kolenda. Solche Bilder wachsen anscheinend wie Tumore ins Gedächtnis, streun Angstgifte in die Blutbahnen, ungreifbare, unaufhaltsame Assoziationsketten. Wehrlos bistu den Angriffen ausgeliefert, ein Tick, ein Funke, Klaus auf dem Bambi vor der Friedhofsmauer ist so ein Hinterhalt. Salli mit dem Arm unsrer Frucht in der Hand ah hör auf Mann! HÖR AUF KOPF!

Hieb die Kassette ins Radio, ließ Bob Dylan ans Steuer, sing mir das Lied vom Leben The times they are a-changing und wer heute verliert wird morgen gewinnen und ihr Meister des Kriegs die ihr unsre Vernichtung spielt werdet in die Grube fahrn vor uns denn wir werden uns nicht verbrennen lassen und nicht erschießen und nicht vergasen und vergiften und nicht verstrahlen und ersticken und was ihr noch an dreckigen heroischen Todesarten in Gottes Namen entwickelt habt ihr Herrn der Kriege ihr smarten Todesengel mit den Teufelsfratzen hinter den biederen Masken

Hirnstürmer

Muschner hat nicht locker gelassen, rumtelefoniert bis der Termin am Samstag nachmittag bei Spix Hermann ausgetüftelt war. Der hatte sich die Wohnung störungsfrei gekämpft, Frau und Söhne zur Großmutter geschmeichelt, Termoskanne voll Tee für Martin, Armin und Musch. Armin wollte unbescheiden lieber Kaffee, ob er auch Nes von Eduscho tränke, na wenns sein muss, der wurde ihm mit Beihilfe von Musch in der Küche gefertigt, während er mit Martin in Hermanns Arbeitszimmer den intellektuellen Haushalt eines schreibenden Grundschullehrers erforschte. Der bestand nicht nur aus den erwarteten Heftestapeln und Schulbüchern auf dem Bürotisch Bauzeit fünfziger Jahre, sondern aus einem Kleinkaos von Notizzetteln Zeitungsausschnitten Tonbandkassetten Leitzordnern Fotos Büchern Zeitschriften, das sich von dem Zentralort der alten Olympia nach allen Seiten über die Tischplatte auf den Fußboden, die Kautsch, den Kautschtisch, das Fensterbrett und zwei weitere Stühle ausgebreitet und als Sitzoase nur den Schreibtischsessel verschont hatte. Mit einer gewissen ehrfürchtigen Vorsicht tappten sie über die freigebliebenen Stellen des Linoleums, Martin zum Fenster, Armin zur Kautsch, über der ein zwei Meter breites Stück umgedrehte Tapete voller farbiger angepinnter Zettel befestigt war. Martin stellte fest, dass die Sicht nach außen noch frei war: nur frisch gepflügter Acker. Armin vermutete in dem bunten Tapetenfries den Bauplan von Hermanns angekündigtem Roman und schob sich einen Sitzplatz auf der Kautsch von Zeitungen frei.

Als Musch mit dem Kaffeebecher vor Spix das Arbeitszimmer betrat, blieb er stehn wie vorm Rand einer Klippe: Mannomann! Hier haben wohl deine Söhne aufgeräumt oder wie seh ich das?

Hermann lachte seine Entschuldigung: er habe es nicht mehr geschafft, für sie seine komplizierte Ordnung etwas begehbarer zu gestalten, sie sollten sich die Stühle nur freiräumen, der Fußboden sei noch aufnahmefähig.

Musch, der Liebhaber preußischer Ordnungsprinzipien, bot ihm an, am nächsten Samstag ein paar Stunden beim Wiederherstellen einer lebensfähigen Grundordnung seines Arbeitsplatzes zu helfen, was Hermann, oberflächlich dankend, annahm – falls er nicht Kinderdienst hätte.

Martin filosofierte, dass der Herrgott bekanntlich den Kosmos aus dem Kaos geschaffen habe, vielleicht sei das Schreiben bei Hermann ein ähnlich ursprünglicher Prozess? Richtig Spaß mache das Erfinden vielleicht erst, wenn man sprichwörtlich aus dem Vollen schöpfen könne, also aus dem Vollen der Unordnung, oder?

Da drückte Hermann Martin einen lauten Kuss auf die Backe. Das geht mir natürlich runter wie Sahne Leute! Der Beweis für Martins Teorie steht übrings in diesem Bücherregal – er zeigte auf das Dutzend Exemplare seines Elefteria-Romans, das eingerahmt wurde von weiteren WerkkreisBänden. Und da an der Wand hängt mein neuer Roman!

Wie – fertig? staunte Musch.

Ja klar, Spix klopfte an seinen Schädel: hier drin! Die gesamte Struktur wird von den Farben abgebildet und die Zettel stehn für Personen und Episoden. Ihr müsst ihn mich nur noch schreiben lassen.

Ehe er anfangen konnte, ihnen sein virtuelles Zweitwerk in Einzelheiten zu erläutern, fand Armin toll, dass er sein Projekt so planvoll vorbereitet und schriftlich fixiert hatte, so dass ihm nichts verloren gehen könne, wenn er es nun für zwei Monate auf Eis lege und sich mit ihnen auf den Bürgerinitiativen-Band konzentriere. Da seufzte Hermann tief aus seiner breiten Sportlerbrust: Hast ja recht Häuptling. Aber grausam ist es schon.

Für Musch das Signal, seine bauchige Aktentasche auf den Schoß zu heben und vier Heftordner ans Licht zu bringen, für jeden einen, die gebrauchsfertig enthielten, was er bisher an einschlägigem Material aufgetrieben hatte: Drei Seiten Literaturangaben zum Tema, die Rezension eines Handbuchs für Bürgerinitiaven und ein Gesprächsprotokoll mit Jörg Boström, einem Fachmann für die Arbeiterinitiativen des Ruhrgebiets. Außerdem Adressen von Arbeitern und Arbeiterfrauen aus Eisenheim und Bottrop, die über die SelbsthilfeAktionen in ihren Wohnsiedlungen berichten können. Er war verblüfft gewesen, was alles von und über Bürgerinitiativen schon veröffentlicht und leicht erreichbar war. Die Münchner Werkstatt hatte offenbar überhaupt keine Lust zu dem Tema gehabt, dass sie in Monaten nicht mehr als eine Liste vorhandener Spielarten von Bürgerinitiativen im Rundbrief veröffentlicht hatte. Oder aber waren im Königreich von Franz Josef Fettbacke solche basisdemokratischen VolksSchulen schlicht unbekannt, auch denkbar.

Sie blätterten sehr beeindruckt in den Heftern. Armin fand besonders wichtig, dass Musch auch an die Arbeiterinitiativen im Ruhrgebiet gedacht hatte, die bisher in ihren Diskussionen überhaupt noch nicht aufgetaucht waren – natürlich gehörten die dazu! Grade im Werkkreis! Vielleicht lag das daran, dass man bisher und traditionell als Kämpfe der Arbeiter immer nur solche in den Betrieben und mit den Gewerkschaften verstanden hat. Nach dem Krieg haben die Gewerkschaften völlig aus dem Blick verloren, was sie Anfang des Jahrhunderts gut wussten: zu den Lebensbedingungen der Arbeiter gehören nicht nur die Arbeitsbedingungen, sondern auch die Lebensumstände nach der Arbeit, wie sie wohnen, was sie lernen, wie sie sich unterhalten oder unterhalten lassen. Hat die Arbeiterbewegung alles dem Staat anheimgestellt. In ziemlich naiver Gutgläubigkeit. Als gäbs den Gegner nur in den Betrieben.

Die Ruhrfestspiele als Feigenblatt, sagte Musch und Spix: Aber die Neue Heimat ist immerhin ein Wohnungsbaukonzern der Gewerkschaften, der kümmert sich um die Wohnverhältnisse, das muss man doch auch sehn. Der ist gemeinwirtschaftlich. Ich glaube, sagte Martin ganz ruhig, der ist genau so gemein wirtschaftlich wie alle andern Konzerne. Der gehört uns schon längst nicht mehr. Aua, sagte Hermann. Ist das ein Kalauer? fragte Martin treuherzig, aber Musch, kopfschüttelnd: würd vermuten: die finstere Wahrheit.

Bürgerinitiativen sind offenbar ne Sache von Mittelschichtleuten, und da in Eisenheim, wo Proletarier, Bergleute um den Erhalt ihrer Zechensiedlung kämpfen, tun die im Prinzip dasselbe wie die bürgerliche BISA in der Kölner Südstadt, die verhindern will, dass Stollwerk plattgemacht wird. Eisenheim wärn prima Stoff für die Duisburger Werkstatt, wenn nicht voriges Jahr ein ganzer Band bei VSA rausgekommen wär über Arbeiterinitiativen im Ruhrgebiet, einschließlich Eisenheim. Wir haben das Buch in der DZ rezensiert. Da könnwe nur hinterherhoppeln.

Es wird sich doch irgendeine Arbeiterinitiative finden lassen, über die noch nicht geschrieben wurde, das gehört einfach in unsern Band, hols der Teufel.

In Düsseldorf Musch, in Gerresheim, wo ich jetzt Recherchen für meinen Roman gemacht hab, da wohnen genug Glashüttenarbeiter, aber es gibt weder eine Initiative von Bürgern noch eine von Arbeitern.

Über die Bürgerinitiativen am Kaiserstuhl gegen das Akawe in Wyhl könnt ich sofort einen Beitrag schreiben, da waren viele Winzer und Landarbeiter dabei, hattich schon einen Roman im Kopf, aber die haben selbst ihr Buch gemacht, viele Beteiligte haben geschrieben, ganz autentisch, astrein. Und die Nina Gladitz hat einen Protokollband veröffentlicht, Bauern in Wyhl, im Wagenbach-Verlag. Leider nicht im Werkkreis.

Verdammt wir reden jetzt, als ob wir den Band selber schreiben müssten! merkte Hermann. Dabei solln wir ihn bloß rausgeben, wennich mich nich irre.

Du irrst nicht, sagte Musch feierlich, oder nur in dem Fall, dass es uns nicht gelingt, den andern Werkstätten mit unserm Konzept den Mund so wässrig zu machen, dass sie sich wie die Löffelbagger auf ihre BIs stürzen und sie zu Texten verwursten. Sonst müssen wir den Band selber schreiben, zusammen mit den Bremern.

Sowas kann nur ein Herr Muschner sagen: verwursten!

Tschuldige Hermann, hab mich versprochen. Wollte sagen: veredeln.

Is auch nich besser Musch. Rilke wär nicht im Werkkreis. Lies mal unser Buch, was es heißt: realistisch schreiben. Oder lies Brecht. Der ist unser Patenonkel.

Kolendas Korrektur ließ Musch verstummen und seinen Tee schlürfen. Spix musste in den Flur zum Telefon. Martin trank auch Tee, las schweigend in seinem Ordner. Vom Flur hörten sie Hermanns lautes Stöhnen. Kolenda, neben Musch auf der Kautsch, legte ihm den Arm um die breiten Schultern: Nimms nicht krumm Musch, wir sind da n bisschen empfindlich. Die Bürgerlichen wolln uns dauernd ihre Darminspektionen zum literarischen Vorbild erklären. Du bist ne starke Kraft in der Werkstatt. Ganz kleinlaut der: Mein größtes Talent sind Tritte in Fettnäpfchen.

In ihr versöhnliches Lachen stieß Hermann: Scheiße Leute! Inner halben Stunde mussich meinen Ältesten vom Klavierlehrer abholen! Sonst nimmt dern Taxi.

Wisst ihr was Jürgen Alberts und Rainer Hirsch im letzten Rundbrief geschrieben haben? Martin las die Sätze aus seinem Ordner: Es geht nicht darum, nur die äußeren Erscheinungsbilder und Verläufe von Bürgeraktionen abzuschildern, sondern wir müssen zeigen, wie sich die handelnden Personen durch ihr Heraustreten aus der politischen Vereinzelung in eine gemeinsame Intressenvertretung verändern. Verändern! betonte er nachdrücklich. Das ist der Punkt. Da müssten wir ansetzen, damits ein eignes WerkkreisBuch wird.

Stimmt, sagte Hermann, aber so viel hab ich begriffen vom Schreiben: das schafft keiner inner Reportage oder ner kurzen Erzählung. Dafür brauchste n Roman. Und ein Jahr Zeit, knapp gerechnet.

He, sagte Kolenda, da kommt mir grad ne Idee – ein Jahr geteilt durch vier gibt n Vierteljahr. So viel Zeit haben wir. Wenn wir jeder ein Viertel vonnem Roman schrieben? Nee wartmal Hermann, ich meins nicht so schematisch, ich mein: kollektiv. Ne Aufführung mit verteilten Rollen. Ich spinne mal: wenn wir uns Muschs Mieterintressengemeinschaft Reisholz vornähmen, wo wir nah dran sind, und wos offenbar auch umen Betrieb geht, die Röhrenwerke, und Musch schon paar Leute kennt

Musch kannich schreiben, sagte Musch düster.

Egal Musch. In sonem Team könnte auch einer für die Materialbeschaffung zuständig sein. Vielleicht finden wir noch einen oder eine aus der Werkstatt oder du versuchst es eben doch.

Spix, bissig: Art Schildbürgerinitiative, was du da vorschlägst Armin. Stell dir vor, wir erzähln allen andern Werkstätten: lasstes, wir schreiben für euch den revolutionären kollektiven WerkkreisRoman, und dann klappts nich und wir stehn da wie Picksieben und der FischerVerlag veröffentlicht den Band mit leeren Seiten.

Das siehst du zu schwarz Hermann. Martin sprach nachdenklich und freundlich wie immer. Irgendwas würden wir auf jeden Fall zusammenbringen. Vielleicht, wahrscheinlich keine sensationelle Sache, aber man würde sehn, dass wir was Neues probiert haben. Die andern könnten daraus lernen, es besser machen. Als ihr mit nichts den Werkkreis angefangen habt, konntet ihr auch nicht wissen, dass es nach ein paar Jahren dreißig Werkstätten gibt und ne halbe Million Taschenbücher, oder?

Und wie soll das funktionieren, dass wir unsre verschiednen persönlichen Handschriften unter einen Hut bringen? Jeder Leser wird merken, das ist ein zusammengestoppeltes Werk.

Was heißt hier zusammengestoppelt Hermann? Die Wirklichkeit ist auch gestoppelt. Dreimal genietet und genagelt, damit das Durcheinander irgendwie zusammenhält. Die Romanerzähler haben sich früher irgendeine Einheit und Folgerichtigkeit in ihrem Kopp ausgedacht und behauptet, das wär die Wirklichkeit. Dabei warn das bestenfalls realistische Märchen. In guten modernen Romanen wird deutlich gezeigt, wie zerrissen unsre Welt ist, wie kaotisch. Auch formal. Da wird aus verschiedenen Perspektiven erzählt, da wird montiert und dokumentiert, da stehn Gedichte zwischen Prosa und dramatischen Szenen, alles ist erlaubt und gehört zu einer realistischen Erzählstrategie, vorausgesetzt, die Verwendung dieser Formen ist nicht willkürlich, sondern inhaltlich begründet.

Kolenda schwieg, selbst verwundert, aus welcher Ecke seines Hirns plötzlich dieser Sermon geflossen war, aber da die andern auch schwiegen, sprach er weiter:

Natürlich müssten wir den Lesern sagen, dass wir kollektiv gearbeitet haben. Dann würde denen klar, warum sie stilistische Unterschiede bemerken. Und sie würden immer wieder aufgeweckt durch eine neue Form, eine andre Handschrift, wenn sie sich grad eben schön hatten einlullen lassen. Gut, das wär ein Nebeneffekt, aber auch nicht zu verachten. Wir wollen unsre Leser nicht nur unterhalten, sondern unterhaltsam aufwecken und informieren, stimmts nicht?

Boh, machte Hermann und Muschner stellte fest: Ich schätze, es gibt in diesem Raum keine Einwände mehr gegen einen Versuch der Düsseldorfer Werkstatt, einen kollektiven Roman über die Mieterinteressengemeinschaft Reisholz zu schreiben. Dem müsste in der nächsten WerkstattSitzung noch zugestimmt werden. Das soll Hermann oder Armin dann im Rundbrief dem Rest der intressierten Öffentlichkeit mitteilen. Wenn keine Gegenrede erfolgt? Wird so verfahren. In der verbleibenden halben Stunde sollten wir uns noch Gedanken machen, wer von uns sich mit welchen Einzelheiten der MIG beschäftigt. Ich schlage vor, zwei von uns besuchen die nächste Sitzung der MIG, peilen die Lage und machen uns bei den Leuten bekannt.

Macht und Ohnmacht der Metaller

Die größte Gewerkschaft der Welt im Belagerungszustand, sagte Kolenda zu Baumann, während ihnen trotz ihrer Presseausweise und schriftlichen Anmeldung die Taschen gefilzt wurden.

Todernst meldete ein bayerischer Pressemann neben ihnen, die Ordner hätten schon ein Dutzend Kalaschnikoffs konfisziert. Eine Betriebsgruppe von Daimler wollte Heinz Oskar Vetter entführen und so lange verstecken bis ihr Chef Schleyer freigelassen ist.

Sie fanden den Kollegen nicht besonders witzig.

Auf dem Kongress der Industriegewerkschaft Metall in der Düsseldorfer Stadthalle sprachen zur Eröffnung der Bundeskanzler und der DGBVorsitzende Vetter. Sicherheitsvorkehrungen für den Kollegen Helmut Schmidt, als sei die IGMetall der fruchtbare Schoß der RAF. Pedantische Kontrollen. Ausgeklügelte Organisation.

Jedem Delegierten wurde wie den Presseleuten ein Koffer mit Tagungsmaterial, Informationen der gewerkschaftsnahen Unternehmen, mit Markern Stiften Kulis und Essensbons überreicht. Dazu eine Ledertasche als Geschenk.

Alles von unsern Beiträgen bezahlt, moserte Kolenda, aber Baumann wusste das politisch korrekte Verständnis: ein Starfighter kostet tausendmal mehr – besser das Geld so angelegt! Außerdem sind die Taschen ein Geschenk der Bank für Gemeinwirtschaft.

Aha, heut onkelt er wieder. Der alte Gewerkschaftshase mit seinem Azubi. Übrigens Heinz – ich bin mit vierzehn in die IG Bergbau, mit fünfundzwanzig in die ÖTV und seit zwei Jahren IG Druck und Papier.

Okay Kollege Kolenda, wird berücksichtigt, lachte da Baumann.

Der Kanzler gab in seiner Rede den entschlossenen Staatsmann, der jeder Herausforderung gewachsen ist. Vetter und Egon Bahr, vor allem Eugen Loderer ließen erkennen, wie sehr die konservative Mobilmachung nach den Attentaten die Gewerkschaften und die SPD unter Druck setzt. Sie fochten wortstarke Verteidigungsangriffe gegen die Verleumdung der Gewerkschaften und der kritischen Intelligenz durch gestrige Kräfte, die so den Staatsnotstand ausnutzten, ihr reaktionäres Süppchen zu kochen. Wenn nicht einmal ein deutscher Literaturnobelpreisträger mehr geschützt sei vor Unterstellungen und Angriffen aus der rechten Ecke, dann müssten in der Gewerkschaftsbewegung die Alarmglocken schrillen. Die IG Metall stünde geschlossen an der Seite des demokratischen Staates.

Großes GesellschaftsTeater. Nachrichten über derartige Kongresse von Parteien oder Gewerkschaften hatten bei Kolenda früher nur kühle Verachtung ausgelöst, wenn er sie überhaupt wahrgenommen hatte. Da wurden Fensterreden gehalten und vorgefasste Beschlüsse durchgeklatscht; Schauveranstaltungen waren das für ihn, bei denen die Herdenführer vorm zusammengetriebnen Stimmvieh demokratischen Weihrauch abbrannten, hinter dessen Wolken die wirkliche Machtausübung stattfand. Was dort ablief erschien ihm als politisches SchauSpiel, das mit den Erfahrungen der Menschen in seinem eignen Lebensbereich, im SSK und im Jugendzentrum, schon vorher in der Zechensiedlung und dann bei den Aufständischen im Wyhler Wald, nicht wirklich etwas zu tun hatte. Obwohl diese sich mit den Folgen der Entscheidungen, die von den wenigen oben getroffen wurden, auseinandersetzen mussten. Das war ihm in Wyhl und bei der Verteidigung der Glashütte und der besetzten Häuser in Köln handgreiflich vorgeführt worden.

Für eine Art unterschwellige Aufregung auf dem Kongress der Metaller hatte ein Artikel im SPIEGEL gesorgt, der pünktlich zur Eröffnung erschien: Mit zwei soziologischen Untersuchungen untermauerte der Kolendas eigne Erwartung, dass die wichtigen Richtungsentscheidungen vom Gewerkschaftsvorstand gut vorbereitet und organisatorisch eingefädelt waren, sodass der vielbeschworne Souverän, die Mitglieder und ihre Delegierten, höchstens geringfügige, kosmetische Korrekturen anbringen konnten. Heinz Baumann, der viele der Delegierten persönlich kannte, wusste aus seinen Gesprächen zu berichten, dass der Artikel des Magazins wie eine Faust in die Suppe geschlagen und den Vorstand in wütende Panik versetzt habe. Nicht abzusehn war seine Wirkung – vielleicht würden die vorstandsloyalen Delegierten (viele von ihnen waren lohnabhängige, vom Vorstand direkt bezahlte Funktionäre) sich nun umso entschiedener um ihre Führung sammeln, aber die Aufmüpfigen der innergewerkschaftlichen Opposition gegen Eugen Loderers sozialpartnerschaftlichen Kurs konnten auch ermutigt sein, ihre Mitwirkungsrechte eigenwilliger wahrzunehmen. Noch vor den Eröffnungsreden hatten sie eine Änderung der vom Vorstand vorgelegten Geschäftsordnung durchgesetzt, was Baumann für ein erstes Zeichen hielt, dass die Basis auf diesem Kongress mitentscheiden wollte.

Kolenda ließen die volltönenden Eröffnungsreden der Gewerkschaftsführer kalt, die Baumann abhorchte auf kritische Untertöne gegenüber der sozialliberalen Regierungspolitik. Aber die Atmosfäre dieses Kongresses, der fast eine Woche lang andauerte und von ihm jeden Vormittag für die DZ verfolgt werden musste, beeindruckte ihn. Tausend Menschen, überwiegend Männer, aus allen Provinzen der Republik, waren in der Stadthalle versammelt, weit weniger als vor zwei Jahren auf der Wyhler NATORampe zusammengeströmt waren. Dennoch spürte er hier eine andere Qualität von Machtballung, wie er sie so noch nie erlebt hatte. In den Vorräumen der Kongresshalle die Stände der Verwaltungsstellen, an denen die Tagungsunterlagen an die Metaller aus Bayern, aus Niedersachsen, aus Baden-Württemberg und Hessen, aus Schleswig-Holstein und Rheinland-Westfalen ausgeteilt wurden. Auch im Saal saßen sie an den Tischen in regionalen Gruppen zusammen. In den Delegiertenlisten entdeckte er die Betriebsrats-

Vorsitzenden von Daimler und Ford, von Krupp und Hoesch, von Howaldt Siemens und MBB, von Thyssen Klöckner und Henschel – die weltberühmten Namen der deutschen Schwerindustrie waren hier repräsentiert wie die hunderter kleinerer Betriebe aus kaum bekannten Provinzorten, aber nicht durch die Eigentümer des sie in Bewegung setzenden Kapitals, sondern durch die Vertreter von zweieinhalb Millionen den Reichtum des Landes erarbeitender Menschen. Zusammengefasst war in den ruhig an ihren weißgedeckten papierbehäuften Tischreihen sitzenden oder sich in den Gängen besprechenden Abgesandten der Arbeiterklasse eine zwar unsichtbare, aber doch fühlbare gewaltige Kraft, für die ihm das Wort *schicksalsträchtig* einfiel. Er verstand plötzlich das Machtbewusstsein der vorn auf dem Podium unter dem dreiteiligen Motto puppenhaft aufgereihten Gewerkschaftsführer, in deren politischer Entscheidung es lag, diese Kraft zu bändigen oder sie in einem das wirtschaftliche und politische Gefüge des Staates erschütternden Kampf zu entfesseln. Ein Kampf allerdings voller unabsehbarer Risiken für die Produktionsstätten wie für die Familien der dort Tätigen – weshalb die Führer selbst dann noch eher abwiegelten und vor radikalen Beschlüssen zurückschreckten, wenn das Drängen danach von den verwegensten Mitgliedern der Gewerkschaft und selbstbewussten Belegschaften bundesweit öffentlich vorgeführt wurde wie in den spontanen Streiks von neunundsechzig und dreiundsiebzig. Die von den Mitgliedern den Vorständen verliehene Macht, sagte er zu Baumann in der Mittagspause, als sie alle ihr serviertes Einheitsessen verzehrten, die hier innerhalb der Gewerkschaft so deutlich ausgeübt wird, dass offenbar großer Mut dazu gehört, als Delegierter vom Rednerpodium aus eine oppositionelle Meinung gegen den Vorstand zu vertreten, wird nach außen, in Richtung auf eine Veränderung der gesellschaftlichen Verhältnisse, unterm Deckel gehalten und bis zur Unkenntlichkeit geschont. Oder ist sie in Wirklichkeit schon verloren gegangen, und wir bekommen hier nur eine Fassade zu sehn, hinter der die Krankheit Resignation grassiert?

Diese Männer, sagte Baumann, sind nicht resigniert, sondern zufrieden. Und viele Funktionäre weiter unten auch.

Sind Sozialdemokraten wie der Bundeskanzler, also an der Regierung, und denken, dass sie dem Kapitalismus seine giftigsten Zähne gezogen haben. Sie glauben, sie hätten die Macht mit dem Kapital geteilt und sind im Grunde einverstanden mit dem für sie bereitgestellten Teil. Was jetzt nicht passt in ihr Bild ist die Stahlkrise. Die knabbert an ihrer Gewissheit vom nützlichen sozialen Frieden. Aber selbst wenn sie unzufrieden und systemkritisch wären – du glaubst doch nicht Armin, dass sie den Arbeitern befehlen könnten, die Brocken hinzuschmeißen und mit einem politischen Streik die qualifizierte Mitbestimmung für alle Betriebe durchzusetzen. Wär pures Wunschdenken. Die organisierten Arbeiter in diesem Land waren noch nie so wohlhabend wie heute, die wissen was sie zu verlieren haben.

Du meinst, die Unternehmer waren clever genug, den Produzenten so viel von ihren eignen Produkten zu überlassen, dass die glauben, alles wird von allein immer besser, wenn wir die Faust in der Tasche lassen und brav das Bruttosozialprodukt mehren? Dabei listen die ihnen unter der Hand Stück für Stück von ihrer alten ArbeiterMacht ab, mit Richtern, mit Gesetzen, mit der Konzertierten Aktion. Gesamtmetall hat gegen das neue Mitbestimmungsgesetz geklagt!

Die Vorstände Armin, nicht nur die von der IG Metall, werden von den Unternehmern nicht bekämpft. Das ist das Getöse bei den Tarifrunden. Sie werden von ihnen umarmt, hinter den Kulissen, eingebunden in die gesamtwirtschaftliche Verantwortung, was sie so nennen. Diese Konzertierte Aktion ist der schärfste Ausdruck ihrer Schmusestrategie. Wenn du da plötzlich im Kanzleramt sitzt, am Tisch mit einem halben Dutzend Millionären, glaub mir, da musst du ein verdammt steifes Rückgrat haben, dass sie dich nicht krummbiegen.

Aber anderthalb Millionen Arbeitslose sollten ihnen jetzt die Augen –

Warte Armin – da läuft der Rudi Judith vom GHV! Muss ein Interview von ihm haben! ließ seinen Schweinebraten stehn, hastete dem gutbeleibten Mann durch die Tische hinterher, Opfer der Pflicht.

Der ist erst mal beschäftigt.

Sie teilten sich die KongressArbeit. Armin holte morgens aus der Plambeck Druckerei Stapel Freiexemplare der DZ, verteilte sie von einem genehmigten Tapeziertisch aus an die Vorbeikommenden, legte WerkkreisMaterial dazu, da die Tagungsleitung nicht erlaubt hatte, dessen Bücher neben dem Stand der Büchergilde anzubieten. An andern Tischen wurde die FR feilgehalten, die *Süddeutsche*, die UZ, der *Vorwärts* selbstverständlich und die *Welt der Arbeit*, die *Gewerkschaftlichen Monatshefte* – eine Schwemme politischer Information wurde den Metallern kostenlos vor die Füße gekippt und füllte ihnen bald die Delegiertenkoffer zusätzlich zu den kiloschweren Antragskonvoluten. Keine BILD, keine WELT, so beliebig war die Pressefreiheit nicht zu verstehn, auch wenn er in der Liste der angemeldeten Pressevertreter FAZ und WELT gelesen hatte. Nicht mal draußen vor den Eingängen, wo unter den knatternden Fahnen der IG Metall einzig die ausgesperrten MaoRekruten ihr Kleingedrucktes an die Männer zu bringen versuchten, war ein BILDVerkäufer aufgetaucht.

Bis mittags hörte Kolenda die Reden im Saal über die in den Gängen installierten Lautsprecher. Wenn Baumann eintraf, ihn ablöste, sich über den Vormittag informieren ließ und ihn in die Redaktion schickte, verfolgte er noch eine Stunde lang von der Pressetribüne die Vorgänge im Plenum. Alles neu für ihn, schon spannend, obwohl ihm die Abläufe tatsächlich weitgehend vorgeplant schienen: die gut geölte Abstimmungs-Maschinerie, deren Hebel und Schalter das Präsidium und die Antragskommission zwischen üppigen Blumenbucketts bedienten. Vorstandsmitglieder, war auch in der geänderten Geschäftsordnung festgeschrieben, durften jederzeit in die Debatte eingreifen.

Erregende Augenblicke brachte der Auftritt einer Delegation Bremer Arbeiter von Klöckner und von den Fokker Flugzeugwerken. Einer, von Empörung bebend, berichtete über Arbeitsverweigerungen und Hungerstreiks gegen die geplanten Stillegungen ihrer Werke, gegen den Rausschmiss von dreitausend Beschäftigten. Da stand die Wirtschaftskrise plötzlich mit Gesichtern im Saal, ein reales Gespenst, gegen das die tausend in der Halle (die Pressevertreter ausgenommen) auf die

Füße gerissen brausend die Hände rührten, ein mitteleuropäischer WoodooZauber, der die Bedrohung bannen sollte.

Mehrmals mahnten Debattenredner ihre Gewerkschaft, nun endlich wieder darüber nachzudenken, ob nicht der Missbrauch der Macht durch die Konzernherrn eine öffentliche Kontrolle der Investitionen, die Überführung der Stahlkonzerne in Gemeineigentum erfordere. Weiträumig umschrieben sie allerdings die tabuisierten Wörter Sozialisierung und Enteignung. An den Tischen der Delegierten ernteten sie starken Applaus. Auf dem Podium bemerkte Kolenda keine Händebewegung. Einer von ihnen wurde aufgerufen als Kollege Manfred Anklam, Verwaltungsstelle Düsseldorf, und als der berichtete von der drohenden Schließung des Werkes Kammerich Reisholz und der Entlassung von tausendachthundert Stahlarbeitern durch den MannesmannVorstand, wusste er elektrisiert, dass er den Mann hörte, den Muschner bei seinen Berichten von der Bürgerinitiative erwähnt hatte.

Von nahem sah er ihn am nächsten Morgen, als er Zeitungen einsammelte und auch mit den Standhelfern sprach, gestenreich und ziemlich laut, wenn auch für Kolenda unverständlich durch die aus dem Saal übertragnen Reden. Er hätte ihn für einen der italienischen oder türkischen Stahlarbeiter halten können, mit dem breitkantigen, von viel Schwarzhaar umwachsnen Gesicht, der Name und seine Rede aber sprachen eindeutig deutsch.

Na klar kennich den Werkkreis, der läuft einem ja täglich übern Weg. Übertrieben? Einverstanden Kollege, jedenfalls kein unmittelbarer Aufklärungsbedarf, besitze ein halbes Dutzend von euren Büchern, aber warum sprichst du von dem und nicht von eurer Demokratischen Zeitung? Die sollte mal was über das Reisholzer Stahlwerk bringen, wir brauchen jetzt jede Öffentlichkeit!

Deshalb solle er am besten mit dem verantwortlichen Redakteur, dem Heinz Baumann sprechen, am Nachmittag, sagte Kolenda und vergewisserte sich, dass der Kollege Anklam jener Mann sei, der auch in der Mieterintressengemeinschaft Reisholz eine Rolle spiele, über die nämlich die

Düsseldorfer WerkkreisWerkstatt eine längere Reportage, vielleicht einen Roman schreiben wolle und dazu würden sie gern auch auf ihn zukommen, ob er Lust habe, sich einzuklinken als Informant?

Keine Frage wär das, oder höchstens eine der Zeit, sie sollten ihn anrufen, aber zu Hause, nicht im Betriebsrat.

Sonnefeld sprach er an, als der die in den Vorräumen ausgestellten Bilder realistischer Maler betrachtete. Obwohl er wusste, dass Sonnefeld als Kulturverantwortlicher im DGB Vorstand nicht für die Metaller zuständig war, provozierte er ihn mit der Frage, ob das Streichorchester, das bei der Eröffnung des Kongresses Mendelsohn und Berlioz gespielt hatte, Ausdruck der neuen Kultur der Arbeiterklasse sei? Da wurde der sonst so joviale Kollege aber ziemlich grantig, verwies ihn auf die vor seinen Augen hängenden Gemälde und die von der MetallJugend finanzierte Tournee der *Rüttelmaschine*, mindestens so kess rot sei die Gruppe wie der *Floh de Cologne*.

Die sind ja okay Kollege Sonnefeld, aber was hat Berlioz mit der Stahlkrise zu tun! Das ist doch Ablenkung. Einschläferung. Zum Auftakt eines Gewerkschaftskongresses!

Berlioz, Kollege, war immerhin ein französischer Revolutionär, nicht nur musikalisch. Das wissen hier die wenigsten. Vielleicht solltest du doch mal Lenin lesen, Kollege Kolenda – wie der den Proletkult bekämpft hat. Als die Sowjetkünstler alles neu erfinden und die bürgerliche Kultur mitsamt der Ausbeuterklasse auf den Misthaufen der Geschichte werfen wollten. So schlau ist die Arbeiterbewegung immer gewesen, Marx sei Dank, dass sie die Bildungsschranken abschaffen will, die sie dumm und kulturlos halten. Wir werden den Teufel tun, Beethoven und Goethe denen zu lassen, die sie als klassisches Mäntelchen um ihre täglichen Sauereien hängen.

Genauso haben vermutlich die Rothäute gedacht, als sie den Bleichgesichtern ihr Feuerwasser ausgesoffen haben. Die Folgen sind bekannt. Berlioz! Demnächst noch Smetana und Strauß, wie? Oder gleich den MusikantenStadl, in Lederhosen und Dirndl! Aber im Ernst, Kollege Sonnefeld – warum, wenn schon nicht die *Flöhe*, dann wenigstens den EisslerChor, mit BrechtLiedern?

Ich hab bei der IG Metall nichts zu sagen, das weißt du. Für die Ruhrfestspiele hab ich den EisslerChor jetzt durchgesetzt.

Ehrlich? Gratuliere. Und der Werkkreis? Wann darf der mal wieder in die heiligen Hallen?

Ihr wart doch – wann war das? vierundsiebzig! gleich zweimal in Recklinghausen! Habt gelesen bei der ranFete und das Junge Forum hat mit euch aufgerufen, Streikberichte zu sammeln. Schon verdrängt?

Lang lang ists her Kollege Sonnefeld. Eine Kontinuität hat sich daraus wohl nicht entwickelt. Und die Lesung aus den Streikberichten habt ihr zwei Tage vorher ausm Programm geschmissen.

Ihr vergesst – und wenn ihrs nicht wisst, sag ichs dir – es gibt im DGB Vorstand Leute, die sind angestellt, damit sie solche Bücher wie eure lesen. Besonders die Vorworte und Nachworte. Da habt ihr einiges verlauten lassen in euren letzten Büchern, was denen überhaupt nicht geschmeckt hat. Das wird mir dann aufs Brot geschmiert, wenn ich mal wieder was rausholen will für den Werkkreis.

Du meinst, wir stören den Betriebsfrieden im DGB? Weil wir die Sozialpartnerschaft nicht schönreden?

Es gibt genug führende Gewerkschafter, die finden, es ist den Arbeitern noch nie so gut gegangen wie in dieser Wirtschaftsdemokratie. Die sind stolz darauf, dass sie daran mitgewirkt haben. Für die gehört ihr zu den Wühlmäusen, die ihnen das kaputt machen wolln. Das ist nicht meine persönliche Meinung, Kollege Kolenda, bestimmt nicht, aber ich weiß, wo ich was sagen kann und wo nicht. Heut bläst uns der Wind wieder frontal ins Gesicht.

Wegen der Attentate?

Wegen der spontanen Streiks auch. Was meinst du was ich zu hören gekriegt habe, als euer Streikband erschienen ist und war zustande gekommen mit Unterstützung der Ruhrfestspiele! Veitstänze! Mir ist das Herzenssache, verstehst du, Kultur in die Arbeiterbewegung zu bringen. Und da haben wir Fortschritte gemacht. Die stehn auf dem Spiel, wenn Leute wie ihr das Maul zu voll nehmen.

Kolenda lachte gequält. Wusst gar nicht, dass der Werkkreis so ernst genommen wird bei euch.

Dann hab ichs dir jetzt gesagt. Und mit einer Spur von Lächeln im breiten Gesicht: Nichts für ungut Kollege Kolenda – du hast mich gefragt. Wir sollten uns mal zu einer Tasse Kaffee in der Altstadt treffen, über die Dialektik von Klassik und Fortschritt in der Kunst plaudern, was hältst du davon?

Gute Idee. Vielleicht kann ich dazu zweidrei Kollegen von unserm Sprecherrat mitbringen.

Muss nicht sein. Ich dachte eher an ein freundschaftliches Gespräch.

Sonnefeld gab Kolenda seine Telefonnummer im Büro, sein Händedruck war bewusst, aufrichtig, irgendwie ermutigend auch. Ihm blieb ein zufriednes Gefühl von diesem kurzen Gespräch, eher im Bauch als im Kopf. Sonnefeld schien ein Funktionär, der im Apparat seine Hoffnungen nicht verloren hatte, nicht angepasst und krummgebogen war, obwohl er sicher Zugeständnisse machen musste, um bis zu seiner jetzigen Machtposition zu gelangen. Wenns denn eine war.

Aufgeschreckt wurde Kolenda, als er bei der Diskussion der Vorstandsentschließung über die Energiepolitik den ersten Redner gegen die Feststellung opponieren hörte, Kernkraftwerke seien gegenwärtig unverzichtbar. Er ließ seinen Zeitungsstand im Stich, folgte von der Pressetribüne mit wachsender Erregung der emotionsgeladnen Debatte. Immer neue Redner, auch Frauen, meldeten sich zu Wort, argumentierten mit den aktuellen Gefahren der Atommeiler und mit den zukünftigen der atomaren Abfälle, der mangelnden Katastrofenvorsorge und dem Überangebot an Elektroenergie, mit dem Profitintresse der Konzerne, mit dem Widerstand der Bevölkerung, mit Beschäftigungsalternativen für die bei den Kraftwerksbauern tätigen Metaller, mehrfach klatschte Armin als einziger der Presseleute und hätte sich am liebsten selbst eingemischt. Die Gegner der Atomenergie waren offensichtlich viel sachkundiger als die Befürworter, er meinte, ihre

Argumente müssten hartgekochte Lobbyisten der RWE überzeugen, aber als nach einer Stunde ein Delegierter den Schluß der Debatte durchsetzte, stellte der Sprecher der Antragskommission ungerührt die Entschließung in der vom Vorstand eingebrachten Fassung zur Abstimmung und erhielt die Zustimmung der großen Mehrheit des Gewerkschaftstages. Basta. Amen. Nächster Antrag.

Und ich hab mal gedacht, Wyhl ist der Anfang vom Ende. Na Friede eurer Asche! Lasst euch doch verkrüppeln und verstrahlen! Den Polizeistaat haben wir sowieso schon in Brokdorf geschmeckt.

Wütend teilte er Heinz Baumann mit, dass er auf die abendliche Dampferfahrt auf dem Rhein pfeife. Der nannte ihn Unschuld vom Lande – nirgends könnte er mehr und bessere Informationen bekommen als bei diesem feuchtfröhlichen Höhepunkt des Gewerkschaftstages.

Als er am nächsten Morgen die verkaterten, fahnenumwehten Köpfe vieler Delegierter sah und roch, dämmerte ihm, was die KongressRegie mit dieser Veranstaltung bezweckte. Rheinischer Frohsinn. Heidewitzka Herr Kapitän. Wer denkt sich das aus. Statt dass sie die weißen Schiffe als Invasionsflotte nach Bonn schippern lassen, mal tausend behelmte Recken forsch rein in den Bundestag, das gäb doch ne gediegne Freude im Land.

Spannend am Nachmittag aber der heftige Streit über die Entschließung des Vorstands zum politischen Extremismus und zum Terrorismus. Raffiniert zusammengerührt, die Neonazis, die Kommunisten und die Pistoleros, als wär das eine Suppe. Mehrere jüngere Metaller sprachen von den Berufsverboten, von den Spitzelpraktiken des Verfassungsschutzes, von der Erziehung ihrer Kinder zu Duckmäusertum und Untertanengeist durch die Einschüchterung der kritischen Lehrer, aus deren Schulen keine selbstbewussten Gewerkschafter nachwachsen könnten. Höchste Zeit deshalb für die Gewerkschaftsbewegung, in dieser Frage eindeutig Stellung zu nehmen. Willy Brandt selbst habe inzwischen zugegeben, dass der Ministerpräsidentenbeschluss ein Fehler gewesen sei. Zweimal musste Eugen Loderer vom Rednerpult die Delegierten kneten, behauptete dreist, dass Gewerkschafter nicht von Berufsverboten betroffen seien und die im Öffentlichen Dienst Gemaßregelten den Weg über die Gerichte freihätten, wann immer ihnen Unrecht geschähe. Nur mit knapper Mehrheit konnte er den Vorstandstext durchboxen, nachdem er das kleine Zugeständnis gemacht hatte, den Terrorismus nicht in einer gemeinsamen Entschließung mit den Aussagen zu den Berufsverboten zu behandeln. Vierzehn Anträge, die klar ihre Abschaffung forderten, waren damit untern Tisch gefegt.

Baumann fand beachtlich, dass im Klima der allgemeinen Terrorismushysterie überhaupt so kontrovers über die Verfolgung linker Köpfe diskutiert wurde.

Na ja, meinte Kolenda, in Loderers Geschäftsbericht ist jedenfalls das Wort Linksextremismus ein gutes dutzend mal vorgekommen. Dass er sich nicht bekreuzigt hat bei der Polemik gegen die Maofreaks hat mich gewundert.

Aber das Zitat von diesem Zentralkomitee der Marxisten-Leninisten Deutschlands, Armin, hast du das gehört? Wo sie sagen, man soll Strauß und Dregger wählen, weil die allein gegen die Hitler von heute in Moskau kämpfen? Kommunisten nennen die sich! Unglaublich!

CIA, ick hör dir trapsen, kommentierte Kolenda.

Sein stärkstes persönliches Erfolgserlebnis hatte er, als er seinen alten Gewerkschaftschef von der ÖTV, den dicken Klunker, fünf Minuten festnageln konnte, um ihm vom Werkkreis, den schreibenden Arbeitern an der Seite der Gewerkschaftsbewegung, ein paar Fakten nahezubringen und der ihm ganz jovial versprach, seinen Kollegen von der Bildungsabteilung entsprechend zu orientieren. Als er am Freitag kurz vor Tagungsschluss sein Resümee zog, schrieb er in sein Notizheft:

Schätze die Woche bei der IGM hat sich gelohnt. Nie so viel Arbeiterklasse auf einem Haufen erlebt, die meisten mit Schlipsen getarnt. Aber im Kopf noch jede Menge Blaumänner. Hatten die Vorstandstypen alle Hände voll zu tun, die unter ihren Hut zu kriegen. Ist der Hut von Willy Brandt eher als von Helmut Schmidt. Bei den Burschen auf dem Podium sitzen auch ein paar, die wollen echt die Kraft von unten nutzen, um die Unternehmer kirre zu kriegen. Der tonangebende Rest: Politiker und Manager oder sagen wir: Geschäftsführer der Gewerkschafts-GmbH, die ihren Job gut gemacht haben, wenn die Gesellschafter mehrheitlich zufrieden sind.

Gleichzeitig merkst du aber, daß es so was wie eine Organisations-Identifikation gibt, die lautet Right or wrong: my country. Unsre Führung muß stark sein und stark bleiben, deshalb stützen wir sie. Sie mosern ein bißchen rum, aber sind froh, daß sie ein paar Elefanten haben, die den Pfad trampeln im Dschungel. Daher die großen Mehrheiten für die Leitanträge des Vorstands. Muß der Rest von Klasseninstinkt sein, der sich so äußert. Solidarität, nicht nur als Sprechblase.

Aufgemuckt haben sie, als ihnen der Vorstand den unbequemen Gewerkschaftstag nur noch alle vier Jahre zubilligen wollte. Haben sie Nee gesagt, drei Jahr sind genug, euch da oben mal wieder öffentlich auf die Finger zu sehn. Und zu klopfen. Der Paukenschlag am Donnerstag, als sie gegen Loderers Seelenmassage dafür gestimmt haben, die Zwangsschlichtung vor Streiks abzulehnen! Also Schlichtung bei Tarifauseinandersetzungen nur noch, wenn beide Seiten zustimmen und gemeinsam einen neutralen Schlichter wählen. Das ist, schätz ich mal, die kalte Rache für die Klage der Unternehmer vorm Bundesgerichtshof gegen das Mitbestimmungsgesetz. Die FAZ heute schäumt vorsorglich. Sieht mal wieder den Gewerkschaftsstaat heraufziehn. (Es darf gelacht werden.)

Heinz hat mir verordnet, Impressionen vom Gewerkschaftstag zu schreiben, Art Feuilleton, aus der Sicht eines einfachen Gewerkschafters. Clever. Denkt sich, daß ich da ein paar Klöpse reinpacke, die er sich verkneifen muß. Gleiche Praxis wie bei den Bürgerlichen, wer hätts gedacht. Vorn die Linie, im Feuilleton die Faxen.

Er hatte Lust, gleich loszuschreiben. Viele lebhafte Bilder abrufbar im Speicher. Er setzte sich in ein gästearmes Café in der Pempelforter, Aktionseinheit mit einem Stück Käsekuchen, Cappucino und Rothand, notierte wenigstens stichwörtlich die wichtigsten Schoten, auf die er zurückgreifen wollte. Aufgeräumt in Kopf und Bauch fuhr er weiter zur Werkstatt in der Oberbilker Allee.

Allmähliche Verbesserung der Ideen beim Reden

Schon vom Hof her hörte er, dass die Werkstatt Kollegen nicht auf ihn gewartet hatten. Das Stimmengewirr war beträchtlich. Niemand fragte nach dem Grund seiner Verspätung, als er sich auf den freien Platz zwischen Hermann und Martin setzte, seine Aktentasche auf den Tisch legte, die Werkkreis Mappe rauszog und dabei versuchte, sich einen Reim auf den entbrannten Streit zu machen. Heftige Dispute waren nicht selten in der Düsseldorfer Werkstatt, die versammelten Temperamente unterschiedlich genug, aber entzündeten sich doch meist erst im Lauf der Sitzung, wenn Texte verlesen und diskutiert wurden.

Gibts hier eigentlich noch Wortmeldungen oder was! Verdammt noch mal! schnauzte jetzt Musch mit der Stimme, wegen der sie ihn zu ihrem Sprecher gewählt hatten und bewirkte so eine Stille, die er gleich selbst nutzte zu der drohenden Frage: Wenn ich dich richtig verstehe Hermann willstu, dass wir das ganze RomanProjekt abblasen?

Dietmar zeigte heftig auf seine Stirn: Du spinnst Musch! Wir haben überhaupt keine Wahl! Wir haben fest zugesagt, es war unsre Idee, den MIGRoman zu schreiben! Wenn wir aufgeben, wenn von den zwei herausgebenden Werkstätten eine abspringt, platzt das ganze Buch. Das schon angekündigt ist beim Fischer-Verlag.

Mein Gott dieser Dietmar! stöhnte Hermann emfatisch, sind wir denn alle Maschinen? Wo der Werkkreis auf den Knopf drückt und schon spuckt die Werkstatt einen Roman aus? Roman ist was andres als ne Reportage! Das isn Unterschied wie zwischen Affe und Giraffe!

Mariechen teilte mit, dass Jupp sowieso nicht mitarbeiten

könne, weil er jetzt dauernd Nachtschicht fahre, Martin tuschelte mit Paul, Kolenda wollte wissen, was denn eigentlich so Umwerfendes passiert sei und Jupp fragte Hermann, warum sie nicht versucht hätten, etwas über die Leute selbst aufzuschreiben, wenn schon die Diskussionen in der Kneipe nichts Brauchbares ergeben hätten, Dietmar fand Hermanns Konzeptionslosigkeit einfach unmöglich, gestern hü heute hott, und Uschi fragte über das Durcheinander, was aus dem Protokoll geworden sei, das Martins Frau bei der Bürgerinitiative geschrieben hätte, ob man das nicht mal hören könne.

Ja, sagte Martin, warum denn nicht? Wenn ihr wollt. Also auf mich hat diese Versammlung gewirkt wie ein etwas müder Betriebsrat, der politisch totgelaufen ist in Routinearbeit, bloß noch Heftpflaster für die Wehwehchen der Belegschaft verteilt. Mussich dem Hermann rechtgeben. Was Aufregendes passiert da nicht mehr. Aber bitte.

Kolenda wusste, dass Michael in seiner Druckerei Betriebsratsvorsitzender gewesen war. In der Werkstatt verhielt er sich meist still und beobachtend – schwer sich ihn in einer Auseinandersetzung mit seinem Chef vorzustellen. Die zwei Prosastücke aber, die er nach seinem Einstand mit dem Romananfang noch vorgelesen hatte, zeigten denselben lakonischen Wirklichkeitssinn und die leise Ironie, die er von werweißwem, vermutlich autodidaktisch, gelernt hatte. Er gehörte, wie Jupp, zu den Arbeitern, die zu entdecken und zu fördern der Werkkreis gegründet worden war. Wenn der ihrem Projekt des gemeinsam zu schreibenden Romans, dem er kräftig zugestimmt hatte, jetzt keine Chancen mehr gab, sah es wohl düster aus damit.

Also das hatte Martins Frau mitstenografiert und für sie abgetippt:

Insgesamt gibt es neun Blocks mit 1500 Wohnungen, davon sind zwei Drittel Sozialwohnungen und ein Drittel Eigentumswohnungen. Die Miete beträgt sechs bis sieben Mark pro Quadratmeter. Vor drei Jahren noch drei bis vier Mark.

Die Aussage einer Mieterin: Das Treppenhaus ist eklig,

grausig, schmutzig. Aufzug ist sehr schmutzig und verkratzt, keiner sagt etwas dazu, man sollte sich mit den Nachbarn zusammentun, gegen die Übeltäter vorgehn. In Nr. 6 ist es grausig, man fällt einfach um, die Kellertreppe ist schon wochenlang nicht mehr geputzt worden.

Junge Frauen schicken ihre vier- bis fünfjährigen Kinder Müll ausschütten, die kommen aber nicht an die Tonne und stellen dann die Tüten überall hin oder schütten sie daneben. Manche machen Haufen oder Pipi im Haus. Weil ein junger Mann sich darüber beschwerte, wurde ihm das Auto kaputt geschlagen. Auch die Hunde machen überall hin.

Die Hausmeister der Schmitz KG kümmern sich nicht um den Dreck, obwohl sie dazu verpflichtet sind.

Ein Achtzigjähriger möchte am liebsten nachrechnen, ob die 10660 Quadratmeter Wohnfläche auch stimmen in Block B, wegen der Instandhaltungs- und Verwaltungskosten, die pro Quadratmeter berechnet werden.

Es wurde gefragt: Warum Miete nachbezahlen? Wohngeld wird auch nicht nachbezahlt.

Beim Amtsgericht läuft eine Verhandlung, weil ein Mieter die Mieterhöhung nicht anerkannt hat.

Fünf Mark Hausmeisterkosten einmal nicht bezahlt, prompt kam der Zahlungsbefehl.

Die Erdgeschoßbewohner wollen keine Aufzugskosten bezahlen, weil sie ihn nicht benutzen.

Ein junger Mann wollte sich bei der Schmitz KG beschweren, ihm wurde mit der Polizei wegen Hausfriedensbruch gedroht.

Martin legte das Blatt hin, setzte die Brille ab und schaute im Kreis herum – mit einem freundlichen Lächeln, gemischt aus Erwartung und Entschuldigung.

Einen Augenblick war es, als hätte jemand plötzlich Licht ins Dunkel geschaltet. Alle saßen wie stumm da.

Uschi hatte als erste Worte: Mensch, das ist doch doll! Da war ja richtig was los!

Jupp fand, das sei genau das Holz aus dem er seine Geschichten geschnitzt hätte, da würde er am liebsten mit einsteigen, wenn er nicht den Vertrag mit der AutorenEdition hätte.

Und deine dauernden Nachtschichten, musste Maria ergänzen, aber Jupp, grinsend: die betreffen mehr deine Nachtruhe – in der Pförtnerloge kann ich nachts am besten schreiben!

Armin wunderte sich über die Unaufmerksamkeit ihrer beiden Späher in der MIG Versammlung – Hermann hatte aus Beobachtungen und Aufzeichnungen während des Pierburg-Streiks in Neuss seinen ElefteriaRoman gefiltert, ebenbürtig den proletarischen Romanen aus den zwanziger Jahren und für den Werkkreis ein Beweis der Wirksamkeit seines Konzepts von kollektiver Literaturherstellung. Ohne die Mitarbeit der Düsseldorfer Werkstatt und des schreiberfahrnen Erasmus als Kölner Lektor hätte der junge Hauptschullehrer wahrscheinlich noch Jahre an seinem Manuskript herumgekaut. Und keinen Verlag dafür gefunden. Aber beobachten und davon erzählen war eigentlich seine Spezialität.

Hast wohl einen strengen Tag in der Schule gehabt, dass du bei der MIG so gut geschlafen hast wie?

Hermann, bußfertig und einsichtig, verstand selbst nicht, weshalb ihnen das Treffen so nichtssagend, so literarisch unergiebig erschienen war. Geschlafen haben wir jedenfalls nicht Armin, das schwör ich.

Martin nickte. Kannich bestätigen. Er hat vier Alt aufem Deckel gehabt.

Musch, der zuerst, als der Sprecherrat im Werkkreis Rundbrief vorgeschlagen hatte, einen Temenband über das neue soziale Fänomen Bürgerinitiative zu erarbeiten, mit großem Feuer von der Reisholzer Mieterinitiative, von Flugblattaktionen und Demonstrationen berichtet hatte, vermutete jetzt, dass die beiden Abgesandten zu sehr von ihrer Erwartung beeinflusst waren, solche spektakulären Vorgänge wie in Wyhl und Brokdorf oder Grohnde vorzufinden. Aber der Alltag einer Bürgerinitaitve sei offenbar wie der Alltag der Menschen auch, das müsse ihnen klar sein.

Der ist natürlich am schwierigsten zu erzählen, wusste Jupp. Entweder musstu das irgendwie lustig aufmotzen oder du musst psychologisch rangehn. Die Frage ist, ob wir das können.

Dietmar fand entscheidend, die zugrundeliegenden Klassenverhältnisse aufzuspüren und sichtbar zu machen, das sei ihre Hauptaufgabe. Die Manipulation der Köpfe durch die Massenmedien zeigen. Ich will wissen, ob die Mieter realisieren, dass die Schmitz KG ein kapitalistischer Konzern ist und wenn nicht, müssen die Autoren das rauskitzeln.

Oh Mann! stöhnte Hermann. Ich schlage als Romantitel vor Die Schmitz KG in Volkes Hand! Mit Ausrufezeichen! Und Dietmar schreibt den dann als EinmannKollektiv.

Ehe Dietmar zurückschlagen konnte ging Uschi dazwischen: Jetzt fangt nicht wieder mit der Streiterei an! Armin, sag du mal was du denkst.

Kolenda war nach seinem Umzug von Köln nach Neuss in der Düsseldorfer Werkstatt als erfahrener Werkkreis Mitschreiber ziemlich entusiastisch aufgenommen worden, galt auch wegen seiner Arbeit bei der Demokratischen Zeitung als Profischreiber, den die meisten gern um Rat fragten. Studenten wie Dietmar und Niklas mussten allerdings bei jeder Gelegenheit seine Autorität anzweifeln. Armin spürte oft den Druck, seine Vorschläge vorsichtig und gut abgesichert vorbringen zu müssen, um nicht als einer zu erscheinen, der von oben, als Besserwisser, seine Argumentationsmacht ausübte. Obwohl er im Kreis der Werkstatt Mitglieder sich als derjenige erwies, der den besten Überblick und die längsten Schreiberfahrungen hatte. Dabei wusste er selbst gut, wie relativ diese Kenntnisse waren – überlegen zwar im Vergleich mit den spröden Ergebnissen der handwerklichen Anfänger, aber doch oft unbefriedigend und matt, wenn er sie selbst verglich mit den Leistungen der Meister. Unduldsam wurde er nur, wenn Schreiber sich an ihren eignen, unfertigen Werken besoffen, Kritik abwehrten, weil sie fasziniert waren von ihrer Fähigkeit, geformte Texte aufs Papier zu bringen, die für ihren eignen Ausdrucksvorrat ihnen neu und überraschend erschienen, während sie in Wirklichkeit aus verschlissenen, ausgebleichten literarischen Mustern zusammengestoppelt waren. Den langsamen, mühsamen Läuterungsprozess eines guten Textes hatte er in der Kölner Werkstatt und anfangs auch bei der Zeitung erfahren. Am schmerzlichsten durch die unverblümten Fragen einer Wyhler Bauerntochter an seine durch sie ausgelösten Herzensergießungen. Die Erinnerung an diese Lehrjahre ließ ihn Geduld zeigen bei jenen, die an ihren Textgebilden neugierig zu arbeiten bereit waren. Naivität galt ihm nichts. Die Mitarbeit in den Werkstätten und im Lektorat des Werkkreises hatten ihn gelehrt, dass viele der durch die Aufrufe zum Schreiben Ermutigten die Sprachhülsen der Trivialliteratur benutzten, wenn sie zu erzählen oder Gedichte zu schreiben versuchten. Glücksfälle waren es, wenn Menschen aus einem Winkel der Arbeitswelt auftauchten, bei denen starke Erfahrungen und ein natürliches Sprachtalent sich zu spannenden, aufklärenden Texten verbanden. Die Regel war, dass erst in der zähen, zeitzehrenden Werkstattarbeit die Texte reiften, die er zur Veröffentlichung in einem ihrer Taschenbücher geeignet fand.

Um diesen Sachverhalt einmal öffentlich und beispielhaft zu dokumentieren, schlug er vor – und die Idee war nicht vorgeplant, sondern entsprang aus der Diskussion ihrer Schwierigkeiten – den Roman nicht nur über die Bürgerinitiative MIG zu schreiben, sondern gleichzeitig auch über ihre umwegreichen Versuche, sich dieser Realität zu nähern, sie angemessen zu erfassen und darzustellen. Also sozusagen den Roman des Romans. Das könnte dann ein echter Werkkreis-Roman werden, mit doppelter Leistung: Das Binnenleben einer beispielhaften Bürgerinitiative aufzuhellen, aber zugleich die Arbeit dieser Schreibergemeinschaft Werkkreis.

Dietmar wusste sofort, dass sowas keinen Menschen intressieren würde – ihre Schreibprobleme! Jupp dachte, dass die Leute den Kuchen essen wollten, nicht seine Backform. Paul, der schweigsame Paul, meldete sich mit seiner verkrüppelten Hand, wurde von Musch förmlich zum Wort gebeten: Ja bitte Paul, du hast das Wort und kein andrer.

Der zog erst noch einmal an seiner Zigarette, ehe er, fast verwundert über seine Entdeckung, der Werkstatt mitteilte: Ich weiß nicht, ob ihr schon das neue Buch von Günter Wallraff gelesen habt, über die BILD. Da beschreibt er ganz ausführlich, was mit ihm selber passiert, in der Redaktion, wie er sich verändert. Obwohl er eigentlich nur ausspionieren wollte, wie die arbeiten. Wenn ich richtig gelesen habe, dann hat Wallraff nie bloß über einen Betrieb oder wo er grad war berichtet, sondern immer auch darüber, wie er selbst da rein gekommen ist. Also wie er sich verhalten hat, seine Metode, seine Tricks, dem Innenleben auf die Spur zu kommen. Ich fand das auch immer intressant und wichtig, als Information.

Ja stimmt, bestätigte ihn Martin überrascht – das ist wie beim Krimi! Da dreht sichs nicht bloß um den Mord, da will ich wissen, wie der Detektiv den Mörder findet. Wie er das anstellt ist das Spannende.

Genau, sagte Paul, und ich glaube, das meint der Vorschlag vom Armin. Wie Kriminalisten sollten wir vorgehn.

Kann ich noch was ergänzen? fragte Armin.

Bitte, sagte Musch.

Ich denke, wir, die Werkstatt, sind auch so was wie ne Bürgerinitiative. Eben eine, die sich vorgenommen hat, durch Schreiben über verborgne, aber wichtige gesellschaftliche Vorgänge, Öffentlichkeit herzustellen. Eine kritische Bürgerinitiative schreibt über eine andre kritische Bürgerinitiative. Für den Roman hieße das zwei Fliegen mit einer Patsche. Wir kriegen zwei Ebenen in die Geschichte und vielleicht ja auch eine Rückwirkung auf unser Schreiben durch die Beschäftigung mit der MIG.

Hermann fand Armins Vorschlag doch irgendwie herausfordernd, und nicht unlogisch. Er würde das gern versuchen. Wenn du damit nicht meinst, dass wir den Lesern erklären, warum wir einmal Lampe schreiben und einmal Laterne, sondern was hier bei uns, zwischen uns abläuft, bis wir es hinkriegen, diese BI zu beschreiben. Wenn wir es hinkriegen!

Und darüber müssten wir eigentlich sogar besser schreiben können als über die MIG, weil wir uns nämlich schon kennen.

Na mich kennst du eher schlecht Armin, zweifelte Jupp. Die einzige die mich hier kennt dürfte Mariechen sein. Ich bin nämlich ein sehr komplizierter Mensch.

Ist doch gut, grinste Martin, wenn wir auch einen komplizierten Menschen in der Werkstatt haben – den beschreiben wir dann eben mit einer besonders komplizierten Technik.

Das ist das Mindeste! lachte Jupp.

Nachdem Musch Uschi dazu gebracht hatte, sich als nicht wirklich kompetent zu erklären, aber weiter bereit, voll einzusteigen, knurrte Dietmar noch, dass nun ihr Rundbriefbeitrag über ihr Konzept für den BI-Band noch mal von jemand umgeschrieben und ganz neu getippt werden müsse.

Das macht Armin bestimmt gern, sagte lächelnd Martin, und jetzt hab ich da noch einen komischen Brief von einem alten Kauz aus der MIG, vielleicht solltet ihr den auch hören.

Vorlesen! kommandierte Musch, sofort vorlesen!

Martin setzte die Brille wieder auf, kramte den Bogen aus seiner Plastiktüte, räusperte sich, schaute in die Runde: Also passt auf:

Betreffs Mieterhöhung vom 14. Mai 1975
Auf die zweite Mieterhöhung innerhalb des ersten Halbjahres 1975 war ich am 21. Mai 1975 im Amt für Wohnungswesen in Düsseldorf vorstellig geworden. Wegen der zweiten Mieterhöhung der Schmitz KG. Da wurde mir abschlägiger Bescheid zuteil, von Frau Buzikowski oder wie die Dame heißt. Ich fragte die Dame, wie sich das verhält mit der Mieterhöhung, schon das zweite Mal Anfang dieses Jahres. Sie fragte, wann ich eingezogen bin. Ich sagte am 20. November 1973. Da sagte die Dame, da ist der Bau noch nicht abgerechnet, und die Sozialmiete wird neu festgesetzt und dementsprechend höher.
Ich gab zur Antwort, da soll man doch die ganzen Wohnungsbaugesellschaften verstaatlichen.
Da sagte sie mir, wem erzählen Sie das? Ich bin Beamtin.
Ich fragte sie, ob das jetzige Mietgeld noch neu berechnet wird? Da sagte sie, Sie müssen einen Ergänzungsantrag stellen beim Wohnungsamt, wenn die Mieterhöhung 15%

übersteigt. Ob das von der Zeit zählt, wo man eingezogen ist? Nein, von der letzten Mieterhöhung, die ich zugeschickt kriegte. Ich sagte ihr, das ist doch eine dolle Rechnerei. Demnach kann die Schmitz KG viermal im Jahr die Miete erhöhen und es sind immer noch keine 15%! Ich sagte: Wer treibt denn die Preise in die Höhe? Das soll Preisstabilität sein? Sie sagte mir: Hätten sie anders gewählt! Ich sagte: Typisch Radfahrer, immer von oben nach unten treten. Da fühlte sie sich beleidigt.

Die Dame konnte nicht mal rechnen, wieviel die Miete in Prozent seit dem Einzug im November 1973 gestiegen ist. Und so was will Beamtin sein. Zweimal Erhöhung sind elf Prozent, das war die nicht fähig zu rechnen.

Meiner Ansicht ist so ein Amt völlig fehl am Platz und kann der Rationalisierung ruhig zum Opfer fallen. Das würde den Steuerzahler gut entlasten.

Man müßte eben Oberlandesgerichtspräsident in Düsseldorf sein, da fallen alle Schranken. Bekommt eine Sozialwohnung für einen Quadratmeterpreis von zweimarkzwanzig, einen Mietvertrag über zehn Jahre, keine Mietgleitklausel und ist von jeder Mieterhöhung abgeschirmt. Feine Sache, für die Diener des Volkes. Und ihre Beamtengehälter steigen rückwirkend.

Uns macht die Schmitz KG einen Mietvertrag, über sechs Jahre keine Mieterhöhung. Was ist geschehen? Bis jetzt schon die zweite Mieterhöhung, die uns ins Haus geflattert ist. Da steht dann der kleine Zusatz: Diese Mitteilung hat vertragsändernde Wirkung.

Und wenn das nicht zieht, dann werden Gutachten angefordert bei der Stadt und der Regierung. Und der Steuerzahler berappt.

gez. Max Wandel, Düsseldorf-Reisholz, Altenbrückstr. 42.

Martin war mehrmals vom Kichern der Kollegen unterbrochen worden. So eine Type! Haben die mehr von der Sorte in der MIG? Den müssen wir unbedingt kennenlernen! Zum Schluss gab es Beifall für den Brief, als hätte ihn Martin selbst geschrieben.

Kolenda staunte über den Stimmungsumschwung in dem verräucherten Hinterzimmer der Arbeiterwohlfahrt. Jetzt war wieder dieser optimistische Entusiasmus da, den sie schon einige Male in der Werkstatt erlebt hatten, wenn sie von einer aufregenden Sache erfuhren. Die Aktionen der Druckereiarbeiter gegen die Notausgaben der Rheinischen Post nach der Aussperrung. Oder in der Zeit, als sie an dem Band mit Berichten noch lebender Arbeiterveteranen gesessen hatten, sich ihnen drei Dutzend Jahre Geschichte der Klassenkämpfe in Deutschland aufblätterten aus den Mündern der Augenzeugen und Mittäter.

Die Schwierigkeiten, der lange Weg der Umsetzung von erlebter, miterlebter Wirklichkeit in eine brauchbare, eine zugleich anschauliche und mitreißende Literatur, diese Schwierigkeiten zeigten sich immer erst im Fortgang der Arbeit. Selten war einer von ihnen an seinem Arbeitsplatz direkt in die Kämpfe verwickelt, die in der Bundesrepubik täglich, meist unter Ausschluss der Öffentlichkeit, vor sich gingen. Manchmal wurmte es sie auch, dass sie fast immer in der zweiten Linie der Auseinandersetzungen stehen mussten, den Ereignissen nur beobachtend, schreibend hinterher liefen, statt selber einzugreifen. Aber dann erlebten sie wieder ihre eigne Anstrengung des Verstehens der komplizierten, oft widersprüchlichen Vorgänge und des Mühens um die angemessne Sprache, dies Umsetzen der realen Auseinandersetzungen, der manchmal himmelschreienden Zustände hinter den Fabriktoren in überall zugängliche, wirklichkeitsgetreue Literatur, als ihre Art, an den Kämpfen teilzunehmen, die ebenfalls gebraucht wurde. Manchmal erhielten sie die Bestätigung dafür ohne Umweg, wenn Arbeiter, denen sie in einer Gewerkschaftsschule oder bei einer Streikversammlung vorlasen, über das Gehörte zu diskutieren begannen wie über eine selbsterlebte Situation und ihre Bücher kauften. Oder wenn Lehrer und Lehrerstudenten sich ihrer Texte bemächtigten, um sich selbst und ihren Schülern Kenntnisse aus dem von der Demokratie vergessenen Sektor des bundesdeutschen Staates zu vermitteln.

Jetzt waren sie im Begriff, sich an eine neue, absehbar große Aufgabe zu wagen, ohne noch deren Schwierigkeiten abschätzen zu können.

Kolenda wurde klar, dass er sich von seinem vernünftigen, spannenden Einfall wieder hatte verführen lassen, ihn vor zuständigen, gutwilligen Leuten auszusprechen, ihn erläuternd Gestalt annehmen zu lassen, ihn gegen Skepsis und Widerstand zu entwickeln und durchzusetzen und nun von der Verpflichtung gefangen war, die Ausführbarkeit des Plans zu beweisen, nämlich in Raum und Zeit, sprich: Wirklichkeit. Nicht allein, aber doch mit Sicherheit in Verantwortung und mit viel Arbeit. Die in Minuten geborene Idee hatte sich in eine Aufgabe verwandelt, die ihn absehbar wochenlang, vielleicht monatelang beschäftigen musste. Was da glatt und bleich wie ein Grottenolm in die Welt geschlüpft war, müsste entweder schleunigst sterben oder würde in Kürze wuchern zu einem Riesenkraken mit erstickenden Schlingarmen und Saugnäpfen.

Auch jener erste Teil der Idee aus Spixens Arbeitszimmer, für die vom Werkkreis geplante Antologie über Bürgerinitiativen gemeinsam in der Werkstatt einen Kurzroman zu schreiben, entstammte seinem Überdruss, immer nur wieder Reportagen und Kurzgeschichten in den Sammelbänden des Werkkreises zu lesen und die für einen Roman aber notwendige Mehrarbeit auf mehrere Schreiber zu verteilen. Denn fast alle ihre aktiven Mitarbeiter waren normale Berufstätige.

So war er in dieses Vorhaben der Werkstatt hineingeschliddert wie zuvor in das noch größere Projekt, den Band *Der rote Großvater erzählt* in der Düsseldorfer Werkstatt verantwortlich herauszugeben, was bedeutete, die im ganzen Bundesgebiet von den Werkstätten aufgeschriebnen Texte zu sammeln, zu lektorieren und mit Erläuterungen zu versehen. So stark hatte er sich da identifiziert mit dem Prinzip der kollektiven Arbeit im Werkkreis, dass er nicht seinen Namen als hauptverantwortlichen Herausgeber in die Titelei dieses Buches hatte setzen lassen, sondern allein den der Werkstatt, deren Mitglied er war. Zugunsten dieses Unternehmens, dessen Idee auf ähnliche Weise im Sprecherrat des Werkkreises entstanden war, hatte er die Tonbänder und Aufzeichnungen über die Immenhäuser Glasarbeiter verdrängt auf ein tieferes Fach seines Archivschranks und Gedächtnisses.

Sein Kurzbericht über den Gewerkschaftstag am Schluss der Sitzung hat die abgeschlafften Schreibfreunde nicht mehr mitgerissen. Ihm waren die Worte auch nur noch zäh aus dem Mund geflossen. Einzig die Nachricht, daß der besagte BetriebsratsVorsitzende des Reisholzer MannesmannWerks, der Manfred Anklam, in der Stadthalle vor dem Plenum eine Rede gehalten und ihm versprochen hatte, der Werkstatt mit Ersthandinformationen über die MieterInteressenGemeinschaft auf die Sprünge zu helfen, brachte noch einmal Leben in die Bude. Kolenda hatte sich von Heinz Baumann informieren lassen über den dreiundsiebziger Solidaritätsstreik der Reisholzer für die Kollegen im Huckinger Stahlwerk, bei dem nebenbei die unterste Lohngruppe weggestreikt und Manfred Anklam zum Betriebsratsvorsitzenden gekürt worden war. Muschner erinnerte die Werkstatt noch einmal an den Zusammenhang zwischen der MIG und dem MannesmannWerk, der darin zu sehen war, dass viele Arbeiter des Betriebs in den SchmitzHäusern wohnten und der Dreck der Stahlschmelze nachts, wenn Strom billig im Netz und die Gewerbeaufsicht weit war, aus den hochgefahrnen Elektroöfen tonnenweise auf die Reisholzer Balkons geblasen wurde. Weshalb der Betriebsratsvorsitzende der Stahl und Röhrenwerke allen Grund hatte, auch ein Mitglied im Vorstand der MIG zu werden.

Auf dem Heimweg über den Strom war Kolenda die Absicht abhanden gekommen, in der Nacht das Feuilleton für die Redaktion auf Kiel zu legen. Er verließ sich auf seine Notizen und das lange Wochenende. Paul hatte ihm erlaubt, seine halbgeleerte Bierflasche nach Zahlung von zwanzig Pfennig Pfand nach Hause mitzunehmen, als Absackerchen. Es war eine schläfrige Intuition, die ihn nach ein paar Schlucken aus der Flasche an Kafkas *Bericht vor einem Kongreß* denken ließ. Nur vage erinnerte er den Inhalt, es war die Assoziation Kongress, die ihn aus seinem Korbsessel an das Bücherregal trieb. Er fand das Buch, den Titel der Erzählung, aha, nicht Kongress: Akademie, *Bericht an eine Akademie*, aber je weiter er las, mit wachsender Unruhe und Aufregung las, je stärker wurde für ihn aus jener anonymen Akademie, vor welcher der Schimpanse seinen allmählichen Übergang in die Menschenklasse schilderte, der eben erlebte Gewerkschaftskongress, wurde der Affe ein Delegierter, der Zeugnis ablegte von seiner verlornen ursprünglichen Freiheit im afrikanischen Busch, vielmehr von seinem in der Gefangenschaft aufgegebnen Wunsch nach Befreiung zugunsten der willentlichen Anpassung an die Lebensumstände und die Sprache der Menschen bis zu dem Triumf und Höhepunkt der Verinnerlichung seiner Selbstdressur – zum Auftritt in einem Varieté! Die visionäre Aktualität der Erfindung Kafkas bestürzte und verwirrte ihn, sie stülpte ihm seine Erfahrung der vergangenen Tage um, enthüllte einen nächtlichen, epochengeschichtlichen Abgrund hinter dem erlebten Tagesgeschehen, der seinen politischen Verstand betäubte und ihm unmöglich erscheinen ließ, was noch vor Stunden klar und wie fertig in seinem Kopf stand: seinen ironisch-solidarischen Erlebnisbericht für die Zeitung zu verfassen. Müsste nicht einer schreiben von einer Art außerirdischem Standpunkt, ein Alien, dem alle diese aufgeregt streitenden Personen wie namenlose Figuren in einem von ihnen selbst undurchschauten Spiel erschienen?

Im Bett grübelte er verworrne Gedanken, vielleicht könnte er unter dem Titel Bericht von einem Kongress den KafkaText drucken lassen, eine Sensation könnte das werden, rausschmeißen würde ihn Rauch wahrscheinlich schon für den Gedanken obwohl er eigentlich verstehn müsste, dass sie alle seit langem wie Kafkas Affe zu denen mutiert waren, die sie noch zu bekämpfen glaubten –

Der dumpfe Diesel eines Motorfrachters blieb lange in der windlosen Nacht, begleitete ihn in seine Träume

auf einem containerschiff über dem offnen laderaum
eine arena in der tiefe belebt von bleichweißen pferden
der raum ist viel zu eng für zwanzig stuten und zwei hengste ständig kämpfe
da preschen die hengste aus ihren verschlägen hervor gegeneinander

sich aufbäumend wild die luft schlagende läufe
es sind weiße nackte männer gladiatoren
aus lebendigem weißen marmor das spiel ihrer muskeln
einarmig der ältere der führer der herde
sie umschleichen einander suchen eine angriffsgelegenheit
die frauen am rand
die gladiatoren ringen hand arm körpergemenge keiner gewinnt einen vorteil
sie lassen ab voneinander
eine der frauen springt den einarmigen von hinten an würgt ihn reißt ihn zu boden
der andre stürzt sich auf ihn tötet ihn
hat eine axt in der hand spreitet ihm die beine auseinander schlägt ihm ins gemächt
spaltet ihn auf mit mehreren schlägen wie ein gehäutetes opfertier
aber nicht blut sondern klares wasser sprudelt heraus eine quelle entspringt dem getöteten
in der quelle baden die weißen frauen
tanzen um den hengstmann der seine helferin mit wilden stößen begattet

in einem rollenden eisenbahnzug
vor dem fenster auf der wiese in weitem halbrund stehend elefantenskelette
der elefantenfriedhof
sauber abgenagt die bleichen knochen von den darüber kreisenden geiern
der zug hat angehalten
tag der auferstehung der elefanten
hunderte bleiche schädel starren mich an
in ihrer mitte das mammutskelett das königstier die gewaltigen hochgebognen stoßzähne
setzt sich in bewegung
das klappern der gebeine wie sie sich schütteln auf mich zu schwanken
unaufhaltsam unentrinnbar herandrängen die herde gerippe hinter dem leittier

Er erwacht von seinem Angstschrei.

Liegt benommen im Bett, heftiger Herzschlag. Meingott was war das.

Wieder und wieder laufen die Schreckensfilme an seinem inneren Auge vorbei, die riesigen weißen Schädel mit den Stoßzähnen angreifend, der aufgespaltne Einarmige, die hufschlagenden Hengste, der wilde Geschlechtsakt inmitten der tanzenden Frauen, unverstehbare Bilder in gläserner Traumwahrheit.

Allmählich beruhigt sich die Pumpe. Vom Rhein her das aufdringlich hohe knatternde Motorgeräusch eines kleineren Schiffes, das sich zäh langsam stromauf müht. Bis dessen Luftspur durch die Entfernung seinen Schlaf in bewusstlose Stille gelöscht wird.

Wirre Geschichten

Man soll nicht glauben, alle Huftiere seien lernunfähig und stur. Schon gar nicht die nur metaforisch in diese Gattung verpflanzten Säuger. Die normalerweise in ihren Kasernen ruhig gestellten Grünen jedenfalls hatten die anderthalb Jahre seit ihrer Schlappe in Wyhl hinreichend zu moralischer und technischer Aufrüstung genutzt, um allen Anfechtungen durch atomunwillige Bürger zu widerstehen und ein besetztes Baugelände ohne Skrupel freizuknüppeln und zu spritzen. Die Wilster Marsch ist allerdings baumfrei, da hat kein Wald sich mit den fünfzigtausend Protestanten verbündet. Verbündet mit der Nordwestdeutschen Kraftwerksunion aber war die schleswig-holsteinische CDULandesregierung und der Hamburger SPDSenat und die Hamburger SpringerPresse und der Bundesgrenzschutz und vier Hubschrauber und zwanzig Wasserwerfer und das Lüneburger Oberlandesgericht und sechstausend gepanzerte knüppelschwingende Arme und Hektoliter Tränengas, so dass die Besetzung der Bauplatzfestung Brokdorf nur eine Stunde währte und der WyhlSpezialist Kolenda einer von fünfhundert Verletzten wurde, der seinen Blessuren zum Trotz den Lesern der DZ als Haut und Augenzeuge mit entzündeten Lidern eine erbitterte Schlachtbeschreibung liefern konnte. Die hatte Anna Schaffner in der Konferenz sein Gesellenstück genannt, unter dem Klopfbeifall der übrigen Kollegen.

Die Brokdorfer Leistungsschau der staatshütenden Prätorianer lag kaum verschmerzt noch kein Jahr zurück, da wollte die Bundesregierung, gegen den hinhaltenden Widerstand der Landesregierung, den Bürgern die letzte Ausgeburt der atomverseuchten Wissenschaft, den bombenstoffbrütenden Reaktor auf die Rheinwiesen bei Kalkar setzen. An jenem Septembermorgen machten sich Spix und Schwank mit Kolenda in seinem Lada auf den Weg, aber schon kurz vor Xanten gerieten sie in den Stau auf der B 56, erreichten die erste Polizeisperre nach einstündigem StopandGo, wo Kolenda seinen Kreuzschlüssel ohne Empfangsquittung einbüßte, als er ihr Reiseziel freimütig eingestand. Gewarnt suchten sie Schleichstraßen durch Äcker und Wald, gelangten bis Kehrum, wo die sinnigen Ordnungskräfte ihnen zynisch die Alternative Umkehren oder fünf Kilometer Fußmarsch bis Kalkar anboten. Ein Haufen konfiszierter demokratischer Angriffswaffen: Protestschilder und Motorradhelme, lagen im Straßengraben. Die Kundgebung am Ort des Plutoniumbrüters war nicht mehr rechtzeitig zu erreichen, da ließen sie den zürnenden Schwank mit vielen durch die Felder loslatschen, fuhren mit zwei Mitfrustrierten, die ihnen weitere Details vom Einfallsreichtum der Bullen erzählten, nach Neuss zurück. Dank der Vorsorgemaßnahmen der Polizei war die Demonstration einiger zehntausend aus dem ganzen Bundesgebiet angereister Kernkraftgegner friedlich verlaufen, wie ihnen die Nachrichtensprecher am Abend halbwahrheitsgemäß weismachten. Die Kraft des Widerstands gegen das Atomprogramm der Bundesregierung sei offensichtlich seit den bürgerkriegsähnlichen Brokdorfer Zusammenstößen erlahmt und die unmittelbar betroffene Bevölkerung in Kalkar habe sich ohnehin nicht an den Protesten beteiligt.

Noch in der Nacht entwarf Kolenda, unter dem Diktat seiner hochaktiven Galle, an seiner Erika eine satirische Spitze, für die er Komplimente der Kulturredakteurin und mehrere Leserbriefe von andren Augenzeugen erntete:

Aus dem Tollhaus mit System
Alle makabren Scherze werden über kurz oder lang von der Wirklichkeit dieser Jahre eingeholt. Neulich las ich eine polizeiliche Demonstrationsauflage von 1972, die das Mitführen von Waffen und Uniformen in einer Mieterdemo verbot. Ich dachte bei der Lektüre: Da wird wohl bald das Tragen von Jeans bei Lehrlingsdemos verboten werden.

Und nun, September 1977, werden den Demonstranten die gelben Regenmäntel als Uniform beschlagnahmt, werden ihnen die Autowerkzeuge polizeilich gestohlen, die Nagelfeilen ausgespannt, das Benzin aus den Reservekanistern gekippt.

Es wäre logisch, bei der nächsten Demonstration der Umweltschützer brennstoffgetriebene Fahrzeuge überhaupt zu verbieten, Feuerzeuge und Streichhölzer zu beschlagnahmen, natürlich auch als Tarnmasken verwendbare Schals und Taschentücher, Stiefel, mit denen polizeiliche Absperrungen umgangen werden könnten und erst recht die Hosenträger. Hatte doch schon David mit einer solchen Schleuderwaffe den schwer gepanzerten Goliath und das ganze Heer der Philister in die Pfanne gehauen. Auch eventuell mitgeführte Ausgaben des Grundgesetzes wären an Ort und Stelle zu verbrennen, da sie als besonders hinterhältige Wurfgeschosse einzuschätzen sind.

Ach was – friedliche Demonstranten hätten zum Beweis ihrer Harmlosigkeit überhaupt alle Kleidung auf einen Haufen zu werfen und nackt zu demonstrieren! Nur so könnten die zweifelnden Plutoniumshüter wirklich überzeugt werden, daß kein Umweltschützer andre als paradiesische Absichten hegt. Am besten wäre freilich, die nächste Demo würde gleich auf die Kohlealpen im Ruhrgebiet umgeleitet, denn von deren Gipfeln hat man inzwischen eine ausgezeichnete Sichtverbindung zu der Brutstätte in Kalkar. Da könnten sich Sprechchöre ungestört massieren, mit Kohlebrocken schmeißen und so einen staatsbürgerlich sinnvollen Beitrag zum Abbau der Kohlehalden leisten.

Andrerseits, das muß man schon zugeben, wird auch der Energiekonzern, der das atomare Ei ausbrütet, die RWE, von den Grundordnungshütern hart rangenommen. Nichts von wegen blind auf einem Auge. Saftige 5000 Mark Strafe bekam er jetzt vom Kartellamt aufgebrummt, weil er seinem Sieben-Milliarden-Umsatz-Imperium einige weitere kleinere Firmenhäppchen einverleibt hatte, ohne diese Macht-Demonstration beim Amt anzumelden. Dem Ölmulti Castrol sind sie draufgekommen, daß er die Klein-

händler allzu nachdrücklich gezwungen hat, seine GTX-Schmiere zu Höchstpreisen zu verkaufen. Er muß die zusätzlich verdienten Millionen zwar nicht zurückzahlen, etwa in einen Fonds zugunsten geplünderter Demonstranten, aber einen gesalzenen Denkzettel hat er doch bekommen – hundertzwanzigtausend Bundesmark Strafe. Wird sich die Direktion in Zukunft besser überlegen, was sie tun darf. Und vor allem, wie.

Richtig in Fahrt sind die Richter dann bei dem Grafiker Friedel Deventer gekommen, einem notorischen Individuum. Der hat in seinem 1-Mann-Betrieb ein offenbar ziemlich zutreffendes Plakatportrait des freiheitlichdemokratischen Herrn Strauß hergestellt. Wenn er sich nun noch mal hinstellt und verkauft oder verschenkt das Machwerk, etwa wie Castrol in allen Tankstellen und Supermärkten, darf er eine halbe Million Mark Strafe berappen. Vielleicht in die EG-Ausgleichskasse, aus der die Obstkipper belohnt, die Wanderwege auf den Butterbergen gepflegt und die Milchseen verpulvert werden. Oder in das unauslotbare Budget des Innenministers zur Erhaltung dieser freiheitlichdemokratischen Grundordnung.

Toll, was?

Im zweiten Jahr seiner Arbeit in der Zeitung waren die Fälle selten geworden, in denen einer seiner Artikel von der Redaktion beanstandet wurde. Seine Vorarbeiter Rauch und Baumann hatten verstanden, dass Armin Kolendas Lehrzeit formlos zu Ende gegangen war und er Anspruch hatte, als gleichberechtigter Kollege wahrgenommen und mit einer (mäßigen) Gehaltserhöhung belohnt zu werden. Allerdings war es in dieser Redaktion nicht verpönt, wenn die leitenden und altgedienten Redakteure den neueren in ihren Texten herumkorrigierten, mit politischen oder stilistischen Begründungen – eine Quelle von Spannungen und manchmal offenen Konflikten. Das unausgesprochene Selbstverständnis dieser Form kollektiver Arbeit war unterschieden von dem in den Werkstätten des Werkkreises gültigen, war familiär, patriarchalisch.

Wenn Kolenda sich seines Arguments sicher war, wies er

Baumann und selbst Brundier und Rauch auf Nachlässigkeiten und stilistische Fehler in ihren Texten hin. Nicht in der Redaktionskonferenz, sondern bei einem Gespräch in der Mittagspause oder auf dem Flur. Da reagierten die älteren Herren kaum selbstgerecht oder gereizt, eher neugierig aufmerksam. Das war ihm sympatisch und ließ ihn Korrekturen und Kritik an eignen Arbeiten leichter wegstecken.

Anna Schaffner, obwohl oder weil im Kulturressort tätig, wurde von Armin aufgesucht, wenn er von den nicht endenden Diskussionen in Baumanns politischer Redaktion genervt war. Die Politik der Regierung, der Gewerkschaften, der Parteien, der Unternehmerverbände, der Friedensbewegung wurde da nicht nur analysiert und kritisiert, sondern oft auch neu erfunden und in die richtige Richtung gewiesen. Anders Anna. Betrat er ihr Zimmer, wurde ihm sofort ein Stuhl angeboten, und sie erzählte ihm, als hätte sie nur auf die Gelegenheit gewartet, von ihrem letzten Teater oder Kongressbesuch oder von einer Buchneuerscheinung kenntnisreich und anschaulich. Er musste dann ihre im Blatt gedruckte Besprechung nicht mehr lesen. Er vermutete, dass sie die erst schreiben konnte, wenn sie zuvor ihre Gedanken ihm oder jemand vorgeführt hatte. Manchmal in letzter Zeit hatte sie ihn abgeholt zu einem Gespräch in der Kaffeekombüse. Fast nie fragte sie, was es Neues gäbe bei ihm in der Politik, aber das fand er okay, da sie doch aufmerksam zuhörte, wenn er seine Gedanken, kritisch oder nicht, zu dem Tema vorbrachte, das sie vorgegeben hatte. Sie war eine studierte, durch einen Doktortitel ausgezeichnete Frau, die gern lachte, gut aussah und ihn trotz ihrer geistigen Überlegenheit auf vielen Gebieten immer ernst nahm. Einer solchen war er noch nicht begegnet.

Kolenda verstand sich noch immer und ohne inneren Widerstand als Lernender. Wunderte sich oft, wie unterschiedlich ihm seine Arbeiten gelangen. Manchmal verwandelten Zeitdruck oder Lust oder Zorn das normale Tröpfeln der Worte zu einem stürmischen Katarakt, bei dem er seinem Schreiben fast verwundert über die Schulter zusah und auch das Ergebnis wie gegossen finden konnte. Manchmal musste er einen Text dreimal umschreiben, bis er selbst oder die Kollegen zufrieden waren. Verwirrende aber unabweisbare Erfahrung.

Nicht geschafft hatte er bei zwei Anläufen den Anna Schaffner schon angekündigten Artikel über das Verhältnis linker bürgerlicher Schriftsteller zu den schreibenden Arbeitern. Gewisse gleichartige Vorurteilsstrukturen wollte er den intellektuellen Autoren nachweisen, doch stieß er auf genug Gegenbeispiele, Varianten, eigne Zweifel, die ihn zu keinem ihn selbst überzeugenden Schluss gelangen ließen. Anders mit der MaiwaldKritik am Lyrikband des Werkkreises, an der er aushilfsweise seinen Groll abarbeitete: da musste er nicht fackeln, da floss die Polemik umweglos und heiß in die Tasten. Er ließ die zwei Seiten einen Tag abhängen, fand noch ein paar Feilstellen, putzte sie aus und legte das Manuskript in der Kulturredaktion kommentarlos auf Annas Schreibtisch.

Der Zampano
Über ästhetischen Rigorismus in der Literaturkritik

Brecht, Band sieben der Gedichte:
»Selbst die schmalsten Stirnen
in denen der Friede wohnt
sind den Künsten willkommener
als jener Kunstfreund
der auch ein Freund der Kriegskunst ist«
Auch ein Stück Prosa, das sich »grundlos mittels Zeilenbrechung als Gedicht tarnt« – wie Peter Maiwald vielen Texten im Gedichtband des Werkkreises ankreidet? Das Fünfzeilending ist im Inhalt Ausdruck der marxistischen Ästhetik eines Dichters, dem wenige dieses Jahrhunderts das Wasser reichen dürfen.
Mag sein, daß es »unter uns ein Unwesen, ein literarisches Feldwebeltum gibt, das Geschriebenes mit einem linken Blick mustert und kv schreibt, sofern es nur annähernd gute Meinungen und sozialistische Vokabeln enthält«. Tatsächlich stehen wir im Feld, nicht nur in der Literatur, aber Feldwebel pflegen in hiesigen Heeren meist aus der Arbeiterklasse zu stammen – anders als der Generalstab, dem es

nicht liegt, sich mit dem gemeinen Mann auf Stoßtrupp zu begeben. Er ordnet ihn nur an und bucht die Niederlagen und die Toten.

Unsere Literaturoffiziere verstehen die Säbelfechtereien auf den Paukböden des Büchermarkts aufs Schneidigste – glänzende Paraden, bestechende Ausfälle! Vor den gebildeten Finessensammlern nimmt sich so ein Fangstoß unwiderstehlich aus. Da wird mancher überzeugt und glaubt an die Wirkung. Oder anders gesagt: Es gibt bei uns Züge eines ästhetischen Marxtums, das unter der hochgehaltenen Parole »Nichts ist gut genug für die Arbeiterklasse!« und stolz auf die eigne Kompromißlosigkeit sieghaft aus der Dachluke schaut, hinüber zum Olymp der Jahrhundertwerke. Wobei der Klassenkampf in der Literatur dann nicht mehr ins Gesichtsfeld kommt. Der spielt sich nämlich unten auf der Straße ab.

Und Straße heißt hier auch der Kampf um die ästhetische Form. Kollege Maiwald hat sich offenbar aus dem Kopf geschlagen, was Klassenschranken sind und wie Bildungsprivilegien wirken. Er muß auch vergessen haben, sich auf das erprobte Mittel dialektischer Betrachtung zu beziehen. Oder wie ist zu erklären, daß ein Textband mit 73 Autoren, von denen ganze acht professionelle Schreiber sind, als Niederlage und »nicht zu retten« bezeichnet wird, obwohl anfangs gesehen ist, daß hier »der bewußte Einsatz des Wortes zur Bewaffnung von Arbeiterinteressen« geleistet ist und »die Arten der Ausbeutung und die Variationen der Unterdrückung ungeschminkt zur Sprache kommen«? Wenn gesehen ist, daß die Betroffenen dieser Verhältnisse tatsächlich versuchen, sie nicht zu erdulden, sie nicht nur rauszuschreien, sondern sie zu formulieren? Will der Kritiker sich da auf die bürgerliche Unterdrückungsparole berufen, nach der das Gegenteil von Kunst »gut gemeint« sei – mit der freilich auf fast die ganze proletarisch-revolutionäre Literatur der zwanziger Jahre ebenso wie auf die Zeugnisse schreibender Arbeiter in der DDR wie auf unsre Song- und Agitpropgruppen einzuprügeln wäre?

Ein Band wie »Geht dir da nicht ein Auge auf«, der gewiß

im Untertitel statt »Gedichte« besser und genauer »Gedichte und Texte« angekündigt hätte – aber so etwas könnte der Kritiker ja anmerken – dokumentiert zuerst einmal den Stand der politischen und literarischen Absichten und der Entwicklung hiesiger schreibender Lohnabhängiger. Den allein am Niveau von Hacks oder Süverkrüp zu messen, statt dieses (abstrakt richtige) Maß mit der gegebenen sozialen Lage zu vermitteln, nenne ich undialektisch. Leichtfertig nenne ich, als Kritiker nicht das Vorwort eines solchen Bandes zu berücksichtigen, in dem ausdrücklich darauf hingewiesen wird, daß die Stärke der meisten Autorinnen und Autoren »im polemischen, ja agitatorischen Gedicht« liegt und die Kurztexte »im polemischen Tageskampf als schlagfertige Erwiderung« gemeint sind. Wenn die Herausgeber des Werkkreises selbst diese begrenzte Anwendbarkeit vieler Texte feststellen, darf man doch nicht so tun, als hätten sie alle zu heinischen Balladen erklärt.

Gerade Lilo Rauners Gedicht mit der aufgespießten Zeile »ein Kampflied – noch nicht ausgefeilt« weist treffend auf die schmerzliche Notlage hin, daß die Mehrheit der Verfasserinnen und Verfasser weder den Bildungskanon und Wortschatz Maiwalds kennenlernen durften, noch ihre Klassenerfahrungen hauptberuflich ausformulieren können. Im Dschungel gelten andere Gesetze hinsichtlich brauchbarer Werkzeuge für den Überlebenskampf als in den Spiegelsälen Frankfurter Feuilletons.

Die Herausgeber des Werkkreises verklären an keiner Stelle die formalen Mängel mancher hier aufgenommener Texte zur Tugend oder bagatellisieren ihre ästhetische Bedürfnislosigkeit, wie Maiwald behauptet. Sinnvoller hätte er auf dem Boden seiner marxistischen und literaturgeschichtlichen Kenntnisse ein paar Überlegungen angestellt, wie heute ein wendiger Agitprop- und Kampftext, von Werktätigen für ihre unmittelbaren Zwecke hergestellt, denn aussehen könnte. Der Hinweis auf Peter Schütts gelungenes Gedicht über Frau Büscher bringt da fast garnichts, zumal gerade dieser promovierte Berufsautor bekannt ist als Zauberer von aus dem Hut, nicht dem Kopf geschüttelten Politplatitüden.

Als leichtfertig erkläre ich auch eine Kritik, die den Leser dieser gemeinsamen Kraftanstrengung Werktätiger gleich zu Anfang mit dem Hinweis einstimmt, daß Gedichte in einem Sammelband sowieso widernatürlich untergebracht seien, weil die zarten Gebilde davon »blaue Flecken bekommen, weil sie sich gegenseitig auf die Versfüße treten«, und die dann behauptet, nur vermuten zu können, »was die Herausgeber sich bei diesem Viehtransport gedacht haben«. Wo doch auf der Hand liegt, daß dies keine Herde Heidschnucken ist, bei deren Zählung man sich in Schlaf lullt, sondern, wenn schon, dann ein Vorrat an Flöhen, handlich im Taschenbuch verpackt, die man öffentlich und einzeln schläfrigen Nachbarn in den Pelz setzt. Also ein dreiachtzig-Ding für die Praxis.

Es gibt auch richtige Hinweise in dieser Kritik. Aber die werden die Verdonnerten unter den Scherben von Zampanos Gericht nur mit Mühe hervorklauben können.

Kolenda hatte Lust, die MaiwaldKritik in der Werkstatt vorzulesen, obwohl es ein Text für die Zeitung war. Sicher hätte der die Kollegen amüsiert. Andrerseits hielt er für geschickter abzuwarten, bis Anna Schaffner sich geäußert hatte. Eine Ahnung sagte ihm, dass es mit seiner harschen Konterkritik in der Redaktion Schwierigkeiten geben könnte.

Er musste sich nicht entscheiden, da die Werkstatt ihre nächste Sitzung ausfallen ließ zugunsten eines Besuches der Jahreshauptversammlung der Reisholzer Mieterinteressengemeinschaft. Bei der war einiges zu erfahren über die grauen Mühen einer in die Jahre gekommenen Bürgerinitiative. Eine wenig Entusiasmus weckende Erfahrung für die Neuigkeitssucher aus der Werkstatt.

Die meisten Mieter hatten es nach den Schlussworten von Volker Götz eilig, ihre heimischen Glotzen zu beaufsichtigen. Einige Standfeste blieben noch an der Teke hängen, zu zweit, zu dritt. Einer ließ sich erklären, wie er der Nachbarin den Wohngeldantrag ausfüllen sollte, einer sang das Loblied seiner Zahnärztin und seines neuen Gebisses, dessen Gaumenplatte passe wie der Finger in die Nase. Die kleine Studentin, die

Hände schützend oder stützend auf ihrem schon ziemlich kugeligen Bauch, war mit der schweigsamen Frau des MercedesIngeniörs in ein angeregtes BabyGespräch geraten, das der hochgewachsne Gatte durch nachdrückliche Blicke auf seine Pilotenuhr nicht abkürzen konnte. Martin Johnscher kiebitzte beim alten Wandel, der dem jungen Betriebsschlosser von Henkel erklärte, die Mitternachtsarchitekten der Schmitz KG hätten ihren Namen daher, dass sie nie auf den Neubauten sichtbar werden, demnach nur nachts die Bauarbeiten überwachen, weshalb man sie doch gleich besser Nachtwächter nennen sollte. Entsprechend sähen die Wohnungen auch aus. Schäden einklagen vor Gericht? Da konnte er nur höhnich lachen, kam richtig in Fahrt, bewies dem jungen Mann mit seiner siebenundsechzigjährigen Lebenserfahrung aus Schlesien Berlin und Düsseldorf, dass einer bei den auf diesen Ganoven-Unis ausgebildeten Juristen nur so viel Recht bekäme wie er Geld habe. Da gibts aber Ausnahmen, mischte Martin sich zwischen und schlagfertig parierte Max Wandel: Deshalb sitzt der Volker bei uns und darf nicht Richter werden! Der ist das weiße Schaf in der schwarzen Herde!

In das zustimmende Gelächter erzählte der Schlosser, was er in dem Buch von Wallraff und Engelmann über seine Chefin Gabriele gelesen hatte, die rauschenden Feste dieser GlamourLady, hoch über den Köpfen der vierzigtausend Henkelianer, und wie er sich vorgestellt hatte, in einem Kostümverleih ein paar Smokings zu besorgen, Mercedes dazu, mitn paar Kollegen als die jungen Grafen Koks von Hessen-Nassau vor der HenkelVilla in der Chamissostraße aufzukreuzen und ein paar Pakete Persil in die Ventilatoren zu kippen, damit die Herrschaften mal einen Geschmack bekämen von ihrem sauberen Betriebsklima.

Herrlich! Max Wandel blühte auf bei der Vorstellung von der schönen Gabriele und ihren schicken Hofschranzen im Waschmittelpuder, während Martin mehr den nachfolgenden Rausschmiss der lieben Henkelaner durch den Werkschutz nachfühlte.

Als Armin ihm winkte, setzte er sich mit an den Tisch zu Kolenda und Uschi Richter, die mit Volker Götz und Manfred

Anklam noch ein überraschendes Problem knabberten. Volker wollte von den WerkkreisLeuten wissen, ob sie nicht mitmachen könnten in der MIG, dringend brauchen wir ein paar frische Kräfte, um den Laden wieder in Schwung zu bringen. Ist ja deutlich geworden bei dieser Jahreshauptversammlung, dass die alten Recken ziemlich müde sind, Manfred und ich wärn gern aus dem Vorstand rausgegangen, nach vier Jahren, nicht wegen Müdigkeit, es gibt so verdammt viel zu tun in der Welt.

Kolenda brachte der unverblümte Vorschlag viele Falten auf die Stirn, aber Uschi war fixer: Bei allem Respekt vor eurer Arbeit Volker – ich bin in der Landesleitung der Naturfreunde, jetzt will ich anständig schreiben lernen im Werkkreis und den Haushalt machich auch noch nach acht Stunden Büro, kannstu mir sagen wie –

Unsre Uschi isne richtje Betriebsnudel, erklärte Martin gutmütig, die hat uns in der Werkstatt schon schwer auf Trab gebracht.

So eine wie dich könnten wir in unserm Betriebsrat brauchen, lachte Anklam, eine die maln bisschen Feuer schürt unter den breiten Hintern!

Betriebsnudel? Ich helf euch! lachte auch Uschi, halb geschmeichelt halb empört. Jedenfalls keine die schlapp von der Gabel hängt!

Die Nachricht von Uschis organisatorischen Fähigkeiten bestärkte Volker in seiner Idee, die WerkkreisLeute als willkommne Hilfstruppen zu sehen: Als Schreiber aus der Arbeitswelt müsst ihr denkich vorn dran sein an den Ereignissen, also mitmachen oder wie seh ich das. Nur Mäuschen spieln und mal reinschnuppern, damit könnt ihr uns nicht imponiern.

Genügt völlig, wenn ihr uns imponiert Volker, sagte Kolenda. Stell dir vor, wir steigen überall ein wos brennt. Könnten wir hundert Mann sein und würdens nicht schaffen.

Irgendwie hatter schon recht, sinnierte Johnscher, am besten lernt man beim Tun. Aber kannst du als Anwalt für jeden Arbeiter oder Mieter, der dir seinen Fall vorträgt, gleich einen Solidaritätsstreik organisiern? Mit welchen Paragrafen du ihm helfen kannst, das musstu wissen. Sonst bistu kein guter Jurist.

Weißer auch Martin, sagte Kolenda, und zu Götz, der vor sich hin grinste: Schreiben, Volker, lernt man nicht beim Flugblattverteilen.

Beim Flugblattmachen schon, fand Anklam. Ich jedenfalls hab Schreiben und Reden im Betrieb gelernt, nich inner Penne.

Klar, für den Tagesgebrauch. Aber pack fünfzig Ausgaben Rote Röhre zwischen zwei Buchdeckel – glaubstu, das gibt den Betriebsroman über Mannesmann?

Geschenkt, Armin. Nur eins weiß ich: So richtig zündende Flugblätter, die den Kollegen aufs Hühnerauge treten dasser vom Arsch hüpft, die schreibt nur einer der hautnah dran ist.

Ich seh schon, resignierte der Anwalt – hier hat mal wieder jeder recht. Wie im Zivilprozess. Das Leben holt uns ein. Also schreibt ihr euern Roman und wir ärgern weiter die Schmitz KG. Aber über Literatur würdich mich gern mal unterhalten mit euch. Vielleicht wenn ihr euer Buch fertig habt.

Hoffentlich habt ihr nicht nur die MIG mit ihren Wehwehchen in eurem Studienprogramm.

Die Röhrenwerke haben wir mit im Visier, Kollege Anklam – einer aus unsrer Werkstatt wohnt in Reisholz.

Schenk dir den Kollegen Martin. Ich heiße Manfred. Und ich sag euch: Die Katze vom MannesmannVorstand kommt allmählich aus dem Sack gekrochen. Ein ganz ganz häßliches Tier. Wenn das erst in der Sonne steht, wirds noch Zähneklappern geben in Reisholz, dass mans bis Bonn und weiter hört. Da werdet ihr verdammt spitze Bleistifte brauchen.

Anklam erzählte ihnen, dass in den letzten Wochen in der Mechanischen Werkstatt und in der Maschinenhalle von Weißkitteln alle Anlagen genau registriert worden waren. Hat der Betriebsrat bei der Geschäftsleitung nachgefragt, was das bedeutet, kriegte die Auskunft, ganz kaltschnäuzig, Datenverarbeitung! Die Anlagen würden zur Datenverarbeitung erfasst. Und die Kollegen haben sich mit der Auskunft zufrieden gegeben, sagte Anklam bitter, obwohl das genau damit zusammenpasst, dass sie die Stahlproduktion so pöapö von zwanzigtausend auf fünftausend Tonnen runtergefahren haben, angeblich wegen Auftragsmangel und Stahlkrise. In Wirklichkeit, weil sie den Stahl in Belo Horizonte billiger produzieren können als hier. Mit den brasilianischen Malochern!

Ich denke ihr habt die MontanMitbestimmung? fragte Uschi – warum redet ihr nicht mit euerm Arbeitsdirektor?

Anklam lachte böse. Wenn die nichts rauslassen wollen, beißt du auf Granit. Erstens ist das keine Personalangelegenheit, vordergründig, und zweitens finden die immer einen Grund, den Arbeitsdirektor zum Schweigen zu verdonnern, gegenüber der Belegschaft. Keine Beunruhigung im Betrieb – das schadet der Produktion! Vielleicht weiß unsre Geschäftsleitung wirklich nicht mehr. Die ganz dicken Dinger werden von den fünf Weisen am Rheinufer ausgekocht.

Du meinst den MannesmannVorstand im Hochhaus neben der Staatskanzlei? vergewisserte sich Uschi, die ihren Stenoblock wieder ausgepackt hatte.

Wo sonst. Da wird die Konzernstrategie gemacht. Und das bleibt geheime Kommandosache, bis die Bombe gezündet wird. Aber ich bin ja nicht doof. Ich les die FAZ auch im Wirtschaftsteil. Nur unser Betriebsrat glaubt weiter an das Gute im Overbeck, besonders seit der Scheel auf der Betriebsversammlung die fleißigen Mannesmänner gestreichelt hat.

Der aus Kölle oder der Bonner? fragte Martin, scheinheilig ernst.

Ha ha, du bist gut.

Kolenda lachte nicht, schüttelte zweifelnd den Kopf: Sag mal, Manfred – wieso kannst du deinen Betriebsrat nicht aufklären, als Vorsitzender?

Götz ging ein Licht auf. Mensch Manfred – die wissen das nicht!

Was wissen wir nicht!

Manfred ist zurückgetreten worden! Vor ein paar Wochen!

Was! Wie! Wieso! Das gibts doch nicht! Ihr wollt uns verscheißern! Die Werkkreisler konnten die Nachricht nicht fassen.

Sie brauchten zwei Runden Alt (und sogar Uschi trank mit), um den Krimi von Anklams erzwungnem Rücktritt zu hören und zu kapieren.

Es war eine halbe Stunde vor Samstag, sternklarer Himmel, ein erfrischendes Lüftchen vom Stadtwald her. Götz und Anklam waren in der Siedlung verschwunden. Die drei von der Werkstatt standen wie die letzten Angehörigen nach der Beerdigung vor der Bahnhofskneipe. Die Trennung in die je eignen Betten und Nächte fiel ihnen schwer. Als fürchteten sie, die folgenschwere Neuigkeit allein nicht verpacken zu können.

Was meint ihr, aus unserm BürgerinitiativenRoman wird ein echter Krimi, sagte Martin und Uschi: Ich kanns nicht glauben, dasser jetzt wieder an der Drehbank steht. Ein Betriebsratsvorsitzender! Sachen gibts. Die liesde in keiner Zeitung.

Vertrauensmann ist er noch, sagte Armin. Und auf dem Gewerkschaftstag hat er als Delegierter ne tolle Rede gehalten, hat ganz offen von den Stillegungsplänen des Konzerns gesprochen.

Den Kündigungsschutz als Betriebsrat hater nicht mehr, wenner selbst zurückgetreten ist, wusste Uschi. Hängter ohne Netz inner Luft.

Was ich nicht versteh ist warum Musch nichts von dem Ding erfahrn hat, fragte sich Armin. Der sonst alles mitgekriegt hat was in Reisholz läuft.

Zumindest hater so getan, vermutete Martin. Wenn ich das meiner Frau erzähl, was in sonem Großbetrieb passieren kann, wird sie mir endlich die Schweinereien von meinem Chef glauben.

Gut dass du alles mitstenografiert hast Uschi, wollte Armin doch noch ausdrücklich gesagt haben. Werden die andern Ohren machen in der Werkstatt.

Jetzt wisst ihr mal was ihr an mir habt, freute die sich.

Und vonner Dienstverpflichtung in die MIG hat sie uns auch elegant gerettet! erkannte Martin.

Kolenda hatte Lust, die beiden zu küssen. Er drückte kräftig, als er ihnen die Hände schüttelte.

Duell der Freunde

Viktor Bliss schlendert die Henkelstraße zeitlos entlang, nach erfülltem Auftrag. Gegenüber den graumächtigen Henkelgebäuden die hundertjährige Backsteinfabrik der Linde Industriegase KG, wie ein Industriemuseum, von keinem Pförtner bewacht. Er betritt den Hof. Unheimlich, gespenstisch unbelebt das Werk, abgestellte Lastzüge auf den verwinkelten Höfen, wenige Lampen, die Beleuchtung passend für einen Sciencefiction Film: Hier atmet nichts. Die Welt nach der Neutronenbombe. Ansammlungen von Stahlflaschen, blau gelb rot grün gekennzeichnete Kappen, wie aufmarschiert und erstarrt. Rohrleitungen, manche dick vereist, bilden Brücken zwischen den Gebäuden. Wesenlos auch die Maschinenhalle, in der Bliss eine Reihe von werktätigen Kompressorpumpen aus der Frühstahlzeit erkennt, Zischen, Rumpeln, Schlagen, Stampfen, sagenhafte Geräusche, drei Meter hohe Schwungräder und breite Lederlaufriemen übertragen die Kraft der Elektromotoren. Krasses Licht in der Halle, das die Menschenleere bloßstellt. Unsichtbare Geister, die Manen der kaiserlichen Schwerindustrie, scheinen diese machtvollen Maschinen immer noch anzutreiben. Der Eigentümer liegt vermodert, hat vergessen, das Ausschalten testamentarisch anzuordnen. Nur hinter der Fabrik, wo Schienen zum Güterbahnhof führen, dementieren einige Männer das Ende der Arbeiterklasse: beladen einen Waggon mit Gasflaschen.

Bliss trödelt weiter, müßig, die Zeit bis zum Schichtschluss vergehend an den Verwaltungsgebäuden der Mannesmann Stahl und Röhren Werke vorbei.

Art Ausland, immer noch. Fremde. Exot in Arbeitsland.

Manfred ist hier zu Haus. Der wohnt hier. Oder haust er?

Leben sie so, die Fauna und Flora des Industriegebiets? Humane Vegetation zwischen altgrauen Häusern siechen Vorgärten rostigen Kranbrücken abgestellten Lastern gewienerten Blechlauben maroden Bäumen. Die Pissecken in den Nischen zwischen den stählernen Streben der alten Eisenbahnbrücke, das Parfüm der Trübseligkeit bis zum Kiosk wo der Proletentreibstoff in Dosen verabreicht wird. Das Biotop der Reisholzer Arbeiterfamilien.

In den Rauch der düsteren Bahnhofswirtschaft will er jetzt nicht, trottet weiter zwischen dem hohen Bahndamm und den gleichhohen langgestreckten Produktionshallen der Röhrenwerke, aus deren doppelten Fensterbändern unwirklich orangefarbenes Licht in die trübfeuchte Dunkelheit strömt, als hätten sie dort drin gegen das Oktobergrau Abendsonne für die Mehrwertschaffer bereitgestellt. Vielleicht steht Manfreds elektronisch gesteuerte Drehbank an einem importierten spanischen Strand mit Mittelmeerpool, in dem sich die Schlosser und Dreher in den Pausen erfrischen? Eine Bedingung der sowjetischen Röhrenimporteure beim letzten Großauftrag über die Verwendung der Konzernprofite?

Unabsehbar wie endlos die zwei Meter hohe Trostlosigkeit um das Firmengelände, graue Betonpfeiler, rauhgraue Betonplatten dazwischen, stachelbekränzt, keine Reklamen, keine Parolen, wer hier vorbeimuss ist aufgegeben, zum Kämpfen nicht und nicht zum Kaufen mehr gefordert. Nicht mal die Mauermaler lockten diese Flächen.

Das breit gähnende Nordmaul des Werks mit dem flachen, ringsum verglasten Pförtnerhaus, Facettenauge des Werkschutzes, die Siluette des Uniformierten stehend über seiner Leselampe, telefoniert, womöglich die Ankunft dieses Fremden zu melden, der aus dem StammSchatten der Straßenkastanie in seinen Schutzbereich späht, angestrahlt plötzlich von einem Autoscheinwerfer, was auskundschaften will, vielleicht hat die RAF es auf unsern Chef abgesehn

Kein Lärm dringt über den Firmenparkplatz aus den beiden Hallen, obwohl dort hunderte Menschen Stahl in Maschinen verwandeln, unbekannte patentumwitterte Metamorfosen, Präzisionsgeräte für Reaktoren, die goldnen Eier der westdeutschen Stahlverarbeitung nach Manfreds Worten. Der baut da mit, aber hat mir nicht verraten, weshalb er jetzt Schicht fährt. Statt dass er mich abholt am Eingang für Angestellte in sein Büro. Der Parkplatz ist satt gefüllt mit den Mittelstandskarossen der Metallarbeiter, hier wird noch gut verdient und mutig geborgt, obwohl die Fahrradständer auch nicht verwaist aussehn, wahrscheinlich wohnen viele Mannesmänner im Wohnbezirk hinter der Bahn. In Köln bei Ford war das noch möglich, da konnte der Betriebsrat Anklam selbst entscheiden, wen er durch die Hallen führte. Für die Autobauer war das Werbung. Durchgeplante Arbeitsabläufe an der BergundTalBahn des Produktionsbandes, daran mit Arbeitsdisziplin gebundene roboterartige Erfüllungssklaven in sauberen Arbeitsklamotten – das ergab verkaufsfördernde Faszination, dieses Zusammenspiel der Bewegungen, dieses hallengroße Einverständnis von Mensch und Megamaschine erzeugt staunende Bewunderung eher als Bedrückung und Angst. Hat er sich nicht gegen wehren können, trotz seiner Kenntnis der unter den blitzenden Prozessen verborgenen Ausbeutung und Verstümmelung der sie in Gang haltenden Individuen. Konnte Manfred Lieder von singen – keine Arien allerdings auf die Zeitnehmer von der REFA. Nicht sein einziges Privileg als Freigestellter, die Betriebsführungen, bis er dem Kollegen die Faust auf die Nase – für was denn? Weiler ihn Spalter genannt hat, Idiot der. Hauter ihm gleich eine drauf. Koleriker. Bliss tippte sich an die Stirn. Wer weiß was er jetzt wieder.

Kalte Füße. Hätt mich doch in die Bahnhofskneipe. Schade mitter Spätschicht. Wirder müde sein. Bleibt wieder kaum Zeit. Unser Schicksal, nie kriegen wir life mit was der andre bewegt. Warst noch bei keinem Vortrag von mir, hundert warn das leicht heut, ziemlich offne Gemeinde, merkste gleich dass da ein achtunsechziger Pfarrer die Schafe hütet. Lebt der Mensch auf, hättst deinen Spaß gehabt Manfred bei der Diskussion, die zwei Alten – Omas passt auf die nicht, Kapedistinnen wahrscheinlich, als die aus den zwanziger Jahren – wurden damals auch die Linken aus der Stadtverwaltung gefeuert, während der großen Depression dreißigeinundreißig, und dann wieder in den Fünfzigern, Adenauer, wurden die Radikalen aus den Gewerkschaften gedrückt, warn quasi Hochverräter wennse für gesamtdeutsche Wahlen und Vereinigung mitter DDR, kann man sich heut nicht mehr vorstelln. Wissen wir, klar, aber die warn dabei, haben erzählt wie von gestern, richtig was fürs linke Herz.

So schnell kommich nich wieder nach Düsseldorf. Keine Ahnung was du an deiner Maschine. Und du weißt nich wasich den Leuten in der Kirche verklicker. Oder damals beim Ostermarsch, in Schwabing. Oder meinen Schülern in Butzbach. In München wolltste noch unbedingt wissen wies bei Lena hinter der Bühne aussieht. Die Arbeitsgesellschaft ist versteckt hinter Pförtnern und Schlagbäumen. Verhaftet. Freigang am Abend, zwecks Regeneration und Vermehrung. Früher konntste jedem Handwerker auf die Finger sehn. Wir dürfen uns bloß was erzählen. Ob Lena zu Haus ist? Müsste anrufen. Aber wo hier. Wird Zeit dass die Schluss machen. Sauhunger habich.

Auf dem matt beleuchteten Parkplatz wurden Motoren angelassen, Scheinwerfer flammten auf, Bewegungen entstanden Richtung Pforte. Er erkannte Anklam erst als er in einer Gruppe von Radlern das stärkere Licht der Bogenlampe über dem Schlagbaum durchfuhr. An der schwarzen Lederjacke und der ledernen Schirmmütze. Bundeskanzler können wechseln wie die Wahlergebnisse, Manfreds Outfit übersteht jeden Konjunkturzyklus. Er rief seinen Namen. Anklam ließ die andern fahren, steuerte zu ihm, schwang sich aus dem Sattel: Mensch Vik! Ich denk du sitzt mollig in der Bahnhofskneipe! Bliss stellte seine Reisetasche runter, Anklam ließ das Fahrrad fallen. Sie umarmten sich, lachten sich in die Augen, umarmten sich noch mal.

Ich wollt nicht warten in der verqualmten Kaschemme. Hab mir deine Firma angesehn.

Meine Firma! lachte Anklam. Hab beschlossen in einem Jahr lass ich mich in den Aufsichtsrat wählen, dann stell ich dich ein als, such dir aus – Direktor der Werksbibliotek? Lehrlingsausbilder? Kantinenwirt?

Mein Magen sagt Koch, Manfred. Hab einen grausamen Hunger! Gibts in diesem Reisholz noch wo was Essbares?

Höchstens beim Mustafa. Magst du türkisch? Zu Haus hab ich nur Iglu tiefgefroren.

Bliss mochte Mustafa. Anklam war die Siebenstundenschicht nicht anzumerken, die Freude über den Besuch verscheuchte die Erschöpfung. Das Fahrrad mit seiner Aktentasche und der Reisetasche auf dem Gepäckträger schiebend schritt er locker, den linken Arm bei ihm eingehängt, neben Bliss zur Henkelstraße, ließ den Freund erzählen von seinem Vortrag in der LutherKirche, fragte nach Lena, nach seinem Prozess, und bis zu dem türkischen Imbiss wusste er schon, dass beim Oberverwaltungsgericht die Verhandlung weiter verschleppt wurde, er eine Art Fallbeispiel, Berufsverbotsprominenz geworden sei, zum RussellTribunal als Zeuge geladen und an diesem undenkwürdigen fünften Oktober siebenundsiebzig dem Pfarrer gut hundert Evangelen vornehmlich älterer Jahrgänge in die LutherKirche gelockt hatte zum Zweck der gemeinsamen Empörung über das fortwährende Unrecht der westdeutschen Lehrerverfolgung.

Der schwarze Schnäuzer Mustafa begrüßte den schwarzen Schnäuzer Anklam mit Handschlag, auch sein Freund Viktor wurde derart von der türkischen Vertretung in Reisholz willkommen geheißen. Es wunderte Bliss, dass Manfred nicht türkisch sprach, die Ähnlichkeit war verblüffend. Die beiden Männer am zweiten Tisch unterschieden sich auch nicht groß, sprachen aber unverständlich. Anklam schwor auf Mustafas Tas Kebab, der bunt in einem der Tiegel schmurgelte, magenfreundlich und lecker, jedem Döner haushoch überlegen, dazu Fladenbrot und kein Bier, das später, sondern mal einen Becher Ayran, die Milchsäure für die leichtere Verdauung.

Hast du Probleme mit dem Magen? Hab dich noch nie über Verdauung reden hörn.

Probleme mit der Arbeiterbewegung hab ich, kaute Anklam, die gehn dir nicht nur auf den Sack.

Hast du unser Abkommen gekündigt? Warum hast du nicht angerufen!

Da verschluckte sich Anklam, verhustete das Lachen – du machst mir Freude Vik! Abkommen! Wenn du nie zu Haus bist. Dreimal hab ich angerufen – immer nur Lena! Soll ich der von meinem Trabbel mit Mannesmann was vorkaun? Hat sich beschwert, dass sie sich wie ne Strohwitwe vorkommt, weil du dauernd auf Tur bist.

So, hat sie das. Hat dich vielleicht eingeladen zu ner Vorstellung von ihr, wie?

Anklam legte seinen Löffel hin, schaute ihm grad in die Augen, leichtes Kopfschütteln: Nee Vik. Die Frau von meinem Freund ist tabu. Ehrensache. Das in München war was andres. Da warst du dabei.

Wir sehn uns wirklich nur noch selten. Tagsüber arbeitet sie im Teater, abends auch oft. Und ich muss meistens irgendwo reden.

Wer zwingt dich Vik?

Bliss antwortete nicht sofort, rührte in seinem Eintopf. Wer zwingt dich, dir Ärger zu machen im Betrieb? Hast du das nötig?

Frage! Wenn die Geschäftsleitung den Kollegen auf die Füße tritt, plötzlich zwei Maschinen statt einer pro Nase zum Beispiel, soll ich da als Betriebsrat die Schnauze halten? Aber du – du könntest dich um deinen Prozess kümmern, Privatstunden geben, kochen, lesen, irgendwas Sinnvolles, was Konstruktives, statt immer gegen zu sein – gegen Berufsverbote, gegen Ausbeutung, gegen Rechtsradikale, gegen Akawes, gegen den lieben Gott

Hast dun Rad ab Manfred?

Der feixte ein bisschen. Hört sich so an, wie? Meins aber ernst, fast. Frag mich manchmal, was uns das bringt, ewig in der Opposition zu sein. Macht uns das gesund oder isses vleicht n Virus?

Bliss, provoziert, sagte den Katechismus auf: Es ist die natürlichste Sache der Welt, als denkender Mensch gegen die herrschenden Zustände zu kämpfen, weil wir sie uns humaner vorstellen können. Wir wollen eine gerechte und friedliche Gesellschaft, weil das vernünftig ist. Dafür stehen wir ein und deshalb sind wir gegen alles, was dem entgegenwirkt. Der Virus ist dein Zweifel Manfred. Aber das weißt du auch. Kleiner Düsseldorfer TÜVtest, wie? Alle zwei Jahre fällig.

Na gut, lachte Anklam, nimms so. Hast bestanden. Komm, wir ziehn um zu mir. Hab den Kühlschrank voll Schlösser und Wicküler. Mustafa – was kriegst du?

Hinter der Bahnbrücke links rein, die erste rechts, die Neubausiedlung sah in der trüben Straßenbeleuchtung kaum gepflegter aus als bei seinem ersten Besuch, (da dröhnten noch die Betontransporter zu den Baustellen), verschütteter Müll neben den freistehenden Tonnen, Fahrräder und Mopeds wirres Eisen vor Hauseingängen, die Straßenränder dicht zugeparkt, vor einem fetten Haufen Hundescheiße stieß Manfred ihn rettend zur Seite. Vier Stockwerke des Treppenhauses lernte Bliss auch kennen, da der Fahrstuhl mal wieder auf das Ende seiner Betriebsstörung wartete. Wenn wir so oft streiken würden wie die Fahrstühle der Schmitz KG, käm der deutsche Export ins Wanken. Volker Götz ist noch ärmer dran, im Fünften. Beziehungsweise die Helen, mit den zwei kleinen Kindern.

Der wohnt hier bei dir – echt? schnaufte Bliss.

Im Nebenhaus! sagte Anklam, schloss die Tür auf. Ohne den Volker wär die MIG wahrscheinlich ne Luftnummer. Setz dich ins Studio. Aufgeräumt ist. Vom Balkon kannst du die Skyline von Mannesmann und Henkel bewundern. Ab elf kommt wahrscheinlich die Duftnote von Deutschlands größtem Weißmacher dazu, je nach Windrichtung.

Kannich Lena anrufen?

Im Studio. Grüß sie von mir!

Studio nennter das. Mit Bücherecke hater angefangen, achtunsechzig. Dann kam die Bücherstube und die Bibliotek. Was kommt nach Studio? An drei Wänden kletterten die Bücher die Regalbretter hinauf, bis fast unter die Decke. Hier wohnt ein Bücherwurm. Ein Privatbelesener. Ein verhinderter Professor. Werkzeugmachende Leseratte hater sich genannt.

Bliss registrierte das schmale Lektron am Fenster, das war neu. Deshalb wahrscheinlich Studio! Er stellte seine Reisetasche auf den Sessel, probierte es aus. Seelandschaft mit Pocahontas! Mein Freund Manfred! Knackt Arno Schmidt!

Den Blick aus dem Fenster über den blumenfreien Balkon.

Hinter dem Bahndamm die Lichter der Röhrenwerke. Immer präsent.

Das Telefon in einer Regalnische. Er wählte, hörte es klingeln in seinem Arbeitszimmer, sechsmal, achtmal, zehnmal, niemand. Entweder schläft sie so fest oder (er streckte den linken Arm krumm aus: halbzwölf durch) hängt noch im Teater rum. Dann eben nicht.

Anklam, ohne Lederjacke, mit den Bierflaschen und Gläsern, stellte die auf den Boden zwischen den zwei armstützenlosen Sesseln: Und? Alles klar zu Haus?

Doch. Sie schläft scheints schon. Aber sag mal – woher hast du das Stehpult! Seit ewig wünsch ich mir eins!

Manfred lachte zufrieden über Viktors Begeisterung.

Pils oder Alt Vik? Hat mir ein Kollege gezimmert.

Toll. Ich glaub du hast auch Berufsverbot. Weißtes bloß nicht. An dir ist dem deutschen Volk ein Literaturwissenschaftler verloren gegangen.

Genau. Spätestens nach der Revolution werden wir alle Literaturwissenschaftler. Darauf!

Das erste Wicküler verlor sich schnell in ihren Kehlen und Manfred schien in seiner spartanisch-literarischen Wohnung auch wieder in seinem optimistischen Temperament zu Hause, erzählte strahlend, dass er und Volker Götz jetzt die Hauptpersonen eines Romans werden sollten, eines Romans, jawohl, der von den Düsseldorfer WerkkreisLeuten über die Reisholzer MieterInteressenGemeinschaft gegen die Wohnungsgesellschaft geschrieben würde. Die arbeiteten werkstattmäßig zusammen, schrieben den Roman kollektiv, erste Interviews hätten sie schon gemacht und an Sitzungen teilgenommen, Amateure klar, schreibende Arbeiter, aber einer, ein Lehrer, hätte schon einen Betriebsroman über den PierburgStreik in Neuss geschrieben und ein Journalist von der Demokratischen Zeitung sei auch in dem Team. Weiß man, ob nicht ein Willi Bredel dabei ist oder ein Kisch, wenn schon kein Grass oder Böll?

Bliss hatte vor Jahren ein paar Taschenbücher aus diesem Werkkreis für eine Literatur der Arbeitswelt in die Finger bekommen und im Unterricht verwendet, sehr brauchbares

Anschauungsmaterial für die Schüler, kannte auch einen alten schreibenden Arbeiter aus Marburg, der dazu gehörte – so ein Bücherfex wie du – und zufällig, zweiunsiebzig muss das gewesen sein, hat er in Immenhausen bei der SüßmuthHütte einen jungen Mann einen Text über den Kampf um die Glashütte vorlesen hören. Der war auch vom Werkkreis, hater gesagt. Später habich Artikel von dem in der DZ gelesen, über Wyhl, jetzt noch über Erwitte, den Streik in der Zementfabrik.

Der Mann heißt Armin Kolenda!

Du kennst den auch?

Aus der DZ, klar. Der gehört zu dieser Düsseldorfer Schreibwerkstatt, arbeitet da mit. An dem Roman. War neulich in der Hauptversammlung unsrer MIG.

Damals musser noch in Köln gewohnt haben. War eigentlich Sozialarbeiter. Verdammt guter Text, sehr kritisch. Illusionslos.

Alle guten Leute ziehts in die Landeshauptstadt. Siehstu an mir. Du versauerst in der Provinz. Schlag Lena vor, sie soll sich an unserm Schauspielhaus bewerben. Oder in Neuss oder Krefeld. Ne anständige Wohnung könntich euch besorgen, hier im Neubaugebiet. Mit Tuchfühlung zum Proletariat. Bekämen wir endlich mal Gelegenheit uns die Welt zu erklärn.

Bliss war so was Ähnliches wie gerührt von der Idee seines Freundes, fand sie verführerisch, aber zu viele Hindernisse standen ihrer Verwirklichung im Weg. Er musste seinen Prozess in Hessen zu Ende bringen, denn dort hatte er sich um Einstellung beworben. Der Öffentliche Dienst im Schulbereich war Ländersache, müsste er in Düsseldorf ganz von vorn anfangen. Sei außerdem bei den Ämtern inzwischen bundesweit verrufen, wegen seiner uneinsichtigen Vorträge, da säßen immer die Ärsche mit den großen Ohren drin, incognito. Der Hauptgrund war aber Lena. Die wollte ja immer schon nicht bloß Schauspieler kostümiern, sondern selber auf die Bühne. Der Intendant in Gießen, ziemlich junger Kerl, aufgeschlossner Mann, hatte ihr im Sommer eine Chance gegeben, in einer eignen Inszenierung. Kleine Rolle bloß, aber Lena war erstaunlich gut. Da hoffte sie mit Grund auf was Größeres.

Hat wieder angefangen Schauspielunterricht zu nehmen. Wegziehn von Gießen würde sie höchstens, wenn der Intendant an ein andres Teater wechselte. Sie war schon immer eine Teaterhexe. Jetzt hat sie richtig Blut geleckt. Blüht auf. Du kennst sie nicht wieder.

Und? fragte Anklam.

Und – was?

Freust du dich? Das ist doch nach ihrem Rausschmiss in München eine tolle Entwicklung. Beweist dass sie nicht aufgegeben hat.

Das schon, ja.

Aber?

Kein Aber.

Anklam hörte das Unentschiedne in Viktors Stimme, den Vorbehalt, er ließ ihn nicht aus den Krallen seiner Neugier oder Anteilnahme, bis der seinen fortwährenden, nun noch gesteigerten Frust eingestand, für den er sich doch schämte, dass er immer wieder wartete auf seine Frau, die nie ihre Rückkehr nach Hause genau vorhersagen konnte oder wollte, einfach zu vergessen schien, dass jemand, ihr Mann, auf sie wartete – nur weil sie einen wichtigen Kollegen in der Kantine oder mit dem Regisseur die Kostümkonzeption besprechen oder sich einfach nur verquatscht, nicht auf die Uhr geschaut hatte. Nicht von der beruflich bedingten Abwesenheit als solcher sprach er, sondern von ihrer Unbestimmtheit, ihrer potentiellen Grenzenlosigkeit, von der er sich bedroht und gekränkt fühlte. Klar war er selbst, seit er keinen geregelten Unterricht mehr geben durfte, auch häufig abwesend, vor allem wegen der Vortragsreisen, das doch aber nach genau definierten Zeitkriterien – garantiert fühlte er sich verpflichtet, Lena nicht warten zu lassen, alles daran setzend, seine Zeitangaben einzuhalten oder, wenn dies einmal nicht möglich war, dann sie unter allen Umständen zu benachrichtigen, über das Teater, über Nachbarn notfalls, wenn er sie nicht am Telefon erreichte. Umso mehr verletzte ihn ihre fröhliche Unbekümmertheit, mit der sie nachts um zwei oder drei, leicht beschwipst, ihn begrüßen konnte, erstaunt, ihn noch wach zu finden, der doch vor Sorge nicht hatte einschlafen können und deshalb noch ausgelacht wurde, wahrscheinlich mit Recht – was sollte denn passieren auf dem Weg vom Teater nach Hause! und dann packte ihn aber unausweichlich eine wütende Finsternis, eine zerstörerische Bitterkeit, die ihr Tagesleben eine Weile unerträglich machte. Wie oft hat er sich zu mehr Nonchalence selbst ermahnt, wenigstens ein Bruchteil der Wurschtigkeit, des Gottvertrauens, das Lena völlig unreflektiert an den Tag legte, und es schien ihm, dass sein Hang zu Pünktlichkeit inzwischen, aber als eine Gegenreaktion gegen Lenas vermehrte Aushäusigkeit, schon zu Pedanterie und Pingeligkeit entartete, eine schleichende Infektion, unwürdig eines aufgeklärten Marxisten, der seine Frau wie jedes andre Individuum als freien selbstbestimmten Menschen versteht.

Bliss bekräftigte sein Geständnis mit einem wütenden Knurrlaut und forderte mehr Bier.

Anklam, ungewöhnlich gehorsam, holte zwei Flaschen aus dem Kühlschrank, floppte eine auf, goss vorsichtig das leise rauschende Pils in ihre Gläser, mehrmals. Prost Vik! Er sah ihn nachdenklich an, strich sich den Schaum aus den Haaren. Du verschwendest viel Energie auf einer Nebenbühne, scheint mir. Kriegsschauplatz will ich nicht sagen.

Unfreiwillig, ja. Sag mir ein Rezept dagegen. Es macht mich verrückt.

Wenn du den Professor Blaubart hören willst – willst du? – dann sagt der, du bist einfach zu fixiert auf diese Frau. Vielleicht hast dun Mutterkomplex, bin kein Psychologe. Darfste im Betrieb nich sein. Die Mutter soll immer dasein wenn Bübchen Hunger hat. Statt dass der Kleine mal zu ner andren Tante ausweicht, die auch Grießbrei kochen kann. Ich würd mich nie so festlegen.

Bliss schnaubte ein kurzes Lachen durch die Nase. Ja, du! Ich will aber die Ehe mit Lena. Zehn Jahr arbeiten wir jetzt an diesem Joint Venture. Ich will auch noch ein Kind, eine Familie mit ihr, wenn sie was mehr Zeit hat privat. Und ich einen festen Job.

Warum machst du ihr nicht einfach eins – dann muss sie sich mehr Zeit nehmen.

Gegen die Pille kannst du nicht anstinken.

Das ist wahr. Anklam nickte. Schaufelte eine Handvoll Erdnüsse ein. Spülte mit Bier. Obwohl sie ein Segen ist, für uns.

Ich hab viel von Lena gelernt. Ohne sie wüsstich kaum, was Kunst bedeutet, künstlerisches Leben, diese existenzielle Offenheit. Aber wenn du denkst, ich schau durch alle andern Frauen durch, dann schneidst du dich. Und die schaun auch nicht alle durch mich durch.

Na ein Glück. Das berechtigt doch zu einiger Hoffnung mein Junge.

Aber Lena bleibt mein Zentralgestirn. Sie ist die Einzige, so paradox es klingt. Noch nie hat mich eine andre auf den Wunsch gebracht, Lena ihretwegen zu verlassen. So sehr ich manchmal schon in einen hormonalen Ausnahmezustand geraten bin – ich bin Lena immer treu geblieben. Deshalb nützt mir dein Blaubartrezept nix.

Verstehe. Hübsche Metafer für Seitensprung. Hormonaler Ausnahmezustand. Mussich mir merken. Anklam kratzte sich hörbar hinterm Ohr. Nein, eigentlich versteh ich euch nicht. Ist Lena eifersüchtig auf deine – Wandelsternchen?

Da fragst du was Manfred. Völlig unvorhersehbar. Mal wird sie zur Furie, mal gönnt sies mir verständnisvoll, mal freundet sie sich an mit der Frau und lässt sie mit in unser Bett.

Das Rätsel Weib Vik. Da ham wirs wieder. Nietzsche dachte er kanns mit der Peitsche lösen.

Der kannte Alice Schwarzer nicht. Die Zeiten sind vorbei. Ich hätt das nie gewollt.

Und du, fiel Anklam ein, wirst du mal anständig eifersüchtig?

Ich? Nee.

Ich mein, damals in München, mein Ding mit Lena, das ist dir doch nicht in den Kleidern hängen geblieben.

Ach na ja, weißtu. Klar dass die alten Zöpfe nicht über Nacht abfallen. Wirklich empfindlich wär ich nur, wenn die Prioritäten nicht mehr klar sind. Lena hat die gleichen Rechte wie ich. Genau weiß ich nicht, wie weit meine Toleranz reichen würde. Wahrscheinlich betrügt sie mich eher mittem Teater als mittem Typ.

Bliss rappelte sich auf aus dem Sessel, reckte sich, trat an das Stehpult, sah hinaus. Blödes Wort – betrügen. Hat doch beides mit Selbstverwirklichung zu tun, oder?

Anklam, neben ihm am Fenster, legte den Arm um seine Schulter. Stößt du aber meist mit an Vik, mitter Selbstverwirklichung. Die Kunst wär, die so geregelt zu kriegen, dass du bei niemand aneckst. Klappt fast nie. Ich bin lieber Rabauke. Klare Verhältnisse. A oder B. Sau oder Engel. Boss oder Prolet.

Ja Manfred. Du bist mein vorläufig unerreichtes Vorbild. Aber verrat mir jetzt endlich, weshalb du da drüben an einer Drehbank arbeitest, statt im Betriebsratsbüro zu sitzen? Red ich schon mal in Düsseldorf, und zu ner arbeiterfreundlichen Zeit, malochst du plötzlich auf Spätschicht.

Bistu zur Pforte gekommen um zu sehn obs wahr ist? Ich glaubs selbst noch nicht ganz.

Kaum vier Wochen lag der Anschlag der Abwieglerfraktion im Betriebsrat zurück, genau als der BahroVorabdruck im Spiegel erschien und er in der DDR verhaftet wurde – zufälliges Zusammentreffen – da haben sie in der Sitzung, wo es eigentlich um Aktionen gegen die geplanten Rationalisierungen und Entlassungen gehen sollte, eine Unterschriftsliste von rund hundert Werksangehörigen auf den Tisch geknallt. War eine Misstrauenserklärung gegen den Vorsitzenden Anklam. Ihm blieb nichts andres übrig als zurückzutreten. In den Wochen davor hatte er mit einem Teil des Vertrauenskörpers auf einen Warnstreik hingearbeitet, natürlich nicht offen. Trotzdem hatte die Geschäftsleitung davon Wind bekommen. Seit dem spontanen Ausstand in dreiundsiebzig war er einer der bestgehassten Arbeiter für die MannesmannBosse, weil er als Leiter des Vertrauenskörpers den Kampf vorbereitet hatte und wegen der ausgehandelten Friedensvereinbarung nicht entlassen werden konnte. Kurz darauf wurde er mit den meisten Stimmen in den Betriebsrat und zum Vorsitzenden gewählt, trotz der Warnschüsse vom Loderer. (Die Geschichte kannte Bliss längst und wusste auch, dass Manfred damals mit ziemlichem Getöse in den KBW eingetreten war). Diesmal nun, also im August war das, hat die Geschäftsleitung die

Parole ausgestreut, dass bei einem Produktionsausfall durch einen Streik die entstehenden Verluste mit den Sozialplänen für die unumgänglich zu entlassenden Arbeitnehmer verrechnet werden müssten. Anklams Stellvertreter und dessen Getreue haben das geglaubt oder nicht, jedenfalls eine üble Stimmungsmache nach dem Muster von dreiundsiebzig gegen ihn losgetreten mit dem Ergebnis, dass er nun seine Fähigkeiten als Werkzeugmacher an der Revolverdrehmaschine wiederbeleben kann. Und die zweihundert Entlassungen widerstandslos über die Bühne gegangen sind. In der Belegschaft aber ist die Wut groß über das gezinkte Spiel der Betriebsratsmehrheit und der Geschäftsleitung, und mit Sicherheit werden sie ihm bei den bevorstehnden Betriebsratwahlen wieder mit Hallo das Vertrauen aussprechen.

Bliss war erstaunt, wie nüchtern, wie ungewohnt emotionslos der Freund die Geschichte seiner Vertreibung von der Gegenmacht berichtet hatte, so als beträfe sie nicht ihn selbst, sondern irgendeinen befreundeten Metaller. Ist er froh, wieder handfest arbeiten zu können? Oder hat er seine Enttäuschung verdrängt, abgeschoben ins Unterbewusste, kann nicht zugeben, vor sich und vor mir, dass er aufgelaufen ist und festsitzt?

Anklam hatte seinen Bericht durch das Fenster über den Balkon gesprochen, fast dunkel draußen der Güterbahnhof und die Gleisanlagen der rechtsrheinischen FernzugTrasse, dahinter die orangefarbenen Fensterbänder des Stahlwerks, hell strahlend unter den mit roten Signallampen bekränzten Schloten und einem fetten gelben Mond. Ferner beschienen die Lichter der City zerrissene Wolken.

Hast du jetzt deinen verstockten Kollegen da drüben ihre Schweinerei gepredigt? erkundigte sich Bliss.

Anklam drehte sich halb um, sah Bliss mit seinen tiefschwarzen Augen, gar nicht funkelnd, gar nicht Blitze sprühend, ins Gesicht. Vik, sagte er ernst, soll ich dir was erzählen. Es ist so, dass es mich einen Scheißdreck intressiert, in einem Betriebsrat den Vorsitzenden zu spielen. Ich brauch das nicht, meine Psyche läuft voll rund, auch ohne das. Ich pack lieber Eisen an bei der Arbeit als Papier, damit du klar siehst. Aber ich bin sehr enttäuscht, dass die Kollegen so wenig Durchblick und Entschlusskraft haben. Das macht mich müde. Kämpfen für eine Sache, die ich als richtig erachtet habe, macht mich lustig. Bissig, Und dauerhart wie alte Salami. Aber wenn deine nächsten Mitarbeiter dir permanent mit Beschlusslage und Friedenspflicht und Arbeitsdirektor in die Kniekehle haun, lassen dich allein rödeln, stehn nur dumm rum und schaukeln ihre Eier, dann reißt mir irgendwann die Geduld. Kannst du das verstehn? Deshalb hab ich ihnen die Brocken vor die Füße geschmissen. Und den KBWLeuten auch. Das war vielleicht ein Verein! Die Bagwangs, die Heiligen der letzten Tage und die RAF, gib die in einen Mixer, misch gut durch und raus kommt die Avantgarde des Proletariats unter Führung von Joscha Schmierer.

Über das gelöste Lachen von Bliss goss er kühl die Dusche: Was mich nicht reif gemacht hat für Honnis westdeutsche Ableger Vik, falls du das denkst – ich will mir von keinen ausgeklüngelten ZKBeschlüssen was vorschreiben lassen. Lieber einsamer Wolf als mit ner Meute von blauäugigen Huskies im Geschirr.

Dazwischen gibts nichts, denkst du? Ich fürchte wenn du ne Organisation für Individualisten suchst, landest du bei der FDP. Oder gleich bei den Anarchisten. Die größte Tat Schleyers in seinem lebenslangen Kampf für die Herrschaft des Kapitals war seine Entführung durch die RAF Manfred.

Der lachte sarkastisch. Sagt das deine Partei.

Die sagt, alle diese Anschläge und Morde, Buback, Ponto, Drenkmann, die Attachés in der schwedischen Botschaft, und jetzt die SchleyerEntführung mit vier toten Polizisten, geben dem Staat die Möglichkeit, ohne Widerspruch durchzusetzen, was sie an Polizeigesetzen brauchen. Schmidts Großer Krisenstab – das ist die praktizierte Notstandsregierung, gegen die wir achtunsechzig auf den Straßen waren. Eine Handvoll durchgeknallte Studenten geben dem kapitalistischen Staat die legale Möglichkeit, das demokratische Mäntelchen abzuwerfen und das Volk in Beugehaft zu nehmen. Und das unter Führung der sozialdemokratischen Partei!

Durchgeknallt! Ich bitte dich Vik, sag das nicht. Ulrike Meinhoff war nicht verrückt. So wenig wie Fidel und Che und

Ho Tschi Minh. Die haben das nicht mehr ertragen, die Ungerechtigkeit, die Verlogenheit, die Ausbeutung. Wir habens doch erlebt was wir bewirken mit Demonstrationen! Dass die Polizei jetzt rumläuft wie Panzerritter! Und verteidigt nicht die Bannmeile in Bonn sondern die AkaweBauplätze. Nicht die Demokratie, sondern die Profite der Atomwirtschaft – eine Technik für deren Auswirkungen kein irdisches Wesen die Verantwortung tragen kann! Mit Tränengasbomben von Hubschraubern und elektrischen Knüppeln. Ich muss dir mit deinem Berufsverbot nicht erzähln, was das Recht in diesem Staat wert ist, wenn wer die alte sozialistische Idee wieder aufgreift, die Produktionsmittel zu vergesellschaften. Und dafür Anhänger werben will.

Mensch siehstu nicht, wie das Volk durch die Anschläge in die Arme der Konservativen getrieben wird?

Durch die Anschläge? Oder durch die Hetzer in BILD und ZDF? Springer und Löwenthal und Strauß, wie sie alle heißen. Ich bin sicher, dass die frommen Bauern im Mansfeld und in Schwaben diese klammheimliche Freude kannten, wenn einem ihrer Feudalherrn mal das Genick gebrochen wurde, egal was Doktor Luther von gottgegebener Herrschaft predigte.

Hör auf Manfred! Wir hatten ne französische Revolution, wir hatten ne Oktoberrevolution, wir haben ein Grundgesetz – das ist was andres als Feudalismus und Faschismus!

Anklam lachte böse: Mal was von Isolationsfolter gehört? Im schwarzen Turm in Ketten verdursten oder in der weißen Zelle ohne Nacht verrückt werden – siehstu da einen bemerkenswerten Unterschied? Ich warte immer noch darauf, dass dein Parteivorstand endlich mal fordert, die RAFLeute als Partisanen der dritten Welt anzuerkennen, als Kombattanten, ihnen politischen Prozess zu machen, statt zuzulassen, dass sie mit Kriminellen gleichgesetzt werden, die aus dreckigen Motiven handeln. Ganz genau wissen deine Genossen, dass die RAF nur gegen die Drahtzieher und Nutznießer der großen Verbrechen im Trikont kämpft, aber aus Taktik tauchen sie ab. Irregeleitete Kleinbürgerkinder – das ist noch das Freundlichste was sie über die Lippen bringen. Was die angetrieben hat nenne ich politische Verzweiflung Vik, nein, falsch: moralische Verzweiflung ist es, am Sinn von politischem Handeln, weil alles Politische korrupt ist und verlogen und wer ehrlich politisch zu handeln versucht gerät mit in den Sumpf. Das hat der alte taprige Heinrich mit seinem Nobelpreis sehr gut verstanden, als er freies Geleit für Ulrike Meinhoff gefordert hat. Die Ulrike war sowas wie ne Mischung aus Rosa Luxemburg und Jeanne d'Arc, nur ohne französische Soldaten und ohne Arbeiterbewegung im Rücken. Die Million Arbeitslose

Du hast es heut mit den Mischungen, fiel ihm Bliss in den Gedanken, hilflos, ratlos.

Ja und? rief Anklam zornig – ist das eine Antwort?! Du sagst, wegen der RAF rüstet dieser Staat auf, ich sage, wegen der demokratischen Demonstranten wird seit achtunsechzig eine Polizeiarmee entwickelt, die du in Brokdorf besichtigen konntest – wo war denn die RAF am Bauzaun? Je mehr Widerstand aus der Bevölkerung, je mehr Polizei und geheime Überwachung. Also wer denn nun – sinds die Stadtguerilleros oder die demokratiebesoffnen Studenten, die den bürgerlichen Staat zum Extremismus treiben? Das Ergebnis ist das gleiche. Wer auch immer wie auch immer selbst zu handeln versucht und dieses System der delegierten Verantwortung angreift, wer feststellt, dass es nur noch zum Erhalt und zur Vergrößerung der Kapitalherrschaft führt, der wird zum Hochverräter verurteilt. Und ich wette, Herr Doktor, wenn du über die Geschichte der Berufsverbote sprichst, dann redest du über genau diesen Sachverhalt mit der gleichen Wut wie ich.

Nur etwas leiser, ja Manfred.

Ein Betriebsrat muss zu fünfhundert Leuten sprechen können.

Sind die vierhundertneunundneunzig in der Küche?

Nein, auf dem Balkon! Da draußen! Außerdem hab ich keine Küche, sondern eine sogenannte Kochnische. Da pass ich kaum selber rein.

Pfff machte Bliss, und ich dachte du bist erschöpft von deinem Siebenstundentag.

Binich auch Vik. Aber wann habich schon mal einen Kerl mit dem ich Tacheles reden kann. Einen Satz will ich noch loswerden, dann gehn wir auf Traumstation. Ich denke, diese innenpolitische Militarisierung, die wir in den USA und in Westeuropa beobachten, die hat mit ner Bedrohung aus dem Osten weniger zu tun als mit der Angst der Herrschenden vor der Fünften Kolonne der Arbeitslosen und Besitzlosen in unsern Industrieländern – aber sie können nicht anders als die vermehren durch den Zwang zur Rationalisierung – die Investitionen von heute sind die Arbeitslosen von morgen, und wenn erst die Produktion menschenfrei läuft, wird es nur noch ein paar machthabende Dagobert Duck und die Masse Sozialkrüppel geben. Gegen die werden die Schutztruppen abgerichtet, vorsorglich. Die werden die Fabriken stürmen wollen wie die Alternativen heute die AkaweBauplätze. Insofern, meinich, ist das zwangsläufig: je mehr Arbeitslose je mehr Polizei.

Beziehungsweise, fiel Bliss dazu ein, machen sie aus den Arbeitslosen Polizisten. Sone Art Faschismus. Damit die nicht in die DDR abhaun.

Da guckte Anklam schräg: Nach drüben? Die Massen? Das glaubich nun wieder nicht Vik. Ein paar tausend vielleicht.

Er sagte das aber so beiläufig, dass Bliss nicht zu einer DDR Kontroverse herausgefordert wurde. Das Tema gehörte zu ihren heißesten Streitpunkten. Er zog ihn am Arm mit durch den Wohn- und Kochbereich in das Nebenzimmer, an dessen Rückwand über dem Doppelbett sein altes Münchner SDSPlakat mit den drei roten Leitfiguren grüßte. Bliss grüßte zurück: Hallo ihr – auch noch wach!

Die immer, sagte Anklam, sehn und hörn alles. Sind meine Staatssicherheit. Er setzte sich kräftig auf das Bett: Neue quietschfeste Matratze. Sehr nützlich in diesen hellhörigen Betonbauten.

Schläfst du so unruhig?

Wenn ich Bettbesuch hab der mich aufregt. Gehörst du glaubich nicht dazu guter Freund. Also? Die Alternative heißt Luftmatratze im Studio.

Luftmatratze muss nicht sein. Wenn ich noch was lesen darf im Bett? Kann sonst nicht einschlafen, mit dem vollgequatschten Schädel.

Klar Vik. Das Problem habich nicht. Schlaf weg wie ne Ratz, seit ich wieder schaffen darf. Brauchstu neue Bettwäsche? Hat nur ein süßer Erzengel mit blondem Lockenkopf drin geschlafen, Gabriele. Riecht sicher besser als die persilfrische aussem Schrank.

Ich werds zu schätzen wissen, danke.

Weißtu was das Herrliche ist am Schlaf Vik? – Dass die ganze Scheiße weg ist.

Die Werkstatt hat Kopfschmerzen

Sie waren um acht schon ziemlich erschöpft, als Hermann forderte, nun endlich zu ihrer Hauptaufgabe vorzustoßen und, ohne auf Muschs und Dietmars weitere Tagesordnungspunkte (Lesungen bei den Metallern in Sprockhövel, Anträge an die Regionalversammlung) Rücksicht zu nehmen, mit einem entschiedenen Ihrkönntmichmal, das ist jetzt wichtiger! die Kopien seines neuen Textes zum BürgerinitiativenRoman zu verteilen.

Er hatte die Stimmung in der Werkstatt richtig verstanden. Die meisten waren froh, sich endlich mit dem beschäftigen zu können, was sie immer noch, und besonders nach solchen zähen Diskussionen, als ihre eigentliche, als die schöne und lustvolle Seite ihrer wöchentlichen Sitzungen erlebten – die Arbeit an einem Stück Literatur. Oft entstand ein solcher Druck durch die von allen prinzipiell als notwendig anerkannten organisatorischen Aufgaben – erforderlich zur Verbesserung, zur vorausschauenden Planung und zur gezielten Verbreitung ihrer Bücher, dass sich das Beiwerk vor ihre Herzenssache schob und sie fast überwucherte.

Manche, die eher aus politischem Intresse in eine der Werkstätten des Werkkreises geraten waren, die lernen wollten gute Flugblätter oder Betriebszeitungen zu verfassen, empfanden das weniger stark. Manchen erschienen die Hemmungen, die scheinbaren Nachlässigkeiten und Umständlichkeiten der schreibenden Arbeiter als lästige Entwicklungsprobleme der Menschen, nicht der Literatur, die zu bewältigen seien durch noch bessere Planung und Organisation. Es gab zwar unter den Frauen und Männern im Werkkreis grundsätzliche Übereinstimmung bei den Zielen ihrer Arbeit, wie sie auch in seinem

Programm festgeschrieben waren, immer neu aber flammten die Meinungsverschiedenheiten auf, wie denn diese Ziele zu erreichen, wie die Erfahrungen der einzelnen in eine möglichst allgemeingültige, vor allem von der arbeitenden Bevölkerung verstandene und gern und mit politischem Nutzen gelesene Literatur umzusetzen seien. Die Diskussion darüber entzündete sich an den einzelnen Büchern, die von den verschiedenen, auch individuell geprägten Werkstätten herausgegeben wurden und führte manchmal zu extrem unterschiedlichen Urteilen, so dass schließlich alle Definitionsmühen immer wieder bei Brechts Überlegungen zur Weite und Vielfalt realistischer Schreibweise als letzter Zuflucht und Gewissheit endeten.

Hermann hatte seine Beschreibung der Vorgänge im Reisholzer MannesmannBetrieb um die Kaltstellung von Manfred Anklam fertig gelesen, nicht ohne sich mehrfach durch ein Achduscheiße! Mist! HierfehlteinAbsatz! zu unterbrechen, und jedesmal in ungespielter Bestürzung, wenn er sich in den Verweisen und Nachbesserungen des Manuskripts nicht so schnell zurecht fand, wie es die Dramatik der dargestellten Ereignisse erforderte. Der Beifall, den die sieben andern auf den Tisch klopften, war stark, ließ sein zweifelndes Gesicht in ein befreites Lächeln aufgehn, denn mit erfahrenen Schreibern waren die Kollegen meist streng, anders als bei Anfängern, deren Selbstvertrauen ermutigt werden musste. Hermann war zwar auch für Lob und Zustimmung empfänglich, aber mit seinen Arbeiten gingen sie unverblümt zu Werk – er war nicht nur die fleischgewordne Gutmütigkeit, sondern schluckte sachhaltige Vorschläge mit Neugier, ja Lust.

Die übliche Pause trat ein, hervorgerufen durch die Absicht der erfahrenen Schreiber der Werkstatt, den Neueren nicht durch ihr Urteil den Mut zu spontanen kritischen Äußerungen zu nehmen. Die aber, noch unsicher, warteten lieber, bis Josef oder Armin oder Dietmar erste verbale Schneisen in das noch diffuse Dickicht der Eindrücke gebahnt hatten.

An diesem Freitag allerdings lief alles anders. Musch hatte als einziger kein Zeichen von Zustimmung gegeben, saß mit hängendem Schnäuzer und gefurchter Stirn vor seinem Manuskript-Exemplar, ließ seinen Kugelschreiber Piruetten tanzen und war sichtlich außerordentlich unzufrieden. Nie machte er bei der Textkritik den Anfang, aber an diesem Abend tat er es. Und zwar nicht, wie es üblich war, mit ein paar allgemeinen Bemerkungen zur Qualität des Textes oder stilistischen Verbesserungsvorschlägen, die fast immer zuerst vorgebracht wurden, bis der kritische Motor der Werkstatt warmgelaufen war, sondern Musch ging direkt in die Vollen: Mein lieber Hermann, sagte er finster und fast schon drohend, das ist vielleicht ein guter Text, jedenfalls scheinen die Anwesenden dieser Meinung zu sein, aber ich muss dir ehrlich sagen: dat Dingen ist ein ganz dicker Hund! Und wenn ihr ausnahmsweise mal auf mich hört, obwohl ich zugegeben von Literatur wenig Ahnung habe, dann rahmst du dir das Manuskript golden ein und schenkst es deiner Frau zum Geburtstag. Veröffentlicht wird das nämlich nur über meine Leiche! Und die ist ziemlich sperrig.

Was ist denn mit dir los Musch! Spinnst du total? Hermann sah aus wie einer, dem jemand hinterrücks einen Schneeball ins Hemd gesteckt hatte. Auch die andern waren verblüfft ob dieser ungewohnten und radikalen Attacke.

Würdest du mal erläutern, was du gegen Hermanns Text hast, sagte Armin, da sind zwar noch ein paar Macken drin, gut, aber –

Dann führ du mal die Verhandlungen mit dem DGB! Musch steigerte sich noch: Lauf du dir die Hacken ab auf dem Bezirk und bei der IGMVerwaltungsstelle! Dann verstehst du mich vielleicht. Ich hab verdammt keine Lust, da rumzupilgern bei den Gewerkschaftskollegen, mir den Bart fusslig zu quatschen, damit wir am ersten Mai auf die Tribüne kommen und bei den Schulungen Lesungen machen dürfen, jetzt hat mir der Kollege Raumann sogar in Aussicht gestellt, unsre Bücherzettel an die Einzelgewerkschaften zu schicken, dass die mal merken, wer die richtige Literatur macht für die Arbeitnehmer, und dann wollen wir einen Roman veröffentlichen, der das alles in Klump haut! Mit allen Namen und echt wie es gewesen ist, die ganze Trickserei bei der IG Metall und den SPDLeuten gegen den Anklam.

Mann Musch! Jetzt bin ich aber fertig. Hermann war fassungslos. Wer hat uns denn die ganze Sache mit der MIG und Mannesmann angeschafft?

Hat ja damit überhaupt nichts zu tun!

Moment mal, sagte Dietmar scharf, stimmt es oder stimmt es nicht, was der Hermann geschrieben hat?

Was fragst du mich? War ich dabei? Keiner von uns war dabei!

Sicher stimmt es, warum soll es nicht stimmen? Paul, der sonst fast nie seine Meinung sagte, außer man fragte ihn ausdrücklich, Paul war so böse, dass er dazwischenplatzte: Das ist nicht nur einmal passiert, das passiert hundertmal! Das passiert in meinem Betrieb und überall, wo mal von den Kollegen ein Kommunist gewählt wird. Aber dass seine Kollegen für ihn auf die Barrikaden gehn, wenn er abgeschossen wird, das sind eure Wunschvorstellungen!

Die Vertrauensleute haben für ihn Unterschriften gesammelt, blaffte Hermann zurück. Da wars allerdings zu spät, genau wie ichs geschrieben hab.

Und Armin: Eine Schweinerei war es trotzdem. Ich frag mich, ob wir eine Schweinerei nicht mehr eine Schweinerei nennen sollen, mit Rücksicht auf ein paar verkaufte Bücher mehr oder weniger.

Um ein paar Bücher gehts überhaupt nicht Armin! Es handelt sich um unsre Verankerung in den Gewerkschaften, die wir im Programm haben – muss ich dir das erzähln? Das ist eine verdammt politische Frage!

Jetzt leck mich doch am Arsch Musch – Hermann, der gutmütige Hermann, tigerte um den großen Tisch, redete mit Mund und Armen – ihr könnt mir viel erklärn, was hier opportun ist oder nicht, ich denke nicht daran, mich selbst zu zensiern! Schere im Kopf, was? Bei mir nicht. Wenn ich nicht mehr die Wahrheit schreiben darf im Werkkreis, dann Amen. Gute Nacht. Kann ich gleich zu Springer gehn. Da gibts wenigstens Schotter für die Lügen!

Martin versuchte zu schlichten: Die Wahrheit wollen wir alle schreiben Hermann. Oder nicht? Die Frage ist nur, wie kriegen wir sie ans Licht?

Manchmal muss man schon taktieren, sagte Uschi. Rücksichtnehmen, könnte man auch sagen. Was meint ihr, wenn die Linken bei den Naturfreunden ihre Vorstellungen immer hundert Prozent durchsetzen wollten, nach der Kopfdurchdie-WandMetode. Da wär der Verband schnell kaputt.

Eben, sagte Musch, die Uschi hatet erfasst.

Da offensichtlich jeder recht hatte, wenigstens teilweise, entstand eine schwangere Pause, die nur Dietmar ausnutzte, sich eine Flasche Bier aus dem Vorratsschrank zu holen. Noch ehe er den Öffner am Schlüsselbund aus der Tasche gezogen hatte, fing Armin noch einen Gedanken:

Die Frage ist weniger, ob was Wahrheit ist oder nicht, sondern ob sie verstanden wird. Wir reden jetzt so, als ob wir nur für Düsseldorf und Umgebung schreiben, wo die Vorfälle in Reisholz einigermaßen bekannt sind. Gut, wenn wir an einer Reportage oder ner Dokumentation arbeiten würden, aber ein Roman, meinich, der muss nicht auf den Einzelfall zutreffen, der soll beispielhafte Verhältnisse schildern. Also was, wo jeder sagen kann: Genau! Das stimmt, so was kommt vor. Der olle Goethe – entschuldigt! – hat mal ganz frech behauptet Die Natur ist eine Gans. Damit wollte der alte Herr sagen, für die Literatur sind Zufälle, also zufällige Stimmigkeiten, ziemlich uninteressant. Da zählen gesellschaftliche Wahrheiten, das Typische. Wenn der Mann recht hat, dann müssen wir uns fragen, ob die Vorfälle beim Röhrenwerk ein Einzelfall sind oder doch exemplarisch.

Hat der Paul schon gesagt, hundertmal kommt das vor. Jedenfalls in den großen Betrieben. Sagte Martin.

Und wenn die Firmenleitung uns verklagt oder der Betriebsrat? Dann stehn wir im Hemd. Hermann wird sein Lehrergehalt bestimmt nicht angreifen. Das war Muschs letzter Trumpf.

Wieso verklagen, fragte Martin in vermutlich scheinheiliger Verwunderung, wenn wir doch nichts andres schreiben, als was passiert ist?

Persönlichkeitsschutz heißt das. Dietmar legte Martin die Hand auf den Arm – lernst du alles noch kennen. Schutz der Geschäftsintressen undsoweiter. Siemens gegen F.C.Delius, Streitwert hunderttausend Eier.

Martin verzog das Gesicht: Ach so – das blüht uns auch noch?

Musch verlegte sich aufs Bitten: Lassen wir den Roman doch wenigstens in einer andren Stadt spielen, in Hamburg, in Dortmund, weiß der Teufel wo.

Wo wir die Verhältnisse überhaupt nicht kennen, du spinnst Musch. Dann doch gleich in Wolkenkuckucksheim. Bitte – nimm meinen Text, schreib ihn um auf Kleinkleckersdorf oder Buxtehude! Versuchs mal! Ich bin gespannt! Hermann klatschte ihm sein Manuskript auf die Kopie, die vor ihm lag.

Musch, der große Musch, war damit endgültig gewaltlos zum Schweigen gebracht von dem kurzen stämmigen Ringer Spix. Maria bot frischen Kaffee als Friedenstrunk, aber damit war das Problem nicht aus der Welt zu spülen. Armin suchte einen vorläufigen Kompromiss: Ich finde, wir sollten erst mal weitermachen wie bisher – aufschreiben was wir erfahren, und mit den originalen Namen, sonst finden wir uns überhaupt nicht mehr zurecht. Am Schluss können wir prüfen, ob wir was verändern müssen, also Namen, damit wir keinen von unsern Informanten im Betrieb gefährden. Mal ganz abgesehn von uns selbst. Ich hätte nämlich noch Vorschläge für ein paar konkrete Stellen, zum Beispiel auf Seite drei unten.

Während nun ein allgemeines Seitenblättern losging, bremste aber Josef, der bisher dem Streit ungewöhnlich schweigsam gefolgt war: Eh wir ins Einzelne einsteigen Armin – ich hab da noch meine eignen Bauchschmerzen mit Hermanns Text. Aber nicht nur mit dem. Wenn ihr sagt, ihr wollt die Kiste mit dem Betriebsrat als beispielhaft darstelln, dann zielt das ganz klar gegen die Sozialdemokraten. Das haut in eine Kerbe, die mir in letzter Zeit immer stärker auffällt im Werkkreis. Da wird nämlich nur noch gegen die SPD geschossen, als ob die unser Hauptfeind wär und nicht die Unternehmer und die CDU.

Dietmar grinste, zeigte, dass er von Jupp nichts andres erwartet hatte. Das brachte den erst richtig auf die Palme.

Dein hämisches Grinsen Dietmar beweist nur, dass du keine Ahnung hast wovon ich rede. Weil das über deinen Horizont geht. Du denkst, wenn man immer nur draufhaut auf alles was nicht die rote Fahne schwingt, dann kommt die Revolution über Nacht, dann werden die Arbeiter –

Hat mich schon mal einer ne rote Fahne schwingen sehn? fragte Dietmar die Runde, jetzt auch verletzt. Mann, bist du heut wieder emotional!

Ich bin auch emotional! gab Jupp eine Tonlage höher zurück. Weil mich das aufregt, wenn so ein paar wildgewordne Hitzköpfe alles kaputtschlagen, was an fortschrittlichen Versuchen gemacht wird! Die SPD haben ein paar Millionen Arbeiter gewählt. Bau das mal ein in deinen Intellektuellenschädel! Arbeiter! Für die wir schreiben. Ich jedenfalls. Das sind meine Leser! Ich weigere mich, die dauernd anzupinkeln, weil sie angeblich zu blöd sind zu merken was gut für sie ist.

Maria schaute hilflos wie ein verregneter Vogel zwischen ihrem Mann und den andern hin und her. Auch Martin war sichtlich bestürzt über diesen Ausbruch offenbar lang angestauten Zorns. Erst recht Uschi und Musch, die Josef so überhaupt noch nicht kannten. Die Verwirrung war allgemein, weil keiner den Angriff auf sich oder die Arbeit in der Werkstatt beziehen wollte, weil der nichts andres besagte, als dass sie aus Voreingenommenheit, ideologischer Engsicht oder Dummheit geschrieben hätten. Dietmar und Armin wagten nichts zu antworten, hofften wohl, dass einer von den Arbeitern ihm entgegnen würde. Da kam nichts.

Josef hatte Luft geholt, nutzte die Verblüffung, eine Spur sanfter jetzt: Man kann nicht so tun, als ob alle Agenten der Kapitalisten sind, die Arbeiter, nur weil sie zufrieden sind und keine Zustände bei uns wollen wie in der DDR.

Jetzt ging Hermann hoch: Mann Jupp! Das musst du sagen! Der die DDR nur aus der Rheinischen Post kennt! Der sein Leben lang gekrückt hat bis zum Herzinfarkt, fünfmal rausgeflogen ist. Warum musst du wohl sechzig Stunden die Woche in der Pförtnerbude sitzen? Weil du so unheimlich zufrieden bist? Du mit deinem Schreibtalent, in der DDR hättest du längst in Leipzig Schriftsteller studiert, statt bei Pierburg mit dem großen Schlüsselbund durchs Gelände zu latschen und den Kollegen die Taschen zu filzen, ob sie ein paar Schrauben geklaut haben, einem Millionär der –

Noch nie hab ich jemand die Taschen kontrolliert! schrie Josef empört, noch nie! Das macht der Werkschutz.

Na gut, geschenkt, dann sinds eben andre. Was ändert das?

Leute hört auf jetzt! Musch klopfte seine Bierflasche zweimal auf den Tisch. Wo bringt uns das hin, wenn wir uns so anmotzen! Wir sprechen über Hermanns Text oder wie seh ich das.

Jupp, sagte Armin Kolenda ernst, aber ohne Schärfe, ich habe geglaubt, meine ganz persönlichen, meine selbst erlebten Erfahrungen zu verarbeiten, ehrlich und nach bester Einsicht.

Mein Gott versteht mich denn hier keiner? Josef schaute von einem zum andern, fast schon resigniert. Es ist doch nicht wegzuleugnen, dasses sone und solche gibt. Die einen sind die Draufgänger, meinetwegen Revolutionäre, akzeptier ich ja, aber die andern, die meisten, die sind nicht so schnell, wollen lieber vorsichtig verändern, nichts kaputtschlagen, niemand umbringen – das liegt einfach drin im Menschen, dieser Unterschied. Oder wer kann mir erklären, dass mein Sohn Siggi, kaum dasser den Konditorbrief inner Tasche hat, redet wie ein Unternehmer und läuft zur Jungen Union, aber der Jonny der flucht auf die Nato, verweigert den Bund und putzt lieber Omas den Hintern als dasser ne Waffe in die Hand nimmt? Beide von derselben Mutter – und vom selben Vater. Wie ich jedenfalls stark annehme.

Dabei lachte Jupp ganz unvermittelt und küsste Maria vor aller Augen auf ihre von Arbeit runzlige Wange, dass sie verschämt strahlte wie ein junges Mädchen. Es war eine Geste der Liebe und Zusammengehörigkeit, die verwandelte die Atmosfäre, entspannte sie.

Martin fing an, laut zu denken. Ich weiß nicht Jupp, gut, ich kenn nicht alles was im Werkkreis geschrieben worden ist, aber wenn jetzt öfter Sozis geschildert werden, ich könnt mir denken, dass dabei Enttäuschung ne Rolle spielt. Wie viele Arbeiter haben gehofft, dass Willy Brandt und die SPD es besser machen und sehn nun: es geht alles weiter wie immer, nur ist die Arbeitslosigkeit dazu gekommen. Denn zufrieden sind die Arbeiter doch nicht Jupp, sinds heut nicht und warns neunundsechzig nicht. Sonst hätten sie bei der CDU bleiben können.

Die sie sowieso nie gewählt haben, warf Uschi dazwischen.

Na gut, jedenfalls hat sich die Mehrheit von der neuen Regierung was Bessres versprochen. Die kann oder will aber scheints auch nur wie die Wirtschaft will. Ist mein Eindruck. Und daher diese – diese Bitterkeit Jupp, weils doch unsre eignen Leute sind.

Da Josef schwieg, brachte Armin noch eine andre Überlegung. Ich glaube nicht, dass wir unklar lassen, wer unser Hauptgegner ist. Höchstens zufällig. Aber wen kennen die Kollegen, mit wem machen sie ihre Erfahrungen, dass sie drüber schreiben können? Mit den Unternehmern doch nicht? Die sind eine abstrakte Größe, ein Aktienpaket, sitzen vielleicht einmal im Jahr auf dem Podium bei der Betriebsversammlung und pusten ihre Sprechblasen ins Mikro. Zu tun haben sie es mit ihrem Betriebsrat, mit den Gewerkschaften, von denen erwarten sie Hilfe, vielleicht noch von den SPD-Abgeordneten im Stadtrat. Das ist unsre Realität Jupp. Und weil es nicht die vollständige ist, diskutieren wir unsre Erfahrungen, versuchen hinter die Erlebnisse zu steigen, die Zusammenhänge zu erkennen. Wie schwierig das ist, hast du selbst gemerkt, als du angefangen hast zu schreiben bei uns und dich gewehrt hast, was andres zu schreiben als was du mit eignen Augen gesehn hast. Erinner dich mal.

Das musst du zugeben, sagte Maria zu ihrem Mann. Ich hab das abgekriegt zu Haus, wie er wütend war und wollt alles hinschmeißen, weil ihr gesagt habt, er soll noch das und das lesen und er hatte überhaupt keine Zeit dazu, hat bloß schreiben können in der Nacht, wenn die Kinder im Bett warn. Und morgens um sechs wieder raus.

Musstu jetzt unsre Familiengeheimnisse ausplaudern, sagte Josef, brummig und geschmeichelt zugleich. Ich erzähls jedem ders hörn will, dassich erst in der Werkstatt gelernt hab, was zum richtjen Schreiben gehört. Müsstihr verstehn, dassich meine Fehler nicht gern bei meinen besten Kollegen wiederfinde.

Kann ich dich beruhigen Jupp. Wenn ich die Kaltstellung von Manfred Anklam erzählt hab, dann bestimmt nicht, um jemand politisch in die Pfanne zu haun. Unsre Perspektive ist, dass solch Zoff im Betriebsrat und in der Belegschaft dem Unternehmer nützt. Das muss unten rauskommen, für unsre Leser.

Na gut Hermann. Josef war einigermaßen besänftigt. Darauf gebich einen aus.

Gutes Angebot, sagte Dietmar, schlage vor, wir ziehn um. Dreiviertelzehn.

Und wann kriegich verdammt meine Textkritik? protestierte Hermann, so kommt ihr mir nicht aus der Bude!

Dann lassich aber erst mal frische Luft rein – in dem Qualm erstickich! Sprach Uschi und öffnete die zwei Fenster.

Jahrmarkt der Sympatisanten

Es war ein wunderbarer, von durchsichtigen Nebelschleiern durchwebter sonniger Herbstmorgen, an dem Armin Kolenda seine Kollegin Anna Schaffner auf der WesterwaldAutobahn zur Frankfurter Buchmesse schoffieren durfte. Anna besaß keinen Führerschein. Armin hatte wiederholt in der Redaktion den Wunsch geäußert, einmal diese Börse der Ideologieaktien des Landes nicht nur aus den Feuilletons kennenzulernen. So hatte Rauch sein Plazet für die kostensparende Tandemreise gegeben. Die Fahrt Richtung Süden mit der ihm gleichaltrigen Frau entzündete seine kaum verblassten Erinnerungen an jene Rückfahrt auf der gleichen Autobahn mit Salli in die Trennung von ihr. Der Verkehr floss stetig, ließ seinen Gedanken Raum, zwischen den Kopfbildern seiner vergangenen Liebe umherzuschweifen.

Maulfaul sei sie morgens immer, bis ihr Blutdruck in Schwung komme, er solle das nicht auf sich beziehen, erklärte seine Kollegin ihre ungewohnte Einsilbigkeit. Ihm wars recht, sich nicht durch Reden aus seinen wehmütigen Gefühlen zerren zu müssen.

Er überlegte, ob er Anna von seinen Herzenserlebnissen am Kaiserstuhl erzählen könnte. Oder von dem abhanden gekommenen bekannten und dem neu erlangten unbekannten Vater. In der Redaktion gab es nie Zeit, über Persönliches zu sprechen – es sei denn ein paar beiläufige Bemerkungen zu akuten Grippen, jüngsten Ferienkuriosa, Arztabenteuern. Mehrfach täglich begegneten sie sich, in den Sitzungen stundenlang, aber er kannte von den andern nur ihre politischen Ansichten durch die Gespräche über Ereignisse, die Gegenstand ihrer Berichte und Kommentare werden sollten. Noch nie hatte ihn jemand gefragt, ob er allein lebte oder mit wem, weshalb in Neuss und nicht in Köln. Ein kaum bemerkter Mangel, der ihm plötzlich bewusst wurde, als er mit seiner Kollegin in der engen rollenden Kiste zusammengeschlossen war.

Ist das ein Schutzmechanismus, fragte er in ihr regloses Profil, dass wir in der Zeitung nie über persönliche Dinge reden?

Überrascht schaute sie ihn an, erschrak da wie er selbst von dem überlauten Hupton eines Wagens dicht neben ihnen auf der Überholspur. Tschuldigung, knurrte er, hatte den Lada schon zurückgezogen mit einer raschen Steuerkorrektur auf seine Fahrbahn. Du musst aufpassen Armin! flüsterte Anna, ihre Linke auf seinem Oberarm, als könne sie ihn so vor Unaufmerksamkeiten bewahren. Okay okay Anna, du bist viel zu wertvoll – er bemühte ein blasses Lächeln – ich bring dich schon heil nach Frankfurt.

Wahrscheinlich ist es so, sagte sie nach einigen Kilometern ruhigen Fahrens, dass wir fürchten, nicht mehr objektiv sein zu können, gegenüber den Texten der Kollegen. Wenn wir uns auf unsre Privatleben einlassen.

Kannstu Recht haben, überlegte er. Könnte aber auch Desintresse sein. Zeitmangel. Gehörte glaubich mal zum achtundsechziger Projekt, dass das Persönliche politischen Karakter hat. Wird kaum gelebt bei uns. Im Werkkreis, in unsrer Düsseldorfer Werkstatt, isses ähnlich. Eigentlich mögen sich alle – von Ausnahmen abgesehn – trotzdem sind persönliche Berührungen selten. Der Werkkreis ist eine literaturpolitische Organisation, kein Verein von Sozialhelfern und Seelenpflegern. Sowas habich selbst schon gesagt. Kuscheln? Nicht mit uns. Texte fabrizieren, Lesungen vorbereiten, Treffen organisieren. Klassenkampf an allen Frontabschnitten. Den Männern macht das scheints weniger aus. Frauen bleiben oft weg, weil sie gehofft haben, in der Werkstatt bisschen Wärme zu finden.

Na und der Termindruck bei uns Armin! Jede Woche sechzehn Seiten neu! Das Verrückte ist: wenn wir uns mal treffen außerhalb der Redaktion, landen wir doch gleich wieder bei der Zeitung. Hat was vonner Droge. Habich mir auch mal anders vorgestellt, meine Arbeit mit politischen Freunden.

Versteht ihr euch eigentlich als ne Art Team, ihr Altgedienten, oder, wie soll ich sagen: verschworene Gemeinschaft? Marxistischer Kader? Ideologischer Stoßtrupp auf Himmelfahrtskommando?

Anna musste lachen. So siehstu uns? Aber du gehörst doch dazu! Steckst mitten drin. Zwei Jahr lang schon!

Vielleicht binich noch nicht drogenabhängig genug Anna. Klar, ich identifizier mich mitter DZ, weitgehend. Obich wirklich dazu gehör? Weißichnich. Vielleicht muss man studiert sein oder inner DKP, um Vollmitglied zu werden, was meinstu?

Sie schwieg, Falten auf der Stirn, sagte nur Guckma, zeigte hinüber zum Limburger Dom, der klar umrissen kühn auf dem Lahnfelsen seine Erbauer rühmte.

Wie die das geschafft haben! Unglaublich!

Kolendas Frage blieb unbeantwortet. Vielleicht hat meine Frage sie beleidigt? Oder warum mussie so lang überlegen?

Armin – durchbrach sie die geräuschvolle Stille der schwer arbeitenden Maschine, kannstu in Camberg anhalten an der Raststelle – ich muss mal pinkeln.

Klar Frau Doktor. Vielleicht reicht unsre Zeit auch fürne Tasse Kaffee?

Wird schon reichen, sagte die so Benannte verschattet.

Denk bloß nicht, ich hätt was gegen Doktorinnen Anna! schob er hinterher, im Gegenteil! Darf ich dich zum Kaffee einladen?

Da lächelte sie zu ihm, nickend, erklärte: Ich hab ne Reizblase Armin. Muss oft in den unpassendsten Augenblicken aufs Klo.

Aber unpassend war die Gelegenheit der Raststätte eigentlich wirklich nicht.

Beim Kaffeetrinken und Blickewerfen über die hüglichen Wälder und die sonnenhellen Dörfer des Taunus wagte Kolenda sich endlich an die schon zu lange bebrütete Frage, die er jetzt unnatürlich beiläufig rausbrachte: Haste eigentlich in meinen MaiwaldText schon mal reingeschaut?

Klar habich das. Denkst du denn? Sie klopfte sich eine

Zigarette aus ihrem Päckchen, klemmte sie zwischen die Lippen, bot auch ihm eine an. Er gab ihr Feuer.

Und?

Der frische Rauch machte sie husten. Er schaute erwartungsvoll in ihr von dem Anfall verzerrtes Gesicht, bis es seine ebenmäßig schönen Konturen wiedererlangt hatte.

Tschuldige – war meine erste heute. Nein das ist ein sehr intelligenter und engagierter Text, Armin.

Ja?

Auf jeden Fall. Du hast wirklich eine Begabung für Satire. Hastu schon mal versucht fürs Kabarett zu schreiben?

Er schüttelte den Kopf. Fürs Straßenteater, am Kaiserstuhl.

Solltestu. An polemischem Talent stehst du dem Maiwald nicht nach.

Aber?

Du schießt auf den Falschen Armin.

Aha. Naja, im Prinzip hastu wahrscheinlich recht. Nur – der Falsche hat mit dem Schießen auf die Falschen angefangen Anna. Oder etwa nicht? Und du hast ihn veröffentlicht. Ohne mal deinen mitbetroffenen Redaktionsnachbarn vorher nach seiner unmaßgeblichen Meinung zu fragen.

Ich hab darüber nachgedacht Armin. Grad weil du so betroffen bist war mir klar, dass du nicht objektiv sein kannst in dieser Sache. Deshalb.

Sind denn meine Argumente nicht plausibel? Ist Brecht ein schlechter Kronzeuge?

Sie sinds nur so lange, wie man euren Band nicht gelesen hat. Sind einfach zu viele unbedarfte Texte drin, wahrscheinlich aus Gefälligkeit gegenüber den WerkkreisLeuten aufgenommen. Das ist leichtfertig, daran kann ein Vorwort der Herausgeber nichts ändern. Mir unverständlich, dass Godehard Schramm seinen guten SchriftstellerNamen dafür hergegeben hat. Ich denke, du weißtes auch – dein Seitenhieb auf Peter Schütts Texte beweistes. Politplatitüden hastu sie genannt, mit Recht, und genau davon wimmelts in dem WerkkreisBand.

Schütt ist ein studierter Autor! Hier gehts um die Laienschreiber!

Willstu wirklich im Werkkreis lauter SchüttEpigonen fördern Armin? Das kannicht dein Ernst sein. Wenn die schreibenden Arbeiter deine Polemik läsen, würden sie ermuntert, fünfe grade sein zu lassen. Ich hab sagen hören, dass ihr in euren Werkstätten hart und kritisch an euren Produkten arbeitet. Davon merkt man in diesem Band wenig.

Das heißt, du willst meine Antwort nicht veröffentlichen?

In deinem eignen Intresse Armin: Nein. Aber eh du mich jetzt hier absetzt und nach Haus fährst, mach ich dir einen Kompromissvorschlag: Ich schick dein Manuskript dem Maiwald. Entweder ihr setzt euch dann eine Nacht zusammen und macht euch gegenseitig schlau – der Whisky meinetwegen auf Kosten der Zeitung – oder er schreibt eine Erwidrung und wir entscheiden neu, ob wir beide Texte nebeneinander veröffentlichen. Wie findst du das?

Kolenda stieß eine volle Brise aus der Nase, kniff die Augen eng. Schaute ihr ins Gesicht. Zupfte sich mit der Rechten nachdenklich an den Lippen. Als müsste er sie zum Reden präparieren.

Nicht der dümmste Vorschlag Anna. Verführerisch. Ich denk bloß an die WerkkreisKollegen, die auch mal Ermutigung brauchen, wenigstens von ihren Freunden. Als ich anfing mit Schreiben – wenn mich damals einer so brutal in die Pfanne gehaun hätte, ich glaub ich hätt aufgegeben.

Dafür habt ihr jetzt die beiden Rezensionen von Chotjewitz und Fels. In der Messebeilage.

Stimmt Anna. Die hattich fast vergessen.

Auf dem Weg zum Parkplatz sagte sie beiläufig: Übrigens Armin – ist dir mal aufgefallen, dass wir fast nie einen von diesen unsäglichen SchüttTexten veröffentlicht haben? Obwohl er jede zweite Woche neue schickt. Der *Kürbiskern* auch nicht. Kann sich vielleicht die UZ leisten. Wir nicht.

Kein halbes Hundert Kilometer zu fahren übrig, durch buntfarbige Laubwälder schwang sich die Strecke, über Höhen, durchquerte enge fichtenbedeckte Täler, viel Natur, wenig Menschheit. Anna Haffners Blutdruck schien sich gut entwickelt zu haben. Sie erzählte mit Gesicht und Händen von der Telefondiskussion mit schon zwei Fortsetzungen, die Hans Brundier mit Frank Benseler über dessen Rezension zur *Ästhetik des Widerstands* geführt hatte, ein herkulisches Ringen zweier intelligenter Dickköpfe um die Verändrung weniger Sätze, in denen Benseler den Peter Weiss nach Brundiers Meinung zu kritiklos gefeiert hätte, ein engagierter fortschrittlicher Roman ja, aber ein Jahrhundertbuch nein, mit detaillierten Begründungen in halbstundenlangen Ferngesprächen auf Kosten des Hauses, deren unhörbare Hälfte sie jeweils anschließend von Brundier mit seiner Antwort nachgeliefert bekam.

Wer hat sich durchgesetzt?

Verratichnich. Lies die Seite in der Messebeilage und sags mir.

Es ist ein atemberaubendes Buch Anna. Ein Berg.

Und es soll nur der erste Band von dreien sein, sagt der SuhrkampVerlag.

Unvorstellbar. Übrigens schreibt Weiss auch über *Barrikaden am Wedding* von Neukrantz, BPRS, neunzehnhundert dreißig –

Ich bin erst bei Seite fünfzig –

führt mit sich selbst das gleiche Streitgespräch wie Maiwald und ich, vergleicht Kafkas *Schloß* mit dem proletarischen EineMarkRoman.

Wenn er deine Position unterstützen würde hättstu ihn sicher zitiert.

Aus historischer Rückschau hält er die Orientierung auf den unmittelbaren Gebrauchswert von Literatur für ein notwendiges Durchgangsstadium. Welche Art von Literatur ist wann brauchbar für den Emanzipationskampf der Massen. Zu komplex für mein kurzes Pamflet Anna. Ich glaube er bestätigt den Werkkreis. Apropos – kennst du den Schöfer? Ich meine: persönlich?

Seit zehn Jahren mindestens. Warum?

Soll ein Portrait über ihn schreiben, für den WDR. Art Feature. Viel Oton. Halbe Stunde im Dritten.

Gratuliere Armin. Der WDR zahlt garantiert besser als die DZ. Über den politischen Schöfer könnte ich dir einiges erzähln. Über den Schriftsteller auch. Obwohl er nicht viel Greifbares geschrieben hat, literarisch. Seine proletarische Komödie hab ich gesehn, wann war das, einundsiebzig glaube ich. Vielleicht bin ich morgen eine Leiche oder so. War in Frankfurt bei der Experimenta, Gastspiel des Dortmunder Teaters, der Peter Stein hat auch drin gesessen mit seiner Truppe, Jutta Lampe, Bruno Ganz. Drei Generationen Ruhrpott-Arbeiter auf der Bühne. Ging um ein Attentat auf Kiesinger. Sehr komisch. Hätte ein Erfolg werden können, wenn nicht damals die Baader Meinhoff Schose losgegangen wär mit den Anschlägen. War plötzlich zu nah an der Realität, das Stück, hat sich kein Intendant mehr rangetraut.

Intressantes Detail. Vielleicht machich dazu ein Intervju mit der Teaterwissenschaftlerin Anna Schaffner, wie wärs. Eigentlich solls mehr um Schöfers Rolle bei der Werkkreis-Gründung gehn, wie gerät ein Schriftsteller ins Proletariat, aber vielleicht gehört das Stück irgendwie dazu.

Würdich so sehn Armin. Hab den Stücktext zu Haus, bring ich dir mit. Teater hat bei ihm damals eine große Rolle gespielt, auch durch die Schauspielerin mit der er verheiratet ist.

Kolenda erzählte von seinen Schreibversuchen mit den Halbsozialen im Jugendzentrum, inspiriert von der Werkkreis-Praxis und wie er gleichzeitig, in einem besetzten Haus wohnend mit andern Ausgegrenzten, flüchtigen Heimzöglingen, Strichmädchen, Drogenjunkies, als Jugendfürsorger Texte in die Kölner Werkstatt eingebracht und dabei gelernt hat, mit den eignen und denen der andern kritisch umzugehn. Möglichst ohne persönliche Verletzungen. Obwohl die natürlich immer noch vorkamen. Politische Fetzereien meist.

Schaffner fiel auf, dass er offenbar fast zur gleichen Zeit wie Ulrike Meinhoff und Ensslin sich zu den von der Gesellschaft Stigmatisierten begeben hatte, aber ohne daraus diese fatalen Konsequenzen zu ziehn wie sie.

Gab welche in Köln, die wollten den Werkkreis von links aufrollen. Sollte ne richtig knallrote Arbeiterorganisation werden, gegen die revisionistische DKP und die Gewerkschaften. Warich nich für zu haben. Komm aus Waltrop weißtu, ausse

Zechensiedlung, da bleibse mitte Füße doch kleben auf Mutters Kokosmatte. Egal wo der Kopf hinmarschiert. Hat vielleicht auch damit zu tun, dass Textestricken, denkichma, also gute Texte, eher was Vorsichtiges ist, was Ruhiges. Die Werkkreisleute wolln schreiben, nich in Kreissparkassen rumballern für den Volkskrieg. Aber was ich sagen wollte Anna – der Schöfer – ist der eher Künstler, also Schriftsteller? Oder Organisator und Kulturmanager?

Schwer zu sagen. Schriftsteller als Lektoren oder Lehrer, Professoren, wasweissich, gabs immer. Max von der Grün meint, der Schöfer hat die Gruppe 61 zugrunde kritisiert und den Werkkreis draus gemacht weil er als Schriftsteller versagt hat.

Und du? Rück mal raus mit der Sprache.

Ach weißt du. Für uns ist er ein guter Autor. Schreibt sehr differenzierte Rezensionen. Wahrscheinlich ist er zu naiv, wie soll ich sagen, zu ehrlich, zu gutgläubig für diesen Jahrmarkt der Eitelkeiten. Nicht raffiniert genug. Aber der Max hat natürlich recht, dass er keine größre Arbeit, keinen Roman, vorgelegt hat, an der man messen könnte, ob er mehr ist als ein pfiffiger Feuilletonist. Vielleicht kriegst du was raus.

Bin gespannt. Hab so was für den Rundfunk noch nie. Weißt du wie wir fahren müssen zu unsrer Pension?

Am AutobahnZubringer nach Bockenheim wurden sie mit Postern und Transparenten der Verlage empfangen. Günter Grass mit dem Butt am Ohr war vom LuchterhandVerlag zum deutschen Star dieses Herbstes gewählt und auch Wallraffs kecke Unterwanderung der BILDRedaktion als Hans Esser wurde aufs ProminentenPodium gehievt. Unübertroffen prangte über allen Ankündigungen der HiteReport als US Bestseller Nummer Eins, der nun auch den deutschen Frauen ihr sexuelles Erleben verständlich machen sollte. Kolenda fragte seine Kollegin, ob er als Mann dieses Buch lesen müsse solle dürfe, etwas belustigt lachte sie, weiß noch gar nicht, ob sie sich den Reißer antun will, aber wird sich seine Frage vormerken als sinnvolle Überlegung bei einer Rezension. Auffällig beim Vorbeifahren am MesseEingang die Zahl der grünen

Mannschaftswagen und der zwischen den anströmenden Besuchern herumstreunenden Polizisten. Für unsre Sicherheit scheint gesorgt.

Als sie sich zu der baumgesäumten Corneliusstraße im Westend durchgefragt hatten, stellte sich heraus, dass die von der Redaktionssekretärin reservierten zwei Betten als Zweibettzimmer verstanden worden waren und die wenigen übrigen Fremdenzimmer der Villa belegt oder vorbestellt waren. Die lockenumwogte, reichlich gepuderte Wirtin zeigte ein hilflos entschuldigendes Gesicht, bot an, bei einer benachbarten Pension anzurufen, obwohl während der Messe, es wäre ein Zufall – ließ sie allein in dem an Spitzen, Fransen und Spiegeln reichen Empfangssalon. Locker lachend fragte Anna ihn, ob er nachts beiße oder schnarche? Du? fragte er kopfschüttelnd zurück. Nicht dass ich wüsste, sagte sie, jedenfalls hat sich noch niemand beschwert.

Armin war ziemlich verblüfft von der unerwarteten Situation, fragte sich, ob in ihrer Antwort ein Angebot versteckt lag oder ob sie nur ein Ausdruck der kumpelhaften Unbefangenheit war, mit der sie im Redaktionsalltag miteinander umgingen. Jedenfalls gab es für ihn spontan keinen vernünftigen Grund, die Notlage als verhängnisvoll zu empfinden.

Die Wirtin hatte keine Ausweichmöglichkeit aufgetrieben. Also ließen sie sich von ihr in den ersten Stock hinaufführen und mussten ihre Aussage bestätigen, es sei ein sehr schönes Zimmer. Sogar ein Balkon mit hohen Bäumen vor dem Fenster, durch die Sonnenstrahlen auf das mit einer roten Samtdecke belegte Doppelbett fielen. Eine eingebaute Duschkabine, die Toalette auf dem Flur, das Frühstück ab acht im Salon. Anna stellte ihre Reisetasche umstandslos auf das fensternahe Bett und meinte, die Wirtin trage garantiert eine Perücke. Das konnte sich Armin gut vorstellen.

Auf dem kurzen Fußweg zum Messegelände erklärte Anna Schaffner dem Neuling ein paar Erfahrungsregeln: Unvermeidbar würde man als Fachbesucher durch überraschende Begegnungen daran gehindert, Verabredungen einzuhalten; Bücher linker und kleiner Verlage von den Ständen zu klauen sei unanständig, er könne aber gewünschte Exemplare zur Rezension an die Zeitung schicken lassen; auf Pressekonferenzen und Empfängen der Verlage könne man am besten Autorinnen und Autoren treffen, sie befragen und meist auch sich sattessen; außerdem seien sie zu bestimmten Stunden an ihren Verlagskojen zu erreichen, die im Messekatalog ebenso wie alle Empfänge verzeichnet seien; ohne den Katalog sei man hoffnungslos verloren und dürfe ihn keinen Augenblick unbewacht liegen lassen – er würde sofort geklaut, weil er sehr teuer und nur für Journalisten und Aussteller umsonst sei. Und schließlich: alkoholische Getränke vor fünf Uhr nachmittags anzunehmen sei unklug, wenn man bis Mitternacht bei halbwegs klarem Verstand durchhalten wolle.

Bis Mitternacht? Schließt die Messe nicht um sieben?

Danach spielt die richtje Musik, bei den Empfängen.

Der Eingang war sichtbar unauffällig bewaffnet mit einigen Maschinenpistolen in den Armen grüngekleideter junger Männer, um welche die hineindrängelnden Besucher misstrauische oder auch hochachtungsvolle Bögen gingen. Obwohl diese milchgesichtigen Ordnungskräfte eher harmlos und puppenhaft wirkten und Kolenda an die hölzernen Uniformierten erinnerten, die manchmal zur Warnung bei einer geänderten Verkehrsregelung aufgestellt werden, kitzelten sie sofort seine Erinnerung an die aggressive Kontrolle auf der Neusser Autobahn wach. Erinnerungsposten einer sprungbereiten Staatsgewalt, von vielen wahrscheinlich als ein Versprechen von Sicherheit verstanden und doch zugleich ein unübersehbarer Hinweis auf die in der Luft liegende Gefahr. Gespalten waren die Empfindungen in zwei Tendenzen – das wurde ihnen schon in den ersten kurzen Gesprächen vermittelt. Welche sahen die Bedrohung aus den Attentaten der RAFLeute entstanden, die andern wussten sich selbst und ihre demokratischen Rechte durch die staatlichen Sicherheitsorgien gefährdet. BaaderMeinhofBande oder Gruppe war die Erkennungsparole zwischen den Ordnungswächtern und den Regelbrechern. Auch die Entführung des Arbeitgeberpräsidenten – obwohl die Meinhof vor einem Jahr in ihrer Zelle erhängt gefunden worden war – wurde durch die Forderung der Entführer, Schleyer gegen die lebenslänglich in Stammheim Verbunkerten auszutauschen, als das Werk dieser Gesetzlosen verstanden.

Im Pressebüro mussten sie sich ihre Dauerausweise und Kataloge mit andern Journalisten erstehen. Schaffner wollte ihren Kollegen nicht durch die Messe gängeln (sagte sie), empfahl ihm eine selbstbestimmte Erkundungssafari vor allem durch die Halle Sechs mit den belletristischen Verlagen, Kolenda aber bestand darauf, zuvor mit ihr bei der Pressekonferenz des Schriftstellerverbandes ein paar der deutschen Dichterfürsten mit eignen Augen und Ohren zu betrachten.

In dem niedrigen Saal, in dem schon alle Stühle besetzt waren, konnten sie hinter den Stuhlreihen mit gutem Überblick stehend Bernt Engelmann hören. Mit schlipsfrei offenem Kragen forderte der Vorsitzende des Verbandes, auch im Namen des brieflich anwesenden Heinrich Böll, die Verleger auf, ihr feudal patriarchalisches Selbstverständnis zu modernisieren und sich als die zu verstehen die sie seien: Unternehmer auf einem kapitalistischen Büchermarkt. Die im Börsenverein versammelten Arbeitgeber müssten endlich mit den im Schriftstellerverband gewerkschaftlich organisierten Autoren einen Tarifvertrag abschließen. Es gebe genug seriöse Verleger, die ihren Autoren freiwillig zahlen, was der Schriftstellerverband als Regel fordere. Sie florierten bei dieser Praxis, was hinreichend beweise, dass die Autoren keine ruinösen Forderungen stellten.

Günter Grass saß schnauzbärtig finster neben Engelmann am mikrofonbepflasterten Tisch, paffte telegene Wolken aus seiner kurzen Pfeife ins grelle Scheinwerferlicht (der umwölkte Dichter!). An der Wand hinter den Autoren klebten mit Klebestreifen befestigt die drei neusten Kreationen des Grafikers Klaus Staeck: Der spitzwegsche Dachstubenpoet mit dem als Verlegerweisheit apostrofierten Spruch *Nur die Armut gebiert Großes*, ein Scheiterhaufen mit Büchern von Böll, Grass, Willy Brandt und Siegfried Lenz unter der Balkenüberschrift *Der Sympathisantensumpf muß trockengelegt werden* und ein Drittes als eine Art Steckbrief mit dem zugeschraubten BöllBand *Die verlorene Ehre der Katharina Blum* unter dem in fetter Fraktur gesetzten Aufruf MITBÜRGER – LESEN MACHT DUMM UND GEWALTTÄTIG – Der Beauftragte für den Gemeinschaftsfrieden.

Die Plakate bezeichnete Engelmann als das gewerkschaftliche Kampfmittel der Schriftsteller, an ihrem Messestand für fünf Mark Solidaritätsspende erhältlich. Und ging über zu seinem zweiten Tema, der seit Jahren anhaltenden, sich seit der SchleyerEntführung immer noch steigernden Flut von Lügen und Verleumdungen, die sich über die bekanntesten Autoren des Verbands ergieße, eine wahre Hexenjagd, die zu einem Exodus derer führen könne, die es satt haben, von verantwortungslosen Hetzern als Mitschuldige der Morde an Repräsentanten von Staat und Wirtschaft diffamiert zu werden.

Viele Journalisten schrieben mit, Anna stenografierte in ihren Block, andre hielten die Mikrofone ihrer Rekorder in die Luft. Obwohl der erst so kühl und überlegen wirkende Engelmann seine Rede vom vorbereiteten Text las, steigerte sich seine Erregung beim Vortragen der starken Worte, der anklagende Ton seiner Stimme nahm zu so wie in dem von Öffentlichkeit überfüllten Saal die Stille um die zornigen Sätze atemlos wurde:

Es gibt keinen Berufsstand, der in der Vergangenheit mehr für die deutsche Demokratie geleistet und mehr unter den Feinden der Freiheit gelitten hat als die deutschen Schriftsteller. Die allermeisten unsrer älteren Kollegen waren entschiedene Gegner jener Nazis, für die sich ein Herr Strauß als Referent für braune Weltanschauung und sogenannte »wehrgeistige Führung« betätigt hat, für die jener Herr Hicks, der heute in Springers »Welt« Intellektuellenhetze betreibt, damals noch fleißig Judenhetze betrieb. Der Zufall will es, daß der Verband Deutscher Schriftsteller gegenwärtig in mir einen der wenigen Überlebenden jener Vernichtungslager zum Vorsitzenden hat, in die gemäß besagter Nazi-Weltanschauung die Opfer von Hetze und Verleumdung eingesperrt wurden. Ich bin daher erfahren in Terror, allerdings als ein ihn Erleidender. Als aktive Terroristen standen uns damals die Angehörigen einer kriminellen Vereinigung gegenüber. Verblüffender Weise sitzen heute von den ehemaligen Führern dieser Terroristengruppe – ich muß wohl sagen -bande – nur wenige hinter Gittern, etliche im Bundestag, und zwar just bei jener Fraktion, die jetzt die schlimmsten Verleumder und Scharfmacher stellt, ja, wo einige Herren den Terrorismus am liebsten wieder mit staatlichem Terror beantworten möchten.

Wir, die deutschen Schriftsteller, werden unsere Verantwortung nicht so vergessen, wie es viele Politiker jetzt tun. Wer der terroristischen Gewalt, die wir verabscheuen, unsere rechtstaatliche Ordnung opfern will; wer die Aufhebung der Grundrechte fordert und nach Vorbeugehaft, Folter, Geiselerschießungen und »kurzem Prozeß« schreit, der wird weiter auf unseren entschlossenen Widerstand stoßen. Wir lassen uns durch die Verleumdungswelle nicht einschüchtern.

Wir warnen vor dem drohenden Rückfall in die Barbarei und vor der Kapitulation des humanen Rechtsstaats als der schlechtesten Reaktion auf die Gewaltverbrechen einer Handvoll pseudorevolutionärer Desperados! Wir appellieren an unsere Kollegen im DGB, sich nicht von den professionellen Panikmachern und Brunnenvergiftern davon abbringen zu lassen, mit uns die Republik zu verteidigen!

Engelmann sah bleich und mitgenommen aus, als er sich zurückgesetzt hatte neben Grass, der die Pfeife mit großen Gesten durch die Luft schwingend als einer der am häufigsten geschmähten Autoren nicht reden mochte von Literatur, sondern als Bürger dieser Bundesrepublik mit harschen Worten den Irrglauben der sozialliberalen Koalition geißelte, sie könne durch den Abbau demokratischer Rechte des Bürgers den Politgangstern der RAF das Handwerk legen. So handelnd nämlich würde dieser Staat, der demokratische Rechtsstaat, sich jenem Bild annähern, das die Terroristen von ihm zeichneten und das auch im Ausland mehr und mehr geglaubt würde. Grotesk sei es, dass er und andre seiner Kollegen draußen die Bundesrepublik gegen die Entstellungen ihrer Wirklichkeit verteidigen, die dort umliefen, um dann zu Hause den übelsten Schmähungen ausgesetzt zu werden.

Kolenda hatte Mühe, den beiden folgenden Rednern des Verbands noch pflichtgemäß zuzuhören, dachte der furiosen Rede des Vorsitzenden nach, die ihn angerührt, erregt, aufgewühlt hatte. Dagegen schienen ihm die lautstarken Sätze des Günter Grass halblaut, gezähmt seine Kritik von Rücksicht auf seine Freunde in der regierenden SPD. Von Bernt Engelmann kannte er dessen bloßstellende Nachforschungen in den Leben und Besitztümern der Hochfinanz und des Feudaladels. Er hatte sich beides nicht erklären können: wie der Mann in die für normale Sterbliche abgeschotteten Bereiche einzudringen vermochte; und wie die herausgeschleuste Konterbande, die schockierenden Nachrichten über Nazivergangenheiten, Aneignungen jüdischen Vermögens, Kriegsgewinne, Nummernkonten in Steueroasen und rauschende Schloßfeste in der bundesdeutschen Öffentlichkeit sich verliefen ohne deutlichere Wirkungen als die eines ins Meer geworfnen Steins. Von Engelmanns KaZetVergangenheit hatte er nie etwas gehört oder gelesen – als dem Erfahrungshintergrund, der ihn zu seinen Nachforschungen trieb so wie er zugleich ihn wohl unangreifbar machte für die, die er entblößte. Mit diesem Schicksal und dieser Unerbittlichkeit wäre Engelmann ein idealer Kandidat gewesen für ein Kapitel in ihrem Band *Die Kinder der roten Großväter*, in dem sie die Geschichten derer dargestellt hatten, die für sich selbst die Lehren aus dem zweiten Weltkrieg durch die AdenauerRestauration hindurch gelebt und weitergetragen hatten bis in die sechziger Jahre. Ärgerliches Versagen der Münchner Werkstatt. Nicht ein einziger Beitrag war von den Bayern zu dieser wichtigen Sammlung beigesteuert worden.

Anna Schaffner konnte Kolenda informieren, dass Engelmann nach dem Krieg zuerst Pressesprecher bei der Bundesvereinigung privater Bankiers geworden war. Dort musste er Einblicke genommen haben in das Schattenreich, in dem die großen Besitzer und Wirtschaftslenker unauffällig die Kommandobrücken des Staates erneut besetzten, von denen sie eben vertrieben worden waren. Ob er diese Tätigkeit schon in der Weise ausgeübt hatte, wie Wallraff später als heimlicher Aufklärer in die Betriebe sich eingeschleust hatte, wusste sie nicht.

Seine Rede hat sich angehört, als wär er ein übriggebliebner Kommunist, fand Kolenda. Da lachte ihn Anna aber aus: Als Vorsitzender des Schriftstellerverbands! In der DruPa! Glaubst du doch selbst nicht. In der gleichen Partei ister wie Grass. Vielleicht wirder jetzt zum Abschuss freigegeben in der SpringerPresse. Bisher haben sie ihn eher vorsichtig behandelt, als rassisch Verfolgten.

Würde Grass solche Sachen wie eben in unsrer Zeitung sagen? fragte Kolenda im Gedrängel der Journalisten zum Nebensaal, wo Erich Fried der Preis der Verlage verliehen werden sollte.

Engelmann schon, sagte Schaffner, Grass bestimmt nicht. Der hat zwei Körperteile vom Elefanten: das Hirn und die Haut.

Habt ihr ihn angeschossen?

Indirekt öfter. Selbst wenn er dir ein Interview gäbe, würde er dir irgendwas reindrücken, womit wir nicht übereinstimmen, was wir kommentieren müssten, Biermann, Bahro, Solshenizyn, weißich. Du kannst aber nicht Grass haben wollen und sagen ich nehm nur die schöne Hälfte, die antikommunistische soll er behalten.

Warum behalten? Man weiß doch dasser diese Macke hat. Aber er ist einer unsrer Größten. Und trotzdem politisch, piesackt die Rechten. Darf alles sagen, weiler die Narrenfreiheit hat.

Schaffner schüttelte die schwarze Tolle. Wir sind dagegen, die Schriftsteller als Hofnarren der Gesellschaft zu verstehn. Wir nehmen sie ernster.

Ach Anna, seufzte Kolenda, wenn Ernstnehmen Nichtdrucken heißt –

Kein Krümel der aus seinem Schnauzbart fällt bleibt ungedruckt, mein Lieber. Wir haben da keine Informationspflicht.

Am umschubsten Eingang wurden sie auseinander gedrängt, Sitzplätze in verschiedenen Reihen, vorn neben dem erhöhten Tisch Erich Fried, der kleine Mann mit dem mächtigen Schädel. Erinnerte ihn an Charles Laughton als Glöckner von Notre Dame, der irgendwie zusammengestauchte Körper, dagegen die imposante schwarze Hornbrille, umwettert von den Blitzen der Fotografen, eine Mischung aus vielleicht gespielter Verlegenheit und wahrscheinlich echter Eitelkeit, wie er sich den Linsen darbot, bis ein ähnlich kleiner jüngerer Mann ihn zur Mitte des Tisches an die Mikrofone bugsierte. Frieds Verleger Wagenbach – er kannte ihn wieder von den Fotos der Meinhoff Beerdigung in Berlin, wo er mit Gollwitzer die Trauerrede gehalten hatte – der seinen britischen Kollegen John Calder vorstellte, damit dieser im Namen der andren Verleger den Preis der Sieben an den kritischen Dichter verlieh, der außer fünftausend Dollar auch die Herausgabe seiner *Hundert Gedichte ohne Vaterland* in Italien, Spanien, Portugal, Frankreich, den Niederlanden und Großbritannien und in der deutschen Muttersprache des österreichischen Emigranten versprach.

Zur Parodie geriet die Szene, als Wagenbach aus seiner Aktentasche einen grünen Blätterkranz hervorzog und ihn seinem überraschten Laureaten aufs Haar drückte, der das erst abwehren wollte, dann aber doch duldete, als sofort die Fotografen vor den Tisch stürzten, erneutes Blitzfeuerwerk, echter römischer Lorbeer für den seiner würdigen Poeten, wie Wagenbach selbstgefällig erläuterte. Suppengrün! flüsterte Kolendas Nachbar, er sah auch gleichzeitig, wie Anna Schaffner den Kopf mißbilligend schüttelte, da beendete aber Fried die lächerliche Inszenierung, legte das Gebinde auf den Tisch, setzte sich, zog ein zusammengefaltetes Manuskript aus der Joppentasche und tickte an das nächststehende Mikrofon. Dankend für den verliehnen Preis stellte er sich vor als einer, der durch den Hitlerfaschismus ins Exil getrieben und dessen halbe Familie in deutschen Konzentrationslagern vernichtet wurde. So sei er ein vaterlandsloser Poet geworden, dessen Heimat und Liebe seine deutsche Muttersprache geblieben sei. Erneut beobachte er nun in diesem Land die Entwicklung eines politischen Klimas, in dem unabhängige und kritisch denkende Köpfe diffamiert und verfolgt würden wie schon einmal am Anfang des Wegs in den Abgrund der faschistischen Nacht.

Beispiele gab Fried für die Gefährdung der Republik an die Adresse der Journalisten, die womöglich bald in ähnlicher

Lage sich befinden könnten wie jene Professoren, die höchstamtlich diszipliniert wurden, weil sie den Göttinger MescaleroText veröffentlicht hatten, der doch eine Absage an den Terrorismus darstellte, aber durch das sinnverfälschende Zitieren von Politikern und Journalisten in das Gegenteil seiner Absicht verdreht worden war. Da sei die Freiheit der Meinungsäußerung nicht nur verkürzt sondern abgewürgt worden. Die freiheitlichdemokratische Grundordnung, die sich die BRD neunzehnhundert neunundvierzig als Verfassung gegeben habe, in deren Namen ihre Ministerpräsidenten neunzehnhundert einundsiebzig die Freiheit der Lehre bereits entscheidend beschnitten hatten, sei sechs Jahre später für die Verfolgung einer Handvoll Freischärler praktisch wieder abgeschafft.

Offenbar waren Freunde Frieds ziemlich zahlreich im Saal anwesend, denn mehrfach wurden seine staatskritischen Anklagen beklatscht. Nach der Rede drückte sich Anna Schaffner nach vorn durch, schaffte es, dem noch amTisch sitzenden Poeten die Hand zu schütteln, offenbar gratulierend, während die Reporter ihre Mikrofone einsammelten. Anna schien Fried zu kennen, er unterhielt sich sehr freundlich mit ihr, aufmerksame Augen, lächelnde Gesichtsfalten, und er reichte ihr auch ein paar aus seiner Aktentasche geholte Blätter, hatte wohl nicht die Vorbehalte seines berühmteren Kollegen gegen die Demokratische Zeitung. Anna freute sich stolz, das Erstdruckrecht der Rede Frieds ergattert zu haben.

Auf dem Weg zur Halle Sechs verlor Kolenda seine Kollegin, suchte sie auch nicht. Franzte sich durch zum Stand des FischerVerlags, durch die ihn umströmenden bibliofilen Einzelgänger, viele skurrile Typen, die ihre Individualität in Kleidung, Frisur, Gestik und Mimik sichtbar mit sich führten, unaufgehalten von den ihn aus den Kojen anrufenden Büchern. Leicht fand er mit Hilfe des Katalogs und der Standnummern den Verlag, der ihn am stärksten anzog, weil er dort Kollegen des Werkkreises zu treffen hoffte. Und die befreundeten Bücher mit dem unverkennbaren Sigel, das ihnen vor Jahren der Sänger und Zeichner aus Düsseldorf, Süverkrüp, geschenkt hatte, ein Zwitterwerkzeug in der erhobenen Faust:

Maulschlüssel und Stift – das Symbol, das Erkennungszeichen der schreibenden Arbeiter.

Er sahs auch gleich am Gang über dem Drehregal, in dessen Fächern die bunten Produkte ihrer jahrlangen Anstrengung versammelt waren: die Taschenbuchreihe des Werkkreises in dem Verlag mit dem DreifischLogo, der dem HoltzbrinkKonzern gehörte: mit ihren fünfsechs jährlichen Neuausgaben sich wiederholender öffentlicher Beweis der Veränderung, des Fortschritts in einer Gesellschaft, die dem Kapital gehörte und doch auch denen, aus deren Kraft es erwachsen ist und sich vermehrt. Nur aus der Zunahme dieser Kraft konnte er erklären, dass Fischer sich bereit gefunden hatte, eine Organisation und ihre Bücher zu fördern, die den Kapitalismus bekämpfen. Das Kapital finanziert (und stärkt damit doch?) seine Gegner. Oder fesselt und entwaffnet es uns mit dieser Taktik?

Er konnte es nicht lassen, das Regal zu drehen und dabei die Bände mit den Augen zu zählen, einzelne in die Hand zu nehmen, an denen er mitgedacht, mitgearbeitet, mitgeschrieben hatte, *Der rote Großvater erzählt, Stories für uns, Dieser Betrieb wird bestreikt, Liebesgeschichten* – über zwanzig Bände waren in dem Regal versammelt – noch nie hatte er sie in dieser kompakten Vollständigkeit an einem Ort gesehn. Wie eine kleine aber wehrhafte Insel des Widerstands und der Hoffnung gegen die anbrandende Flut der kommerziellen Verdummungsliteratur, von der er sich umgeben wusste. Obwohl wenn sie hier schön regenbogenfarbig herumstehn noch nichts gewonnen ist für ihre Bestimmung, in Köpfe einzudringen und dort Bewegung auszulösen, Erkenntnisse, Selbstbewusstsein zu fördern, Handlungen anzustoßen. Die gleiche Zwiespältigkeit, Zwiefältigkeit beim Transport der heißen Ware zu den Lesern: das Vertriebsnetz des Konzerns garantiert uns die Gegenwart unsrer Bücher bis in den letzten Winkel des Landes, aber wenn es uns dreihundert Menschen nicht gelingt, genug Wind um die Konterbande zu machen, dass zwanzigtausend pro Band verkauft werden, dürften die FischerLeute schnell den Daumen runterdrehn.

Von der Regalwand griff er sich den neusten Band, mehrfach dort aufgestellt, *Da bleibst du auf der Strecke, Erzäh-*

lungen und Protokolle zur Rationalisierung, blätterte darin.

Druckfrisch! sagte ein ihm gleichaltriger blonder Mann von der Standmannschaft. Der zweiundzwanzigste Band der WerkkreisReihe.

Kolenda nickte. Macht einen soliden Eindruck.

Sind Sie Presse? fragte der Blonde und Kolenda fiel die Lüge aus dem Mund: Jaja, *Christ und Welt*. Da stellte der sich als Eichborn vor, Lektor des TaschenbuchVerlags. Kolenda dachte anonym was rauszukriegen, fragte den Verlagsmann nach der Zusammenarbeit mit den Laienschreibern, ob das eine linke Seifenblase sei oder Zukunft hätte und welche Absicht beim HoltzbrinkKonzern sich mit dieser merkwürdigen Ehe verbinde?

Meinungsverschiedenheiten gäbe es schon zwischen ihm und manchen der WerkkreisLeute, wenn da zu schnell oder zu laienhaft gearbeitet worden sei, also mangelnde Qualität, Professionalität. Das zu korrigieren sei die Aufgabe eines Lektors, nicht nur bei den WerkkreisBüchern.

Und politisch gibt es keine Differenzen?

Eichborn lachte. Neunzehnhundert zweiundsiebzig, als mein Vorgänger Wolfram Schäfer mit dem damaligen Sprecher des Werkkreises den Vertrag über die Reihe ausgehandelt hat, gabs keine Bedenken, dem Werkkreis das Alleinbestimmungsrecht über die Bücherinhalte zuzugestehen. Als liberaler Verlag halten wir uns an unsre Abmachungen. Nie Probleme damit.

Der Verfassungsschutz, sagte Kolenda, hat diese Organisation als kommunistisch unterwandert oder gesteuert erklärt. Damit verrat ich Ihnen gewiss nichts Neues. Verursacht das der Konzernleitung keine Bauchschmerzen?

Eichborn zeigte auf das Drehregal. Schaun Sie – fünfhunderttausend Bücher mit dieser Faust auf dem Markt – das ist was den FischerVerlag intressiert. Da kann der Verfassungsschutz viel behaupten. Wir lieben unsre Autoren, wenn sie gute Bücher schreiben. Haben Sie je von einem Geheimdienst gehört, der ein gutes Buch gemacht hat?

Da lachte Kolenda, streckte dem andern seine Hand hin: Jetzt können wir wieder Du sagen Vito – ich bin Armin

Kolenda. Entschuldige das kleine Verwirrspiel. Du hast glänzend bestanden.

Eichborn lachte lauthals amüsiert. Das Ding ist dir gelungen Armin! Aber schön dich mal kennenzulernen. Willstun Kaffee? Euer halber Klub hockt schon da drin. Zog ihn mit in die gute Hinterstube des FischerStandes, eine Art Separé hinter der mit Autorenportraits und Büchern geschmückten Fassadenwand, abgeschirmt vom Volk der schaulustigen Schlenderer und sammelgierig Hastenden, die jetzt am Nachmittag, nach Öffnung der Messe für fachfremdes Publikum, durch die Gänge flossen, alle erreichbaren Prospekte Gratiszeitungen Sonderdrucke abgriffen und in ihre Plastiktüten verstauten.

Gleich dreimal wurde Kolenda in dem engen Raum mit Hallo von kräftigen Armen an breite Brustkästen gedrückt, staunte nicht schlecht, drei Säulen des Werkkreises in Eichborns Geheimkabinett versammelt zu finden – den Frankfurter Postler Heinrich Droege, den Bremer Journalisten Jürgen Alberts und den urigen Bayern Jörg Scherkamp, den Grafiker, der ihnen die schönsten Umschläge ihrer Bücher gestaltet hatte.

Die Freude war gegenseitig und echt, da sie in dem landesweiten Netz von Werkstätten auf je eigne Weise mitdachten und wirkten, voneinander wussten durch Beiträge in den Rundbriefen und Büchern oder Gespräche auf den zentralen Treffen, die aber doch nur jährlich stattfanden, so dass dort eher Lust auf größere Nähe geweckt als verwirklicht werden konnte und die freundschaftlichen Gefühle zwischen ihnen mehr auf dem Bewusstsein der gemeinsamen Herzenssache als auf lebenspraktischer Erfahrung beruhten. Ansichtsverschiedenheiten hatten sie auch zu vermitteln – ihre privaten und beruflichen Bindungen, ihre politische und intellektuelle Bildung waren disparat, oft exotisch, woraus zuweilen verzweifelt unterschiedliche Urteile über die ästetische Bedeutung eines Textes, die politische Wichtigkeit eines Temas folgten, trotz der langjährigen Anstrengung, zu verbindlichen Maßstäben für die WerkkreisMitarbeiter zu gelangen; aber die erlebten Fehlschläge, die ätzenden Streitereien, waren vergessen, aufgesogen von der Freude des Wiedersehens, sobald sie sich erneut begegneten.

Alberts forderte von ihrem Lektor in seiner unwiderstehlichen falstaffschen Jovialität, dass vier halbe Auflagenmillionäre auf einem Haufen rechtfertigten, die Verlagsflasche für BestsellerAutoren vorzuholen, was Eichborn zwingend fand und aus einem verhängten Regal eine Flasche Dujardin samt passenden Gläsern erscheinen ließ, einschenkte und Auf euern nächsten roten Simmel! prostete. Erzählte fröhlich, wie ihn Armin eben als Journalist von *Christ und Welt* über die Verlagspolitik zum Werkkreis ausgehorcht hatte, da wurde der schon hochachtungsvoll angeguckt, aber als er mitteilte, dass er auf Anweisung seiner Kulturredakteurin Schaffner bis siebzehn Uhr alkoholfrei bleiben solle, löste er erneutes kehliges Hoho und Gelächter aus und Alberts nahm Eichborn die Flasche aus der Hand, um eine zweite Runde einzuschenken, verkündend, gegen solche menschenfeindlichen Vorschriften müsse man entschlossen antrinken, dieser Bücherzirkus sei anders von anständigen Kerlen sowieso nicht durchzustehn. Nun aber leerten sie die Kelche auf den Gedeih ihres unbestechlichen Lektors, dem sie wünschten, dass er bald zum Wohl der Arbeiterbewegung in die Leitung des Verlags aufrücke. Der dankte für die Blumen, darauf hätte er nicht den mindesten Bock sondern ganz andre Pläne, wollte jedoch über ungelegte Eier nicht gackern, ließ sich auch keine Andeutung entlocken.

Heinrich Droege, der Leseriese, konnte da seine jüngste Entdeckung nicht länger für sich behalten, fragte ob sie wüssten, dass in ihrem FischerVerlag vor über zehn Jahren, neunzehnhundert fünfundsechzig genau, die Idee des Werkkreises schon öffentlich vorgedacht worden war? Und von wem wohl? Von Wallraff? Falsch. Von Walser? Noch falscher. Von Erasmus doch nicht? Nee, auch nicht, der kam erst achtundsechzig.

Hat wahrscheinlich einer über den Bitterfelder Weg geschrieben, die Zirkel schreibender Arbeiter in der Täterä, vermutete Alberts, der Heiner Müller oder der Strittmatter.

Weißt dus auch nicht Vito? fragte Droege, und als der nur nachdrücklich die Schultern an die Ohren hob, strahlte er triumfierend: Ihr lest alle nicht die wichtige Literatur! Erschienen ist das sogar schon siebenundfünfzig, als Hardcover im StahlbergVerlag, von einem der größten Schreibmeister des zwanzigsten Jahrhunderts! Und zog ein Taschenbuch aus der Jacke, ließ sie den Titel nicht sehn, las ihnen, während kaum gedämpft aus der Halle das Rauschen der tausend Gespräche sie umgab, mit seiner Personalratsstimme das kostbare Fundstück, in dem der Verfasser über ein Literaturkombinat berichtete, das Gruppen gleichgesinnter Autoren zusammenarbeiten ließ, um kollektiv Kunstwerke herzustellen. Der skeptische Besucher des Kombinats, der bezweifelte, dass bei einem solchen Verfahren ein in sich geschlossenes Werk entstehen könne, wurde auf die naturbedingte Beschränktheit der individuellen Begabungen und Erfahrungen hingewiesen. Die ließen sich überwinden und steigern durch die sinnvolle Verbindung der Einzelfähigkeiten, so dass auf diese Weise perfekte Kunstwerke, maßgeschneidert für unterschiedliche Leserintressen, hergestellt würden, die im normalen Kunstbetrieb allenfalls den äußerst seltenen Universalgenies gelängen. Der Autor des Textes, der selbst in einer ziemlich eigenwilligen, fantasievollen Sprache schrieb, ließ sein Wohlwollen für diese ungewöhnliche Praxis deutlich erkennen.

Stolz und zufrieden nickte Droege in die ziemlich erstaunten Gesichter seiner drei Zuhörer: Soweit diese Skizze über das Literaturkombinat in der *Gelehrtenrepublik* von – jetzt wisst ihrs natürlich längst – von Arno Schmidt!

Kein Holzkopf, sagte Jürgen Alberts anerkennend. Vito hatte den Bargfelder denn doch nach den ersten paar Sätzen gerochen, wunderte sich, dass der elitäre Sprachclown, der Einsiedler Schmidt, an kollektive Schreibarbeit gedacht hatte. Und Armin Kolenda, stark verblüfft: Haargenau hat der beschrieben, was wir jetzt in der Düsseldorfer Werkstatt mit unserm BürgerinitiativenRoman ausprobiern! Unsre verschiednen Begabungen zusammenschmeißen, damits ne höhre Einheit und Qualität gibt! Und ich dachte, die Idee mit dem KollektivRoman wär von mir!

Aber kein Wort von Klassenerfahrung, von Arbeitswelt, war Jörg Scherkamp aufgefallen, das fehlt völlig.

Nee nee mein Lieber! »Fabriken aller Art«! verteidigte

Droege seinen Helden. Sogar ein Zentralpostamt hater erwähnt! Das ist meine Arbeitswelt!

Die Frage ist, überlegte Alberts, ob er in dem Buch einfach nur sozialistische Kollektive verscheißern wollte, das trau ich ihm zu, oder ob er das ernst gemeint hat mit der Addition der verschiedenen Begabungen. Weil das klingt ja sehr plausibel und entspricht unsrer Erfahrung.

Jedenfalls isser net elitär! Oder höchstens aus Selbstschutz. Ich kenn ihn. Dir hab ichs erzählt Vito, dass ich en schon paarmal besucht hab und mit em diskutiert hab ich, bin stundenlang mit em in de Heide rumgelatscht. Des hat em Spaß gemacht, mit nem Techniker über sei Bücher zu redde. Der is noch net emal gegen die Gewerkschafte, hat nur gegen die Vierzigstundenwöchner Dampf abgelasse , weil einer wie er es net unterm Doppelte tut. Des is en Arbeitsfetischist.

Is ja egal, fand Eichborn. Walter Jens hat mal mit dem dicken Zeigefinger gepredigt, meine Herrn, die Industrie hat sich noch kein Schriftsteller von innen angeguckt, lauter weiße Flecken auf der literarischen Westdeutschlandkarte! Das sollten die Herrschaften mal ändern. Und er selbst? Ist PEN Präsident geworden, nie aus seinem Tübinger Lehrstuhl rausgekommen. Arno Schmidt hat nicht an schreibende Arbeiter gedacht und Walter Jens auch nicht. Die wollten an die Information, nicht an die Erfahrung. Ist der Schmidt viel zu extravagant in seinem künstlerischen Perfektionsanspruch, als dass er sich Arbeiter als Literaturproduzenten vorstelln könnte. Da ist euer Werkkreis schon originell. – Hater dich je gefragt Heinrich, ob du selber schreibst? Ich wette auf die Idee ister nich im Traum gekommen.

Als der, betrübt, den Kopf schüttelte: Apropos arbeiten, Gentlemen, draußen warten zwei Autoren auf mich. Ich schlag vor, ihr sucht euch jetzt mal ne andre Zapfstelle und klärt da den Rest der Welt.

Ohne Protest folgten sie Eichborns Aufforderung, entließen den Holzschneider Scherkamp in Richtung seiner bayerischen Genossen am KürbiskernStand und kurvten als Dreierbande unter Droeges ortskundiger Führung zum Stand des Schriftstellerverbands. Jürgen Alberts hatte als letzten

Sommer zurückgetretener Erster Sprecher von seinem Nachfolger Hensel die Aufgabe übernommen, Unterschriften von Bernt Engelmann und Chotjewitz unter einen Brief des Bundesvorstands an vermögende Autoren einzuholen, mit dem die zu Geldspenden für den Werkkreis verlockt werden sollten.

Schon in den brausenden Aufbaujahren des Werkkreises hatte ein ähnlicher Brief, von Böll und Wallraff unterzeichnet, die zahlreichen linken Autoren und auch einige Autorinnen des Verbands zu kleineren oder größeren (Grass! Handke! Lenz! Walser! Weiss!) Investitionen in die neue Schreiberbewegung aus der proletarischen Ecke motiviert. Damals hofften sie, die Berufsautoren zu handfester Mitarbeit in den Werkstätten reizen zu können, was sich in den folgenden Jahren immer deutlicher als blauäugig erwies. Jetzt, unter dem Druck unerwarteter Forderungen des Finanzamts, bedroht von Insolvenz und Auflösung ihres Vereins, spekulierten sie auf ein vielleicht noch vorhandenes schlechtes Gewissen derer, die sie einmal vollmundig auf ihrem Hamburger Bundeskongress zu unterstützen gelobt hatten.

Der Sprecherrat hatte den Brieftext für die Schriftsteller entworfen, mit Engelmann abgestimmt, den endgültigen Text vervielfältigt und mit den Anschriften versehen.

Der Stand des VS am Eingang der Halle Sechs war ein einfacher Tisch zwischen drei Stellwänden, von denen die Staeck-Plakate die Präsenz der gewerkschaftlichen Autorenvertretung signalisierten. Stehend hinter dem Tisch der Mann, den Kolenda vor einer Stunde wie einen Luther im Wormser Reichstag als zornbebenden Ankläger der kapitalhörigen deutschen Öffentlichkeit hochachtungsvoll gehört hat, ein Biedermann mit kurzem gescheiteltem Haar, dunkler Hornbrille, in offenem weißen Hemd und Pulli. Der Autor, dessen provozierende Enthüllungsbücher Bestseller mit Millionenauflage geworden waren, unscheinbar hier wie ein Verlagsangestellter, der die drei vom Werkkreis freundlich kollegial begrüßte – keine Spur von Herablassung oder distanzierender Förmlichkeit. Er stellte sie der geschäftsführenden Mutter des Verbands, Ursula Brackmann, als die Kollegen vom Werkkreis vor (sie nannten ihre Namen) und fragte, ob der Werkkreis auch einen eignen Messestand hätte, entschuldigte sich aber gleich für die Frage – bei den Mieten! Auch der VS hätte sich keinen leisten können ohne die Hilfe der IG Druck und Papier.

Alberts, schlagfertig, erwiderte, dass sie lieber den Stand des FischerVerlags übernehmen wollten, fast die Hälfte hätten sie schon mit WerkkreisBüchern belegt.

Ach, lachte Engelmann gutmütig, wusste gar nicht, dass die Revolution auf dem Büchermarkt schon so nah ist, und Droege präsentierte ihr neustes bestes Stück, den gelbschwarzroten Rationalisierungsband, herausgegeben von ihm selbst und Gerhard Straube, beide Frankfurter Postler, mit zwei Kollegen aus Berlin und Hamburg, Geschenk für den Bundesvorstand der Schriftsteller als Leistungsbeweis des Werkkreises, extra freigenommen habe er sich, um den Kollegen vom VS das Buch persönlich überreichen zu können, mit einem Vorwort übrigens vom IG MetallVorstand Janzen – schönschön, das ist ein wichtiger Kollege, bestätigte Engelmann, las das Inhaltsverzeichnis kopfnickend, beifällig, fragte Heinrich, ob er denn Anschlussmitglied im VS – ja ist denn das möglich ohne eine eigne Buchveröffentlichung mit nur ein paar Beiträgen in dreivier Werkkreisbüchern? Und allerdings Mitherausgeber von diesem und dem EVABand *Betriebsräte berichten*, dem ersten Buch, das der Werkkreis in einem gewerkschaftseignen Verlag – na da ist er doch schon überfällig, schmunzelte Engelmann, Ursula wo sind die Aufnahmeanträge? Die ließ Droege gleich einen ausfüllen, versprach die Unterschrift des Landesvorsitzenden einzuholen wenn der vorbeikommt und Heinrich, strahlende Selbstgewissheit: den Pitt kennich gut, keine Frage dass der einverstanden ist.

Nachdem wir nun den VS um ein weiteres starkes Mitglied bereichert haben, tönte Alberts da, dürfen wir dich bitten, Kollege Engelmann, auch etwas zur Stärkung des klammen Werkkreises zu tun – rückte dabei den Packen vorbereiteter Briefe aus seiner Aktentasche, klatschte ihn auf das StaeckPlakat mit dem biedermeierlichen MansardenDichter: nicht nur bei dem regnets nämlich im Augenblick durch, schob gleich noch die Anerkennung nach: tolle Ideen vom Staeck, treffen voll ins Schwarze! Nehmich zehn Stück mit nach Bremen! Ließ sie sich auch von der Brackmann einrollen, während Engelmann begann, die Briefe zu unterschreiben.

Kolenda staunte über die willige Geduld dieses Vorsitzenden, hundertmal seine eigenhändige Unterschrift unter den Spendenaufruf zu setzen, mit Füller, kein Namensstempel, richtig Mühe war das – der bescheidene Riese zeigt seine Hilfsbereitschaft für die kecken Zwerge ohne zu murren, mit einer Selbstverständlichkeit, die er sich zu erklären versuchte aus dessen Vergangenheit, aus seiner Erfahrung des Widerstands und des Konzentrationslagers, wo Rangunterschiede nichts gegolten hatten, jeder auf des andern Solidarität oder was angewiesen beim Kampf ums Überleben, eine den Mann sicher prägende existenzielle Erfahrung, die seine ganze Arbeit als Journalist und Schriftsteller bestimmte, mit der er in seinen Büchern und vorhin in seiner flammenden Rede kämpfte für den Erhalt der demokratischen Freiheiten, die eine Frucht waren des Widerstands gegen den Faschismus. Die gleiche konsequente Entschiedenheit, wie er sie bei den alten Genossen traf, die sie als rote Großväter aus ihrer Vergessenheit gerissen hatten. Vielleicht sah Engelmann aus dieser Haltung die Schreiber des Werkkreises nicht als redlich bemühte Laien, sondern als die kleine schreibende Schwester der Arbeiterbewegung (wie sie selbst manchmal sich genannt hatten), bemüht um eine Zukunft des Landes mit gebändigter Kapitalmacht, vielleicht stehen wir ihm deshalb näher als viele seiner bürgerlichen Kollegen im Schriftstellerverband, die mit ihrem Schreiben nur ihre persönlichen Aufregungen und Eitelkeiten füttern? Oder gehört er nun doch, gewollt oder nicht, durch den Ertrag seiner Bücher, zu denen, die er an den Pranger der Öffentlichkeit gezerrt hat, denen DaOben, und ist deshalb von Skrupeln getrieben, versucht eine Schuld abzugelten durch diesen Frondienst, der AuflagenMillionär für die Habenichtse?

Kollege Engelmann, fragte er den Schreibenden, warum tust du das – schreibst dir hier die Finger wund für den Werkkreis?

Der schaute hoch zu Kolenda, überrascht, Falten auf der Stirn, ohne fertige Antwort. Soll ich nicht? Euer Vorstand hat mich gebeten –

Na du stellst vielleicht Fragen! polterte Alberts, weil er uns helfen will, das ist doch wohl klar!

Ich meine, versuchte Armin zu erklären, vorhin deine Rede in der Pressekonferenz, da hat dir sozusagen Deutschland zugehört, und überhaupt, du gehörst zu den ganz Großen, Schriftstellern mein ich, und wir sind die Anfänger, Underdogs will ich nicht sagen –

Worauf willst du hinaus Kollege Kolenda? unterbrach ihn Engelmann, merklich irritiert, schrieb nicht weiter.

Weiß ich auch nicht genau, gab Armin zu. Vielleicht weilich aus dem Pütt stamme, Bergarbeiterfamilie – wir sinds nicht gewohnt, dass die großen Tiere sich um uns kümmern. Schon gar nicht uneigennützig. Kompensieren die Schriftsteller, die Intellektuellen ihre Schuldgefühle mit Geldspenden, weil sie selber nicht handeln?

Die gibts bestimmt, sagte Droege, aber de Bernt Engelmann gehört zu dene net und de Pit Chotjewitz ah net. Die tun echt was. Die schwätze net nur.

Ich hab nicht die Bohne dagegen, wenn sie ihre Komplexe mit den Spenden für den Werkkreis beseitigen, dröhnte Alberts. Wir brauchen Mäuse, um Gegenöffentlichkeit zu organisieren. Sollen sie ihre Bauchschmerzen kurieren und ihre Steuern sparen mit unsern Spendenbescheinigungen, das ist mir ehrlich völlig wurscht Armin.

Wissen Sie Herr Kolenda, dass Bernt Engelmann ehrenamtlich arbeitet im Bundesvorstand des VS? fragte die Geschäftsführerin, ziemlich vorwurfsvoll. Das ist ein Halbzeitjob, mindestens!

Doch, das kann ich mir vorstellen, nickte Kolenda. Das meinich ja. Früher gabs das – um Gotteslohn. Aber Bernt Engelmann ist wohl kein Frommer.

Der hatte den letzten Brief unterschrieben, stand auf, ruckelte die Blätter auf Kante, reichte Alberts den Stapel: Ich hoffe wir haben Erfolg damit. Und zu Armin gewandt, ein bisschen väterlich: Deine Frage war nicht unberechtigt.

Warum ist Sartre für die RAF in Paris auf die Straße gegangen und hat die Gefangnen in Stammheim besucht? Und Böll? Hat freies Geleit für Ulrike Meinhoff gefordert. Um der bestgehasste Nobelpreisträger der deutschen Rechten zu werden? Warum hat sich der Peter Brückner in Hannover lieber rausschmeißen lassen von seinem Lehrstuhl als sich zu distanzieren von der MescaleroDokumentation wie vierzig andre Professoren? Ich weiß es nicht. Vielleicht müssen wir einfach das tun, was wir für richtig halten, um beim Rasieren noch in den Spiegel kucken zu können? Wenn du willst, kannst du das als Egoismus verstehn. Außerdem – jetzt lachte Engelmann wieder – ihr habts mir ja in den Mund gelegt in diesem Brief – dass ihr uns neues Lesepublikum ranzieht und Nachwuchsautoren für den VS – also muss der VS Vorsitzende euch unterstützen im Intresse seines Verbands.

Trotzdem dürfen wir uns herzlich bedanken, auch bei Frau Brackmann, dass sie uns die Adressen rausgesucht hat, war sicher massig Arbeit! strahlte weltmännisch Jürgen Alberts.

Vielleicht hast du was Zeit, heut abend halbacht, die Lesung der Frankfurter Werkstatt im DGBHaus, brachte Heinrich Droege noch an. Nach einem allseitigen Händeschütteln zogen sie ab, überließen den Vorsitzenden einem schon wartenden ziemlich schrägen KünstlerPärchen.

War bisschen unverschämt deine Frage, gibs zu, sagte Alberts, ich dachte erst jetzt flippt er aus.

Aber intressant, seine Antwort, fand Droege. Der Mann imponiert mir. Obwohl ich nicht in allem seiner Meinung bin.

Juckt euch das nicht, solche Fragen?

Das Ding istne Büchermesse Armin, kein Filosofenkongress, da werden Intressen vertreten. Wir filosofieren frühestens abends nach zehn, was Heinrich? Is hier die Luft viel zu trocken für.

Filosofisch ist Quatsch Jürgen. Sind politische Fragen. Die ganze Messe ist politisiert. Quillt aus allen Ritzen. Das Land ist voll Polizei, die Stadt wimmelt von Grünen, hier schwirren sie rum wie die Schmeißfliegen überm Mist, aber keiner hatne Ahnung wo Schleyer versteckt ist. Alle die klugen Köpfe die hier rumspaziert werden fragen sich, wie schaffens die

RAFLeute, den Mann mitten unter uns fünf Wochen lang zu verstecken? Ist keine Stecknadel nicht wahr. Wie clever verdammt sind die? Rufen alle Nase lang im Kanzleramt oder bei Agenturen an, schicken Ultimaten, verhandeln mitter Regierung über die Freilassung der Gefangnen und gehn in keine Schleppnetzfahndung, laufen vielleicht hier neben uns durch die Gänge – da kuckt doch jeder jeden an ober dazugehört, entweder zu den RAFisten oder zu den BKASchlapphüten.

Na und, Armin? Was schert uns das? Intelligent könne se meinetwegen sein. Dann sinds eben intelligente Feinde der Arbeiterbewegung, das is für mich sonnenklar. Von mir bekäme die kein freies Geleit zu Arafat und ich würd se auch net in Stammheim besuche, obwohl ich die Isolationshaft scheiße find und unmenschlich, genauso unmenschlich wie mit Maschinenpistolen uf lebende Menschen zu ballern nämlich. Ich war noch nie en Freund von SchmidtSchnauze, aber ich wett euch: neunundneunzig Prozent der deutschen Bevölkerung sind einverstanden, dass er die Terroriste net laufe lässt fürn Schleyer. Den Schleyer braucht keiner. En Bürgerkrieg aber auch net. Ich will net, dass aus unserm Land ein Libanon wird! Ich hab zwanzig Jahr als Gewerkschafter gekämpft. Wofür? Für Waffengleichheit zwischen Kapital und Arbeit. So gut ist es uns in Deutschland nie gegangen in unsrer Geschichte, seit wir nämlich Demokratie gelernt habe aus unsrer Nazikatastrofe. Ich will dass meine vier Kinder –

Mensch Heinrich, unterbrach ihn Kolenda, aber Alberts dröhnte darüber: Also Leute ihr könnt euch hier noch fetzen bis heut abend – ich geh jetzt den Chotjewitz suchen! sprachs, wartete keine Antwort ab, zog los ins Gedränge.

Recht hater der Jürgen, ich muss auch los Armin. Muss mich nochmal blicken lassen in meiner Dienststelle. Wir sehn uns im DGBHaus?

Okay Mann. Armin lachte ihn an: Heut abend gehts weiter, zweite Runde, einverstanden?

Einverstanden.

Kolenda pilgerte allein weiter durch die Bücherfluchten oder schlenderte oder vagabundierte tagwandelte er durch das

Geschrei der tausend zehntausend Titel, bedrückt, zusammengestaucht von den Wahrnehmung heischenden, um Aufmerksamkeit barmenden Buchstabenklumpen, ein babylonisches Rauschen zu dem die an ungezählten Schreibtischen entwickelten Anschauungen der Welt sich einebneten, ein grauer Orgelton erfüllte die riesige Halle von den ins Unkenntliche Anarchische vermischten Gedanken Wahrnehmungen Erinnerungen Hoffnungen Schmerzen der Menschheit, der lag unhörbar unter dem aktuellen Stimmenbrei der Besucher und Aussteller, dröhnte in Kolendas unkonditioniertem Hirn, entband Fluchtreflexe, denen er nur mit widerwilliger Anstrengung, mit Hilfe seines journalistischen Pflichtbewusstseins trotzte. Was hier mit inflationärem Aufwand als das unabweislich Neuste Beste Schönste Schärfste sich aufdrängte, erstickte seine berufliche und seine persönliche Neugier, die er noch am Morgen saftig im Kopfgepäck verstaut hatte. Wie sies aushielten, die Schreiberinnen und Schreiber, wenn ihr jüngstes Werk an irgendeiner Pappwand aufgebahrt war, unmissverständlich ausgewiesen als Sandkorn in der Bücherdüne, unkenntlich und flüchtig wie ein Spinnfaden am Herbsthimmel – er verstand es nicht. Oder war es doch nur der aufs Papier gebrachte Ausweis des Erschienenseins in der Welt – ich bin gedruckt, also bin ich, kann mich halten meine Existenz ein Buch, hier steht es eine Kerze im Frankfurter Tempel der Weltliteratur? Einen Geschmack davon, erinnerte er sich, hatte auch er empfunden an dem Drehregal bei Fischer, als er noch frisch mit sich selbst in die Halle trat – ausgelöscht war das jetzt, erstickt von der schieren Masse der geistigen Handelsware.

Das Kontrastprogramm lief in der Ecke der linken Kleinverleger. Da roch es vertrauter nach Werkkreis, nach kapitalloser Selbsthilfe und barfüßigem Idealismus. Viel Rot hier auf Buchdeckeln und Postern, Fahnen sogar, sieghaft drapiert, Kopftücher der Fedayin und plakatgroße Brustbilder wie Erkennungsbuttons, MarxEngels, Lenin, Che Guevara, Rosa Luxemburg die Grundausstattung der meisten Kojen und die marxistische Ikonostase mit Mao, Trotzki, Hodschah, Lumumba, Angela Davis, Gramsci, Fidel Castro, Ho Tchi

Minh, Thälmann, Stalin sogar – er fand sie alle versammelt. Allerdings nicht vereint als Geschichte der Profeten und Märtyrer weltumgreifender kommunistischer Hoffnungen, sondern zwangsvereinigt von der Messeleitung zwecks leichterer Überwachung durch die Organe in der Ecke der roten Utopisten, eifrig zerfallen in Feindschaften gegeneinander über die bessere Wahrheit des richtigen Wegs zum endlichen Sieg der Arbeiterklasse. Die dünnen Trennwände zwischen den schmalen Kojen erschienen Kolenda Symbole der Mauern, die in den Köpfen verankert waren, unumstößlicher als wirkliche. Manche, dachte er, verhaften sich selbst in Gefängniszellen, schließen die Türen von innen ab, fühlen sich sicher erst wenn sie die Gesellschaft durch die Gitterstäbe ihrer selbstgewählten Isolationshaft wahrnehmen.

Er führte ein paar Gespräche mit bärtigen Jesusköpfen, mit igelborstigen engäugigen Schwarzlederjacken, Nickelbrillen auf spitzigen Nasen, rote Sterne an speckigen zerknautschten Kampfmützen, mit offenhaarigen, unspektakulär gekleideten Frauen, die ihm ihre Traktate, ihre Parteizeitung, ihre broschierten Neuerscheinungen und – wenn er sich halbwegs vertrauenswürdig erwiesen hatte und die patrullierenden Bullen-Pärchen außer Sicht waren – ihre in Kartons versteckten Raubdrucke anboten und erklärten. Er fragte – mehr gespielte Naivität als Hoffnung – ob es Unterhaltungen gäbe zwischen den Ausstellern der roten Enklave, Verhandlungen vielleicht, über eine Vereinigung oder Zusammenarbeit der zerfaserten Linken zu einer mächtigeren Organisation oder Aktionseinheit zumindest, die eher dem Gegner Respekt gebieten könnte, gerade jetzt, wo der Staat wie nie zuvor seit fümunvierzig, die große Koalition der Manager. Wo denn sonst wenn nicht hier kämen die Vertreter der marxistischen Gruppen sich so locker gesichtsnah, auf neutralem Terrain, und mit viel Zeit für gemeinsame Zigarettenklöns. Balsam vielleicht für die offene Wunde, dass der achtunsechziger Aufbruch zerrieben zersplittert verlaufen im Sand –

Vielstimmig, mal nachsichtig lächelnd, mal mit selbstgerechter Empörung wurde Kolendas aufweichlerischen, zersetzenden Zumutungen widersprochen. Nicht zwar wurde die

Notwendigkeit einer revolutionär geeinten Arbeiterklasse bezweifelt, wer aber schuld war an der Verhinderung der Volkseinheit, einem unumkehrbaren Fortschritt zum Sozialismus, waren die Kompromissler Spalter Revisionisten, mit denen es kein Paktieren geben dürfe und keine Wackelei und Krittelei an der beschlossnen Linie des Vormarschs.

Lachen konnte Kolenda erst wieder, als er sich in einem körperhohen Spiegel entdeckte unter der Aufschritt *Sympathisant des Terrorismus.* Versprengter Rest der Spaßguerilla.

Aufatmen, durchatmen vor der Halle, Spannungsabbau auf dem offenen Gelände zwischen den Messegebäuden, wo die spätere Sonne ihm die Frankfurter Stadtluft erfrischend erscheinen ließ nach dem Stickdunst im Innern. Er hatte die Idee, sich zu schütteln wie ein gebadeter Hund. Mit einer Bockwurst zwischen vertrockneten Brötchenhälften und einem Pappbecher Bier setzte er sich auf eine der herumstehenden Bänke, zog Jackett, Schuhe und Strümpfe aus, egal doch, streckte die müde gelaufenen Beine von sich. Die gesammelten Literaturbeilagen der großen Zeitungen ließ er unangerührt in seiner Plastiktüte, betrachtete gemächlich kauend und schluckend die vorbeibimmelnden Messebahnen, die schon zahlreicher Richtung Hauptausgang strebenden, papierbeladenen fremden Besucher. Langsam sickerte eine leere Gelassenheit über sein Bewusstsein, er döste weg in einen halben Schlaf.

Als eine schmale Hand sich von hinten über seine Augen legte, riet er leicht: Anna! Wer sonst. Sie lachte über seine nackten Füße, verständnisvoll. Beine wie Blei. Setzte sich neben ihn, erzählte von den Leuten der AutorenEdition bei Bertelsmann, hatte Volker Braun bei Suhrkamp und Hermann Kant bei den DDRVerlagen getroffen, erwähnte hochachtungsvoll die Präsentation der WerkkreisBücher bei Fischer – ne richtige Bibliotek inzwischen! Eine persönliche Einladung zum Abendempfang beim SuhrkampVerlag konnte sie auch vorweisen. Ergiebiger Tag für eine Journalistin. Ihm war nach Schwarzbrot zu Mute, er verschwieg seinen Frust, wollte zur Lesung der Frankfurter Werkstatt im DGBHaus. Bis zum Messeausgang trug er zwei prall gefüllte Taschen. Dort trennten sie sich.

Der Ortsbevollmächtigte der Gewerkschaft HBV leitete die Lesung im Großen Versammlungssaal ein. Er begrüßte die Kollegin und die Kollegen des Frankfurter Werkkreises der Arbeitswelt zur ersten von drei Lesungen, die der DGB als Ausdruck seiner Solidarität mit den angegriffnen Schriftstellern im Rahmen der Buchmesse veranstaltete. An den beiden folgenden Abenden sollten Günter Wallraff und Peter O. Chotjewitz aus ihren neuen Büchern lesen, und vielleicht dürfe er den Vergleich mit PopKonzerten oder Boxveranstaltungen wagen, wenn er die schreibenden Gewerkschafter als eine Art Vorprogramm zu den Auftritten ihrer berühmteren Kollegen bezeichne.

Will der uns als Kinderstunde verkaufen?! zischte Alberts Kolenda ziemlich hörbar ins Ohr. Es waren nur wenige Stuhlreihen des Saals besetzt, zwanzig dreißig Zuhörer außer den WerkkreisLeuten. Der Bevollmächtigte gab gleich das Wort weiter an den Kollegen Heinrich Droege, setzte sich in eine hintere Reihe (um schnell unbemerkt abhaun zu können).

Droege, mit unzerknittertem Selbstbewusstsein, berichtete von der Arbeit an dem neuen WerkkreisBuch, in dem sie bewiesen, dass die vielberedete Humanisierung der Arbeitsverhältnisse eine Mogelpackung, in der nichts andres als die Wegrationalisierung von Arbeitsplätzen zugunsten einer Steigerung der UnternehmerProfite sich verstecke. Massive Vernichtung lebendiger Arbeit, über die Million schon heute Arbeitsloser hinaus, wird die Folge der überall vor sich gehenden Leistungsverdichtung sein, wenn nicht! Ja! Wenn nicht die Arbeitnehmer mit ihren Gewerkschaften durch neugestaltete Tarifverträge und massiv Druck von unten, der gehört unbedingt dazu Kollegen! eine Verkürzung der Arbeitszeit erreichen – bei vollem Lohnausgleich natürlich – , so wie es erst kürzlich der Gewerkschaftstag der IG Metall vorgeführt hat. Humanisierung der Arbeit bedeutet eben, dass alle im Produktionsprozeß, an der Mehrwertschöpfung Arbeitenden gerecht nicht wahr, das ist entscheidend: gerecht am Erlös der Arbeit beteiligt werden – nicht nur die Manager und Aktionäre. Diesem Ziel sollen die Erzählungen und Berichte, die die WerkkreisKollegen als selbst Betroffne oder von andern aus den Betrieben, als ergänzende Alternative zu der fachwissenschaftlichen und gewerkschaftlichen Literatur, die oft ins Leere, also über die Köpfe der Arbeiter hinweg, dagegen ist unser Buch die richtige Medizin.

Grad als Alberts zu murren begann wegen der langen Einleitung, kündigte Droege den Werkstatt Kollegen Franco Biondi mit dem *Brief eines Turiner FIAT Arbeiters an seinen Bruder in Stuttgart* an, der auf ziemlich raffinierte Weise die Arbeitskämpfe im Piemont mit denen in Württemberg verglich, sie kritisch spiegelte und kontrastierte.

Der längere Bericht eines Daimler-Benz Betriebsrates, gelesen von einem Mitglied der Frankfurter Werkstatt, erzählte sehr lebhaft vom langen Kampf der Metaller gegen die Nachtschichten und die unternehmerhörige Beschwichtigungspolitik der BetriebsratMehrheit. Es wurden in diesem Bericht keine Namen genannt, aber Kolenda wusste aus Artikeln in der Frankfurter Rundschau von den Auseinandersetzungen zwischen den kritischen Vertrauensleuten bei Daimler und der IG Metall, die gewagt hatten, mit einer zweiten Wahlliste gegen den alten Betriebsrat zu kandidieren und dabei fast dreißig Prozent der Stimmen gewonnen hatten. Rund dreitausend Kollegen hatten für sie gestimmt und damit die Berechtigung ihrer Kritik an den selbstgerechten BetriebsratFürsten offengelegt. Trotzdem wurden die führenden Köpfe der Plakatgruppe, Hoss und Mühleisen, von der IG Metall ausgeschlossen. In dem Bericht wurde diese Vorgeschichte nur zwischen den Zeilen erkennbar, platzte erst in der Diskussion heftig auf.

Ein Mann, schnurrbärtig, nackenlanges lockiges Braunhaar, Mitte dreißig, aus einer Metallbude im Siegerland, aber namenlos, polterte stehend gegen den Text, der viel zu brav und kompromisslerisch sei. Nicht einmal die Konzertierte Aktion erklärt ihr als das was sie wirklich ist – eine Zusammenrottung der Spitzenunternehmer mit der verdösten Gewerkschaftsführung unter Anleitung der Herren Schmidt und Schiller! Aber wenn ihr denkt, dass Rationalisierungen nur von den Bossen aus eignem Intresse vorwärtsgetrieben werden, dann muss ich euch sagen, dass das Geldintresse der

Arbeiter mindestens die gleiche Rolle spielt. Wir haben gestreikt, gegen die Leichtlohngruppen, mit unsern Arbeiterinnen, dazu konnten wir sie bewegen, aber jetzt klotzen die erst recht ran, für den Fernseher, die Spülmaschine, die Cafeteria in Catania, machen sich jeden Akkord kaputt, kannst du dir den Mund fusslig reden dass der Unternehmer das ausnutzt, die Normen höher schraubt. Müsstet ihr erleben, wenn der RefaMann neben der Maschine und du hast ihnen vorher eingeschärft, Mädchen, lasst euch Zeit, stehst selbst dabei als Betriebsrat, willst ihnen die Angst nehmen – aber nein, sie arbeiten wie jeck! Und die Gewerkschaft unterstützt das, mit ihren Prozentforderungen, statt dass sie mal für Rationalisierungsschutz und gegen die Überstundenklopperei auf die Barrikaden geht. Ihr macht euch Illusionen über den deutschen Arbeiter und die schreibt ihr auch noch auf! Ein Beispiel – mein Schwiegervater – hat gekrückt bis zum Herzinfarkt mit siebnunfünfzig und nach einer Woche Krankenhaus wollter schon wieder innen Betrieb, um seinen Arbeitsplatz nicht zu verlieren! Hat keine Ahnung von seinen Rechten. Nach einem Jahr Zwangspause ister jetz Pförtner, verkauft Getränke an die Kollegen und jagt den leeren Flaschen nach wie der Teufel der armen Seele – warum? Weiler für jede einen Pfennig extra bekommt! So siehts nämlich aus Leute.

Er setzte sich, sah sich herausfordernd um. Droege, als Diskussionsleiter, entgegnete ihm: Im Siegerland, Kollege, das müsstest du dazu sagen, herrschen die Schwarzen. Ja, stimmte der zu, der Vatter von meiner Alten is vleicht ne Witzfigur, aber die Originale, kannich euch versichern, unterscheiden sich nich gewaltig! Droege bestand auf seiner Erfahrung: Bei uns in Frankfurt sieht das was anders aus Kollege. Vielleicht hast du recht, im Prinzip, was die Provinz angeht, aber Illusionen verbreiten wir deshalb net. Wir suchen die vorbildlichen Beispiele, wir zeigen was möglich ist an Widerstand, an Selbstbehauptung, damit andre draus lernen könn. Rote Märchen erzählen wir net.

Die WerkkreisKollegen klatschten Heinrich Droege Beifall. Der Siegener Betriebsrat widersprach nicht mehr, wollte vielleicht nur provozieren, was loswerden von seinem Ärger, blätterte noch länger in einigen der Bände an ihrem Bücherstand, sprach mit der Verkaufsfrau eh er verschwand.

Nach der Veranstaltung, als die Handvoll Werkkreisler ausgehungert und durstig durch die Innenstadt streiften, auf der Suche nach einem gediegenen Abendessen, hatten sie zwar ein Dutzend ihrer Bücher verkauft und zweihundert Mark Honorar in der Werkstattkasse, aber die Restaurants waren überfüllt oder die Küchen schon geschlossen. Sie latschten und latschten, zunehmend beleidigt. Alberts forderte das Goldene Buch der Stadt, um seine Beschwerde über diese unwürdige Behandlung einzutragen. Kolenda, um seinen rebellischen Magen abzulenken, fragte Droege, wie sie es geschafft hätten, trotz dieses für die IG Metall heiklen Beitrags aus Stuttgart das Vorwort des Kollegen Janzen zu bekommen?

Weißt du net wie so was läuft? wunderte sich da der gewiefte Gewerkschaftsgaul Droege. Ein Vorstandsmitglied liest doch bestenfalls das Inhaltsverzeichnis und die Verfassernamen, lässt sich von seinen Referenten berichten. Da gibts genug in der zweiten Reihe, die gegen den Rausschmiss von Hoss und Mühleisen waren. Außerdem hab ich des Interview mit dem Tarifexperten vom Vorstand im Buch, des hat den Janzen beruhigt, schätzich mal. Der Stuttgarter Kollege hat natürlich unter falschem Namen geschrieben, sonst wärs wohl nicht durchgerutscht.

Klar, nickte Kolenda einverstanden, Namen sind unwichtig.

Trotzdem, sagte Alberts, ich finds beschissen, dass wir solche Vorsicht brauchen müssen, wenn wir über die eignen Leute schreiben wolln. Wenn die Wahrheit plötzlich Verleumdung heißt. Ich habs zweiundsiebzig brühwarm mitgekriegt, in Tübingen. Was mich am meisten gefuchst hat damals war, dass der alte Willi Bleicher als Bezirksleiter der Metaller in Stuttgart die Vorstandspolitik mitgetragen hat! Da war bei mir echt der Ofen aus. Derselbe Mann, den die Nazis im Kazet nicht geschafft haben, der hat dem Brandt und dem Brenner zuliebe diese mutigen Kollegen geopfert.

Mundtot habe sie die trotzdem net gekriegt, sind noch heut im Betriebsrat!

Weißich Heinrich. Die schützt aber jetzt das Betriebsverfassungsgesetz, nicht ihre Gewerkschaft, sagte Alberts mit Bitterkeit. Kolenda platzte raus: Ich brech zusammen mit dieser Fünfkilotüte, wenn du nicht in den nächsten drei Minuten mit einem geöffneten Restaurant zum Vorschein kommst! Wozu verdammt bist du hier geboren!

Na komm Bruder, gib her deine Tüte. Wir müssen übern Main, habs gleich gesagt. In Sachsenhausen wird jetzt erst der Bär losgelassen.

Kurz nach Mitternacht setzte ihn der türkische Taxifahrer vor seiner Pension ab, ein andrer Mensch. Er war so heiter und gesättigt, dass er die Quittung vergaß. Pinkelte ausführlich an einen Straßenbaum, genoss sein leichtes Schwanken. Kein Mensch sonst. Die Sammeltüte war noch bei ihm. Er stellte sie neben die Haustür, durchsuchte ausführlich seine Taschen nach dem Schlüssel, bis ihm dämmerte, dass der wohl irgendwann zu Anna gewandert war. Er klingelte kurz, wartete, drückte erneut, Jaja Geduld – alte Frau ist kein Dezug! kam die Stimme beruhigend von innen, dann stand die Wirtin im Schmuck ihrer farbenprächtigen Lockenwickler vor ihm, überraschend freundlich ihr Gesicht im matten Licht der Flurbeleuchtung. Aus dem Salon das bleiche Geflacker von Fernsehbildern, fast ohne Ton. Das Fräulein Doktor ist vor einer Stunde schlafen gegangen, nach den *Tagesthemen*! Soso sagte Kolenda, dann will ich mal auch.

Haben Sie das gehört, von dem entführten deutschen Flugzeug? Lauter MallorcaUrlauber!

Wie – wirklich?

Ist in den Nachrichten gekommen, vorhin.

Sie – das passt heut nicht mehr in meinen Kopf. Der läuft gleich über. Erzähln Sie mir das morgen noch mal. Zeigen Sie mir bitte mein Zimmer.

Sie schüttelte missbilligend die Wickler, griff seine Hand, zog ihn hinter sich sehr in den ersten Stock. Das ist Ihre Tür, Herr Kolenda. Schlafen Sie gut.

Er brummte was Ähnliches. Die Zimmertür war unverschlossen, die Nachttischlampe an seinem Bett gab einen trüben vergilbten Schimmer. Im andern Bett schien schwarzes Haargesträuch unter der Decke vorgewachsen, reglos auf dem Kopfkissen. Irgendwas fehlte, er wusste nicht was. Bloß jetzt kein Problem mehr! Er ließ ein lautloses Rinnsal aus dem Wasserhahn, genug zum Mundspülen, Handvoll ins Gesicht. Im Unterzeug ins Bett, Decke drauf, Licht aus, Ende. Er hörte noch den gleichmäßigen Atem des Wesens neben sich und war weg.

Er erwachte von plätscherndem Wasser und notvollen Schmerzlauten. Grautrübe Dämmerung war im Zimmer und ein dumpfer Druck im Kopf. Als er sich in der Frankfurter Pension verortet und die duschende Person hinter dem Vorhang als nackte Anna erklärt hatte, tapste er vorsichtig, die Schmerzbirne möglichst bewegungslos auf dem tragenden Unterbau, zwecks Blasenbefreiung in den Flur. Das gelang ohne störende Begegnung.

Mit einer vagen Erwartung öffnete er die Zimmertür. Anna stand als dunkle Silhuette vor dem Fenster im weißen Slip, den Rücken zum Bett, ihre Hände nestelten an den Behagummis. Sie drehte sich um Hallo Armin, Morgen! Er konnte ihren Gesichtsausdruck nicht erkennen, ihre Stimme neutralfreundlich wie in der Redaktion. Er sagte: Hallo Anna, bin elend versackt gestern abend, mit den WerkkreisKollegen. Klang fast wie eine Entschuldigung, obwohls nur als Erklärung gemeint war.

Sie hatte sich schon sowas gedacht, fand es normal, zog ihre Bluse an und die Samthosen, der SuhrkampEmpfang war auch nicht grade trocken. Das konnte er sich vorstellen. Ob das Brummen seines Schädels zu hören sei? Sie lachte: Sehr deutlich. Tiefes e oder so, stimmts? Hilft kaltes Wasser Armin, habs grad probiert. Nicht nur gegen niedrigen Blutdruck.

Er schnappte sich das zweite Badetuch, warfs über das Duschengestänge, das Unterzeug aufs Bett als sie sich kämmte vorm Spiegel, zog den Vorhang zu und duschte erstmal heiß, ausführlich. Das kalte Wasser ließ er doch lieber in der Leitung. Er trocknete sich ab in der wackligen Zelle und wickelte sich das Tuch um die Hüften, eh er den Vorhang zurückschob.

Das Zimmer verlassen, entschwunden die Frau. Zum Frühstück? Kein ordentliches Mädchen – ihr Fummel ungeniert verstreut über Sessel Koffer Bett. Vielleicht leidet sie unter Morgenhunger. Oder scheut vor einem nackten feuchten Mann in der Dusche. Seltsame Eile. Die Armbanduhr auf dem Nachttisch hatte die einfachste Erklärung – halbzehn! Dann allerdings!

In dem plüschigen Frühstücksraum saß Anna allein, die andern Tische schon abgegessen. Sie stoppte den Eilöffel kurz vor den Lippen, mit wohlwollenden Lächelfalten um Mund und Augen: Hab dir Kaffee mitbestellt, richtig?

Kolenda nickte.

Und ne Aspirin, sicherheitshalber. Falls das kalte Wasser nichts genutzt hat.

Es hat, Anna. Aber trotzdem, danke.

Unsre Madame Pompadour ist ganz neugierig, wie wir geschlafen haben.

Trägt sie noch ihren Kopfschmuck von heut nacht?

Die Folgen davon.

Und? Wie hastu?

Wie du Armin. Ruhig und ungestört. Oder?

Nichts von gemerkt. Bin ins Bett gefalln und war weg. Bis du geduscht hast. Sorry. – Oh unser Hausengel! spielte er Bewunderung – wie aus einem Bild von Raffael! als die Wirtin in großräumiger blonder Lockenpracht nachfragte, ob alles ausreichend vorhanden sei, sie hätten einen anstrengenden Messetag vor sich, müssten sich stärken. Und seine Messetasche hätte sie am Morgen vor der Haustür gefunden.

Ah danke! Hab sie fast schon vermisst!

Und hier bitte sehr, was Sie heut nacht nicht mehr hören wollten: einundachtzig MallorcaUrlauber sind Geiseln in Rom für elf Terroristen in deutschen Gefängnissen. Sie reichte ihm die FR mit der fetten Überschrift.

Is jan Ding! Haste schon gelesen?

Anna nickte. Wollen die Stammheimer freipressen.

Sind das dieselben, die Schleyer?

Nee, Araber.

Junge Junge.

Lass dir trotzdem die Brötchen schmecken. Wir können nichts dran ändern. Die sind alle durchgedreht.

Stimmt Anna. Dann erzähl mir, ob ich beim Suhrkamp was verpasst hab.

Furchtbares Gedrängel Armin. Hätt mich beinah ein paar Rippen gekostet. Vor allem als dann das Bufett eröffnet wurde. Glaubstes nicht. Als ob sie alle eben ein Überlebensträning im Sahel hinter sich hatten.

Gab was umsonst.

Genau. Volker Braun hat erst aus seiner Unvollendeten Geschichte gelesen, war fast nichts zu verstehn. Weißtu – der Text der vor zwei Jahren drüben erschienen ist, in *Sinn und Form*, weshalb er den Knatsch mit der SED – eine aufregende Erzählung

Moment mal Anna – mein Kopf ist jetzt wieder einigermaßen klar: Gestern wolltest du mir verklickern, weshalb wir einen kritischen Grass nicht unwidersprochen ins Blatt lassen. Jetzt findest du Braun toll, obwohl auch er mitter SED Zoff hat.

Anna lächelte erfahren: Eigentlich ist es nicht schwer Armin. Grass ist ein Gegner der sozialistischen DDR, will sie abschaffen, der Volker Braun sieht ihre Mängel und will die abschaffen. Kleiner gewaltiger Unterschied, würdich meinen. Braun kritisiert Funktionäre, in der Erzählung, die mit ihrem Argwohn junge Leute in die Verzweiflung treiben, ihnen die Zukunft verbaun, aus Engstirnigkeit, Ängstlichkeit, Kleinmut. Da gibts keinen antagonistischen Widerspruch, der Leser sieht: die Mängel sind änderbar und bekommt eine Wut und will sie ändern. Das ist was ich toll finde an Brauns Texten – sie sind nicht fatalistisch! Der Titel bedeutet nicht nur die unvollendete Geschichte der beiden jungen Leute, er meint auch die der DDR, verstehstu? Was unvollendet ist, ist nicht falsch, sondern erwartet seine Vollendung.

Mhm, nickte Kolenda, einleuchtend. Er trank einen Schluck Kaffee. Überlegte. Und Biermann? Stimmt das für den nicht auch? Ein Kommunist warer doch immer. Und hat die Funktionäre kritisiert, die ihre Macht missbrauchen. Den haben sie rausgeschmissen aus seinem sozialistischen Vaterland. Handelt so ne weise Staatsführung?

Anna antwortete nicht gleich. Schaute aus dem Fenster. Goss sich Kaffee nach. Hast schon recht Armin, sagte sie langsam. Mir hat das auch gestunken. Honecker hat auf dem vierten Plenum des ZK gesagt – wann war das, glaube zweiundsiebzig – dasses für die Künstler auf der festen Position des Sozialismus keine Tabus geben dürfe. Ich fand das einen Aufbruch – aus der Ängstlichkeit. Sie schaute ihn an, ziemlich fragend: Was hältstu von der Hilfskonstruktion, dass Weisheit was relativ Flüchtiges ist, wetterwendisch, kann man nicht erwerben wien Kühlschrank und hat ihn. Volker Braun, weißtu ja, hat zu denen gehört in der DDR, die gegen Biermanns Ausbürgerung protestiert haben.

Uns Linken hier hats geschadet wie lange nichts mehr. Und obs denen drüben genutzt hat darf man bezweifeln Anna.

Jedenfalls ist Brauns Unvollendete jetzt bei Suhrkamp erschienen. Und er selbst ist auch da. Vielleicht ist das eine Antwort.

Wenn ich ihn treffe, werdich ihn fragen, lachte Kolenda. Da wir Erich selbst nicht befragen können nach seiner Weisheit. Wär für mich ein Grund, mich noch mal in diesen Hexenkessel zu stürzen.

Ja, gute Idee, versuchs. Bin gespannt ob du Glück hast. Kommst du direkt mit?

Armin Kolenda wollte auf das gestern Erfahrne nicht gleich Frisches packen, stellte sich vor, im Zimmer, mit dem Blick in den herbstlichen Garten, paar Eindrücke festzuhalten. Anna, einverstanden, räumte ihm Sessel und Tisch frei, schärfte ihm ein, mit einem Augenzwink, nicht von der Wirtin sich verführen zu lassen. Eigentlich hatte er rauskriegen wolln, ob ihre Locken auf eignem Acker – übrigens abends im DGB-Haus Wallraffs Vorstellung seines BILDBuches – vielleicht könnten sie dort sich – Das wollte Anna noch nicht versprechen.

In der vormittäglichen Ruhe der Villa im Westend fand er seine eigne doch nicht. Wie von einem Quirl gemischt drängten sich in seinem Kopf die Bilder und Gedanken, der unerschrockene Bundesvorsitzende bei der Pressekonferenz, beim geduldigen Unterschreiben der Briefe, der Dichter unterm

Lorbeerkranz, Annas fast nackte Gestalt vorm Fenster, der Äppelwoi und die Rippchen mit Kraut in der lärmigen Sachsenhausener Wirtschaft mit den witzesprühenden Werkkreis-Kumpels, der kritische Betriebsrat aus dem Siegerland, sein Ihr macht euch Illusionen über die deutschen Arbeiter und schreibt sie auch noch auf, der Schleyer in seinem unbekannten Gefängnis und die in Stammheim die jetzt darauf warteten rauszukommen, und Sally manchmal dazwischen mit einem Herzstich, wie sie, entsetzt oder neugierig, mit ihm durch den Bücherwald, vielleicht ihren Liebling Wondratschek gesucht und gelacht hätte über die halb verrückten Revolutionäre in der roten Ecke. Zu notieren war nichts von diesen Gedankenfluchten Gefühlssuppen Beobachtungsfetzen, entnervt gab er auf, daraus sinnvolle Sätze formulieren zu wollen, nirgends der Anfang eines Fadens mit dem er das Knäuel aufdröseln könnte, also Schluss mit Bleistiftkauen und Rumhocken – er fühlte eine ätzende Selbstwut sich entwickeln, ein Geschwür im Kopf, rettete sich vor sich selbst ins Freie, in den Stadtverkehr, in den Messetrubel, in die neue Ausgabe der medialen Sinnesüberschwemmung, die ihn zurückholte aus sich in die Außensteuerung.

An dem ausgedehnt unübersehbaren Komplex des SuhrkampStandes erfuhr er, dass Volker Braun bereits abgereist sei. Er fragte nach Peter Weiss und dem zweiten Band der *Ästhetik des Widerstands*, erklärte seine Bewunderung für den ersten Band. Der Lektor bedauerte, konnte weder mit dem Autor noch der Fortsetzung helfen, da Peter Weiss sich in einer nun Jahre anhaltenden Klausur in Stockholm, in Paris, in Berlin befinde, vergraben in Recherchen und Fronarbeit für den zweiten Band, dessen Erscheinen für neunzehnhundert achtundsiebzig geplant sei. Ob er das als Tatsache in seinem Bericht schreiben dürfe, fragte Kolenda höflich und nötigte den Angestellten, die Adresse der Zeitung schon jetzt für ein Vorausexemplar zu notieren.

Länger verweilte er vor einem großen Foto des lachenden Peter Weiss mit seinem Verleger Unseld, unter dem mehrere Exemplare des grau kartonierten, völlig schmucklosen Bandes der *Ästhetik* ausgestellt waren – wie er strenger, unerbittlicher, bronzener noch keinen Text gelesen hatte; der war ein Monate währender Einbruch in sein von den Wyhler Erfahrungen verwirrtes Leben gewesen und ein monumentaler Gegenwurf zu dem WerkkreisBand über die roten Großväter der Arbeiterklasse. Seine kompromisslose Wucht hatte ihn zugleich niedergedrückt und angespornt. Den Autor des Roman genannten Werks musste er sich als eine Art marxistischen Mönch, einen unnahbaren Luther der deutschen Literatur vorstellen. Diesen hochgewachsenen schlanken Mann mit dem schönen offenen Gesicht heiter zu sehn, erfüllte ihn mit einer unerklärlichen Freude.

In solcher Gemütsverfassung stieß er auf die kleine Koje des DamnitzVerlags, wo der *Kürbiskern* herausgegeben wurde – jene linke Literaturzeitschrift, die in der Demokratischen Zeitung höher geachtet und öfter rezensiert wurde als Enzensbergers berühmteres *Kursbuch,* weil außer den westdeutschen Schriftstellern auch oft DDRAutoren mit literarischen und literaturpolitischen Beiträgen veröffentlicht wurden. Ein mürrisch wirkender älterer Mann bewachte die dort ausgestellten Bücher. Sein massiger weißschopfiger Schädel, die lebhaften Augen unter buschigen Brauen, die in verschiedenen Regionen des Gesichts schlaff hängende Haut – besäße dieser Mann einen Hund, dachte Kolenda, es müsste eine Bulldogge sein. Als der den Namen Armin Kolenda hörte, erhellte sich sein Gesicht deutlich.

Den Namen hammir uns scho gmerkt. Die Reportagen über Wyhl und Brokdorf, gute Arbeiten, hättn mir auch gern gedruckt wie das Portrait vom Belz.

Wenn Sie das sagen, freute sich Kolenda, sind Sie entweder Hannes Stütz, Friedrich Hitzer oder Oskar Neumann.

Der bin i, der dritte, aber dass mir uns mit Sie anredn als Kollegen der IG Druck und Papier, des solltn mir besser vermeiden, bei allem Respekt.

Schon überzeugt, Kollege Neumann! Und apropos Wyhl – ich hab außer den Reportagen auch ne Erzählung geschrieben, wie die Kaiserstühler und die Elsässer die Rheinbrücken gesperrt haben, also einerseits dokumentarisch, aber trotzdem persönlich, also von handelnden Personen aus gesehn, schon exemplarisch würdich sagen – sie ist unveröffentlicht – vielleicht –

Hast sie dabei?

Neinneinnein, überhaupt nicht, ist mir grad eingefallen, weil Sie von – weil du von Wyhl –

Also, schickst mir den Text nach München, na werma scho sehn. Mir ham a noch die Kleine Arbeiterbibliothek, die kennst ja sicher – Neumann zeigte auf die bunten Paperbacks an der Rückwand.

Kolenda informierte ihn, dass er einige kleinere Erzählungen in Bänden der WerkkreisReihe veröffentlicht hatte, als zwei Männer in seinem Alter an den Stand traten, die sich sofort mit Neumann herzlichheftig die Arme schüttelten. Wegen der offenbaren gegenseitigen Unkenntnis wurden sie von Neumann als die Köpfe der AutorenEdition, Uwe Timm und Uwe Friesel, und Kolenda als Redakteur der Demokratischen Zeitung und WerkkreisMitarbeiter bekannt gemacht. Friesel, dessen Schifferbart seinem Namen zugewachsen schien, während die Nickelbrille unter der schon ausgedehnten Stirnglatze dem Gesicht einen intellektuellen Tupfer gab, freute sich mit bedächtig gesetzten Worten über das zufällige Zusammentreffen mit der DZ, da sie bisher Anna Schaffner verpasst hatten, um nämlich ihr kollegiale Dankbarkeit für ihre sehr hilfreiche Wahrnehmung der AutorenEdition auszusprechen, die sie trotz Bertelsmann bitter nötig hätten. Der Absatz der neuen Bände – unter Pfarrerstöchtern gesagt – sei wenig zufriedenstellend. Kolenda meinte, dass der Reiz des Neuen sich rasch erschöpfe, bei der WerkkreisReihe bemerkten sie das gleiche Fänomen.

Von Timm fühlte Kolenda sich übersehen, wie der sofort Oskar Neumann in ein Gespräch verwickelte, mit dem Selbstbewusstsein hochwichtiger Menschenexemplare, die für ihre Gedanken oder auch nur Worte Vorfahrt beanspruchen. Mercedesfahrer des Literaturbetriebs, dachte Kolenda, obwohl er wusste, dass die beiden mit Gerd Fuchs und Kipphardt eine großartige Sache angestiftet hatten und leiteten – die von Schriftstellern selbst bestimmte und mit üppigen Verträgen ausgestattete Edition zeitgenössischer realistischer

Romane. Im allmächtigen BertelsmannKonzern! Diese Unternehmung, kurz nach dem Werkkreis in die Medienlandschaft gegründet, schien ihm neben dem Theaterverlag der Autoren eine der drei Initiativen, mit denen die Literaturproduzenten der Bundesrepublik den selbstherrlichen Verlegern beispielhafte sozialistische Formen von Selbstorganisation vor die Nase gesetzt hatten. Allerdings blieben die Berufsschriftsteller der AE ihrer altverbürgten individuellen Schreibweise verhaftet: An der Textherstellung waren ein Autor und ein Lektor beteiligt, sonst niemand. Das Wort kollektiv wurde mit einem geheimen Schauder den Schmuddelkindern vom Werkkreis überlassen. Auch der Verlag der Autoren unterschied sich von einem konventionellen Teaterverlag nur dadurch, dass er den Stückeschreibern selbst gehörte – wodurch der erzielte Gewinn nicht einem Verleger, sondern den Urhebern auf die eignen Konten floss. Die Neugründung des Schriftstellerverbands unter Bölls Panier vom *Ende der Bescheidenheit* 1969 und sein Anschluss an die Gewerkschaft verstand Kolenda als den größten gemeinsamen Nenner der verschiedenen sozialpolitischen Initiativen der Autoren.

Er wollte mit Friesel über den für ihn offenbaren Unsinn sprechen, dass sie zur gleichen Messe je eine Antologie mit Liebesgeschichten herausgebracht hatten, anscheinend nur deshalb, weil es keinen Informationsaustausch zwischen den Initiatoren der AE und dem Sprecherrat des Werkkreises gab. Ihm schien diese Dublette auf dem Markt ärgerlich, eine unnötige Konkurrenz zwischen den sich nahestehenden Schreibern, die sich sinnvoll ergänzen und teilweise zusammenarbeiten könnten. Die beiden Uwes aber hatten inzwischen den Herausgeber des Kürbiskern derart in ein Gespräch über einen Streit zwischen Engelmann und Chotjewitz verwickelt (es schien sich um einen geplanten Roman über Geheimdienste und RAF zu handeln), dass Kolenda unmissverständlich wurde, wie überflüssig und unintressant der unbekannte Redakteur für die beiden Schriftsteller war. Die bemerkten es nicht, als er grußlos sich unter die vorbeiströmenden Besucher mischte.

In einer Nachmittagsveranstaltung im *Theater am Turm* sollten MundartDramatiker aus dem Verlag der Autoren mit neuen Stücken vorgestellt werden. Dort hörte er Deichsel, Kusz, Sperr und Henkel. Er begeisterte sich für die realistischen Werke dieser jungen Stückeschreiber, in denen sich die Renaissance eines Volksteaters ohne Kitsch und Tümelei ankündigte. So beschrieb das Karlheinz Braun als der von den Autoren angestellte Leiter des Verlags. Vergnügt fand Kolenda hier seine Erfahrungen vom Kaiserstuhl bestätigt, wo der alemannische Dialekt als Mittel der Selbstbehauptung gegen das entsinnlichte Flachdeutsch, die Herrschaftsprache der Politiker und elektronischen Medien eingesetzt worden war. Ihn begeisterte die hier sich herausbildende Nähe der Teaterstücke zu einer harten, direkten, wirklichkeitsprallen Sprache, die sich den bürokratischen Normen des DudenKanons widersetzte. Auch wenn er nicht alle Einzelheiten des fränkischen und bayerischen Dialekts verstehen konnte, erlebte er diese Szenen wie ein erfrischendes Sprachbad, von dem er den Kollegen im nächsten Rundbrief des Werkkreises als anspornende Erfahrung berichten wollte.

Der große Saal des Gewerkschaftshauses platzte schier aus den Fugen: Hunderte! Messepublikum, aber auch viele, die in diesem Gebäude sich vertraut fühlten als Mitglieder, das konnte Kolenda doch schmecken, und vorn Kameramann und Beleuchter vom hessischen Fernsehfunk, Fotografen, erheblicher Presseauftrieb und Gesichter vom Sozialistischen Büro. Er schaffte sich einen Stehplatz am Rand unter der Fensterfront, guter Überblick: Auf den Stufen des Podiums saßen auch welche und sogar auf dem Parkett, Studenten, eine raunende, spannungsgeladne Atmosfäre, entdeckte Droege und Alberts mit Hensel/Peukmann, dem westfälischen Lehrergespann des Werkkreises, winkte denen zu, Hallo Leute! und weiter vorn Anna Schaffner zwischen – tatsächlich! – Bernt Engelmann und dem unverkennbaren KürbiskernHerausgeber – klar dass Wallraffs Angriff auf Springers publizistischen Panzerkreuzer BILD ein politisches Ereignis war, dieses subversive Eindringen in den Maschinenraum, wo das Bulevarblatt angetrieben, geschmiert wurde mit dem Gemisch aus aufgeblasnen Sensationen, Halblügen, Voyeurismus, vorgespiegelter Volksnähe und gezielter Vernebelung sozialer Wirklichkeit – da hat sich der Zwerg Wallraff mal wieder seine Tarnkappe aufgezogen, der Riesin untern Rock gespinxt. Der geheime Aufklärer im unerteilten Auftrag der Verführten, ein wahrer Held doch, der immer wieder in der Arbeitswelt den Dreck aufgestöbert hatte, wie sie es mit der WerkkreisArbeit versuchten, er aber als Einzelkämpfer. Kolenda musste die Partisanenmetode Wallraffs uneingeschränkt bewundern – er schrieb und beschrieb nicht nur, sondern setzte seine Person ein, Kopf und Körper, Art journalistischer ExtremSport könnte man sagen mit – allerdings kalkuliertem – Risiko. Seine Erfahrungen, in Bücher gebracht, bewegten Hunderttausende, Millionen. Ätzend, bei aller Solidarität, doch der Kontrast zwischen der fast geheimen Veranstaltung am Vorabend im gleichen Saal und diesem öffentlichen Ereignis. Irritierend war es, schmerzlich verunsichernd, dass derselbe gute Kumpel Günter, der als ideeller Befürworter und Anreger der Organisation schreibender Arbeiter galt, der sie mit wegweisenden Reden auf ihren ersten Treffen unterstützt hatte, dass der mit seiner individualistischen Metode eine solche umwerfende Wirksamkeit erreichte. Der Beifall brauste auf wie er, verlegen lächelnd, als wär ihm der Aufmarsch peinlich, durch den Mittelgang nach vorn drängte, ein unscheinbarer, bebrillter Torero, hinter sich ein kleines Gefolge von Männern, die mit ihm das Podium erklommen, sich hinter dem Tisch aufstellten, erstaunt ungläubige, geblendete Gesichter, Wallraff machte ein paar abwehrende Handbewegungen, um den immer noch mächtigen Beifall zu stillen oder waren das Grußwinke an seine Fans?, setzte sich als erster. Grelles Licht der beiden seitlichen Scheinwerfer, die Fotografen brauchten keine Blitze. Vor den Mikrofonen aufgestellt das Buch, das den SpringerKonzern zum Schäumen gebracht hatte wie nichts seit der Belagerung der Druckhäuser im Mai neunzehnhundert achtundsechzig: *Der Aufmacher. Der Mann der bei BILD Hans Esser war.*

Einer von der IG Metall muss den Kollegen Günter Wallraff niemand in diesem Saal vorstellen, erneuter Beifall, die

Herren neben ihm sind sein Verleger vom Kiepenheuer & Witsch Verlag, Herr Neven-Dumont, und der Vorsitzende der Deutschen Journalisten Union in der IG Druck & Papier, der Kollege Eckart Spoo. Von sich selbst kann er an diesem Ort offen bekennen, daß er unter den Demonstranten vor der SozietätsDruckerei nass geworden war bis auf die Haut, als sie die Auslieferung der Bildzeitung blockierten, nach dem Attentat auf Rudi Dutschke. Axel Springers Schmierenpostille habe er immer für das gemeinste Verblödungsorgan des Landes gehalten, durch die Lektüre des Vorabdrucks im STERN habe er aber nun noch begründeter begriffen, dass es tatsächlich ein höchst raffiniert und absichtsvoll gemachtes Kampfblatt für die UnternehmerInteressen sei. Kollege Wallraff mit diesem neusten Zeugnis seiner Aufklärungsarbeit im Frankfurter DGB Haus – das sei ein deutliches Zeichen seiner Verbundenheit mit der Arbeiterbewegung dieses Landes. Großer Applaus, auch vom Podium.

Der Verleger berichtete davon, wie der Springer Konzern und seine Schreiber noch vor dem gedruckten Erscheinen von Wallraffs Enthüllungen versucht hatten, den Vorabdruck zu behindern, den Autor zu verunglimpfen, ihn als Untergrundkommunisten zu diffamieren, um so die Glaubwürdigkeit seiner Recherche bei den BildLesern zu untergraben.

Der JournalistenVorsitzende wollte als Besonderheit dieses Reports hervorheben, dass Günter Wallraff nicht die Redakteure beobachtet hat, um sie dann polemisch als Söldner des Konzerns zu denunzieren. Er hat sich vielmehr der Erfahrung ausgesetzt, wie die inneren Zwänge des Systems BildZeitung jeden Journalisten verbiegen und bestechen, ihn zu einem zynischen Diener des Hauses machen, so wie Heinrich Böll ihn in seiner bitteren Geschichte der durch einen Reporter entehrten Katharina Blum darstellte. Eine Art Selbstversuch also, mit vollem persönlichen Risiko. Spoo brachte Belege für die rechtsnationalistische Tendenz des Archipels Springer, Zitate aus verschiedenen SpringerBlättern, die Kolenda, auf der Fensterbank sitzend, in seinen Stenoblock schrieb. Besonders entlarvend eines aus der *Welt* von 1973: *Man spürt mehr und mehr, daß Hitler ein großer Mann war, groß im durchaus moralfreien Sinne von Macht und Wirkung, ein Täter, ein Revolutionär.* Unglaublich, diese neonazistische Drachensaat.

Ehe der Film über Wallraffs abenteuerliche Geheimaktion in der hannoverschen Redaktion von BILD vorgeführt wurde, der für den WDR produziert, dann aber auf Intervention der ARD Gewaltigen vom Programm abgesetzt worden war, nahm Günter Wallraff das Wort. Stockend, immer wieder auch in den vor ihm liegenden Papieren fummelnd, die Brille zur Nasenwurzel schiebend oder ab und wieder auf setzend, wie einer, der vor größeren Menschenversammlungen zu sprechen nicht gewohnt ist, erklärte er zuerst, und auf dieser Buchmesse ausdrücklich, seinen Abscheu gegen Terror und Gewalt, verurteilte die Morde an Drenkmann, Buback, Ponto und den Begleitern Schleyers und mit allem Nachdruck die kriminelle Entführung eines Flugzeugs mit harmlosen Urlaubern an Bord, berichtete dann von seinen Anstrengungen, sich auf diese schwierigste Rolle seines Lebens vorzubereiten. Von seiner Angst sprach er, vergleichbar jener, als er sich auf dem SyntagmaPlatz in Athen angekettet hat, um gegen die Junta deutsche Öffentlichkeit zu mobilisieren. Ein schlechter Schauspieler sei er, musste als BILD Reporter aggressiv, hart, mitleidlos, zynisch sein, eine Person darstellen, die seinem Wesen, seinen Überzeugungen entgegengesetzt sei.

Während er, eher andeutend, von dem allmählichen Anpassungsprozess erzählte, den er an sich beobachtete bei seiner Bemühung, nicht als das Kuckucksei in der Redaktion erkannt zu werden, dachte Kolenda erstaunt darüber nach, wie Wallraff die vielen Rollen, in deren Schutz er in für Autoren und Öffentlichkeit unzugängliche Gesellschaftsbereiche eingedrungen und dabei nie aufgeflogen war, wie er sie hatte spielen können, wenn er tatsächlich der naive wackere Tor wäre, den er jetzt darstellte. Vielleicht war auch dies eine politisch gut kalkulierte Rolle, mit der er sich schützte gegen die Unterstellungen seiner Gegner, ein raffinierter, ein bösartiger Agent, ein von außen gesteuerter und bezahlter Industriespion zu sein. Der Film zeigte deutlich, dass er seine Zeit in der BILD Redaktion sehr subtil und weitsichtig geplant haben musste, sonst hätten diese Aufnahmen von seiner Tätigkeit in Hannover nicht entstehen können. Offensichtlich, dass er seine Aktionen immer strategisch organisiert, aber die Spuren davon verwischt hatte, um sein Markenzeichen als Einzelkämpfer nicht zu gefährden, weil eben dies eine Bedingung seiner Wirksamkeit in der bürgerlichen Öffentlichkeit war. Da er seine Fähigkeiten ausschließlich zugunsten der Beherrschten und Sprachlosen einsetzte, wäre kein linker Mensch dieses Landes auf die Idee gekommen, ihn wegen seiner Arbeitsmetoden zu kritisieren.

Am Schluss der Trumpf, der jedes Ass der Kritiker überstechen musste: Wallraff gab bekannt, dass er aus den Honoraren des Buches einen Hilfsfonds für BILDGeschädigte einrichten wird, der ihnen Geld und juristischen Beistand bereithalten soll, wenn sie sich gegen die Übergriffe des Blattes wehren wollen.

Für Kolenda war dieser Abend klar der Höhepunkt seiner Messeerlebnisse und rechtfertigte die zwei Tage in Frankfurt, in denen er sich oft fremd, nutzlos, ein unfrohes Opfer seiner irregeführten Neugier vorgekommen war. Gleich nach dem offiziellen Ende der Veranstaltung schlug seine Begeisterung wieder um, oder zog sich zurück vor dem Starrummel der losbrach, Büchersignieren, Bewunderescharen, befremdend dass Günter dabei mitspielte, hat ihm der Verleger wohl eingeredet, und die linken Promis die ihn dann abschleppten, nichts von Gegenwehr zu beobachten, kann sein, man muss Einflussfreunde sammeln wenn man so beschossen wird von den rechten Herrschaften, machts gut Kollegen, heut nicht wieder Sachsenhausen, ich hau innen Sack, wir sehn uns morgen oder wer weiß.

Am Bahnhof die Currywurst mit Cola und auf dem letzten Stück Weg plötzlich Wasserwerfer von oben, Schluss mit gemütlich, das ist jetzt Annas kalte Morgendusche mit Verspätung, höchst überflüssig die überflüssigen Wolken, was haben die in meinem Kragen zu suchen euch werdich heimleuchten wennich in unsrer Duschkabine!

Ein Halleluja dem Erfinder der Warmwasserleitung! Hinweg in den Gulli mit dem Staub der Messe der Welt! Die Pisse gleich mit is auch überflüssig ein Abwasch is das.

Und ah gepriesen der Schöpfer der Betten in Frankfurt! So

ausgestreckt losgelassen in die Entspannung merkt mensch was das Gerippe den Tag lang wegstecken muss, das sollte mal einer beschreiben das Schlaraffengefühl wie da plötzlich – quatsch, nich plötzlich: zäh langsam unwiderstehlich die Gravitation dich in die Matratze zieht und dich löst aus dem Korsett der fiebernden Nerven. Haha prasselt ihr nur aufs Verandadach die Wut der Regengötter hier kommt ihr nich rein dies Bett is meine Arche Kolenda in der fahr ich morgen nach Neuss wozu gibts Vater Rhein dem machtas nix aus wenns regnet der wird nich naß der besäuft sich mit Regen der Saufkopp – he wer bistu denn die kleine Meerjungfrau?

Ja du hast gut lachen in der Kiste – nicht eine einzige Taxe war frei! Unglaublich!

Anna hingen die schwarzen Haarsträhnen patschnass ums Gesicht. Sie schnappte sich das Badetuch, rubbelte den Kopf. Schmiss ihre Klamotten auf einen Sessel, nur Slip und Beha, ein schmächtiges bibberndes Gänseliesl, spülte das Gesicht ab am Waschbecken, kämmte die Zotteln aus.

Ist dein Bett warm?

Ja. Aber ich bin nackt.

Das ist mir egal, Hauptsache warm. Rutsch mal.

Dienstlicher Auftrag?

Klar. Vom Chefredakteur.

Sie kroch unter die Decke. Dicht an seinen Körper. Zitternd zum Erbarmen. Gänsepickel. Warum ist sie nicht in die Dusche. Sie lagen still nebeneinander. Die Nachttischlampe brannte weiter. Ihm fiel das Zelt ein. Reni in seinem Schlafsack. Anna hatte die Augen offen, sah zur Decke. Allmählich beruhigte sich ihr Zittern. Sie roch ungewöhnlich. Streng. Befremdlich. Nur vom Regen gewaschen.

Du lebst doch allein, nicht? Die Stimme kam unsicher aus ihrem Kopf, bist du homosexuell?

Er erschrak. Eh – nein – nich dassich wüsste. Hast du den Eindruck?

Sie lächelte etwas. Eigentlich nicht Armin. Es ist so ungewöhnlich.

Ungewöhnlich. Ja. Kann stimmen. Du musstes wissen. Wundre mich auch manchmal.

Hastu Lust was zu erzähln vleicht, von dir?

Habich schon auf der Herfahrt überlegt, erinnerste dich?

Mhm. Mach mal. Ich hör dir zu. Als Anna Kleidlos.

Haste ne Zigarette?

Im Bett?!

Meine Mutter weißtu, was ne alte Bergmannsfrau ist, aus der Zechensiedlung in Waltrop, stell dir vor, jetzt hat sie mir erzählt, jetzt neunzehnhundert siemunsiebzich, nein geschrieben hat sies erzähln hat sie sich nich getraut, dass der Vater mit dem ich gelebt hab – leben musste, war ein stinkautoritärer Sack, ein idealer SAMann sein Leben lang, auch inner CDU, dass der mein leiblicher Vater nicht war. Sie hatte einen Liebhaber. Der aber dann verschollen ist, im Krieg. Unbekannt.

Ach. War das für dich ein schwerer Schock?

Eher ne Befreiung. Vielleicht auch nur ne fiktive Befreiung. Ich hab den ja zwanzig Jahre ertragen müssen. Hab sehr jung geheiratet, um rauszukommen zu Haus. Der andre isne Leerstelle. Wie sollich die ausfülln? Womit? Ich werd ihn nie kennenlern. Irgendwie in mir drin sein musser, aber ich weiß nich wie.

Kann deine Mutter dir nicht von ihm erzähln? Wenn sie den Mann geliebt hat?

Ich hoffe. Sie hat ihn nur ein paar Wochen gekannt. Es ist siemundreißich Jahr her. Ewigkeit.

Wenn sie ihn geliebt hat spielt die Zeit keine Rolle Armin.

Das is für mich das Beste an der Sache. Dass sie nicht diesen Wilhelm Kolenda aus Waltrop geliebt hat. Schrecklich isdie andre Seite: Sie hats nich geschafft, sich und mich von diesem Menschen zu befrein. Wahrscheinlich ist ihr das jetzt bewusst geworden, weil ich mich hab scheiden lassn.

Du? Schlimm?

Die Scheidung nich. Ich hatte eine große Liebe, vor zwei Jahren. Am Kaiserstuhl. Durch eigne Schuld verlorn habich die

Kolenda riss der Faden. Sie ließ ihn schweigen, streichelte vorsichtig seinen Arm. Stockend kamen seine Worte wieder, aus enger Kehle.

Deshalb Anna. Deshalb binich lieber allein. Da ist was verbrannt. In mir. Oder erschöpft. Weiß nicht. Ich kann keine

Liebe mehr. Will keine Frau nur benutzen zum Spaß. Manchmal gehich zu einer die sich bezahln lässt. Die nichts erwartet als den Geldschein. Oder ich machs selbst. Nu weißtes.

Das hättste nich nötig Armin.

Anna seufzte. Bistn Problemfall, fürchtich. Irgendwie schade. Aber ich bin nicht deine Terapeutin. Am besten wir schlafen jetzt, wie?

Müde genug binich. Wenn du willst steig ich in dein Bett. Kannst du hier im Warmen bleiben.

Das istne liebe Idee. Ich binne schreckliche Frostbeule.

Kolenda lag lange noch wach, in Zweifeln und Skrupeln, hörte die gleichmäßigen Atemzüge der Schläferin. Für Anna binich wahrscheinlich gegessen. Verdammt guten Schlaf hat sie.

Der Morgen zeigte sich freundlich und mit völlig neuer, erfrischter Luft. Im Mantel der Bettwärme trat Kolenda auf den noch nassen Balkon, atmete tief und entschlossen.

Es sieht nach Sonntag aus Anna, obwohl Samstag ist, teilte er nachtnackt der Verschlafenen die Augen Reibenden mit. Sie wollte es kaum glauben. Wie spät? Halbneun. Ja dann allerdings.

Sitzend im Bett stellte sie Armin ihre anschaulichen Brüste vor Augen, gab ihm ihre Erkenntnis bekannt, genug von der Messe zu haben und am liebsten in Ruhe nach Hause fahren zu wollen. Die nächste Woche versprach Hektik. Es roch nach Explosion.

Er hatte ohne Bedenken den gleichen Wunsch.

Er staunte, wie unbefangen sie sich jetzt in ihrem Zimmer bei den morgendlichen Verrichtungen bewegten. Wie ein altes Ehepaar? Wie Geschwister eher. Eine schamfreie Gefühlsstille. Neutralität. Seltsame Folge des nächtlichen Geständnisses. Er war erleichtert. Annas beiläufige Freundlichkeit schien ihm ohne Schatten.

Beim Frühstück erzählte sie von ihrer Begegnung mit Chotjewitz, der ihr Haarsträubendes berichtet hatte von seinen Erfahrungen mit den Geheimdiensten, als Anwalt der RAF Leute. Auch seine Familie, sein Haus in Kruspis hatten sie observiert und die Nachbarn aufgehetzt durch ihre einschüchternden Nachforschungen. Er wusste schon den Titel für sein nächstes Buch: Die Herren des Morgengrauens. In der AutorenEdition soll es deshalb bereits Zoff gegeben haben. Auch im VS Bundesvorstand, zwischen Engelmann und Pit Chotjewitz. Der Bernt scheint da sensibler, aus wer weiß welchen Gründen, als man nach seiner Rede vorgestern vermuten sollte.

Die Wirtin schaute betrübt aus ihrem Lockenkopf, als sie ihr Zimmer aufkündigten. Ob ihnen ihr schönes ruhiges Haus nicht gefallen habe?

Sie versicherten ihr das Gegenteil. Ihre Arbeit sei getan. Die erste rezeptive Hälfte. Jetzt müssten sie produzieren. Am eignen Schreibtisch. Das verstand sie. Fragte ob sie ihre Artikel wo lesen könnte. Überrascht versprachen sie, ihr die Demokratische Zeitung zu schicken, am Kiosk sei sie nicht zu kaufen.

Eine hektische Zeit, musste sie sagen, nicht nur für Journalisten. Jetzt reden alle von Schleyer und den Terroristen. Vor ein paar Jahren ist das Frankfurter Westend im Mittelpunkt gestanden, die stillen Straßen hier voller Polizisten. Wegen der Hausbesetzer. Regelrechte Straßenschlachten. Eine schlimme Zeit, kaum noch Gäste. Sie hat durchgehalten. Sollte auch verkaufen, für viel Geld. Das Haus ihrer Eltern, ihrer eignen Kindheit. Sollten alle abgerissen werden, die schönen alten Villen. Für Hochhäuser. Bis die Stadt einen neuen Bebauungsplan beschlossen hat, dank der Besetzer. Waren mutige junge Leute. Anders als diese Entführer heute.

Sie waren einigermaßen verblüfft, was da plötzlich aus der biedermeierlichen Bürgerin zum Vorschein kam an Sympatisantentum für die Ungesetzlichen. Anna, neugierig: Wir haben damals berichtet über die Frankfurter Hausbesetzer. Aber niemand von unsrer Redaktion war vor Ort dabei. Oder? fragte sie zu Kolenda. Nee, hier nicht, nur in Köln. Die Wirtin schaute ihn an als erblickte sie ihren Sohn: Wollen Sie mein Album sehn? Ich habe alles gesammelt was in der Zeitung stand. Auch die Flugblätter von den Besetzern. Eigne Fotos. Manchmal wars wie Bürgerkrieg.

Anna versprach, bei der nächsten Buchmesse wieder in ihrer Pension zu wohnen, dann wollte sie gern ihre Sammlung anschaun. Bat die Rechnung auf Demokratische Zeitung zu schreiben, zwei Einzelzimmer, wie bestellt.

Es wurde ein ziemlich herzlicher Abschied, wie bei alten Bekannten. Armin musste den Impuls unterdrücken, die Frau zu umarmen.

Sie kamen flott raus aus der Stadt, Samstag vormittag. Der nächtliche Regenguss hatte die Wiesen und Felder gewaschen, der klare Himmel versprach Altweibersommer. Heiterkeit. Lockeres Fahren.

Sie rätselten noch herum an der Entpuppung dieser ältlichen und scheinbar altmodischen Bürgerdame. Genau besehn war schon ihr Ansinnen, im gemeinsamen Zimmer zu schlafen, ein erstes Indiz für ihre unspießige Weltsicht. Welchen Unterschied machte sie zwischen den Hausbesetzern und den RAF Leuten? Kolenda vermutete, weil die einen offen gegen die Polizei sich gewehrt hatten, ohne Waffen, für eine verständliche Sache, und die RAF Leute schossen für die Revolution, aus der Entfernung, aus dem Hinterhalt. Er gestand, dass er sie beinah umarmt hätte, beim Abschied.

Und? Warum haste nicht?

Meinstu ich hätte?

Anna schüttelte den Kopf. Natürlich! Garantiert hätt sie sich gefreut.

Scheiß Kinderstube, murmelte Armin. Hab meine Mutter nie geküsst. Und verstummte.

Eine Weile respektierte Anna seine Verschlossenheit. Auf der Kölner Autobahn musste sie ihn fragen, ob er mitbekommen hatte, dass die Frauen jetzt auch Schreibwerkstätten gründeten, in Berlin und München und werweißwo.

Frauen? Keine Ahnung. Im Werkkreis arbeiten welche mit.

Das sind wohl andre, meinte Anna. Aus der Frauenbewegung kommen die, so Richtung Verena Stefan, *Häutungen*, und Alice Schwarzer. Die gründen auch eigne Frauenbuchläden, ganz ohne Männer. Und die *Courage* und die *Emma,* um die Zeitschriften sammeln die sich, ohne Arbeiterbewegung, ohne Gewerkschaften.

Das sind die SchwanzabLesben Anna.

Nee glaubich nich. Die gibts auch dabei wahrscheinlich, ist aber nicht die Hauptströmung. Denen gehts mehr um Selbstfindung. Schätze wir müssen die differenzierter beurteiln. Das ist eine neue Kraft. Hab mir vorgenommen, die Courage und die Emma mal zu rezensiern.

Die Rechnung machst du ohne Rauch und Brundies fürchtich.

Wird sich zeigen. Auf jeden Fall muss das Tema in der Redaktion auf den Tisch.

Hinter Idstein begehrte Anna austreten zu dürfen.

Raststätte oder Natur?

Sie lachte: Bei dem Wetter!

An der nächsten Ausfahrt fuhr er von der Autobahn ab in die hüglige Landschaft. Ein Feldweg zwischen einer Wiese und einem erlenbewachsnen Bach, hundert Meter rumpelte er den Lada über den löchrigen getrockneten Lehm, hier scheints nicht gegossen zu haben heut nacht. Er hielt am Waldrand. Genug Natur?

Danke. Wunderbar. Die richtje Alternative zu zwei Tagen Bücherstaub.

Er strolchte über die Wiese. Kaum Blumen hier. Paar Wegwarten. Paar blasslila Herbstzeitlose im kurzen Gras. Nichts Pflückenswertes. Was rundes Weißes im Grün – Boviste? Er bückte sich runter, brach einen der Pilze ab, drehte ihn um – zartrosa die Lamellen! Schnupperte den würzigen Duft: Tatsache! Ein Schampinjong! Gibts die noch, in Freiheit? Wie viele sind das denn? Nicht zu fassen – eine ganze Mahlzeit! Anna! rief er, Schampinjongs! Wiesenschampinjongs!

Sie schlenderte her, schaute skeptisch, da hatte er schon zwei Hände voll gepflückt, hielt sie ihr entgegen. Schau nur – überall!

Du willst dich umbringen, sagte sie überzeugt, das sind Knollenblätterpilze.

Nein nein Anna, völlig eindeutig! Ich kenn die. Echte Schampinjongs sind das! Mit Jubel in der Stimme. Es ist eine Glückspilzwiese – wir haben gewonnen! Ein Gefäß mussich holn.

Er lief zum Wagen, im Kofferraum der Karton mit Werkkreisbüchern, kippte die aus, zurück zu Anna, die noch unschlüssig wartete, das Gesicht zur Sonne, los Anna, hilf mir pflücken – ein Geschenk der Götter darf man nicht warten lassen – sonnen kannst du später! kniete ins Gras, es gab Nester von fünf sechs und mehr noch kuglige oder schon entfaltete Pilze, unglaublich, wie ausgesät, und knackig, Modelle fürs Pilzbuch einer wie der andre. Als sie immer noch zögerte, brach er einen kleinen mittendurch, zeigte ihr das innen schweeweiße und rosa Fleisch, steckte die Hälfte in den Mund, reichte ihr die andre: da – probier! Köstlich!

Also gut, sagte sie gefasst, biss ein kleines Stück ab, sterben wir gemeinsam. Gespannt blickte er in ihr Gesicht. Sie biss ein größeres Stück ab, kaute. Nicht schlecht. Leichter Pfeffergeschmack, wie? Das ist typisch, nickte er. Eigentlich müsste man sie abschneiden. Kannst sie aber auch abbrechen, dicht über dem Boden. Nur die Wurzeln nicht rausreißen.

Kolenda war wie berauscht, steckte Anna an mit seiner Begeisterung, sie entdeckten immer neue Ansammlungen, märchenhaft, füllten den Karton mit der weißen Beute. Das war kein Pilzesuchen – Ernten war das! Als Armin überlegte, seine Jacke als Beutel zu nutzen, fand sie dass es nun wohl genug sei – oder willstu einen Großhandel aufmachen? Die komplette Redaktion können wir versorgen mit dem Segen. Widerwillig musste er ihr Recht geben, brachte den Karton zum Wagen, in den Schatten.

Anna hatte sich am Waldrand auf einen Baumstamm gesetzt, Sonnenanbeterin. Er setzte sich neben sie. Aus den ungepflückten Pilzkappen in der Wiese wurden die nackten Brustkalotten im Morgenbett und aus denen die weiterführenden Wünsche. Ziemlich entfernt das Rauschen der Fahrzeuge von der Autobahn. Ein paar Fliegen. Ein Pfauenauge taumelte vorbei. Schau mal, da oben – die zwei Bussarde. Es ist ein Glückstag, findest du nicht?

Schön, ja. Die späte Wärme. Man riecht den Herbst.

Du Anna –

Ja?

Ich umarm dich jetzt –

Ja? sagte sie, lächelte ihn an, kaum spöttisch.

Er legte den Arm um ihre Schulter, zog sie zu sich heran, küsste sie auf den Mund, fand ihn leicht geöffnet, federweiche lippen, ihre zungenspitze, spielerisch, fasste ihren kopf mit beiden händen, drückte ihn fester an seinen mund, sie drehte sich ganz zu ihm dass er ihre brüste durch die bluse spürte und zugleich in seinen engen jeans den drängelnden wicht. da ister, halber gedanke, verwundertzufrieden, löste den kuss, schaute sie an hallo anna. die lächelfalten neben ihren augen. ich wusste dass du küssen kannst. holte tief luft, fast ein seufzer, drückte ihren halb geöffneten mund auf seinen so lange ihr atem reichte, legte ihre hand auf seine hose, wie beiläufig, kurze vergewisserung vielleicht, er küsste begieriger ihren hals, öffnete zwei knöpfe ihrer bluse, erfühlte die behaversperrten brüste. und jetzt? fragte er. sie sahen sich um. das vertrocknete gras hier ist vielleicht gut, sagte sie heiser, hinter dem stamm kann uns keiner sehn. sie stiegen über ihn. sie öffnete ihm den gürtel, den reißverschluss. wie sie ihm die Hosen runterschob sprang der kerl gleich begierig in die sonne boh der steht wie ne eins staunte sie zufrieden behielt ihn in ihrer hand als er ihr die bluse und den beha aufknöpfte seine hände um ihre brüste legte mensch anna erst die pilze jetzt die knospen komm ich leg dir mein hemd drunter gibt sicher ameisen breitete es aufs gras trat seine schuhe und hosen von den füßen da stand sie auch schon nackt befreit sommerbraun vor ihm eigentlich wie am morgen beim aufstehn nein überhaupt nicht wieder der sichere erfahrene griff ihrer kleinen hand um seinen kerl wie sie sich auf das hemd setzte als wollte sie nichts riskieren ihn mitzog auf sich herab den mann und sein lustzeug es gleich dahin führte wohin sie es wollte und er es wollte und sie seufzten beide einstimmig zweistimmig wie er sich langsam genussvoll einschob und das bewegte spiel ihrer bäuche und hintern begann sie hielt ihre augen geschlossen ein schönes lächeln im gesicht in den schwarzen haaren den mund für ihre seufzer geöffnet auch eine ameise auf ihrem hals sie merkte es nicht hielt seinen hintern in ihren händen führte seine schnellen stöße und weichen fahrten wurde wilder und lauter oh mann komm jetzt komm mit da ließ er sich auch los seine brusttiefen kehllaute und ihre diskanten leisen schreie wie ES der beglückende puls sie überflutete verebbte

die außenwelt kehrte zurück aus unmessbarer ferne, das rauschen der autobahn und des windes in den fichten, das sumsen der fliegen lästig nah, der druck des astes unterm gras, der geruch der feuchten erde.

Sie schob ihn sanft zur Seite, rutsch mal runter Armin, irgendein Viech hat mich gestochen, schau mal. Sie zeigte ihm den Rücken, die Stelle, ja, da is was, ich tu Spucke drauf.

Sie brachten dann doch lieber ihre Häute aus dem Lebensraum der kriechenden Insekten, zogen die Schuhe an, schauten ins Land, zwei nacktbraune Gestalten am Waldrand.

Schön. Unsre Natur. Sagte Anna leise.

Jetzt warst du doch meine Terapeutin.

Ich? Oder deine Natur?

Er antwortete nicht, hockte sich nieder vor ihr, küsste in das Grübchen ihres Nabels und die zierlichen Brustknospen.

Sie holte ihn hoch, etwas Abstand, betrachtete ihn prüfend. Nickte. Verblüfft mich immer wieder bei euch – erst des Knaben Wunderhorn und dann die glitschige Nacktschnecke. Diese Metamorfose!

Sie fuhren schweigend im herbstlichen Licht. Ein erfülltes, bilderbeschwingtes Schweigen. Von der Rückbank dufteten herb die weißen Pilze.

Lass uns im Camberger Rasthaus einen Kaffee trinken, ja? Er nickte.

Als er später das Autoradio einschaltete, erfuhren sie, dass die Boeing 737 *Landshut* der Deutschen Lufthansa inzwischen in Aden in der Volksrepublik Jemen gelandet war. Staatsminister Wischnewski war mit einer Sondermaschine auf dem Flug zu Verhandlungen mit den Entführern.

Die Redakteure ahnten, dass sie unterwegs waren in stürmische Tage.

Wie weggerissen die Bemäntelung aller staatlichen Anstrengungen, Schleyer und seine Kidnapper aufzuspüren, ohne deren Forderung nach Freilassung der RAFGefangenen nachzugeben. Die Gewöhnung an den Notstand, in den die Handvoll Freischärler tausende von Staatsschützern auf allen Ebenen der Behörden seit sechs Wochen getrieben hatten, wurde zerfetzt durch die Kaperung der Lufthansa Maschine und die Drohung der palästinensischen Luftpiraten, sich mit ihren sechsundachtzig Geiseln in Stücke zu sprengen.

In der außerordentlichen Redaktionssitzung der Demokratischen Zeitung am Montag verteilte Kolenda an jeden eine Tüte mit den weißen Edelgewächsen von der Herbstwiese und erbot sich, jeden beliebigen der Schampinjongs auf der Stelle und roh zu essen, falls es Zweifler gäbe. Baumann als alter Pilzfuchs gab den Schwämmen ohne Umstände das Echtheitszertifikat, löste allgemeine Danksagungen an die glücklichen Finder aus.

Die Diskussion schlug schnell hohe Wellen, ob Schmidt die Gefangenen im Tausch gegen die Urlauber freigeben oder das Flugzeug stürmen lassen würde wie die Israelis bei der Münchner Olympiade. Keiner konnte sich vorstellen, dass die Regierung das Leben so vieler deutscher Menschen aufs Spiel setzen würde, um ein paar Terroristen unter Verschluss zu halten. Nur Helmut Rauch war sicher: Diese Regierung hat die Kriegserklärung der RAF angenommen. Im Krieg ist jedes Opfer billig, um eine Niederlage zu verhindern. Schmidt wird die Maschine angreifen lassen wie die Botschaft in Stockholm. Notfalls durch ein israelisches Kommando.

Am nächsten Morgen hatte der Chefredakteur recht. Das BundesgrenzschutzKommando GSG 9 befreite mitten im afrikanischen Land Somalia die Geiseln und erschoss drei der Entführer. Während der Redaktionssitzung meldete der Ticker, dass Baader, Raspe und Ensslin in ihren Stammheimer Zellen tot aufgefunden wurden, erschossen, aufgehängt. Angeblich Selbstmord. Das konnte die Wahrheit nicht sein – zwei Pistolen in den Zellen im Hochsicherheitstrakt, absolut abgeschirmt nach außen! Also gibt es doch in unserm Land schon Todesschwadronen wie in Südamerika! In Polizeiuniformen versteckt, die den täglichen Kampf mit Regimegegnern durch nächtliche Morde ergänzen. Schmidt hatte von *exotischen Lösungen* gesprochen. Strauß überlegte, für jede getöte Geisel einen Terroristen zu erschießen. BILD propagierte ähnlich volkstümliche Maßnahmen. Was die Verfassung der Demokratie verbietet, muss im Notfall zu ihrem Schutz außerhalb ihrer Gesetze ins Werk gesetzt werden, das ist jedem pragmatisch denkenden Staatsbürger klar. Die noch freien Terroristen sollen erfahren, was ihnen blüht, wenn sie Schleyer nicht unbeschädigt rausrücken.

Anna Schaffner war bei dieser Sitzung auffällig ernst und verschlossen. In ihrem Redaktionszimmer fragte Kolenda sie nach dem Grund.

Es hat nichts mit dir zu tun Armin, frag mich nicht.

Ist es privat?

Sie nickte wortlos. Füllte eine zweite Tasse aus der Termoskanne.

Trotzdem Anna. Wir haben jetzt eine Basis, auch über Persönliches zu reden. Musst dich nicht zieren.

Sie sah ihm groß in die Augen, rieb sich die Stirn. Ach Mensch. Es ist so ein Unglück. Mein Bruder ist verschwunden.

Verschwunden? Wie! Was heißt das? Du hast einen Bruder? Der ist verschwunden? Warum denn?

Kolenda erfuhr von einer immer wieder hochziehenden und manchmal in ein Tempo schnaubenden Anna, dass sie über einen spät gebornen, zehn Jahre jüngeren Bruder Rainer von ihrem Stiefvater verfügte, den sie nach dem Tod ihrer Mutter und auch schon vorher versorgt und geliebt hat wie ein eignes Kind, und ähnlich auch er sie, bis lange nach seiner Pubertät, eine ungewöhnlich herzliche Wesensverbindung, auf die überhaupt kein herkömmlicher Begriff passt, auch politisch ist sie seine Ziehmutter und Lehrfrau gewesen, so lange sie in der Wohnung des Vaters wohnten, bis sie wegzog aus Hamburg, aus beruflichen Gründen, aber eigentlich weil sie die Abhängigkeit ihres Bruders von ihr nicht länger verantworten konnte, da war er achtzehn, gutes Abitur, war ein Schock für ihn, dass er plötzlich zum zweiten Mal allein war ohne Mutter, hat sich sofort weit weg in Tübingen für Filosofie eingeschrieben, wollte Bloch hören, Trotz wahrscheinlich, sollte sein Lehrer werden, Filosof und Moralist. Hat ihre

Trennung sublimiert. Briefe haben sie schon noch gewechselt, er hatte aber Schwierigkeiten eine neue Freundin zu finden, hat sich in die Politik geworfen, kam alles auch von ihr, hatte ihn früh mitgenommen zu Demos für Angela Davis und Vietnam, ihn unterstützt als er Schülersprecher wurde und in Tübingen nach zwei Semestern in den AStA, hat sich bei ihm irgendwie verselbständigt das Engagement, ich sollte mitkommen in eine Kooperative im Alentejo, die Nelkenrevolution unterstützen, hat mir Halbherzigkeit, Opportunismus vorgeworfen, ist dann allein gefahren, ein Jahr in Portugal, kehrte zurück mit einer unheimlichen Wut auf das Kapital in den Metropolen, das sich in die Befreiungskämpfe in der Dritten Welt einmischt, sie umdreht mit seinen bezahlten Vasallen in zerstörende Bürgerkriege oder in Portugal mit der EbertStiftung. Hat mir erklärt, dass einzig die Kämpfer der RAF kompromisslose Soldaten der Revolution seien in der Nachfolge Che Guevaras. Das war vor drei Monaten Armin. Da gab es schon keine Brücke mehr zwischen uns, keine Verständigung.

Du meinst, er ist untergetaucht?

Anna nickte, putzte die Nase. Es gibt keine andre Erklärung, nach allem.

Wahnsinn! brachte Armin nur raus.

Der Vater hat ihn als vermisst bei der Polizei gemeldet, sie sollen nach ihm fahnden.

Glaubst du, dass er was mit den SchleyerEntführern?

Ich weiß es nicht. Möglich ist alles.

Du hast ihn sehr geliebt –

Rainer lebt doch Armin! Empört sah sie ihn an, mit Tränen in den Augen.

Mein Gott ja! Natürlich! Entschuldige Anna. Er legte seinen Arm ihr um die Schulter, zog ihren Kopf an seine Brust. Natürlich wird er wiederkommen. Umso mehr wo sie jetzt sehn, dass diese Art zu kämpfen sinnlos ist.

Wenn es nicht zu spät ist Armin!

Vielleicht lebt er längst bei den Aussteigern auf Kreta. Plötzlich kriegst du ne Postkarte: Liebe Schwester, hast du nicht fünfhundert Mark übrig für dein Brüderchen?

Ach schön wärs. Aber der nie.

Oder er steht eines Tages vor deiner Tür, bittet dich, ihn zu verstecken bei dir.

Glaubst du?

Wär doch möglich.

Würde er denn mich mit reinziehn wolln? Bei seiner Schwester würden sie ihn zuerst suchen.

So lange sein Konterfei nicht auf den Fahndungsplakaten abgebildet ist, kannst du davon ausgehn, dass er noch nicht aufgefalln ist.

Und wenn doch Armin? Dann wär auch mein Leben kaputt. Und gesetzt, ich rette mich und schick ihn weg – meinst du mit einer solchen Schuld kann eine weiterleben?

Gespenster! wollte er sagen, musste aber nicht antworten, da das Telefon klingelte und Baumann anfragte, ob Armin bei ihr sei? Willstu ihn sprechen? fragte sie zurück. Da bat Baumann nur, ihn so schnell wie möglich raufzuschicken, er würde dringend gebraucht.

Du musst Armin, sagte Anna. Danke dass du vorbeigekommen bist. Übrigens weiß niemand in der Redaktion was von Rainer.

Verstanden, sagte Kolenda, strich ihr noch übers Haar, versuchte ein ermunterndes Lächeln. Wir reden bald weiter Anna.

Gründungsfieber

Am nächsten Tag war Schleyer gefunden. Gefunden nach einem Hinweis der Entführer an ein Nachrichtenbüro, im französischen Mühlhausen in einem grünen Audi. Allerdings tot. Getötet. Erschossen mit drei Kugeln. Hingerichtet. Ermordet. Aus dem verwendeten Verb sprach die Stellung der Einzelnen zu der Tat. Lagerübergreifend erschauerte die Republik vor der Kühnheit dieser Desperados, den König der Unternehmer, den Chef der Weltmarke Mercedes, den vermutlich mächtigsten Mann des Landes, in einen Haufen toten Fleisches zu verwandeln und ihn den Herrschenden vor die Füße zu werfen.

Am selben Tag, nach der gerichtsmedizinischen Untersuchung der drei Stammheimer Leichen, verkündete der liberale Bundesinnenminister: *Man kann die Perfidie auch so weit treiben, dass man seine eigne Tötung zur Hinrichtung macht.*

Mit feierlichstem Staatsbegräbnis wurde der ermordete ehemalige SS-Offizier in der Stuttgarter Stiftskirche ausgesegnet. In der Redaktionskonferenz am Tag nach dem Festakt wurde über die KSZE Folgekonferenz in Belgrad, über die antisemitischen Schmierereien auf deutschen Friedhöfen, über die Haftstrafen für die Unterzeichner der Charta 77 in Prag debattiert. Es wurde beschlossen, den Bericht des Verfassungsschutzes über die Zunahme gewalttätiger Ausschreitungen neonazistischer Rechtsradikaler zum Tema des Leitartikels zu machen. Mit befremdeten Kopfschütteln und Brauenzurren wurde die Ankündigung Anna Schaffners zur Kenntnis genommen, am nächsten Tag zur Beerdigung von Baader, Ensslin und Raspe nach Stuttgart fahren zu wollen. Da sie ihren Entschluss mit brüsker Entschiedenheit bekannt gab, widersprach niemand. Nur Kolenda ahnte den außerdienstlichen Grund ihrer Absicht.

Am Morgen nach der Beerdigung der drei Staatsfeinde in einem Gemeinschaftsgrab auf dem Stuttgarter Waldfriedhof meldete Anna Schaffner sich krank.

Am Wochenende führte Kolenda, wie schon länger verabredet, in Köln das biografische Gespräch mit Schöfer für den WDR. Es schien ihm ergiebig ausgefallen, enthielt allerdings kein einziges Wort zu den gegenwärtigen Hauptereignissen. Aus der Südstadt rief er Anna Schaffner an, würde ihr gern das Intervju vorspielen, frisch aufgenommen, und außerdem wissen wolln, was sie in Stuttgart erlebt hatte. Ob er aufen Sprung vorbeikommen könne? Er konnte. Sie schien nicht einmal überrascht, würde aber für ihn nicht extra aufräumen. Ihre Zweizimmerwohnung in Ehrenfeld kannte er kaum von der Geburtstagsparty im Frühjahr, zu der sie die halbe Redaktion eingeladen hatte. Unscharfe Erinnerung daran, reine TuiVeranstaltung, viel Rauchen Trinken Labern und Nudelsalat.

Er fühlte sich unsicher vor diesem Besuch. Nicht mehr unbefangen, wie auf ihrer Fahrt zur Buchmesse. Es war was geschehn zwischen ihnen, getan und gesagt, was ihr kollegiales Verhältnis veränderte. Was Anna ihm im Auto als Grund für den unpersönlichen Umgang der Redakteure miteinander genannt hatte, war nach ihrem Pilzwiesenabenteuer eingetroffen – ohne diesen Grenzdurchbruch hätte er sie kaum nach ihrem persönlichen Kummer gefragt. Und Anna hätte ihm so wenig wie einem der andern von ihrem geliebten geheimen Bruder erzählt. Zwei gemeinsame Geheimnisse, außerdienstlich. Eine natürliche Sperre ist weg. Aber das Herz ist mir nicht angebrannt, wie bei Salli. Nicht bei Reni und nicht bei der Malina in Immenhausen, bei keiner, obwohls schöne intelligente Weiber, blieb irgendwie auf der Haut, kein tieferer Eindruck.

Die Schatten unter ihren Augen sah er schon im Dämmerlicht des winzigen Flurs, fast so schwarz wie ihre Cordjeans und der Pullover. Ziemlich müde sagte Anna Hallo Armin, komm rein, setz dich, willstun Kaffee? Lieber Wasser. Hab schon zu viel Koffein. Er suchte eine Steckdose für das Sony, neben dem Sofa. Zwischen den Zeitungsstapeln auf dem Kautschtisch war noch Platz für das kleine Gerät. Siehst wirklich krank aus Anna. Was fehlt dir? Hast du deinen Bruder getroffen?

Was ich zu viel hab musst du fragen Armin. Ich hab zu viele Tote gesehn, das fehlt mir. Drei lagen in Särgen wurden verbuddelt, und fünfhundert standen auf Abruf drumrum und tanzten den Totentanz. Antigones Schüler mit Parkas und Jeans und Fedayintüchern, die ihre Waffen die Fäuste in die Luft streckten, und warn umzingelt von Kreons Truppe, im Wald auf der Straße zwischen den Büschen lauerten die Tode, doppelt so viele bestimmt, mit Sensen bewaffnet von Heckler und Koch und Uzi, Mähmaschinen, mit grünem Tuch getarnt die Gerippe und auf den Schädeln Helme, waren lebende Todesversprechen Armin, für die an dem Grab der drei Stammheimer wagten betroffen zu sein, ein todesschwangeres Schweigen über unsern Köpfen, oder angstschwanger, viele hielten sich an den Händen umarmten sich weinten, der Pfarrer Ensslin im Talar begrub seine verirrte Tochter, eine Atmosfäre wie Eiszeit, hatte was Apokalyptisches. Rainer habe ich nicht gesehn. Vielleicht war er dabei, zu viele hatten Schals im Gesicht und Kapuzen, sahst nur die Augen, es wurde gefilmt, wusstest nicht ob Zivilpolizisten oder Fernsehleute.

So makaber hab ich es mir nicht vorgestellt, sagte Armin vorsichtig, nach den paar Bildern im Fernsehn. Obwohls schon bedrohlich aussah, teilweise. Wahrscheinlich hatten sie Order, bei der Beerdigung nicht zu provozieren.

Also wenn ein Stein geflogen wär –

Anna – ich glaub wir lassen das mit dem Tonband lieber?

Neinnein, mir wars recht dass du angerufen hast mit der Aufnahme, bringt mich auf andre Gedanken. Ich irr sonst nur im Kreis rum. Hätt mich gar nicht krankmelden sollen, Arbeit bringt einen am ehsten wieder ins Lot.

Wars so schlimm?

Mach, schalt an jetzt, ich bin gespannt.

Kollege Schöfer, wir kennen uns seit einigen Jahren, eher flüchtig. Wir sind in der gleichen Gewerkschaft, du als Schriftsteller, ich als Journalist. Von daher ist unser Du begründet. Den Hörerinnen und Hörern des WDR bist du bekannt als Autor verschiedner Hörspiele. Der Pikadon war dein erstes. In dem hast du die Folgen des Atombombenabwurfs auf Hiroshima nachgedacht und nachempfunden. Berg der Schatten hat sich mit Menschen beschäftigt, die Konzentrationslager der Nazis überlebt haben und im Nachkriegsdeutschland wieder Fuß zu fassen versuchen. Auch mit dem politischen Aufstand der intellektuellen Linken dieses Landes im Jahr achtundsechzig hast du dich in einem Hörspiel auseinandergesetzt. Nach neunzehnhundert achtundsechzig hast du dich, auf einen Nenner gebracht, statt selber Bücher zu schreiben, darauf spezialisiert, andre im Werkkreis Literatur der Arbeitswelt zum Bücherschreiben zu bringen. War dir der Stoff ausgegangen? Hattest du die Lust am Schreiben verloren?

Da muss ich lachen. Ich hatte damals meine Lust zum Schreiben erst richtig entdeckt. Aber nicht unbedingt Bücher – ich wollte lebendige Literatur, die du als Autor möglichst selbst rüberbringst zu den Leuten. Deshalb hab ich mir diese Kampftexte erfunden, die ich vorgetragen habe. Ostermarsch, Erster Mai, Kampagne für Abrüstung, da standen meine Podien. Andre haben das Agitprop genannt, die mehr wussten von der Geschichte der Arbeiterbewegung, zwanziger Jahre. Wahrscheinlich entstehen solche Formen immer wieder in politisch widerspenstigen Zeiten, auch ohne Vorbilder. Aber nicht nur diese kurzen operativen Formen für politische Anlässe hab ich produziert. In Freiburg, fünfundsechzig fing das an, hab ich ein Teaterstück für die Studentenbühne komponiert, *Durch die Wüste usw*, das war wie eine Partitur geschrieben, alle Rollen gleichzeitig untereinander ausgeführt, Sandkörner und Wüstenhügel spielten da mit, eine Musikmaschine, ein Linguist und ein Psychist auf höhrer Ebene und die Hauptrollen ein Kaufmann und sein Kuli auf dem Marsch durch die Wüste. Wohin? In die Revolution. Lebende Hühner und selbstgebastelte Negerkinder wurden im Audimax bei den beiden Vorstellungen an die versammelten Westeuropäer versteigert. Inszeniert und gespielt von einem, der so verrückt war wie das Stück, ist den Kölnern ja bekannt: Heinrich Pachl. Ich hätts für ihn allein schreiben müssen, dann wärs ein voller Erfolg geworden. Der Anfang bis zur Mitte war toll, spannend, das volle Audimax mucksmäuschenstill, aber weiter war der Regissör Pachl nicht gekommen, den Rest spielte er quasi allein und die andern brachten nur noch den Text. Als wir Franz Josef Strauß aufgespießt haben, flogen dann die Eier der Korporierten, sind wir regelrecht untergegangen mit unserm Weltureignis. Hinterher gabs den ersten Krach zwischen Pachl und mir. Ich dachte dass mein Stück avantgardistisch und politisch ein Durchbruch hätte werden können, wenn der Regisseur nicht den Überblick verloren hätte, aber Pachl mit seinem vitalen Selbstbewusstsein fand seine Arbeit makellos. Da trennten sich unsre Wege.

Ich bin mit meiner Frau nach München gegangen – sie ist Schauspielerin – und habe ein formal konventionelleres Stück geschrieben, das aber inhaltlich was Neues war fürs westdeutsche Teater. Sämtliche Hauptrollen warn nämlich Arbeiter und der Spielort eines dieser billigen Häuser einer Zechensiedlung im Ruhrgebiet. Die Idee zu dem Stück – in München liefen ja ziemlich viele illegale Kommunisten rum, und ich hab selber ein bisschen Marxismus nachstudiert, also irgendwo hab ich von Paul Lafargue gehört, der war der Schwiegersohn von Marx, dass der gesagt hat, ein anständiger Revolutionär, wenn der seiner kommunistischen Sache nicht mehr dienen kann, aus Altersgründen, fällt seinen Genossen nicht zur Last, sondern besorgt selbst seinen Abgang. Die Idee war also, dass der Großvater dieser Bergmannsfamilie ein alter Kommunist war und deshalb wegen seiner Silikose seine Genossin Ehefrau zu überreden versucht, gemeinsam Schluss zu machen. Aber nicht einfach so nutzlos nebenbei, sondern irgendwie sinnvoll. Sie verfallen darauf, einen von den großen Platzhaltern des Kapitals mit sich selbst in die Luft zu sprengen: den Bun-

deskanzler. Alter Bergmann, versteht sich, kann mit Sprengstoff umgehn. Es gibt Heidenverwicklungen mit den Kindern und Enkelkindern im Haus, kann ich hier nicht erzählen, die mittlere Generation angepasste SPD-Genossen und die ganz Jungen Hitzköpfe mit Mao-Bibel, also eine proletarische Komödie, realistisch in den Auseinandersetzungen und zugleich, was die Attentatsidee angeht, so absurd, dass jeder das als Krimigag verstehen muss. Das war allerdings eine Rechnung ohne Baader Ensslin und Co. Karlheinz Braun hat das Stück in den Verlag der Autoren gebracht, am Dortmunder Schauspielhaus wurde es einundsiebzig uraufgeführt und in Frankfurt auf der Theaterexperimenta gezeigt. Ein Teater, Oberhausen, hat es nachgespielt. Alle andern Dramaturgien, die schon Optionen hatten, wurden von ihren Intendanten zurückgepfiffen. Obwohl in meinem Stück das Attentat am Schluss abgeblasen wird, war es den Teaterleitern doch zu heiß geworden, in einer politischen Gegenwartskomödie den Gedanken an einen Königsmord durchzuspielen. Als Provokation wurde vielleicht auch empfunden, dass die beiden alten Kommunisten die Sympatieträger des Stückes waren.
Also an Ideen und Stoffen hats mir wirklich nicht gefehlt. Die lagen für mich buchstäblich auf der Straße.
Einen merkwürdigen Titel hatte dein Stück: Vielleicht bin ich schon morgen eine Leiche –
War aus dem alten Arbeiterlied Auf auf zum Kampf zum Kampf eine Zeile, so richtiger roter Kitsch, passte aber ungeheuer gut zur ironischen Haltung des Stücks, hinter der ich ein bisschen Aufklärung in die Köpfe schmuggeln wollte. Als frisch getaufter Linker aus einem bürgerlichen Elternhaus hatte ich einen Mordsrespekt vor alten Arbeitern, die im Widerstand gegen die Nazis gekämpft haben. Bin von so einem auch für die damals noch illegale KP geworben worden. Und weil die Roten offiziell bei uns immer noch geächtet waren, wollte ich in meinem Stück auch zeigen, dass sie sehr beachtliche Karaktere sind, mit Fehlern, klar, mit Widersprüchen, aber das machte sie mir fürs Teater grade intressant. Bin übrigens noch jahrelang in

der heimlichen KPD geblieben, weil ich ja quasi den Werkkreis organisatorisch auf den Weg gebracht habe. Bin erst später irgendwie in die DKP rübergerutscht, ohne großes Brimborium, Wenn der Schöfer als DKP Mann bekannt gewesen wäre, hätten sie unsre Initiative gleich als kommunistische Tarnorganisation verschrien.

Hattest du den Auftrag deiner Partei, den Werkkreis zu gründen?

Nee Quatsch. Im Gegenteil. Die Genossen warn höchst misstrauisch, was da ohne jeden Auftrag von irgendwem entstand. Erst später haben sie die Organisation Werkkreis unterstützt, wie auch einige Gewerkschaften. Aber das erzähl ich jetzt bloß dir, weil du noch nicht so lange im Werkkreis mitarbeitest. Für den WDR musst du das rausschneiden, mit der KPD, das müssen die nicht wissen, jedenfalls nicht aus meinem Mund. Wahrscheinlich denken sie sichs, einige Redakteure, aber sicher bekäm ich Schwierigkeiten für sie zu arbeiten, wenn ichs rausposaunen würde wie der Kroetz. Also lösch diese Information, eh du dem Redakteur das Band vorspielst.

Okay. Aber wie ist der Werkkreis entstanden? Wenn du dich mit Teater beschäftigt hast. Wer hat ihn erfunden?

Wir haben ihn quasi aus der Dortmunder Gruppe 61 herausgesprengt, ihn freigelegt. Die lasen auf ihren öffentlichen Treffen Texte vor, die sie Industrieliteratur nannten. Ton auf Literatur. Wir wollten die industrielle Arbeitswelt öffentlich machen. Durch Information. Die Gruppe 61 war das Nest, in das wir unser proletarisches Kuckucksei gelegt haben. Innerhalb von zwei Jahren war das Nest verschwunden, hat sich aufgelöst, wie vorher die Gruppe 47, aber aus dem Kuckucksei sind – wieviele? eine halbe Million Bücher geschlüpft.

So hopplahopp wird das kaum gelaufen sein. Du hast meines Wissens mittendrin gesteckt in den Vorgängen, warst mitgestaltender Zeitzeuge, soziologisch gesagt. Erzähl mal aus deiner Sicht, was damals passiert ist. Andre können das ja ergänzen aus ihrer eignen Erinnerung.

Gar nicht so einfach. War ne ziemlich komplexe Geschich-

te. Es war – nach achtundsechzig – eine Situation entstanden, in der viele Menschen glaubten, dass ein großer Bereich der Gesellschaft zu Unrecht für die Öffentlichkeit unzugänglich ist – eben die industrielle Arbeitswelt. Herrschaftsbereich der Unternehmer, der Kapitaleigner, so hieß und heißt es noch heute in Gesetzen und juristischen Kommentaren. Plötzlich kamen viele auf den Trichter, dass was mit der Demokratie nicht stimmte, wenn man zwar überall hin reisen konnte, sogar in die DDR, aber nicht auf die tausende von exterritorialen Gebieten im eignen Land, auf denen von Landsleuten Kanonen, Kühlschränke und Wiener Würstchen in Dosen hergestellt werden. Irgendwer hat ein Plakat montiert, hat eins von den Schildern an der Berliner Sektorengrenze, Ende des demokratischen Sektors der Bundesrepublik Deutschland, einfach vor ein westdeutsches Fabriktor gesetzt, wahrscheinlich der Staeck, das war schlagend. Wir hatten die Idee, Licht hinter die Eisernen Vorhänge der Betriebe zu bringen.
Die Dortmunder Gruppe 61 war wohl der erste Versuch einer Antwort im Bereich der Literatur auf die neuen Fragen, die Alfred Andersch und Walter Jens zuerst öffentlich gestellt hatten. Die dort versammelten Schriftsteller wollten die industrielle Arbeitswelt künstlerisch hoffähig machen für die Feuilletons. War Opposition gegen die tonangebende Gruppe 47, zu der zwar alle wichtigen gesellschaftskritischen Autoren gehörten, wo aber trotzdem Industrie, Gewerkschaften, materielle Produktion Tabuwörter waren. Ich hatte sechs Jahre nach ihrer Gründung, also neunzehnhundert siebenundsechzig in München zuerst von den Dortmundern gehört, Günter Wallraff sollte dabei sein, Max von der Grün, Erika Runge mit ihren Bottroper Protokollen, F.C. Delius, der die Siemenswelt öffentlicher gemacht hatte. Waren mir gute Namen. Also fuhr ich nach Dortmund, von Köln aus, um mir ihre Tagung anzuschaun und für verschiedne Zeitungen einen Bericht zu schreiben.
War mehr als journalistische Neugier. Ich fuhr damals überall hin, wo es politisch knisterte, wo die Kulturprodu-

zenten rebellierten gegen das konservative Selbstverständnis der altgedienten Statthalter in der Kulturszene. Ich habe versucht, durch meine Zeitungsartikel, den Linken bundesweit Unterstützung zu verschaffen. Mir wurde schnell klar, dass die Verantwortlichen der Gruppe 61 nur eine Nachahmung der Siebenundvierziger im Sinn hatten, mit anderm inhaltlichen Schwerpunkt. Leute die sich als Schriftsteller verstanden und entsprechend schrieben durften sich vorstellen. Es gab aber schon eine Fraktion in der Gruppe, die Dokumentaristen, die keine literarischen Ambitionen hatten und nur deshalb dort zugelassen wurden, weil ihre Bücher in der bürgerlichen Presse diskutiert wurden. Die Alteinundsechziger, nenn ich sie mal, wollten sich mit denen schmücken, weil sie selbst Schattenblümchen geblieben waren – Max von der Grün ausgenommen. Ich erfuhr in Dortmund, dass es sehr wohl Arbeiter gab, die Texte an den Leiter Fritz Hüser geschickt hatten, aber abgelehnt, überhaupt nicht beachtet wurden, weil ihre Sprache den tonangebenden Dortmundern ungelenk, eben unliterarisch schien. Ich hab dann nach der öffentlichen Lesung im Herbst achtundsechzig gefragt, weshalb man diese Arbeiter nicht unterstützte durch erfahrne Autoren – Erika Runge hatte ja gezeigt, mit ihren Protokollen aus Bottrop, dass Arbeiter und Arbeiterinnen höchst informativ erzählen können, wandelnde ungehobene Wissensschätze sozusagen, die nur die Hilfestellung eines gelernten Kopfarbeiters brauchten. Der Hamburger Journalist Peter Schütt war dabei, berichtete von einer Werkstatt schreibender Arbeiter unter seiner Leitung in Hamburg. Der Bergmann Josef Büscher hatte eine ähnliche Einrichtung an der Volkshochschule Gelsenkirchen gegründet. Wir wurden aber glatt abgeschmettert mit unsern Anregungen, von der Tagungsleitung. Die hat einfach gesagt Die Veranstaltung ist geschlossen! und ist abgehaun. Ich glaub die empfanden uns als linke Eindringlinge, die ihren Klub sprengen wollten. Dabei dachten wir erstmal nur an sinnvolle Verbesserungen, wie man den esoterischen Kreis auf eine solidere proletarische Grundlage stellen könnte.

Wir sind jedenfalls einfach sitzen geblieben, haben weiter diskutiert und schließlich beschlossen, einen Reportage Wettbewerb auszuschreiben, mit dem wir die unbekannten proletarischen Schreiber zu finden hofften. Art Selbstorganisation aus dem Kaos war das. Wallraff, Runge, auch Von der Grün und ein paar andre unterstützten die Idee. Deshalb konnten wir sie als eine Initiative der Gruppe 61 erklären. Mehr als ein paar Grundzüge über diesen Wettbewerb konnten wir da natürlich nicht beschließen. Der Hauptgedanke war, dass ein Arbeitstag oder ein konkreter Vorfall am Arbeitsplatz in einer einfachen unliterarischen Sprache aus eigner Erfahrung beschrieben werden sollte. Und zwar wirklichkeitsgetreu, das war wichtig. Wir meinten, schreibende Arbeiter würden sich an den traditionellen literarischen Mustern orientieren, wenn wir ihnen nicht einschärfen: Leute lasst die Finger von Literatur, schreibt einfach auf, was ihr seht und erlebt.
Dahinter stand die Literaturdiskussion der achtundsechziger Jahre. Enzensberger hatte in dem berühmten Kursbuch 15 das Stichwort gegeben: Alphabethisierung der Alphabethisierer. Der wollte sagen, die schreibenden Vordenker des Landes müssten zuerst lernen, die soziale Wirklichkeit wahrzunehmen, um Literatur wieder gesellschaftlich subversiv machen zu können. Das hat vielen eingeleuchtet.
Gut, das war die Idee. Ich kann mir aber schwer vorstellen, wie das funktioniert hat: Ein paar Leute beschließen einen Schreibwettbewerb zu veranstalten, und dann schicken hunderte aus dem ganzen Land Beiträge dazu?
War wohl wie bei jeder Zeugung: Großes Bohei um die Übersendung von ein paar Samenfäden an ein reifes Ei. Das wuchs sich dann aus, wurde als Werkkreis in Dortmund geboren, ein Jahr später, im Herbst neunundsechzig, und getauft in Köln im März siebzig. Mit Leuten aus dem Ruhrgebiet haben wir uns ein paarmal getroffen, bei mir in Köln und in einem Jugendzentrum in Essen, haben den Schreibaufruf genauer formuliert, Kriterien ausgearbeitet für die Beurteilung der erhofften Einsendungen, Spenden organisiert bei Schriftstellern und Gewerkschaften für die

ausgelobten Preise, den Aufruf verschickt an Pressedienste und Gewerkschaftszeitungen, ich hab Berichte geschrieben in meinen Tageszeitungen über die mündig werdende Arbeitswelt und Protokolle über unsre Arbeitstreffen für die Sympatisanten, die Einsender mussten benachrichtigt und Vorlektorate der Texte besorgt werden, eine kompetente Jury mussten wir finden, und alles praktisch im Eigenbau, ohne Geld im Rücken.

Klingt als wärst du nicht nur der Vater der Idee gewesen, sondern auch die Mutter ihrer Verwirklichung?

Nein nein, die Idee, hab ich schon gesagt, hat sich aus verschiednen Köpfen und Erfahrungen zusammengebraut. Und die Organisierung, na ja, vielleicht hab ich am Anfang die meiste praktische Arbeit getan, aber immer doch mit der Unterstützung und Resonanz von andern, die in die gleiche Richtung dachten und mitgeschoben haben.

Manchmal in letzter Zeit hab ich überlegt, wer von den andern Beteiligten meine Rolle hätte übernehmen können oder wollen. Damals wahrscheinlich keiner. Ich wollte was in Bewegung setzen, was keinen Gründer und keinen Häuptling braucht, und um zu beweisen, dass das geht, musste ich beides werden. Hab das damals nicht als Paradox verstanden, klar. Später sind andre gute Leute in den Werkkreis gekommen, die als Ideengeber und Organisatoren den Werkkreis befruchtet und weitergeführt haben, in diesem freiwilligen Kollektiv von gleichberechtigten Mitarbeitern. Mein Motiv, der Antrieb für mein Engagement war wohl, dass ich es als lumpig empfunden hätte, andern tolle Ideen an den Kopf zu werfen, für die ich selber mich einzusetzen nicht bereit gewesen wäre. Oder vielleicht wollte ich einfach beweisen, dass möglich ist, was ich vorgeschlagen habe.

Wenn etwas meine Idee war an dem Unternehmen Werkkreis, war es nicht der Schreibwettbewerb, sondern das Einrichten von Werkstätten, in denen alle Beteiligten sich als Lernende verstehen sollten – die Berufsautoren von den Erfahrungen der Arbeiter, und diese vom handwerklichen Wissen der Schriftsteller und Journalisten. Also nicht die herablassende Haltung einer Schreibschule mit einem Lehrer und vielen Lehrlingen wie in der DDR. Der Werkkreis behauptet eine Gleichberechtigung seiner Mitglieder. War mir undenkbar, mich zum Vorsitzenden des Vereins Werkkreis Literatur der Arbeitswelt wählen zu lassen. Es gibt bei uns einen Ersten und einen Zweiten Sprecher und ein paar Sachbeauftragte. Und auch als Erster Sprecher bin ich so schnell wie möglich zurückgetreten, als Carlo Bredthauer bereit war, die Arbeit zu übernehmen, hab nur noch als Finanzbeauftragter im Sprecherrat mitgewirkt.

Aber nach einem Jahr, glaube ich, hast du dich wieder zum Ersten Sprecher wählen lassen. Geschah das gegen deinen Willen?

Vielleicht war ich am stärksten besessen von der Idee, wir könnten mit dem Werkkreis die Praxis der Literaturherstellung im Land revolutionieren, also in einem bürgerlich kapitalistischen Literaturbetrieb einen wirklich demokratischen Sektor entwickeln – hab das gesagt und geschrieben bei jeder Gelegenheit und ständig überlegt, was noch geschehn müsste, um diesem Ziel näher zu kommen. Als wir so richtig anfingen, im Herbst neunundsechzig mit der öffentlichen Vorstellung der besten Einsendungen des Reportage Wettbewerbs in Dortmund, waren grade die großen spontanen Septemberstreiks in der Metallunternehmen gelaufen und wir dachten, jetzt geht das los in der Schwerindustrie, im Kern der Arbeiterklasse, was wir achtundsechzig an den Universitäten und mit der ApO erlebt hatten – von heut gesehn, klar, eine Überschätzung. Uns gaben die Streiks so eine optimistische Sicherheit, mir jedenfalls, dass wir es schaffen könnten, in jeder Industriestadt mindestens eine Werkstatt zu gründen, unter dem Dach unsres gemeinsamen Programms, in einer fruchtbaren Dialektik zwischen örtlicher Basisarbeit und zentralen Buchprojekten. Lief ja auch toll, viel Rückenwind, viel Unterstützung, in den Zeitungen und Sendern, bei den Kulturdezernenten in den Großstädten, den Volkshochschulen, den Schriftstellern, bei Verlagen und einigen Gewerkschaften, das war ein gesellschaftlicher Schub, will ich mal sagen, und ich konnte den durch meine Erfahrungen als Schriftsteller am besten aufnehmen und umsetzen. Das war mir nicht bewusst damals – ich hab einfach gemacht, was mir notwendig schien. Geflucht und gestöhnt gleichzeitig über die Masse Arbeit, aber immer mit dem Gefühl: es ist noch viel zu wenig. Schlechtes Gewissen, doppelt und dreifach – Familie vernachlässigt, eigne literarische Schreibarbeit verdrängt und wegen der unerfülllten Ansprüche dieser Utopie einer systemüberwindenden Organisation schreibender – nein, Revolutionäre will ich nicht sagen, so vermessen waren wir nicht. Aber als Zuarbeiter der notwendigen Befreiung vom Kapitalismus verstanden wir uns schon. Weil er eben nicht nur unsre Körper, sondern auch unsre Köpfe zerstört. Und das hat sich bis heute nicht geändert, behaupte ich.

Hört sich verdammt nach Idealismus an. Fällt mir schwer, daran zu glauben, ehrlich gesagt. Irgendein Lustgewinn muss doch auch für dich dabei gewesen sein. Wenn schon kein materieller Vorteil.

Meinst du? Manche, der Max von der Grün zum Beispiel, aber sicher auch andre Kollegen, haben gedacht, der Schöfer ist als Schriftsteller gescheitert, da hat er sich die Anerkennung von ein paar einfachen Gemütern organisiert. Vielleicht haben sie recht. Wenn du mit sechsundvierzig Jahren nichts als ein paar Erzählungen als Buch veröffentlicht hast, bist du nach den Normen unsrer Literaturöffentlichkeit ne Null.

Ich hab den Werkkreis aber eher empfunden wie der Zauberlehrling den beschwornen Besen, den er nicht mehr los wird, der immer mehr Wasser anschleppt. Warte immer noch auf den Hexenmeister, mich von ihm zu befrein, damit ich endlich den nobelpreiswürdigen Roman schreiben kann.

Warten auf Godot, oder wie soll ich das verstehn?

Gott – so gesehn hab ich damals einige Versuche unternommen, mich vor der literarischen Meisterkonkurrenz zu drücken. Aber nicht so passiv wie Becketts Wegelagerer. Ich war im Sommer achtundsechzig mit Christiane Bruhn und unserm vierjährigen Sohn nach Köln Rodenkirchen gezogen, in ein Hochhaus am Rhein, sie war am Kölner Schauspielhaus von Hansgünther Heyme engagiert. Ich hatte einen Aufsatz für die Zeitschrift Theater heute, geschrieben, wie ich mir ein den gesellschaftlichen Fortschritt förderndes Teater vorstellte. Die Bruhn und ich machten Pläne, ein Wanderteater mit eignem Zelt zu gründen und auf öffentlichen Plätzen volksnahes Teater zu spielen mit einer kleinen Truppe. Außerdem schrieb ich an der Leiche, hoffte, dass es ein Traumstück für die Ruhrfestspiele würde. Die wollten wir auch reformieren, viel zu verschmockt und bürgerlich für ein Teater der Gewerkschaften! Gleichzeitig waren wir in dem kleinen Arbeitskreis Bert Brecht aktiv, von wo aus wir versuchten, die Gewerkschaft der Schauspieler, die Bühnengenossenschaft, dahin zu schieben, dass sie eine Mitbestimmung der Beschäftigten des Teaters am Spielplan und den Inszenierungen befürworteten, natürlich gegen den heftigen Widerstand der Intendanten und der meisten Regissöre. Christiane Bruhn war Obmännin am Kölner Schauspiel, fuhr zu den Genossenschaftskongressen und ich mit als Journalist, zwar ohne Rederecht, aber dafür umso kritischer gegen die dösige Gewerkschaftsleitung in meinen Berichten für die Süddeutsche und die Frankfurter Rundschau. Und dann tauchte Heinrich Pachl wieder auf, angelockt von meinen Veröffentlichungen wahrscheinlich. Vier Jahre nach unserm Freiburger Krach wollte ich meinen alten Ärger nicht mehr aufwärmen, er wohnte in Düsseldorf, besuchte uns, wir berochen uns, stellten gemeinsame linke Sympatien fest, und unsre Ideen für ein mobiles Teater lagen dicht beieinander. So haben wir den Plan und dann auch die Praxis entwickelt für das Industrietheater Rhein Ruhr und dessen erstes Stück Der wahre Anton .

Das war nach der Gründung des Werkkreises?

Nein nein, es fand alles zugleich statt – wie, ist mir inzwischen auch schleierhaft. Wir suchten eine große Wohnung, wo wir als Kollektiv leben und das Teater vorbereiten konnten, erfuhren von dem Gut Schillingsrott ganz in uns-

rer Nähe, ein Wahnsinnszufall, war die Kölner Journalistenschule eingezogen – noch so eine Frucht der Achtundsechziger, die bildeten marxistisch fundierte Wirtschaftsjournalisten aus, hatten wir aber nichts mit zu tun, nur mit ihrem Leiter. Den konnten wir überzeugen, dass die BRD unser Industrietheater brauchte und dass der Hof und die leeren Scheunen ideale Probenräume für uns waren. Wir haben die ganze erste Etage des Wohnhauses gemietet für unsre WG, Pachl zog ein mit seiner Freundin Tymian, die unsre Kostüme entwarf und schneiderte, ich mit meiner Familie und noch ein arbeitsloser Bühnenarbeiter und eine Wiener Schauspielerin. Weil der Platz nicht reichte für ein Arbeitszimmer für mich, hatte ich in der Fachzeitschrift für Schausteller einen Zirkuswohnwagen gefunden und gekauft. Der musste per Traktor in den verwilderten Garten des Gutshofs geschleppt werden, wurde mein Arbeits- und Schlafraum. Ziemlich romantisch der Wagen, quasi drei Zimmer, hatte eine ganze Familie drin gelebt. War das Überbleibsel von unserm Traum, ein Zeltteater zu gründen. Nein, stimmt nicht: das Industrietheater hatten wir auch als Wanderbühne gedacht, hatten einen LKW gekauft und rollbare Baugerüste, so dass wir ohne großen Teaterapparat damit auf Plätzen und in Hallen auftreten konnten. Wir sind damit immerhin bis Braunschweig und Frankfurt gekommen.
Ich hab vergessen zu erzählen, dass ich in Paris eine Aufführung des Orlando Furioso erlebt hatte. Die italienische Truppe spielte den Rasenden Roland in den damals schon leerstehenden Markthallen, die fuhren auf Bühnenwagen zwischen dem Publikum herum, alle ständig in Bewegung, die Spieler flogen auch durch die Luft, Masken, fantastische Kostüme, ein Riesenspektakel, faszinierend. So etwas schwebte mir für unser Teater vor, allerdings mit einer proletarischen Geschichte – ein Arbeiter, der auf Montage geschickt wird, durch die halbe Welt reist, und seine Frau Marie, die zu Haus als Arbeiterin die Willkür der Unternehmer erfährt, dadurch zur Kämpferin wird, auch gegen ihren eignen Macho Mann. Grob gesagt. Ich verstand mich

als Autor dieses revolutionären Plots, aber die andern, besonders Pachl, lieferten auch Texte, gingen in Kölner Großbetriebe zu den Betriebsräten, um realistische Informationen zu sammeln, die ich mit verarbeiten sollte und wollte, ebenso wie manche Einsendungen aus dem Wettbewerb des Werkkreises. Gleichzeitig probierten wir in der Scheune die ersten Szenen, entwickelten unser Stück. Die Bruhn am Schauspielhaus war die einzige von uns, die richtig Geld verdiente, und Pachl und ich lektorierten die Einsendungen für den Werkkreis, tippten und verschickten die Rundbriefe für die entstehenden Werkstätten, gaben bei Piper und Rowohlt die ersten Werkkreis Bücher raus, eine wirklich fruchtbringende Arbeit, ständig vorwärtstreibend. So wie ich das jetzt erzähle, hört sich das wohl sehr zielstrebig an, planvoll. Wars aber überhaupt nicht. Eher eine umfassende Suchbewegung zwischen verschiedenen Wegmarken, Literatur, Teater, Arbeiterklasse, Familie, Individuum und Kollektiv, Ehe und Sexualität, ständige Klärungsversuche, riesige Wünsche, und unsre Fähigkeiten, na ja, die waren vielleicht nicht so überwältigend, die hinkten den Vorstellungen hinterher. Über alles was nicht mehr sicher war und neu erfunden werden sollte, musste natürlich geredet werden, ein ungeheurer Gesprächsbedarf! Heinrich Pachl hat eine besondere Sprechbegabung, er ist ein Diskutant von einmaliger Hartnäckigkeit und Redseligkeit, wirklich überdurchschnittlich, selbst für jene wortreichen Jahre. Kennst das vielleicht auch aus andern politischen Gruppen – wenns nur noch scheinbar um das Ermitteln einer Lösung oder Wahrheit geht, eigentlich aber darum, den andern bis zur Selbstaufgabe zu erschöpfen. Heute denk ich, dass sich zwischen uns zwei Männern ein Kampf um die ideologische Führung in unsre Findungsversuche für das Stück und die Inszenierung gemischt hat. Weil ich Geld und Förderer für unsern Teaterverein ranholte, Aufführungsorte organisierte, wurde ich oft als Kopf des Industrietheaters angesprochen, obwohl wir uns als Kollektiv mit verteilten Arbeitsaufgaben verstanden. Deshalb, vermute ich heute, musste der Pachl das in unsrer

Gruppe durch seine Diskutierwut, seine Rechthaberei kompensieren. Hat uns zur Verzweiflung gebracht, buchstäblich. Jedenfalls die Bruhn und mich. Irgendwann hatten wir keine Kraft mehr für diesen inneren Stress, sind ausgezogen, mit blutenden Herzen. Da hatten wir schon fünf sechs Aufführungen des Stückes hinter uns.
Siehst du das heute als Fahnenflucht oder eher als eine Fehlspekulation, eine Investition in ein untaugliches Unternehmen?
Wir wollten die Gesellschaft auf einen neuen Weg bringen und kamen mit uns selbst nicht klar. Pachl und seine Anhänger in unsrer Truppe hatten einen Hang zur Anarchie. Das hatten sie uns wohl voraus. Ich hab so ein regelfreies, lustbestimmtes Leben und Arbeiten heimlich bewundert, bin aber viel zu bürgerlich geprägt, es selbst zu wagen. Erst recht die Bruhn. Sie stammt aus einem Handwerkerhaus, ist das klassische disziplinierte Teaterpferd, kommt ums Verrecken nicht fünf Minuten zu spät zur Probe. Würde auch nicht eine Betonung an der einstudierten Rolle selbständig verändern. Das krasse Gegenteil von Pachls Stärke, auf die wir unser Stück aufgebaut hatten – die Improvisation, das Gespräch der Spieler mit dem aktuellen Publikum, die politische Interaktion.
Aber die Verschiedenheit hat sich nicht nur in der Teaterarbeit gezeigt, sondern in unserm Alltag. Die Bruhn und ich, wir sind bis heut eine kleinbürgerliche Dreipersonenfamilie geblieben, die sich ein paar Extravaganzen erlaubt hat, okay, aber ihrem Sohn doch ein verlässliches Elternpaar abgeben wollte. Wir hätten das nie geschafft, nur mal als Beispiel, den Sohn in die Großfamilie, unser Arbeitskollektiv loszulassen. Und die sexuelle Libertinage, die wir bei den andern erlebten, kriegten wir auch nicht wirklich hin. Eher haben wir versucht, unsern Freunden ein paar Regeln, ein bisschen Ordnung schmackhaft zu machen. Espressomaschine säubern wenn man sie benutzt hat, einkaufen gehn, wenn man den Kühlschrank geplündert hat. Aber die andern warn Singles, kinderlos, froh dass sie die Korsettstangen ihrer Elternhäuser achtundsechzig quitt geworden

waren. Am gefährlichsten für den Zusammenhalt war die Unzuverlässigkeit bei der Arbeit. Wenn die Probe um zehn verabredet ist und einer kommt um elf, sagt Tschuldigung, hab verschlafen, dann liegen die Nerven der andern schon mal blank, ist die Probenatmosfäre versaut.
In einem meiner liebsten Kinderbücher vom Tierarzt Dr. Doolittle, der die Sprachen aller Tiere sprechen konnte, wurde auf einer Expedition in Afrika ein unbekanntes Tier mit zwei Köpfen entdeckt – das Stoßmichziehdich. Die Köpfe waren nicht nebeneinander gewachsen, sondern hinten und vorn beziehungsweise vorn und hinten. Ein solches Unikum war unsre Teaterkommune: in beiden Köpfen der gleiche Gedanke und beide wollten nach vorn. Da gabs keine dialektische Vermittlung. Es hat uns zerrissen.
Heißt das nicht Tragödie, wenn der Held, egal wie er sich entscheidet, schuldig wird?
Beim Wahren Anton war der Held das Kollektiv. Folglich waren nach unserm Ausstieg alle verwundet. Die andern haben noch zwei Jahre weitergemacht, irgendwie. Übrig geblieben von unserm revolutionären Industrietheater ist Heinrich Pachl als alleinunterhaltender politischer Kabarettist. In der Rolle hat er sich wirklich gefunden. Und viel Erfolg gehabt.
Und du hast dich in den Werkkreis zurückgerettet, weil dir da niemand widersprechen konnte?
Meinst du? Ich hab das damals, Mai zweiundsiebzig, nicht so empfunden. Politisch gesehn war es ganz klar, auf unsrer Frankfurter Delegiertenversammlung, als Bredthauer verantwortlicher Redakteur bei den Blättern für deutsche und internationale Politik wurde, dass ich den Job als Erster Sprecher wieder gemacht habe. Keiner von den bekannten Werkkreis Unterstützern der ersten Jahre hatte irgendwelche praktische organisatorische Arbeit geleistet. Ihre Hilfe war ideell und finanziell. Ein solches Aushängeschild wollte keiner von uns als Vorsitzenden. Ich hatte Martin Walser als Gastredner für unsre Versammlung gewonnen. Er hat zwar sehr subtil begründet, weshalb er als bürgerlicher Schriftsteller nicht im Werkkreis mitarbeiten konnte, aber

gleichzeitig hat er den kühnen Satz gewagt, dass der Werkkreis einmal als die wirkliche Avantgarde der deutschen Literatur erkannt werden würde. Wir waren natürlich begeistert, dass der berühmte Walser uns dieses Zeugnis ausgestellt hat. Kann sein, ich war davon angesteckt und fands nicht unehrenhaft, als Schriftsteller diesem hoffnungsvollen Verein vorzustehn. Ich erinnre mich aber, dass ich meine Frau aus Frankfurt angerufen und ihr von einer persönlichen Katastrofe berichtet habe, weil ich mit einer Gegenstimme wieder zum verantwortlichen Mann gewählt worden war. War wohl ein großer Vertrauensbeweis der Delegierten der damals schon zwanzig Werkstätten. Ein solches Vertrauen kann dich aber treffen wie ein Schicksalsschlag.

Das versteh ich. Ich will trotzdem noch einmal zurückkommen auf meine Vermutung, dass irgendein Nutzen, ein Ertrag für dich als Erasmus Schöfer bei deiner Tätigkeit für den Werkkreis herausgesprungen sein muss. Oder hältst du dich für einen Masochisten?

Du bist verdammt hartnäckig, Kollege Kolenda. Was soll ich dazu sagen. Vielleicht, wenn man nicht aufpasst, streichelt es das Ego, wenn Leute, über die du keine Macht hast als die deiner Worte, deinen Worten folgen, ihnen vertrauen? Natürlich bin ich auch immer wieder kritisiert worden, manchmal verdächtigt, dass ich mich als Intellektueller unter den Werktätigen nur wichtig tue, mich zu ihnen herablasse, nicht wirklich ihre Arbeitsbedingungen teilen muss. Aber überwiegend ist doch die Anerkennung meiner Arbeit durch die Kollegen. Kann sein, ich habe mich dadurch selbst kennengelernt, entwickelt. Selbstvertrauen bekommen. Ich war früher eher schüchtern. Sogar ängstlich. Privat bin ich das wohl immer noch. Aber wenn es um die Sache ging, dann konnte ich reden, offensiv, dann war ich anscheinend überzeugend. Auch für die linken Frauen. Von denen wurde ich nicht nur als Person wahrgenommen, sondern auch als Mann. Die waren dann schon mal intressiert herauszufinden, ob ich nur als Redner und Organisator ernstzunehmen war. So etwas kann dich wohl beflü-

geln, dir eine Art Selbstsicherheit geben. Eine Form der Ichstärkung, die für mich ein unerwarteter aber nicht unwillkommner Reiz meiner Arbeit im Werkkreis ist.
Reicht dir das nun als Selbsterforschung des masochistischen Intellektuellen unter Arbeitern? Eins muss ich vielleicht noch hinzufügen, obwohls patetisch klingt: Ich wollte und will gern dort leben und arbeiten, wo die Verhältnisse bewegt und offen sind in die Zukunft, wo ich mit meinen Fähigkeiten an einer humanen Zukunft mitwirken kann. Das verschafft mir Befriedigung.
Eine letzte Frage, Kollege Schöfer: Du mischst ja weiter mit im Werkkreis, in der Kölner Werkstatt und wo immer deine Erfahrung gebraucht wird – verstehe ich dich richtig, dass du die Erfüllung, die Verwirklichung deiner Wünsche als Schriftsteller schließlich doch in diesem progressiven Kollektiv des Werkkreises gefunden hast?
Es ist eher umgekehrt: meine Person wird sozusagen konstruiert aus dem Fänomen Werkkreis, das wir in die Gesellschaft gesetzt haben. Meine Veröffentlichungen und Handlungen werden unbesehn mit ihm identifiziert. Ich habe aber in den vergangenen Jahren begriffen, dass wir die Bedingungen der Literaturherstellung in diesem kapitalistischen Land so schnell nicht zu unsern Gunsten werden ändern können. Die Schreiberinnen und Schreiber im Werkkreis zum Beispiel sind nach wie vor stolz auf ihre eigne Leistung im Kollektiv, möchten ihren Namen auf dem Buchumschlag oder im Inhaltsverzeichnis lesen. So werde auch ich mich in der literarischen Meisterdisziplin erst noch beweisen müssen, ehe ich mit mir zufrieden sein kann. Dieser Roman kann dann belegen, was ich mit und von dem Kollektiv Werkkreis gelernt habe.

Schluss, sagte Kolenda, war meine letzte Frage. Schaltete das Gerät aus. Sah Anna Schaffner an, erwartungsvoll wie eine hungrige Katze.

Mhm, nickte die, steckt viel drin. Könnten wir auch bei uns drucken, bei Gelegenheit. Wann läuft die Sendung?

Irgendwann Anfang achtundsiebzig. Ich denk mir das

Gespräch als Kernstück, dazu paar Informationen über den Werkkreis und zweidrei Aussagen von andern Werkkreis-Schreibern, möglichst Arbeitern, über den Mann.

Lass auch npaar Frauen zu Wort kommen.

Klar Anna, keine Sorge. Findstes gut sonst?

Hättich gesagt wir druckens, wenns nicht gut wär?

Sehr auskunftsfreudig bistu heut nicht, verehrte Kollegin.

Stimmt. Das mitter DKP musstu unbedingt rausschneiden Armin, eh dus dem Redakteur gibst.

Klar. Brauchste mir nicht sagen.

Und das auf der Pilzwiese, das war schön. Aber lasses uns bitte vergessen Armin. Es ist besser. Ich hab auch einen festen Mann.

Ach ja? Du hast einige Geheimnisse, wie?

Anna lächelte ein bisschen. Braucht nicht jeder Mensch welche?

Trotzdem binich froh, dasses passiert ist, sagte Kolenda. Vergessen will ichs nicht. Aber es war eine besondere Situation. Das seh ich auch so. Er kratzte sich am Hinterkopf, wuschelte mit der Hand ziellos durchs Haar. Wie wärs Anna, wenn wir uns ein neues Geheimnis schmieden, eine Art gemeinsames Übergeheimnis, nämlich dass wir – nur wir – von unsern Geheimnissen wissen?

Einverstanden, lachte Anna erleichtert. Das ist dann schon fast ein Komplott.

Der Streik in Reisholz

Manfred Anklam brauchte seit zwei Wochen keinen Wecker. Er könnte ausschlafen wie im Urlaub, aber das vergipste Bein juckte ihn mit dem Morgengrauen wach. Und noch eine Woche keine Chance zu kratzen. Als sein Bewusstsein sich in die Tagesrealität zurücksuchte, entkam er nicht den fruchtlosen Vorwürfen an seine Ungeschicklichkeit, die Dummheit seines Körpers, der wie ein tattriger Rentner beim Ausweichen vor dem abbiegenden Lieferwagen den Fuß zwischen das kippende Fahrrad und den Rinnstein geklemmt hatte – unglaublich für einen durchtränierten Menschen, eine Blamage, dieser leise aber deutliche Knacks, gehört oder gespürt, der spitze Schmerz beim Versuch aufzustehn, der ihn gleich wieder hilflos umfallen ließ, bis der zerknirschte Fahrer ihn hochstützte, auf den Beifahrersitz schob, der unnatürlich schief am Schenkel hängende Fuß – Manfred Anklam sechs Tage auf der ortopädischen Station! Ein Krückenhopser! Es ist nicht zu verstehn.

Aber anzunehmen. Auszuschlachten denn doch. Fatalismus wächst nicht auf Anklams Gips, sondern der Simplizissimus und die Mutter Courage und Berlin Alexanderplatz. Engelchen Gabriele hat auch profitiert von dem halbhilflosen Freund, jeden zweiten Abend gekocht und nach den gipsfreien Beinen geschaut. Viktors Angebot, paar Tage Krankenbruder zu spielen, hat er allerdings abgelehnt, dankend, ein Pflegefall, nein, so tief war er nicht gesunken. Ersatzweise hat Vik ihm die Ästhetik des Widerstands geschickt, von dem Peter Weiss, das ist dein Buch Manfred, glaubs mir! aber solche mörderischen Bleiwüsten zwischen zwei Buchdeckeln hat ein lesegieriger Werkzeugmacher noch nicht auf dem Nachttisch liegen gehabt.

Er hüpfte zum Klo die Bierblase auspissen. In das wässrige Geklingel im Becken das elektrische des Telefons. Um die Zeit! Moment! Er kniff den Strahl weg, hüpfte zum Tisch, riss den Hörer von der Gabel: Anklam! Wer zum Teufel –

Willi. Zum Teufel allerdings. Sitzt du gut Manfred?

Ich sitze nicht – ich stehe! Auf einem Bein!

Weißich. Also halt dich gut fest Manni – unsre Bude wird dicht gemacht!

Weißich. Wie! Was hastu gesagt? Blöder Witzbold.

Ja Manfred. (Immer noch diese elende LeichenbitterStimme!) So stehts heut früh in der Rheinischen Pest: Mannesmann streicht alle tausendachthundert Arbeitsplätze in Reisholz. Kein Schwarzer Rand drum. Wir können die Koffer packen.

Nein das glaubich nicht. Das ist eine dreiste Erfindung Willi. Mein Gott diese Schweine. Das ist doch nicht zu fassen! Mensch Willi. Jetzt is Polen offen. Kannstu vorbeikommen mir die Zeitung bringen?

Das konnte Willi.

Anklam kochte Kaffee. Doppelte Menge. Hörte die Nachrichten. Sadat will nach Jerusalem reisen. Breschnew redet zum 60. Jahrestag der Oktoberrevolution vor dem Obersten Sowjet. Präsident Jimmy Carter verbietet den Bau eines Atomkraftwerks vom Typ Schneller Brüter. Nichts über Mannesmann. Türlich nich. Mühsames Waschen und Anziehn. Zwei Wochen ohne Dusche. Ein komplettes Stahlwerk, voll funktionsfähig und rentabel, einfach ausschalten wie ne Glühbirne, das ist undenkbar. Quatsch – denkbar isses natürlich, aber es ist hirnrissig. Widernatürlich. Inhuman. Und ungesetzlich! Wir haben eine MontanMitbestimmung, da läuft nichts ohne unsre Leute im Aufsichtsrat.

Willi, der goldne Willi. Mein treuer Verstärker im Betriebsrat. Sieht aus als hätter geheult. Hater vleicht auch. Bringt die Zeitung und, typisch! paar Brötchen.

Anklam schlürft seinen Kaffee bitter und schwarz am Esstisch, wortlos, während er den gedruckten Giftbecher leert: Schmiede, Elektrostahlwerk und Rohrfertigung sollen geschlossen werden, Absatzschwierigkeiten, Überkapazitäten, Ersatzarbeitsplätze im Konzern, Lierenfeld, Rath, Solingen, Langenfeld, Hilden, normale Fluktuation, Pensionierung älterer Mitarbeiter, keine sozialen Härten. Anklam nickt: Keine sozialen Härten – das ist der Zuckerguss auf der Scheiße.

Weißtu was Manfred? Die im Hochhaus haben das genau geteimt – landen den Ku in dem Moment, wo das halbe Land mit den Unternehmern um ihrn ermordeten Oberboss flennt. Aber so prompt! Als sie dich rausgekegelt ham ausm Vorsitz, der Kemperdiek, hast du gesagt, die zweihundert Entlassungen sind nur der Anfang wenn ihr die jetzt widerstandslos hinnehmt. Da hat dir doch keiner geglaubt!

Du auch nicht?

Ich auch nicht. Ehrlich gesagt. Der normale Arbeiter is liebern treuer Hund alsn schlauer Fuchs. Solangs irgend geht.

Das Telefon läutete auf dem Tisch, sehr fordernd.

Was meinstu wer da drin steckt?

Wird jemand ausm Betrieb sein, vleicht der Wiedemann.

Anklam sagte der Sprechmuschel Anklam und die Überraschung prägte sein Gesicht. Mit dir hab ich jetzt zuletzt gerechnet, Kollege Kemperdiek!

Der konnte sich das denken, aber angesichts der völlig unerwarteten neuen Lage durch die Entscheidung des MannesmannVorstands wollte er den Kollegen Anklam mit seiner langen Erfahrung doch bitten, sich der Arbeit im Betriebsratbüro wieder zur Verfügung zu stellen.

Mit Gipsbein? Noch eine Woche krankgeschrieben! Wie soll das laufen?

Der Kollege Draeger könne ihn mit dem Wagen abholen –

Gut Kollege Kemperdiek, ich red mit meinem Arzt. Ich ruf euch an. Machtsgut inzwischen.

Willi, aufgerissne Augen: Leck mich in de Fott! Jetzt holn se dich. Dat isne Bande.

Es war dem Ernst der Lage unangemessen, trotzdem konnte Anklam ein kleines Lachen nicht verbeißen. Ich wette das ist dem Kemperdiek nicht leicht gefalln. Man muss anerkennen, dasser über seinen Schatten gesprungen ist.

Weiler dich braucht Manni.

Egal. Was zählt is der Fakt. Ne große Koalition müssen wir jetzt bilden, gegen die Götter vom Rheinufer.

Sei ehrlich Manni – glaubstu wirklich wir habn ne Chance, wenn die beschlossn ham uns dicht zu machen?

Wenn wir kapitulieren ohne uns zu wehren, bestimmen die die Bedingungen.

Also gehts nur noch darum wie, nicht ob.

Anklam langte über den Tisch, packte Willis Unterarm, drückte fest bis seine Knöchel weiß wurden, he sagte Willi, mein Arm ist kein Rundeisen! und Anklam, seinen Pressgriff haltend: Ich bin noch nicht mürbe mein Junge. Nur dass du Bescheid weißt, wenn du jetzt im Betrieb die Runde machst. Wir werden Mannesmann Reisholz erhalten. Die Herrn solln sich verrechnet haben.

Willi Kruse hatte als Verwalter der Werkzeugausgabe im Schmiedewerk für den Betriebsrat eine strategisch wichtige Position. Er hatte noch bei den StahlundRöhrenWerken Reisholz gelernt, eh sie von Mannesmann geschluckt wurden, wohnte in einer Werkswohnung und kannte keinen andern Betrieb als diesen. Für ihn war der Artikel in der Rheinischen Post die Ankündigung des bevorstehenden Weltuntergangs. Manfred Anklam wusste, dass ein Betriebswechsel durchaus was Erfrischendes haben konnte, neue Erfahrung, neue Bewährung und Entwicklung der eignen Fähigkeiten, ein unbekannter, zu entdeckender Lebensort. Als Junggeselle konnte er das so sportlich sehn. Die meisten Kollegen waren Familienväter wie Willi. Für die musste die Verteidigung angezettelt werden.

Anklam strich doppelt dick Butter auf die beiden Brötchen, sparte nicht mit Salami und Gouda, verzehrte sie mit dem Gefühl sich zu stärken für den Tag. Wählte die Gießener Nummer des Freundes. Viktor Bliss meldete sich mit rauher, verschlafener Stimme.

Ich hab was auf der Pfanne Vik – da wirst du gleich wach! Heut früh steht in unsrer Zeitung, und zwar ohne irgendeine Vorwarnung: Mannesmann streicht achtzehnhundert Arbeitsplätze in Reisholz!

Und ich hab geträumt, Lena wird Oberspielleiterin an den Münchner Kammerspielen und hat ein Verhältnis mit August Everding!

Okay Vik, ich kauf deinen Albtraum. Mein Ding hört sich auch an wie einer, ist aber unsre verdammt bittere Wirklichkeit. Die MannesmannBosse haben beschlossen, unsre Bude dicht zu machen. Komplett. Sie habens in die Zeitung setzen lassen, also ist es ihr elender kapitalistischer Ernst.

Und Bliss, geschockt: Wenn das wahr ist Manfred, dann ist es eine Kriegserklärung.

Das seh ich auch so.

Was wollt ihr tun?

Ja Vik, was wollen wir tun. Die Frage ist eher, was sollten wir tun, was müssten wir tun. Unsre Belegschaft schläft nämlich. Wir produzieren auf Teufelkommraus, aber im politischen Tiefschlaf. Die meisten Kollegen und die Betriebsräte sind Traumtänzer. Die denken, wir haben dem Moloch zweihundert unsrer Brüder zum Fraß hingeworfen, jetzt ist er satt für immer und verschont uns. Die wollen glauben, Klöckner-Bremen liegt in Hawai. Und die allseits beschriene Stahlkrise ist das Gespenst, das sie mit Ranklotzen von Düsseldorf fernhalten. Ein so produktiver Betrieb wie unsrer ist gegen ne Schließung immun.

Umso größer wird jetzt die Empörung sein Manfred, glaubst du nicht? Die müsst ihr nur richtig bündeln, zuspitzen.

Gut gebrüllt verehrter Löwe. Ich hüpf mit meinem Gipsbein durch Reisholz wien amputierter Storch. Unser Vertrauenskörper wimmelt auch nicht grade von Klassenkämpfern. Aber ich denk, wir müssen genau das versuchen: die Wut anleiten, damit sie nicht in ein paar Flüchen und Magengeschwüren verpufft.

Habt ihr denn Rückhalt in der Bevölkerung?

Von selbst bestimmt nicht. Denen muss man erstmal klarmachen, dass Reisholz und unser Betrieb zwei Backen von einem Arsch sind.

Ihr müsst euch auch hinter die Parteien klemmen, SPD, DKP, JuSos, die müssten für euch im Stadtteil ein Fass aufmachen. Die Geschäftsleute betrifft sowas unmittelbar.

Genau Vik. Die Frage ist, ob die IG Metall massiv mobilisiert oder gleich auf Sozialplan und Verhandlungen schaltet. Unser großer Eugen sitzt für die Gewerkschaft im Aufsichtsrat bei Mannesmann. Hat der dem Stillegungsbeschluss zugestimmt oder widersprochen? Wir wissen es nicht. Wenn er den Betriebsrat informiert hat, dann unter Schweigepflicht. Mein Nachfolger jedenfalls tut völlig überrascht und hofft plötzlich sogar auf meine Hilfe. Das immerhin. Also werd ich ihn nachher scharf auf den Zahn fühlen. Wenn sie meine Unterstützung wolln, müssen sie mit offnen Karten spielen.

Pass auf Manfred, dass sie dich nicht nur ins Boot holn, um hinterher sagen zu können: der Anklam hat auch bloß das Maul aufgerissen. Ist ne zweischneidige Sache für dich.

Für die aber auch Vik. Wenn wir die Stillegung abwenden wär klar, dass sies nicht ohne den Rabauken Anklam geschafft haben. Egal, ich hab sowieso keine Wahl. Kann die Kollegen nicht sitzen lassen im Schlamassel. Alles andre kommt unter Ferner liefen.

Am Tag Zwei nach Ausbruch der Endzeit war die Atmosfäre im StahlundRöhrenWerk Reisholz ein von Hochspannung knisterndes Fluidum. Der Betrieb ein vermintes Gelände. Wut und Verzweiflung brüteten in den Köpfen der Arbeiter. Die dürre Nachricht der Rheinischen Post hatte sich über Nacht mit Katastrofenfantasie angereichert zu individuellen Gemälden persönlicher Untergänge. Spontane Ausbrüche von Empörung auch. Die Umkleideräume, die Arbeitsplätze während der Frühstückspause, die Kantine Schauplätze heftiger Diskussionen. Wer da beschwichtigen wollte, Vorarbeiter, Meister, wurde niedergeschrien, als gäbe es keine Hierarchien mehr in diesem Betrieb. In der Mechanischen Werkstatt, vormittags, verdünnte sich plötzlich der gewohnte Lärmbrei, mehrere der mächtigen Werkzeugmaschinen waren abgestellt worden, ihre Diener beratschlagten mit ihrem Vertrauensmann Forderungen an den Betriebsrat. Der Meister, Miene und Gang ganz Autorität, schritt aus seiner Bude, fauchte die Männer an: irreguläre Arbeitsunterbrechung, Produktionsausfall, Lohnabzug. Die blitzten aufsässig zurück, er solle sich nicht aufspielen, sie müssten sich mit ihrem Vertrauensmann, ob ihm lieber wär wenn sie alle zum Betriebsrat, außerdem würden die Alten zuerst übern Jordan gehn, er solle lieber mit ihnen sich wehren statt für die Daoben bis zum Abpfiff Kollegen schikaniern. Der Meister verzichtete auf eine Machtprobe, schenkte ihnen noch zehn Minuten, dann müssten die Maschinen wieder laufen, trollte sich. Verunsichert war der auch.

Andre Vorarbeiter versuchten sich hervorzutun durch unnachsichtiges Antreiben der Renitenten und Widerwilligen, der Lustlosen und Deprimierten – die bevorstehende Schließung und ihre Umsetzung in einen andern Konzernbetrieb schon fest im Blick. Die Facharbeiter – die Belegschaft dieses Betriebs der Metallverarbeitung bestand überwiegend aus solchen – hielten sich aufgrund ihrer Qualifikation und Berufserfahrung für kaum bedroht durch Arbeitslosigkeit. Sie beunruhigte mehr die Aussicht, stundenlange Anfahrten zu den Konzernbetrieben in andern Orten des Ruhrgebiets in Kauf nehmen zu müssen oder durch einen Umzug mit ihren Familien die Kinder aus ihrer gewohnten Lebensumwelt herausreißen zu sollen. Sie erwarteten von den Verhandlungen ihres Betriebsrates mit der Geschäftsleitung genauere Informationen über die in Aussicht gestellten Ersatzarbeitsplätze.

Anklam, den die freigestellten Kollegen nicht zu diesen Gesprächen mitnahmen, nutzte die Zeit im Betriebsratbüro zum Telefonieren mit den Kollegen in Rath, Lierenfeld und Hilden und erfuhr, was er erwartet hatte: dass dort eher Personalabbau als die Einstellung neuer Facharbeiter angesagt war. Über die Vertrauensleute gab er diese Nachricht weiter an die Belegschaft.

Am dritten Tag nach der Hiobsbotschaft war die Stimmung im Werk merkbar deutlich umgeschlagen von erbitterter Ratlosigkeit in den Wunsch, das verhängte Schicksal nicht tatenlos hinzunehmen. Einige Arbeiter im Schmiedewerk hatten sich die Bestimmungen der Gewerbeaufsicht besorgt, die Lärmschutzverordnung, die Sicherheitsauflagen für die Maschinen, arbeiteten gezielt langsamer. Als der Vorarbeiter dagegen einschreiten wollte, hielten sie ihm die Papiere unter die Nase: Da – lies mal, wie hier gegen die Schutzbestimmungen verstoßen wird! Sorg erst mal für die Einhaltung der Vorschriften, eh du uns antreibst!

Erich Kleiner, ein bekannter Scharfmacher, blies in die Glut, faule Ausreden, noch nie habt ihr euch an die Vorschriften gehalten, wenns um eure Leistungszulagen ging! Da stoben dann die Funken: Auf dich haben wir gewartet Erich! Hältst besser das Maul jetzt, bist mitschuld an dem Schlamassel, bist mit der Unterschriftsliste rumgerannt gegen den Kollegen Anklam, dass der abgeschossen wurde, weil er nämlich was unternehmen wollte gegen die Entlassungen, mit dem hätten wir nicht über Nacht in der Scheiße gesessen, sondern hätten denen gezeigt, dass sie uns nicht um den Finger wickeln können!

Als der nicht aufgab, mit hochrotem Kopf versprach, ihnen eine halbe Stunde vom Lohn abzuziehn, da fackelten sie nicht weiter, zogen, wie die glorreichen Vier von Wicküler, aber im Blaumann, zur Ausübung ihres Beschwerderechts wegen nicht eingehaltener Sicherheitsvorschriften, zum Betriebsratbüro.

Dort saß Manfred Anklam als Stallwache mit Unterstützung der Sekretärin Elfriede, versorgte das Telefon. Die fünf Mitglieder des Betriebsausschusses verhandelten zum dritten Mal mit der GL, seit einer Stunde. Vorher hatten sie gemeinsam die Marschlinie beraten. Es sollte vor allem um die Einberufung einer außerordentlichen Betriebsversammlung gehn, für Donnerstag mittag. Kemperdieks Befürchtung, die Geschäftsleitung würde den Termin ablehnen mit der Begründung, nicht rechtzeitig informiert worden zu sein, widerlegten sie mit der unabweisbaren Dringlichkeit, die durch den NachtundNebel Beschluss des Konzerns verursacht worden war. Per Abstimmung hatten sie ihren Verhandlungsführer verpflichtet, auf dem Termin zu bestehn, der auch im Intresse der Leitung liegen müsse, um dort durch entsprechende Erklärungen die in der Belegschaft brodelnde Empörung zu beschwichtigen. Anklam war sich ziemlich sicher, dass das Gegenteil von Beruhigung bei der Versammlung herausspringen würde, aber das sagte er nicht.

Als die vier Arbeiter aus der Schmiede ins Büro polterten und sich vor Anklams Schreibtisch aufpflanzten, klingelte das Telefon. Entschuldigt einen Augenblick Kollegen – bin gleich für euch da! Am andern Apparat war Erich Kleiner, fast zu Sprachlosigkeit erstaunt, als er Anklams Namen und Stimme hörte. Den Kollegen Kemperdiek wollte er sprechen, wieso denn er da sitze? Anklam stellte sich vor, schmunzelnd, als Mitglied von Kemperdieks Krisenstab und Feuerwehr, ob er ihm helfen könne? Nee danke, wollte nur von Kurt mal hörn was läuft.

So Kollegen, zu euch. Grad war euer Vorarbeiter an der Strippe. Ist ganz blass geworden, als er mich hörte statt den Kollegen Kemperdiek. Versteht ihr das?

Sie grinsten und verstanden allerdings sehr gut und waren doppelt sauer zugleich auf diesen Kollegen Vorarbeiter, der den Vorsitzenden schon mal schnell einstimmen wollte für den Empfang der Protestler, gut dass du wieder hier sitzt Manfred, das ist ein Lichtblick, bei uns sind viele der Meinung, dass was geschehn muss von der Belegschaft, nicht nur Verhandlungen da oben, wir wolln von unsern Vertretern wissen, wie wir die Karre aus dem Dreck ziehn können.

Der Betriebsausschuss verhandelt mit der GL, dass wir morgen eine außerordentliche Betriebsversammlung durchführn. Die wird kommen. Da könnt ihr dann Dampf ablassen.

Dampf ablassen geschenkt, Manfred. Wir wolln echt was tun! Wir müssen auf die Straße, verstehst du!

Da sagt ihr nichts Falsches Kollegen, teilte Anklam ihnen scheinbar gleichmütig mit, im Vertrauenskörper ist das auch gefordert worden. Eine Mehrheit ist dafür. Die Frage ist noch, ob die IG Metall einen Warnstreik unterstützt. So würde das nämlich heißen. Habt ihr schon auf der Verwaltungsstelle angerufen, dem Kollegen Eupers eure Forderung vorgetragen?

Die Arbeiter sahen sich an. Keiner hatte. Verdammt Manfred, da haste recht. Die gehörn auch geweckt.

Schon wieder das Telefon. Die Sekretärin nahm ab. Die Demokratische Zeitung, ein Herr Kolenda! Ja, gib her. Hallo Kollege Kolenda! Manfred Anklam hier. Wolltest du mich sprechen oder unsern Vorsitzenden? Ich hab die Bude voller Kollegen, schwerer Sturm bei uns, was willst du wissen? Ja alles wollte der wissen was nicht in der Zeitung stand, ein Hintergrundgespräch, mit Kurt Kemperdiek und mit ihm, am liebsten einzeln. Schwierig zur Zeit, unser Schiff ist in Seenot, vielleicht morgen nach der Betriebsversammlung. Oder wart mal – heut abend trifft sich die MIG in der Reisholzer Bahnhofswirtschaft, kennst du ja. Da müsste was Zeit sein. Kolenda versprach dort aufzukreuzen.

Die fünf Freigestellten vom Betriebsausschuss berichteten, dass die Geschäftsleitung umgefallen war, ihren Widerstand gegen die Betriebsversammlung aufgegeben hatte. Einziges Zugeständnis der Betriebsräte: statt mittags zum Schichtwechsel erst am Nachmittag, zwei Stunden der Spätschicht. Na wenn schon. Wie die Stimmung war, würden auch die Frühschichtler teilnehmen. Kemperdiek informierte die Verwaltungsstelle in Düsseldorf, Schorsch Eupers. Diktierte die Einladung, fürs Schwarze Brett. Einziger Tagesordnungspunkt: Die Stillegung, a) Bericht des SRW Vorstands, b) Bericht des Betriebsrates, c) Aussprache. Fünf Durchschläge, rief Manfred rüber, für alle Abteilungen! Klar Manfred, fünf Durchschläge. Und Anklam schlug vor, alle Betriebsräte und erreichbaren Vertrauensleute außerdem im Werk rumzuschicken mit der Nachricht, bei der kurzen Frist. Wieder stimmte Kemperdiek zu. Die sollten aber zugleich die illegalen Arbeitsniederlegungen und Störungen abstellen, jetzt, wo die Leitung kooperiert.

Keine Einwände von Manfred Anklam dagegen, dass die Betriebsräte einmal Beweise liefern, wie sie ihrer gesetzlich auferlegten Friedenspflicht genügen. Obwohl für ihn glasklar war: der Frieden dieses Betriebs war von Overbeck mit seinem Konzernvorstand gebrochen worden, in kalter Logik der Flurbereinigungen zwischen Mannesmann und Thyssen. Das war längst ausgekungelt, und jetzt hatten sie den Zeitpunkt für günstig befunden. Das Management hatte der Belegschaft den Betriebskrieg erklärt. Nur nannten sie das nicht so und erwarteten auch keinen Widerstand gegen diese Notwendigkeit der ökonomischen Vernunft, schon gar nicht bei den gewählten Offizieren der Angegriffnen, die im Gegenteil mögliche Widersetzlichkeiten zu besänftigen, zu unterbinden hatten. Also verbeugen wir uns doch mal ein bisschen vor dem Gesetz unsrer Herren.

Der Trubel riss nicht ab bis zum Abend, ein Schinkenbrötchen, zwei Tafeln Milka und ne Flasche Milch hatte ihm Ellie aus der Kantine beschafft, die bediente Anklam mit der Linken, brauchte die Rechte weiter zum Telefonieren, Schreiben, Gestikulieren. Henner Draeger schoffierte ihn die paar hundert Meter zur Bahnhofswirtschaft, half ihm fast fürsorglich aus dem Wagen. Plötzliche Nächstenliebe? Aus der Angst?

Stuhlmangel im Vereinszimmer. Eine Rauch und Lautstärke wie lange nicht mehr auf einer Versammlung der MIG. Manfred Anklam wurde vielstimmig begrüßt, mehrere boten ihm ihre Stühle an, wilde Vermutungen über die Ursache des Gipsbeins, ob er damit dem MannesmannVorstand in den Arsch? Fußsprung ins leere Schwimmbad? Der alte Wandel wedelte mit seinem Krückstock – hallo Herr Anklam, jetzt haben wir was gemeinsam! aber es gab kaum Gelächter und selbst Volker Götz, der fast immer lachbereite und optimistische Anwalt, brachte zur Begrüßung nur ein paar angestrengte Lächelfalten an die Mundwinkel. Manfred erkannte Wiedemann und einige andre Kollegen, die in den SchmidtHäusern wohnten, an einem Ecktisch Armin Kolenda mit dem schnauzbärtigen Studenten aus dem Werkkreis. Nicht dass alle Stimmen nach Anklams Ankunft verstummten, aber der Lärm verebbte allmählich in der Erwartung, die Götz aussprach: Manfred, hier lauern alle auf dich, auf Nachrichten aus euerm Betrieb – was wird aus Reisholz?

Anklam schob sich hoch mit den Krücken auf das beschuhte Bein, blickte einmal in die Runde: Nabend Leute. Gut dass ihr so viele seid. Bei uns im Betriebsrat und im Werk sind die Puppen am Tanzen. Ich denke, ihr wisst warum. Stand ja inner Zeitung. Ich habe den ganzen Tag keinen warmen Happen zwischen die Zähne gekriegt. Gleich kommen meine Frikadellen. Meine Meinung ist: Die StahlundRöhrenWerke gehören zu Reisholz, auch wenn sie manchmal stinken und rußen. Den Ruß und den Gestank werdet ihr vermutlich immer noch erträglicher finden als fünfzehnhundert arbeitslose Familien.

Die Belegschaft wird den Beschluss des Vorstands nicht als göttliches Schicksal hinnehmen. Ihr hier müsst aber nicht fragen: was machen DIE, sondern was machen WIR! Als friedenspflichtiges Betriebsratmitglied bin ich hier, um die Stimmung der Bevölkerung kennenzulernen, nicht um sie aufzustacheln, so notwendig das wäre. Das müsst ihr selber tun. Mhm! Da erscheinen meine Frikadellen! Also Leute, mehr kann und will ich nicht sagen – ihr habt das Wort.

Auch wenn die andern Werkkreis Kollegen eine tätliche Mitarbeit in der MIG, über die Recherchen für ihren Roman hinaus, notgedrungen abgelehnt hatten – Musch war klar, dass für ihn als altgedienten Flugblattverteiler vor dem Werkstor, als Anwohner und Anzetteler der Verbindung zwischen MIG und Werkkreis, andre Pflichten entstanden. Er war voll bereit für die an diesem Abend beschlossnen Aktivitäten der Reisholzer zur Erregung eines öffentlichen Ärgernisses im Düsseldorfer Süden und zur Unterstützung der um ihr Überleben bangenden Belegschaft.

Als sie nach der Sitzung noch zusammensaßen, Götz, Anklam, Kolenda und Muschner, waren sie irgendwie zufrieden, mit dem Tag, mit sich, mit der Entwicklung der Dinge. Kolenda sprach das Gefühl aus, verwundert, die andern bestätigten seinen Eindruck – vielleicht die gefassten Beschlüsse im Betrieb, in der MIG, vielleicht die Aussicht auf die Betriebsversammlung, wo der Vorstand vor den Arbeitern Farbe bekennen sollte, vielleicht nur die durch Biere weich gespülte Erschöpfung – nichts war bisher wirklich gewonnen, sagte der kritische Verstand, außer ein paar Funken Hoffnung.

Anklam berichtete dem DZReporter Kolenda von den spontanen Arbeitsniederlegungen im Betrieb und dem Entschluss der VKL, eine Demonstration durch Reisholz am Wochenende, mit Flugblättern und Infoständen, aber das hat der Kollege Wiedemann ja vorhin schon, vielleicht eine Delegation zum IGM Vorstand in Frankfurt, um vom Kollegen Loderer persönlich zu erfahren, was im Konzernvorstand unter seiner Mitwirkung gelaufen war, oder zur Landesregierung, je nachdem was sich morgen aus der Betriebsversammlung ergeben würde. Kolenda fragte, ob die presseöffentlich sei, nein: nur Betriebsangehörige. Ob er ihn dort nicht einschleusen könne, unauffällig? Da wusste Götz, mit juristisch gefurchter Stirn, dass so etwas die fristlose Entlassung des Verantwortlichen zur Folge hätte, wenn das aufflöge. Hinterher kann der Betriebsrat eine Pressekonferenz einberufen.

Anklam fiel ein, nach dem Roman der Werkstatt zu fragen, ob sie den nun umschreiben müssten? Die unerwartete Wendung, dass der Oberschurke Kemperdiek persönlich ihn remobilisiert hatte, sei doch literaturfähig. Musch wollte seinen Schnurrbart fressen, wenn der das ernst meinte – die Geschäftsleitung selber könnte ihm die Augen geöffnet haben, wo die Plattmacher sitzen, vermutete Kolenda dazwischen. Anklam wiegte skeptisch das schwarze Haupt: Entschuldigt hater sich mit keinem Wort. Ich schätze, er hat gemerkt, dasser ein Betriebsrat für schönes Wetter ist. Im Sturm brauchter Leute die ihn stützen. Ist kein Arbeiterverräter. Wahrscheinlich glaubter, dass wir die Stillegung nicht verhindern können, will aber Druck machen, um wenigstens bessre Sozialpläne rauszuschinden.

Die Version, grummelte Musch, wird ein paar Leuten in unsrer Werkstatt besser schmecken als die vom Kommunistenfresser Kemperdiek. Möcht bloß wissen, wer uns heut nachmittag die Polizei auf den Hals geschickt hat, als wir am Haupttor die Flugblätter verteilt haben.

Einschüchterungsversuche der Geschäftsleitung Kollege, Nadelstiche.

Immerhin haben sie unsre Personalien in ihrn Kompjutern.

Anklam lachte. Wer weiß denn, ob ihr nicht ne verkappte Vorhut der RAFBanditen seid? Im Ernst glaubich eher, das zielt auf die DKP Betriebsgruppe. Die Botschaft an die Kommunisten im Betrieb heißt: wenn ihr da draußen gegen uns stänkert, seid ihr die ersten die fliegen.

Volker Götz hielt für ausgeschlossen, dass die Polizei Personendaten an private Firmen weiterleitet. Zumindest bisher.

Anklam, grinsend: Genügt ja, dass alle denken, sie tuts. Oder? Und wer fährt mich Lahmarsch jetzt ins Bett? Am Montag krieg ich den verdammten Gips ab.

Volker bot ihm seine Fahrradstange zur Not. Da war Kolendas Lada doch die bessere Alternative.

Eine Pressekonferenz des Betriebsrates nach der Betriebsversammlung ist abgesagt worden, teilte der Pförtner den paar Journalisten am Eingang der Verwaltung mit, da machten die sich an die Gruppen von Arbeitern ran, die in der Henkelstraße ihren Zorn, ihre Enttäuschung, ihre Resignation mit starken Worten an die Luft brachten. Sie hatten keine Scheu, den Reportern zu stecken, was Sache war: Garnichts! Sackhüpfen! Blaue Luft! Die vom Vorstand haben nicht eine echte Zusage gemacht, wie viele Arbeitsplätze bleiben! Sozialpläne? Wer will hier Sozialpläne? Aufträge brauchen wir! Wir müssen auf die Straße – die wolln den Skandal unterm Deckel halten – zwingen uns zum Kampf den keiner will – am wenigsten der Betriebsrat – die Gewerkschaft zögert auch wie unsre Oma am Zebrastreifen.

Kolenda erfuhr, dass den Vorständlern einige harte Schimpfworte um die Köpfe geflogen waren, woraufhin die sensiblen Herrn Arbeitsplatzkiller die Versammlung verlassen hatten. Immer wieder waren Streikforderungen laut geworden, aber auch schlappe Reden, vor allem der Angestellten, die wollten die Landesregierung, die Politiker bei ihren Versprechungen packen. Auch die Überführung der notleidenden Stahlindustrie in Gemeineigentum war als Krisenmedizin vorgeschlagen worden. Konkrete Beschlüsse wurden nicht gefasst, nachdem Kemperdiek die Belegschaft an die Bestimmung des Betriebsverfassungsgesetzes erinnert hatte, dass sie keine den Betriebsrat bindenden Entscheidungen treffen darf.

Gerd Muschner trieb sich auch in der Henkelstraße rum, verteilte mit einer jungen Frau die neuste Rote Röhre an die Mannesmänner, fast alle griffen anscheinend bereitwillig, neugierig, trotzig nach der Betriebszeitung der DKP, erhofften sich ein paar Hintergrundneuigkeiten, konzernkritische Fakten, deutliche Worte, wie sie weder von der Werkleitung noch vom Betriebsrat zu erlangen waren.

Musch stellte Armin seiner Genossin Irmgard als geistigen Häuptling ihrer WerkkreisWerkstatt und Redakteur der DZ vor, ziemlich stolz, und beide luden ihn zu einem Nescafé in ihre WG in der Buchenstraße ein, gleich um zwei Ecken, keine fünf Minuten, das konnte Armin nicht abschlagen. War auch neugierig.

Die Küche der WG erinnerte Armin heftig an seine Jahre im Kölner SSK – das in der Spüle gestapelte Geschirr, die offensichtlich aus dem Sperrmüll zusammengestoppelten Möbel, sechs verschiedene Stühle um den wackligen Küchentisch, ein paar Grünpflanzen vor dem verstaubten Fenster, der versiffte Gasherd. Mit dem Tauchsieder erhitzte Musch Wasser, das erstaunlich sauber aus der Leitung floß, spülte drei Becher und Löffel, stellte sie nass auf die Tischplatte, den Pulverkaffee dazu, eine Milchdose und ein aufgerissnes Päckchen Würfelzucker , leerte den Aschenbecher in die Mülltüte: bitte sehr, bedient euch.

Sympatisch, euer kleines Kaos, sagte Kolenda. Wie viele braucht ihr dazu?

Och, lachte die Irmgard, Peter würde das auch allein schaffen, aber wir sind noch vier emanzipierte Weiber, die alle Sünden des Patriarchats an den beiden Jungs abarbeiten. Das verschärft die Situation.

Ja Manfred, nickte Musch trübsinnig, du kennst meinen tief eingefleischten Ordnungssinn. In diesem Haus wird er systematisch zerrüttet. Wenns nicht eine nette Genossin gäbe –

Ich hoffe, ihr beansprucht diesen wertvollen Menschen nicht über Gebühr. Er ist eine Stütze unsrer Werkstatt und des Romans den wir schreiben. Dass du hier allerdings in einer Art Harem lebst, das hast du uns bisher verschwiegen.

Harem! sagten beide gleichzeitig, Musch empört, die Irmgard belustigt, ich bin kein Eunuch! Wir sind alle anständige höhere Töchter, hier käme kein Pascha ins Haus.

He – da bin ich wohl in ein tiefes Fettnäpfchen gesprungen? Wer hilft mir jetzt wieder raus?

Ich nicht! beteuerte Musch, spielte den Beleidigten. Niemals!

Ist doch wirklich erklärungsbedürftig, unsre Personalkonstellation, sagte Irmgard freundlich. Wir haben uns im Spartakus kennengelernt, da warn Ria und Gussie schon ein Pärchen und Peter und Gerda auch. Nur ich bin solo und Musch ist sowieso ne extra Nummer, als arbeitsloser Bankkaufmann.

Haut genau hin mit unsern vier Zimmern. Musch ist ehrlich gesagt so was wie unser zivilisatorisches Rückgrat. Ohne ihn wärn wir aufgeschmissen.

Da muss was dran sein, nickte Kolenda, genauso segensreich wirkter bei uns in der Werkstatt.

Danke für die Blumen, brummte Musch. Leider sinds die Falschen. Ewig hängt mir der verdammte Kaufmann an. Ich will raus aus der Ecke. Deshalb binich in der Schreibwerkstatt.

Du schaffst das auch Musch, lachte Irmgard, du bist auf dem besten Weg. Und küsste ihn auf die Backe.

Da konnte der wieder strahlen.

Am Morgen nach der Betriebsversammlung wurden die Freigestellten erneut zur Geschäftsleitung gebeten. Klar, die wollten eine Demonstration während der Arbeitszeit um jeden Preis wegwiegeln. Was andres war davon nicht zu erwarten. Auch die Leitung der Vertrauensleute war einberufen zu einer weiteren Sitzung. Manfred Anklam, im Krückgang vom Betriebsratbüro zum Kasino, kam zu spät. Hans Wiedemann winkte ihn auf den freien Platz neben sich. Ein Kollege aus der Verwaltung war am Reden, der schien ein Pfund Valium aus der Hausapoteke von Mannesmann geschluckt zu haben, machte sich einen Kopf über den Produktionsausfall durch die verloren gehenden Arbeitsstunden bei der angespannten Auftragslage, die möglichen Bilanzverluste der AG, die sich unweigerlich in schmäleren Sozialplänen niederschlagen müssten.

Wieviele MannesmannAktien hastn du in deinem Por-tefföije, he? fragte einer, spitz, und Hans Wiedemann, empört, klatschte seine flache Hand auf den Tisch: Ich glaube Kollege, du bist hier beim falschen Verein! Solltest bei der Heilsarmee anheuern. Bilanzverluste, Mann! In ihre Bilanzen tricksen die rein, was sie grad brauchen! Der Laden hier brummt doch wie Overbecks Fünfhunderter, wir kochen den besten Stahl in der Bundesrepublik und unsre Röhren werden gekauft wie warme Semmeln, vom Russen und vom Schah und den Ölscheichs. Produzieren solln wir bis zum Umfalln und dann schicken sie uns aufs Altenteil und den Entlassungschein könnwe uns an die Wand hängen, zwischen Hochzeitsfoto und Belegschaftsaktie!

Beifall. Willi berichtete von der Absicht des Betriebsrates, ein unabhängiges Gutachten zur wirtschaftlichen Situation des Werks erstellen zu lassen. Den roten Zahlen mal auf den Zahn fühlen, die der Konzern in den letzten Jahren rausgelassen hat. Wozu hat unsre Gewerkschaft entsprechend ausgebildete Kollegen. Aber das läuft nicht von heut auf morgen. Inzwischen müsst ihr vom Vertrauenskörper den Kessel unter Dampf halten.

Kurt Kemperdiek war dazugekommen, hatte sich wortlos zu denen in der zweiten Reihe gesetzt. Anklam sprach ihn gleich an: Hallo Kurt – gut dass du da bist. Du kennst den Schmiedebericht, der liegt schon ein paar Wochen vor. Da ist klipp und klar zu lesen: Unsre Produktionskosten in dem Bereich liegen nicht höher als bei andern. Eine Tonne Schmiedestahl aus der neusten Anlage in Huckingen ist sogar siebzig Mark teurer als bei uns. Der eigentliche Grund, warum sie unser Werk abserviern wolln, ist Rationalisierung. Thyssen und Mannesmann wolln das Stahl und das Röhrengeschäft so aufteilen, dass sie sich nicht in die Quere kommen im Kampf um ihre Marktanteile in Europa. In dieser Konzernlogik geht es nur um die Sicherung des Gewinns für die Aktionäre, nicht um die Arbeitsplätze. Auch wenn Betriebsangehörige in den vergangenen Jahren mit einer Handvoll Aktien sich an das Werk gebunden haben, dann solln sie doch nicht glauben, dass diese Logik jetzt auch für sie gilt. Mit ihren paar Aktien können sie sich keine vierzehn Tage Urlaub auf Amrum bezahln, wenn sie auf der Straße sitzen.

Kurt Kemperdiek hatte mehrmals zu Manfreds Worten genickt, stand jetzt auf, fast feierlich. Kollegen, sagte er mit seiner bedächtigen Stimme, ich hab dem Manfred gut zugehört und kann nur bestätigen, was er hier vorgebracht hat. Weil die geplante Schließung unsres Werks ein soziales Unrecht ist und wir nicht allein die Macht haben, sie zu verhindern, deshalb ist der Betriebsrat seit einer Woche praktisch ununterbrochen im Einsatz. Ich will die bisherigen Ergebnisse unsrer Arbeit noch einmal zusammenfassen, für diejenigen, die gestern nicht an der Betriebsversammlung teilnehmen konnten. Wir sind an das Bundeswirtschaftsministerium herangetreten, ebenso an unsre Düsseldorfer Abgeordneten im Bundestag und im Landtag. Wir verstärken den Druck auf den Aufsichtsrat über den IGMetallVorstand, den Kollegen Loderer.

Nächste Woche, unterbrach ihn Willi Kruse, fliegt der Eugen mit dem ganzen Aufsichtsrat nach Belo Horizonte!

Hab ich nicht vergessen Willi. Da wird er eine hervorragende Gelegenheit haben, in Ruhe mit den Aufsichtsräten der Arbeitgeberseite über unser Werk zu sprechen. (Anklam riss die Augen auf, Wiedemann fasste sich an den Kopf). Die Düsseldorfer SPD wird eine große Protestversammlung abhalten, wo steht noch nicht fest, ein Raum wird gesucht. Wir haben das Westdeutsche Fernsehn eingeladen, eine Reportage über unsern Betrieb auszustrahlen, das hängt noch am Okay vom Hochhaus. Außerdem schreiben alle Betriebsräte aufklärende Leserbriefe an die Lokalzeitungen. Ihr seht, dass wir auch an der Medienfront nicht untätig sind. So Kollegen, so schaffen wir uns Bundesgenossen und Sympatie in der Öffentlichkeit. Die allerdings, das will ich hier ganz offen sagen, wird gefährdet, wird verschreckt, wenn wir Unrecht mit illegalen Handlungen beantworten. Mit einem wilden Streik würden wir die Unterstützung die wir brauchen verspieln. Leider ist im Zusammenhang mit der geplanten Werkschließung auch eine verstärkte Aktivität kommunistischer Gruppen vor unsern Werkstoren zu beobachten. Kollegen, mancher in unsrer Belegschaft mag mit diesen Leuten sympatisieren, weil sie so herrlich radikal die Unternehmer verteufeln. Ich sag euch: die kochen ihr eignes Süppchen an unsrer Notlage, indem sie einen Keil zu treiben versuchen zwischen uns und unsre Gewerkschaft. Ich appelliere an euch, weist diese Leute in die Schranken, wo immer ihr Gelegenheit dazu habt, macht euch nicht mit ihnen gemein!

Den meisten Vertrauensleuten verschlug der Sermon die Spucke. Anklam war zwiespältig zumut – einerseits konnte Kemperdiek seine kompromisslerische Haltung nicht deutlicher veranschaulichen, andrerseits war er doch frisch erschüttert über diese Blauäugigkeit eines gestandenen Arbeiterführers. Kemperdiek war nicht bösartig, sicher nicht eingekauft, er hatte nur seinen Frieden gemacht mit den Verhältnissen und den verteidigte er.

Sag ma, großer Vorsitzender, fragte ein Älterer, biste vielleicht im Nebenberuf Baptistenprediger? Ich hab bald Fümunzwanzichjähriges bei den SRW, will sagen, fümunzwanzich Jahr meine Knochen und den Kopp dazu in diesen Laden geschleppt und was habich jetzt davon? Ne Jacht auf Mallorca? Ne Villa im Bergischen? Gehustet. Ne selbstrenovierte Werkswohnung in Hassels, mit Autobahnanschluss. Die ich vleicht auch noch räumen muss, wenn sie mich abserviern mitn paar tausend Mark Judaslohn! Ich will dir wat sagen Kurt, dat kannste weitergeben nach oben: Wenn der große Gott von Mannesmann, der smarte Herr Overbeck, der laut STERN neunhundertfünzich tausend Mark im Jahr einsackt, der sich als Arbeitsplatzretter durch Investitionen aufspielt, wenn der für jeden stillgelegten Arbeiter im Konzern hundert Mark von seinem Gehalt abdrückt – dann nehm ich meine Abfindung und zieh zurück zu Muttern inne Eifel.

Viele lachten. Willi rief: Umgekehrt Jupp! Für jeden Arbeitsplatz weniger kriegter hundert dazu!

Einer von den Angestellten unterstützte Kemperdiek: Nichts bringt uns solche Polemik! In diesem Land gibts Leute, die haben die Macht und zu denen gehörst du nicht und ich nicht und keiner der hier sitzt, oder? Und keiner von uns kann das ändern. Jetzt sind sie noch bereit einen vernünftigen Sozialplan zu machen, dafür brauchen wir die öffentliche Unterstützung. Wir dürfen die Verhandlungen nicht gefährden lassen durch die Rabatzmacher. Mit ein paar Tausendern auf der Hand muss keiner in die Wüste ziehn, da findet jeder eine neue Arbeitsstelle.

Aber nicht in Düsseldorf, und nicht in Hilden! Haben die Betriebsräte klar mitgeteilt, dass da niemand eingestellt wird. In Remscheid vielleicht oder in Bielefeld. Weißtu wat dat heißt jeden Tag die Fahrzeit? Ich bin klar für ne Demonstration Dienstag vormittag zum Hochhaus.

Einverstanden Kollege, sagte Kemperdiek, Demonstration muss sein. Aber da soll auch jeder Kollege sein echtes Engagement für unser Werk zeigen, indem er aus freien Stücken marschiert, ohne Bezahlung, nämlich am Samstag. Das ist der Vorschlag des Betriebsausschusses. Am Samstag vormittag.

Mir riecht der Vorschlag eher nach ner Idee der Geschäftsleitung Kurt, sagte Anklam, noch vorsichtig, aber Wiedemann hieb voll zurück: Findich überhaupt nicht lustig Kurt, was ihr euch da ausgeheckt habt! Wisst genau worums geht: Streik oder Nichtstreik! Zweidrei Stunden Produktionsausfall, das nehmen die ernst, weils ihnen ins Portmonnee greift. Alles andre ist Kinderfest mit Luftballons. Aus Samstag wird nix und aus Sonntag auch nicht. Dienstag, Kollegen, im Blaumann und mit Helm zum MannesmannHochhaus! Die VKL wird bei der Polizei die Marschroute anmelden. Weiteres Reden bringt nix Neues. Wir stimmen jetzt ab. Wer für den Vorschlag der VKL ist, bitte das Handzeichen. Willi, zähl mal mit, obwohls die Mehrheit der Anwesenden ist. Vierundzwanzig, stimmts? Gut. Die Gegenprobe. Ich sehe fünf Hände. Enthaltungen? Drei. Das ist eindeutig. Kollegen, unser Kampf tritt jetzt in eine entscheidende Fase. Ihr wisst, was ihr zu tun habt. An die Arbeit! Die Sitzung ist geschlossen.

Musch kaute an seinem Schnurrbart, abwechselnd am rechten und am linken Zipfel. Er saß vor seinem spinnenbeinigen Schreibtisch, vor sich die Continental, fünf Blätter eingespannt, in Griffweite auf dem Bett die Papiervorräte, auf dem Bretterfußboden an der schrägen Mansardenwand Flugblätter, übriggebliebne Sonderausgaben der Roten Röhre, Unterschriftslisten, noch unausgefüllt, Exemplare des Plakats *Reisholz muß erhalten bleiben*. Daneben eine Reihe Bücher. Um die schwarze Büromaschine, außer Teekanne, Zuckerdose und Becher, Notizzettel, handbeschrieben, verwirbelt von einer Woche, die seine Ordnung, sein Korsett in bestürzender Weise aus den Fugen gerissen hatte. Wie jetzt Armin und den WerkstattKollegen einen übersichtlichen Bericht geben von den Ereignissen, die ihn und viele Reisholzer aus dem Alltag geworfen hatten? Schriftlich festgehalten wollten sie lesen, Hermann und Martin, was Akteure wie er als reißenden Strom erlebten, in dem es doch galt, nur halbwegs den Kopf über Wasser zu behalten. Hat man schon mal einen Schwimmer gesehn, der mitten im Sturm seine Erlebnisse aufschreibt he?

Musch behauchte die Gläser seiner Brille, putzte sie mit dem Taschentuch, sah aus dem kleinen Mansardenfenster auf die Schatten der wenigen Baumspitzen, die sich im Garten als mattschwarze Silhuetten gegen die Lichter der Industrieanlagen, gegen den blankgeregneten Nachthimmel darüber abhoben. Wieder nahm er Anlauf, sich auf die Abfolge der Vorgänge zu konzentrieren, die vielen einzelnen Bilder der vergangenen Tage in eine kronologische Ordnung zu bringen, die in seinem Hirn herumschwirrten wie die beschriebenen Zettel auf dem Tisch. Hättich die Notizen wenigstens mit dem Tagesdatum versehen! Wer kann sich auch vorstellen, dass die Erinnerung schon nach ein paar Tagen durcheinanderschmeißt, was eben so klar und eindeutig passiert ist! Armin hättich festnageln solln nach der Betriebsversammlung, zusammen hätten wir das eher hingekriegt. Bin einfach kein Schreiber verdammt.

Musch stellte fest, dass er frischen Tee brauchte. Er stieg die enge Treppe runter, fand in der Küche die komplette Belegschaft versammelt, in heißer Diskussion über die Vorgänge bei Mannesmann.

Musch wo steckst du! Der Musch hat privatisiert. Gedichtet hater. Musch, als Dichter droht dir ein schlimmes Ende!

Einen Tee brauchich, kein Kabarett, grollte Musch, ihr habts grad nötig, mir ans Bein zu pinkeln. Solltet lieber mitmachen im Werkkreis – jeder kann schreiben. Solltet mal aufschreiben, was ihr in diesen Tagen erlebt in Reisholz, statt bloß drüber schwätzen. Das ist nämlich ein Trojanischer Krieg.

Und du wirst der Homer? erkundigte sich Ria.

Zu viel der Ehre, Schwester, aber vielleicht unsre Werkstatt.

Er blieb dann doch in der Küche hängen und beteiligte sich am großen Rätseln, wie viele Arbeiter von SRW am Morgen vor dem Tor stehn würden, ob die Bevölkerung, die Hausfrauen mitgingen. Halbe Informationen, Gerüchte, jede und jeder hatte was aufgeschnappt.

Die haben in Umlauf gesetzt, ganz gezielt, dass jeder von den Meistern aufgeschrieben wird, der morgen um zehn die Bude verlässt.

Werden die ne Sekretärin brauchen, wettich.

Der Betriebsratvorsitzende soll gesagt haben, die Belegschaft soll nicht Unrecht mit Unrecht vergelten, der Oberlaumann. Wenn der Manfred noch BRV wär, würd das laufen wie Honig vom Löffel.

Hater gesagt Peter, aber hat auch Zunder gekriegt, haben sie erzählt Sonntag, am Unterschriftstand der VKL.

Nee Musch, sowas setzt sich fest in den Köpfen. Ist Nervengift. Die haben doch nie richtig gestreikt in dem Betrieb! Spring du mal ins Wasser und weißt nicht, ob du schwimmen kannst.

Also jedenfalls malen die Azubis seit heut früh Transparente. Die marschiern. Das sind hundert Mann. Dazu diese revolutionäre WG, sechs Mann, pardon Frau. Und die von der DKP Betriebsgruppe. Zusammen ne gefechtsstarke Kompanie.

Der Musch tönt mal wieder, meckerte Peter. Wenn da bloß hundertfünfzig Pipels ausrücken, kannste den Betrieb vergessen. Hänge ne Null dran, dann steht die Front. Aber solche Nullen sind kostbar. Kommen in der Natur nur beim rheinischen Karneval vor.

Optimismus ist der Senf bei der Bockwurst Peter, sagte Irmgard. Und lass mir den Musch in Ruh, der tut mehr als du und ich und wir alle zusammen.

Musch grinste geschmeichelt und stieß gleich in die Bresche: Hat jemand Stoff für ein Transparent gekauft?

Keine hatte. Typisch. Küchentischstrategen. Aber Irmgard hatte an Farbe gedacht. Musch opferte einen alten Bettbezug, zeigte die eingestickten Initialen seiner Großmutter väterlicherseits herum, Isolde Muschner wird mitmarschiern. Aufgetrennt ergab das Stück vier Meter oder acht Mann Breite. Darauf malten sie in Blau und Rot

FÜR DAS RECHT AUF BILDUNG UND ARBEIT

Und weil so viel Platz war noch:

STUDENTEN DER BUCHENSTRASSE 12
SOLIDARISCH MIT DEN MANNESMANN-KOLLEGEN

Zwei Stunden malerische Nachtschicht, mit wechselndem Pinsel. Schwierig Platz zu finden für vier Meter Stoff mit feuchter Farbe. Musch machte gern was zusammen mit Irmi. Sie hörten eine Weile die Schlagerparade. Als sie die nicht mehr aushielten, holte Musch seine Kassette mit Ernst Busch Liedern, das war die bessere Einstimmung für einen Kampftag. Die andern schmückten inzwischen die Bäume in der Henkelstraße mit den Schildern der Jusos, die sie im Caravan der WG gestapelt hatten. Als sie zurückkamen, konnten sie im Treppenhaus das Transparent bewundern. Da war es zwei. Ria und Gussie verzogen sich in ihr Zimmer, Peter und Gerda in ihrs, Irmgard hatte die Kammer neben der Küche und Musch stieg in seine Mansarde, bisschen traurig oder einfach nur hundemüde, fiel in einen traumlosen Schlaf, eh er den Schalter der Bettlampe fand.

Als der Wecker ihn hochriss, dachte er, er hätte vergessen ihn richtig zu stellen. Aber es war tatsächlich acht Uhr, Sonnenstrahlen malten einen hellen Fleck an die Tür.

Die Henkelstraße sah schon von weitem recht gut aus. Jeder dritte Baum war eingerahmt von dem nächtlich in Erinnerung gebrachten Verfassungsparagrafen:

JEDERMANN HAT DAS RECHT AUF ARBEIT
Landesverfassung von NRW

Das war das uneingelöste Versprechen, das andre Leute als die heute Machthabenden dem Volk neunzehnhundert sechsundvierzig gegeben hatten. Denen steckte der NaziKrieg noch unverdrängt in den Knochen. Einen stillen Gruß, ein unmerkliches Kopfnicken schickte Musch zu jedem Schaufenster, in dem er das Plakat wiedersah, das sie den Geschäftsleuten ans Herz gelegt hatten:

Das großmütterliche Leinen, zwischen zwei Latten aufgerollt, trug Musch wie ein Gewehr auf der Schulter, bereit, es zu entsichern und seine friedliche Botschaft auf die Bevölkerung zu verschießen, sobald er selbst mit der Bürgerwehr vereinigt und stark war. Die Studentengruppe stieß schon weit vor dem SRWTor auf andre Teile der Reisholzer Eidgenossenschaft. Musch hatte sich noch beim schnellen Frühstück die SüverkrüpPlatte mit den achtundvierziger Freiheitsliedern angehört und war jetzt in der starken Stimmung, mit der man an Fürstentronen und vielleicht auch an Konzernsitzen rüttelt. Von Reisholz bis zum MannesmannHochhaus am Rheinufer war es jedenfalls nicht weit, und wenn die Studenten achtundsechzig den SpringerKonzern nicht aus der Macht demonstriert hatten – ein paar Zacken waren ihm schon aus der Krone gebrochen worden.

Es waren die zwei Mannschaftswagen der Grünen, die er am Ende der Walzwerkstraße unscheinbar vor der Fabrikmauer parken sah, die ihn in die Gegenwart zurückbrachten. Vor dem Haupttor hatten sich schon hundert zweihundert Menschen gesammelt, wenige Minuten vor zehn, einige Polizeioffiziere strolchten dazwischen herum, da parkte auch Armins gelber Lada. Aha, der IGM Ortsbevollmächtigte, der Kollege Eupers, im Gespräch mit Kurt Kemperdiek, na immerhin, einige arbeitsfreie Genossen auch, die DGBJugendsekretäre, türkische und deutsche Frauen, alle ernst und fast alle schweigend. Sie schienen von der Spannung angerührt, die in der Atmosfäre vibrierte wie vor einem Gewitter, obwohl die Luft frisch und kühl war. Die noch lautstark vorbeifahrenden Laster und Stadtbusse gehörten zu einer anderen Wirklichkeit.

Plötzlich haute ihm jemand von hinten eine Hand herzlich auf die Schulter – es war Armin. Sie umarmten sich, feierlicher als sonst. Tag Musch, alte Kanone! Tach großer Häuptling! Pünktlich wie die Sonne, wat? gab dem Peter eine Latte des Transparents zu halten, entrollte es auf seine stattliche Breite – Na? Is dat ne Wucht? Bis zwei Uhr morgens ham wir dran gepinselt! Die neue Notgemeinschaft von Intelligenz und Arbeiterklasse.

Kolenda lachte ganz unpassend. Zeigts mal dem Kemperdiek – vielleicht dürft ihr an die Spitze. Falls die Klasse uns im Stich lässt.

Alte Unke, sagte Musch.

Sie entdeckten Manfred Anklam, er trug seinen weißen Schutzhelm, den Blaumann, ging noch am Stock, wirkte ernst, angespannt, wie kostümiert für die, die ihn nur mit der schwarzen Lederjacke kannten. Er winkte kurz rüber. Und noch immer blieb das große Tor geschlossen. Nur durch die Tür an der Pförtnerloge konnte man in die Durchfahrt sehn. Dort warteten einige Arbeiter, unschlüssig wie es schien. Das waren nicht viele. Als Musch feststellen musste, dass kein Gedrängel, kein Geschiebe in dem Gang zu erkennen war, spürte er plötzlich seinen Herzschlag, eine dumpfe Angst, dass der Druck und die Drohungen der Chefs, das Zögern und Hinschleppen der gewählten Vertreter die Kollegen weich gekocht hatten. Aber die IG Metall war doch sichtbar vor Ort! Mehrere rote Fahnen mit dem IGMZeichen! Und die Solidarität der andren Betriebe öffentlich und abzulesen:

GERRESHEIM ERKLÄRT SICH SOLIDARISCH MIT SRW

MANNESMANN-LIERENFELD AN DER SEITE DER REISHOLZER KOLLEGEN

BETRIEBSRAT UND VERTRAUENSKÖRPER VON MANNESMANN-RATH FÜR ERHALT DER REISHOLZER ARBEITSPLÄTZE

– mindestens ein Dutzend Gruppen, auch von ganz fremden MetallBetrieben, Jagenberg, DüWag, Pierburg. Die Normaluhr am Eingang zeigte zehn.

Verabredung? Deutsche Pünktlichkeit? Zwei grüne Ledermänner sperrten mit ihren Motorrädern eine Fahrbahn der Henkelstraße, stoppten den Verkehr. Zugleich wurde das Tor geöffnet. Die ersten Arbeiter, fast wie Zeitlupe, geräuschlos, zögernd, schoben sich aus dem Gang, oder wurden geschoben, schauten rechts und links auf die Straße, fremdes Gelände, begrüßten Draußenstehende mit Blicken, verschämten Handbewegungen, schweigend und ernst. Musch fielen Kirchgänger ein, eine Prozession, wenn nicht die blauen Anzüge und die Helme gewesen wären. Wenige halblaute Zurufe, langsam drängten sie durch die wartende Menge über den Bürgersteig auf die Straße, begannen den Demonstrationszug Richtung Henkelwerk zu bilden. Manfred Anklam und Kurt Kemperdiek übernahmen die Spitze zusammen mit dem MetallerChef Eupers, verharrten aber noch, blickten immer wieder zum Tor, aus dem der Männerstrom kein Ende nahm und sie in den Marsch schob, auch die Wartenden reihten sich ein, die roten Fahnen begannen zu wandern, aus der Menge wurde der Zug.

Peter wollte los, aber Musch sagte Wart noch! drückte sich durch bis zum Tor, den Peter mit dem Transparent hinter sich her ziehend, spähte über die Köpfe und sah jetzt, was er erst nicht glauben wollte und doch glauben musste und ja auch unbedingt glauben wollte – dass dort im Hof eine einzige Menge von Schutzhelmen wogte, eine langsame Bewegung von gelben blauen braunen und ein paar weißen Töpfen – Mensch Wahnsinn Peter! Seine tiefe Stimme wurde kicksig vor Aufregung – kuck doch! Die kommen alle vom Hof! Die haben sich auf dem Hof versammelt und jetzt stoßen sie durch!

Tatsächlich riss der Strom noch lange nicht ab, sie wollten das Ende nicht abwarten. Als Musch sich, mitlaufend, umschaute, war ihm der Blick von Transparenten und Schildern versperrt. Er gab Armin seine Latte zu halten, trat seitwärts aus dem Zug, da war das Ende der Kolonne nicht zu sehn und auch nicht die Spitze. Die lange Henkelstraße war von der breiten Säule der dichtgedrängt marschierenden Arbeiter und Bürger über die halbe Fahrbahn hin ausgefüllt. Und die weißbekittelten Henkelaner drückten sich an den Glaswänden ihrer Labors die Nasen platt.

Er bat Armin um fünf Minuten Geduld, lief vor zur Spitze des Zugs, registrierte die vielen ausländischen Arbeiter, besonders die Türken mit ihren nationalen Schnurrbärten und grimmigen Augenbrauen, Frauen mit kleinen Kindern, trotz des einsetzenden Nieselregens, vorn bei den Vertrauensleuten Hans Wiedemann, neben ihm seine Frau, er hatte seinen Sohn auf die Schultern genommen, zeigte ihn gern in die Runde. Die Stimmung schien gelöster hier, die Kehlen und Zungen lockerten sich, erste Sprechchöre, von den Jungarbeitern und wenigen Studenten ad hoc erfunden. Die älteren Kollegen machten dabei kaum mit. Dafür erzählten sie Witze.

In der ersten Reihe nun auch der DGBKreisvorsitzende Raumann, deutlich von den Arbeitern unterschieden durch Schlips und weißen Kragen. An fast jeder Kreuzung hielt der Zug an, bereitwillig ließen die Funktionäre Manfred Anklam das Handmikrofon des Lautsprechers, den ein andrer Kollege über die Köpfe hielt. Anklam informierte die Fußgänger und die gestoppten Autofahrer über die Ursache ihrer Demonstration. Offenbar konnte das keiner wie er.

Die Polizei zeigte Respekt, regelte den Verkehr. Bis zum Werstener Kreuz marschierten dreitausend Mann und Frau durch Reisholz und Holthausen, acht Kilometer hin und zurück, drei Stunden aktiver Streik. Die Innenstadt, der Weg zum Rheinufer, war dem Betriebsrat aus verkehrstechnischen Gründen nicht genehmigt worden.

Statt dessen zum Abschluss, vor dem Werktor, die große Kundgebung, Vollsperrung der Henkelstraße, auf dem Pritschenlaster Raumann, mit starken Forderungen an die Regierung zur Eindämmung der Stahlkrise, Schorsch Eupers über den bedrohten Standort Düsseldorf, ein türkischer Kollege in seiner Sprache, der Sprecher der Metalljugend forderte knallhart die Überführung der Stahlindustrie in Gemeineigentum, und dann Manfred Anklam mit den wahren Gründen für die beabsichtigte Schließung dieses voll funktionsfähigen und rentablen Betriebs mit seinen achtzehnhundert Arbeitsplätzen, deren kompromisslose Verteidigung die Aufgabe einer breiten Koalition von Arbeitern und Bürgern, von demokratischen Parteien und Düsseldorfer Behörden sei. Er erntete den heftigsten Beifall.

Abends saßen Musch und Kolenda, von Spix verstärkt, in der überfüllten Kneipe von Manni Schäfer. Angesagt die konstituierende Sitzung einer neuen Bürgerinitiative zur Unterstützung der kämpfenden Belegschaft der StahlundRöhrenWerke. Der diensthabende Informant der Romanschreiber notierte in seine Kladde: Initiative zur Gründung ging aus vom SPD Ortsverein Hassels/Reisholz und Jusos. Vertreten sind Teile des VK, SPD und DKP Genossen, die MIG, Unorganisierte, ein Pfarrer, mehrere Lehrer, Spartakisten. Machtvolle Protestveranstaltung geplant, Eugen Loderer Hauptredner. Öffentliches Tribunal über Investitionspolitik von Mannesmann. Informationsstände auch in der Innenstadt, mit Unterschriftensammlung.

Viele Biere flossen. Der Wirt hatte den Umsatz des Jahres. Lasst euch bloß nicht von der Polizei erwischen, sagte Musch an Kolendas Lada zu den beiden von der Neusser Rheinseite, wir brauchen jetzt alle Kräfte für unsern Roman! Keine Sorge Musch, grinste Spix: wir fahrn kollektiv. Armin lenkt und ich bedien die Bremsen.

Die Unheimat

Spätherbstlich vergoldet die Ränder der Autobahn in einem Ruhrgebiet, das von Kohle und Stahl unberührt blieb, auch ein paar Felder und Wiesen mit Huftieren auf mildrunde Hügel gebreitet, niederbergisches Land noch, Fachwerkhäuser in Eichenhainen, genießerisch und entspannt am Steuer von Wuppertal Richtung Nord, versuchte Verdrängung des Düsseldorfer Schlamassels durch Entfernung und Fahrrausch, kaum Konkurrenz um die Fahrbahnen, Freiflüge der Gedanken zwischen Kaiserstuhl und Köln und Waltrop und Düsseldorf, zwischen der Liebe unvergangen der Arbeit täglich der Herkunft im Dunkel dem nagenden Zorn im Bauch. Kindlos das braune Mädchen Salli Biechele im sechsten Semester Landwirtschaft, vielleicht treffen sich unsre Gedanken ohne uns (nie weiß einer das) auf dem Limberg wo die Schreckböller aus den Wingerten knallten unsre ersten Küsse feierten, oder in meiner Kammer beim Belz als mein Laken rot wurde von der Liebe, oder doch eher in meiner kalten Bude in Bayenthal beim blutigen Abschied. Verfolgung der Bilder. Nie mehr in Neuss hat der Spätburgunder den verzaubernden Duft entfaltet wie in den Kaiserstuhldörfern, vielleicht wars der Geschmack einer Heimat die mir nicht gehörn kann, die mir niemand schenkt, geliehn war sie, ein Darlehn, das ich zurückzahl mit den Zinsen meiner Erinnerungsschmerzen. Heimatloser Püttbastard. Der Stadtplan zwischen Lippe und Emscher fast auswendig im Kopf, aber ohne Zuneigung, ohne Vertraun. Hier wenn mans schafft kann man sich einrichten, Auskommen finden – Aufatmen kann man nicht. Hier wird sichs gemütlich gemacht in der Entfremdung. Unbehaust im Revier. Eine Kohlenhalde war mein Berg, ein Hochspannungsmast mein Baum, die Zeche mein Tiergarten. Sonntagsausflug zum Fußballstadion.

In Waltrop gabs noch Natur. Jenseits der Lippe begannen die Bauern. Dahin gehörten wir nicht. Wir gehörten alle der Nacht unterm Tag, in den künstlichen Därmen der Erde, Verdammte der Kohle. Ich bin ihr entkommen. Jetzt fahr ich wohin ich niemals zurück will. Die Unheimat.

Vielleicht ist ne Mutter ja doch was andres als Heimat. Andre Kategorie von Vergangenheit. Obwohl symbiotisch, normalerweise. Heimat ohne Mutter kaum denkbar, Mutter ohne Heimat schon eher.

Bin gespannt wie sie mich jetzt erkennt, wo die Wahrheit zum Vorschein gekommen ist. Zwischen uns steht. Bei der Beerdigung weißichnoch zum erstenmal der Gedanke: warum hat sie mich nicht besser verteidigt gegen den Alten. War die halbe Kolonie versammelt. Scheinheilige Trauergemeinde. Mutter hat nicht getrauert, hat die Lippen gekniffen gegen die Beileidsworte des Pastors. Immer hat sie der Konvention gehorcht, damals. Obwohl sie was andres wusste. Mein Beileid galt der Charlotte Kolenda, die den Mann so lange ausgehalten hat als ihr Schicksal. Hat sie geseufzt nur. Jetzt in dem Brief hat sies geschrieben, dass sie Angst hatte. Klar. Kann man Angst verurteilen? Gottseidank bin ich kein Preuße.

Ich muss mal den Gedanken denken, dass ich nicht geflohn wär aus dem Pütt mit Sonja, wenn Mutter mich mutiger geliebt und verteidigt hätte gegen den Alten – dann wohnte ich noch in der Delbrückstraße! Käm schwarz aus dem Schacht. Oder bisschen saubrer als Steiger in der Sydowstraße. Der Alte hat mich in die Freiheit vertrieben.

Genau genommen sind unsre Konten ziemlich ausgeglichen. Ich hab sie allein gelassen mit dem Mann, bin weg als ich ihr hätte beistehn können, hab gedacht ist ihr Problem mit wem sie verheiratet ist, scheiße war das. War so sprachlos wie sie. Alles Schicksal. Sagt die Norne. Alles Schuld. Sagt der Pfarrer. Spät wächst dem Menschen die Einsicht.

Dortmund-Mengede mussich raus!

Ich fürchte, ohne den Krach in der Werkstatt führ ich immer noch nicht auf dieser Straße. So was von fertig gemacht!

Darf nicht dran denken! Diese zwei Briefe. Arrogant bist du, Armin Kolenda. Eingebildet. Unsolidarisch.

Gleich wieder das Zittern, guck dir die Hand an. Halts Maul Herz, hör auf zu flattern! Es ist doch einfach nur lächerlich. Neid schreibt so. Missgunst. Bin ich denn ein andrer, weil ich vom Schreiben lebe? Weil ich was abgeb von dem was ich gelernt hab? Zum Verzweifeln.

Das müssen die Schornsteine der Zeche sein. Drei, genau. Das sind sie. Der eine qualmt. Da wird noch gearbeitet.

Doch ne Art Heimkehr scheints. Wiedersehn mit dem vergessnen Leben, längst stillgelegt. Museumsbesuch, auf dem Gelände sind meine frühen Jahre aufbewahrt, eins über Tage zwei vor Kohle. Sydowstraße. Der tausendmal beschrittne Weg zur Pforte, am eisernen Gitter um die Energiefabrik. Zweieinhalb tausend Mann warn wir damals, Ende der Fünfziger. Während der Schicht siehst du fast nichts von denen. Wie beim Ameisenhaufen. Alles unterirdisch. Zeche Waltrop. Heißt ausnahmsweise mal nicht nach einem Fürsten oder Minister. Auf der hab ich gelernt, wie man das Wirtschaftswunder aus dem Berg haut. Die dreckigste Zeit meines Lebens, mal abgesehn von den zwei Jahren Landesverteidigung in Munsterlager. Woher jetzt die Patina auf den Ziergiebeln? Milde Nachmittagssonne wie bestellt. Norddeutsche Backsteingotik für die Maschinenhalle. Nicht nur für die, alle Technik verziert, versteckt vor der Umwelt. Ist mir damals nicht aufgefalln. Nur die Fördertürme, die sind der pure ungeschmückte Stahl. Der spricht zur Ware Arbeitskraft An meinen Stangen Rädern Seilen fahrt ihr mit dreißig Stundenkilometer sicher sauber in die Nacht und dreckig wieder rauf ans Licht. Wenn der Berggeist mitgespielt hat.

Die Seilscheiben drehn sich noch immer, aber Exhauer Armin Kolenda hängt nicht drin im Korb. Der ist euch entkommen, hat umgelernt von Preßlufthammer auf Schreibmaschine, von Waschkaue auf Duschkabine.

Unsre Kaue war ne Zinkwanne in der Küche, da hast du dein uneheliches Früchtchen mit Wasser übergossen scheppchenweis an jedem Samstag und abgerubbelt den jungen Körper und dir dein Teil gedacht, wenn der mit einem kleinen

Ständer aus dem Handtuch vorkam der Sohn des blonden Schleusenknechts. Vermut ich mal.

Ich sollt den Wagen stehn lassen, zu Fuß den Kilometer pilgern zur Delbrückstraße, was da noch übrig ist an Gedächtnismarken meiner begrabnen Jugend.

Kolenda trödelte aber weiter im zweiten Gang am hölzernen Kühlturm vorbei zur Alten Kolonie, da wehte ihn manches noch an im Vorbeiziehn mit dem überraschenden Hauch von verfremdetem Wiedererkennen, eine Straßenecke, paar Laternen, die fast unveränderten Siedlungshäuser.

Auch hier kaum Menschen, seltsam, außer ein paar ballspielenden Kindern. Alles doppelt belichtet, ein Film in zwei Zeiten, gegenwartsvergangen, spult rückwärts in den Schacht der Gedächtnisse.

Das war unser Haus. Fast zwanzig Jahr mein Schneckengehäuse. Die Mutterschnecke steckt noch drin. Daneben hat Siggi gewohnt. Der ist mir ertrunken in der Lippe der beste Freund. Erstmal weiter. Hinter siebenundzwanzig im Ziegenstall das Duett der Zungenkuss mit dem Lehrmädchen Sonja, Uraufführung ohne Probe, viele Wiederholungen. Der Schulweg dreihundert Meter lange Freiheit unter Linden mit Siggi bis zu dem Tor in unsre erste Zuchtanstalt – das hat ja tatsächlich auch einen gotischen Spitzbogen und Türme wien Burgtor, haben die sich was kosten lassen die kaiserlich preußischen Zechenherrn: anständige Wohnhäuser für die Kumpelfamilien, anständige Schulen für die kleinen Rabauken den Maulwurfnachwuchs.

Herr Surén hat den Rohrstock durch den Zusammenbruch gerettet, die Zuchtrute für uns war nicht schwarzweißrot und nicht schwarzrotgold sondern gelb. Pfiff bei jedem Hieb. Die Straßen waren breit, die Häuser mit Abstand gebaut, übersichtlich, keine miefigen Aufstandsbrutstätten wie die Berliner Proletenkasernen. Jeder Kumpelfamilie den Gemüsegarten und einen Stall für Schwein und Ziege. Die Urform der Belegschaftsaktie wahrscheinlich. Die Häuserverwalter der Zeche hatten jederzeit Zutritt, Heimlichkeiten ausgeschlossen. Sowieso hatten alle ihre Nasen beim Nachbarn im Kochtopf.

Nur über mich wusste keiner Bescheid. Ich auch nicht. Ich war das unbekannte Geheimnis.

Kolenda fuhr die Delbrückstraße zurück bis zur Nummer Zwölf, noch immer kaum parkende Pekawes auf den Straßen der Siedlung. Vier Häuser vier Eingänge in einem Gebäude, Nummern Zwölf bis Fünfzehn. Das verschossene fleckige Ocker der Fassaden. Paar braune Fachwerkbalken im Obergeschoss. Nummer Vierzehn war Siggi Masur mit seinen drei Geschwistern, Nummer Dreizehn der röchelnde Taubenvater Lichtenbrink mit Tochter und Fünfzehn der Grubenelektriker Brauer, Frau und drei Töchter. Längst gestorben der Opa, klar, und die andern? Witwe Kolenda lebt, der Vorgarten ist leidlich gepflegt, die Fenster geputzt. Sie wird in der Küche sitzen. Wo sonst.

Er schritt zögernd auf dem schmalen Plattenweg zum Hintereingang. Er wollte sie diesmal wirklich umarmen. Mindestens. Etwas nachholen. Gutmachen? Vielleicht. Das Moos in den Ritzen war ungewohnt wie die Gräser am Rand. Solch unkontrolliertes Gewächs hat Wilhelm Kolenda nicht geduldet. Mutters Zinnien und Astern, schön. Mit Blumenliebe gepflegt. Wie immer. Blumenstrauß hätt ich ihr auch mitbringen können. Den Ziegenstall hat noch der Alte zur Laube umgebaut. Die Flurtür wie eine fast vergessne Verwandte, die soliden gebeizten Bretter – als er die Klinke niederdrückte, erkannte seine Hand sie sofort, obwohl er mit Sicherheit nie sie bewusst angefasst hatte. Die Tür war unverschlossen. Wie immer. Knarrte. Halbdunkel im Flur. Die Küchentür angelehnt, Licht im Spalt. Er wartete nicht länger, klopfte mit dem Knöchel. Schob die Tür langsam auf.

Da saß sie. Neben dem Tisch, auf dem die Zeitung lag und ihre Brille, ihm entgegen schauend, mit freundlichen Augen in ihrem großen faltendurchfurchten Gesicht, streckte die Arme zu ihm aus: Mein Junge. Da bist du. Sagte sie ruhig mit der sehr gewissen, vertrauten Stimme, die ihm gleich durchging ins Herz.

Er trat auf sie zu, ergriff ihre Hände, sie zog ihn zu sich heran, und da er sie im Sitzen nicht umarmen konnte, fand er sich wie von selbst auf den Knien vor ihr, die Arme um ihre breiten Hüften, den Kopf auf ihrer Schürze, und als er ihre Hände leicht auf seinen Haaren spürte, drückte etwas Dickes Qualliges seinen Hals hoch, ein Schlucken, brach sich Bahn durch den Mund als Schluchzer, die er nicht verstand nicht wollte, die heftiger nur wurden durch das Streicheln ihrer Hände über seinen Kopf, das den Schamdamm zerstreichelte und während er mit einem ungläubigen Staunen die unaufhaltbaren Schluchzer aus seiner Brust dringen fühlte, das Zittern seiner Schultern, lief dabei der Gedanke mit, dass er es grad noch bis in dieses Ziel geschafft hatte die Flut aufzuhalten, die sich unbemerkt in ihm angestaut hatte.

Die alte Frau sagte nichts, gab nur leise tröstende Mutterlaute von sich, die von sehr weit her in den Tumult seiner Gefühle drangen, sich auf sie legten, mit sanfter, weicher Beharrlichkeit seine Verstörung dämpften. Als er den Kopf hob, mit noch verschleierten Augen aufsah in ihr Gesicht, sagte sie Mein armer Junge, und er, mit neu aufsteigenden Tränen Ach Mutter.

Jetzt bekämpfte er aber das Wasser mit seinem Taschentuch, wischte die Augen trocken, schnaubte die rotzige Nase frei. Und sah, dass seine Mutter lächelte. Und auch die zwei Tränenspuren auf ihren Wangen. Er schüttelte ein bisschen den Kopf, verstand nichts von dem was grade passiert war, wäre auch gern noch in der Stellung geblieben, in die er willenlos geraten war, ihre knotigen Hände jetzt auf seinen, aber die Knie schmerzten ihn so stark, dass er langsam sich aufrichtete und sich abstützend auf ihren Oberschenkeln aufstand. Sah sich um in der Küche ohne Aufmerksamkeit, setzte sich auf den zweiten Stuhl am Tisch, brachte ein verlegnes Lächeln ins Gesicht wie er seine Mutter nun ansah, sagte: Ich glaub ich bin zu lang weggeblieben –

Vor deiner Mutter musst du dich nicht schämen Armin, antwortete sie die Wahrheit, die er auch dachte, aber vor sich selbst?

Nur einmal hab ich weinen müssen Mutter, in all den Jahren. Das war in Köln, wegen dem Mädchen, was ich dir geschrieben hab, als wir unser Kind, bei dem Arzt, da war alles aus, ach scheiße, jetzt geht das schon wieder los, hast du ein Bier Mutter?

Ich hab dir deinen Apfelstreußel gebacken, willst du nicht den probieren? Mit einer Tasse Kaffee?

Das ist lieb von dir, aber ich bräucht jetzt ein Bier wenn du hast.

Sie nickte, stand auf, etwas mühsam der füllige Körper, holte ein Dortmunder aus dem Kühlschrank, ein Glas und den Öffner aus dem Geschirrschrank, zeigte ihm ihre kranken Finger, als sie ihm die Flasche und den Öffner reichte – die Gicht ist das.

Er schenkte sich ein, trank hastig ein paar Schlucke, seufzte tief, plötzlich rülpste ihm die Kohlensäure brutal aus der Kehle, erschrocken schlug er die Hand vor den Mund, aber sie lachte gutmütig: Das war die Natur Armin. Da lachte er auch.

Ich glaub jetzt gehts mir besser. Er zog sich eine Zigarette aus dem Päckchen in der Brusttasche, zündete sie an, legte Feuerzeug und Packung achtlos auf den Tisch. Seine Mutter holte sie zu sich – Ich darf doch? – und nestelte sich eine Zigarette heraus.

Du rauchst?

Nur mal zur Gesellschaft, sagte sie unschuldig, hielt die Zigarette zwischen Daumen und Zeigefinger, als er ihr Feuer reichte, paffte dann große Wolken mit aufgeblähten Backen.

Armin dachte nach: Die Fahrt hierher war schon so anders als früher. Ich bin immer nur notgedrungen zurückgekommen, so lange Wilhelm lebte sowieso. Nach Hause war das nie. Die Enge hier, der Filz. Niemand will freiwillig zurück in ein Gefängnis. Aber diesmal, ich weiß nicht, bin wie ein rohes Ei, ganz dünne Schale. Sicher dein Brief, was du mir geschrieben hast über Wilhelm und meinen wirklichen Vater, und dieser elende Knatsch mit den Freunden vom Werkkreis in Düsseldorf – wie geht es denn dir Mutter? Dein Brief klang so nach Abschied, hat mich sehr traurig gemacht, obwohl auch froh gleichzeitig, aber traurig über mich, dass ich dich nie gefragt hab nach früher. Eigentlich wollt ich gleich losfahren zu dir und nun sinds doch Wochen geworden, viel Arbeit, ja, das auch, der Streik im Stahlwerk – hast dus gelesen meinen

Bericht? Ich hatte einfach Scheu in meine Vergangenheit zu fahrn. Jetzt weiß ich nicht mehr warum, weil ich froh bin, noch mal mit dir an diesem Tisch zu sitzen. Trinkst du auch Bier?

Sie schmunzelte. Nur abends manchmal, zur Entspannung, vorm Schlafen. Oder bei den SPD Frauen, wenn unser AK sich trifft. Da wird ganz schön geschluckt. Also an Abschied denk ich eigentlich nur, wenn wieder jemand von den Alten in der Kolonie gestorben ist. Passiert immer öfter. Aber dein Brief mein Junge, der hat mir eine schwere Last von der Seele genommen. Das sollst du gleich wissen. Es musste wohl alles so sein wie es gekommen ist. Dass du in die Welt raus bist und bist was geworden schließlich. Die Sache mit dem toten Kind von dir und deiner Salli die war schlimm. Früher haben viele Arbeiterfrauen abtreiben müssen, weil die Familien schon so groß waren und die Kinder hungerten. Bei einer jungen Frau und dem ersten Kind ist das gewiss anders. Als deine Mutter denk ich vor allem daran, dass sie deshalb mit dir gebrochen hat. Da hat sie dich wohl doch nicht so geliebt wie du sie.

Nein Mutter, unterbrach Kolenda sie brüsk, das darfst du nicht denken! Salli war unerfahren! Jung! Abhängig von ihren katolischen Eltern! Ich hätte das alles wissen und sie besser schützen müssen!

Sie legte ihm wieder ihre Hand auf den Arm. Ist gut mein Junge. Sicher hast du recht. Aber zerquäl dich nicht zu lange deswegen. Sonst siehst du die Welt nicht mehr.

Von der seh ich mehr als genug! Lies doch die Zeitung. Er klappte die flache Rechte auf die DZ.

Hast du sie noch mal wiedergesehn, was aus ihr geworden ist?

Sie hat mich versprechen lassen, ihr nicht nachzuforschen. Sie ist zu einer andern Universität gezogen.

Du Armer. Dann ist es wohl besser, du schlägst sie dir aus dem Kopf. Hast du ein Bild von ihr?

Er zog das knittrige Foto aus der Brieftasche, sie setzte ihre Brille auf. Die mit der roten Kappe ist es. Bei unsrer Teateraufführung in Kiechlinsbergen. Ein Reporter hat es aufgenommen.

Keckes Mädel, wie?
Sie konnte wirklich Trecker fahrn! Obwohl sie unheimlich klug war. Schön sowieso.
Sieht man, Armin. Ein Jammer dass du sie verloren hast.
Er wusste keine Antwort als ein Kopfnicken.
Sie schlug vor, nun doch einen Kaffee zu kochen, sie brauchte den jetzt, da wollte er inzwischen seine Tasche aus dem Wagen holen.

Merkwürdiges Abenteuer, diese Heimfahrt. Seiltanz ins Unbekannte. Das Unbekannte: ich selbst. Bin ich denn verändert? Leb ich mein Leben besinnungslos, die ständige Hektik in der Zeitung, von Redaktionsschluss zu Redaktionsschluss, und hier entdeck ich das schwarze Loch das ich bin?

Kolenda setzte sich wieder an den Küchentisch, der jetzt gedeckt war mit einem gestickten Tischtuch, mit Tassen, Tellern, dem aufgeschnittnen Kuchen, Milchkännchen, die Zuckerdose stammte aus dem alten Blumenservice seiner Jahre, alles andre war neu, Zwiebelmuster. Während sie am Herd den Kaffee aus der Maschine in die Kanne umgoss, legte er seine Packung Pralinen von Most, mit einem Kölner Dom verziert, auf ihren Teller. Als sie sich umdrehte mit der Kanne erschrak sie vor Überraschung und Freude: Nein Armin!
Ist nachträglich Mutter, zu deinem Geburtstag.
Sie band ihre Schürze ab, strich sich zwei graue Haarsträhnen hinter die Ohren, nahm die Schachtel in die Hände wie eine Kostbarkeit.
So was Schönes für eine alte Frau! Warn die nicht schrecklich teuer?
Ich hoffe, du magst Pralinen.
Sehr mein Junge. Verdienst du denn so gut bei deiner Zeitung?
Na ja, reich werd ich da nicht. So etwa ein Facharbeitergehalt. Ich schick auch den Jungen jeden Monat was auf ihre Sparbücher.
Das fand sie schön. Stellte die Schachtel auf den Fernseher zu den zwei gerahmten Fotos, Aufnahmen von seiner Ab-

schiedsreise mit Martin und Klaus in den Kaiserstuhl. Kein Bild von Wilhelm Kolenda, sah er befriedigt. Er erzählte beim Kaffee das wenige Neue was er wusste, von Sonjas Ehe mit dem Ministerialrat und dass es den Jungs offenbar gut ging, auch mit dem norddeutschen Vater, der sie mitnahm zum Segeln auf die Kieler Förde.

Er nutzte die Gelegenheit, die ihn drängende Frage nach einer Fotografie von seinem Vater auszusprechen. Seine Mutter schüttelte traurig den Kopf: Das Bild auf dem Fernseher ist das einzige Armin.

Auf dem Fernseher? Da steht nur meins und die Kinder.

Ja mein Junge. Ich schau es an und sage: Das ist er. Das war er. Nur zehn Jahre jünger. Sie seufzte. Du siehst ihm sehr ähnlich. Wenn du wissen willst, wie der Mann aussah, der mir dich geschenkt hat, musst du dein Foto ansehn. Wir hatten keine Fotoapparate. Und wenn wir einen gehabt hätten – es war ja alles heimlich, niemand durfte etwas erfahren! Verstehst du das? Es tut mir so in der Seele leid, dass ich dir nichts weiter von deiner Herkunft, deinem Vater erzählen kann. Dein einziger Trost kann sein, dass viele Kriegskinder ihre Väter nie gesehn haben.

Elender Trost, Mutter.

Da hast du recht Junge. Ich habe meine Liebe verlorn noch eh ich richtig wusste was es war. Da denkt einer doch nicht an Erinnerungen, wenn alles lichterloh brennt. Viel erzählt hat der Hein. Wenn wir uns getroffen haben nach seiner Schicht an der Schleuse, in einem Heuschober, da wo wir – na du weißt schon, und hinterher hat er erzählt von all den Schiffen, mit denen er gefahren ist, kreuz und quer durch Deutschland, als Schiffsjunge vorn in der Kajüte am Bug, war für mich wie Märchen, ein Vagabundenleben hat er geführt, auf dem Wasser eben.

Und warum ist er dann Schleusenknecht geworden? fragte Kolenda, begierig nach weiteren Einzelheiten.

Ich glaube er wollte einfach an Land. Er hat gesagt, er wollte noch was Richtiges lernen. Später hab ich gedacht, vielleicht wars auch weil als Schiffsjunge, immer unterwegs, in dieser winzigen Koje, da konnte er sicher nie ein Mädchen finden und hat das gesucht und deshalb war das so heiß und so – so – bedenkenlos. Wie dus geschrieben hast in deinem Brief von der Salli, wo du alles vergessen hast, da hab ich weinen müssen Armin, als ich das gelesen hab von dir – jetzt brauch ich doch ein Taschentuch – es steckt in der Schürze –

Armin stand auf, ging um den Tisch zu ihr, gab ihr seins, legte den Arm um ihre Schultern, küsste sie auf ihren Scheitel, selbst wieder im Kampf mit seinen Tränendrüsen, aber eher von Freude als von Mitgefühl und dem eignen Schmerz, sagte was ihm einfiel: Vielleicht hast du deshalb diese schöne Erinnerung behalten Mutter. Weil du nur euer Glück mit ihm erlebt hast.

Ja, nickte sie, so wird es sein. Und dich mein Sohn.

Weißt du was Mutter, sagte er ernst, ich werde dich jetzt viel öfter besuchen. Und wir werden zusammen nach Henrichenburg fahren und spazieren gehn und vielleicht finden wir noch die Orte, wo ihr euch getroffen habt und es wird dir noch andres einfallen, was du mir erzählen kannst von meinem Vater, und du besuchst mich auch mal in Neuss oder, warum eigentlich nicht? ich nehm ein paar Tage Urlaub und zeig dir das schöne Land am Kaiserstuhl – du hast doch so wenig von der Welt gesehn!

Glaubst du das kann ich noch? fragte sie ungläubig, noch schnüffelnd, aber mit einem kleinen hoffnungsvollen Lächeln um die Augen.

Natürlich kannst du das. Wir nehmen zwei Zimmer in der Fischerinsel, wo ich gewohnt hab bei Balthasar und Cilia, ganz billig, am Rand der Rheinauen, der Balthasar ist Fischer –

Ach wär das schön mein Junge, seufzte sie, einmal richtig verreisen. Auf meine alten Tage.

Das machen wir Mutter, lachte er, selbst beglückt von seiner Idee, und darauf noch ein Stück von deinem leckeren Apfelstreußel!

Während er aß und trank, musste sie ihm noch ein Stück Vergangenheit erzählen, von dem sie in ihrem Brief nicht gesprochen hatte, weil sie das zum Schreiben zu schwierig fand. Es betraf den Wilhelm Kolenda, den sie immer in dem Glauben gelassen hatte, er sei Armins Vater. Nach seinem

Tod musste sie die Papiere durchsehn, die er hinterlassen hatte, zwei Schubladen voll, zeitlebens verschlossen gehalten. Viel unwichtiges Zeugs, sein Unteroffizierspatent aus dem ersten Weltkrieg, die Ernennung zum Fahrsteiger, mit dem Naziadler, ihre Heiratsurkunde und das Urteil der Spruchkammer, seine Entnazifizierung, als Minderbelasteter. Und dann war da noch ein Blatt, eine Bescheinigung, vom Gesundheitsamt, auch aus der Nazizeit, das Datum war Januar vierundvierzig, in dem wurde dem Herrn Steiger Wilhelm Kolenda das Untersuchungsergebnis seiner Spermaprobe mitgeteilt. Da stand schwarz auf weiß, dass er zeugungsunfähig war! Aufgrund einer mangelhaften Beweglichkeit seiner Samenzellen.

Ist das die Wahrheit?! Das glaub ich nicht. Wirklich! Das ist ja verrückt Mutter. Dann hat der Alte die ganzen Jahre gewusst, dass ich nicht sein Sohn sein kann?

Und hat nie ein Sterbenswörtchen davon rausgelassen! Nie mir einen Vorwurf gemacht, nie mich nach deinem Erzeuger gefragt. Nichts. Schlecht behandelt hat er uns, aber nicht schlechter als andre Männer ihre Frauen und Kinder, wenn sie Streß haben oder einen Schnapskopp.

Sagenhaft. Aber warum? Jeder normale Ehemann hätte doch ein Heidenteater gemacht!

Ich denk inzwischen, weil er mir hätte gestehn müssen, dass er keine Kinder machen konnte und ich hätts weitergetragen vielleicht und ihn blamiert dadurch in der Kolonie, dass ich mir einen außerehelichen Sohn holen musste, weil mein Mann nicht konnte.

Kolenda nickte, das ist gut vorstellbar. Trotzdem merkwürdig, dieses absolute Stillschweigen. Nach zwanzig Jahren, als ich weg war von Waltrop, hätts ihm doch egal sein können, oder? Also die Möglichkeit, dass er dir dein Geheimnis lassen wollte, die ist wohl nur teoretisch gegeben, solche Feinfühligkeit ist bei dem Typ Mann ausgeschlossen. Aber vielleicht hat er gehofft, dass du ihm eines Tages die Wahrheit über mich von selbst erzählst?

Da schüttelte sie aber ihr graues Haupt sehr energisch: Nein nein mein Junge, niemals!

Er merkte, dass sie an diesem Punkt nicht weiterdenken wollte, schob das letzte Stück Kuchen in den Mund, kaute ausführlich, suchte nach einem andern Tema. Sie fragte, ob er zum Abendbrot bliebe, er könnte auch schlafen in seiner alten Kammer.

Übernachten war diesmal leider nicht möglich, weil er noch eine wichtige Verabredung hatte mit einem Freund aus dem Werkkreis, ein Pförtner bei der Firma Pierburg in Neuss, der Samstag abends dort ohne Arbeit herumsaß. Mit dem musste er sprechen über sein Debakel in der Werkstatt, der wüsste ihm vielleicht Rat.

Er bewirkte mit dieser Auskunft die erwünschte dringende Nachfrage seiner Mutter, was für ein Unglück ihm denn da zugestoßen sei? Ein Unglück offenbar, wenn damit zusammenhinge, wie traurig und aufgelöst er hier angekommen war.

Gott Mutter. Kolenda stieß einen langen Atem durch die Nase. Eine total verfahrne Geschichte. Hoffnungslos. Hat ganz harmlos angefangen. Der Auslöser ist eine Erzählung von mir, eine Art erzähltes Tagebuch. Ich hab geschrieben über die Arbeit und die Leute in unsrer Werkstatt, weil ich dachte, andre, also Außenstehende, sollten erfahren, wie schön, aber auch wie schwierig es ist, wenn berufstätige Menschen sich zusammensetzen, um gemeinsam zu schreiben. Sonst haben wir immer nur fertige Bücher veröffentlicht, denen man den Schweiß, die Probleme bei der Herstellung natürlich nicht ansieht. Ich habe versucht, ehrlich über uns zu schreiben, also keine Festschrift. Meine Sicht als Journalist, der mit den schreibenden Arbeitern gemeinsam Literatur machen will, die nützlich ist. Und unterhaltsam, beides. Ich denke, ich habe liebevoll geschrieben über die Kollegen, die sich abmühen und rumschlagen, mit den Schwächen die jeder hat. Die versuchen, mit den Mängeln ihrer Bildung fertig zu werden, in unserm Kollektiv. Weil es ja so verdammt schwer ist gut zu schreiben. Ich hab dieses Tagebuch veröffentlicht in einer Zeitschrift, als der Journalist Armin Kolenda, der ich schließlich und vor allem bin, außer meiner Mitgliedschaft im Werkkreis. Und weißt du, ich hab vor ein paar Jahren schon mal was Ähnliches erlebt, als ich über einen

Betrieb, eine Glashütte eine Reportage geschrieben habe, monatelange Recherchen, und hab sie den Arbeitern vorgelesen, damit nicht doch womöglich was Falsches drinsteht, aber die haben sich an ein paar lächerlichen Kleinigkeiten aufgehängt und mir praktisch verboten, das zu veröffentlichen. Und ich stand da mit meinem Versprechen, sie kontrollieren zu lassen, was ich geschrieben hatte, mit großer Hochachtung, kannst du dir denken, vor ihrer Arbeit. Der Text liegt heut noch bei mir in der Schublade. Deshalb hab ich diesmal meine Arbeit nur einem alten Kollegen aus unsrer Werkstatt gezeigt, vor der Veröffentlichung, ob da was Unzumutbares oder Falsches drinsteht. Demselben den ich heut noch sprechen muss. Und ausdrücklich hab ich, stell dir vor, in einem Vorwort zu meinem Text gesagt, dass es sich um meine ganz persönlichen Erfahrungen handelt. Hat alles nichts genutzt. Als der große Zampano hätt ich mich dargestellt, studierter Besserwisser, der die andern von oben herab kritisiert, ich hätt den Werkkreis geschädigt, müsste zurücktreten aus dem Vorstand, lauter so Scheiß, und das von Leuten, die mich seit Jahren kennen, die verdammt nochmal wissen, wie viel Arbeit ich in diesen Verein gesteckt hab, für was denn? Für einen Haufen Geld etwa? Keinen Pfennig Mutter! Damit sie was veröffentlichen können! Damit die Wahrheit über unsre Arbeitswelt ans Licht kommt, wie der Kapitalismus funktioniert. Ja, es ist politische Arbeit, klar, dafür gibts keinen Lohn, aber dieser schnöde Undank und Beschimpfungen obendrein, von den Leuten für die ich mich krummgelegt habe, das macht mich fertig. Ich bin drauf und dran, ihnen den ganzen Bettel vor die Füße zu schmeißen und zu sagen, dann leckt mich doch am Arsch! Macht euern Scheiß allein!

Junge Junge, sagte Charlotte Kolenda kopfschüttelnd, das ist ja schlimm. Und die Kruse oben wird denken, du hast deine alte Mutter ausgeschimpft.

Hab ich so laut geredet? Entschuldige. Tut mir leid.

Laut ist gar kein Ausdruck. Aber das ist egal. Musst dich nicht entschuldigen. Ist gut dass du dir den Ärger von der Leber geschimpft hast. Nur mit dem Austreten, das solltest du dir überlegen. Wie oft wollt ich mein Mitgliedsbuch zurückgeben. Als sie den Willy in die Wüste geschickt haben. Als sie uns im Ortsverein die Zechenschließung erklären wollten. Ich zahl immer noch meinen Beitrag. Besprich das in Ruhe mit deinem alten Kollegen.

In Ruhe!

Doch, versuchs, Armin. Vielleicht hast du selber was falsch gemacht. Frag das mal den Kollegen, dem du vertraust. Weglaufen ist nie ne gute Lösung. Du bist jetzt verletzt, das versteh ich. Wir müssen alle mal was einstecken, wenn wir politisch handeln.

Verdammt Mutter, ich bin zu alt, mir von dir den Kopf waschen zu lassen!

Stimmt Junge. Deshalb machen wir das jetzt anders.

Sie holte eine Flasche Bommerlunder aus dem Kühlschrank, dazu zwei Schnapsgläser aus dem Bufett, schenkte die voll. So, stoß an mit deiner manchmal etwas vorlauten Mutter, auf euern Werkkreis und auf unsre Zeche!

Da bekam er doch das Grinsen in die Mundwinkel und leerte das Glas wie sie: auf einen Zug. Sie gab dazu noch die Weisheit, die sie bei einer Weihnachtsfeier von einem kommunistischen Betriebsrat der Zeche unvergesslich aufgeschnappt hatte: Unser Helm ist voller Beulen, hat der gesagt, manche sind auch von unsern Gegnern.

Der Spruch verblüffte ihn. Warum, wenn er der Wahrheit oder der Erfahrung dieses Mannes entsprach, blieb der Kommunist? Welchen Lebenssinn sollte das ergeben, außer einer war masochistisch veranlagt?

Da wusste Charlotte auch keine Auskunft. Vielleicht, vermutete sie dann doch, weil man nur von seinen Freunden und Gefährten wirklich enttäuscht werden kann?

Bis zu seiner Abfahrt verhandelten sie noch die wieder mal angekündigte und dementierte Schließung der Zeche, dazu die Streikaktionen gegen die Stillegung des Stahlwerks von Mannesmann in Reisholz, Charlotte Kolendas Verhältnis zu der neuen Mieterin in der Dachstube, die Entwicklung ihrer Blumenbeete in diesem Jahr und ihre westfälische Bezugsquelle für die beim Abendbrot präsentierten Würste.

Sie begleitete ihn zum Wagen. Als er die Tür aufschloss, reichte sie ihm die Plastiktüte.

Isn das?

Glas Leberwurst und eine Salami.

Mensch Mutter! Denkstu wir hungern in Neuss?

Iss man Jung. Kannstes brauchen.

Kopfschüttelnd verstaute er die Tüte und seine Tasche hinterm Fahrersitz. Er drehte sich um zu ihr. Sie strich eine Strähne ihres grauen Haars hinters Ohr, eine mädchenhafte Geste. Das Lächeln verwandelte ihr verlebtes faltenreiches Gesicht in ein sanft strahlendes, Liebe sprechendes Antlitz. Sie sah beide vor sich – den verlornen Liebhaber und den erwachsnen Sohn. Er nahm es in seine Hände und küsste ihre Lippen.

Machs gut Mutter.

Ja Junge. Pass auf dich auf.

Sowieso. Also bis bald!

Sie winkte ihm noch bis er einbog in die Sydowstraße.

Armin Kolenda hat sich nie als Tonangeber und Besserwisser verstanden. Auch als ein Selbstzufriedner hat er sich die bewussten Jahre seines Lebens nicht wahrgenommen, musste sich nicht aufraffen, antreiben zu dem, was er anpackte – es ergab sich aus Notwendigkeiten und Neigungen. Nun, auf dem Rückweg seines Besuchs in der Vergangenheit über die von Fördertürmen und Hochöfen flankierte A 2, fühlte er sich noch immer verunsichert und verwirrt. Der PüttMaloche entkommen, mit Wilhelm Kolendas ungewollter Hilfe, raus aus dem besinnungslosen Wühlen im Dunkel unter der Gesellschaft, Zeche Waltrop, Jugendzentrum, SSK – alles Untergrundarbeit, aber für diesen Staat, für eine Gegenwart, die sich so leidig langsam nur in die Zukunft schleppt, wenn sie nicht stehn geblieben ist oder, wie es manchmal scheint, sogar zurücktreibt, ein stromauf fahrendes Schiff, dessen Motor verreckt ist. Mit dem Schreiben aber bin ich angekommen. Die erkennen mich an in der Redaktion. Auch die Leser der Zeitung. Ich schreib für die offnen Köpfe. Die Beweger. Die Sucher. Bei denen ist meine Heimat. Eine andre brauch ich nicht.

Und Charlotte Kolenda. Diese herbe Frau. Ist mir erst jetzt Mutter geworden. Seit ich weiß, dass sie mich als Liebesfrucht ihr Leben lang geheim gehalten hat. Gehütet. Warum so lange? So viel Vergeblichkeit. Deshalb das infantile Geheul im Mutterschoß? Ich war die personifizierte Erinnerung an ihre große Liebe. Die wollte sie sich nicht zerstören lassen durch den Grobsack Kolenda. Aber wie anders hätte ich leben können wenn sie mir früher vertraut hätte! Ich wär ihr Komplice gewesen gegen den Alten.

Verloren. Unwiederbringlich. Wie Salli.

Wie konnte sie den Mann so endlose Jahre lang ertragen, allein? Nur Gewohnheit? Pflichterfüllung? Aber welche verdammte Pflichterfüllung denn? Einen Ernährer zu haben für sich?

Merkwürdig dass Wilhelm ihr Geheimnis geschont hat, ich kann mir den Kerl nicht mit einem liebevollen Gedanken vorstellen. Vielleicht gibts Lichtecken, auch in solchen unterentwickelten Seelen? Immerhin hat er mir das Fahrrad geschenkt als Siggi ertrunken war, stimmt. Das hat er getan.

Charlotte hat der Gedanke nicht gepasst. Wird wissen warum.

Wie hat sie mit dem Mann gelebt, wenn ich nicht dabei war? Kann ich sie nicht fragen. Beziehungsweise würde sie mir nicht beantworten, unanständige Neugier.

Recht hat sie natürlich, dass ich verletzt bin durch die Angriffe der Kollegen. Quatsch das mit dem Kopfwaschen. Pubertäre Reaktion. Hat sie aber locker aufgefangen mit ihren Schnäpsen, kann man von lernen. Ist wahrscheinlich einfach, wenn man auf festem Boden steht. Wenn du immer am gleichen Ort bleibst, wird der Boden festgetrampelt, kann dich nichts mehr erschüttern. Dann hast du ne Heimat. Während ein Armin Kolenda sich auf die Socken gemacht hat und plötzlich mitten im Leben merkt, dass er mal eine hatte die er nicht haben wollte und die er auch nicht wiederhaben will, mit dem Ergebnis, dass er irgendwo in der Welt rumhängt und wackelt. Schwankt. Der Boden. Der Kolenda. Wenn mir mal die Freunde ins Gesicht spucken. Vom Gegner erwartet man nichts andres. Bei Freunden bist du ungeschützt. Werd ich den Jupp zu befragen, der hat mehr Leben gesehn als ich.

Jupp Ippers. Der Seemann. Verkäufer von Lebensversicherungen. Pförtner bei Pierburg. Weiß nicht mal, ob er wirklich zur See gefahrn ist oder nur davon geträumt hat, als Stauer im Neusser Rheinhafen. Gelernt hat er nie was sein Leben lang immerzu. Schriftsteller. Erzählen vom Leben der Proleten. Jack London. Melville. Dickens. Fallada und Döblin. Seine Helden. Mit denen im Kopf ist er in den Werkkreis gekommen. Und mit einem Haufen Manuskripten die ihm keiner angeschaut hat. Abenteuerliteratur. Ausgedachtes Zeug. Hat schätzichmal seine eignen Erfahrungen nicht ernst genommen, drüber weg geschrieben, Vertellcher. Hat nicht gemerkt, was er erlebt hat. Dochdoch, das kommt vor. Ist sogar normal. Das Schwierigste ist die Wahrheit über die Wirklichkeit, daran knabbern wir alle. Aber davon hat er was mitgekricht bei uns. Am Kanthaken – sein Roman über die Hafenarbeiter, ohne Kalauer, ohne Klassenkampf auch, irgendwo dazwischen, bei den gehobnen Lumpenproleten und Arbeitsvagabunden. Und es versteht einer, wie auch dort die Ausbeutung läuft, wo keine Parteigruppe den Widerstand anzündet und keine Gewerkschaft Tarife bewacht. Da erst recht.

Haben allerdings welche rumpolemisiert, wär kein WerkkreisRoman, weil die Arbeiter bloß wütend spontan den Vormann verdreschen, statt organisiert gegen HANIEL die Kanthaken hinzuschmeißen. Ein Arbeitsweltroman ohne Himbeersoße, brauchbarer Realismus.

Er stellte den Wagen gegenüber dem Firmengelände ab. Sah den gebeugten Kopf eines sitzenden Mannes hinter der Glasfront des Pfortenhauses, kaum erkennbar im Halbdunkel über dem flachen Licht der Schreibtischlampe. Das Firmengelände hinter dem verschlossnen Rollgitter kaum beleuchtet von einigen Bogenlampen, nächtlich verödet der Platz zwischen den flachen Hallen, auf dem sich dreiundsiebzig der wilde Streik der PierburgArbeiterinnen gegen die Leichtlohngruppen abgespielt hatte, dank Hermann Spixens Roman mit vielgestaltiger Anschauung bebildert. Die Fabrik ohne Menschen wirkte jetzt wie ein Mausoleum, ein nutzloses steinernes Gebilde, totes Kapital.

Der Mann mit der Stirnglatze sah auf, als Kolenda an die Glasscheibe klopfte, lachte gleich, hatte ihn erwartet, zeigte auf die Gittertür, kam heraus, schloss sie auf, zog Armin herein, klar, mit einem Spruch aus seiner Vertreterzeit, die aktuelle Version: je später der Abend je verruchter die Gäste, schloss wieder ab, bot ihm den Stuhl auf der andern Seite seines Schreibtischs und stellte ohne zu fragen eine Flasche Alt vor ihn, legte den Kapselheber daneben: So. Im Namen der Firma Pierburg und ihres einmaligen Angestellten Josef Ippers – willkommen in meiner armen Hütte! Aber fühl dich bitte hier nicht wie zu Hause – es handelt sich um Feindesland.

Mensch Jupp, seufzte Kolenda freundlich, deine Sprüche! Wo mir der Arsch auf Eis liegt. Aber das Bier ist mir sehr willkommen, nach einer Stunde Autobahn von Waltrop.

Meine Sprüche Armin sind mein Fell. Könntest auch ein dickeres brauchen.

Musste der lachen, bitter: Wo gibst das zu kaufen! Und hier also schreibst du auf Firmenkosten deinen Roman für Bertelsmann, unter den Augen von Herrn Pierburg? Er zeigte auf den Stapel Blätter, an denen Ippers offenbar gearbeitet hatte.

Für die AutorenEdition Armin. Dir muss ich nicht erzählen, dass die so unabhängig sind von Bertelsmann wie der Werkkreis von Holtzbrink. Mit dem Unterschied, dass sie mir einen anständigen Vorschuss zahlen. Du glaubst nicht, wie mich das beflügelt, mal schreiben zu können ohne das Gefühl im Nacken, jede Seite meinen Kindern zu stehlen.

Gebongt Jupp. Du weißt, dass ich dir Erfolg gönne, von Herzen. Was ich nicht versteh ist, weshalb einige Leute in unsrer Werkstatt und im Sprecherrat dermaßen allergisch auf meinen Tagebuchbericht in der L 76 reagiert haben. Du hast das Manuskript gelesen, warst mein Gewährsmann, fandst es okay. Hast du nicht richtig gelesen oder spinnen die alle?

Tut mir leid, dass ich zu der Werkstattsitzung nicht kommen konnte, als Schwank den Streit angezettelt hat. Ich hätt ihm Bescheid gesagt.

Er hat Kopien von meinem Text verteilt, die andern kannten ihn noch gar nicht. Und gleich mit dem Kommentar, ich hätte das Vertrauen der Werkstatt missbraucht, die Kollegen verunglimpft, hat ein paar Zitate vorgelesen, aus dem Zusammenhang gerissen, er als zweiter Sprecher des Werkkreises müsste sich schützend vor die Kollegen stellen und deshalb meinen Rücktritt als verantwortlicher Rundbriefredakteur fordern und der Sprecherrat müsse prüfen, ob ich nicht wegen werkkreisschädigenden Verhaltens ausgeschlossen gehöre!

Kolendas Bitterkeit nährte sich neu an seinem Bericht, aber Ippers kam richtig die Galle hoch: Mein Gott, dem Kerl könnt ich die Nase abbeißen! Wie oft hab ich zu Maria gesagt, der Schwank ist ein Funktionär, der wird nie im Leben ein Schreiber! Hat keine Ahnung von Literatur und will uns kommandiern, wie wir den Klassenkampf darstelln solln! Und du hast ihn noch werweißwieoft in Schutz genommen, diesen Apparatschik. Der hat sich doch in den Werkkreis verlaufen!

Na ja aber, ich meine Jupp, ohne ein paar Regeln, sagte Kolenda ziemlich kleinlaut, ohne unsre Satzung hätten wir diese Organisation niemals

Das hast du schon öfter behauptet und die Funktionäre verteidigt. Dabei braucht der Werkkreis viel mehr solche Anarchisten wie mich. Und wie dich Armin!

Wie mich? Witzbold. Eben hast du mich beschuldigt, ich verteidige die Funktionäre, die den Laden zusammenhalten, jetzt erklärst du mich zum Räuberhauptmann.

So wie ich dich kenne Armin – ich geb zu: viel über dein Privatleben und deine Vorstrafen weiß ich nicht – also nach meiner Einschätzung willst du Literatur schreiben, genau wie ich. Nicht nur linke Traktätchen und Journalismus. Dazu gehört eine saftige Portion Anarchismus. Weil nämlich das Leben anarchisch ist. Kaotisch, Armin. Du hast deinen Text für die Zeitschrift eben nicht nach der Werkkreis Richtschnur geschrieben, sondern nach dem Leben in unsrer Werkstatt, so widersprüchlich es ist. Deshalb hat er mir gefalln. Und du hast ihn nicht dem Sprecherrat oder dem Lektorat oder der versammelten Düsseldorfer Werkstatt zur Zensur vorgelegt, weil du dir gesagt hast, ganz anarchistisch: den verantworte ich und sonst niemand. Hab ich recht?

Haste nochn Fläschken Braunes Jupp? Oder mussich in deinen Armen verdursten?

So gefällst du mir besser, junger Sportsfreund! Ippers zog eine Flasche aus dem Kasten unterm Tisch. Ich muss mich in dieser dienstlichen Umgebung zurückhalten. Bitte sehr – geht auf meinen Deckel.

Kolenda brauchte einen langen Denkschluck.

Also ich weiß nicht. Seitdem ich das Fänomen Sonnenaufgang beobachte, ist die Alte noch nie im Westen aufgegangen. Schon garnicht im Norden. Die hält sich brav an die kosmischen Spielregeln. Und mein Kollege Ipppers kommt auch immer mit der gleichen Frau zur Werkstatt, seit Jahren. Wo ist das Kaos? Eine Gesellschaft ohne Regeln und Gesetze – kennst du die? Selbst der kapitalistische Staat braucht welche. Von der durchorganisierten Natur ganz zu schweigen. Was grinst du so – redich Stuss?

Du hast ja so recht Armin! Und dann bringt der Zufall, dieser Kaot, einen halbfertigen Pauker mit einer voll ausgereiften Profilneurose in unsre Werkstatt, und der will für Regeldisziplin sorgen und was tut er? Provoziert ein kleineres Kaos, obwohl er das Gegenteil von dem Anarchisten ist den ich meine. Im Namen der WerkkreisSatzung stellt er unsre gut funktionierende und produktive Werkstatt aufn Kopp. Und ich schwör dir: es war nicht die erste und es wird nicht die letzte Sitzung gewesen sein, wo er uns mit seinem bürokratischen Fisimatenten die Zeit klaut.

Stundenlang hat er die Sprecherratsitzung in Marburg damit beschäftigt. Wie besessen.

Was! Obwohl ich den Brief für die Werkstatt geschrieben habe, dass für uns die Sache erledigt ist und du unser Vertrauen hast?

Ich sag ja: Wie besessen. Erst hat er mich angegriffen als Rundbriefredakteur, lauter lächerliche, leicht widerlegbare Vorwürfe, die keiner von den andern ernst genommen hat. Kannst du dir vorstellen Jupp, dass ich handgreiflich werde?

Du? Über dich würde ich schreiben: Der Mann, der keine Fliege umbringen konnte.

Und doch hat der Schwank mit seinen Gemeinheiten mich so gereizt, dass ich nur mit allerletzter Kraft mich festgehalten habe, ihm nicht in die Fresse zu haun! Ich wusste nicht mehr weiter. Der Hensel hat die Situation noch mal gerettet, hat einfach abgebrochen zum Abendessen. Aber am nächsten Tag hat er wieder angefangen, mit meinem Text jetzt, wie in der Werkstatt, die gleichen Beschuldigungen, und wollte den Brief von der Uschi vorlesen, obwohl sie ihn ja inzwischen ausdrücklich zurückgezogen hat, aber was heißt das schon, die andern wollten natürlich trotzdem wissen, was das Schandmaul geschrieben hat, das funktioniert mit solchen Denunziationen, erst schreibt sie den Brief an mich, gibt dem Schwank einen Durchschlag, dann zieht sie ihn zurück, aber der weiß jetzt was drinsteht, erzählt von dem Brief im Sprecherrat und dass ich Uschi gezwungen hätte, ihn zurückzuziehn, da wolln sie natürlich erst recht wissen was sie geschrieben hat, so eine perverse Lust am Wissen von irgendwelchen schmutzigen Beschuldigungen, egal ob sie stimmen oder nicht und du sitzt da und sollst dich verteidigen, sollst widerlegen dass du selbstsüchtig oder rechthaberisch oder autoritär seist, versuch das mal, das geht überhaupt nicht ohne dass du genau den Anschein erweckst, den du widerlegen willst.

Du hättest dich nicht verteidigen müssen Armin. Die andern Kollegen im Sprecherrat kennen dich. Das wär alles auf Uschi und Schwank zurückgefallen.

Bist du sicher? Vielleicht hätten sie gedacht, jetzt erst den wahren Kolenda kennenzulernen. Weil sie nicht wussten, was für ein bösartiges Klatschweib unsre tüchtige Uschi rauslassen kann. Sowieso bleibt von jeder Verleumdung irgendwas hängen. Ich hab gesagt, wenn sie Schwank den Brief vorlesen lassen, bin ich weg.

Versteh ich. Und Schwank?

Hat beantragt, der Sprecherrat soll mich zum Rücktritt auffordern. Haben die andern abgelehnt. Aber haben mir wie gute deutsche Oberlehrer eine Rüge erteilt. Wörtlich so. Weil ich meinen Text ohne Abstimmung mit dem Sprecherrat veröffentlicht habe. Insofern sind sie eingeknickt vor dem Typ. Und ich denk immer und rätsel rum, warum tut er das? Wir sind doch politisch mehr oder weniger die gleiche Schuhgröße! Deshalb ist mir die ganze Schose unerklärlich und treibt mich zur Verzweiflung. Weil ich das nicht verstehe. Was mach ich falsch?

Verzweiflung? Hast du im Ernst Verzweiflung gesagt? Also jetzt wirst du unanständig Armin, lass dir das von einem alten Fahrensmann gesagt sein. Für Verzweiflung gibts bessre Gründe.

Ja ja natürlich, weiß ich! Auf die Eier gehts mir trotzdem, wenn dir ne Metafer für meinen Zustand lieber ist. Ich schreibe ehrlich und, jawohl! liebevoll über meine Kollegen, nicht als ein reingeschneiter Journalist, der mal eine Sitzung mitmacht und dann seine zufälligen Eindrücke als Wahrheit über den Werkkreis verkauft. Ich hab diese Menschen und ihre Arbeit jahrelang miterlebt und mitgestaltet als Berufsautor und aus der, aus meiner ganz persönlichen Erfahrung schreib ich – ein Stück eigenste Lebensgeschichte ist das! Wenn so was im Werkkreis Literatur der Arbeitswelt nicht erlaubt sein soll, dann Jupp, dann kann kein Berufsschreiber mehr mitarbeiten in diesem erlauchten Verein!

Gut gebrüllt Löwe, lachte Ippers, das Gedicht gefällt mir. Genau so musst du die Sache im Rundbrief vertreten, wenn sie da noch mal öffentlich verhandelt wird. Und diesen Witz mit der Rüge vom Sprecherrat – wie willst du damit

Witz nennst du das? Für mich ist das eine Unverschämtheit! Eine Anmaßung gegenüber einem Mann, der freiwillig diesem Verein angehört und ihm seine Arbeitskraft zur Verfügung stellt. Du hattest verdammt recht, als du auf die Funktionäre im Werkkreis geschimpft hast. Dieser Sprecherrat verwechselt sich mit ner Behörde! Mit nem Aufsichtsrat oder was weiß ich. Ich werd ihnen schreiben, dass sie die Rüge zurücknehmen müssen. Wenn nicht, sag ich tschüs Leute! Bin mit euch nicht verheiratet!

Recht hast du. Ich würds nicht anders machen. Obwohls viele gibt, die das sehr bedauern würden. Nicht nur mich.

Genau das ist mein Konflikt Jupp. Und der Schwank hätte sein Ziel erreicht.

Glaub ich nicht. Nicht mal der will dich raushaben aus dem Werkkreis. Der verträgts nur nicht, dass einer ngrößeren Bogen schifft als er. Deshalb pinkelt er dich an. Er will als der heilige Saubermann in die Geschichte eingehn, der vor keinem Verdienst Respekt hat, wenns um die reine Lehre geht. Das kennt man doch.

Kolenda hielts nicht länger auf seinem Stuhl, er sprang auf, tigerte die drei Schritte in der engen Pförtnerstube hin und her, stellte sich vor den Kollegen, die Stirn zerfurcht: Was zum Teufel ist richtig Jupp!

Der, von unten, fast gleichmütig: Schätze, nichts ist makellos richtig. Aber etwas ist meistens richtiger. Keiner von uns ist unentbehrlich, vermutlich du auch nicht teurer Freund. Frag dich aber mal, was richtiger ist für dich.

Als könne er das im Sitzen besser, ging Kolenda zurück zu seinem Platz. Ippers reichte ihm eine weitere Flasche Alt über den Tisch, sagte in die Stille: Nur mal so als Anregung Armin, von einem der viel von dir gelernt hat. Du solltest dich an was Größeres wagen, einen Roman. Dein Leben als gebildeter Malocher zwischen den Arbeitern und den bürgerlichen Intellektuellen, so was. Was nur du erzähln kannst. Neulich, als wir den Streit hatten in der Werkstatt über den Bürgerinitiativen-Roman, hat Hermann mich angepflaumt, erinnerst du dich, dass ich als Prolet in der DDR hätte studieren können, in Leipzig, wo sie die Schriftsteller ausbilden. Für mich klare Fehlanzeige. Aber deine Zeitung hat wetten gute Kontakte nach drüben. Und du hast keine Familie, bist unabhängig. Vielleicht könnten die dich für ein Jahr dorthin schicken, damit du den letzten Schliff kriegst? Rauskommst aus dem Schlamassel hier.

Echte Mitternachtsidee Jupp. Traumhaft. Und da draußen hängt schaumal der Mond leichenbleich über Düsseldorf. Träumt, er möchte auch mal Sonne sein. Du hast heut nacht öfter rechtgehabt, geb ich gern zu. Aber zum Schriftsteller taug ich nicht. Ich habs ausprobiert, früher. Hab Gedichte geschrieben – Liebesgedichte! Und in Wyhl fürs Straßenteater ein Stück. Dies und das. Ist nicht mein Ding. Mir liegt mehr das Aktuelle, der eingreifende Text. Also wo was passiert in der Gesellschaft, wo sie – wie soll ich sagen: offen ist in die Zukunft, da möcht ich unterstützen, was die Menschen tun, ihre Motive verstehn und andern erklärn, damit die Lust kriegen, auch aufzubrechen aus ihren verknöcherten Verhältnissen. Das ist Journalismus, Jupp, das was ich in der Demokratischen Zeitung schreibe. Politischer Journalismus, wenn du willst. Aber mit geschliffner Feder, keine Wegwerftexte. Tucholsky und Kisch wären da meine Vorbilder, Ossietzky auch. In den Werkkreis bin ich gegangen, weil ich das eine tolle zukunftsträchtige Aufgabe fand – noch immer finde – Menschen wie dir, die unsre unbekannte Arbeitswelt kennen und was über ihre Leben, ihre Erfahrungen schreiben wolln, denen zu Öffentlichkeit zu verhelfen. Nicht unbedingt literarisch, eher wie Wallraff das immer gefordert hat: Realistisch, an der Wirklichkeit orientiert, genau. Das hatte was Angriffiges Jupp, Anfang der siebziger Jahre, war fast schon revolutionär – sich der Vermarktung der Literatur durch die Konzerne nicht anzupassen, sie umzukehren. Inzwischen glaubt daran keiner mehr. Oder?

Hab ich nie dran geglaubt, knurrte Ippers.

Jetzt sind Schleyer und Buback ermordet und die RAFGefangnen tot oder im Knast. Es ist elend kalt und finster geworden in diesem Land. Wir haben eine große Koalition als Krisenregierung, eine kasernierte Bürgerkriegspolizei, Folterzellen in unsren Gefängnissen, die keine sichtbaren Spuren an den Gefangnen hinterlassen, der Staat will sich zum Kontrolleur, zum Herrn über seine Bürger machen und höhlt die Demokratie aus per Gesetz, die angeblich damit verteidigt wird.

Sind die Gefangnen auch selbst schuld Armin, mit ihren Wolkenkuckucksutopien, die noch aus dem Gefängnis Attentate planen für die Revolution.

Lass uns heut nacht nicht mehr streiten Jupp – ich will nur sagen, es besteht zur Zeit eine Situation, wie wir sie achtundsechzig vor der Verabschiedung der Notstandsgesetze befürchtet haben, wir stehn mit dem Rücken zur Wand, müssen verteidigen was noch übrig ist an demokratischen Rechten. Deshalb ist mir die Arbeit in der Zeitung wichtiger als alles andre. Das weiß ich jetzt ganz klar, durch deine freundliche Mitternachtsidee.

Na Mensch – da ist der olle Pförtner Ippers ja doch mal für was gut gewesen!

Inhalt

Buch Drei

Erasmus Schöfer

Ein Frühling irrer Hoffnung

Roman, ISBN 3-920862-68-6
496 Seiten, gebunden, € 19,80, sFr. 33,90

PRESSESTIMMEN:

»Der Kölner Schriftsteller Erasmus Schöfer und der Kölner Dittrich-Verlag haben sich ein großes Projekt vorgenommen: die literarische Geschichte von »1968«. Das Projekt erscheint angesichts der polemischen Verkürzung der damaligen Oppositionsbewegungen auf Steinewerfen und Polizistenverprügeln ebenso notwendig wie aktuell.
›Ein Frühling irrer Hoffnung‹ ist ein ›Zeitroman‹. Zahlreiche Personen wie der Regisseur Peter Stein und die Schauspielerin Therese Giese und Klaus Löwitsch werden mit ihren richtigen Namen genannt. Die 68er-Zeit lebt aus der Perspektive einiger Akteure unmittelbar auf. Das ist locker und ironisch, vielfach tänzelnd geschrieben. ... Das Buch sei alten 68ern, die ihre Geschichte verdrängt und meist auch den Humor verloren haben, ebenso empfohlen wie jungen Leuten, die sich für die tabuisierte Geschichte der Bundesrepublik Deutschland interessieren.«
WESTDEUTSCHER RUNDFUNK

»Glücklicherweise hat der leidenschaftliche Erzähler Schöfer den Zeitzeugen und aktiven 68er Schöfer besiegt. Lena und Viktor sind keine »Prototypen«, sondern sehr lebendige Menschen ihrer

Zeit – begeistert und ängstlich, naiv und hellsichtig, und: widersprüchlich.
Dass Schöfer nicht besserwisserisch aus der Rückschau schreibt, sondern bei seinen Protagonisten bleibt, macht deren Verhalten glaubwürdig und nachvollziehbar. Da wird uns keine marxistische Analyse vorgesetzt, vor der die Beiden mit ihren FreundInnen ihre »irre Hoffnung« auf eine menschenwürdige Gesellschaft hegen. Schöfers »Zeitroman« ist vor allem auch die Geschichte einer Beziehung und Trennung in komplizierten Zeiten, die Schöfer unsentimental sich entwickeln lässt, mit verblüffend harmonisch in den Erzählfluss sich einpassenden Stilmitteln unterschiedlichster Art: inneren Monologen, reportageartigen Szenen, atmosphärisch verdichteten poetischen Passagen. Er erzählt übrigens auch mit einem sehr humanen ›weiblichen Blick‹, was männlichen Autoren seiner Generation selten gelingt.«
KÖLNER STADTREVUE

»Erasmus Schöfer erzählt minutiös ... und macht seinen Roman zu einer illustrierten Zeitgeschichte für Nachgeborene. ... Sein Viktor Bliss ist ein Zeitzeuge, einer jener 68er-Generation, für die die wenigen Tage vor Ostern 1968 das ganze Leben veränderten.«
FREITAG

»Schöfer schreibt dicht, manchmal, fast die Sprache entfremdend, in Halbsätzen, zusammengeschriebenen Worten, Sätzen ohne Punkte. Und dann wieder in wunderschöner, dichter Prosa. Das Buch – hochaktuell gerade wieder – ist der erste in sich abgeschlossene Roman des vierteiligen Werkes Schöfers.«
ÄRZTE ZEITUNG

»Schöfers Zeitroman ist ein Zeugnis bewegter Tage, zu lesen mit Vergnügen und Lust. Ich würde mir das Buch auch für Schulen wünschen, für Gemeinschaftskunde und Geschichte, für Ethik und Deutsch, für Merz und Mayer und Merkel, um ihnen zu zeigen, wie schwer es ist, Freiheit und Heimat zu entdecken.«
ÖTV-MAGAZIN